H. G. Wells

Tono-Bungay

Roman

Aus dem Englischen übersetzt von
Grit Zoller und Heinz von Sauter

Deutscher Taschenbuch Verlag

Titel der Originalausgabe:
›Tono-Bungay‹

Im Deutschen Taschenbuch Verlag
sind außerdem erschienen:
Die Zeitmaschine (12234)
Wenn der Schläfer erwacht (12235)
Der Unsichtbare (12236)
Die ersten Menschen auf dem Mond (12237)
Mr. Blettsworthy auf der Insel Rampole (12239)

Vollständige Ausgabe
August 1996
Deutscher Taschenbuch Verlag GmbH & Co. KG, München

Umschlaggestaltung: Balk & Brumshagen
Umschlagbild: ›Nr. 431, Biomechanische Seelenwanderung‹ (1980)
von H. R. Giger (© VG Bild-Kunst, Bonn 1996)
Gesetzt aus der Bembo 10/11,5' (Linotron 202)
Satz: IBV Satz- und Datentechnik, Berlin
Gedruckt auf säurefreiem, chlorfrei gebleichtem Papier
Druck und Bindung: C. H. Beck'sche Buchdruckerei,
Nördlingen
Printed in Germany · ISBN 3-423-12238-2

Wer oder was ist Tono-Bungay? In der turbulenten Geschichte von Mr. Ponderevo und seinem Neffen George zeigt sich H. G. Wells, der Meister der poetischen Sciencefiction, von einer ganz neuen Seite: als glänzender Gesellschaftskritiker und vortrefflicher Humorist, der seine kauzigen viktorianischen Engländer grandios in Szene setzt. Mit Hilfe des Wundermittels Tono-Bungay versucht Onkel Edward, seine ruinöse wirtschaftliche Lage zu verbessern. Der alte Quacksalber findet in seinem spleenigen Neffen George ein wahres Verkaufsgenie, und der bedenkenlose Einsatz aller Methoden moderner Werbung tut ein übriges: die Sanierung gelingt, hält aber nicht lange vor. Die neuerliche Rettung soll der illegale Erwerb der radioaktiven Substanz »Quap« bringen. Wieder läßt sich George, der eigentlich mit Segelflugzeugen experimentiert und im Privatleben vergeblich die große Liebe sucht, zu einer gefährlichen Schiffsexpedition überreden …

›Tono-Bungay‹, erschienen 1909, ist eine fast 100jährige Realsatire, die nichts von ihrer Gültigkeit verloren hat.

H(erbert) G(eorge) Wells wurde am 21. 9. 1866 in Bromley/Kent geboren und starb am 13. 8. 1946 in London. Nach einer Kaufmannslehre absolvierte er ein naturwissenschaftliches Studium mit Prädikatsexamen; nach nur wenigen Jahren als Dozent lebte er als freier Schriftsteller. Sein Gesamtwerk umfaßt etwa hundert Bände. Zu Weltruhm gelangte er mit seinen Romanen und Erzählungen, die ihn als Begründer der modernen Science-fiction, als genialen phantastischen Utopisten und als kritisch-humorvollen Gesellschaftssatiriker ausweisen.

ERSTES BUCH

Die Tage bevor Tono-Bungay erfunden wurde

Von Bladesover und meiner Mutter und von den gesellschaftlichen Formen

I

Die meisten Menschen auf dieser Welt scheinen »Rollen« zu verkörpern; sie haben ihren Auftritt, einen Platz im Stück und einen Abgang, und diese drei Dinge folgen zwangsläufig und genau nach den Regeln ihrer Klasse aufeinander. Man kann die Rollenträger einer bestimmten Gruppe zuordnen. Sie sind, wie Theaterleute sagen, mehr (oder weniger) »Charakterdarsteller«. Sie haben ihre Klasse, ihren Platz in der Gesellschaft, sie wissen, was ihnen geziemt und was man ihnen schuldet, und die angemessene Größe ihrer Grabsteine zeigt schließlich, wie korrekt sie ihren Part gespielt haben. Aber es gibt noch eine andere Art zu leben, die eher einem Auskosten der Mannigfaltigkeiten des Lebens gleichkommt. Man erhält einen Anstoß durch eine den Rahmen des üblichen sprengende Kraft, man wird aus seiner Gesellschaftsschicht herausgerissen und verbringt den Rest seines Lebens mit Widrigkeiten und dementsprechend immer neuen Prüfungen. So habe ich es erlebt, und das hat mich schließlich dazu gebracht, etwas in der Art eines Romans zu schreiben. Mir wurde eine Reihe außergewöhnlicher Eindrücke zuteil, die ich unbedingt schildern möchte. Ich habe das Leben in verschiedenen Höhen und Tiefen kennengelernt, und immer stand ich ihm mit Zutrauen und gutem Glauben gegenüber. Ich war in vielen Gesellschaftsschichten heimisch. Ich war der willkommene Gast meines Vetters, eines arbeitsamen Bäckers, der später im Chathamer Krankenhaus gestorben ist; ich aß in der Anrichte verbotene Happen – Gaben verantwortungsloser Bediensteter – und wurde wegen meines Hangs zur besseren Lebensart von der Tochter eines Gaswerksangestellten verachtet (später geheiratet und dann von ihr geschieden); und – um auf das andere Extrem zu kommen – ich war einst – o glanzvolle Zeit! – geehrter Gast auf der Hausgesellschaft einer Gräfin. Sie war, das muß man zugeben, eine Gräfin mit finanziellen Interessen, aber immerhin eine Gräfin. Ich habe diese Leute aus verschiedenen Perspektiven gesehen. Bei Festessen traf ich nicht nur Adelige, sondern auch bedeutende Männer. Einmal – und das ist meine stolzeste Erinnerung – schüttete ich meinen Champagner über die Hose des größten Staatsmannes des Empire – ich will, Gott bewahre, keinen Neid erregen, indem ich ihn nenne –, und es geschah in der Glut unserer gegenseitigen Bewunderung.

Und einmal (obgleich das in meinem Leben vollkommen nebensächlich ist) habe ich einen Menschen umgebracht …

Ja, ich habe insgesamt eine wunderliche Vielzahl von Menschen und Lebensformen kennengelernt. Alle diese Menschen, ob groß oder klein, waren einander in ihrem Inneren sehr ähnlich und dennoch in ihrem Gehaben seltsam voneinander verschieden. Jetzt, da ich sehe, wie weit ich gekommen bin, würde ich wünschen, es noch ein wenig weiter gebracht zu haben, nach oben wie nach unten. Königliche Hoheiten kennenzulernen, muß interessant sein und großen Spaß machen. Aber meine Kontakte mit Prinzen waren ausschließlich auf öffentliche Gelegenheiten beschränkt, und auf dem anderen Ende der Skala hatte ich auch keine gründliche Kenntnis jener schmutzigen, aber reizvollen Bevölkerungsschicht, die auf den Straßen zu finden ist, in der warmen Jahreszeit Lavendel zum Kauf anbietend, betrunken, doch mit Familie (wodurch sie diesen geringfügigen Fehler wieder wettmacht), mit einem Kinderwagen und noch mehr sonnenverbrannten Sprößlingen, übel riechend und mit Bündeln, deren Umfang die

Phantasie anregt. Auch von den Erdarbeitern, Taglöhnern, Matrosen und Hilfskräften, die in zahllosen Wirtshäusern herumsitzen, weiß ich nicht viel, und ich nehme an, das wird jetzt für immer so bleiben. In ähnlicher Weise war mein Umgang mit dem Hochadel unbedeutend; ich ging einmal mit einem Herzog auf die Jagd, und in einer zweifellos snobistischen Anwandlung tat ich mein möglichstes, ihn ins Bein zu schießen. Doch das mißlang.

Leider habe ich also nicht den ganzen Haufen kennengelernt ...

Sie werden fragen, durch welchen Umstand ich diesen bemerkenswerten sozialen Spielraum, diesen umfassenden Überblick über das britische Gesellschaftsgefüge erlangen konnte. Nur durch den Zufall der Geburt. Das ist in England immer so. Davon hängt tatsächlich, wenn ich mir eine derart globale Bemerkung erlauben darf, alles ab. Aber das nur nebenbei. Ich war von Anbeginn meines Onkels Neffe, und dieser Onkel war kein geringerer als Eduard Ponderevo, der kometenhaft zu den Höhen der Großfinanz aufstieg – das war vor zehn Jahren! Erinnern Sie sich noch an die Tage von Ponderevo, ich meine die »großen Tage« von Ponderevo? Vielleicht haben Sie eine kleine Summe in irgendein weltbewegendes Unternehmen investiert! Dann kennen Sie ihn nur zu gut. Mit Tono-Bungay als Treibstoff brauste er in steiler Fahrt himmelan – wie ein Komet, oder besser: wie eine gewaltige Rakete! –, und ehrfurchtsvoll sprachen die Kapitalanleger von seinem Glücksstern. Auf dem Höhepunkt seines Fluges versprühte er eine Garbe höchst wunderbarer Gründungen. Das war eine Zeit! Er war ein Napoleon des häuslichen Komforts! ...

Ich war sein Neffe, sein einziger und vertrauter Neffe. Ich hing während der ganzen Zeit an seinen Rockschößen. Schon vor seinem Start drehte ich mit ihm zusammen in der Apotheke von Wimblehurst Pillen. Ich war, könnte man sagen, sein Raketenstock; und nach unserem ungeheueren Höhenflug, nachdem er mit Millionen, einem Goldregen vom Himmel, gespielt hatte, nach meinem Blick aus der Vogelperspektive auf die moderne Welt, fiel ich wieder zurück, vielleicht etwas zerschunden und zerrupft, älter als meine zweiundzwanzig Jahre, über die Jugend hinaus, mit angeknackstem Mannesmut, aber überaus erfahren, und landete in dieser Werkstatt an der Themse, mit ihrer glühenden Hitze und dem Pochen der Hämmer, mitten in dieser stählernen Wirklichkeit – um mich in meiner Freizeit an alles zu erinnern und Notizen und unzusammenhängende Beobachtungen hinzukritzeln, aus denen nun dieses Buch entstehen soll. Es war, müssen Sie wissen, mehr als ein bildlicher Höhenflug. Der Gipfelpunkt dieser Karriere war zweifellos unser Flug über den Kanal in der »Lord Roberts β« …

Ich warne Sie, dieses Buch ist ein Konglomerat. Ich möchte meine gesellschaftliche Laufbahn (und die meines Onkels) zum Hauptthema meiner Geschichte machen, aber da dies mein erster Roman und fast sicher auch mein letzter ist, möchte ich alles hineinbringen, was mich berührte, die Dinge, die mich erfreuten, und die Eindrücke, die ich empfing – auch wenn sie mit meiner Erzählung überhaupt nichts zu tun haben. Ich möchte ferner meine eigenen zweifelhaften Liebeserlebnisse getreulich wiedergeben, da sie mich ungeheuer beunruhigten, verwirrten und ablenkten, und immer noch erscheint es mir, als enthielten sie allerlei irrationale und anfechtbare Elemente, die mir bei der Niederschrift klarer werden könnten. Und möglicherweise werde ich manchmal in der Beschreibung von Leuten schwelgen, die ich wirklich nur nebenbei kennengelernt habe, einfach deshalb, weil es mir Spaß macht, zu erzählen, was sie sagten und taten, und insbesondere, wie sie sich in der Zeit des kurzen, aber prächtigen Glanzes von Tono-Bungay und der noch glänzenderen weiteren

Entwicklung aufführten. Es hat einige von ihnen trunken gemacht, das kann ich Ihnen versichern! Ich möchte tatsächlich all das mit hineinbringen. Meine Vorstellungen von einem Roman sind sehr allgemein und gar nicht so streng …

Tono-Bungay erscheint immer noch an den Reklametafeln, es steht reihenweise in den Lagerräumen der Apotheken, es lindert noch immer den Altershusten, bringt alte Augen zum Glänzen und lockert alte Zungen; aber sein gesellschaftlicher Ruhm, seine finanzielle Strahlungskraft sind für immer entschwunden. Und ich, der einzige von seinem Glanz versengte Überlebende, sitze hier in einer Gegend, die dauernd vom Lärm und vom Dröhnen der Maschinen erfüllt ist, an einem Tisch voller Entwürfe, zwischen Modellteilen und Notizen, Tabellen mit Luft- und Wasserdruck und Flugdaten, und schreibe darüber – über ein ganz und gar anderes Schicksal, als das von Tono-Bungay.

2

So weit habe ich geschrieben, überfliege es nun und frage mich, ob es eine einigermaßen annehmbare Form für das ist, was ich in diesem Buch darzustellen versuche. Es erweckt, wie ich sehe, den Eindruck, als wollte ich einen Eintopf aus Anekdoten und Erlebnissen zusammenbrauen, mit meinem Onkel als dem größten und besten Brocken mittendrin. Ich gebe zu, daß ich erst jetzt, da ich den Bleistift schon gezückt habe, erkenne, mit welch einer gärenden Masse von Erfahrungen, erlebten Gefühlen und aufgestellten Theorien ich fertigwerden muß, und wie aussichtslos in gewisser Hinsicht mein Bestreben von allem Anfang an war. Eigentlich versuche ich mehr oder weniger das Leben selbst wiederzugeben – so wie es ein einzelner eben empfunden hat. Ich möchte über mich und meine Eindrücke von den Dingen in ihrer Gesamtheit schreiben – und was diese Dinge betrifft, so bin ich über sie zu festgefügten Anschauungen gekommen –, über Gesetze, Traditionen, Bräuche und über das, was wir Gesellschaft nennen, und auch darüber, wie wir armen Individuen zwischen diesen stürmischen, verwirrenden Kanälen und Untiefen herumgetrieben werden, Verlockungen erliegen und scheitern. Ich bin jetzt, glaube ich, an einem Lebensabschnitt angelangt, in dem die Dinge Formen anzunehmen beginnen, die der Wirklichkeit nahekommen und nicht länger nur zu Träumen anregen, sondern schon in sich selbst interessant sind. Ich habe das kritisierende, romanschreibende Alter erreicht, und jetzt schreibe ich – meinen einzigen Roman –, ohne irgendeine Erfahrung darin zu haben, was fortzulassen oder zu übergehen ist, eine Erfahrung, wie sie vermutlich jedem richtigen Romanschriftsteller zuteil wurde.

Ich war immer nur ein durchschnittlicher Romanleser und habe schon früher einige Anläufe genommen, etwas zu schreiben, doch fand ich die Einschränkungen und Regeln dieser Kunst (soweit ich sie erkannte) ungeeignet für mich. Mir macht das Schreiben Spaß, ich finde es reizvoll, aber es ist nicht mein Spezialgebiet. Ich bin Ingenieur mit einigen Patenten und einer Menge Ideen; die Begabung, die mir zuteil wurde, habe ich größtenteils auf Turbinen, Schiffbau und auf das Problem des Fliegens verwendet, und sosehr ich mich auch bemühe, sehe ich doch keine Möglichkeit, etwas anderes zu sein als ein laxer, undisziplinierter Geschichtenerzähler. Ich muß mich abstrampeln und plagen, erklären und theoretisieren, um das herauszubringen, was mir am Herzen liegt. Was ich zu erzählen habe, sind nämlich keine erdichteten Märchen, sondern unleugbare Wirklichkeiten. Meine Liebeserlebnisse – und wenn ich nur die Absicht, wahrheitsgetreu zu berichten, so wie bisher durchhalten kann, wird der Leser sie bald kennenlernen – passen in kein wie immer geartetes literarisches Konzept. Sie betreffen drei verschiedene weibliche Wesen. Und all das ist verknüpft mit andern Dingen …

Aber jetzt habe ich hoffentlich genug gesagt, um mich für die Methode oder den Mangel an Methode in allem, was da folgen soll, zu entschuldigen, und ich glaube, ich sollte nun ohne weiteren Aufschub über meine Jugend und meine frühesten Eindrücke in der Abgeschiedenheit von Bladesover berichten.

3

Es kam eine Zeit, da erkannte ich, daß Bladesover nicht das war, was es zu sein schien. Aber als kleiner Junge glaubte ich fest daran, daß das Herrenhaus einen vollkommenen Mikrokosmos darstelle. Ich hielt die Ordnung von Bladesover für ein kleines Modell – und nicht einmal ein allzu kleines – des ganzen Weltgetriebes.

Lassen Sie mich versuchen zu schildern, wie ich dazu kam.

Bladesover liegt im Hügelland von Kent, etwa elf Kilometer von Ashborough entfernt; und sein alter Pavillon auf dem Hügelkamm hinter dem Haus, eine kleine hölzerne Parodie auf den Vestatempel in Tivoli, bietet zumindest theoretisch eine Aussicht auf beide Wasserflächen, den Ärmelkanal im Süden und die Themse im Nordosten. Der Park ist der zweitgrößte in Kent, wunderschön bewaldet mit gutgewachsenen Buchen, vielen Ulmen und einigen Kastanienbäumen, mit zahlreichen kleinen Tälern und farnbewachsenen Schluchten, mit Quellen, einem Fluß, drei reizvollen Teichen und einer Menge von Damwild. Das Herrenhaus ist im achtzehnten

Jahrhundert aus mattrosa Ziegeln im Stil eines französischen Schlosses erbaut worden, und abgesehen von einer Senke zwischen den Hügelkämmen, die einen Blick in blaue Fernen, auf kleine entlegene Trockendarren und Buschwerk und Weizenfelder und da und dort glitzerndes Wasser bietet, schauen die hundertsiebzehn Fenster des Hauses nur auf den eigenen stattlichen Grundbesitz. Ein halbkreisförmiger Schirm aus großen Buchen verdeckt die Kirche und das Dorf, das sich malerisch an der Straße entlang der Parkmauer zusammendrängt. Nördlich, an der entlegensten Ecke dieser Mauer, liegt Ropedean, ein zweites dazugehöriges Dorf, das zufolge der großen Entfernung und auch wegen seines Vikars weniger vom Glück begünstigt ist. Dieser Gottesdiener war in Wirklichkeit reich, aber aus Rache für eine Herabsetzung seiner Bezüge sehr knauserig; und durch seine Gewohnheit, das Wort Eucharistie für die heilige Kommunion zu gebrauchen, hatte er sich die Gunst der Damen von Bladesover gründlich verscherzt. So lag Ropedean meine ganze Kindheit hindurch ein wenig im Schatten.

Der weitläufige Park und das stattliche Herrenhaus, das die Kirche, das Dorf und die ganze Gegend beherrscht, wirkten auf mich unvermeidbar wie eine Darstellung dessen, was in der Welt von allerhöchster Bedeutung war, und alles andere gewann seinen Wert nur durch seine Beziehung dazu. Sie verkörperten die Gesellschaft, die vornehme Welt, durch die und für die alle übrigen, die Bauern und Landarbeiter, die Kaufleute von Ashborough, die höheren Dienstboten, die Handlanger und Gutsknechte atmeten, lebten und ihre Rechtfertigung fanden. Und die vornehme Welt tat dies so still und gründlich, das Herrenhaus verschmolz so fest und wirkungsvoll mit Erde und Himmel, der Kontrast seiner großen Halle, der geräumigen Salons und Galerien, seines luftigen Zimmers für die Haushälterin und der zahlreichen Wirtschaftsräume zu der dürftigen Würde des Vikars, zu den engen und dumpfen Zimmern des Postbeamten und des Lebensmittelhändlers, verstärkten diesen Eindruck so sehr, daß ich erst im Alter von dreizehn oder vierzehn Jahren und zufolge einer sonderbaren, wohl ererbten skeptischen Ader mißtrauisch wurde und mich fragte, ob Mr. Bartlett, der Pfarrer, wirklich und mit Sicherheit alles über Gott wisse, und daß ich, als weiteren und schwereren Schritt, an der unanfechtbaren Berechtigung der vornehmen Leute und ihrer Notwendigkeit im System der Dinge zu zweifeln begann. Aber nachdem diese Skepsis einmal erwacht war, führte sie mich rasch weiter. Mit vierzehn leistete ich mir schreckliche Blasphemien und Sakrilegien; ich hatte beschlossen, die Tochter eines Viscount zu heiraten und schlug ihrem Halbbruder in offener und erklärter Auflehnung das linke Auge – ich glaube, es war das linke – blau.

Doch mehr darüber später.

Das Herrenhaus, die Kirche, das Dorf, die Landarbeiter und Dienstboten in ihren Stellungen und Rängen, erschienen mir, wie gesagt, als ein geschlossenes und vollkommenes gesellschaftliches System. Um uns herum gab es andere Dörfer und große Güter, und von Haus zu Haus kamen und gingen, verwandtschaftliche und gesellschaftliche Verbindungen anknüpfend, der Adel und die hochgeborenen Leute. Die Landstädtchen schienen nur Ansammlungen von Geschäften für die Einkäufe der Pächter zu sein, Zentren für gerade soviel Bildung, wie sie benötigten, und ebenso vollkommen abhängig vom Adel wie das Dorf und kaum weniger direkt als dieses. Ich glaubte, dies sei die Ordnung der ganzen Welt. Mir erschien London nur als größere Stadt, in der die Aristokratie Stadthäuser besaß und im erlauchten Schatten der größten aller vornehmen Damen, der Königin, ihre größeren Einkäufe tätigte. Ich hielt das für eine gottgewollte Ordnung. Daß dieser schöne äußere Schein schon untergraben war, daß da Kräfte am Werk waren, die bald dieses kunstvolle soziale System umstürzen würden, in das mich meine Mutter so sorgfältig eingeführt hatte, damit ich wußte, »wohin ich gehörte«, wurde mir erst in jener Zeit allmählich bewußt, als Tono-Bungay bereits in aller Welt ziemlich bekannt war.

Es gibt noch im heutigen England viele Leute, die das nicht erfaßt haben. Gelegentlich zweifle ich daran, ob mehr als eine recht unbedeutende Minderheit des englischen Volkes begreift, wie weitgehend diese vorgebliche Ordnung bereits überholt ist. Die Herrenhäuser stehen immer noch in den Parks, die Hütten, bis zu den Dachrinnen mit Efeu überwachsen, drängen sich respektvoll zu ihren Füßen. Die englische Landschaft – auf dem Weg von Bladesover nordwärts durch Kent können Sie es beobachten – besteht hartnäckig darauf, so auszusehen, wie sie immer war. Es ist wie an einem schönen Tag im Oktober. Die Hand des Wandels liegt unfühlbar und ungesehen auf allem und zögert noch eine Weile, so als widerstrebe es ihr ein wenig, zuzupacken und allem ein Ende zu machen. Ein einziger Frost, und die wirkliche Gestalt aller Dinge wird offenbar, die Schlinge zieht sich zu, die Geduld ist zu Ende, und unser schönes Rankenwerk aus Illusionen liegt verrottend im Staub.

Darauf müssen wir noch eine Zeitlang warten. Die neue Ordnung mag schon weitgehend eine Form gefunden haben, aber ebenso wie in den Vorführungen, die früher in den Dörfern als »Laufende Bilder« bekannt waren, bleibt die letzte Szene nachweisbar und unstreitig im Gedächtnis hängen, auch wenn das folgende Bild schon hell und stark hervortritt. Und so ist auch das England unserer Kindeskinder noch ein Rätsel für mich. Die Ideen der Demokratie, der Gleichheit und vor allem die Forderung nach einer unterschiedslosen Brüderlichkeit sind nie wirklich in die englische Denkungsart eingegangen. Aber was änderte sich dann an ihr? Dieses ganze Buch wird, so hoffe ich, darauf ein wenig Bezug nehmen. Unser Volk bringt keine Formulierungen zuwege; es hält Worte nur für Späße und Spöttelei. Dagegen bleiben die alten Bräuche und Verhaltensweisen erhalten, leicht verändert und noch immer im Wandel begriffen, und sie gewähren seltsamen Gestalten Schutz. Bladesover ist jetzt möbliert an Sir Reuben Lichtenstein vermietet und war es, seit die alte Lady Drew starb; mein Besuch dort zu der Zeit, als mein Onkel mit Tono-Bungay auf dem Höhepunkt stand, ein Besuch in dem Haus, das meine Mutter einmal als Wirtschafterin betreut hatte, war für mich ein merkwürdiges Erlebnis. Es war interessant, die kleinen Veränderungen festzustellen, die mit den Dingen seit diesem Wechsel vor sich gegangen waren. Um einen Ausdruck aus meiner mineralogischen Zeit zu gebrauchen: diese Juden waren nicht eigentlich ein neuer britischer Adel, sondern »pseudomorphe Kristalle«, äußerlich dem Adel ähnlich, aber aus anderem Material. Sie sind sehr kluge Leute, diese Juden, aber nicht klug genug, ihre Klugheit zu verbergen. Ich wünschte, ich hätte hinuntergehen und der Atmosphäre in den Wirtschaftsräumen nachspüren können. Ich hätte sie jedenfalls sehr verändert gefunden. Hawksnest, nicht weit davon, hatte, wie ich bemerkte, ebenfalls seinen pseudomorphen Kristall; der Besitzer einer Zeitung jener Art, die mit gestohlenen Gedanken von einem lautstarken Unternehmen »auf Biegen und Brechen« zum anderen eilen, hatte das Gut rundweg gekauft; Redgrave war in den Händen eines Bierbrauers.

Aber die Leute in den Dörfern sahen, soweit ich das beurteilen konnte, keinen Wandel ihrer Welt. Zwei kleine Mädchen machten einen Knicks, und ein alter Landarbeiter griff krampfhaft nach seinem Hut, als ich durch das Dorf spazierte. Er glaubte immer noch zu wissen, wo er – und wo ich – stand. Ich kannte ihn nicht, aber ich hätte ihn herzlich gerne gefragt, ob er sich an meine Mutter erinnere, wenn entweder mein Onkel oder der alte Lichtenstein Manns genug gewesen wären, sich mit einer solchen Bloßstellung abzufinden.

In jenem Teil Englands, in dem ich meine Jugend verbrachte, hatte jedes menschliche Wesen seine »Stellung«. Der Rang war jedem angeboren, wie die Farbe der Augen, und bestimmte seinen Lebensweg. Über jedem gab es Höherrangige, unter jedem Tieferstehende, und einzelne fragliche Fälle waren in dieser Hinsicht so strittig, daß man sie, wenigstens für den rauhen Alltagsgebrauch, schließlich als Gleichgestellte ansehen konnte. Spitze und Mittelpunkt dieser Hierarchie war Lady Drew, »Ihre Lordschaft«, eingeschrumpft, geschwätzig, mit einem wunderbaren Gedächtnis für Stammbäume begabt, sehr, sehr alt und stets begleitet von der fast ebenso alten Miss Somerville, ihrer Cousine und Gesellschafterin. Diese beiden alten Damen lebten wie zwei vertrocknete Kerne in der großen Schale von Bladesover, in dem einst ein buntes Treiben von Stutzern, feinen gepuderten Damen mit Schönheitspflästerchen und höfischen Herren mit Degen geherrscht hatte; und wenn es keine Besuche gab, verbrachten sie die Tage im Ecksalon direkt über dem Zimmer der Haushälterin, lasen, schlummerten und liebkosten ihre beiden Lieblingshunde. Als Junge hatte ich die beiden armen alten Geschöpfe immer für übermenschliche Wesen gehalten, die wie Gott irgendwo in den Wolken lebten. Gelegentlich humpelten sie ein wenig herum, so daß man sie sogar hören konnte, was ihnen eine noch größere Wirklichkeit verlieh, ohne ihrer vertikalen Überlegenheit Abbruch zu tun. Einige Male habe ich sie auch zu Gesicht bekommen. Natürlich flüchtete ich in ehrfürchtiger Scheu oder versteckte mich, wenn ich sie im Park oder in den Laubengängen (wo ich nicht hätte sein dürfen) antraf, aber ich wurde auch bei passender Gelegenheit zu ihnen befohlen. Ich erinnere mich »Ihrer Lordschaft« als eines Wesens in schwarzer Seide, mit einer goldenen Kette, mit der melodisch wiederholten Mahnung, ich solle ein guter Junge sein – ich erinnere mich eines eingefallenen, runzeligen Gesichts und Halses und einer dürren, zitternden Hand, die mir eine halbe Krone zusteckte. Miss Somerville flatterte hinter ihr her, ein bleiches Wesen in Weiß und Schwarz mit hochgezogenen rotblonden Brauen und eingehüllt in Lavendelduft. Ihr Haar war gelblich, ihre Haut rosig, und als wir einmal an einem Winterabend im Wirtschaftsraum saßen, um unsere Zehen aufzuwärmen und Holunderwein zu schlürfen, erzählte uns ihre Zofe das Geheimnis dieser verspäteten Blüte ... Nach einem Streit mit dem jungen Garvell fiel ich natürlich in Ungnade und sah die armen alten angemalten Gottheiten nie wieder.

Über unseren respekterfüllten Köpfen kamen und gingen auch noch die Besucher, Leute, die ich selten zu Gesicht bekam, aber deren Eigenheiten und Gebaren von ihren Zofen und Dienern in den Wirtschaftsräumen nachgeäfft und bekrittelt wurden – ich lernte sie also aus zweiter Hand kennen. Ich schloß daraus, daß kein einziger dieser Besucher gleichrangig mit Lady Drew sei, sie standen über oder unter ihr – wie es überall in unserer Welt war. Einmal, erinnere ich mich, kam ein Prinz mit einem Edelmann zu seiner Bedienung, und das lag ein wenig über unserem Niveau, erregte uns alle und schraubte unsere Erwartungen etwas zu hoch. Hinterher kam Rabbits, der Butler, rot vor Empörung und mit Tränen in den Augen in das Zimmer meiner Mutter. »Sehen Sie sich das an!« keuchte er. Meine Mutter war sprachlos vor Entsetzen. Das war ein Sovereign, nur ein einziger Sovereign, wie man ihn von jedem Kleinbürger erwarten konnte!

Nach einem Besuch, daran erinnere ich mich noch genau, gab es meist unruhige Tage, denn die beiden armen alten Damen im Oberstock waren nach gesellschaftlichen Anstrengungen müde, übelgelaunt und mürrisch und litten an physischer und seelischer Magenverstimmung …

Gleich unter den Hochgeborenen kam die Familie des Vikars, und als nächste folgten jene zweifelhaften Existenzen, die weder Adelige noch Untertanen waren. Der Vikar hatte in diesem typischen englischen System gewissermaßen eine Sonderstellung; nichts ist erstaunlicher als der Fortschritt, den die Kirche – gesellschaftlich – in den letzten zweihundert Jahren gemacht hat. Zu Beginn des achtzehnten Jahrhunderts stand der Vikar eher unter als über dem Butler und wurde als etwa der Haushälterin oder ähnlichen moralisch nicht allzu geringgeschätzten Personen gleichrangig erachtet. Die Literatur des achtzehnten Jahrhunderts ist voll von seinen Klagen darüber, daß er nicht am Tisch sitzen bleiben durfte, wenn der Kuchen aufgetragen wurde. Aus dieser würdelosen Stellung stieg er durch den Überfluß an jüngeren Söhnen allmählich empor. Daran muß ich immer denken, wenn ich der großspurigen Anmaßung des heutigen Klerus begegne. Es ist seltsam, festzustellen, daß heute dieses unterdrückte, orgelspielende Geschöpf, Dorfschulmeister der anglikanischen Kirche, fast genau dieselbe Stellung einnimmt wie der Geistliche im siebzehnten Jahrhundert. Der Arzt in Bladesover stand unter dem Vikar, aber über dem Tierarzt. Künstler und Sommerfrischler fügten sich je nach Auftreten und Aufwand über oder unterhalb dieser Stufe ein, und dann kamen nacheinander in sorgfältig geordneter Reihenfolge der Pächter, der Butler und die Wirtschafterin, der Dorfkrämer, der Verwalter, der Koch, der Schankwirt, der Aufseher, der Schmied (dessen Rang durch die Tätigkeit seiner Tochter beeinträchtigt wurde, da sie das Postamt führte – und meist aus Telegrammen ein fürchterliches Durcheinander machte), der älteste Sohn des Dorfkrämers, der erste Bediente, die jüngeren Söhne des Dorfkrämers, der erste Gehilfe und so weiter …

Alle diese Regeln und Anwendungen einer allumfassenden Rangordnung und noch einiges mehr prägten sich mir auf Bladesover ein, wenn ich den Gesprächen lauschte, die dort Diener und Zofen mit Rabbits, dem Butler, und meiner Mutter im weißgetünchten Wirtschaftsraum – mit seinen bunten Vorhängen und vielen Schränken Treffpunkt der höheren Dienstboten – führten, oder den Gesprächen der Lakaien mit Rabbits und den Gutsangestellten aller Art zwischen den grünen Vorhängen und den Windsorstühlen der Anrichte – wo Rabbits, der über dem Gesetz stand, ohne Lizenz und ohne irgendwelche Gewissensbisse Bier verkaufte – oder den Gesprächen der Zimmermädchen und Serviererinnen in der kahlen, mattenbelegten Teeküche, oder denen der Köchin mit ihren Hilfskräften und gelegentlichen Freundinnen inmitten des glänzenden Kupfergeschirrs im heißen Dunst der Küche.

Natürlich galten diesen Leuten ihre eigenen Ränge und Stellungen als Selbstverständlichkeit, und das Gespräch betraf hauptsächlich die Ränge und Stellungen der Hochgeborenen. Auf einer kleinen Kommode zwischen den Schränken im Zimmer meiner Mutter lagen ein alter Adelskalender und ein Crockford zusammen mit Kochbüchern, dem Whitaker's Almanach, dem Old Moore's Almanach und einem Lexikon aus dem achtzehnten Jahrhundert; auch in der Anrichte gab es einen Adelskalender ohne Einband, ferner einen neuen im Billardzimmer und, soviel ich mich erinnere, auch einen in den verbotenen Räumen, in denen die höheren Dienstboten ihre persönlichen Schränke hatten und nach der allgemeinen Mahlzeit den Luxus einer süßen Nachspeise genossen. Und wenn man einen der höheren Dienstboten danach gefragt hätte, wie irgendwer mit einem Prinzen Battenberg verwandt sei, etwa Mr. Cunningham Graham oder der Herzog von Argyle, hätte jener Bediente es auf der Stelle erklären können. Als Junge hörte ich eine ganze Menge über derlei Dinge, und wenn ich bis heute noch immer ein wenig unsicher bei Anreden und in der genauen Anwendung von Titeln bin, so nur deshalb, weil ich einen Widerwillen dagegen empfand, und nicht aus Mangel hinreichender Möglichkeiten, mir diese umfangreichen Einzelheiten anzueignen.

Beherrschend über all diesen Erinnerungen steht die Gestalt meiner Mutter – die mich deshalb nicht liebte, weil ich meinem Vater von Tag zu Tag ähnlicher wurde – und die mit unerschütterlicher Gewißheit ihren Platz und den Platz von jedermann auf der Welt kannte – außer den Platz, an dem sich mein Vater verbarg – und mitunter auch nicht den meinen. Alle schwierigen Fragen wurden ihr vorgelegt. Ich sehe sie vor mir und höre sie sagen: »Nein, Miss Fison, ein Peer von England steht höher als ein Peer des Vereinigten Königreichs, und jener ist nur ein Peer des Vereinigten Königreichs.« Sie hatte sehr viel Übung darin, den Bediensteten dieser Leute an ihrer Teetafel, an der die Etikette sehr streng war, Plätze anzuweisen. Ich frage mich manchmal, ob die Etikette in den Wirtschaftsräumen heutzutage noch ebenso streng gehandhabt wird und welchen Rang meine Mutter wohl einem Chauffeur zugewiesen hätte …

Im großen und ganzen bin ich froh, daß ich in Bladesover so viel gelernt habe – allein schon deshalb, weil ich alles noch ziemlich naiv und in gutem Glauben beobachtete und es erst später analysierte, wodurch ich imstande war, vieles von dem zu verstehen, was sonst im Gefüge der englischen Gesellschaft als vollkommen unbegreiflich erscheinen würde. Bladesover ist nach meiner Überzeugung der Schlüssel zu fast allem, was typisch britisch ist und in England die ausländischen Wißbegierigen und die Besucher aus anderen englischsprechenden Ländern verblüfft. Halten wir unverrückbar fest, daß ganz England vor zweihundert Jahren ein großes Bladesover war; gewiß, es hat das Reformgesetz und ähnliche Veränderungen im Rechtswesen gegeben, aber seit damals keine entscheidende Revolution; alles, was modern und anders ist, erscheint wie angeklebt, wie eine Randglosse zu dieser herrschenden Struktur, entweder nebensächlich oder ergänzend; und der Leser wird sehr rasch die Logik und die Notwendigkeit dieses Snobismus erkennen, der eine charakteristische Eigenart des englischen Denkens ist. Jeder, der nicht im Schatten eines Bladesover steht, lebt wie auf fortwährender Suche nach der verlorenen Orientierung. Wir Engländer haben nie mit unseren Traditionen gebrochen, haben sie niemals, nicht einmal symbolisch, in Stücke gehauen, wie es die Franzosen während der Schrekkensherrschaft taten. Aber all die strukturierenden Ideen sind erschlafft, die alten gewohnten Bindungen wurden gelockert oder völlig aufgelöst. Auch Amerika ist so, ein losgelöster abseitsliegender Teil dieser Erbmasse, die sich auf seltsame Weise über die Welt ausgebreitet hat. Der hochwohlgeborene George Washington stammte von vornehmen Leuten ab und wäre um ein Haar König geworden. Es war Plutarch und kein amerikanischer Charakterzug, der George Washington daran hinderte, es zu werden …

4

Die Teestunde im Wirtschaftsraum haßte ich mehr als alles andere auf Bladesover. Und besonders verhaßt war sie mir, wenn Mrs. Mackridge, Mrs. Booch und Mrs. Latude-Fernay, drei pensionierte Dienstboten, im Haus waren. Alte Freunde von Lady Drew hatten sie für lange, treue und aufopfernde Dienste in ihren Testamenten bedacht, und Mrs. Booch hatte außerdem den Lieblingsterrier ihrer verstorbenen Herrin zu betreuen. Jedes Jahr erhielten diese drei von Lady Drew eine Einladung – als Belohnung und als Ermutigung zur Tugend, mit spezieller Bezugnahme auf meine Mutter und Miss Fison, die Zofe. Dann saßen sie da in schwarzen, glänzenden Kleidern mit vielen Volants, Borten und Knöpfchen, aßen eine Unmenge Kuchen und tranken zwischen spitzen Bemerkungen viel Tee.

Ich habe diese Damen als riesengroß in Erinnerung. Zweifellos waren sie von normaler Größe, aber ich war nur ein ganz kleiner Kerl, und in meiner Seele haben sie alptraumartige Proportionen angenommen. Sie ragten drohend auf, sie schwollen an, bereit, auf mich herabzustoßen. Mrs. Mackridge war umfangreich und finster; ihr Kopf war ein Wunderding, nämlich vollkommen kahl. Sie trug eine majestätische Haube, und vorne, oberhalb der Brauen, hatte sie sich Haare aufgemalt. Ich habe nie wieder etwas dergleichen gesehen. Sie war Zofe bei der Witwe von Sir Roderick Blenderhasset Impey gewesen, einem Gouverneur oder ähnlich hohen Beamten in Ostindien, und aus dem, was von Lady Impey verblieb – nämlich Mrs. Mackridge – schließe ich, daß die Lady wirklich eine erstaunliche und überwältigende Frau gewesen ist, ein Juno-Typ, stolz, unnahbar, voller Ironie und geistreichem Spott. Mrs. Mackridge besaß keinerlei Geist, aber sie hatte die spöttische Stimme und die Gesten der großen Lady mit deren Atlaskleidern und sonstigem Putz übernommen. Wenn sie sagte, es sei ein wunderschöner Morgen, klang es, als halte sie ihr Gegenüber für einen Narren und einen schwachsinnigen obendrein; wenn jemand mit ihr sprach, hatte sie die Angewohnheit, sein armseliges Geschwätz mit einem gewaltigen, verächtlichen »Ha!«

zur Kenntnis zu nehmen, das den Wunsch aufkeimen ließ, sie bei lebendigem Leibe zu verbrennen. Auch hatte sie eine ganz besondere Art, »Werrklich!« zu sagen und dabei mit den Augenlidern zu klappern.

Mrs. Booch war kleiner und braunhaarig, mit wirren kleinen Löckchen zu beiden Seiten ihres Gesichtes, großen blauen Augen und einer kleinen Auswahl stereotyper Bemerkungen, aus denen ihre gesamten geistigen Reserven bestanden. Mrs. Latude-Fernay hinterließ, seltsam genug, keinerlei Erinnerung, außer ihrem Namen und dem matten Schimmer eines grün-grauen Seidenkleides, das mit goldenen und blauen Knöpfen besetzt war. Ich stelle sie mir als große Blondine vor. Dann saßen da noch Miss Fison, die Zofe, die Lady Drew und Miss Somerville bediente, und am Ende des Tisches, meiner Mutter gegenüber, Rabbits, der Butler. Rabbits war für einen Butler recht bescheiden, und zum Tee kam er nicht so, wie man sich einen Butler vorstellt, sondern in einem Cutaway und einer schwarzen Schleife mit blauen Flecken. Aber immerhin war er groß und hatte einen Backenbart, wenn auch sein sauber ausrasierter Mund zu weich und zu klein war. Ich saß zwischen diesen Leuten auf einem hohen, harten frühgregorianischen Stuhl und versuchte wie ein schwacher Sämling zwischen großen Felsbrocken am Leben zu bleiben. Meine Mutter hatte stets ein Auge auf mich gerichtet, entschlossen, das kleinste Anzeichen von Vitalität zu unterbinden. Es war hart für mich, aber vielleicht war es ebenso hart für diese ziemlich überfütterten, alternden, prätentiösen Leute, daß meine jugendlich rastlosen und aufrührerisch ungläubigen Augen in ihre Erhabenheit eindrangen.

Die Teegesellschaft dauerte fast drei viertel Stunden, und ich mußte es notgedrungen aushalten; und Tag für Tag wurde haargenau dasselbe gesprochen.

»Zucker, Mrs. Mackridge?« fragte meine Mutter. »Zucker, Mrs. Latude-Fernay?«

Das Wort Zucker setzte dann Mrs. Mackridges Gedächtnis in Bewegung. »Man sagt«, begann sie dann, ihre Verlautbarung einleitend – mindestens die Hälfte ihrer Sätze begannen mit »Man sagt« – »neuerdings, daß Zukker dick macht. Viele erstklassige Leute nehmen überhaupt keinen.«

»Nicht in ihren Tee, Madam«, bemerkte Rabbits verständnisvoll.

»Nicht in irgendwas«, ergänzte Mrs. Mackridge mit niederschmetternder Schlagfertigkeit und trank.

»Was wird man wohl demnächst sagen?« warf Miss Fison ein.

»Man sagt so mancherlei!« gab Mrs. Booch zu bedenken.

»Man sagt« , erklärte Mrs. Mackridge unerschütterlich, »daß die Ärzte Zucker nicht empfehlen.«

Meine Mutter: »Nicht, Madam?«

Mrs. Mackridge: »Nein, Madam.«

Dann zur ganzen Tafel: »Armer Sir Roderick, bevor er starb, nahm er Unmengen von Zucker zu sich. Ich glaube manchmal, dies könnte sein Ende beschleunigt haben.«

Damit war das erste Wortgeplänkel zu Ende. Ernste Mienen und eine Gesprächspause wurden dem geheiligten Andenken Sir Rodericks gewidmet.

»George«, sagte meine Mutter, »sitz gerade!«

Dann gab Mrs. Booch unter Umständen einen Lieblingssatz aus ihrem Repertoire von sich: »Die Abende werden erfreulich länger«, oder wenn es gegen das Ende des Sommers ging: »Wie kurz die Abende schon werden!« Das war für sie eine Bemerkung von weittragender Bedeutung; ich kann mir nicht vorstellen, wie sie ohne diese ausgekommen wäre.

Meine Mutter, die mit dem Rücken zum Fenster saß,

hielt es Mrs. Booch gegenüber immer für angebracht, sich umzudrehen und den Abend, je nachdem, bei seiner Verlängerung oder Verkürzung zu beobachten.

Dann setzte eine lebhafte Diskussion darüber ein, wie lange es noch bis zum längsten oder kürzesten Tag dauern werde, aber das Thema erschöpfte sich schließlich.

Möglicherweise eröffnete dann Mrs. Mackridge wieder das Gespräch. Sie hatte viele geistvolle Gewohnheiten; unter anderem las sie eine Zeitung – die Morning Post. Die anderen Damen nahmen dieses Blatt auch manchmal zur Hand, aber nur um die Geburten, Hochzeiten und Sterbeanzeigen auf der ersten Seite zu lesen. Natürlich war es die alte Morning Post, die noch drei Pence kostete, nicht das erfrischende, glanzvolle junge Ding von heute. »Man sagt«, begann Mrs. Mackridge, »daß Lord Tweedums nach Kanada gehen wird.«

»Ah!« bemerkte Mr. Rabbits. »Sagt man das?«

»Ist er nicht«, fragte dann meine Mutter, »der Vetter des Grafen von Slumgold?« Sie wußte genau, daß er es war; es war eine vollkommen belanglose und unnötige Bemerkung, doch irgend etwas mußte gesagt werden.

»In der Tat, Madam«, antwortete Mrs. Mackridge. »Man sagt, daß er in Neusüdwales überaus beliebt war. Man schaute allgemein zu ihm auf. Ich kannte ihn schon, Madam, als jungen Mann, er war sehr hübsch und liebenswürdig.«

Respektvolle Pause.

»Sein Vorfahre 'atte in Sydney Schwierigkeiten«, sagte Rabbits, der irgendeinem geistlichen Vorbild die präzise, eindrucksvolle Artikulation abgelauscht hatte, ohne sich aber jene Hauchlaute anzueignen, die erst den Reiz ausgemacht hätten.

»Ha!« sagte Mrs. Mackridge verächtlich. »Davon habe ich gehört.«

»Als er zurückkam, ging er nach Templemorton, und

ich erinnere mich, daß man über ihn gesprochen 'at, nachdem er wieder abgereist war.«

»Ha?« gab Mrs. Mackridge, diesmal fragend, von sich.

»Man 'at ihm ein Zitat übelgenommen, Madam. Er 'at gesagt – was 'at er eigentlich gesagt –, sie verließen ihr Land zum Wohle ihres Landes, was sie sozusagen daran erinnern sollte, daß sie ursprünglich Zucht'äusler waren, allerdings jetzt gebesserte. Jeder, den ich darüber sprechen 'örte, fand es taktlos von ihm.«

»Sir Roderick pflegte immer zu sagen«, stellte Mrs. Mackridge fest, »das erste«, hier hielt Mrs. Mackridge inne und sah mich furchterregend an, »und das zweite« – dabei nahm sie mich wieder aufs Korn – »und das dritte« – jetzt war ich erlöst –, »das ein Gouverneur haben muß, ist Takt.« Sie ahnte wieder meine Zweifel und fügte überlegen hinzu: »Es hat mich immer beeindruckt, weil es eine so einzigartig richtige Bemerkung war.«

Ich beschloß, sollte ich jemals diesen Taktpolypen in meinem Herzen wachsen fühlen, ihn mit den Wurzeln auszureißen, fortzuschleudern und mit Füßen zu treten.

»Es sind seltsame Leute – diese Kolonisten«, sagte Rabbits, »sehr seltsam. Als ich in Templemorton war, 'abe ich einiges von ihnen gesehen. Seltsame Kerle, einige davon. Sehr 'öfliche natürlich, und freizügig mit ihrem Geld auf eine ganz krampf'afte Weise, aber – einige von ihnen, das muß ich zugeben, 'aben mich nervös gemacht. Sie lassen einen nicht aus den Augen. Sie beobachten einen – während man bedient. Es 'at immer den Anschein, als ob sie etwas von einem erwarteten ...«

Zu diesem Gespräch trug meine Mutter nichts bei. Das Wort Kolonie regte sie jedesmal auf. Ich glaube, sie befürchtete, wenn sie in dieser Richtung ihre Meinung verlauten ließe, daß dann plötzlich und, o Schreck, mein verschollener Vater entdeckt werden könnte, ohne Zweifel der Bigamie verdächtig, ganz und gar widerwärtig und revolutionär. Sie war durchaus abgeneigt, meinen Vater wiederzuentdecken.

Es ist seltsam, daß ein so kleiner Junge wie ich, der nur zuhörte, eine derart klare Vorstellung von unseren Kolonien hatte und Mrs. Mackridge ihrer kolonialen Überheblichkeit wegen innerlich verspottete. Diese wackeren, freien, sonnengebräunten Engländer im fernen Land ertrugen, dachte ich, die aristokratischen Eindringlinge als wunderlichen Anachronismus, aber um gefällig zu sein –!

Jetzt ist mir der Spott vergangen. Ich bin nicht mehr so sicher ...

5

Es ist einigermaßen schwierig zu erklären, warum ich nicht das tat, was das natürlichste für jemanden in meinen Verhältnissen gewesen wäre, nämlich: meine Welt als selbstverständlich hinzunehmen. Ein gewisser angeborener Skeptizismus dürfte der Grund dafür gewesen sein – und eine ebensolche Untauglichkeit zu bereitwilliger Anpassung. Mein Vater, glaube ich, war ein Skeptiker; und meine Mutter war zweifellos eine harte Frau.

Ich war ein Einzelkind und weiß bis heute nicht, ob mein Vater noch lebt oder tot ist. Er floh vor den Tugenden meiner Mutter, bevor klarere Erinnerungen sich mir einprägten. Er hinterließ auf seiner Flucht keinerlei Spuren, und meine Mutter vernichtete in ihrer Empörung jedes Andenken an ihn. Ich habe nie eine Photographie oder ein Stück Papier mit seiner Handschrift gesehen; und nur die anerkannten Regeln für Tugendhaftigkeit und Takt hinderten Mutter, wie ich weiß, daran, auch ihre Heiratsurkunde und mich beiseite zu schaffen, und so mit ihrer ehelichen Demütigung reinen Tisch zu machen. Ich glaube, ich muß etwas von dieser moralischen Einfalt mitbekommen haben, die sie dazu befähigte, all die kleinen persönlichen Dinge, die sie von ihm hatte, zu verbrennen. Es mußten darunter auch Geschenke von ihm aus der Verlobungszeit gewesen sein, zum Beispiel Bücher mit liebevollen Widmungen, Briefe vielleicht, eine gepreßte Blume, ein Ring oder ähnliche Pfänder. Sie behielt natürlich ihren Ehering, aber alles andere hat sie vernichtet. Sie hat mir nie seinen Vornamen genannt oder auch nur ein Wort über den Vater gesagt, obwohl ich manchmal nahe daran war, eine Frage nach ihm zu wagen; und was ich von ihm weiß – es ist nicht sehr viel – erfuhr ich von seinem Bruder, meinem Heros, meinem Onkel Ponderevo. Sie trug den Ring; die Heiratsurkunde lag in einem versiegelten Kuvert tief unten in ihrer größten Truhe, und mich schickte sie in eine Privatschule, irgendwo zwischen den Hügeln von Kent. Man darf nicht glauben, daß ich immer auf Bladesover war – nicht einmal in den Ferien. Wenn diese herannahten und Lady Drew mit neuen Besuchern Ärger hatte oder sich aus irgendeinem anderen Grund an meiner Mutter rächen wollte, dann pflegte sie die üblichen Hinweise meiner Mutter geflissentlich zu überhören, und ich »blieb dort«, in der Schule.

Aber solche Anlässe waren selten, und ich glaube, daß ich zwischen dem zehnten und dem vierzehnten Lebensjahr durchschnittlich fünfzig Tage im Jahr in Bladesover verbrachte.

Doch will ich keineswegs leugnen, wie angenehm das für mich war. Bladesover entbehrte, indem es das ganze Land für sich beanspruchte, nicht einer gewissen Größe. Das System von Bladesover hat nämlich auch etwas Gutes für England geleistet: es hat die kleinbäuerliche Sinnesart ausgerottet. Wenn auch viele von uns immer noch in Küchen und Wirtschaftsräumen werken und atmen, so haben wir doch den Traum aufgegeben, wir müßten so parasitär wie spärlich von Hühnern und Schweinen leben ... Der

Park von Bladesover enthielt manche Hinweise auf freisinnige Bildung; es gab da große Rasenflächen, die man nicht zur Düngung und Beackerung freigegeben hatte; es gab Rätselhaftes und Stoff zu Träumereien. Und es gab noch Rotwild. Ich sah einiges von der Lebensweise dieser gesprenkelten Tiere, hörte das Röhren der Hirsche, stieß in den Schluchten auf Rehkitze und fand an einsamen Orten Knochen, Schädel und Geweihe. Es gab Schlupfwinkel, die dem Wort Wald alle Ehre machten und Einblicke in die unberührte Pracht der Natur gewährten. Ein Abhang voll blauer Glockenblumen in den Strahlen der Sonne, die durch das frische Grün der Buchen fielen, ist mir bis heute wie ein kostbarer Saphir in Erinnerung geblieben; es war das erste Mal, daß ich Schönheit bewußt genoß.

Und im Haus gab es Bücher. Das wertlose Zeug, das die alte Lady Drew las, habe ich nie zu Gesicht bekommen; später erfuhr ich, daß Literatur im Stile der Maria Monk große Faszination auf sie ausübte; aber irgendwann in der Vergangenheit hatte es einen Drew mit geistigen Interessen gegeben, Sir Cuthbert, den Sohn von Sir Matthew, dem Erbauer des Hauses; und in einem alten Zimmer des Oberstocks lagen vergessen, verwahrlost und verschmäht seine Bücher und Schätze, in denen mich meine Mutter während einer winterlichen Regenzeit stöbern ließ. Ich saß unter dem Dachfenster, auf einem Regal mit eingelagertem Tee und Gewürzen, und erfuhr aus einer großen Mappe viel über Hogarth, über Raffael – es gab ein dickes Buch mit Kupferstich-Reproduktionen der Stanzen Raffaels im Vatikan – und, mit Hilfe einiger großer stockfleckiger Bilderbücher, über die meisten Hauptstädte Europas, wie sie um 1780 ausgesehen hatten. Ich fand da auch einen riesigen Atlas aus dem achtzehnten Jahrhundert mit gewaltigen Reisekarten, die mir sehr viel Wissen vermittelten. Jede Kartenbezeichnung war umrahmt von prächtigen Verzierungen; Holland zeigte einen Fischer mit seinem Boot; Rußland einen Kosaken; Japan merkwürdige, in Pagoden gekleidete Leute – ich sage ausdrücklich »Pagoden«, weil es wirklich so aussah. Es gab zu dieser Zeit noch auf jedem Kontinent Terrae Incognitae, wie Polen oder Sarmatien, seither vergessene Länder; ich unternahm mit einem stumpfen Stift lange Reisen durch diese weite, ungenaue und erstaunliche Welt. Die Bücher in dem kleinen alten Kabinett waren vermutlich während der Viktorianischen Wiederbelebung des guten Geschmackes und dem Nachlassen der Strenggläubigkeit aus dem Salon verbannt worden, aber meine Mutter hatte keine Ahnung von ihrem Inhalt. So las und verstand ich Thomas Paines gute vernünftige Abhandlung ›Rights of man‹ und sein ›Common Sense‹. Das waren ausgezeichnete Bücher, die einst von Bischöfen gelobt worden waren und seither beharrlich verleumdet wurden. Es gab da eine ungekürzte Ausgabe von Gullivers Reisen, vielleicht eine etwas schwere Kost für einen Jungen, aber nicht zu schwer, glaube ich – ich habe es nie bereut, daß ich anhand dieser Bücher der Verniedlichung entrann. Die Satire von Traldragdubh brachte mein Blut in Wallung, was sie ja auch sollte, aber ich haßte Swift für die Houyhnhnms und konnte nachher Pferde nicht mehr ausstehn. Ich erinnere mich auch noch an Übersetzungen von Voltaires ›Candide‹ und ›Rasselas‹, und, obwohl es eine gewaltige Lektüre war, glaube ich doch bestimmt, daß ich alle zwölf Bände Gibbon gelesen habe, natürlich wie in einem Rausch von vorn bis hinten und sogar mit Nachschlagen im Atlas.

Dieses Lesen machte mir Appetit auf mehr, und ich plünderte heimlich die Bücherregale im großen Salon. Ich hatte schon eine ganze Menge Bücher gelesen, als mein ruchloser Vorwitz von Ann, der alten Beschließerin, entdeckt wurde. Ich erinnere mich, daß ich mich unter anderem an eine Übersetzung von Platos ›Staat‹ herangemacht hatte, sie aber in keiner Weise spannend fand; dazu war ich viel zu jung; aber ›Vathek‹* – ›Vathek‹ war eine herrliche Lektüre. Eine kämpferische Sache! Und jedermann mußte kämpfen!

Der Gedanke an ›Vathek‹ ruft meine Jugenderinnerungen an den großen Salon in Bladesover wach.

Es war ein riesiger langgestreckter Raum mit vielen Fenstern, die zum Park hinausgingen, und jedes dieser Fenster – eigentlich ein Dutzend oder mehr großer französischer Glastüren – hatte erlesene Seiden- oder Satinvorhänge mit schweren Säumen und einen »Baldachin« (nennt man es so?) und geraffte weiße Gardinen, die mit ihren Falten die Mauernische ausfüllten. Zu beiden Schmalseiten dieses großen stillen Saales gab es gewaltige marmorne Kamine; am einen Ende des Bücherschrankes stand eine Wölfin mit Romulus und Remus zwischen den Büsten Homers und Vergils; die Gestaltung des anderen Endes habe ich vergessen. Frederick, der Prinz von Wales, blickte trübe, aber aufgehellt durch schimmernden Firnis, in doppelter Lebensgröße von der einen Wand herab, von der andern aus einem ebensogroßen Kolossalgemälde eine Gruppe längst verblichener Drews in spärliche Hüllen als Waldgeister verkleidet, vor einem sturmgepeitschten Himmel. An der kunstvollen Decke hingen drei Kronleuchter, deren jeder einige hundert baumlange Glaskristalle trug, und auf dem schier endlosen Teppich – der mich fast ebenso beeindruckte, wie Sarmatien in dem alten Atlas – standen Inseln und Archipele chintzbezogener Sessel und Sofas, Tische, große Sèvres-Vasen auf Podesten und ein bronzener Reitersmann. Irgendwo in diesem Wildwuchs stieß man, soviel ich mich erinnere, auf

* In ›Shorter Novels‹, dritter Band: William Beckford, Vathek, an Arabian Tale, 1787.

eine große Harfe mit einem lyraförmigen Notenpult davor und auf einen Flügel.

Meine Pirsch nach Büchern war außerordentlich kühn und gefährlich. Man kam die Dienstbotentreppe herunter – das war noch legal, illegal wurde es erst auf einem kleinen Treppenabsatz, wenn man, sehr behutsam natürlich, durch eine rote Tapetentür schlich. Dann führte ein kleiner Korridor zur Vorhalle, und hier mußte man nach Ann, der Beschließerin, Ausschau halten – die jüngeren Dienstmädchen waren freundlich und zählten nicht. Blieb Ann unsichtbar, konnte man über die offene Fläche am Fuß der Haupttreppe flitzen, die niemand mehr in wahrer Würde herabschritt, seit Puder aus der Mode gekommen war, und kam so zur Salontür. Ein böse grinsender Porzellanchinese schwankte und erzitterte beim leichtesten Schritt, den man tat. Diese Tür war die gefährlichste Stelle; sie war doppelt und ebenso dick wie die Mauer, so daß man das Geräusch eines Staubwedels auf der anderen Seite unmöglich erlauschen konnte. Waren diese Ausflüge in verbotene Räume, auf der Jagd nach den vergessenen Brosamen großer Gedanken, nicht seltsam rattenartig?

Ich erinnere mich, daß ich auf den Bücherregalen auch Langhornes ›Plutarch‹ fand. Heute erscheint mir der Gedanke sonderbar, daß ich Stolz und Selbstachtung, eine Vorstellung vom Staat und Ansätze zu etwas wie Patriotismus auf eine so verstohlene Weise gewann, sonderbar auch deshalb, weil es einem alten, seit achtzehnhundert Jahren toten Griechen vorbehalten war, mich dies zu lehren.

6

Die Schule, die ich besuchte, war von der Art, wie sie das System von Bladesover gestattete. Die Public Schools, die im kurzen Frühling unserer Renaissance geblüht hatten, waren von der regierenden Klasse alsbald in Besitz genommen worden. Schulen für die niederen Klassen wurden nicht für notwendig erachtet, und die Mittelschicht erhielt die ihr angemessenen, nämlich Privatschulen, die jeder unqualifizierte Scharlatan einrichten konnte. Meine Schule wurde von einem Mann geführt, der die Energie aufgebracht hatte, ein Diplom an einer Lehrerbildungsanstalt zu erwerben, und in Anbetracht des geringen Schulgeldes gebe ich bereitwillig zu, daß die Anstalt bedeutend schlechter hätte sein können. Das Internat war ein schäbiger Bau aus gelben Ziegeln außerhalb des Dorfes, und die Unterrichtsräume befanden sich in einem Nebengebäude aus verputztem Lattenwerk.

Die Erinnerungen an meine Schulzeit sind gar nicht so schlecht – im Gegenteil, wir hatten eine ganze Menge Spaß aller Art –, aber ich kann ohne Mißdeutungen zu riskieren nicht behaupten, daß wir artig gewesen oder geläutert worden wären. Wir prügelten uns viel, und das waren keine der üblichen gesunden Raufereien, es war eine ernste und mörderische Art »gemeinen« Kampfes, wobei jeder seine Stiefel gebrauchen konnte – es machte uns jedenfalls hart –, und einige unter uns waren Söhne von Londoner Gastwirten, die zwischen »gemeinen Schlägen«, die weh tun sollten, und dem geregelten Faustkampf unterschieden, beide Künste praktizierten und überdies eine frühreife Sprache führten. Unser Kricketfeld war um die Tore herum kahl, wir spielten stillos und stritten mit dem Schiedsrichter; die Lehrtätigkeit lag hauptsächlich in den Händen eines neunzehnjährigen Lümmels, der Konfektionsanzüge trug und jämmerlich unterrichtete. Der Direktor und Besitzer selbst lehrte uns Arithmetik, Algebra, euklidische Geometrie und die älteren Jungen auch noch Trigonometrie. Er hatte eine große Vorliebe für Mathematik, und ich glaube heute, daß er, gemessen am Standard der britischen Schulen, gar nicht so schlecht war.

Wir hatten ein unschätzbares Vorrecht an dieser Schule, nämlich geistigen Wildwuchs. Wir behandelten einander mit der rauhen Unschuld wilder Jungen, wir »stritten«, »boxten« und »ohrfeigten« einander, wir lernten Indianer, Cowboys und ähnlich ehrenvolle Gestalten zu sein, aber nicht junge englische Herren; wir wurden niemals zu »Vorwärts, christliche Soldaten!« angehalten, noch etwa durch unzeitige Frömmigkeit in die kalten eichenen Kirchenstühle zur Sonntagsandacht gelenkt. All das war gut. Wir gaben unsere wenigen Pennys für den unzensierten Lesestoff aus dem Kramladen des Dorfes aus, für die ›Boys of England‹ und für wahrhaft schaurige Groschenromane – eine Schundlektüre, die Haggard und Stevenson vorgriff, schlecht gedruckt und mit fürchterlichen Illustrationen, aber uns gefiel sie sehr sehr gut. In den Semesterferien gewährte man uns die ungewöhnliche Freiheit, in Zweier- oder Dreiergruppen kreuz und quer durchs Land zu streifen, sozusagen versuchsweise, und beladen mit wilden Träumen. Das waren Streifzüge! Bis heute bedeutet die Hügellandschaft von Kent mit ihren tiefen, breiten Senken, ihren Hopfengärten und weiten goldenen Weizenfeldern, ihren Trockendarren und viereckigen Kirchtürmen, ihren Höhen und Tiefen, für mich Abenteuer, gepaart mit der Freude an ihrer Schönheit. Gelegentlich rauchten wir, aber niemand verleitete uns zu »Jungenstreichen«; so zum Beispiel »plünderten« wir nie einen Obstgarten, obgleich es ringsum viele Obstgärten gab, wir hielten Stehlen für eine Sünde, wir stahlen zwar gelegentlich Äpfel, Rüben und Erdbeeren von den Feldern, aber nicht in ruhmvoll verbrecherischer Absicht, und hinterher schämten wir uns. Wir hatten erlebnisreiche Tage, aber die ergaben sich ganz natürlich durch unvorhersehbare Abenteuer. An einem heißen Tag wanderten einige von uns in Richtung Maidstone, und der Teufel gab uns ein, das Ingwerbier zu verschmähen. So betranken wir uns fürchterlich mit Starkbier, und einmal tauchte in unsern jungen von Wildwestgeschichten vernebelten Gehirnen der schwarze Gedanke auf, uns Pistolen zu kaufen. Der junge Roots aus Highbury kam mit einem Revolver und Patronen daher, und wir zogen unser sechs los, um als tolle Kerle einen Feriennachmittag lang ein freies wildes Leben zu führen. Unseren ersten Schuß feuerten wir in der alten Kiesgrube bei Chiselstead ab, wobei uns fast die Trommelfelle geplatzt wären; den zweiten in einem Wald voller Schlüsselblumen bei Pickthorn Green, und ich täuschte Angst vor dem Forstaufseher vor, worauf wir Hals über Kopf einen guten Kilometer weit davonrannten. Danach schoß Roots plötzlich an der Straße nach Chiselstead auf einen Fasan, und der junge Barker erzählte Lügen über die Strenge der Jagdgesetze und machte Roots höllische Angst, und so versteckten wir den Revolver in einem ausgetrockneten Graben außerhalb des Schulbereichs. Einen Tag später holten wir ihn wieder, achteten nicht auf die Verschmutzung und auf den Rost im Lauf und versuchten, ein Kaninchen auf zweihundertfünfzig Meter Distanz zu erlegen. Der junge Roots schoß in einen zwanzig Schritt entfernten Maulwurfhügel, daß es nur so staubte, verbrannte sich die Finger und versengte sich das Gesicht; und die Waffe, nachdem sie einmal die seltsame Neigung gezeigt hatte, nach hinten loszugehn und den Schützen zu beschädigen, wurde später nie mehr abgefeuert.

Unser Hauptspaß war »Leute erschrecken«, Leute, die mit Wagen und Karren die Straße nach Goudhurst entlang fuhren; das gespenstische weiße Wesen, zu dem ich in den

Kalkgruben hinter dem Dorf wurde, die Gelbsucht, die ich mir als Folge eines Bades mit drei anderen splitternackten Adamiten, angeführt von meinem alten Freund Ewart, im Bach bei den Hicksonswiesen zuzog, zählen zu meinen schönsten Erinnerungen. Waren das freie, phantasiereiche Nachmittage! Wieviel sie uns bedeuteten! Wie sehr sie uns belehrten! Alle Bäche kamen für uns aus dem damals noch unentdeckten »Quellgebiet des Nils«, alle Dickichte waren indische Dschungel, und unser schönstes Spiel, ich sage es voll Stolz, habe ich selbst erfunden. Ich brachte es aus dem Salon von Bladesover. Wir fanden einen Wald, wo »Durchgang verboten« war, und spielten die »Flucht der Zehntausend« durch ihn hindurch, von einem Ende zum anderen, bahnten uns tapfer einen Weg durch ein Gewirr von Nesseln, die unseren Schritt hemmten, und vergaßen nicht niederzuknien und »Thalatta, Thalatta!« zu schluchzen, als wir schließlich in Sichtweite des High-Road-Sees kamen. Dabei erschreckten wir mit unserem Weinen und Lachen manchmal ahnungslose Wanderer. Für gewöhnlich übernahm ich die Rolle des Generals Xenóphon – bitte beachten Sie die falsche Betonung auf dem o. Ich betonte alle klassischen Namen auf der vorletzten Silbe – Sokrates reimte sich bei mir auf »er tat es«, und wenn mich nicht der strenge Blick irgendeines Gelehrten vor dessen kritischem Urteil warnt, gebrauche ich diese liebe alte, falsche Aussprache immer noch. Der kleine Abstecher ins Lateinische während meiner Zeit als Drogist brachte mich von dieser Gewohnheit nicht ab. Nun ja – als ich die großen Männer der Vergangenheit kennenlernte und willkürlich betonte, gewannen sie immerhin für mich Leben als Zeitgenossen in einer lebenden Sprache. Im ganzen genommen hätte mir meine Schule also viel schlechter anschlagen können, und unter anderen guten Dingen vermittelte sie mir einen Freund, der mir mein ganzes Leben lang treu blieb.

Das war Ewart, der nun, nach vielen Irrwegen, als hervorragender Künstler in Woking lebt. Ein lieber Junge, dem seine Anzüge immer zu klein waren, ein schlacksiger Lümmel, lächerlich groß neben meiner jugendlichen Stämmigkeit, mit demselben rundlich knorrigen Gesicht wie heute, denselben großen, lebhaften haselnußbraunen Augen, demselben starren Blick, den nachdenklichen Augenblicken und tiefsinnigen Antworten, nur hatte er damals unter seiner Knopfnase noch keinen schwarzen Schnurrbart. Ganz gewiß hat sich nie ein Junge so verrückt aufgeführt, wie Bob Ewart es zu tun pflegte, kein Junge hatte ein größeres Geschick, in der Welt Wunder zu entdecken. Vor Ewart entschwand die Alltäglichkeit, bei seinen treffenden Erklärungen wurden alle Dinge beachtenswert und denkwürdig. Von ihm hörte ich zum ersten Mal etwas über die Liebe, aber erst, nachdem ihre Pfeile schon in meinem Herzen steckten. Er war, wie ich mittlerweile weiß, ein unehelicher Sohn des großen leichtsinnigen Künstlers Rickmann Ewart; er brachte das Licht einer verlotterten Welt, die wenigstens der Schönheit nicht den Rücken gekehrt hatte, in die zunehmende Gärung meiner Seele.

Ich gewann sein Herz durch mein Schwärmen für Vathek, und von da an waren wir unzertrennliche Freunde. Wir stimmten unsere intellektuellen Bestrebungen so vollkommen aufeinander ab, daß ich mich manchmal frage, warum ich nicht zu einem Ewart wurde, und warum Ewart nicht mein stellvertretendes und abgeleitetes Ich ist.

7

Und dann, als ich eben meinen vierzehnten Geburtstag gefeiert hatte, überfiel mich die Tragik des Schicksals.

Dazu kam es in den Sommerferien, und es widerfuhr mir durch die ehrenwerte Beatrice Normandy. Sie war noch vor meinem zwölften Jahr »in mein Leben getreten«, wie man so schön sagt.

Sie tauchte unerwartet in einer jener friedlichen Pausen auf, die der jährlichen Abreise der erwähnten drei großen Damen folgte, wohnte in der alten Kinderstube im Oberstock und nahm jeden Tag den Tee mit uns im Wirtschaftsraum ein. Sie war acht, und von einem Kindermädchen namens Nannie begleitet; und um es vorwegzunehmen: ich mochte sie überhaupt nicht.

Keinem in den Gesinderäumen gefielen diese Eindringlinge; die beiden brachten »Unruhe« herein – schlimmer noch, Ärgernis; Nannies Pflichtbewußtsein gegenüber ihrem Schützling führte zu Wünschen und Forderungen, die meiner Mutter den Atem benahmen. Zu den ungewöhnlichsten Zeiten Eier oder abgekochte Milch, während ein ausgezeichneter Pudding abgelehnt wurde – und das nicht etwa respektvoll ausgehandelt, sondern angeordnet, als hätte sie das Recht dazu. Nannie war eine freudlose, wortkarge Frau mit länglichem Gesicht und grauer Kleidung; sie legte eine hinterhältige Unbeugsamkeit an den Tag, die auf die Dauer entmutigte, niederschmetternd wirkte, und somit jeden Widerstand überwand. Sie behauptete, Befehle zu überbringen – wie der »Bote« in einer griechischen Tragödie. Sie war eines der seltsamen Produkte vergangener Tage, eine ergebene, zuverlässige Dienerin, und hatte all ihren Stolz und Willen den größeren, mächtigeren Leuten geopfert, die ihr Arbeit gaben, als Gegenleistung für die lebenslange Sicherheit eines Dienstverhältnisses – das Abkommen war auch ohne ausdrückliche

Vereinbarung bindend. Eines Tages würde sie, im Genuß eines Ruhegehaltes, verhaßt, aber in Ehren gehalten, in einem Altersheim sterben. Innerlich hatte sie sich vollkommen auf Unterordnung unter die Höherstehenden eingestellt, sie hatte alle gegenteiligen Einflüsterungen ihrer Seele unterdrückt, alle persönlichen Regungen ins Gegenteil verkehrt oder aufgegeben. Sie war geschlechtslos, ihr ganzer Stolz galt dem Kind einer anderen Frau, das sie mit strenger, freudloser Ergebenheit bemutterte – was sie auch die später unvermeidliche Trennung vollkommen gelassen hinnehmen ließ. Sie behandelte uns alle wie Dinge, die zu nichts anderem gut waren, als für ihren Schützling Handlangerdienste zu verrichten. Die ehrenwerte Beatrice hingegen konnte sich herablassend zeigen.

Die Erlebnisse späterer Jahre drängen sich zwischen mich und eine eindeutige, klare Erinnerung an dieses kindliche Gesicht. Wenn ich an Beatrice denke, sehe ich sie so, wie ich sie später kannte, als ich sie schließlich so genau kannte, daß ich sie noch heute zeichnen könnte, mit hundert kleinen Einzelheiten, die ein anderer an ihr nicht bemerken würde. Aber ich erinnere mich, daß mir die unendliche Zartheit ihrer kindlichen Haut und die feinen Augenbrauen auffielen, die feiner waren als der Flaum auf der Brust eines Vogels. Sie war eines jener elfenhaften, frühreifen kleinen Mädchen, sie errötete schnell, und manchmal fiel ihr das natürlich gelockte Haar über die Augen, die boshaft dunkel und dann wieder in hellem Gelbbraun leuchten konnten. Und von Anfang an, nach einer flüchtigen Aufmerksamkeit für Rabbits, entschied sie, daß ich das einzige wirklich interessante Geschöpf an der Teetafel sei.

Die Erwachsenen unterhielten sich in ihrer förmlichen, langweiligen Weise – erzählten Nannie die abgedroschenen alten Geschichten über den Park und das Dorf, mit denen sie niemanden verschonten, und Beatrice beobachtete mich über den Tisch hinweg mit einer unbarmherzigen Neugier, die mich verlegen machte.

»Nannie«, sagte sie, auf mich deutend, und Nannie ließ eine Frage meiner Mutter unbeantwortet, um ihr zuzuhören, »ist er ein junger Lakai?«

»Scht«, machte Nannie. »Das ist Master Ponderevo.«

»Ist er ein junger Lakai?« wiederholte Beatrice.

»Er ist ein Schuljunge«, sagte meine Mutter.

»Dann darf ich mit ihm reden, Nannie?«

Nannie fixierte mich rücksichtslos und unmenschlich. »Du sollst nicht soviel reden«, sagte sie zu ihrem Schützling und zerteilte ein Kuchenstück für sie. »Nein«, fügte sie entschieden hinzu, als Beatrice zum Reden ansetzte.

In Beatrice glomm Gehässigkeit. Ihre Augen musterten mich feindselig. »Er hat schmutzige Hände«, sagte sie, um die sauren Trauben schlechtzumachen, »und sein Kragen ist ausgefranst.«

Dann widmete sie sich, als habe sie mich vollkommen vergessen, ihrem Kuchen, was mich mit Haß und mit dem leidenschaftlichen Wunsch erfüllte, sie zu zwingen, mich zu bewundern ... Und am nächsten Tag wusch ich mir vor dem Tee zum erstenmal in meinem Leben freiwillig, ohne Befehl oder anderen Zwang, die Hände.

So begann unsere Bekanntschaft und wurde später durch einen wunderlichen Einfall ihrerseits ausgebaut und vertieft. Sie mußte wegen einer Erkältung das Haus hüten und stellte Nannie ganz plötzlich vor die Alternative: entweder sie würde fürchterlich ungezogen werden, was in ihrem Fall auf jenes gewaltige Geheul hinauslief, das für die Ohren einer älteren, gebrechlichen, reichen Tante vollkommen unerträglich war, oder aber man ließe mich hinauf zu ihr in die Kinderstube, damit sie den ganzen Nachmittag mit mir spielen könne. Nannie kam, von Sorge erfüllt, herunter und borgte mich aus; und ich wurde dem kleinen Geschöpf übergeben, als wäre ich die größere Abart eines Teddybären. Ich hatte vorher niemals etwas mit einem kleinen Mädchen zu tun gehabt, und Beatrice erschien mir schöner, wunderbarer und gescheiter als alles, was mir je in meinem Leben begegnen könnte. Und sie fand, ich sei der höflichste Sklave – wenn auch, wie ich ihr unstreitig klarmachte, ziemlich kräftig. Und Nannie war überrascht, wie rasch und fröhlich der Nachmittag verging. Sie lobte mein Benehmen vor Lady Drew und vor meiner Mutter, die ihrerseits sagte, sie sei froh, etwas Gutes über mich zu hören, und von da an spielte ich oft mit Beatrice. Ihre Spielsachen blieben mir bis heute als groß und prächtig in Erinnerung, riesenhaft im Verhältnis zu dem mir bis dahin bekannten Spielzeug, und wir gingen sogar zum großen Puppenhaus, das sich im selben Stockwerk wie die Kinderstube befand, und spielten behutsam damit. Das große Puppenhaus, das der Prinzregent einst Sir Harry Drew für dessen Erstgeborenen (der mit fünf Jahren starb) geschenkt hatte, war ein gut gelungenes Abbild von Bladesover, enthielt fünfundachtzig Puppen und hatte seinerzeit hundert Pfund gekostet. Und so spielte ich unter gebieterischer Anleitung mit dem glorreichen Gegenstand.

Als ich nach diesen Ferien in die Schule zurückkehrte, träumte ich von wundervollen Dingen, und Ewart sprach mit mir über die Liebe; ich erzählte Wunderdinge von dem Puppenhaus, das sich in Ewarts Vorstellung im Handumdrehen zu einer ganzen Puppeninsel auswuchs.

Eine der Puppen, entschied ich heimlich, sah Beatrice ähnlich.

Es war abermals ein Festtag für mich, als ich wieder mit ihr zusammenkam – höchst seltsamerweise ist meine Erinnerung an dieses zweite Mal recht unklar –, und dann folgt eine Gedächtnislücke von einem Jahr, und schließlich meine Ächtung.

8

Nun sitze ich hier und schreibe meine Geschichte und erzähle die Dinge in ihrem Ablauf nieder, und mir fällt zum erstenmal auf, wie unlogisch und vernunftwidrig die Erinnerung sein kann. Man kann sich zwar an Handlungen erinnern, an Motive aber nicht; man erinnert sich lebhaft an Augenblicke, die unerklärlicherweise herausstechen – heraufgespültes Stückwerk, das mit nichts zusammenhängt und nirgendwo hinführt. Ich glaube, ich muß Beatrice und ihren Halbbruder in meinen letzten Ferien auf Bladesover sehr oft gesehen haben, aber ich kann mich wirklich nur noch undeutlich erinnern, welcher Art unser Umgang miteinander war. Die große Krise meiner Jugendjahre steht mir unauslöschlich als Tatsache vor Augen, als ein Wendepunkt, aber wenn ich nach Einzelheiten suche – nach den genauen Einzelheiten, die zu dieser Krise führten –, bin ich außerstande, sie in eine chronologische Reihenfolge zu bringen. Dieser Halbbruder, Archie Garvell, war ein neuer Faktor in der ganzen Angelegenheit. Ich erinnere mich sehr klar an ihn, er war ein blondhaariger, hochmütiger, schlaksiger Junge, viel größer, aber vermutlich nicht viel schwerer als ich, und irgendwie haßten wir einander von Anfang an instinktiv; doch an meine erste Begegnung mit ihm kann ich mich überhaupt nicht erinnern.

Wenn ich so in die Vergangenheit zurückblicke – es ist, wie wenn Diebe auf einem vergessenen Dachboden, der ihre Aufmerksamkeit erregt hat, herumstöberten –, kann ich mir nicht einmal die Anwesenheit der beiden Kinder auf Bladesover erklären. Sie stammten, soviel ich weiß, von einem der zahlreichen Vettern Lady Drews ab und waren, gemäß den Überlegungen in den Wirtschaftsräumen, Anwärter auf das Erbe von Bladesover. Wenn sie das waren, wurden ihre Hoffnungen enttäuscht. Aber dieses große Gut, mit all seinem verblichenen Glanz, seinen kostbaren Möbeln und seiner langen Tradition, stand ganz unter der Verfügung der alten Lady; und ich bin geneigt, zu glauben, daß sie diese Tatsache benützte, um eine Menge der in Frage kommenden Erben zu quälen und zu beherrschen. Lord Osprey war einer von ihnen, und sie erwies seinem mutterlosen Kind und dem Stiefkind diese Gastfreundschaft zweifellos zum Teil auch, weil er arm war, aber ebenso, wie ich heute glaube, in der schwachen Hoffnung, eine liebevolle oder annehmbare Beziehung zu den beiden zu finden. Nannie war dieses zweite Mal nicht mehr dabei, und Beatrice stand unter der Aufsicht einer liebenswürdigen und unfähigen jungen Frau aus ärmlichen Verhältnissen, deren Namen ich nie erfahren habe. Die beiden Kinder waren vermutlich besonders schwer zu beaufsichtigen und dabei sehr unternehmungslustig. Es verstand sich, wie ich mich auch noch zu erinnern glaube, von selbst, daß ich kein passender Spielkamerad für sie war und daß wir einander so unauffällig wie möglich treffen mußten. Es war Beatrice, die auf diese Zusammenkünfte Wert legte.

Ich bin sicher, daß ich mit meinen vierzehn Jahren eine ganze Menge über die Liebe wußte und in Beatrice so verliebt war wie nur irgendein leidenschaftlicher Erwachsener, und daß auch Beatrice auf ihre Art in mich verliebt war. Es ist ein Teil der sittsamen und nützlichen Illusionen unserer Welt, daß Kinder in dem Alter, in dem wir uns befanden, von der Liebe nichts halten, nichts verspüren und nichts wissen dürfen. Es ist unglaublich, wie gut das englische Volk es versteht, diesen Wahn aufrechtzuerhalten. Ich freilich komme nicht darum herum, zu erzählen, daß Beatrice und ich von Liebe sprachen, daß wir einander küßten und umarmten.

Ich erinnere mich an einige Sätze eines Gespräches unter überhängendem Buschwerk – ich stand an der Parkseite der Steinmauer und meine Herzensdame saß, ein wenig unfein, rittlings auf ihr. Unfein sage ich? Sie hätten die süße Hexe sehen müssen, so wie ich sie in Erinnerung habe! Ganz deutlich steht mir noch das Bild vor Augen, ihre Gestalt auf der Mauer, hinter ihr die hellen Zweige der Büsche im Laubengang, den meine Füße nicht entweihen durften, und in der Ferne, hoch über ihr, dunkel und majestätisch, das Gesims von Bladesover vor dem bewölkten Himmel. Unser Gespräch muß ernst und sachlich gewesen sein, denn wir diskutierten über meine gesellschaftliche Stellung.

»Ich mag Archie nicht«, hatte sie plötzlich erklärt; und dann beugte sie sich vor, so daß ihr die Haare über das Gesicht fielen, und flüsterte: »Dich liebe ich!«

Aber sie war sehr darauf bedacht, klarzustellen, daß ich kein Lakai sei und keiner sein könne.

»Du wirst niemals ein Dienstbote sein – niemals!«

Ich schwor das sehr bereitwillig, und dieses Gelübde habe ich, schon meiner Veranlagung entsprechend, dann auch gehalten.

»Was wirst du werden?« fragte sie.

Ich besann mich rasch auf die verschiedenen Berufe.

»Vielleicht Soldat?« fragte sie.

»Um mich von Dummköpfen anbrüllen zu lassen? Keine Sorge!« widersprach ich. »Das überlasse ich den Bauernburschen.«

»Oder Offizier?«

»Ich weiß nicht«, sagte ich, um beschämenden Schwierigkeiten auszuweichen. »Ich möchte lieber zur Marine gehen.«

»Möchtest du denn kämpfen?«

»Gewiß möchte ich kämpfen«, antwortete ich. »Aber nicht als gewöhnlicher Soldat – es ist nicht ehrenvoll, wenn du auf Befehl kämpfst und dabei beaufsichtigt wirst, und wie könnte ich Offizier werden?«

»Kannst du das denn nicht?« fragte sie und sah mich zweifelnd an; und zwischen uns öffnete sich die Kluft des gesellschaftlichen Systems.

Da nahm ich es wie jeder geistvolle Mann auf mich, aufzuschneiden und mich durch alle Schwierigkeiten hindurchzulügen. Ich erklärte, daß ich ein armer Mann sei und daß arme Männer eben zur Marine gingen; daß ich auch besser Mathematik »könne« als jeder Armeeoffizier; und ich berief mich auf Nelson und redete sehr hochtrabend von meinen Aussichten zur See. »Er liebte Lady Hamilton«, sagte ich, »obwohl sie eine Lady war – und ich werde dich lieben.«

Soweit waren wir gekommen, als die lästige Gouvernante zu rufen begann: »Beee-atrice! Beeee-e-e-atrice!«

»Gemeine Schnüfflerin!« sagte meine Lady und versuchte die Konversation weiterzuführen; aber die Gouvernante machte das unmöglich.

»Komm her!« sagte meine Lady plötzlich und streckte ihre schmutzige Hand aus; ich trat sehr nahe zu ihr hin, und sie neigte ihren kleinen Kopf so weit herunter, daß die schwarze Wolke ihres Haares meine Wange kitzelte.

»Bist du mein bescheidener, getreuer Geliebter?« verlangte sie flüsternd zu wissen. Ihr warmes gerötetes Gesicht berührte fast das meine, und ihre Augen waren sehr dunkel und glänzend.

»Ich bin dein bescheidener, getreuer Geliebter«, flüsterte ich zurück.

Und da legte sie ihren Arm um meinen Nacken, bot mir ihre Lippen, und wir küßten einander, und so jung ich noch war, alles in mir erbebte. So küßten wir beide zum ersten Mal.

»Beeee-e-e-a-trice!« erklang es beängstigend nahe.

Meine Lady war mit einem wilden Sprung ihrer schwarzbestrumpften Beine entschwunden. Einen Augenblick später hörte ich, wie sie die Vorwürfe ihrer Gouvernante über sich ergehen ließ und das vorangegangene Ausbleiben einer Antwort mit bewunderungswürdiger Erfindungsgabe und Unaufrichtigkeit zu entschuldigen wußte.

Ich fühlte, wie unnötig es war, mich gerade jetzt sehen zu lassen, und verschwand schuldbewußt um die Ecke, in den westlichen Wald, träumte von Liebe und kühnen Taten und wanderte eines der gewundenen farnbewachsenen Täler entlang, die den Park von Bladesover so abwechslungsreich machten. Und an diesem Tag und noch für viele weitere war der Kuß auf meinen Lippen eine Besiegelung und in den Nächten die Ursache vieler Träume.

Dann erinnere ich mich an eine Expedition, die wir zusammen unternahmen – sie, ihr Halbbruder und ich – in eben jenen westlichen Wald – die beiden sollten eigentlich im Laubengang spielen – und wie wir uns in Indianer verwandelten, einen Wigwam aus einem Stapel Buchenstangen bauten, uns ganz nahe an das Damwild heranpirschten, Hasen beobachteten, die sich auf einer Lichtung herumtrieben, und fast ein Eichhörnchen erwischt hätten. Das Spiel war reichlich gewürzt mit Diskussionen zwischen mir und dem jungen Garvell, da jeder von uns entschlossen die Führerrolle beanspruchte, und nur durch meine größere Belesenheit – ich hatte zehnmal soviel Geschichten gelesen wie er – gewann ich die Oberhand. Ich übertrumpfte ihn auch damit, daß ich wußte, wie man in einem Farnstengel einen Adler entdecken kann. Und aus irgendeinem Grund – ich kann mich nicht mehr erinnern, was uns dazu veranlaßte – krochen Beatrice und ich, erhitzt und zerzaust, unter das hohe Farnkraut und versteckten uns vor Garvell. Die großen Wedel ragten einen Meter oder mehr über uns empor, und da ich gelernt hatte, wie man sich zwischen den Stengeln hindurchschlängelt, ohne sich durch das Schwanken der Wedel zu verraten, kroch ich voran. Die Erde unter dem Farnkraut ist wunderbar sauber und bei warmem Wetter von zartem Duft, die Stengel kommen schwarz aus dem Boden und werden oben grün; von unten gesehen gleichen sie einem tropischen Wald. Ich lotste Beatrice hindurch, und dann, als sich wieder eine Lichtung vor uns öffnete, hielten wir inne. Sie rückte neben mich, bis ihr heißes kleines Gesicht dem meinen sehr nahe war; wieder spürte ich ihren Atem, sie schaute mich an, und plötzlich legte sie ihren Arm um meinen Hals, zog mich neben sich nieder und küßte mich, und gleich darauf noch einmal. Wir küßten einander eng umschlungen und küßten wieder, ohne ein Wort; als wir voneinander abließen, starrten wir vor uns hin und zögerten – dann schlug unsere Stimmung plötzlich um. Ein wenig verlegen krochen wir ins Freie und wurden sofort von Archie entdeckt und auf die langweiligste Weise beansprucht.

Daran erinnere ich mich ganz klar, an anderes nur undeutlich. – Ich weiß noch, daß der alte Hall, der mit seiner Büchse auf Dohlenjagd war, an einem unserer üblichen Spiele teilnahm, aber ich kann mich nicht mehr daran erinnern wie; und als letztes steht mir jäh und deutlich unser Kampf im Gehege vor Augen. Das Gehege war, wie die meisten Orte dieses Namens in England, nicht ein Gehege im eigentlichen Sinn, sondern ein langer Abhang, bewachsen mit Weißdorn und Buchen, über den ein Fußweg zur Abkürzung der Fahrstraße führte, die sich zwischen Bladesover und Ropedean am Fuß der Hügel entlangwindet. Ich weiß nicht mehr genau, wie wir drei dorthin gerieten, aber mir ist, als hinge es mit einem Besuch zusammen, den die Gouvernante den Pfarrersleuten von Ropedean machte. Auf einmal begannen jedoch Archie und ich, während wir ein Spiel besprachen, uns wegen Beatrice zu streiten. Ich hatte ihm ein durchaus faires Angebot gemacht: Ich sollte ein spanischer Edelmann sein, sie meine Frau und er ein Indianerstamm, der sie mir zu entführen versuchte. Das Angebot, einen ganzen Indianerstamm zu verkörpern, mit der Chance, eine Beute so hoher Qualität zu machen, erschien mir für einen Jungen ziemlich verlockend. Aber Archie war plötzlich beleidigt.

»Nein«, sagte er, »das geht nicht!«

»Was geht nicht?«

»Du kannst kein Edelmann sein, weil du keiner bist. Und du kannst nicht spielen, daß Beatrice deine Frau ist. Das ist – das ist unverschämt.«

»Aber –«, sagte ich und sah sie an.

Archie war an diesem Tag wohl aus irgendeinem Grund schlecht gelaunt. »Wir lassen dich mit uns spielen«, bohrte er weiter, »aber so etwas können wir nicht machen.«

»So ein Quatsch«, sagte Beatrice. »Er kann, wenn er will.«

Aber Archie beharrte auf seinem Standpunkt. Ich ließ ihn dabei und wurde erst drei oder vier Minuten später ärgerlich. Dabei überlegten wir immer noch Spiele und stritten über ein anderes. Nichts schien uns allen dreien zu passen.

»Wir wollen überhaupt nicht mehr, daß du mit uns spielst«, sagte Archie.

»Doch, das wollen wir«, widersprach Beatrice.

»Er verschluckt immer das h.«

»Nein, das 'ab ich nicht«, entfuhr es mir in der Hitze des Augenblicks.

»Da hast du's«, rief er, »'ab, sagt er, 'ab! Ordinärer geht's nicht.«

Dabei zeigte er mit dem Finger auf mich. Er hatte mich an meiner empfindlichsten Stelle getroffen. Ich stürzte auf ihn los. Es war die einzig mögliche Antwort. »Hallo!« rief er bei meinem unüberlegten Angriff. Er nahm eine ziemlich korrekte Boxhaltung ein, parierte meinen Hieb, landete selbst einen auf meiner Wange und lachte, überrascht und erleichtert über seinen Erfolg. Worauf mich eine mörderische Wut überkam. Er konnte ebensogut oder besser boxen als ich – daß ich überhaupt etwas davon verstand, erkannte er erst jetzt –, aber ich hatte auch schon ein- oder zweimal mit bloßen Fäusten bis zum bitteren Ende gekämpft, ich war es gewohnt, wilde Schläge auszuteilen und einzustecken, und er hatte sich wohl niemals zuvor wirklich geschlagen. Schon nach zehn Sekunden spürte ich Schlappheit in ihm, erkannte die ganze Art der modernen englischen Oberschicht, die niemals ernst macht, die sich mit Regeln und kleinlichen Ehrenstandpunkten absichert, damit der wahren Ehre Abbruch tut und Anerkennung für nachweislich nur halb getane Dinge fordert. Er schien zu glauben, sein erster Hieb und noch ein, zwei weitere würden genügen und ich würde aufgeben, da von meinen Lippen Blut auf meine Kleider tropfte. So stellte er schon nach einer Kampfminute seine Angriffe bis auf kurze Ausfälle ein, und ich drosch fast so, wie ich es wollte, auf ihn los und fragte atemlos und hitzig, wie es in unserer Schule üblich war, ob er genug habe, ohne zu bedenken, daß er sich wegen seines hohen Ehrenstandpunkts, wie auch wegen seiner weichlichen Erziehung unmöglich dazu aufraffen konnte, mich entweder zu schlagen oder aufzugeben.

Ich erfaßte ziemlich klar, daß Beatrice während der ganzen Zeit in undamenhafter Aufregung um uns herumtanzte, war aber zu beschäftigt, um viel von dem zu verstehen, was sie sagte. Sie feuerte uns beide an, und heute bin ich geneigt zu glauben – und das könnte von der Ernüchterung meiner reiferen Jahre herrühren –, daß es ihr gleichgültig war, wer gewann.

Dann stolperte der junge Garvell, als er einem meiner Hiebe auswich, und fiel über einen großen Stein, und ich, immer noch dem von meiner Schule her gewohnten Verhalten folgend, warf mich unverzüglich auf ihn, um ihn »fertigzumachen«. Wir lagen, sehr miteinander beschäftigt, auf dem Boden, als wir beide uns einer peinlichen Störung bewußt wurden.

»Hör auf, du Idiot!« sagte Archie.

»Oh, Lady Drew!« hörte ich Beatrice rufen. »Sie schlagen sich! Sie schlagen sich so schrecklich!«

Ich schaute über die Schulter zurück. Archies Wunsch aufzustehen wurde unwiderstehlich, und meine Entschlossenheit weiterzumachen verschwand schlagartig.

Ich sah die beiden alten Damen, stattliche Erscheinungen in glänzender dunkler Kleidung aus schwarzer und roter Seide und Pelz, zu Fuß durch das Gehege herannahen, die Pferde ledig hinter sich, und so trafen sie auf uns. Beatrice lief sogleich zu ihnen, als suche sie Zuflucht, und stellte sich, hervorlugend, schräg hinter sie. Wir beide erhoben uns niedergeschlagen. Die zwei alten Damen waren offenbar ganz schrecklich schockiert und starrten uns mit ihren armen alten Augen an; noch nie hatte ich Lady Drews Lorgnette dermaßen zittern sehen.

»Du hast dich doch sonst nie geprügelt?« sagte Lady Drew. »Und jetzt hast du dich geprügelt.«

»Es war kein richtiger Boxkampf«, fuhr Archie auf und sah mich anklagend an.

»Das ist ja Mrs. Ponderevos George!« stellte Miss Somerville fest und fügte so zur Feststellung meines offensichtlichen Sakrilegs noch die Beschuldigung des Undanks hinzu.

»Wie konnte er es wagen?« rief Lady Drew entsetzt.

»Er hat die Regeln gebrochen«, sagte Archie und schnappte nach Luft. »Ich bin ausgerutscht, und – er hat sich auf mich geworfen, als ich auf dem Boden lag. Er hat sich auf mich gekniet.«

»Wie konntest du es wagen?« sagte Lady Drew.

Ich holte ein zusammengeknülltes Taschentuch hervor

und wischte mir das Blut vom Kinn, gab aber keine Erklärung für meine Dreistigkeit ab. Unter anderem verhinderte dies auch meine Atemlosigkeit.

»Er hat nicht fair gekämpft«, schluchzte Archie ...

Beatrice betrachtete mich von ihrem Beobachtungsposten hinter den Damen aus gespannt und ohne Feindseligkeit. Ich bin geneigt zu glauben, daß die Veränderung meines Gesichtes infolge der Verletzung an der Lippe sie interessierte. Trotz meiner Verwirrung dämmerte mir schwach die Erkenntnis, daß ich nichts von unserem gemeinsamen Spiel sagen durfte. Das wäre nicht nach ihren Spielregeln gewesen. Ich entschied mich also in dieser schwierigen Lage zu mürrischem Stillschweigen und wollte dieses beibehalten, welche Folgen es auch nach sich ziehen mochte.

9

Die maßgebenden Persönlichkeiten in Bladesover machten einen außerordentlichen Wirbel um meinen Fall.

Ich muß mit Bedauern zugeben, daß die ehrenwerte, erst zehnjährige Beatrice Normandy mich verriet, im Stich ließ und abscheuliche Lügen über mich erzählte. Offensichtlich hatte sie schreckliche Angst und auch ein schlechtes Gewissen, zitterte bei dem bloßen Gedanken, daß ich ja ihr vertrauter Geliebter war und so weiter, wie auch bei der flüchtigsten Erinnerung an unsere Küsse; ihr Verrat war schändlich, zugleich aber auch menschlich zu verstehen. Sie und ihr Halbbruder logen in vollkommener Übereinstimmung und bezichtigten mich eines mutwilligen Angriffs. Sie hätten sich im Gehege niedergelassen, als ich hinaufgekommen sei, sie angesprochen habe, und so weiter.

Alles in allem war Lady Drews Entscheidung, wie ich

jetzt einsehe, im Lichte dieser Aussagen gerecht und gnädig.

Das Urteil wurde mir durch meine Mutter überbracht, die, wie ich tatsächlich glaube, noch mehr über die Ungeheuerlichkeit meiner gesellschaftlichen Insubordination schockiert war als Lady Drew selbst. Sie ließ sich des langen und breiten über die Wohltaten ihrer Herrin mir gegenüber aus, über die Unverschämtheit und Gottlosigkeit meiner Handlungsweise, und gelangte schließlich zu den Einzelheiten meiner Strafe. »Du mußt zum jungen Mr. Garvell hinaufgehen und dich bei ihm entschuldigen.«

»Ich werde mich nicht entschuldigen«, sagte ich, und brach damit zum ersten Mal mein Schweigen.

Meine Mutter sah mich ungläubig an.

Ich verschränkte die Arme auf dem Tischtuch und verkündete böse mein letztes Wort. »Ich werde mich auf keinen Fall entschuldigen«, erklärte ich. »Verstanden?«

»Dann mußt du fort, zu deinem Onkel Frapp nach Chatham.«

»Es ist mir egal, wohin ich gehen muß oder was ich zu tun habe, aber ich werde mich nicht entschuldigen«, beharrte ich.

Und ich tat es wirklich nicht.

Danach stand ich allein gegen die ganze Welt. Vielleicht hatte meine Mutter im Innersten ein wenig Mitleid mit mir, aber sie zeigte es nicht. Sie stellte sich auf die Seite des jungen Herrn; sie versuchte energisch, sogar sehr energisch, mich dazu zu bringen, ihm zu sagen, es täte mir leid, ihn verprügelt zu haben. Vergeblich!

Ich konnte es ihr nicht erklären.

Also brachte mich der Kutscher Jukes in eisigem Schweigen mit einem Einspänner zum Bahnhof in Redwood, und von dort aus fuhr ich in die Verbannung. Alle meine Habe lag in einem kleinen Wachstuchkoffer hinter meinem Sitz.

Ich fühlte, daß ich allen Grund hatte, verbittert zu sein; das Spiel war nach keiner Regel, die ich kannte, irgendwie gerecht … Aber am meisten verbitterte mich die Tatsache, daß die ehrenwerte Beatrice Normandy mich verleugnet hatte und vor mir geflohen war, ganz so, als wäre ich ein Aussätziger. Sie hatte nicht einmal versucht, sich von mir zu verabschieden. Das wenigstens hätte sie tun können. Was wäre geschehen, wenn ich sie verraten hätte! Aber der Sohn eines Dienstboten ist eben auch nur ein Dienstbote. Das hatte sie vergessen und sich nun daran erinnert …

Ich tröstete mich mit ausgefallenen Träumereien, was ich tun würde, wenn ich hart und mächtig, etwa wie Coriolanus, nach Bladesover zurückkäme. Ich erinnere mich nicht mehr an die Einzelheiten, aber ohne Zweifel ließ ich ungeheure Großmut walten …

Nun, ich habe jedenfalls nie gesagt, daß es mir leid tue, den jungen Garvell verprügelt zu haben, und es tut mir auch bis zum heutigen Tag nicht leid.

Über meinen Sprung in die Welt und wie ich Bladesover zum letzten Mal sah

I

Als ich nun so aus Bladesover verbannt worden war, und das ein für allemal, brachte mich meine Mutter in gereizter Stimmung erst zu ihrem Vetter Nikodemus Frapp und dann, als vertraglich verpflichteten Lehrling, zu meinem Onkel Ponderevo.

Aus der Obhut meines Vetters Nikodemus lief ich fort und zurück nach Bladesover.

Mein Vetter Nikodemus Frapp war Bäcker in einer Hintergasse – besser gesagt: einem Elendsviertel. Die Gasse zweigte von der häßlichen schmalen Hauptstraße ab, die sich durch Rochester und Chatham hindurchwindet. Der Vetter war, das gebe ich zu, ein Schrecknis für mich: ein krummer, einherschlurfender, widerborstiger, finsterer Mann, mit Mehl im Haar und auf den Wimpern, in den Falten seines Gesichtes und den Nähten seiner Kleider, und völlig beherrscht von seiner jungen, aufgeschwemmten, geschwätzigen, immer Krankheit simulierenden Frau. Ich kam nie dazu, diesen ersten Einblick zu korrigieren, und denke immer noch mit Schaudern an ihn, als an eine Karikatur von läppischer Einfalt. So wie ich ihn in Erinnerung habe, war er wirklich ein Musterexemplar traditioneller Unterwürfigkeit. Er besaß überhaupt keinen Stolz; gute Kleidung und Sich-Feinmachen war nichts für »Leute wie ihn«. Seine Frau, die darin übrigens sehr ungeschickt war, mußte ihm seine schwarzen Haare in unregelmäßigen Abständen schneiden, und seine schmutzigen Fingernägel waren für verwöhnte Augen ein Greuel. Auch für sein Geschäft entwickelte er weder Stolz noch irgendwelchen Unternehmungsgeist; sein einziger

Vorzug war es, daß er gewisse Dinge nicht tat und hart arbeitete. »Dein Onkel«, sagte meine Mutter – alle erwachsenen Vettern wurden in der viktorianischen Mittelschicht höflichkeitshalber Onkel genannt – »ist nicht ansehnlich und redegewandt, aber er ist ein wackerer, hart arbeitender Mann.« Harte Arbeit brachte ein gewisses Ansehen mit sich, mochte sie auch in einem System verkehrter Werte wenig nützen. Es war Ehrensache, bei oder vor der Morgendämmerung aufzustehen und dann eifrig herumzuwerkeln. Es steht mir noch sehr klar vor Augen, daß der gute, hart arbeitende Mann es als »überspannt« bezeichnet hätte, ein eigenes Taschentuch besitzen zu wollen. Armer alter Frapp – schmutziges und erniedrigtes Produkt von Bladesovers Pracht! Er kämpfte überhaupt nicht gegen die Welt, er quälte sich mit kleinen Schulden ab, die aber wieder nicht so klein waren, daß sie ihm nicht schließlich über den Kopf wuchsen. Und wann immer besondere Anstrengungen nötig waren, wurde seine Frau von Schmerzen und ihren »Zuständen« geplagt, und Gott schickte ihnen viele Kinder, von denen die meisten starben und durch ihr Kommen und Gehen zweimal Gelegenheit gaben, sich in der Tugend der Ergebenheit zu üben.

Sich Gottes Willen zu fügen war die allgemeine Devise dieser Leute angesichts aller Pflichten und Notlagen. Im Haus gab es keine Bücher; ich bezweifle, daß einer von ihnen überhaupt die Fähigkeit besaß, mehr als eine Minute lang zusammenhängend zu lesen, und ich fand es erstaunlich, daß es außer altbackenem Brot Tag für Tag immer wieder auch etwas anderes zu essen gab, inmitten der Unordnung, die stets auf dem Wohnzimmertisch herrschte.

Man hätte annehmen können, daß sie sich alle zusammen in dieser schmutzigen und düsteren Existenz wohlfühlten, hätten sie nicht ganz offensichtlich dennoch Trost nötig gehabt. Sie suchten und fanden ihn am Sonntag, nicht durch Saufen und Ausgelassenheit, sondern durch den Abendmahlkelch. Sie trafen sich mit zwanzig oder dreißig anderen düsteren, unsauberen Leuten, alle in dunkler grauer Kleidung, auf der man den Schmutz nicht so sah, in einer kleinen gemauerten Kapelle, mit einem heiser krächzenden Harmonium ausgestattet, und trösteten dort ihre Seelen mit dem Gedanken, daß alles, was schön und frei im Leben war, alles Kämpfen, Planen und Schaffen, Stolz, Schönheit und Würde, alles Gute und Erfreuliche unwiderruflich zu ewiger Pein führe. Sie waren die selbsternannten Mitwisser von Gottes Spiel mit seiner eigenen Schöpfung. So jedenfalls blieben sie mir im Gedächtnis. Ungewisser, doch kaum weniger tröstlich als diese kosmische Selbstgerechtigkeit, dieses von ihnen erwartete »ja, wohlgetan!« und das allgemeine Heruntermachen und »Bloßstellen« der Glücklichen, der Kühnen und der Fröhlichen, war ihr eigenes Vorbestimmtsein für die ewige Seligkeit.

> »Es gibt einen Brunnen, gefüllt mit Blut,
> es floß aus den Adern Emmanuels«

sangen sie. Ich höre das Gebrumm und Gekeuche dieser Hymne immer noch. Ich haßte sie mit dem bitteren, lieblosen Zorn der Jugend, und dieser Haß durchzuckt mich erneut, während ich diese Worte niederschreibe, auch die Melodie und das Bild der düsteren, würdelosen Leute steht wieder vor meinen Augen, die dicke asthmatische Frau, der Sektenvorsteher, ein alter walisischer Milchhändler mit einer Geschwulst auf dem kahlen Kopf, der Kurzwarenhändler mit der gewaltigen Stimme und dem dichten schwarzen Bart, seine bleichgesichtige, außergewöhnlich umfangreiche Gattin, der bebrillte bucklige Steuereinnehmer … Ich höre das Gerede über Seelen, die fremdartigen Redewendungen, die vor vielen Jahrhunderten in jenem Küstenstreifen des sonnendurchglühten

Gelobten Landes geprägt worden waren – über Balsam von Gilead und Manna aus der Wüste, über Kürbisstauden, die Schatten und Wasser in einem durstigen Land spenden; ich erinnere mich an die Art, wie nach dem Schluß der Feier das Gespräch in seiner Form gottesfürchtig blieb, aber dem Inhalt nach nüchtern wurde, und wie die Frauen die Köpfe zusammensteckten und über Entbindungen flüsterten. Ich, als kleiner Junge, zählte nicht und durfte es ruhig hören ...

Wenn Bladesover mein Schlüssel zur Erklärung Englands ist, so glaube ich, daß meine Überzeugung, Rußland zu verstehen, durch den Kreis um Onkel Frapp hervorgerufen wurde.

Ich schlief mit den beiden ältesten Überlebenden von Frapps Fruchtbarkeit in einem Bett mit schmutzigen Bezügen, verbrachte meine Wochentage damit, im arbeitsamen Durcheinander des Geschäfts und des Backhauses zu helfen, lieferte gelegentlich Brot aus und wehrte alle Fragen meines Onkels hinsichtlich unserer Blutsverwandtschaft ab, wie auch seine versteckten Andeutungen, daß zehn Shilling in der Woche – die meine Mutter ihm bezahlte – als Kostgeld nicht genug seien. Er war sehr darauf bedacht, sie zu erhalten, aber zugleich wollte er mehr. Es gab in diesem Haus weder Bücher noch einen Platz oder eine Ecke, wo es möglich gewesen wäre zu lesen, niemals brachte eine Zeitung die Unruhe weltlicher Dinge in seine himmelwärts gerichtete Abgeschiedenheit. Mein Abscheu vor alledem wuchs von Tag zu Tag, und wann immer es ging, floh ich auf die Straße und wanderte durch Chatham. Die Zeitungsgeschäfte zogen mich am meisten an. Dort gab es schmutzige Illustrierte, die »Polizeinachrichten« vor allem, in denen widerliche Zeichnungen den abgestumpften Leuten eine endlose Serie ekliger Verbrechen vor Augen führten: ermordete, in Schachteln verpackte und unter dem Fußboden vergrabene Frauen, alte, zu mitternächtlicher Stunde von Dieben niedergeknüppelte Männer, unversehens aus Zügen gestoßene Leute, glückliche Liebhaber, die von Rivalen erschossen oder mit Schwefelsäure übergossen wurden und so weiter. Ersten Einblick in die Welt der Lust gewährten mir widerliche Zeichnungen von »Polizeirazzien« da und dort. Unter diesen Blättern gab es noch andere, in denen Sloper, der städtische John Bull mit Ginflasche und riesigem Regenschirm, sich austobte, oder die freundlichen nichtssagenden Gesichter der königlichen Familie immer wieder erschienen, dies besuchten, jenes eröffneten, sich verheirateten, Kinder bekamen, öffentlich aufgebahrt wurden, kurz alles und nichts taten, eine wunderbare, wohlmeinende, unergründliche Sippe …

Ich war nie wieder in Chatham; der Eindruck, den es in meinem Gemüt hinterlassen hat, lastet wie ein ekelhafter Druck auf mir, nicht durch den leisesten Glanz gegenseitiger Nächstenliebe aufgehellt. Es war dem Wesen von Bladesover vollkommen entgegengesetzt, bekräftigte und verstärkte aber alles, was Bladesover andeutete. Bladesover erklärte sich selbst dazu, das wesentliche England zu sein; ich habe schon geschildert, wie seine riesigen Ausmaße und seine erhabene Würde das Dorf, die Kirche und das Pfarrhaus in eine Ecke drängten, in eine zweitrangige und abhängige Stellung. Hier sah man das Ergebnis. Da die weite Landschaft von Kent aus einander benachbarten Bladesovers und ihrem Adel bestand, wurde die ganze übrige Bevölkerung, alle, die keine guten, der Kirche von England angehörenden ergebenen und gehorsamen Pächter und Landarbeiter waren, notwendigerweise zusammengetrieben, außer Sichtweite gedrängt, um vor sich hin zu faulen, an einem Ort, der die Farbe, ja sogar den Geruch eines vollen Müllkübels hatte. Sie sollten dafür sogar noch dankbar sein; das erwartete man offenbar von ihnen.

Und ich schweifte in dieser Wildnis aus angehäuftem Schmutz herum, mit jungen, empfänglichen, weit offenen Augen, und fragte mich, trotz der Segnungen (oder Verwünschungen) der Feen an meiner Wiege, immer und immer wieder: »Aber warum eigentlich?«

Einmal wanderte ich nach Rochester und sah im Stourtal oberhalb der Stadt die abscheulichen Betonbauten, die schrecklich qualmenden Schlote und die Reihen der winzigen, häßlichen, unbequemen und abstoßenden Arbeiterhütten. Hier gewann ich meinen ersten Eindruck davon, wie die Industrie in einem Land der Gutsherren zu existieren gezwungen war. Ich verbrachte auch einige Stunden in den Straßen am Fluß, angelockt von der Faszination des Meeres. Aber ich sah Schleppkähne und Schiffe bar jeden Zaubers und meist beladen mit Zement, Eisblöcken, Bauholz und Kohle. Die Seeleute erschienen mir roh und schlampig, und die Schiffe wirkten auf mich plump, häßlich, alt und schmutzig. Ich entdeckte, daß die meisten Segel nicht zu den Schiffen paßten, auf denen sie gesetzt waren, und daß sich auch hier eine mitleiderregende und abstoßende Ärmlichkeit bei Schiffen und Menschen zeigte. Als ich beim Entladen der Kohle die Arbeiter im Frachtraum lächerliche kleine Säcke füllen und die Reihe geschwärzter, halbnackter Männer mit diesen über eine Planke, zehn Meter oberhalb von Schmutz und Dreck, hin und her laufen sah, erfüllte mich das anfangs mit Bewunderung für ihren Mut und ihre Stärke. »Aber warum eigentlich?« fragte ich mich dann wieder, und die stumpfsinnige Schändlichkeit dieser Vergeudung von Muskeln und Geduld wurde mir bewußt. Unter anderem machte es offensichtlich die Kohle zu etwas Minderwertigem ... Und ich hatte mir das Meer so großartig vorgestellt! ...

Nun ja, die Liebe zur See war mir jedenfalls für einige Zeit vergangen.

Aber solche Eindrücke gewann ich in meiner Freizeit, und davon hatte ich nicht gerade viel. Fast immer mußte ich für Onkel Frapp arbeiten, und meine Abende und Nächte verbrachte ich notgedrungen in Gesellschaft der beiden Ältesten unter meinen Vettern. Der eine war Botenjunge in einem Ölgeschäft und inbrünstig fromm, und ihn sah ich nur am Abend und zu den Mahlzeiten; der andere genoß ohne große Begeisterung die Sommerferien; er war ein besonders mageres, unterwürfiges, verkümmertes Geschöpf, und seine größte Freude bestand darin, vorzugeben, er sei ein Affe. Heute bin ich überzeugt, daß er an irgendeiner Krankheit litt, die seine Lebenskraft untergrub. Wenn ich ihm jetzt begegnen würde, könnte ich ihm nur als einem bedauernswerten kleinen Geschöpf mein ganzes Mitleid entgegenbringen. Damals flößte er mir eine seltsame Abneigung ein. Er schnob und schnupfte entsetzlich, war immer schon nach wenigen Kilometern müde, begann niemals ein Gespräch und schien seine eigene Gesellschaft der meinen vorzuziehen. Seine Mutter, die arme Frau, nannte ihn den »Nachdenklichen«.

Durch ein Gespräch, das wir eines Nachts führten, kam es plötzlich zu ernstlichen Schwierigkeiten. Irgendein besonders frommer Satz meines älteren Vetters brachte mich sehr auf, und ich gestand unverblümt meinen Unglauben an jede Art von geoffenbarter Religion ein. Ich hatte noch nie zu irgend jemandem ein Wort über meine Zweifel geäußert, außer zu Ewart, der als erster davon geredet hatte. Ich war mir meines Unglaubens bis zu dem Augenblick, da ich ihn aussprach, nicht sicher. Aber mir kam vor, als wäre das ganze Erlösungsschema der Frapps nicht nur fragwürdig, sondern schlichtweg unmöglich. Ich schleuderte diese Entdeckung mit größtem Nachdruck in die Dunkelheit hinein.

Das plötzliche Bekenntnis erschreckte meine Vettern gewiß außerordentlich.

Erst konnten sie überhaupt nicht begreifen, was ich gesagt hatte, und als sie es begriffen, erwarteten sie, wie ich annehme, eine sofortige Antwort in Form von Donnerschlägen und Blitzen. Sie rückten im Bett sogleich von mir ab, und dann setzte sich der Ältere auf und verkündete seine Ansicht über meine Verworfenheit. Ich war bereits ein wenig erschrocken über meine Unbesonnenheit, aber als er kategorisch von mir verlangte, das Gesagte zurückzunehmen – was konnte ich da anderes tun, als meinen Unglauben zu bekräftigen?

»Es gibt keine Hölle«, sagte ich, »und keine ewige Verdammnis. Kein Gott könnte so ein Narr sein.«

Mein älterer Vetter schrie entsetzt auf, der Jüngere war verstört, hörte aber ruhig zu.

»Dann meinst du also«, fragte mein älterer Vetter, als er sich schließlich dazu durchgerungen hatte, mit mir zu diskutieren, »man könnte tun, was man gerade will?«

»Wenn man gemein genug ist«, bestätigte ich.

Wir flüsterten noch endlos weiter, und schließlich stieg mein Vetter aus dem Bett, befahl seinem Bruder, dasselbe zu tun, und sie knieten in der nächtlichen Dunkelheit nieder und beteten für mich. Das ging mir auf die Nerven, aber ich hielt tapfer aus. »Vergib ihm«, sagte mein Vetter, »er weiß nicht, was er sagt.«

»Ihr könnt von mir aus beten«, erklärte ich, »aber wenn ihr in euren Gebeten frech gegen mich werdet, lasse ich mir das nicht gefallen.«

Als an ein Resultat dieses großen Disputs erinnere ich mich, daß sich mein Vetter über die Tatsache beklagte, daß er »andauernd im selben Bett mit einem Ungläubigen schlafen müsse«.

Am nächsten Tag überraschte er mich damit, daß er die ganze Sache seinem Vater erzählte. Das lief allen Spielregeln völlig zuwider. Onkel Nikodemus stellte mich beim Mittagessen zur Rede.

»Du hast seltsame Sachen geäußert, George«, begann er plötzlich. »Du solltest dir besser vorher überlegen, was du sagst.«

»Was hat er gesagt, Vater?« wollte Mrs. Frapp wissen.

»Dinge, die ich nicht wiederholen kann«, erwiderte er.

»Was denn?« fragte ich hitzig.

»Frag ihn«, sagte mein Onkel und deutete mit dem Messer auf seinen Informanten, wodurch ich erst erkannte, worum es ging. Meine Tante warf dem Zeugen einen Blick zu. »Nicht etwa –?« Sie ließ die Frage offen.

»Still«, sagte mein Onkel. »Gotteslästerungen.«

Meine Tante brachte keinen Bissen mehr hinunter. Mich drückte bereits ein wenig das Gewissen wegen meiner Unbesonnenheit, aber nun begann ich die ganze Ungeheuerlichkeit des Weges zu fühlen, den ich eingeschlagen hatte.

»Ich habe nur gesagt, was vernünftig ist«, behauptete ich.

Etwas noch viel Schrecklicheres erlebte ich, als ich später meinen Vetter in der schmalen Gasse hinter dem Haus traf, die zum Lebensmittelgeschäft führte.

»Du Petzer!« fuhr ich ihn an und verabreichte ihm sogleich eine Ohrfeige. »Da hast du!«

Er zuckte erstaunt und bestürzt zurück. Sein Blick begegnete dem meinen, und ich sah in seinen Augen einen Entschluß aufglimmen. Er hielt mir die andere Wange hin.

»Schlag zu«, sagte er, »schlag mich, ich verzeihe dir.«

Mir war noch nie eine verächtlichere Art untergekommen, einer Schlägerei auszuweichen. Ich stieß ihn gegen die Mauer, ließ ihn dort, mir verzeihend, stehn und ging ins Haus zurück.

»Du solltest nicht mit deinen Vettern sprechen, George«, sagte meine Tante, »bevor du nicht vernünftiger geworden bist.«

Von diesem Augenblick an war ich ein Verfemter. Beim Abendessen brach mein Vetter das düstere Schweigen und sagte: »Er hat mich geschlagen, weil ich es euch erzählt habe, und ich habe ihm die andere Wange hingehalten, Mutter.«

»Der Böse ist hinter ihm her, er ist von ihm besessen«, erklärte meine Tante zum größten Unbehagen des ältesten Mädchens, das neben mir saß.

Nach dem Essen beschwor mich mein Onkel in ungeschickten Worten, ich möge bereuen, bevor ich zu Bett ginge.

»Nimm an, du wirst im Schlaf abberufen, George«, sagte er. »Wo kommst du dann hin? Denk doch daran, mein Junge.« Mittlerweile fühlte ich mich wirklich elend und bedrückt, und dieser Hinweis machte mir zu schaffen, aber ich beharrte auf meinem unbußfertigen Trotz. »Du würdest in der Hölle erwachen«, fuhr Onkel Nikodemus in sanftem Ton fort. »Du willst doch nicht in die Hölle kommen, George, und dort in aller Ewigkeit schmoren und heulen. Das wirst du doch nicht wollen.«

Er ermahnte mich dringend, »nur einen Blick auf das Feuer im Backofen zu werfen«, bevor ich schlafen ginge. »Dann besinnst du dich vielleicht«, sagte er.

Ich lag in dieser Nacht lange wach. Meine Vettern schliefen zu meinen beiden Seiten den Schlaf der Gerechten. Ich beschloß, ein Gebet zu flüstern, und hielt mittendrin inne, weil ich mich schämte, und vielleicht auch, weil mir der Gedanke kam, daß man mit Gott auf diese Weise nicht ins reine kommen könne.

»Nein«, sagte ich in plötzlicher Zuversicht, »verdamm mich, wenn du feige genug bist … aber das bist du nicht … Nein! Das kannst du nicht sein!«

Ich weckte meine Vettern mit energischen Püffen, teilte ihnen meine Erkenntnis triumphierend mit und schlief dann, von Vertrauen erfüllt, sehr friedlich ein.

Ich schlief nicht nur in dieser Nacht gut, sondern in allen Nächten seither. So weit auch die Furcht vor der himmlischen Ungerechtigkeit verbreitet sein mag, ich habe einen gesunden Schlaf und werde ihn, das weiß ich, bis ans Ende meiner Tage behalten. Was ich meinen Vettern dargelegt hatte, war ein geistiger Wendepunkt in meinem Leben.

2

Aber ich hatte nicht erwartet, daß sich die ganze Gemeinde am darauffolgenden Sonntag gegen mich stellen würde.

So war es aber. Ich erinnere mich sehr klar an alles, an die sich mir zuwendende Aufmerksamkeit, ja sogar an den schwachen Wachstuchgeruch der Umgebung und auch daran, wie grob sich der Stoff des schwarzen Kleides meiner Tante, die neben mir saß, anfühlte. Ich sehe den alten walisischen Milchmann wieder deutlich vor mir, wie er sich mit mir »abquälte« – alle quälten sich mit mir ab, teils durch Gebete und teils durch gutes Zureden. Und ich ließ alles standhaft über mich ergehen, obwohl ich von ihrem allgemeinen Schuldspruch angesteckt und nun davon überzeugt war, daß ich mir ganz unweigerlich die ewige Verdammnis zugezogen hatte. Ich fühlte, daß sie recht hatten, daß Gott vielleicht doch so war, wie sie meinten, und daß das im Grunde gar nicht das Entscheidende sein konnte. Nur um die Sache auf die einfachste Form zu bringen, hatte ich erklärt, daß ich an gar nichts glaubte. Sie verdonnerten mich mit Zitaten aus der Bibel, was eine unlogische Form der Erwiderung war, wie ich heute feststellen muß. Als ich nach Hause kam, immer noch unbußfertig und auf ewig verloren, innerlich sehr einsam, unglücklich und bestürzt, strich Onkel Nikodemus meinen sonntäglichen Pudding.

Nur ein Mensch redete an diesem Tag des Zorns mit mir wie mit einem menschlichen Wesen, nämlich der jüngere Frapp. Er kam am Nachmittag, als ich mit der Bibel und meinen eigenen Gedanken eingesperrt war, zu mir herauf.

»Hallo«, begann er sehr aufgeregt.

»Hast du wirklich gemeint, daß es da – keinen gibt«, sagte er und drückte sich vor dem Wort.

»Keinen?«

»Keinen, der dich immer – sieht.«

»Warum sollte es den geben?« fragte ich.

»Du kannst ja nichts dafür«, erwiderte mein Vetter, »irgendwie ... Du denkst –« Er hielt ratlos inne. »Ich glaube, ich sollte doch nicht mit dir reden.«

Er zögerte und verschwand dann eilig mit einem schuldbewußten Blick über die Schulter ...

In der folgenden Woche wurde mir das Leben gänzlich unerträglich gemacht; diese Leute drängten mich geradezu in einen Atheismus, der mich selber erschreckte. Als ich hörte, daß die Bemühungen am nächsten Sonntag wieder aufgenommen werden sollten, verließ mich völlig der Mut.

Am Samstag entdeckte ich zufällig im Schaufenster eines Buchhändlers eine Landkarte von Kent, und dadurch kam ich auf den Gedanken, wie ich alldem entrinnen könnte. Ich studierte die Karte am Abend sehr eingehend eine halbe Stunde lang, prägte mir die Namen der Dörfer auf meiner Reiseroute fest ein, stand am Sonntagmorgen etwa um fünf Uhr auf, während meine Bettgefährten noch fest schliefen, und machte mich auf den Weg nach Bladesover.

3

Von meinem langen Marsch nach Bladesover ist mir noch einiges in Erinnerung, aber nicht so viel, wie ich gerne erzählen möchte. Die Entfernung von Chatham nach Bladesover beträgt fast genau fünfundzwanzig Kilometer, aber es kam mir wie ein einziger vor. Ich glaube nicht, daß ich besonders müde war, obgleich mich einer der Schuhe ziemlich drückte.

Der Morgen muß sehr klar gewesen sein, denn ich weiß noch, daß ich mich bei Itchinstow Hall umwandte und die breite Mündung der Themse sah, des Flusses, der seitdem eine so große Rolle in meinem Leben gespielt hat. Aber damals wußte ich nicht, daß es die Themse war, ich dachte, dieses große weite Gewässer sei das Meer, das ich noch nie aus der Nähe gesehen hatte. Und weiter draußen fuhren Barken, Segelschiffe und Dampfer, die nach London oder zu den großen Ozeanen der Welt unterwegs waren. Ich stand lange da, blickte hinüber und überlegte, ob es nicht überhaupt besser wäre, zur See zu gehen.

Je näher ich Bladesover kam, desto größere Zweifel bedrängten mich über den Empfang, den ich zu erwarten hatte, und desto mehr bedauerte ich, nicht doch den anderen Ausweg gewählt zu haben. Vermutlich hatte der Schmutz und die Unförmigkeit der Schiffe, die ich aus der Nähe gesehen hatte, meine Wahl beeinflußt. Ich nahm eine Abkürzung durch das Gehege, quer über die Ecke des Parks, um die Leute, die aus der Kirche zurückkehrten, abfangen zu können. Ich wollte vermeiden, irgend jemandem zu begegnen, bevor ich meine Mutter getroffen hatte, also suchte ich mir einen Platz aus, wo der Weg zwischen Böschungen hindurchlief, und stellte mich, ohne mich zu verstecken, unter die Büsche. Das hatte unter anderem den Vorteil, daß die Möglichkeit,

Lady Drew zu begegnen, vollkommen ausgeschlossen war, da diese draußen auf der Straße um den Park herum fahren würde.

Als ich so auf der Lauer lag, fühlte ich mich seltsamerweise wie ein Straßenräuber, gerade so, als wäre ich ein unrechtmäßiger Eindringling in diese geordnete Welt. Ich erinnere mich, daß ich dabei zum ersten Mal das deutliche Gefühl hatte, ein Geächteter zu sein, ein Gefühl, das in meinem späteren Leben eine große Rolle spielen sollte. Ich fühlte, daß es keinen Platz für mich gab – daß ich mir selbst einen schaffen mußte.

Dann tauchten am Fuß des Hügels die Dienstboten auf, in Gruppen zu zweit und zu dritt, an der Spitze die Gärtnersleute und die Frau des Butlers, hinter ihnen die beiden Wäscherinnen, wunderliche, untrennbare alte Geschöpfe, dann der erste Lakai im Gespräch mit der kleinen Tochter des Butlers, und zum Schluß kam schwer atmend die schwarz gekleidete Gestalt meiner Mutter gemessenen Schritts mit der alten Ann und Miss Fison den Hügel herauf.

Meine kindliche Einfalt gab mir ein, aus meinem Erscheinen einen Spaß zu machen. »Huhu, Mutter!« rief ich und sprang plötzlich vor. »Huhu!«

Meine Mutter schaute auf, wurde sehr blaß und legte die Hand auf ihre Brust ...

Ich glaube, es gab meinetwegen eine fürchterliche Aufregung. Und natürlich war ich keineswegs in der Lage, mein Wiederkommen zu erklären. Aber ich wehrte mich tapfer: »Ich will nicht nach Chatham zurück; eher gehe ich ins Wasser.« Am nächsten Tag fuhr meine Mutter mit mir nach Wimblehurst und brachte mich wütend und energisch zu einem Onkel, von dem ich nie zuvor etwas gehört hatte, obwohl er nicht weit von uns wohnte. Sie ließ mich völlig darüber im unklaren, was sie vorhatte, und ich war so kleinlaut angesichts ihrer offenkundigen Wut über meine letzte Missetat, daß ich sie nicht danach fragte. Ich hatte keinen Augenblick lang geglaubt, Lady Drew würde mir wieder »gut« sein. Die Endgültigkeit meiner Verbannung war bekräftigt, unterstrichen und besiegelt worden. Jetzt wünschte ich sehr, doch zur See gegangen zu sein, trotz des Kohlenstaubs und des Schmutzes, den ich in Rochester gesehen hatte. Vielleicht kam man über die See in andere Länder.

4

Mir sind keine Einzelheiten von der Fahrt mit meiner Mutter nach Wimblehurst im Gedächtnis geblieben, außer, wie sie kerzengerade dasaß, die verkörperte Verachtung für den Wagen dritter Klasse, in dem wir reisten, und wie sie starr aus dem Fenster blickte, als sie von meinem Onkel sprach. »Ich habe deinen Onkel nicht mehr gesehen«, sagte sie, »seit er ein kleiner Junge war ...« Und sie fügte widerwillig hinzu: »Damals hielt man ihn allgemein für sehr begabt.«

Sie hatte wenig für Eigenschaften dieser Art übrig.

»Er hat vor etwa drei Jahren geheiratet und sich in Wimblehurst niedergelassen ... Vermutlich hatte die Frau also Geld.«

Sie grübelte über Dinge nach, die sie lange Zeit aus ihrem Gedächtnis verbannt hatte. »Teddy«, sagte sie schließlich im Ton eines Menschen, der etwas in der Dunkelheit gesucht und dann gefunden hat. »Er wurde Teddy genannt ... als er ungefähr so alt war wie du ... jetzt muß er sechs- oder siebenundzwanzig sein.«

Ich dachte denn auch an einen Teddybären, kaum daß ich meinen Onkel sah; an seiner Erscheinung war etwas, das sich im Lichte der Worte meiner Mutter sogleich und ganz von selbst als Teddyhaftes kundtat – als Teddyzität sozusagen. Dies mit anderen Worten auszudrücken, ist schwierig. Es bedeutet Beweglichkeit ohne Anmut und Munterkeit ohne Intelligenz. Er flitzte aus seinem Geschäft heraus auf den Gehsteig, eine kleine Gestalt in grauer Kleidung und grauen Hausschuhen; man stelle sich ein junges rundliches Gesicht hinter einem goldenen Zwicker vor, mit drahtigem Haar, das sich über der Stirn nach allen Seiten sträubt, einer gebogenen Nase, die einem Adlerschnabel gleicht, und einen Leib, der äquatoriale Rundung verrät, einen beginnenden »Runderker«, wie man so schön sagt. Er schoß aus seinem Geschäft heraus, kam draußen auf dem Gehsteig zum Stehen, betrachtete etwas im Schaufenster mit ungeheurem Interesse, strich sich übers Kinn und verschwand ebenso plötzlich wieder seitwärts in der Türe, die er öffnete, indem er mit ausgestreckter Hand dagegenstieß.

»Das muß er sein«, sagte meine Mutter mit stockendem Atem.

Wir kamen an dem Fenster vorbei, dessen Inhalt ich bald auswendig kannte, ein ganz gewöhnliches Apothekerfenster, außer daß in ihm eine Elektrisiermaschine, eine Luftpumpe und mehrere Dreibeine und Destillierkolben anstelle der üblichen blauen, gelben und roten Flaschen standen, die sie offensichtlich verdrängt hatten, ferner ein Gipspferd, das zwischen all diesen zerbrechlichen Dingen auf die Veterinärmedikamente hinweisen sollte. Weiter unten lagen Riechbeutelchen und Zerstäuber und Schwämme und Sodawassersyphons und ähnliches. Und in der Mitte stand ein bunter Karton, auf dem in sauberer Handschrift zu lesen stand:

Kaufen Sie *jetzt* Ponderevos Hustensaft!

JETZT!

WARUM?

Sie bekommen ihn zwei Pennies billiger
als im Winter.
Sie lagern doch Äpfel ein!
Warum nicht auch die Medizin, die Sie ganz gewiß
brauchen werden?

Und in diesem Aufruf erkannte ich sofort den ganz persönlichen Stil meines Onkels.

Des Onkels Gesicht erschien über einer Werbung für Babyschnuller hinter der Glasscheibe der Türe. Ich bemerkte, daß seine Augen braun waren und daß seine Nase durch den Zwicker Falten bekam. Man sah ihm an, daß wir ihm wirklich völlig fremd waren. Nach einem prüfenden Blick nahm er einen Ausdruck geschäftiger Zuvorkommenheit an und öffnete schwungvoll die Tür.

»Kennst du mich nicht mehr?« schnaufte meine Mutter.

Mein Onkel wollte es nicht zugeben, aber seine Neugier war offenkundig. Meine Mutter setzte sich auf einen der kleinen Stühle vor dem Ladentisch voller Seifen und Patentmedizinen, ihre Lippen öffneten und schlossen sich.

»Ein Glas Wasser, Madam«, sagte mein Onkel, machte eine ausholende Handbewegung und stürzte fort.

Meine Mutter trank das Wasser und begann: »Dieser Junge schlägt seinem Vater nach. Er wird ihm von Tag zu Tag ähnlicher … Und deshalb bringe ich ihn zu dir.«

»Sein Vater, Madam?«

»George.«

Einen Augenblick lang war der Apotheker noch in Verlegenheit. Er stand mit dem Glas, das ihm meine Mutter zurückgegeben hatte, hinter dem Ladentisch. Dann dämmerte es ihm.

»Du lieber Gott! Herr des Himmels!« rief er, und sein Zwicker rutschte ihm von der Nase. Er verschwand und setzte ihn hinter einem Stapel wohlverpackter blutbildender Mittel wieder auf. »Bei allen elftausend Jungfrauen!« hörte ich ihn rufen. Das Glas war klirrend hinuntergefallen. »Heiliger Strohsack!«

Er stürzte durch eine verborgene Tür aus dem Geschäft. Man hörte ihn rufen: »Susan! Susan!«

Dann kam er wieder und streckte uns die Hand entgegen: »Na, dann herzlich willkommen«, sagte er. »Stell dir vor, ich war noch nie in meinem Leben so überrascht! ... Du!«

Er schüttelte meiner Mutter die schlaffe Hand und dann auch mir sehr herzlich, wobei er mit dem linken Zeigefinger seinen Zwicker hochschob.

»Kommt doch weiter«, rief er – »hier herein! Besser spät als nie!« Und er führte uns in das Wohnzimmer hinter dem Geschäft.

Nach Bladesover kam mir alles klein und überladen vor, aber im Vergleich zur Behausung der Frapps war es hier sehr gemütlich. Über allem lag ein schwacher Essensgeruch, und als erstes beeindruckte mich die Tatsache, daß jeder Gegenstand mit etwas behängt, umwickelt oder drapiert war. Um den Gasarm in der Mitte des Zimmers und um den Spiegel über dem Kamin war großgemusterter Musselin geschlungen, rings um den Sims und die Ummantelung ein Stoff mit Troddeln – dergleichen sah ich hier zum erstenmal –, und sogar die Lampe auf dem kleinen Schreibpult trug einen Schirm, der einem großen Musselinhut ähnlich sah. Die Tischtücher hatten Troddeln, ebenso die Vorhänge, und der Teppich war ein Rosenbeet. Zu beiden Seiten des Kamins standen kleine

Schränkchen und in den Zwischenräumen grobgefertigte, mit ausgezacktem Wachstuch belegte Regale voller Bücher. Ein aufgeschlagenes Lexikon lag verkehrt auf dem Tisch, und das offene Schreibpult war mit Schreibpapier und den Anzeichen einer kürzlich unterbrochenen Arbeit übersät. Mein Blick fiel auf »Ponderevos Patentwohnung, eine Maschine, in der Sie leben können«, in großen, festen Buchstaben geschrieben. Mein Onkel öffnete eine schrankähnliche Türe in der Ecke dieses Zimmers, und die schmalste Wendeltreppe wurde sichtbar, die ich je gesehen habe. »Susan!« schrie er wieder. »Komm doch. Besuch für dich. Eine Überraschung.«

Wir hörten eine unverständliche Antwort und einen plötzlichen lauten Krach über unseren Köpfen, als wäre irgendein häuslicher Gebrauchsgegenstand mürrisch beiseite geworfen worden, dann vorsichtige Schritte auf der Treppe, und schließlich erschien meine Tante in der Türöffnung, die eine Hand am Pfosten.

»Es ist Tante Ponderevo«, rief mein Onkel. »Georges Frau – und sie hat ihren Sohn mitgebracht!« Seine Augen schweiften im Zimmer umher. In einer plötzlichen Anwandlung stürzte er zum Schreibpult und drehte das Blatt mit der Patentwohnung um. Dann deutete er mit dem Zwicker auf uns. »Du weißt doch, Susan, mein älterer Bruder George. Ich habe dir oft von ihm erzählt.«

Aufgeregt eilte er zum Kamin hinüber, stellte sich in Positur, setzte den Zwicker wieder auf und räusperte sich.

Meine Tante Susan schien alles auf einen Blick zu erfassen. Damals war sie eine nicht unhübsche schlanke Frau von etwa drei- oder vierundzwanzig Jahren, und ich erinnere mich, daß ich von ihren blauen Augen und der klaren Frische ihres Teints beeindruckt war. Sie hatte feine Gesichtszüge, eine Stupsnase, ein wohlgeformtes Kinn und einen langen anmutigen Hals, der aus ihrem mattblauen, baumwollenen Hauskleid hervorragte. Ihr Gesicht trug den Ausdruck halb vorgetäuschter Verblüffung, und ein kleines spöttisches Runzeln ihrer Brauen deutete ein leicht amüsiertes, doch vergebliches Bemühen an, den geistigen Sprüngen meines Onkels zu folgen, eine gewissermaßen aussichtslose Sache, an die sie sich mit der Zeit gewöhnt hatte. Sie schien zu sagen: »O Gott! Was bringt er mir diesmal?« Später, als ich sie besser kannte, entdeckte ich, daß bei ihrem Streben nach einer Antwort auf die Frage: »Was bringt er mir?« als Komplikation ein weiteres Rätselraten dazukam, die Sorge nämlich – um einen Ausdruck aus meiner Schulsprache zu gebrauchen – »Wird es hinhauen?« Sie sah meine Mutter und mich an, und dann wieder ihren Mann.

»Du weißt doch«, sagte er, »George.«

»Aha«, sagte sie, kam die letzten drei Stufen der Treppe herunter und reichte meiner Mutter die Hand! »Willkommen. Das ist aber eine Überraschung … Ich kann Ihnen leider nichts anbieten, denn ich habe überhaupt nichts im Haus.« Sie lächelte und schaute ihren Mann herausfordernd an. »Außer er braut Ihnen etwas aus seinen alten Chemikalien zusammen, wozu er durchaus imstande wäre.«

Meine Mutter schüttelte ihr förmlich die Hand und hieß mich meine Tante küssen …

»Aber setzen wir uns doch«, sagte mein Onkel, pfiff plötzlich durch die Zähne und rieb sich lebhaft die Hände. Er brachte einen Stuhl für meine Mutter, zog den Vorhang des kleinen Fensters hoch, ließ ihn wieder fallen und kehrte zum Kamin zurück. Wie jemand, der sich für etwas entschieden hat, erklärte er: »Ich freue mich wirklich sehr, dich wieder einmal zu sehen.«

5

Während die anderen sich unterhielten, widmete ich meine Aufmerksamkeit fast ausschließlich meinem Onkel.

Ich sah ihn mir ganz genau an. Noch heute erinnere ich mich an seine Weste, die er nicht ganz zugeknöpft hatte, so als hätte ihn beim Anziehen irgend etwas abgelenkt, und an einen kleinen Schnitt an seinem Kinn. Die Lachfältchen in seinen Augen gefielen mir. Ich beobachtete auch mit der Faszination, mit der so etwas auf einen aufmerksamen Jungen wirkt, das Spiel seiner Lippen – sie waren ein wenig schief, und seine Aussprache war irgendwie »nachlässig«, wenn man dieses Wort dafür gebrauchen kann, er lispelte gelegentlich und stieß mit der Zunge an – und das Kommen und Gehen eines seltsam triumphierenden Ausdrucks auf seinem Gesicht während der Unterhaltung. Er spielte mit seinem Zwicker, der anscheinend nicht auf die Nase paßte, wühlte in seinen Westentaschen oder barg seine Hände hinter dem Rücken. Er schaute über unsere Köpfe hinweg, hob sich gelegentlich auf die Zehenspitzen und sank wieder auf die Fersen zurück. Er zog die Luft durch die Zähne ein, was seine Sprache mit einem Laut würzte, den ich nicht anders wiedergeben kann als mit einem weichen Zsss.

Meist war er es, der das Wort führte. Meine Mutter wiederholte, was sie schon im Geschäft gesagt hatte: »Ich habe George zu euch gebracht«, und hielt dann mit ihrem eigentlichen Anliegen noch zurück. »Findet Ihr dieses Haus gemütlich?« fragte sie; und nachdem dies bestätigt wurde: »Es sieht – sehr behaglich aus ... nicht so groß, um allzu viel Arbeit zu machen – nein. Ihr seid gerne in Wimblehurst, nehme ich an?«

Mein Onkel seinerseits erkundigte sich nach den vornehmen Leuten von Bladesover, und meine Mutter antwortete, als wäre sie eine persönliche Freundin von Lady Drew. Das Gespräch ging eine Weile so weiter, dann begann mein Onkel einen Vortrag über Wimblehurst.

»Dieser Ort«, erklärte er, »ist nicht gerade eine geeignete Basis für mich.«

Meine Mutter nickte, als hätte sie das erwartet.

»Ich habe hier keinen Spielraum«, fuhr er fort. »Es ist ein verschlafenes Nest. Es geschieht überhaupt nichts.«

»Er möchte immer, daß etwas geschieht«, sagte meine Tante Susan. »Eines Tages werden eine Menge Dinge geschehen und ihm über den Kopf wachsen.«

»Gewiß nicht«, sagte mein Onkel beschwingt.

»Ist der Geschäftsgang flau?« fragte meine Mutter.

»Oh! Man schlägt sich durch. Aber es gibt hier keine Aufwärtsentwicklung – kein Wachstum. Die Leute kommen nur dann her und kaufen, wenn sie Pillen brauchen – oder sonst eine Kleinigkeit. Ein Rezept gibt es nur, wenn sie ernsthaft krank sind. Da ist nichts zu wollen. Man kann sie nicht in Schwung bringen, sie sind für Neues nicht zu gewinnen. Zum Beispiel habe ich kürzlich versucht – sie dazu zu bringen, sich Medikamente im voraus und in größeren Mengen zu kaufen. Aber sie wollten davon nichts wissen! Dann habe ich versucht, eine kleine Idee von mir in die Tat umzusetzen, ein Versicherungssystem für Erkältungen; man zahlt pro Woche einen kleinen Betrag, und wenn man sich dann erkältet, bekommt man solange umsonst Hustensirup, wie man wirklich hustet. Verstehst du? Aber mein Gott! Sie sind nicht empfänglich für neue Ideen, sie haben nicht angebissen; es rührt sich hier nichts, das ist kein Leben! – Sie vegetieren hier nur dahin und erwarten von dir auch nichts anderes – Zss.«

Meine Mutter nickte.

»Das paßt mir nicht«, sagte mein Onkel. »Bei mir muß sich etwas rühren.«

»George war genauso«, stellte meine Mutter nach kurzer Überlegung fest.

Meine Tante Susan billigte diesen Vergleich mit einem liebevollen Blick auf ihren Gatten.

»Er versucht andauernd, mit seinem alten Beruf etwas zuwege zu bringen«, erklärte sie. »Er stellt immer neue Plakate in das Schaufenster oder denkt sich sonst was aus. Du wirst es kaum glauben, sogar auf mich macht das manchmal Eindruck.«

»Aber es nützt nichts«, sagte mein Onkel.

»Es nützt nichts«, wiederholte seine Frau. »Es ist eben nicht sein Milieu ...«

Dann folgte eine lange Pause.

Von Anfang an war diese Pause zu erwarten gewesen, und ich spitzte meine Ohren. Ich wußte genau, was nun unweigerlich kommen mußte; sie würden über meinen Vater reden. Meine Überzeugung wurde noch gewaltig bestärkt, als ich bemerkte, daß mich meine Mutter nachdenklich betrachtete, dann blickten auch mein Onkel und meine Tante mich an. Es nützte nichts, daß ich eine lammfromme Miene aufsetzte.

»Ich glaube«, sagte mein Onkel, »daß es George viel interessanter finden würde, den Marktplatz zu erkunden, als hier zu sitzen und mit uns zu reden. Dort gibt es ein paar Bäume, George – sehr interessante alte Bäume.«

»Es macht mir nichts aus, hier sitzen zu bleiben«, erwiderte ich.

Mein Onkel erhob sich und führte mich wohlwollend durch das Geschäft zur Türe und rief mir auf der Schwelle noch einige gutgemeinte Anweisungen nach.

»Ist es da nicht wie ausgestorben, George? Da drüben liegt der Metzgerhund und schläft auf der Straße – eine halbe Stunde vor Mittag! Selbst bei den Posaunen des Jüngsten Gerichts würde er, glaube ich, nicht aufwachen. Niemand hier würde aufwachen! Die Leute da drüben auf dem Friedhof – die würden sich nur umdrehen und sagen: ›Also bitte – laßt uns in Frieden! Verstanden?‹ ... Na also, die Bäume stehen gleich hinter der Ecke dort.«

Er sah mir nach, bis ich verschwunden war.

So kam es, daß ich niemals erfahren habe, was sie damals über meinen Vater sprachen.

6

Als ich zurückkam, beherrschte mein Onkel auf eine bemerkenswerte Weise die Situation. »Bist du's, George?« rief er, als die Ladenglocke anschlug. »Komm herein«; und ich fand ihn in der Rolle des Vorsitzenden auf seinem Platz vor dem malerisch drapierten Kamin.

Alle drei schauten mich an.

»Wir haben davon gesprochen, daß wir einen Apotheker aus dir machen wollen, George«, meinte mein Onkel.

Meine Mutter sah mich an. »Ich hatte gehofft«, sagte sie, »daß Lady Drew etwas für ihn tun würde –« Sie hielt inne.

»In welcher Weise?« fragte mein Onkel.

»Sie hätte mit irgendjemandem reden können, ihn vielleicht irgendwo hineinbringen ...« Sie war als Dienstbote unerschütterlich davon überzeugt, daß alles Gute von der Herrschaft kommen müsse.

»Er gehört nicht zu den Jungen, für die etwas getan wird«, fügte sie hinzu, diese Hoffnung hatte sie aufgegeben. »Er kann sich nicht anpassen. Wenn er glaubt, Lady Drew will etwas, dann will er es gerade nicht. Auch gegen Mr. Redgrave war er – respektlos –, er ist ganz wie sein Vater.«

»Wer ist Mr. Redgrave?«

»Der Pfarrer.«

»Ein wenig zu selbständig?« sagte mein Onkel lebhaft.

»Aufsässig«, erwiderte meine Mutter. »Er begreift nicht, wo er hingehört. Er scheint zu glauben, er könnte vorwärtskommen, wenn er die Leute überheblich und spöttisch behandelt. Vielleicht begreift er noch, daß es so nicht geht, bevor es zu spät ist.«

Mein Onkel strich sich über den Schnitt am Kinn und sah mich an. »Hast du schon etwas Latein gelernt?« fragte er plötzlich. – Ich verneinte.

»Er wird ein wenig Latein lernen müssen«, erklärte er meiner Mutter, »wenn er Apotheker werden will. Hm. Er könnte hier zu dem Kerl im Gymnasium gehen – das kürzlich von der Wohlfahrtskommission eröffnet worden ist – und dort Stunden nehmen.«

»Was, ich darf Latein lernen?« rief ich begeistert.

»Ein wenig«, sagte er.

»Das wollte ich schon immer –« sagte ich und: »wirklich Latein!«

Seit langem hatte mich der Gedanke beherrscht, daß es in der Welt von Nachteil sei, nicht Latein zu können, und Archie Garvell hatte mich in diesem Glauben eifrig bestärkt, ebenso wie die Bücher, die ich auf Bladesover gelesen hatte. Latein war für mich auf eine schwer erklärbare Weise irgendwie mit dem Begriff Aufstieg verbunden. Und nun plötzlich, da ich schon angenommen hatte, nichts mehr lernen zu dürfen, hörte ich das!

»Es nützt dir natürlich nichts«, sagte mein Onkel, »außer für die Prüfung, aber immerhin!«

»Du wirst Latein lernen, weil du es mußt«, bekräftigte meine Mutter, »und nicht, weil du es willst. Und danach wirst du noch eine Menge anderer Dinge lernen müssen ...«

Der bloße Gedanke, daß ich eine Menge Dinge lernen sollte, daß das Lesen und Studieren von Büchern weiterhin als Pflicht gerechtfertigt sein würde, siegte über alle Bedenken. Einige Wochen lang war ich davon überzeugt gewesen, daß mir diese Möglichkeit für immer verschlossen bleiben würde. Ich zeigte lebhaftes Interesse für diese neue Zukunftsplanung.

»Dann werde ich hier leben«, fragte ich, »bei dir, und studieren ... und im Geschäft mitarbeiten?«

»So wird es sein«, bestätigte mein Onkel.

Von meiner Mutter verabschiedete ich mich an diesem Tag wie im Traum, so plötzlich und überwältigend war die Wende der Dinge für mich gekommen. Ich würde Latein lernen! Nun, da in Bladesover keine Demütigung wegen meiner Missetaten zu erwarten war, nun, da sie ihren starken Widerwillen gegen eine Zusammenkunft mit meinem Onkel ein wenig überwunden und etwas zustande gebracht hatte, das meine Zukunft zu sichern schien, kam die bei einem Abschied natürliche Zärtlichkeit bei meiner Mutter stärker zum Durchbruch als bei allen unseren früheren Trennungen.

Ich erinnere mich, wie sie in dem Zug saß, mit dem sie zurückfahren wollte, ich stand vor der offenen Tür ihres Abteils, und keiner von uns beiden ahnte, wie bald es damit vorbei sein würde, daß wir einander das Leben schwermachten.

»Du mußt ein braver Junge sein, George«, sagte sie. »Du mußt lernen ... Und widersetz dich nicht denen, die höher stehen und etwas Besseres sind als du ... und beneide sie nicht.«

»Nein, Mutter«, erwiderte ich.

Ich versprach es unbekümmert. Ihr Blick ruhte auf mir, während ich überlegte, wie ich es zuwege bringen könnte, noch an diesem Abend mit Latein zu beginnen.

Irgend etwas rührte dann an ihr Herz, ein Gedanke, eine Erinnerung; vielleicht sogar eine Vorahnung ... Der Schaffner begann die Türen zuzuschlagen.

»George«, sagte sie hastig und ein wenig verschämt, »gib mir einen Kuß!«

Ich stieg ins Abteil hinauf. Sie beugte sich vor, schloß mich heftig in die Arme und drückte mich an sich – was sie bisher noch nie getan hatte. Ich sah in ihren Augen einen verräterischen Glanz, und dann tropfte es von den unteren Lidern über ihre Wangen.

Zum ersten und letzten Mal in meinem Leben sah ich meine Mutter weinen. Dann war sie entschwunden, und ich blieb bedrückt und verwirrt zurück und vergaß für eine Weile sogar, daß ich Latein lernen durfte. Denn so hatte ich meine Mutter noch nie erlebt.

Ich erinnerte mich immer wieder daran, obgleich ich versuchte, es zu vergessen. Dieser Tag und das einander Verstehen grub sich mir ins Gedächtnis. Arme, stolze, von Gewohnheiten und Härte beengte Seele! Armer, schwieriger und verständnisloser Sohn! Zum ersten Mal überkam mich die Ahnung, daß meine Mutter vielleicht auch etwas zu fühlen imstande war.

7

Meine Mutter starb ganz plötzlich im darauffolgenden Frühjahr. Lady Drew empfand das als rücksichtslos und floh sogleich mit Miss Somerville und Miss Fison nach Folkestone, bis das Begräbnis vorüber war und die Nachfolgerin meiner Mutter ihren Posten angetreten hatte.

Mein Onkel nahm mich zum Begräbnis mit. Ich erinnere mich, daß es in den vorhergehenden Tagen eine anhaltende Krise gegeben hatte, weil er sofort, als die Nachricht kam, eine karierte Hose zu Judkins nach London geschickt hatte, um sie schwarz färben zu lassen, und weil die Hose nicht rechtzeitig zurückkam. Am dritten Tag wurde er sehr aufgeregt, sandte eine Anzahl zunehmend wütender Telegramme ohne jeglichen Erfolg ab und gab am nächsten Morgen sehr ungnädig dem Drängen meiner Tante

Susan nach, mir seine Frackhose zu leihen. In dieser Hose aus besonders dünnem und glänzend schwarzem Stoff – der Anzug stammte offensichtlich aus des Onkels jugendlicheren und schlankeren Jahren – schritt ich breitbeinig wie der Koloß von Rhodos zum Begräbnis meiner Mutter. Überdies lenkte mich der ungewohnte Zylinder ab, den der Onkel mir gekauft hatte, mein erster Zylinder, der ebenso wie der seine sehr vornehm mit einem breiten Trauerband versehen war.

Ich erinnere mich eher undeutlich an den weißgefliesten Wirtschaftsraum meiner Mutter, der mich ohne ihre Gegenwart seltsam anmutete, an die vielen vertrauten und doch in ihrer schwarzen Kleidung fremd wirkenden Menschen und an ein irgendwie übertriebenes Selbstbewußtsein, das ich als der Mittelpunkt ihrer Aufmerksamkeit empfand. Ohne Zweifel spielte zeitweise auch der neue Zylinder in meinen wirren Gefühlen eine Rolle. Dann hebt sich etwas klar und traurig, scharf und rein von all diesen eher belanglosen und unwichtigen Dingen ab: Ich gehe an der Spitze aller Trauernden gleich hinter dem Sarg über den Friedhof zum Grab, und der alte Pfarrer rezitiert neben mir in einem nicht überzeugenden Klageton feierliche Worte.

»Ich bin die Auferstehung und das Leben, spricht der Herr; wer an mich glaubt, wird leben, auch wenn er stirbt. Und jeder, der lebt und an mich glaubt, wird in Ewigkeit nicht sterben.«

In Ewigkeit nicht sterben! Es war ein heller, herrlicher Frühlingsmorgen, und alle Bäume ringsum standen in frischem Grün. Überall sah man Blüten und Knospen; die Birnbäume und Kirschbäume im Garten des Küsters trugen schneeweiße Blüten, gelbe Narzissen, frühe Tulpen, und Teppiche von Gänseblümchen standen auf den Gräbern, und überall schienen Vögel zu singen. Und inmitten dieser Herrlichkeit lastete der braune Sarg schwer auf den

Schultern der Männer, halb verdeckt von der Oxfordkapuze des Vikars.

Und so kamen wir zum offenen Grab meiner Mutter …

Eine Zeitlang war ich sehr aufmerksam, sah, wie der Sarg hinabgelassen wurde, und lauschte den Worten. All das zusammen kam mir sehr seltsam vor.

Plötzlich, als das Ritual dem Ende zuging, fühlte ich, daß noch irgend etwas gesagt werden müßte, was noch nicht gesagt worden war. Ich erkannte, daß Mutter sich in ein Schweigen zurückgezogen hatte, ohne mir verziehen oder von mir – jetzt unnachholbare – Beteuerungen gehört zu haben. Plötzlich wußte ich, was ich bisher nie begriffen hatte, sah sie in einem anderen Licht; ich erinnerte mich nicht so sehr an zärtliche oder freundliche Gesten, als an ihre vereitelten Wünsche und an die Art und Weise, wie ich sie durchkreuzt hatte. Bestürzt erkannte ich, daß sie mich trotz all ihrer Härte und Strenge geliebt hatte, mich allein in ihrem ganzen Leben, und daß ich diese Liebe bis zu diesem Augenblick nie erwidert hatte. Und nun lag sie da unten, taub und blind für mich, kläglich gescheitert mit ihren Plänen für mich, mir entzogen, so daß sie nicht mehr erfahren konnte …

Ich preßte meine Fingernägel in die Handflächen, biß die Zähne zusammen, aber die Tränen verschleierten meinen Blick, und ich hätte kein Wort herausgebracht, wenn ich etwas hätte sagen müssen. Der alte Vikar las weiter, eine Antwort wurde gemurmelt – und so ging es bis zum Ende. Ich weinte still vor mich hin und konnte erst wieder ruhig denken und sprechen, als wir den Friedhof verlassen hatten.

In diesen Erinnerungen tauchten die kleinen, schwarz gekleideten Gestalten meines Onkels und des Butlers Rabbits auf, wie sie Avebury, dem Küster und Leichenbestatter, erklärten, daß »alles sehr gut verlaufen« sei – »wirklich sehr gut.«

8

Das ist das letzte, was ich von Bladesover erzählen werde. Der Vorhang fällt darüber, es wird in diesem Buch nur noch als Kulisse auftauchen. Zwar war ich noch einmal dort, aber unter Umständen, die für meine Geschichte ganz unwesentlich sind. Doch in gewissem Sinne hat mich Bladesover nie verlassen; es erklärt nämlich, wie ich schon zu Beginn sagte, einen Großteil dessen, was meinen Ansichten zugrunde liegt. Bladesover erklärt England; verkörpert alles, was weiträumig, erhaben, selbstbewußt und konservativ an der englischen Art zu leben ist, den gesellschaftlichen Rahmen sozusagen. Und nur darum habe ich es hier so ausführlich geschildert.

Als ich später einmal zu einem belanglosen Besuch nach Bladesover kam, erschien mir alles viel kleiner, als ich es für möglich gehalten hätte. Es war, als wäre alles beim Einzug Sir Lichtensteins zusammengerückt und ein wenig geschrumpft. Die Harfe stand immer noch im Salon, aber es gab anstelle des Flügels ein großes elektrisches Klavier mit bemaltem Deckel, und darauf verstreut lag eine ungewöhnliche Menge von Kitsch und Schnickschnack. Es sah aus wie ein Ausstellungsraum in der Bond Street. Die Möbel waren immer noch mit Chintz bezogen, aber es war nicht dieselbe Art von Chintz, obgleich er sie vortäuschte, und auch die Kristallüster waren verschwunden. Lady Lichtensteins Bücher – vorwiegend Widmungsexemplare zeitgenössischer Romane – ersetzten die braunen Bände, in denen ich geschmökert hatte, und die Tische waren überhäuft mit Zeitungen, wie ›National Review‹, ›Empire Review‹, ›Nineteenth Century‹ and ›After‹, und mit aktuellen Büchern – englischen Neuerscheinungen in protzigen, auf Kundenfang berechneten »künstlerischen« Einbänden, französischen und italienischen Romanen und deutschen Kunsthandbüchern von fast unglaublicher Häßlichkeit. Es gab reichlich Hinweise darauf, daß sich Mylady mit den keltischen Kulten und der Wiedergeburt beschäftigte, und eine große Anzahl von abscheulichen Katzen aus Porzellan und Steingut – die sie »sammelte« – stand überall herum, in allen Farben und in mehr oder minder komischen, hochglasierten Entstellungen ...

Die Behauptung, daß Finanzleute bessere Aristokraten seien als die einstigen Grundbesitzer, ist Unsinn. Nichts kann jemanden zum Aristokraten stempeln als Stolz, Selbstbeherrschung, Kenntnisse, Schulung und das Schwert. Diese Lichtensteins brachten keine Verbesserung gegenüber den Drews, nicht die geringste. Der Ersatz passiver, unintelligenter Leute durch aktive und intelligente blieb ohne Wirkung. Man hatte das Gefühl, daß eine geringere, aber unternehmungslustigere und zutiefst unedle Art von Dummheit an die Stelle der großen geistigen Trägheit der Altadeligen getreten sei, aber das war auch schon alles. Bladesover, dachte ich, hatte in den letzten dreißig Jahren des vorigen Jahrhunderts genau den gleichen Wandel durchgemacht wie die liebe alte ›Times‹ und Gott weiß wieviel von der traditionellen britischen Struktur. Diese Lichtensteins und ihresgleichen haben nichts an sich, das einen neuen Aufschwung Englands in Aussicht stellen könnte. Ich glaube nicht an ihre Intelligenz oder ihre besondere Kraft – sie bringen nichts Neues ins Spiel, nichts Schöpferisches oder Verjüngendes, höchstens einen hemmungslosen Erwerbssinn; und das Überhandnehmen von ihresgleichen ist nur eine Phase in dem allgemeinen langsamen Verfall der großen gesellschaftlichen Ordnung Englands. Sie hätten Bladesover nicht zustande gebracht, und sie können es nicht ersetzen; sie überwuchern es nur – wie Schlingpflanzen.

Das war mein letzter Eindruck von Bladesover.

Die Lehrlingszeit in Wimblehurst

I

Soweit ich mich heute erinnern kann, ließ ich alle auf mich einstürmenden neuen Erfahrungen, mit Ausnahme des gefühlvollen Intermezzos am Grab, ziemlich gleichmütig über mich ergehen. Ich war mit der Leichtigkeit der Jugend in eine neue Welt hinübergewechselt, hatte aufgehört, an die alte Schule zu denken, und hatte Bladesover zur späteren Bewältigung beiseite geschoben. Ich fügte mich den neuen Umständen in Wimblehurst, mit der Apotheke als ihrem Mittelpunkt, bereitwillig ein, lernte Latein und Arzneikunde und konzentrierte mich mit allen Kräften auf die Gegenwart. Wimblehurst war eine außergewöhnlich ruhige und farblose Stadt in Sussex und im Gegensatz zu den meisten südenglischen Städten hauptsächlich aus Stein erbaut. Ich empfand den Ort als sehr angenehm und malerisch, mit seinen sauber gepflasterten, seltsam gewundenen Straßen und scharfen Ecken und mit dem Park, der an eine Seite der Stadt anschließt. Die ganze Gegend steht unter der Herrschaft von Eastry, und es war dem Einfluß und dem Ansehen von Eastry House zu verdanken, daß die Bahnstation fast drei Kilometer vom Zentrum entfernt blieb. Der Herrensitz liegt so nahe, daß er alles beherrscht; man geht über den Marktplatz (mit seinen alten Gebäuden und Bäumen), vorbei an der großen Kirche aus der Zeit vor der Reformation, ein Bau, dessen vornehme graue Fassade wie ein leerer Schädel wirkt, aus dem alles Leben entflohen ist, und man steht plötzlich vor dem riesigen schmiedeeisernen Tor, durch das man am Ende einer langen Eibenallee die breite, weiße und sehr stattliche Front von Eastry House erblickt. Es war viel größer als Bladesover und ein noch viel vollendeteres Beispiel für die Gesellschaftsordnung des achtzehnten Jahrhunderts. Es beherrschte nicht nur zwei Dörfer, sondern auch eine Stadt, die berechtigt war, Söhne und Vettern der Herrschaft ins Parlament zu entsenden, solange dieses Privileg noch bestand. Alle waren in diese Ordnung eingeschlossen, alle – nur nicht mein Onkel. Er stand außerhalb und beklagte sich.

In meinem Onkel begegnete ich dem ersten Menschen, der sich wirklich gegen die große Ordnung von Bladesover stellte, die bisher meine Welt gewesen war, denn in Chatham war ansonsten von Auflehnung nichts zu spüren, eher von Bestätigung. Aber mein Onkel hatte keinen Respekt vor Bladesover oder vor Eastry – nicht den geringsten. Er war sogar blind für das, was sie immerhin darstellten. Er verkündete seltsame Ansichten über sie, er entwickelte und wälzte neue, unglaubliche Ideen.

»Dieser Ort«, sagte mein Onkel, als er an einem Sommernachmittag von der Schwelle seines Geschäfts aus den Blick über die würdevolle Stille ringsum schweifen ließ, »muß aufgeweckt werden.«

Ich sortierte in einer Ecke Patentmedizinen.

»Ich würde gern ein Dutzend junger Amerikaner darauf loslassen«, fuhr er fort, »das gäbe was.«

Ich bestellte »Mutter Shiptons Schlafsirup« nach. Unser Vorrat war erschöpft.

»Irgendwo muß irgend etwas geschehen, George«, stieß er verdrossen in gehobenem Tonfall hervor, als er in den kleinen Laden zurücktrat. Er spielte mit den aufgestapelten Schaupackungen von Modeseife und Parfum und ähnlichem, die das Ende des Ladentisches zierten, dann wandte er sich mürrisch um, schob die Hände tief in die Taschen und zog eine wieder heraus, um sich am Kopf zu kratzen.

»Ich muß etwas tun«, sagte er. »Ich halte es nicht aus. Ich muß etwas erfinden. Und es verhökern ... Ich könnte das. Oder ein Theaterstück schreiben. Da steckt eine Menge Geld drin, George. Was würdest du davon halten, wenn ich ein Stück schriebe – hm? ... Man kann alles mögliche tun. Oder die Effektenbörse –«

Er pfiff nachdenklich vor sich hin.

»Heiliger Strohsack!« fluchte er. »Das hier ist kein Dasein – das ist wie kaltes Hammelfett, dieses Wimblehurst! Kaltes Hammelfett! – Gestockt und steif! Und ich stecke darin bis zu den Achseln. Nie geschieht etwas, niemand will, daß etwas geschieht, außer mir! Nur in London, George, geschieht etwas. Amerika! Ich wünschte bei Gott, George, ich wäre in Amerika geboren – wo etwas geschieht. Was kann man hier tun? Hier verrotten wir, fern der Hauptstadt – zahlen Pacht in Lord Eastrys Tasche –, dort sind Männer ...« Er deutete über den Ladentisch hinweg an, wie fern London lag, und dann mit einer wirbelnden Bewegung seiner Hand, einem Blinzeln und einem bedeutungsvollen Lächeln zu mir her, wie groß die Aktivität dort war.

»Was tun die Leute dort?« fragte ich.

»Sie lassen sich etwas einfallen«, antwortete er. »Sie schaffen etwas! Etwas Großartiges! Da ist die Börsenspekulation. Schon davon gehört, George?« Er zog die Luft durch die Zähne ein. »Man legt, sagen wir, hundert Pfund hin und kauft für zehntausend. Verstehst du? Das ist eine Deckung von einem Prozent. Die Ware wird teurer, man verkauft und gewinnt hundert Prozent; der Preis geht herunter, hui, man ist pleite! Man versucht es wieder! Hundert Prozent, George, jeden Tag. Männer werden in einer Stunde reich oder arm. Und das Geschrei! Zss ... Nun, das ist eine Möglichkeit, George. Dann eine andere – da gibt es die Aufkäufer!«

»Das sind wohl große Leute, was?« wagte ich zu fragen.

»Oh, wenn es sich um Weizen oder Stahl handelt – ja. Aber angenommen, man befaßt sich mit kleineren Dingen, George. Nur mit einem kleinen Ding, wofür man höchstens ein paar Tausend braucht. Arzneien zum Beispiel. Legt alles, was man hat, darin an – sozusagen sein Herzblut. Nimm eine Medizin – nimm etwa Ipekak. Kauf einen Haufen Ipekak. Kauf alles, was es davon gibt! Verstehst du? Ipekakuanha gibt es nicht unbegrenzt – kann es gar nicht –, und das ist etwas, das die Leute haben müssen. Oder vielleicht Chinin! Du wartest auf deine Chance, wartest auf den Ausbruch eines Krieges in den Tropen, sagen wir, und kaufst alles Chinin zusammen. Was tun die Leute dann? Sie müssen Chinin haben, verstehst du. Und dann? Zss – bei Gott! Solcher Dinge gibt es unzählige – unzählige. Fenchelwasser – alle kranken Babys schreien danach. Oder Eukalyptus – Cascara sagrada – mit Haselnuß – Menthol – alle diese Zahnschmerzmittel. Dann die Antiseptika und Kurare, Kokain ...«

»Eher unangenehm für die Ärzte«, überlegte ich.

»Die sollen sich selbst darum kümmern. Bei Gott, ja. Sie werden dich ausplündern, wo sie nur können, und du plünderst sie aus. Wie Räuber. Das macht die Sache romantisch, ist der Reiz des Handels, George! Man ist dann wie im Gebirge! Stell dir vor, du hast alles Chinin der Welt, und die verzärtelte Frau eines Millionärs erkrankt an Malaria. Was? Das ist Erpressung, George, was? Der Millionär in seinem Auto vor der Türe bietet dir jeden Preis, den du verlangst. Das würde Wimblehurst wachrütteln ... Du lieber Gott! Hier gibt es keine Ideen. Nicht eine einzige. Zss.«

Er verfiel in eine träumerische Verzückung, in der er nur einzelne Wortfetzen hervorstieß, wie: »Fünfzig Prozent im voraus, mein Guter; Sicherheit – morgen. Zss.«

Der Gedanke, Arzneien aufzukaufen, erschien mir damals als unverantwortliche Gaunerei, die in Wirklichkeit niemandem erlaubt werden würde. Es war ein Unsinn, mit dem man Ewart zum Lachen gebracht und zu noch verrückteren Phantastereien angeregt hätte. Ich glaubte, es sei nur meines Onkels Art, so zu sprechen. Aber ich wurde später eines Besseren belehrt. Der ganze moderne Trend, Geld zu machen, beruht darauf, daß einer vorausahnt, was demnächst gebraucht wird, es beiseite schafft und dann durch Schacher reich wird. Man kauft Land, auf dem die Leute Häuser bauen wollen, man kauft Rechte, die für lebenswichtige Entwicklungen unbedingt erforderlich sind, und so weiter. Und so weiter. Natürlich versteht ein grüner Junge die tieferen Hintergründe menschlicher Gemeinheit nicht. Sein Leben beginnt mit der Bereitschaft, an die Weisheit der Erwachsenen zu glauben, er macht sich nicht klar, wie zufällig und unehrlich die Entwicklung von Gesetzen und Bräuchen erfolgt ist, er glaubt, daß es im Staat irgendwo eine Macht geben müsse, die so unangefochten wie ein Schulmeister alle böswilligen und verrückten Machenschaften unterbindet. Ich gestehe, daß ich bei meines Onkels Reden über den Aufkauf von Chinin den Eindruck hatte, daß jeder, der etwas Derartiges versuchen würde, ohne Zweifel ins Gefängnis käme. Heute weiß ich, daß jemand, der das wirklich zustande brächte, viel wahrscheinlicher in das House of Lords berufen würde!

Mein Onkel ließ seinen Blick eine Weile über die Etiketten auf seinen Flaschen und Schubfächern wandern und träumte vom Aufkauf dieser oder jener Substanz. Aber schließlich kam er auf Wimblehurst zurück.

»Man muß in London sein, wenn diese Dinge angeboten werden. Aber hier draußen! Du himmlisches Jerusalem!« schrie er. »Warum habe ich mich hier niedergelassen? Damit war alles aus. Keine Chance mehr. Hier ist Lord Eastry, und er bekommt alles, die Honorare für seinen Anwalt ausgenommen, und wenn man etwas daran ändern wollte, müßte man ihn mit Dynamit in die Luft sprengen – nicht ihn, nein, alle zusammen. Er will nichts geändert haben, warum sollte er auch? Jede Änderung wäre für ihn ein Verlust. Er möchte, daß der Topf weiter und immer weiter auf dem Herd bleibt, daß es die nächsten zehntausend Jahre so fortgeht, für einen Eastry nach dem anderen. Scheidet ein Pfarrer aus, kommt ein anderer, stirbt ein Händler, sorgt man für einen neuen! Menschen mit eigenen Ideen ziehen besser woanders hin! Und das haben sie getan! Schau dir doch all diese verdammten Leute hier an! Schau sie dir an! Verschlafen sind sie alle, erledigen ihre Geschäfte nur gewohnheitsmäßig – wie im Traum. Ausgestopfte Puppen würden den gleichen Dienst tun – genau den gleichen. Sie sind alle auf ihre Plätze zurechtgestaucht. Sie wollen nicht einmal, daß sich etwas ändert. Sie sind gezähmt. Da hast du es! Nur, wofür leben sie eigentlich? ... Warum können sie sich nicht einen Automaten als Apotheker anschaffen?«

Zum Schluß sagte er, wie schon oft nach solchen Gesprächen: »Ich muß etwas erfinden – das ist es, was ich brauche. Das muß ich. Zss. Etwas Praktisches, das die Leute nötig haben ... Mir etwas ausdenken ... Fällt dir nichts ein, George, was jedermann braucht und nicht hat? Ich meine etwas, das man im Detailverkauf um einen Shilling absetzen könnte? Denk darüber nach, sooft du nichts Besseres zu tun hast. Verstehst du?«

2

So erinnere ich mich meines Onkels in der ersten Zeit: jung, aber schon ein wenig beleibt, rastlos, verdrießlich, geschwätzig, während er mir allerlei widersprüchliche Ideen in meine noch gärende Gedankenwelt einpflanzte. Und das war offensichtlich sehr pädagogisch ...

Für mich waren die Jahre in Wimblehurst Jahre aktiven Wachstums. Die meiste Freizeit und einen Großteil der

Arbeit im Laden widmete ich den Studien. Ich bewältigte rasch das bißchen Latein, das für meine Qualifikation nötig war, und erzielte – mit Hilfe der staatlichen Kurse für Natur- und Geisteswissenschaften – Fortschritte in der Mathematik. Es gab Kurse für Physik, Chemie, Mathematik und Maschinenzeichnen, und ich widmete mich allen diesen Gebieten mit beträchtlichem Eifer. Zu körperlicher Bewegung kam ich hauptsächlich durch Spaziergänge. Im Sommer gab es Kricket und im Winter Fußball, veranstaltet von einem Klub junger Männer, der parasitisch von Spenden lebte, die er bei großen Leuten und inaktiven Mitgliedern erpreßte, aber ich hatte an diesen Spielen nie großes Interesse. Unter der Jugend von Wimblehurst fand ich keinen einzigen Freund. Verglichen mit den Cockneylümmeln in meiner alten Schule waren diese Burschen unbeholfen und träge, kriecherisch und hinterhältig, gehässig und gemein. Wir hatten uns als Knaben aufgespielt, aber diese Jugendlichen waren Schlappschwänze und haßten jeden, der es nicht auch war; wir Knaben hatten laut und deutlich geredet, aber in Wimblehurst erfuhr man, was wirklich gemeint war, nur hinter vorgehaltener Hand. Und auch dabei kam nicht viel heraus.

Nein, ich mochte diese jungen Kerle nicht, und ich bin kein Anhänger der Meinung, daß die englische Provinz unter dem System von Bladesover ein geeigneter Nährboden für ehrenhafte Männer sei. Man hört eine schreckliche Menge von Unsinn über die Landflucht und den degenerierenden Einfluß des städtischen Lebens auf unsere Bevölkerung. Meiner Meinung nach ist der englische Stadtmensch, sogar in den Slums, geistig unendlich regsamer, mutiger, einfallsreicher und anständiger als sein ländlicher Vetter. Ich habe sie beide gesehen, wenn sie sich unbeobachtet glaubten, und ich weiß das. An meinen Wimblehurster Kameraden war etwas, das mich abstieß.

Es ist schwer zu erklären. Der Himmel weiß, daß es in der Cockneyschule von Goudhurst reichlich rauh zugegangen war; aber die Wimblehurster Jungen hatten weder die passenden Worte noch den Mut für die Dinge, die wir anstellten – für unsere Schweinigeleien zum Beispiel; aber anderseits entwickelten sie dennoch eine gewisse träge und angeborene Geilheit – das ist das richtige Wort –, eine hinterhältige Niedertracht. Was immer die aus der Stadt kommenden Burschen in Goudhurst getan hatten, war, wenn auch rauh, so doch romantisch angehaucht gewesen. Wir hatten dort die »Boys of England« gelesen und einander noch andere Geschichten erzählt. In England gibt es auf dem Lande keine Bücher, keine Poesie, keine Dramen, nicht einmal mutige Sünden; all das ist nie dorthin gedrungen oder schon vor Generationen fortgeräumt und verborgen worden, die Phantasie ist verkümmert und verroht. Hierin besteht meiner Ansicht nach der wirkliche Unterschied zwischen Stadt und Land. Weil ich das weiß, stimme ich nicht in die allgemeine Klage ein, daß England sich entvölkere, weil viele unserer Landsleute durch den Schmelzofen der Städte gehen. Ohne Zweifel hungern und leiden sie, aber sie werden eben dadurch gefestigt und kraftvoll ...

An den Abenden begab sich ein Wimblehurster Bursche mit frisch gewaschenem Gesicht und in auffallendem Staat, mit einer bunten Weste oder einer lebhaft gefärbten Krawatte ins Billardzimmer des Gasthofs Eastry Arms oder in die Bar eines kleineren Lokals, wo man Karten spielen konnte. Man bekam bald genug von seiner trägen Schlauheit, dem verschlagenen Ausdruck seiner müden Augen, seinem Begriff von einer »guten Geschichte«, die von diesem kläglichen, verdorbenen Wicht immer nur halblaut weitererzählt wurde, seinen einstudierten Tricks, mit denen er sich kleine Vorteile verschaffte, einen Gratisdrink oder etwas derartiges. So taucht, während ich das schreibe, vor meinen Augen der junge Hopley Dodd auf, der Sohn des Auktionators, Wimblehursts Stolz und höchste Zier, mit seiner Pelzweste, seiner kurzen Pfeife, seiner Reithose – Pferd besaß er keines – und seinen Gamaschen, wie er da meist vorgebeugt saß und unter der Krempe seines kunstvoll schräg aufgesetzten Hutes hervor den Billardtisch beobachtete. Sein Sprachschatz bestand aus einem Halbdutzend Phrasen: »Pech!« pflegte er zu sagen, und »unverdientes Glück«, alles in meckerndem Baß. Außerdem gab er gelegentlich einen langgezogenen Pfiff von sich, der als das Nonplusultra einer humorvollen Stellungnahme gemeint war. Abend für Abend war er dort …

Auch wollte er nicht einsehen, daß ich Billardspielen konnte, und hielt jeden Stoß, den ich machte, für einen Zufallstreffer. Für einen Anfänger spielte ich gar nicht so schlecht, glaubte ich damals. Heute bin ich davon nicht mehr so überzeugt. Aber die Skepsis des jungen Dodd und sein ständiges »unverdientes Glück« heilten mich schließlich von der Neigung, das Eastry Arms zu besuchen, und so hatten Dodds Kommentare für mich doch noch einen Wert.

Ich schloß keine Freundschaften mit den jungen Männern, und obwohl ich allmählich erwachsen wurde, habe ich aus dieser Zeit keine Liebesgeschichte zu berichten. Nicht etwa, daß mir dieser Aspekt des Lebens mit fünfzehn oder sechzehn fremd geblieben wäre. Ich schloß schon gelegentlich auf eine eher zwanglose Weise Bekanntschaft mit verschiedenen Wimblehurster Mädchen; mit der kleinen Tochter des Schneiders unterhielt ich mich schüchtern, und mit einer Lehrerin in der Volksschule kam es so weit, daß man von ihr und mir »redete«. Aber ich empfand für niemanden aus der weiblichen Jugend echte Leidenschaft; Liebe – Liebe erlebte ich bis heute nur in meinen Träumen. Ich küßte alle diese Mädchen nur ein-

oder zweimal. Sie störten meine Träume eher, als daß sie ihnen Nahrung gegeben hätten. Sie waren so offensichtlich nicht »die Richtigen«. Ich werde in dieser Geschichte viel über Liebe zu berichten haben, aber ich kann dem Leser jetzt schon gestehen, daß meine Rolle dabei eher die eines unbegabten Galans war. Das Verlangen kannte ich wohl – allzu gut sogar; aber in der Liebe war ich schüchtern. Bei all meinen frühen Vorstößen im Krieg der Geschlechter wurde ich hin- und hergerissen, zwischen dem körperlichen Drang und meiner romantischen Veranlagung, die jede Phase eines Erlebnisses erhaben und schön sehen wollte. Auch verfolgten mich seltsam beunruhigende Erinnerungen an Beatrice, an ihre Küsse unter den Farnwedeln und auf der Mauer, Küsse, die den Maßstab für die Wimblehurster Gegebenheiten zu hoch setzten. Ich will nicht behaupten, daß ich in Wimblehurst etwa keinen scheuen und ungeschickten jugendlichen Vorstoß zu einer Eroberung gemacht hätte; aber infolge meiner subtilen Kindheitserlebnisse brachte ich es nie einer Erfüllung auch nur nahe. Ich hinterließ somit auch weder quälende Erinnerungen noch einen ehrenvollen Ruf. Als ich schließlich fortging, war ich immer noch unerfahren und ein wenig enttäuscht, wenn auch das Interesse an sexuellen Dingen natürlich gewachsen war.

Wirklich verliebt habe ich mich in Wimblehurst nur in meine Tante. Sie brachte mir ein Wohlwollen entgegen, das zum Teil ein mütterliches war – sie interessierte sich lebhaft für meine Bücher, verfolgte meine Prüfungsergebnisse und machte mit mir Späße, die ihr mein Herz gewannen. Ganz unbewußt verliebte ich mich in sie …

Meine Reifejahre in Wimblehurst waren im ganzen genommen eine arbeitsreiche Zeit ohne besondere Ereignisse. Ich kam als unreifer Junge hin und verließ den Ort in mancher Hinsicht nahezu erwachsen. Es geschah so wenig, daß sich der Gedanke an alle durchlebten Varianten mit einem bestimmten Winter verbindet und daß eine Abschlußprüfung in Physik einen Wendepunkt markiert. Die verschiedensten Impulse spornten mich an, hauptsächlich aber ein jugendlich ernster Drang, zu arbeiten und zu lernen und so auf einem nicht näher definierbaren Weg der Wimblehurster Welt zu entrinnen, in die ich geraten war. Ich schrieb ziemlich häufig an Ewart selbstbewußte, aber, soweit ich mich erinnere, nicht unintelligente Briefe mit lateinischem Datum und mit fehlerhaften lateinischen Zitaten, die Ewart zu spöttelnder Nachahmung reizten. Ich war in dieser Zeit nicht wenig affektiert. Aber um mir selbst gerecht zu werden – es war dennoch mehr als kleinlicher Stolz auf meine zunehmenden Kenntnisse. Ich widmete mich der Ausbildung und Vorbereitung mit großem Eifer, und ich brauche mich dessen in der Erinnerung nicht zu schämen. Ich nahm die Dinge ernst, viel ernster, als ich es heute tue. Damals war ich zu jeder Mühe, ja zur Selbstüberwindung fähig ... Darüber bin ich heute hinaus. Ich sehe nicht ein, warum ich mit vierzig nicht bekennen soll, daß mir meine eigene Jugendzeit Achtung abnötigt. Ich hatte ziemlich rasch aufgehört, ein leichtfertiger Junge zu sein. Ich fühlte mich an der Schwelle einer größeren und bedeutungsvolleren Welt und wollte darin Wesentliches leisten. Ich fühlte mich dazu bestimmt, in dieser Welt etwas zu vollbringen, das hohen Wert hatte. Damals begriff ich noch nicht so wie heute, daß mein Leben weitgehend dadurch bestimmt wurde, was die Welt aus mir machte. Junge Leute scheinen diesen Aspekt des Lebens nie recht zu verstehen. Und, wie schon gesagt, bei allen erzieherischen Einflüssen spielte mein Onkel, ohne daß ich es ahnte, eine entscheidende Rolle, vielleicht unter anderem auch meine Abneigung gegen Wimblehurst, mein Verlangen, dieser leeren und malerischen Hohlheit zu entrinnen. »Ich werde bald nach London gehen«, sprach ich meinem Onkel nach.

In dieser Zeit war er sehr redselig. Er sprach zu mir von Theologie, von Politik, von den Wundern der Wissenschaft und der Kunst, von den Leidenschaften und Stimmungen, von der Unsterblichkeit der Seele und den besonderen Wirkungen der Arzneien; aber hauptsächlich und andauernd sprach er vom Vorwärtskommen, von Unternehmungen, von Erfindungen und großem Reichtum, von den Rothschilds, den Vanderbilt und den Gould, von Gründungen, Verwertungen und den wunderbaren Wegen des Glücks für Männer – überall sonst natürlich, nur nicht auf dem hoffnungslos niedrigen Wimblehurster Niveau von gestocktem Schaffett.

Wenn ich mich dieser Reden erinnere, sehe ich ihn immer in einer von drei typischen Stellungen. Entweder waren wir im Verteilerlager hinter einer hohen Wand, wo er etwas in einem Mörser zerstampfte, während ich Pillenmaterial zu langen Rollen auswalzte und diese mit einem breiten Sägemesser zerschnitt, oder er stand vor einer Schachtel mit Schwämmen und Zerstäubern und schaute auf die Straße hinaus, während ich hinter dem Ladentisch zuhörte, oder aber er lehnte an dem kleinen Schubladenschrank hinter dem Ladentisch, während ich saubermachte. Der Gedanke an damals läßt mich wieder das feine Parfum riechen, das immer in der Luft lag, gelegentlich vermischt mit dem Geruch dieser oder jener Arznei, und vor meinen Augen erscheinen die Reihen nüchterner Flaschen mit goldenen Etiketten, die sich in dem Glas dahinter spiegelten.

Ich erinnere mich, daß meine Tante gelegentlich voll aggressiver Lebhaftigkeit zu einem ehelichen Disput in den Laden kam und sich köstlich über die abgekürzten lateinischen Bezeichnungen auf den Schildern amüsierte. »Ol Amyg, George«, las sie spöttisch, »das soll wohl Mandelöl sein! S'nap! – Und dabei ist es Sinapis, Senf. Hat man je schon so etwas erlebt, George? Schau ihn dir an,

George, wie würdig er aussieht. Ich würde ihm gerne in der Mitte, wie bei seinen Fläschchen, ein Schild aufkleben mit Ol Pondo darauf. Das ist lateinisch und heißt Schwindler, George – das muß es heißen. Er würde mit einem Stöpsel süß aussehen.«

»Da hast eher du einen Stöpsel nötig«, sagte mein Onkel mit vorgeschobenem Kinn …

Meine Tante, die gute Seele, war damals zart und schlank, mit einem feinen rosigen Teint und einer Neigung zu solchen Scherzen, zu einer Art von liebenswürdiger Neckerei. Sie sprach mit einem feinen silbrigen Lispeln und war ein großer Spaßvogel. Als die Hemmung durch meine Gegenwart bei den Mahlzeiten überwunden war, erkannte ich immer mehr das hauchdünne, aber weitgespannte Netz von Unsinn, das sie über ihre eheliche Beziehung gewoben hatte, bis es zu einer Realität in ihrem Leben geworden war. Sie liebte eine spöttische Haltung der Welt gegenüber und verwendete das Beiwort »alt« für Dinge, in Verbindung mit denen ich es weder vorher noch nachher je gehört hatte. »Hier ist die alte Zeitung«, pflegte sie zu meinem Onkel zu sagen. »Gib acht und leg sie nicht auf die Butter, du komische alte Sardine!«

»Was haben wir heute für einen Wochentag, Susan?« fragte mein Onkel.

»Den alten Montag, mein Würstchen«, antwortete sie und fügte hinzu: »ich habe heute meinen alten Waschtag, weißt du das nicht?«

Sie war offenbar der Mittelpunkt und die Freude eines großen Kreises von Schulkameradinnen gewesen, und diese Art, sich zu geben, war ihr zur zweiten Natur geworden. Für mich war das an diesem sonst so öden Ort höchst erfreulich. Immer, wenn sie erschien, hatte schon ihr Gang etwas Aufmunterndes. Die Hauptbeschäftigung ihres Lebens war es, glaube ich, meinen Onkel zum Lachen zu bringen, und wenn sie diesen Zweck durch einen neuen Spitznamen, einen neuen Unsinn erreichte, war sie hinter gespielt nüchterner Verwunderung die glücklichste Frau auf Erden. Das Lachen meines Onkels, wenn es zum Durchbruch kam, war, das muß ich zugeben, wie es im Baedeker heißt »lohnend«. Es begann mit genußreichem Pusten und Schnaufen und mündete in einem deutlichen »Ha-ha!«, aber in seiner vollen Entwicklung umfaßte es in diesen jugendfrischen Tagen ein völliges Aufgehen darin, ein Sich-heftig-Krümmen, ein auf den Bauch schlagen, mit Tränen in den Augen und Abwehrschreien. Ich habe meinen Onkel nie so lachen gehört wie über die Tante; er war im allgemeinen zu ernst dafür und lachte überhaupt meines Wissens nach diesen frühen Jahren nicht mehr oft. In ihrer Entschlossenheit, trotz Wimblehurst munter und vergnügt zu bleiben, bewarf die Tante ihn auch immer wieder mit Dingen, mit Schwämmen aus dem Laden, mit Kissen, Papierknäueln, sauberer Wäsche und Brotstükken. Und einmal, als sie mich und den Botenjungen und die kleine Hausgehilfin aus dem Weg glaubte, zerbrach sie eine Schachtel voller Viertelliterflaschen, während sie meinen Onkel mit einem neuen Haarbesen attackierte. Manchmal warf sie auch etwas auf mich – aber nicht oft. Um sie und bei ihr schien es immer etwas zum Lachen zu geben – wir bekamen gelegentlich zu dritt Lachkrämpfe –, und einmal kamen die beiden aus der Kirche entsetzlich beschämt nach Hause, weil sie während der Predigt herausgeplatzt waren. Offenbar hatte der Vikar versucht, sich mit einem schwarzen Handschuh statt mit dem Taschentuch zu schneuzen. Und daraufhin hatte die Tante ihren eigenen Handschuh bei einem Finger hochgehalten und unschuldig, aber bedeutungsvoll den Blick abgewandt. Über diese einfache Geste war mein Onkel fast zersprungen vor Lachen. Bei Tisch gab es dann eine Wiederholung.

»Aber es zeigt«, rief mein Onkel plötzlich ganz ernst

aus, »was mit Wimblehurst los ist, wenn wir über solche Kleinigkeiten lachen können! Es hat auch eine Menge anderer Leute gekichert, keineswegs nur wir! Und bei Gott, es war wirklich komisch!«

Gesellschaftlich waren mein Onkel und meine Tante fast völlig isoliert. In Orten wie Wimblehurst sind die Frauen der Händler immer isoliert, außer sie haben eine Schwester oder Busenfreundin unter den anderen Frauen, nur die Männer treffen einander in verschiedenen Lokalen oder im Billardzimmer des Eastry Arms. Mein Onkel verbrachte jedoch die meisten Abende zu Hause. Bevor er sich seinerzeit in Wimblehurst niederließ, hatte er, glaube ich, seine reichlich vorhandenen Ideen und Spekulationen eher zu herausfordernd von sich gegeben; und Wimblehurst hatte nach kurzer anfänglicher Unterwerfung rebelliert und ihn zur Zielscheibe des Spotts gemacht. Des Onkels Erscheinen in einem Lokal ließ jede Unterhaltung stocken.

»Werden Sie uns heute wieder über alles belehren, Mr. Ponderevo?« fragte jemand höflich.

»Heute nicht«, antwortete dann mein Onkel prompt, aber dennoch aus der Fassung gebracht, und schmollte während des ganzen Abends.

Oder jemand fragte mit unschuldiger Miene die Anwesenden: »Es wird davon gesprochen, daß Wimblehurst niedergerissen und ganz neu aufgebaut werden soll. Hat jemand etwas davon gehört? Es soll ein regsamer unternehmender Ort werden – eine Art von Kristallpalast.«

»Erdbeben und Pest eher als das«, murmelte dann mein Onkel zur unendlichen Erheiterung aller und fügte unhörbar etwas über »gestocktes Schaffett« hinzu ...

3

Wir wurden durch ein finanzielles Mißgeschick auseinandergerissen, dessen vollen Umfang ich zunächst nicht begriff. Mein Onkel hatte etwas entwickelt, das ich für eine unschuldige intellektuelle Spielerei hielt, und das er Börsenkursmeteorologie nannte. Ich glaube, die Idee kam ihm bei den Kurven, die er mich für Darstellende Geometrie zeichnen sah. Er ließ sich von mir kariertes Papier geben und beschloß, nachdem er eine Weile darüber gebrütet hatte, das Steigen und Fallen gewisser Bergwerks- und Bahnaktien zu verfolgen. »Da steckt etwas dahinter, George«, sagte er, und ich hatte keine Ahnung, daß unter anderen Dingen, die dahintersteckten, auch seine ganzen Ersparnisse waren und ein Großteil dessen, was ihm meine Mutter treuhänderisch für mich hinterlassen hatte.

»Es ist so klar wie nur etwas«, sagte er. »Schau her, hier ist ein System von Wellen, und hier ein zweites! Das sind die Kurse der Union Pacifics während eines Monats. Nun werden sie, denk an meine Worte, nächste Woche um einen ganzen Punkt fallen. Wir kommen dem Tiefpunkt der Kurve wieder nahe. Verstehst du? Das ist absolut wissenschaftlich. Es ist nachweisbar. Nun die Anwendung! Man kauft im Tal und verkauft auf dem Gipfel – ein klarer Fall!«

Ich war so überzeugt von der Bedeutungslosigkeit dieses Spiels, daß ich fassungslos war, als ich hörte, er habe es in der verheerendsten Weise ernst genommen.

Er nahm mich auf einen langen Spaziergang über die Hügel in Richtung Yare und durch die großen Stechginsterfelder bei Hazelbrow mit, um mir die Sache beizubringen.

»Es gibt im Leben Höhen und Tiefen, George«, begann er auf halbem Weg über das weite offene Land und zögerte dann mit einem Blick gen Himmel ... »Ich habe bei der Analyse der Union Pacifics einen Faktor übersehen.«

»Tatsächlich?« erwiderte ich, da mich der plötzliche Wechsel in seinem Tonfall stutzig machte. »Aber du meinst doch nicht –?«

Ich blieb auf dem schmalen sandigen Pfad stehen, sah den Onkel an, und auch er blieb stehen.

»Doch, George, das meine ich. Es hat mich ruiniert! Ich bin jetzt bankrott.«

»Dann –?«

»Das Geschäft ist auch dahin. Ich werde es aufgeben müssen.«

»Und ich?«

»Oh, du! – Mit dir ist alles in Ordnung. Du kannst weiter als Lehrling dableiben, und – hm – nun ja, ich bin nicht der Mann, der mit anvertrautem Geld leichtfertig umgeht, ganz gewiß nicht. Das habe ich im Auge behalten. Es ist davon noch einiges übrig, George – darauf kannst du dich verlassen –, eine ganz anständige kleine Summe.«

»Aber du und die Tante?«

»Auf diese Weise wollten wir eigentlich Wimblehurst nicht verlassen, George; aber wir werden gehen müssen. Verkaufen; alles wird aufgenommen und geschätzt – hunderterlei Dinge. Scheußlich! ... Es war in seiner Weise ein hübsches kleines Haus. Das erste, das uns gehört hat. Gut ausgestattet – gewissermaßen eine Freude ... Sehr glücklich ...« Die Stimme versagte ihm bei der Erinnerung. »Gehen wir weiter, George«, sagte er rasch, halb erstickt, wie ich merkte.

Ich ging voran und schaute mich eine Weile lang nicht um.

»So steht es nun einmal, George«, hörte ich ihn nach einiger Zeit sagen.

Als wir wieder auf der Hauptstraße waren, holte er mich ein, und wir wanderten schweigend ein gutes Stück.

»Sag zu Hause noch nichts«, ermahnte er mich plötzlich. »Schlachtenpech. Ich muß es Susan zu einer passenden Zeit beibringen – sonst nimmt sie es zu tragisch. Sie ist ein prima Kamerad, was immer auch geschieht.«

»Ist gut«, sagte ich, »ich werde mich hüten«; und ich wäre mir damals selbstsüchtig vorgekommen, hätte ich ihn mit irgendwelchen weiteren Fragen über seine Verantwortung als Treuhänder belästigt. Er seufzte erleichtert auf, als ich mich so verständnisvoll zeigte, und sprach gleich darauf recht munter über seine neuen Pläne ... Aber kurzfristig übermannte ihn, wie ich mich erinnere, der Ärger. »Diese anderen!« sagte er, als wäre ihm der Gedanke zum ersten Mal gekommen.

»Welche anderen?« fragte ich.

»Der Teufel soll sie holen«, sagte er.

»Aber welche anderen?«

»Alle diese verdammten Kaufleute, die im Morast stecken und langsam ersticken: der Fleischer Ruck, der Gemischtwarenhändler Marbel und Snape! Gorel! George, wie die grinsen werden!« ...

Die nächsten paar Wochen beschäftigte mich, was er gesagt hatte, und an das letzte Gespräch zwischen uns, bevor er den Laden und mich seinem Nachfolger übergab, erinnere ich mich in allen Einzelheiten. Denn er hatte das Glück gehabt, sein Geschäft mit »Stumpf und Stiel« zu verkaufen – worin ich selbst samt Lehrvertrag miteingeschlossen war. Die Schrecken einer Versteigerung der Einrichtung waren somit vermieden.

Ich erinnere mich, daß bei jedem Kommen und Gehen der Fleischer Ruck in der Türe stand und uns mit einem Grinsen musterte, das seine langen Zähne entblößte.

»Sie blödes Schwein!« murmelte mein Onkel. »Sie grinsende Hyäne«; und sagte dann laut: »Guten Tag, Mr. Ruck.«

»Sie gehen also nach London, um Ihr Glück zu machen«, sagte Mr. Ruck mit stillem Vergnügen.

Unser letzter Spaziergang führte uns über den Damm nach Beeching und über die Hügel fast bis Steadhurst. Ich war mir unterwegs über meine Gefühle sehr im unklaren. Ich hatte inzwischen begriffen, daß mich mein Onkel, grob gesagt, bestohlen hatte; die kleinen Ersparnisse meiner Mutter, mehr als sechshundert Pfund, die für meine Ausbildung und den Start ins Leben gereicht hätten, waren bei dem unerwarteten Tiefstand der Union Pacifics, der ein Höchstkurs hätte sein sollen, eingesetzt gewesen und nun größtenteils dahin, und über den verbleibenden Rest hatte er mir noch keinerlei Auskunft gegeben. Ich war zu jung und unerfahren, um darauf zu bestehen oder zu wissen, wie ich es herausbringen könnte, aber der Gedanke an all das hinterließ Spuren der Verärgerung im Gewebe meiner Gefühle. Anderseits jedoch tat der Onkel mir leid – fast so leid wie meine Tante Susan. Und auch jetzt noch mag ich ihn gern. Ich wußte, daß er weicher veranlagt war als ich; seine unheilbare naive Kindlichkeit, seine konziliante, rührende phantasievolle Einfalt waren mir damals schon so klar wie an seinem Totenbett. Ich war, vielleicht zufolge einer seltsamen geistigen Verschrobenheit, durchaus geneigt, ihn von jeglicher Schuld freizusprechen und diese eher meiner armen alten Mutter anzulasten, weil sie die Summe seinen so wenig vertrauenswürdigen Händen überlassen hatte.

Ich hätte ihm, glaube ich, gänzlich verziehen, wenn er sich bei mir in irgendeiner Weise entschuldigt hätte; aber das tat er nicht. Er sprach mir andauernd in einer Weise Mut zu, die ich aufreizend fand. Seine Hauptsorge galt jedoch Susan und ihm selbst.

»In solchen Krisen, George«, sagte er, »erweist sich der Charakter. Deine Tante ist gut damit fertig geworden, mein Junge.«

Er gab eine Weile nachdenkliche Laute von sich.

»Anfangs hat sie natürlich geweint« – das hatte ich nur allzu deutlich an ihren Augen und dem verschwollenen Gesicht gesehen –, »wer hätte das nicht? Aber jetzt – jetzt ist sie wieder lebensfroh! … Sie ist ein Mordskerl. – Wir werden das kleine Haus natürlich ungern verlassen. Es ist ein bißchen wie bei Adam und Eva, verstehst du. Mein Gott! Der alte Milton war doch ein toller Bursche!

Die Welt stand ihnen offen, nun zu wählen.

Den neuen Zufluchtsort, von Gott geleitet.

Wie das klingt, George … von Gott geleitet … Nun ja – Gott sei Dank besteht keine unmittelbare Aussicht weder auf einen Kain noch auf einen Abel! – Schließlich werden wir es dort gar nicht so schlecht haben. Vielleicht keine so schöne Umgebung oder so gute Luft wie hier, aber – Chancen! Wir erhalten eine sehr behagliche kleine Wohnung, vergleichsweise sehr behaglich, und ich werde weiterkommen. Wir sind noch nicht am Ende, noch nicht erledigt; denk das nur nicht, George. Ich werde alles binnen kurzem hundertprozentig zurückzahlen, denk an meine Worte, George – hundertfünfundzwanzigprozentig an dich … Ich habe den neuen Posten innerhalb von vierundzwanzig Stunden bekommen – neben anderen Angeboten. Es ist eine bedeutende Firma – eine der besten in London. Darauf habe ich geachtet. Ich hätte vielleicht anderswo vier oder fünf Shilling in der Woche mehr erhalten. In Stadtvierteln, die ich dir nennen könnte. Aber ich habe klipp und klar gesagt, auf das Gehalt komme es nicht so sehr an, sondern mich interessierten Aufstiegschancen – Weiterentwicklung. Wir haben einander verstanden.«

Er warf sich in die Brust, und die kleinen runden Augen hinter seinem Zwicker richteten sich kühn auf imaginäre Dienstgeber.

Eine Weile wanderten wir schweigend dahin, während er derlei Begegnungen überdachte und Argumente formulierte. Dann stieß er plötzlich einige banale Phrasen aus.

»Der Lebenskampf, George, mein Junge!« rief er, oder: »Höhen und Tiefen!«

Er überhörte meine schüchternen Versuche, etwas über meine eigene Lage zu erfahren, oder wehrte sie ab. »Das ist schon in Ordnung«, sagte er, oder: »Überlaß das nur mir. Ich kümmere mich schon darum.« Und dann gab er sich wieder philosophischen und moralischen Betrachtungen der Situation hin. Was sollte ich tun?

»Setz nie alles, was du hast, auf eine Karte, George; das ist die Lehre, die ich daraus gezogen habe. Halte Reserven bereit. Es stand hundert zu eins, George, daß ich recht hatte – hundert zu eins. Ich habe es nachträglich überprüft. Und dann hat uns das Pech verfolgt. Hätte ich nur noch ein wenig gewartet! Am nächsten Tag stiegen die Aktien ganz plötzlich, und ich hätte einen Gewinn erzielt. Siehst du!«

Er wandte sich ernsteren Gedanken zu.

»Wenn einem ein solches Mißgeschick zustößt, George, dann bedarf man eines religiösen Halts. Die allzu selbstsicheren naturwissenschaftlichen Männer – diese Spencer und Huxley – die verstehen das nicht. Ich schon. Ich habe in letzter Zeit viel darüber nachgedacht – im Bett und auch sonst. Etwa heute beim Rasieren. Ich hoffe, es ist nicht respektlos, wenn ich es sage – aber Gott zeigt sich im Unglück, George. Nicht wahr? Man sollte nie allzu sicher sein, in guten und schlechten Zeiten. Das habe ich daraus gelernt. Ich war so verdammt sicher. Meinst du, ich hätte – gewissenhaft wie ich bin – diese Union Pacifics mit anvertrautem Geld gekauft, wenn ich es nicht für eine durchaus gute Sache gehalten hätte – gut ohne Fehl und Makel? – Und es war doch schlecht! ... Es war mir eine Lehre. Man zieht aus, um hundert Prozent zu verdienen, und landet da, wo ich bin. Das ist gewissermaßen die

Strafe für meinen Stolz. Ich habe darüber nachgedacht, George – in schlaflosen Nächten, auch heute beim Rasieren, das ist die gute Seite daran ... Im Grunde bin ich in diesen Fragen ein Mystiker. Du planst, dies oder jenes zu tun, aber wer weiß im Grunde wirklich, was er tut? Gerade wenn du meinst, etwas zu erreichen, geschehen Dinge über deinen Kopf hinweg. Es widerfährt dir einfach – in gewissem Sinne. Nimm eine Chance hundert zu eins oder eins zu hundert – was spielt es für eine Rolle? Es widerfährt dir.«

Es ist seltsam, daß ich mir das damals mit unaussprechlicher Geringschätzung anhörte, und wenn ich mich heute daran erinnere – dann frage ich mich, was ich besseres zu bieten hätte.

»Ich wollte«, begann ich in plötzlicher Empörung, »es widerführe dir, mir Rechenschaft über mein Geld abzulegen, Onkel.«

»Nicht ohne ein Blatt Papier, George, das geht nicht. Aber du kannst mir vertrauen, keine Sorge. Vertrau mir nur.«

Und mir blieb ja schließlich auch nichts anderes übrig.

Ich glaube, der Bankrott traf meine Tante recht hart. Soweit ich mich heute erinnern kann, hörten alle jene fröhlichen Ausbrüche von Übermut auf – das Lerchentrillern im Laden und das muntere Umhereilen im Haus. Aber ich erlebte kein Getue und sah kaum Anzeichen dafür, daß sie, wie es doch zu erwarten gewesen wäre, lange geweint hätte. Sie weinte auch beim Abschied nicht, obwohl mir ihr Gesicht trotz aller Selbstbeherrschung trauriger vorkam, als wenn sie geweint hätte. »Nun ja«, sagte sie, als sie aus dem Laden zum Wagen ging, »jetzt kommt der alte Abschied, George! Abschied von Mami Nummer zwei! Leb wohl!« Und sie schloß mich in ihre Arme, küßte mich und drückte mich an sich. Dann stieg sie rasch in den Wagen, bevor ich antworten konnte.

Mein Onkel folgte ihr, und er erschien mir ein wenig zu tapfer und zuversichtlich in Anbetracht der Situation. Er war ungewöhnlich bleich und sagte noch zu seinem Nachfolger: »Nun fahren wir. Einer geht, ein anderer kommt. Sie werden finden, es ist ein ruhiges kleines Geschäft, solange Sie es ruhig führen – ein hübsches ruhiges kleines Geschäft. Sonst noch etwas? Nein? Nun, wenn Sie noch etwas wissen wollen, schreiben Sie mir. Ich gebe gern jede gewünschte Auskunft. Über alles – über Geschäft, Ort und Kunden. Von den Pillen gegen Gallenschmerzen ist übrigens zuviel auf Lager. Ich fand es vorgestern sehr entspannend, Pillen zu drehen, und habe mich den ganzen Tag damit beschäftigt. Tausende! Und wo ist George? Ach, da bist du ja! Ich werde dir schreiben, George, ganz genau über alles. Ganz genau!«

Erst in diesem Augenblick wurde mir klar, daß es auch ein Abschied von meiner Tante Susan war. Ich trat auf den Gehsteig hinaus und sah, daß sie sich vorgebeugt hatte und mit großen blauen Augen unverwandt auf den Laden schaute, der für sie den Zauber eines großen Puppenhauses und eines eigenen Heims verkörpert hatte. »Lebt wohl!« sagte sie zu ihm und zu mir. Unsere Blicke trafen einander – verlegen. Mein Onkel kam geschäftig heraus, gab dem Mann auf dem Bock ein paar gänzlich unnötige Anweisungen und stieg ein. »Fertig?« fragte der Kutscher. »Ja«, sagte ich. Und er brachte das Pferd mit dem Knall seiner Peitsche in Gang. Der Blick meiner Tante ruhte wieder auf mir. »Bleib deiner alten Wissenschaft und all diesen Dingen treu, George, schreibe mir, wenn sie dich zum Professor machen«, sagte sie heiter.

Sie schaute mich einen Augenblick lang mit Augen an, die immer größer und strahlender wurden, und mit einem Lächeln, das erstarrt war, warf einen Blick auf den hübschen kleinen Laden, über dem noch in großen dunklen Buchstaben »Ponderevo« stand, ließ sich rasch in die Tiefe des Wagens zurückfallen, und ich sah sie nicht mehr. Dann waren sie fort, ich sah, wie Mr. Snape, der Friseur, in seinem Laden ihre Abfahrt mit stiller Genugtuung beobachtete und zu Mr. Marbel ein Lächeln und ein bedeutsames Kopfschütteln sandte, die beide erwidert wurden.

4

Ich blieb, sozusagen als Bestandteil des Geschäfts, in Wimblehurst bei meinem neuen Lehrherrn Mr. Mantell zurück; er spielt im weiteren Fortgang dieser Erzählung keine Rolle, von der Tatsache abgesehen, daß er alle Spuren meines Onkels austilgte. Sobald mein erster Eindruck von dieser neuen Persönlichkeit verblaßt war, begann ich Wimblehurst nicht nur langweilig, sondern auch öde zu finden und meine Tante Susan ungeheuer zu vermissen. Die Werbung für den Kauf von Hustensaft im Sommer wurde entfernt; die Flaschen mit gefärbtem Wasser – rot, grün und gelb – kamen wieder auf ihren Platz; das Pferd als Hinweis auf Veterinärmedizinen, das mein Onkel unter vielen »Zss« nach dem Vorbild eines Favoriten beim Goodwood-Rennen bemalt hatte, wurde wieder weiß überpinselt. Und ich wandte mich noch entschlossener als zuvor dem Latein zu (bis ich es nach abgeschlossener Prüfung aufgeben konnte), und dann der Mathematik und den Naturwissenschaften.

Es gab in der Schule Kurse über Elektrizität und Magnetismus. Ich erhielt einen »Schulpreis« im ersten Jahr und eine Medaille im dritten; und auch in Chemie, Physik und Physiologie des Menschen machte ich Fortschritte. Ferner gab es ein leichteres, mehr allgemeines Seminar über Erdkunde, die zu den Naturwissenschaften gerechnet wurde und auch Geologie als Entwicklungsprozeß vom Eozoikum bis zum Eastry House umfaßte sowie

Astronomie als Darstellung der Bahnen aller wichtigen Planeten und Fixsterne. Ich lernte aus schlecht geschriebenen, kurzgefaßten Leitfäden und mit geringer praktischer Erfahrung, aber ich lernte. Das ist jetzt etwa dreißig Jahre her, und ich erinnere mich, damals galt elektrisches Licht noch als teure, unpraktische Spielerei, das Telefon war eine Kuriosität, die Verwendung von Kraftstrom ein Hirngespinst. Es gab kein Argon, kein Radium, keine Phagozyten – wenigstens meines Wissens –, und Aluminium war ein teures, seltenes Metall. Das schnellste Schiff der Welt fuhr mit neunzehn Knoten, und nur Verrückte hielten es da und dort für möglich, daß Menschen eines Tages fliegen würden.

Vieles ist seither geschehen, aber als ich Wimblehurst vor zwei Jahren zum letztenmal sah, entdeckte ich nicht die geringste Veränderung an seiner friedlichen Beschaulichkeit. Man hatte nicht einmal neue Häuser gebaut – jedenfalls nicht in der Stadt, nur einige an der Bahnstation. Aber es war bei all seiner Stille ein guter Platz, um dort zu arbeiten.

Ich hatte bald die geringen Anforderungen für die pharmazeutischen Prüfungen bewältigt, und da es den Kandidaten nicht gestattet war, sich ihnen vor dem einundzwanzigsten Lebensjahr zu stellen, machte ich mich, um die Zeit auszufüllen und ein bestimmtes Ziel vor Augen zu haben, daran, an der Londoner Universität den Grad eines Bachelor of Science zu erwerben, den zu erreichen mir damals als höchst ruhmreich, wenn auch fast unmöglich erschien. Ein akademischer Grad in Mathematik und Chemie lockte mich als besonders meinen Fähigkeiten entsprechend – wenn er auch in schwindelerregender Ferne lag. Ich begann mit den Vorbereitungen. Ich ließ mir Urlaub geben und fuhr nach London, um mich zu immatrikulieren. Und so kam es, daß ich meine Tante und meinen Onkel wiedersah. In mancherlei Hinsicht war dieser Besuch ein Wendepunkt. Ich gewann zum erstenmal einen Eindruck von London, denn ich war neunzehn und zufolge verschiedener Umstände einer größeren Menschenansammlung noch nicht nähergekommen als bis Chatham. Und so erlebte ich London vollkommen unbefangen als die plötzliche Offenbarung einer gänzlich unerwarteten, anderen Art zu leben.

Ich fuhr an einem trüben nebeligen Tag mit der South Eastern Railway nach London, und unser Zug hatte eine halbe Stunde Verspätung, weil er immer wieder anhielt. Nach Chislehurst sah ich immer mehr Villen, allmählich vergrößerte sich die Zahl der Häuser, die Gärten und Grünflächen verschwanden zwischen ihnen und wichen einander kreuzenden Bahnlinien, großen Fabriken, Gasometern und weiten übelriechenden Anhäufungen elender kleiner Häuser, mehr und mehr solcher Häuser. Ihre Menge, ihre Schäbigkeit und Armut nahm zu, und dazwischen erhob sich da ein großes Gasthaus, dort eine Volksschule oder eine häßliche Fabrik; und fern im Osten ragte für eine Weile ein mir fehl am Platz scheinender Wald von Masten und Spieren auf. Die Häuser rückten einander immer näher und schlossen sich schließlich zu Reihen zusammen; ich staunte immer mehr über diese unendliche Welt der armen Leute; Schwaden industrieller Gerüche nach Leder oder Bier drangen in das Abteil; der Himmel verdüsterte sich, wir rumpelten donnernd über Brücken, sahen auf Straßen voller Kutschen hinunter und überquerten mit plötzlichem Getöse die Themse. Mir bot sich das Bild großer Lagerhäuser, grauen Wassers voller Kähne, breiter unbeschreiblich schmutziger Uferstreifen, und dann hielt mein Zug im Bahnhof Cannon Street – einer riesigen verräucherten Halle – zwischen zahlreichen anderen Zügen, und auf dem Bahnsteig standen mehr Träger, als ich je zuvor gesehen hatte. Ich stieg mit meinem Handkoffer aus, wand mich durch die Menge und stellte zum erstenmal fest, wie klein und schwach man sich gelegentlich fühlen kann. In dieser Welt zählte vermutlich eine Medaille für Leistungen auf dem Gebiete der Elektrizität und des Magnetismus überhaupt nicht.

Dann fuhr ich in einer Droschke durch überfüllte Straßenschluchten zwischen hohen Geschäftshäusern hindurch und schaute erstaunt zur Kuppel und zu den geschwärzten Türmen der Saint Paul's Cathedral hinauf. Der Verkehr in Cheapside – damals hauptsächlich Pferdeomnibusse – und der Lärm erschienen mir ungeheuerlich; ich fragte mich, woher das Geld kam, um all diese Mietwagen zu bezahlen, und welche Industrie den endlosen sich drängenden Strom dahinhastender Männer in Gehrock und Zylinder ernähren konnte. In einer Seitenstraße fand ich die alkoholfreie Gaststätte, die Mr. Mantell mir empfohlen hatte. Der Pförtner in einer grünen Uniform, der meinen Koffer übernahm, schien nicht allzuviel von mir zu halten.

5

Die Immatrikulation beschäftigte mich vier volle Tage, dann hatte ich einen freien Abend und fragte mich durch ein verwirrendes Netz bunter und belebter Straßen bis zur Tottenham Court Road durch. Aber wie ungeheuer groß war doch London! Wie endlos! Es hatte den Anschein, als wäre die ganze Welt zu dichtgedrängten Häusern und Bauzäunen mit Straßen dazwischen geronnen. Ich gelangte schließlich an mein Ziel und fand nach einigen Erkundigungen meinen Onkel hinter dem Verkaufstisch der Apotheke, die er führte, ein Geschäft, das auf mich keinen besonders vornehmen Eindruck machte. »Du lieber Himmel«, sagte er, als er mich erblickte, »ich habe mir gerade gewünscht, es möge endlich etwas geschehen!«

Er begrüßte mich herzlich. Ich war gewachsen, und er kam mir kleiner und rundlicher vor, sonst aber unverändert. Er wirkte ziemlich schäbig, und der Zylinder, den er aufsetzte, als er nach geheimnisvollen Verhandlungen im Hinterzimmer die Erlaubnis erlangt hatte, mich zu begleiten, war über seine erste Jugend hinaus; aber mein Onkel war lebensfroh und zuversichtlich wie eh und je.

»Kommst du dich danach erkundigen?« rief er. »Ich habe dir noch nicht geschrieben.«

»Oh! Unter anderem«, sagte ich in einer plötzlichen Anwandlung von Höflichkeit, stellte das Thema Treuhänderschaft zurück und fragte nach Tante Susan.

»Wir wollen sie bei dieser Sache aus dem Spiel lassen«, mahnte er mich; »gehen wir doch irgendwohin. Wir sehen dich nicht alle Tage hier in London.«

»Es ist mein erster Besuch hier«, erklärte ich, »noch nie war ich in London.« Und das veranlaßte ihn zu der Frage, was ich von der Stadt hielte, und dann sprachen wir nur noch von London, unter Ausschluß aller anderen Themen. Er führte mich die Hamstead Road entlang fast bis zum Cobden-Denkmal, bog nach links in eine Seitengasse ein, kam schließlich zu einer schäbigen Haustüre, zu der er den Schlüssel hatte, inmitten einer langen Reihe anderer schäbiger Haustüren mit Gucklöchern und Namensschildern. Wir durchschritten einen düsteren Korridor, der nicht nur eng und schmutzig, sondern auch trostlos leer war, und dann öffnete der Onkel eine Türe, und da saß meine Tante am Fenster, mit einer kleinen Nähmaschine auf einem Bambustisch vor sich, und ringsum im Zimmer war »Arbeit« verstreut – ein pflaumenfarbenes Straßenkleid, soweit ich es in diesem Rohzustand beurteilen konnte.

Auf den ersten Blick erschien mir die Tante rundlicher als früher, aber ihr Teint war frisch und ihre porzellanblauen Augen strahlten wie in alten Tagen.

»London«, sagte sie, »kann mir nichts anhaben.«

Sie »hänselte« meinen Onkel immer noch, wie ich erfreut feststellte. »Warum kommst du alter Herumtreiber um diese Zeit nach Hause«, fragte sie, als er eintrat. Sie hatte ihre Neigung, den Situationen eine heitere Seite abzugewinnen, nicht eingebüßt. Als sie mich entdeckte, stieß sie einen kleinen Schrei aus und erhob sich strahlend. Dann wurde sie ernst.

Mich überraschten meine eigenen Gefühle bei ihrem Anblick. Sie legte mir beide Hände auf die Schultern und schaute mich einen Augenblick lang freudig prüfend an. Nach kurzem Zögern drückte sie mir einen zarten Kuß auf die Wange.

»Du bist jetzt erwachsen, George«, sagte sie und gab mich frei, doch wandte sie ihren Blick nicht von mir.

Ihr Haushalt unterschied sich in keiner Weise von vielen anderen in London. Sie bewohnten das sogenannte Speisezimmer im Erdgeschoß eines kleinen Hauses und durften eine winzige unbequeme Küche im Souterrain benützen, die einst als Waschraum gedient hatte. Zwei Räume, das Schlafzimmer hinten und das Wohnzimmer vorne, waren durch eine Schiebetüre getrennt, die nie geöffnet wurde, vor allem nicht in Gegenwart eines Besuchers. Natürlich gab es kein Badezimmer oder etwas Derartiges, der einzige Wasserhahn war unten in der Küche. Meine Tante besorgte die Hausarbeit allein, obwohl sie sich eine Hilfe hätte leisten können, wäre das nicht wegen der Beengtheit lästig, ja geradezu unmöglich gewesen. Es waren keine Dienstboten zu bekommen außer solchen, die im Hause wohnten, und dafür war wieder kein Platz. Die Möbel gehörten ihnen; sie hatten sie zum Teil aus zweiter Hand gekauft, aber im ganzen genommen kam mir die Einrichtung recht hübsch vor, und die Vorliebe meiner Tante für billigen bunten Musselin hatte ein reiches Betätigungsfeld gefunden. In vieler Hinsicht muß es wohl ein äußerst unbequemes und beengtes Heim gewesen sein, aber damals nahm ich es, wie auch alles andere, als selbstverständlich hin. Mir fiel nicht weiter auf, wie ungereimt es war, daß zahlungskräftige anständige Leute in einer Wohnung lebten, die für ihre Bedürfnisse weder gebaut, noch ihnen angemessen war, die außerdem viel Arbeit erforderte und der jede Schönheit mangelte. Und erst heute, da ich das schreibe, erscheint es mir als völlig absurd, daß intelligente Leute so behelfsmäßig untergebracht waren. Es wirkt heute auf mich fast so wie das Tragen gebrauchter alter Kleider.

Es war eine natürliche Entwicklung im Rahmen des Systems, zu dem Bladesover der Schlüssel ist, wie ich behaupte. Es gibt weite Viertel in London, kilometerlange Häuserreihen, die ursprünglich für das erfolgreiche Bürgertum der frühviktorianischen Zeit entworfen wurden. Von den dreißiger bis zu den fünfziger Jahren des neunzehnten Jahrhunderts muß eine wahre Bauwut geherrscht haben. Straße um Straße entstand – Camden Town Way, Pentonville Way, Brompton Way, West Kensington Way – im Victoria-Viertel und in allen kleineren südlichen Vororten. Ich zweifle, ob viele dieser kleinen Häuser lange Zeit als Heim für eine einzige Familie gedient haben, ob sich nicht von allem Anfang an ihre Bewohner irgendwie behalfen und Untermieter hereinnahmen. Es war ein Souterrain vorgesehen, in dem die Dienstboten arbeiten und wohnen sollten – Dienstboten aus einer unterwürfigeren troglodytischen Generation, denen Treppensteigen noch nichts ausmachte. Das Speisezimmer (mit Schiebetüre) lag im Hochparterre, und darin wurde alles Gebratene und Gebackene mit gekochten Kartoffeln und Kuchen zum Nachtisch verzehrt, und darin las und arbeitete die zahlreiche Familie am Abend. Im Stockwerk darüber befand sich der Salon (auch mit Schiebetüre), in dem die seltenen Besucher empfangen wurden. Das war das Traumbild, das die eifrigen Erbauer angestrebt hatten. Aber schon während diese Häuser aus dem Boden wuchsen, liefen die Fäden auf dem Webstuhl der Geschichte anders, und jene Gesellschaftsschicht, die dort hätte einziehen sollen, ging andere Wege. Verkehrsmittel wurden entwikkelt und brachten einigermaßen wohlhabende Bürger der Mittelschicht aus London hinaus; bessere Ausbildung und Fabrikarbeit ließen den Nachschub an einfachen, schwer arbeitenden, gehorsamen Dienstboten, die sich mit der Plackerei im Keller dieser Häuser hätten abfinden sollen, versiegen. Es entstand eine neue Schicht aus verarmten Bürgern (wie mein Onkel) und aus Angestellten verschiedenster Art, für die es keine Wohnungen gab. Beide Typen fühlten sich nirgendwo zugehörig und paßten nicht in die Bladesover-Theorie, die das Denken beherrschte. Es kümmerte sich niemand darum, sie unter angemessenen Bedingungen unterzubringen, und so konnten die wunderbaren Gesetze von Angebot und Nachfrage sich frei entfalten. Irgendwie mußten diese Leute ja unterkommen. Die Hausbesitzer stiegen finanziell ungeschädigt aus ihrer falschen Planung aus. Die Häuser gingen immer mehr in die Hände verheirateter Handwerker oder sich abmühender Witwen oder alter Dienstboten mit Ersparnissen über, die nunmehr eine vierteljährliche Miete bezahlten und versuchten, durch Untervermietung möblierter oder unmöblierter Zimmer einen bescheidenen Lebensunterhalt zu gewinnen.

Ich erinnere mich, daß eine ärmliche, grauhaarige alte Frau, die aussah, als hätte sie gerade ein Nickerchen in der Mülltonne gemacht, ins Stiegenhaus herauskam und uns nachsah, als wir zu dritt das Haus verließen, um unter Führung meines Onkels »London zu besichtigen«. Sie war die untervermietende Pächterin des Hauses und lebte dürftig davon, daß sie den ganzen Bau gemietet hatte und Zimmer einzeln vergab. Dieses Geschäft brachte ihr Kost und Quartier ein. Sie wohnte oben im Dachgeschoß und hatte ihre Küche im Souterrain. Und wenn es ihr nicht gelang, dauernd zu vermieten, verarmte sie, und eine andere wagemutige, schmutzige alte Frau versuchte es an ihrer Stelle.

Es ist eine verrückte Gesellschaftsordnung, die eine ganze Klasse, eine nützliche und brauchbare, anständige und treue Klasse, in so elenden und unangemessenen Behausungen wohnen läßt. Und sozial, wie es scheinen könnte, ist es durchaus nicht, wenn die Ersparnisse und die Unerfahrenheit alter Frauen ausgenutzt werden, um die Wünsche der Hauseigentümer zu befriedigen. Aber wenn jemand daran zweifelt, daß es auch heute noch so ist, der braucht nur einen Nachmittag lang in einem der Londoner Viertel, die ich genannt habe, eine Unterkunft zu suchen.

Aber wohin bin ich mit meiner Schilderung geraten? Mein Onkel hatte beschlossen, er müsse mir London zeigen, und so gingen wir also, sobald meine Tante ihren Hut aufgesetzt hatte, zu dritt los, um den Rest des Tages auszunützen.

6

Mein Onkel freute sich außerordentlich darüber, daß ich London noch nie zuvor gesehen hatte. Er ergriff sogleich Besitz von der Metropole. »London, George«, sagte er, »braucht viel Verständnis. Es ist eine große, ungeheuer große Stadt. Die reichste Stadt der Welt, der weiträumigste Hafen, die größte Industriezentrale – der Mittelpunkt unserer Zivilisation, das Herz der Welt! Siehst du diese Werbeplakatträger dort? Den Hut des dritten! Eine solche Armut gab es in Wimblehurst nicht. Und unter diesen Armen gibt es viele mit hohen Oxforddiplomen. Durch

Trinken herabgekommen! Es ist eine wunderbare Stadt, George – ein Strudel, der reinste Mahlstrom! Es wirbelt dich hinauf und wirbelt dich hinunter.«

Meine Erinnerung an diese nachmittägige Besichtigung Londons ist ziemlich unklar. Mein Onkel führte uns dahin und dorthin und erklärte andauernd alles. Manchmal gingen wir zu Fuß, manchmal saßen wir auf dem Oberdeck eines großen schwankenden Pferdeomnibusses inmitten eines tobenden Verkehrschaos, und einmal tranken wir Tee in einem Brotladen. Wir waren unter einem bewölkten Himmel die Park Lane entlanggewandert, und mein Onkel hatte uns mit großer Hochachtung die Häuser von diesen oder jenen Glückskindern gezeigt.

Während er sprach, fühlte ich, wie meine Tante mein Gesicht beobachtete, als wolle sie an dessen Ausdruck erkennen, ob die Worte unseres Führers vernünftig waren.

Beim Tee fragte sie mich plötzlich, mit einem Korinthenbrötchen in der Hand: »Hast du dich eigentlich schon einmal verliebt, George?«

»Zuviel zu tun, Tante«, erklärte ich.

Sie biß herzhaft in ihr Brötchen und deutete mit dem verbleibenden Rest, daß sie noch etwas sagen wolle.

»Wie willst du dir ein Vermögen verdienen?« fragte sie, sobald sie wieder sprechen konnte. »Du hast noch nichts darüber gesagt.«

»Mit Elektrizität«, antwortete mein Onkel nach einem großen Schluck Tee.

»Wenn ich es überhaupt dazu bringe«, meinte ich. »Ich glaube, ich wäre schon mit weniger als einem Vermögen zufrieden.«

»Wir schaffen das unsere – ganz plötzlich«, sagte sie. »Das behauptet er.« Sie deutete mit dem Kopf auf meinen Onkel. »Er will mir aber nicht sagen wann – und so kann ich nichts vorbereiten. Aber einmal wird es dazu kommen, daß wir im eigenen Wagen fahren, einen Garten haben, einen Garten – wie ein Bischof.«

Sie steckte den Rest des Brötchens in den Mund und entfernte die Krümel von den Fingern. »Ich würde mich sehr über einen Garten freuen«, erklärte sie. »Es soll aber ein richtig großer sein, mit Rosenbüschen und so weiter. Springbrunnen darin. Pampa-Gras. Treibhäuser.«

»Du wirst ihn noch bekommen«, erwiderte mein Onkel, der ein wenig rot geworden war.

»Graue Pferde vor dem Wagen, George«, fuhr sie fort. »Es ist hübsch, daran zu denken, wenn man unlustig ist. Oft und oft ausgehen in Restaurants. Und ins Theater – in die vordersten Reihen. Und Geld und Geld und Geld.«

»Du machst Späße«, sagte mein Onkel und murmelte dann noch etwas Unverständliches.

»Als ob so ein alter Bruder Leichtfuß wie er je zu Geld kommen könnte«, sagte sie mit einem Seitenblick, der eine plötzliche Anwandlung von Zärtlichkeit verriet. »Er wird immer nur herumplätschern.«

»Ich werde etwas schaffen«, widersprach mein Onkel, »du wirst sehen! Zss!« Und er klopfte mit einem Shilling auf den Marmortisch.

»Wenn es soweit ist, wirst du mir jedenfalls ein neues Paar Handschuhe kaufen müssen«, sagte sie. »Die Finger lassen sich nicht mehr stopfen. Schau her! Du alter Kohlkopf du.« Sie hielt ihm die schadhaften Stellen unter die Nase und mimte Verärgerung.

Mein Onkel lächelte zu all diesen Vorwürfen, aber als ich später mit ihm zur Apotheke zurückging – gegen Abend erschienen mehr Kunden aus den unteren Schichten, und so blieb der Laden abends noch lange offen –, kam er etwas gedrückt und in erklärendem Tonfall darauf zurück. »Deine Tante ist ein wenig ungeduldig, George. Sie zieht mich auf. Das ist nur natürlich … Eine Frau versteht nicht, wieviel Zeit man braucht, sich eine Position zu verschaffen. Nein ... In gewisser Hinsicht – tue ich ja – in aller Stille – das jetzt. Eben jetzt ... Ich habe diesen Raum, habe drei Hilfskräfte. Das ist eine Stellung, die am derzeitigen Einkommen gemessen vielleicht nicht so gut ist, wie ich es verdienen würde, aber als Sprungbrett – ja. Es ist genau das, was ich brauche. Ich habe meine Pläne. Ich bereite meinen Angriff vor.«

»Was für Pläne hast du?« fragte ich.

»Nun, George, auf eins kannst du dich verlassen: Ich überstürze nichts. Ich wälze die eine oder andere Idee und spreche nicht voreilig darüber. Das ist – nein! Ich glaube nicht, daß ich es dir schon sagen kann. Aber warum denn eigentlich nicht?«

Er stand auf und schloß die Türe zum Laden. »Ich habe es noch niemandem gesagt«, erklärte er, als er sich wieder gesetzt hatte. »Ich schulde dir einiges.«

Er errötete und beugte sich über den Tisch zu mir.

»Hör zu!« forderte er mich auf.

Ich hörte zu.

»Tono-Bungay«, sagte mein Onkel sehr langsam und deutlich.

Ich verstand, ich solle auf ein fernes seltsames Geräusch achten. »Ich höre nichts«, erklärte ich zögernd, angesichts seiner erwartungsvollen Miene.

Er lächelte, ohne gekränkt zu sein. »Versuch es noch einmal«, sagte er und wiederholte: »Tono-Bungay.«

»Aha, das also meinst du!«

»Nun?« fragte er.

»Aber was ist das?«

»Ja!« Das erfreute Lächeln meines Onkels wurde breiter. »Was ist das? Du fragst zu Recht. Was wird es wohl sein?« Er stieß mich heftig in die Gegend meiner Rippen. »George«, rief er – »George, merk es dir, da steckt mehr dahinter.«

Das war alles, was ich erfahren konnte.

Und es war meines Wissens das allererste Mal, daß der Name Tono-Bungay laut ausgesprochen wurde – wenn nicht mein Onkel schon vorher in der Stille seines Zimmers darin geschwelgt hatte – was höchst wahrscheinlich war. Seine Äußerung erschien mir damals keineswegs epochemachend, und wäre mir gesagt worden, daß dieses Wort ein »Sesam öffne dich« zu jeglichen Ehren und Freuden werden könne, die uns die rußige Atmosphäre von London an diesem Abend verbarg, so hätte ich laut herausgelacht.

»Kommen wir jetzt zum Geschäftlichen«, sagte er nach einer Pause mit kalter Entschlossenheit und schnitt die Frage der Treuhandschaft an.

Mein Onkel seufzte und lehnte sich in seinem Stuhl zurück. »Ich wollte, ich könnte dir diese ganze Sache so klarmachen, wie sie mir ist«, meinte er. »Wie dem auch sei – schieß los! Sage, was du zu sagen hast.«

7

Als ich meinen Onkel an diesem Abend verließ, überkam mich ein Gefühl tiefer Niedergeschlagenheit. Mein Onkel und meine Tante schienen ein schäbiges – ich habe dieses Wort schon zu oft gebraucht und muß es wieder gebrauchen – Leben zu führen. Sie schienen in die unendliche Menge schäbiger Leute abgesunken zu sein, die ärmliche Kleidung trugen, unbequem in ärmlichen Untermieträumen wohnten, auf Wegen wandelten, die immer mit einer dünnen, schlüpfrigen Schmutzschicht bedeckt waren, die unter grauen Himmeln und ohne jeglichen Schimmer einer Hoffnung auf etwas anderes als auf weitere Schäbigkeit lebten, bis sie starben. Es war völlig klar, daß die kleinen Ersparnisse meiner Mutter aufgezehrt waren und daß es auch mir beschieden sein würde, früher oder später in diesem schäbigen Londoner Ozean zu versinken und von ihm verschlungen zu werden. London, das Ziel einer abenteuerlichen Flucht aus dem schlummernden Wimblehurst, war aus meinen Träumen geschwunden. Ich sah meinen Onkel wieder auf die Häuser in der Park Lane deuten und dabei ausgefranste Manschetten entblößen. Ich hörte meine Tante sagen: »Ich werde dann in meinem eigenen Wagen fahren. Das behauptet er.«

Meine Gefühle dem Onkel gegenüber waren sehr gemischt. Nicht nur meine Tante Susan tat mir außerordentlich leid, sondern auch er selbst – denn es erschien mir als unbezweifelbar, daß sie beide auch weiterhin so würden leben müssen wie bisher –, und zur gleichen Zeit ärgerte ich mich über die geschwätzige Eitelkeit und Einfalt, die mich der Chance freier Studien beraubt und meine Möglichkeiten auf diese triste Wohnung beschränkt hatten. Als ich nach Wimblehurst zurückkam, setzte ich mich hin und schrieb dem Onkel einen kindisch sarkastischen und bitteren Brief. Er beantwortete ihn nicht. Dann machte ich mich in dem Glauben, daß dies der einzige Ausweg für mich sei, mit noch grimmigerer Entschlossenheit als zuvor an meine Studien. Nach einiger Zeit schrieb ich einen zweiten, gemäßigteren Brief, den der Onkel ausweichend beantwortete. Und dann versuchte ich, ihn aus meinen Gedanken zu verbannen, und vertiefte mich in meine Arbeit.

Ja, dieser erste Ausflug nach London, an einem naßkalten Januartag, zeitigte ungeheure Wirkungen. Er war für mich eine niederschmetternde Enttäuschung. Ich hatte mir London als eine große, freie, aufnahmebereite und interessante Stadt vorgestellt, und fand es nun schäbig, gefühllos und gleichgültig.

Ich machte mir nicht klar, welche menschlichen Schicksale hinter den grauen Häuserfronten verborgen sein mochten, welche Schwächen die abschreckende Fassade in Wirklichkeit aufwies. Es ist ein ständiger Irrtum der Jugend, den Einfluß der Dinge zu überschätzen. Ich erkannte nicht, daß der Schmutz, das Entmutigende und Unangenehme an London lediglich der Tatsache zuzuschreiben sein könnten, daß es eine geistlose Riesenstadt war, zu träge und unbeseelt, um sich sauberzuhalten und der Welt ein ansehnliches Äußeres zu zeigen. Nein! Ich krankte an jener Illusion, deretwegen vor Jahrhunderten Hexen verbrannt wurden. Ich schrieb die schlampige Häßlichkeit der Stadt einer bösen und rätselhaften Absicht zu.

Und das Gehabe und die Versprechungen meines Onkels stürzten mich in Zweifel, aber auch in Sorge um ihn. Ich sah ihn als verlorenen kleinen Menschen inmitten einer grenzenlosen, unerbittlichen Hölle, zu einfältig, um sie gelassen zu ertragen. Ich war von Mitleid und von Zärtlichkeit für meine Tante Susan erfüllt, die dazu verurteilt war, sein unberechenbares Schicksal zu teilen – ein Schicksal, das sich über die hochtrabenden Phantastereien meines Onkels lustig zu machen schien.

Ich sollte eines Besseren belehrt werden. Aber ich lebte während meines ganzen letzten Jahres in Wimblehurst in einer schrecklichen Angst vor den grausamen Schattenseiten Londons.

ZWEITES BUCH

Der Aufstieg von Tono-Bungay

Wie ich nach London ging, um zu studieren, und davon wieder abkam

I

Ich übersiedelte nach London, als ich fast zweiundzwanzig war. Wimblehurst schrumpft aus dieser Sicht zusammen und erscheint von nun an in diesem Buch als kleiner belangloser Ort, und Bladesover ist nur noch ein winziger Flecken zwischen den fernen Hügeln von Kent; die Szenerie erweitert sich, wird belebt und unübersehbar, voll ungeheurer, mich nicht betreffender Bewegung. Ich erinnere mich an meine zweite Ankunft in London nicht so gut wie an meine erste, auch nicht an meine ersten Eindrücke, außer an ein sanftes Oktoberlicht, an milde Sonnenstrahlen, die auf graue Häuserfronten fielen, ich weiß nicht mehr, wo das war. An das und an ein Gefühl großer Gelassenheit …

Ich glaube, ich könnte ein Buch mit mehr oder weniger phantasiereichen Schilderungen darüber füllen, wie ich London kennenlernte, wie es mir anfangs und wie es mir später erschien. Jeden Tag kamen zu meinen Eindrücken neue hinzu, setzten sich gegen die alten durch und verschmolzen untrennbar mit Persönlichem und Zufälligem. So gelangte ich zu einem allgemeinen Verständnis von London, zwar mit den gelegentlichen, unvermeidbaren Lücken, doch in gewissem Sinn zu einem in sich geschlossenen Verständnis, das mit meinem ersten Besuch begann und dann immer wieder erweitert und bereichert wurde.

London!

Zuerst war es ohne Zweifel ein Chaos von Straßen und Menschen und Gebäuden und von sinnlosem Umherhasten. Ich erinnere mich nicht, daß ich mich je beharrlich darum bemüht hätte, es anders als mit Abenteurerlust zu verstehen oder zu erforschen. Aber mit der Zeit entwikkelte sich in mir ein Überblick; ich begann Züge einer geordneten Struktur zu erkennen, aus denen die Stadt entstanden ist, eines nachweisbaren Prozesses, der mehr war als eine wirre Folge zufälliger Ereignisse, obwohl es sich vielleicht nur um einen fortschreitenden Krankheitszustand handelte.

Zu Beginn meines ersten Buches sagte ich, daß mir Bladesover als der Schlüssel zum Verständnis Englands erscheint. Nun, ich bin durchaus der Meinung, daß es auch der Schlüssel zum Verständnis der Struktur Londons ist. Es hat in England seit der Blütezeit des Adels, seit etwa sechzehnhundertachtundachtzig, als Bladesover gebaut wurde, keine Revolutionen gegeben, keine bewußte Neuformulierung oder Preisgabe von Ansichten; wenn man will, kann man von Änderungen, von auflösenden oder verdrängenden Kräften sprechen, aber diese haben die großen Linien des englischen Systems nicht berührt. Und wenn ich in London umherwanderte, stieg in gewissen Gegenden immer wieder der Gedanke in mir auf, das sei Baldesover House, das entspreche ihm. Der Adel mag weitgehend in den Hintergrund getreten sein, vermögende Kaufleute, Neureiche und ähnliche Gruppen mögen ihn ersetzt haben. Das spielt keine Rolle; das Modell ist immer noch Bladesover.

Am meisten erinnern mich an Bladesover und Eastry beispielsweise die Gegenden um den Westend Park, um jene öffentlichen Grünflächen, die mehr oder weniger mit Palästen oder mit Ensembles vornehmer Häuser in Verbindung stehen. Die Straßen und Seitengassen von Mayfair und rings um St. James hinwiederum, wenn sie vielleicht zeitlich auch später entstanden sind, verdanken dem gleichen Geist und den gleichen architektonischen Gedanken ihre Existenz wie die Umgebung von Bladesover; sie atmen den gleichen Geruch aus, zeigen die gleiche Geräumigkeit und Sauberkeit, und immer trifft man dort unzweifelhaft hochstehende Persönlichkeiten, wie auch ebenso unzweifelhafte Diener, Butler und Livrierte. Es gab Augenblicke, da glaubte ich hinter Gärten die weiße Täfelung und den echten Chintz aus dem Zimmer meiner Mutter wiederzusehen.

Ich könnte auf einem Plan die Gegenden der vornehmen Häuser einzeichnen: das südwestliche Belgravia mit einzelnen verstreuten Ausläufern gegen Westen und einer letzten geschlossenen Ansammlung rings um den Regents Park; das Haus des Duke of Devonshire am Piccadilly, das mir trotz seiner anmaßenden Häßlichkeit besonders gefällt, weil es typisch ist; Apsley House sodann, das meiner Theorie vollkommen entspricht; die Park Lane mit ihren repräsentativen Bauten, die sich noch entlang des Green Parks und St. James hinziehen. Und mir dämmerte eines Tages in der Cromwell Road ganz plötzlich eine Erkenntnis, als ich das Naturhistorische Museum besichtigte: »Donnerwetter«, dachte ich, »das ist doch die kleine Sammlung ausgestopfter Vögel und Vierfüßler auf der Treppe in Bladesover, nur ins Gewaltige vergrößert, und den Raritäten und Porzellanfiguren von Bladesover entspricht das Kunsthistorische Museum, und im Ausstellungsraum des kleinen Observatoriums steht ein Teleskop, ähnlich jenem des alten Sir Cuthbert, das ich in der Rumpelkammer fand und wieder zusammenbaute.« Und als ich mit diesem Eindruck durch das Kunsthistorische Museum ging, kam ich zu einem kleinen Leseraum und entdeckte dort, wie ich erwartet hatte, alte braune Bücher!

Es war wirklich ein gutes Stück vergleichender sozialer Analyse, die ich an diesem Tag vornahm; alle diese Museen und Bibliotheken, die zwischen Piccadilly und West Kensington über London verstreut sind, und überhaupt die Errichtung von Museen und Bibliotheken in der ganzen Welt, entsprang der müßigen Lebensart feiner Leute von Geschmack. Sie besaßen die ersten Bibliotheken, die ersten kulturellen Sammlungen; durch meine heimlichen Besuche im Salon von Bladesover war ich tatsächlich zu einem der letzten Repräsentanten jenes Gelehrtentyps geworden, der einem Swift vergleichbar ist. Aber heute sind diese Dinge weitgehend aus den »großen Häusern« verschwunden und führen ein seltsames Eigenleben.

Diese Idee, daß sich Teile aus dem alten Bladesoversystem, überwuchernde Elemente des großen Grundbesitzes selbständig machten, erscheint mir bis heute als die beste Erklärung nicht nur für London, sondern auch für ganz England. Es ist das Land der großen Erneuerung durch ritterlich-kriegerische Einwanderer, die sich durchsetzten und die Oberhand gewannen. Der Bladesover-Tradition angepaßte Läden gab es in meinen frühen Londoner Tagen noch in der Regent Street und der Bond Street – bis heute sind sie nur geringfügig von den erniedrigenden amerikanischen Geschäftsmethoden berührt – und am Piccadilly. Ich fand die Arzthäuser aus den ländlichen Dörfern und Städten entlang der Harley Street, vervielfältigt, aber sonst unverändert, und die Familienanwälte (zu Hunderten) weiter östlich, in den verlassenen Häusern einer früheren Generation von Adeligen. Und in Westminster sind hinter Fassaden, die fast von Palladio stammen könnten, öffentliche Ämter in großen, Bladesover ähnlichen Räumen mit Blick auf den St. James Park untergebracht. Das House of Parliament, das ursprünglich für Lords erbaut wurde und vor etwa hundert Jahren zu seinem Entsetzen das Eindringen von Kaufleuten und Bierbrauern erleben mußte, steht erhöht auf einer Terrasse und verkörpert das ganze System an einem zentralen Punkt.

Und je mehr ich all das mit meinem Bladesover-Eastry-Modell verglich, um so klarer wurde mir, daß nicht mehr die alte Ausgewogenheit herrschte und daß große neue Kräfte am Werk waren, schwer erkennbare Kräfte des Wandels und des Wachstums. Die Bahnhöfe im Norden Londons blieben so weit außerhalb, wie Eastry seine Station von Wimblehurst entfernt gehalten hatte. Die Züge halten an den Grenzen der großen Güter. Aber vom Süden her hat die South Eastern Railway ihren großen, seelenlosen, rostigen Kopfbahnhof Charing Cross – der schon einmal, 1905, einstürzte – über die Themse herüber zwischen Somerset House und Whitehall gebaut. An der Südseite gab es keine schützenden Güter. Rauch aus Fabrikschornsteinen zieht über Westminster hinweg, ohne lang um Erlaubnis zu fragen, und das industrielle London und alle Viertel östlich von Temple Bar und die riesige schmutzige Unendlichkeit des Londoner Hafens wirkten auf mich wie etwas krankhaft Angeschwollenes, ohne Plan und Vernunft Gewachsenes, düster und fremd gegenüber dem klaren sauberen Gefühl sozialer Sicherheit in Westend. Und südlich dieses Zentrums, südöstlich, südwestlich, weit im Westen, nordwestlich und rings um die Hügel im Norden gibt es ein ähnlich unschönes Wachstum, endlose Straßenzüge gleichförmiger Häuser, häßliche Fabriken, ärmliche Familien, Gebrauchtwarenläden, unglaubliche, seltsame Leute, die nach einem früheren Modewort nicht einmal »vorhanden« waren. Alle diese Aspekte haben bis heute auf mich gewirkt wie die formlose, überquellende Masse eines krebsartigen Auswuchses, einer Geschwulst, die über alle Konturen des befallenen Körpers hinauswuchert und solche Mißgeburten wie das herabgekommene Croydon und das tragisch verarmte West Ham hervorbringt. Bis heute frage ich mich, ob sich diese Anhäufungen jemals organisch einfügen, je eine neue Form annehmen werden, oder ob die Vorstellung von einer ungesunden Wucherung die richtige und endgültige Diagnose bleibt …

Über diese Hypertrophie hinaus gibt es eine Zuwanderung von Elementen, die unsere großen Traditionen nie verstanden haben und nie verstehen werden, Eindringlinge aus fremden Ordnungen mitten im Herzen des gärenden englischen Expansionsdranges. Ich erinnere mich, daß ich eines Tages – es muß zu Beginn meiner Studienzeit gewesen sein – aus reiner Neugier ostwärts wanderte und ein großes schäbiges Fremdenviertel entdeckte, Läden mit seltsamen hebräischen Aufschriften und ungewohnten Waren, Ansammlungen schlauäugiger, krummnasiger Leute, die zwischen den Läden und Händlerkarren ein unverständliches Kauderwelsch sprachen. Und bald wurde mir auch die hinterhältige, bösartige, schamlose Fremdartigkeit von Soho vertraut. Seine belebten Straßen bildeten einen ungeheuren Gegensatz zu dem langweiligen grauen Äußeren von Brompton, wo ich wohnte und lebte. In Soho ahnte ich zum erstenmal, welch große Rolle Zuwanderung und Verdrängung sowohl in England wie in Amerika spielen.

Und sogar in Westend, in Mayfair und der Gegend um die Pall Mall überdeckte, wie mich Ewart bald belehrte, der Anschein alter aristokratischer Würde die tatsächlichen Verhältnisse; hier wohnten Schauspieler und Schauspielerinnen, Geldverleiher, Juden und Finanzabenteurer, und ich dachte an die ausgefransten Manschetten meines Onkels, als er uns durch die Park Lane geführt hatte. Ein Haus gehörte einem Mann, der mit Borax ein Vermögen gemacht hatte, ein anderes, palastartiges, dem Idol aller modernen Glücksritter, Barmentrude – der ohne Lizenz mit Diamanten handelte. Das Zentrum der Bladesover-Leute, die Hauptstadt ihres Königreichs, war unterminiert und in teilweisem Niedergang, parasitisch befallen und hinterhältig in Besitz genommen von Fremden, von gefühllosen und unverantwortlichen Elementen – die außerdem ein neues Imperium beherrschten, das sich über ein Viertel dieser vielgestaltigen Erde erstreckte. Komplizierte Gesetze, verwickelte soziale Bedürfnisse, beunruhigende, nicht zu befriedigende Forderungen ergaben sich daraus. Das war die Welt, in die ich gekommen war, der ich mich irgendwie stellen und ihr meine Probleme, Versuchungen, Anstrengungen und patriotischen Gefühle, alle meine moralischen Tendenzen, körperlichen Wünsche, Träume und Eitelkeiten anzupassen hatte.

London! Ich betrat es jung und ohne Ratgeber, eher arrogant, eher gefährlich aufgeschlossen, mit sehr offenen Augen und mit einem Hang – der wohl eine allgemeine Eigenschaft phantasievoller junger Menschen ist, und so nehme ich ihn auch für mich ohne Erröten in Anspruch – edel zu denken, edler als die Welt ist, und edle Antworten darauf zu erwarten. Ich wollte nicht einfach leben oder glücklich sein; ich wollte dienen und schaffen und leisten – und das nicht ohne Vornehmheit. Dazu drängte es mich. Dazu drängt es die Hälfte aller jungen Menschen.

2

Ich war als Student nach London gekommen. Ich hatte ein Stipendium der Vincent-Bradley-Stiftung seitens der Pharmazeutischen Gesellschaft erhalten, verzichtete aber darauf, als ich feststellte, daß mir meine Arbeiten in Mathematik, Physik und Chemie ein anderes Stipendium seitens der zuständigen Kommission in den Vereinigten Technischen Lehranstalten von South Kensington eingetragen hatte, das für Mechanik und Metallurgie galt; ich hatte anfangs zwischen den beiden Möglichkeiten geschwankt. Die Vincent-Bradley-Stiftung bot mir siebzig Pfund im Jahr und den besten Start, den ich mir als Apotheker hätte wünschen können; das South-Kensington-Stipendium bot mir zweiundzwanzig Shilling in der Woche, und die Aussichten auf eine Stellung waren eher unsicher. Aber es bot mir auch wesentlich mehr wissenschaftliche Arbeit, und mich beherrschte noch jener große Lerneifer, der Männern meines Schlages in der Jugend zu eigen ist. Außerdem war es ein Schritt auf dem Wege zum Maschinenbau, in dem ich mir einbildete – und mir auch noch heute einbilde – etwas Besonderes leisten zu können. Ich nahm die größere Unsicherheit als faires Risiko auf mich, hatte die besten Absichten und zweifelte nicht daran, daß der wirklich ernste und beharrliche Eifer, der mich in Wimblehurst beherrscht hatte, auch in der neuen Umgebung anhalten würde.

Doch er schwand sehr bald dahin ...

Wenn ich auf meine Tage in Wimblehurst zurückblicke, wundere ich mich noch immer über das Ausmaß beharrlicher, angestrengter Arbeit und harter Selbstdisziplin, die ich während meiner ganzen Lehrzeit aufgebracht habe. In mancher Hinsicht war diese Zeit meiner Meinung nach die achtbarste Periode meines Lebens. Ich wollte, ich könnte mit einer gewissen Berechtigung sagen, daß meine Motive für das eifrige Studium ebenso achtbar und anerkennenswert gewesen seien. Zum Teil wenigstens waren sie es ja, angefangen mit einem ernsthaften Lerneifer, bis hin zu dem Verlangen nach der Kraft und Macht wissenschaftlicher Kenntnisse und einer Leidenschaft für geistige Betätigung; aber ich glaube nicht, daß mich diese Antriebe allein so unerbittlich zur Arbeit angehalten hätten, wäre Wimblehurst nicht derart öde, engstirnig und duckmäuserisch gewesen. Kaum kam ich in die Londoner Atmosphäre und erlebte Freiheit, Ungezwungenheit und überhaupt das Spiel neuer Kräfte, fiel auch schon meine Selbstdisziplin von mir ab wie ein Mantel. Wimblehurst hatte einem jungen Mann in meiner Stellung keine nennenswerten Versuchungen angeboten, nichts Interessantes, das meine Studien hätte beeinträchtitigen können, keine Laster – denn was ich davon sah, entbehrte jeglichen Reizes –, stumpfsinniges Trinken, plumpe, düstere, verschämte Sinnlichkeit, nicht einmal einen gesellschaftlichen Umgang, der mit den Studien in Konflikt hätte geraten können. Und anderseits trug es weitgehend zum Selbstgefühl eines anerkannt fleißigen Studenten bei. Man galt als »gescheit«, man war geachtet, und dazu kam das eigene Gefühl der Überlegenheit über das offenkundig geringe geistige Niveau des Ortes. Man ging mit gemessener Eile über den Marktplatz, man nahm seine Übungen und Termine so ernst wie ein Oxforder Professor und ließ die Lampe noch um Mitternacht brennen im Wissen um die wenigen achtungsvollen und naiven Passanten. Und man stand mit einer unvergleichlichen Ernte von Zeugnissen ehrenvoll in der Lokalzeitung. Demgemäß war ich nicht nur ein wirklich eifriger Student, sondern damals auch so etwas wie ein Tugendbold und Wichtigtuer – und das letztere war Anlaß des ersteren, wie mir in London klar wurde. Außerdem hätte mir Wimblehurst gar keine anderen Möglichkeiten geboten.

Aber das wußte ich alles nicht, als ich nach London kam, und ich begriff nicht, wieso der Ortswechsel sogleich meine Energien in andere Richtungen zu lenken und zu verzetteln begann. Zunächst beachtete mich niemand mehr. Wenn ich einen Tag lang schwänzte, bemerkten es bestenfalls meine Mitstudenten (die offenbar keine besonders hohe Meinung von mir hatten). Niemand sah meine brennende Lampe zu mitternächtlicher Stunde; niemand folgte mir als einem erstaunlichen intellektuellen Phänomen mit den Blicken, wenn ich durch die Straßen ging. Ich versank in Bedeutungslosigkeit. In Wimblehurst hatte ich mich als Vertreter der Wissenschaft gefühlt; niemand schien dort so viel zu wissen und sich dem geistigen Höhenflug so vollständig und ausdrücklich zu widmen. In London wanderte ich unwissend durch eine unermeßliche Weite, und es war klar, daß ich unter den Mitstudenten aus Mittelengland und aus dem Norden eher als schlecht vorbereitet und mangelhaft geschult galt. Mit größter Anstrengung hätte ich unter ihnen auch nur eine zweitrangige Position erreicht. Und schließlich lenkten mich umfangreiche neue Interessen ab; London füllte mich ganz aus, und die Wissenschaft, die mir bisher alles gewesen war, schrumpfte auf langweilige kleine, in einem Buch gesammelte Formeln zusammen. Ich kam Ende September nach London, und es war ein ganz anderes London als die große düstergraue, rauchgeschwärzte Häuserwildnis meiner ersten Eindrücke. Ich stieg in der Victoria Station aus, nicht in der Cannon Street, und vor mir war jetzt die Exhibition Road. Sie schimmerte mattgelb, graublau und einnehmend breit und schön unter dem herbstlichen Himmel. Es war ein London hochragender Gebäude, mit langen Straßen und weiträumig, ein London der Gärten und labyrinthisch großen Museen, der alten Bäume, verborgenen Paläste und Springbrunnen. Ich wohnte nicht weit davon in West Brompton, in einem Haus auf einem kleinen Platz.

So erlebte ich beim zweiten Mal ein anderes London, und es ließ mich für eine Weile das graue, regnerische Antlitz vergessen, das die Stadt mir beim ersten Mal gezeigt hatte. Ich gewöhnte mich ein und ging zu meinen Vorlesungen und Praktika; anfänglich arbeitete ich schwer, und nur allmählich siegte meine Neugier, mehr über die riesige städtische Landschaft zu wissen, der Wunsch, etwas über die Mechanik hinaus zu finden, bei dem ich mich nützlich machen konnte, eine andere Betätigung als das Lernen. Dazu kam ein wachsendes Gefühl der Einsamkeit, ein Verlangen nach Erlebnissen und geselligem Umgang. An den Abenden brütete ich, statt meine Vorlesungsnotizen ins reine zu schreiben, über einem Stadtplan, den ich gekauft hatte – und an Sonntagen machte ich mich an die Erkundung, fuhr mit den Omnibussen nach Osten, Westen, Norden und Süden, und gewann und erweiterte so mein Verständnis für das weiträumige Hinterland menschlicher Geschäftigkeit, zu dem ich noch keine Beziehung hatte, von dem ich nichts wußte ...

Das ganze unüberschaubare Land strotzte geradezu von Andeutungen unbegrenzter und manchmal unerhörter Möglichkeiten, verborgener, aber großartiger Ziele.

Es war nicht einfach so, daß ich nur einen gewaltigen Eindruck von Weite und Vielfalt und Gelegenheiten empfangen hätte. Auch tiefere Einsichten gewann ich bei stets wacher Aufnahmebereitschaft unversehens aus vernachlässigten, verborgenen dunklen Ecken. Im nahe gelegenen großen Kunsthistorischen Museum sah ich zum erstenmal die Schönheit nackter Körper, die ich bislang für eine anstößige Sache gehalten hatte, kühn verherrlicht; ich begriff, daß sie nicht nur erlaubt war, sondern auch erwünscht, als einer der tausend ungeahnten, reichen Aspekte des Lebens. Eines Abends ging ich auf die Galerie der Albert Hall und lauschte in wahrer Verzückung zum ersten Mal erhabener Musik; ich glaube, man spielte Beethovens Neunte ...

Mein Interesse für die Stadt wurde verstärkt und belebt durch den ununterbrochenen Strom von Leuten, der an mir vorüberglitt. Blicke begegneten mir auf meinem Weg ostwärts, zum Piccadilly, forderten mich heraus und wandten sich wieder ab – mehr und mehr wünschte ich, sie festzuhalten –, Frauen, die damals meiner jugendlichen Unerfahrenheit wunderbar mitfühlend und bezaubernd erschienen, flüsterten mir im Vorübergehen etwas zu. Ein ganz neues Leben enthüllte sich mir. Auch die Reklamewände drängten sich den Sinnen und der Neugier auf. Es gab Druckschriften und Zeitungen zu kaufen, voll herausfordernder Ideen, die weit über die kühnsten eigenen

Phantasien hinausgingen; und in den Parks hörte man Männer die Existenz Gottes in Frage stellen, das Recht auf Eigentum bestreiten, über hunderterlei Fragen diskutieren, an die man in Wimblehurst nicht zu denken gewagt hätte. Und nach trüben Morgen und bewölkten Tagen fiel die Dämmerung ein, und London leuchtete auf, wurde ein Wunder von strahlenden Weiten, gelben und roten Lichtern, von goldener Pracht, von erstaunlichen unergründlichen Schatten – und dann gab es keine kleinen und schäbigen Leute mehr, sondern nur noch das große geheimnisvolle Dahinströmen ununterscheidbarer Menschenmassen …

Immer wieder erlebte ich die seltsamsten Dinge. An einem späten Sonntagabend wanderte ich inmitten einer sich langsam dahinwälzenden Menge durch die Harrow Road, vorbei an hell erleuchteten Läden und Händlerkarren; ich kam mit zwei munteren Mädchen ins Gespräch, kaufte ihnen Schokolade, wurde mit ihren Eltern und etlichen jungen Brüdern und Schwestern bekannt, saß mit der ganzen Familie vergnügt in einem Wirtshaus, trank mit ihnen und verließ sie zu später Stunde vor der Tür ihres »Heims«, ohne sie später jemals wiederzusehen. Und einmal wurde ich am Rande einer Versammlung der Heilsarmee, die in einem der Parks stattfand, von einem jungen Mann mit Zylinder in ein eifriges und ernstes Gespräch über den Skeptizismus verwickelt. Er lud mich zum Tee bei sich zu Hause ein, wo ich in einer reizenden Familie mit seinen Geschwistern und Freunden den Abend damit verbrachte, Hymnen zu einem Harmonium zu singen (was mich an das halbvergessene Chatham erinnerte), wobei ich bedauerte, daß die Schwestern offenbar alle schon verlobt waren …

Und schließlich entdeckte ich auf einem fernen Hügel der grenzenlos weiträumigen Stadt meinen Freund Ewart.

3

Wie gut erinnere ich mich an diesen strahlenden Sonntagmorgen im Oktober, an dem ich zum erstenmal bei Ewart aufkreuzte. Ich fand meinen alten Schulkameraden im Bett, in einem Zimmer oberhalb eines Ölgeschäfts, am Fuß des Highgate Hill. Ewarts Zimmerwirtin, eine liebenswürdige, schmutzige junge Frau mit sanften braunen Augen, richtete mir von ihm aus, ich möge hinaufkommen; und das tat ich. Das Zimmer war geräumig, interessant und auf eine anheimelnde Weise schäbig. Ich sah braune Wände – sie waren mit braunem Papier tapeziert –, ein langes Regal auf der einen Seite, mit staubigen Gipsmodellen und der kleinen billigen Gliederpuppe eines Pferdes, einen Tisch, etwas aus grauem Wachs, das zum Teil durch ein Tuch verdeckt war, und verstreute Zeichnungen. In einer Ecke stand ein Gasherd mit einem emaillierten Topf darauf, in dem Ewart am Vorabend etwas gekocht hatte. Das Linoleum auf dem Fußboden war mit einem eigenartigen weißen Staub bedeckt. Ewart selbst kam zunächst nicht in Sicht, sondern nur eine vierteilige spanische Wand in einer Zimmerecke, hinter der er rief: »Komm her!« Dann erschien sein schwarzer, sehr zerraufter Haarschopf, ein neugieriges rotbraunes Auge und seine Knopfnase in etwa einem Meter Höhe am Rande des Paravents. »Der alte Ponderevo!« sagte er. »Der eifrige Vogel! Und er hat den Wurm erwischt! Mein Gott, ist es heute kalt! Komm zu mir und setz dich auf das Bett!«

Ich ging hin, schüttelte ihm die Hand, und dann musterten wir einander.

Er lag auf einem schmalen hölzernen Feldbett unter einer dünnen Decke, auf die er der Wärme halber einen Mantel und eine ältliche, aber immer noch ansehnliche karierte Hose gelegt hatte. Er trug einen Pyjama in giftigem Rot und Grün. Sein Hals schien länger und noch dünner geworden zu sein als er in unserer Schulzeit gewesen war, und auf der Oberlippe sproßte ihm ein borstiger schwarzer Schnurrbart. Der Rest seines rötlichen unebenmäßigen Gesichts, sein struppiges Haar und seine Magerkeit hatten sich – soweit ich es feststellen konnte – nicht geändert.

»Beim Zeus!« sagte er, »du siehst recht anständig aus, Ponderevo! Was hältst du von mir?«

»Du bist schon in Ordnung. Was treibst du eigentlich hier?«

»Kunst, mein Bester – Bildhauerei! Und gelegentlich –« er zögerte, »betätige ich mich im Handel. Gibst du mir bitte die Pfeife dort und den Tabakbeutel herüber? So! Kannst du vielleicht Kaffee machen? Versuch es. Tu den Schirm weg – nein –, klapp ihn zusammen, damit ich dich sehe. Ich bleibe noch im Bett. Dort steht ein Gasherd. Ja. Mach nicht soviel Krach, wenn du ihn anzündest. Du willst nicht rauchen ... Nett, dich wieder einmal zu sehen, Ponderevo. Sag mir, was du tust, und wie es dir geht.«

Er wies mich an, wie ich den gastfreundlich angebotenen Kaffee bereiten sollte, und als ich dann zum Bett zurückkehrte, mich an den Rand setzte und lächelte, lag er behaglich rauchend mit den Händen unter dem Kopf da und musterte mich.

»Wie schmeckt der Start ins Leben, Ponderevo? Bei Gott, es muß fast sechs Jahre her sein, daß wir einander nicht gesehen haben! Jetzt tragen wir Schnurrbärte. Wir haben auch ein bißchen Speck angesetzt, was? Und du –?«

Mir schien schließlich eine Pfeife keine schlechte Idee zu sein, und als ich sie angezündet hatte, gab ich ihm einen vielversprechenden Bericht über meine Karriere.

»Wissenschaft!« sagte er. »Und du hast so schwer gearbeitet! Während ich getrödelt und allerhand dummes Zeug für Steinmetze und andere Leute gemacht habe, beim Versuch, Bildhauer zu werden. Ich habe so den Eindruck, daß der Meißel – begonnen habe ich mit Malerei, Ponderevo, und dabei entdeckt, daß ich farbenblind bin, so arg, daß ich es aufgeben mußte. Und nach einigem Herumprobieren habe ich nachgedacht – intensiv nachgedacht. Ich genehmige mir drei Tage in der Woche als hoffnungsvoller Künstler, und den Rest der Zeit – verbringe ich mit Geschäften, von denen ich lebe. Und wir jungen Männer sind noch am Anfang unserer Karriere. Erinnerst du dich an die alten Zeiten in Wimblehurst, an unsere Puppenhausinsel, an den Zug der Zehntausend, an den jungen Holmes und die Kaninchen? Wenn ich so zurückdenke, finde ich es überraschend, daß wir immer noch jung sind. Und wir haben damals von unseren Zukunftsplänen und von der Liebe gesprochen! Du weißt doch mittlerweile alles darüber, Ponderevo, was?«

Ich errötete und schwankte, ob ich irgendwelche Angebereien erzählen sollte oder nicht. »Nein«, sagte ich, ein wenig beschämt über die Wahrheit. »Und du? Ich war zu sehr beschäftigt.«

»Ich stehe erst am Anfang – wie damals. Da geschehen Dinge –«

Er sog für eine Weile still an seiner Pfeife und starrte auf den Gipsabguß einer Hand, der an der Wand hing.

»Tatsache ist, Ponderevo, ich beginne das Leben als eine höchst sonderbare Sache anzusehen; bald reißt es dich mit, bald rührt sich gar nichts. Die Bedürfnisse – diese Sache mit dem Sex. Das ist ein Netz, ein unendliches, ohne Ausweg, ohne Sinn. Es gibt Zeiten, da nehmen mich die Frauen ganz in Anspruch, da ist mein Geisteszustand bunt wie ein gemalter Plafond im Hampton Court vor lauter Stolz auf das alles überwuchernde Fleischliche. Warum? ... Und dann wieder werde ich in Gegenwart von Frauen von einer schrecklichen Angst, von quälender Langeweile verfolgt – ich laufe davon, ich verstecke mich, versuche alles Mögliche. Vielleicht hast du eine wissenschaftliche Erklärung dafür; was will die Natur, was will die Welt damit?«

»Das ist vermutlich ihre Methode, die Erhaltung der Art zu sichern.«

»Aber das erhält die Art ja gar nicht«, sagte Ewart, »das ist es ja gerade! Nein. Ich bin einer – Verlockung erlegen – da unten am Hügel. In der Euston Road. Und es war verdammt unschön und gemein. Ich bereue es sehr. Die Erhaltung der Art – du lieber Gott! ... Und warum macht die Natur einen Mann so höllisch zum Trinken geneigt? Das hat doch auch nicht den geringsten Sinn.« Er setzte sich im Bett auf, um seinen Worten größeren Nachdruck zu verleihen. »Und warum hat mir die Natur diesen heftigen Wunsch eingeimpft, Bildhauer zu werden, und den gleich heftigen Wunsch, mit einer Arbeit aufzuhören, kaum daß ich sie begonnen habe ... Gib mir noch Kaffee. Ich frage dich, Ponderevo. Das alles bringt mich durcheinander, entmutigt mich, hält mich im Bett fest.«

Er sah aus, als hätte er schon eine ganze Weile die Darlegung seiner Schwierigkeiten für mich aufgespart, saß da, das Kinn fast auf den Knien, und sog an seiner Pfeife.

»Das war es, was ich meinte«, fuhr er fort, »als ich sagte, daß mir das Leben als eine höchst sonderbare Sache erscheint. Ich begreife nicht, wozu ich da bin, und nicht, was ich tun soll. Und verstehe die ganze Welt überhaupt nicht. Und du?«

»London«, begann ich, »ist so – ungeheuer groß!«

»Nicht wahr? Und alles ist sinnlos. Du findest Leute, die ein Gemüsegeschäft führen – warum zum Teufel, Ponderevo, führen sie es? Alle tun etwas sehr eifrig, sehr beharrlich, sehr kleinlich. Du findest Leute, die rennen herum und tun höchst merkwürdige Dinge – Polizisten zum Beispiel und Einbrecher. Sie betreiben ihre Geschäfte durchaus ernsthaft. Ich komme – irgendwie – mit dem meinen nicht ins reine. Hat das Ganze überhaupt – irgendeinen Sinn?«

»Es muß einen Sinn haben«, sagte ich. »Wir sind noch so jung.«

»Wir sind jung – ja. Aber man muß sich Gedanken machen. Der Grünkramhändler hat vermutlich seinen Beruf, weil er weiß, daß er dazu taugt. Das ist so gut wie eine Aufforderung dazu ... Aber das Ärgerliche ist, daß ich nicht weiß, wofür ich tauge. Du vielleicht?«

»Wofür du taugst?«

»Nein, du.«

»Noch nicht genau«, sagte ich. »Ich will in der Welt etwas leisten – etwas – etwas Bedeutendes, bevor ich sterbe. Ich stelle mir vor, daß meine wissenschaftliche Arbeit – ich weiß nicht.«

»Ja«, meinte er nachdenklich. »Und ich habe sozusagen meine Bildhauerei – aber wie ich dazu komme und warum, habe ich keine Ahnung.« Er schlang die Arme für eine Weile um die Knie. »Das frage ich mich andauernd, Ponderevo.«

Er wurde lebhaft. »Wenn du dort in den Schrank schaust«, sagte er, »findest du ein altes, noch ansehnliches Stück Brot auf einem Brettchen und irgendwo ist auch ein Messer und eine Schale mit Butter. Bring mir das her und laß mich erst frühstücken. Wenn es dich dann nicht stört, daß ich spärlich bekleidet herumlaufe, stehe ich auf und ziehe mich an. Und dann machen wir einen Spaziergang und reden weiter über die Probleme des Lebens. Und über Kunst und Literatur und was uns sonst noch einfällt ... Ja, das ist die Schale. Sind Schaben darin? Schmeiß sie raus – die verdammten Schmarotzer ...«

So schnitt in den ersten fünf Minuten unseres Gesprächs mein alter Freund Ewart all die Themen an, über die wir dann während des ganzen Vormittags diskutierten ...

Für mich war es ein höchst aufschlußreiches Gespräch,

denn es eröffnete meinem Denken ganz neue Horizonte. Ich hatte bisher still vor mich hingearbeitet, ohne einen Begriff von Ewarts freier, lebhafter Art. Er war an diesem Tag zutiefst pessimistisch und skeptisch und ließ mich fühlen, was ich bisher noch nie gefühlt hatte: die allgemeine Fragwürdigkeit des Lebens, vor allem in dem Stadium, das wir erreicht hatten, und auch das Fehlen klarer Ziele, irgendeines erkennbaren Sinnes in dem menschlichen Treiben rings um uns. Ich entdeckte dabei auch, wie aufnahmebereit ich für banale Ansichten gewesen war. So wie ich mir immer vorgestellt hatte, daß es irgendwo in der sozialen Ordnung einen Schuldirektor geben müsse, der eingriff, wenn man über die Stränge schlug, genauso hatte ich immer stillschweigend angenommen, daß in unserem England irgendwo Leute lebten, die uns in unserer Gesamtheit als Nation verstanden. Diese Vorurteile stürzten in den Abgrund von Ewarts Zweifeln und vergingen dort. Er formulierte scharf und klar die ungeheure Bedeutung der Sinnlosigkeit, die ich bereits instinktiv geahnt hatte. Wir kehrten schließlich über den Friedhof von Highgate und den Waterloo Park zurück – und er sprach immer noch.

»Schau dir das an«, sagte er, blieb stehen und deutete auf das sich nach allen Seiten hin ausdehnende London unter uns. »Es ist wie ein Meer – und wir schwimmen darin. Und schließlich gehen wir unter und kommen hier herauf und werden hier an Land gespült.« Mit einer großen Handbewegung wies er auf die Hänge ringsum, auf denen, so weit das Auge reichte, Grüfte und Grabsteine in endlosen Reihen standen.

»Wir sind jung, Ponderevo, aber früher oder später werden unsere verblichenen Erinnerungen an einen dieser Strände gespült werden, an einen Strand wie diesen hier. George Ponderevo, Mitglied der Königlichen Akademie, Sidney Ewart – R. I. P. Schau dir doch diese Reihen an!«

Nach einer Weile fuhr er fort: »Siehst du diese Hand dort! Ich meine die Hand, die auf der Spitze des abgestumpften Obelisken nach oben deutet. Ja, die dort. Siehst du, damit verdiene ich meinen Lebensunterhalt – wenn ich nicht nachdenke oder trinke oder herumlungere oder einer Frau nachlaufe oder tue, als wäre ich ein Bildhauer, ohne das Geld oder die Moral für ein Modell zu haben. Und ich zeichne diese flammenden Herzen und diese nachdenklichen Schutzengel mit dem Friedenspalmwedel, ich zeichne sie verdammt gut und verdammt billig! Es ist ein Hundeleben, Ponderevo …«

So stand es um ihn. Ich berauschte mich an seinen Reden; wir gerieten in die Theologie, in die Philosophie; ich erhielt einen ersten flüchtigen Eindruck vom Sozialismus. Mir war, als hätte ich seit unserer Trennung schweigend in einer großen Stille gelebt. Als wir vom Sozialismus sprachen, kam für eine Weile so etwas wie Energie in Ewarts trübe Stimmung. »Schließlich müßte sich diese ganze verdammte Ungewißheit ändern lassen. Wenn man die Leute dazu brächte, zusammenzustehn …«

Es war ein gutes Gespräch, das durch das ganze Universum schweifte. Ich dachte, es werde mich anspornen, aber es verwirrte mich. Jetzt noch verknüpfen sich Gedanken aller Art mit einem Brunnen im Waterloo Park und mit meinem wiedererstandenen Ewart. Da erstrecken sich südlich von uns lange blumige Hänge mit weißen Grabsteinen und die unermeßliche Weite Londons, und irgendwo taucht in dem Bild eine rote, alte, sonnenbeschienene Ziegelmauer auf, ein großer Busch Chrysanthemen, umgeben von späten goldenen Sonnenblumen, und daneben ein Haufen blutroter abgefallener Blätter. Mir kam vor, als hätte ich plötzlich das Auge von den stumpfsinnigen alltäglichen Dingen abgewandt und als hätte ich das Leben als Ganzes erblickt … Aber es wirkte sich nachteilig auf die Reinschrift meiner liegengebliebenen Vorlesungsnotizen aus, der ich die zweite Hälfte dieses Tages widmete.

Nach diesem ersten Mal trafen Ewart und ich einander oft und wir redeten viel, und unsere späteren Gespräche waren keine Monologe seinerseits mehr, sondern ich trug das meine dazu bei. Er hatte mich so durcheinandergebracht, daß ich nachts wach lag und nachdachte und daß ich auch morgens auf dem Weg ins College in Gedanken lange Gespräche mit ihm führte. Ich neige von Natur aus mehr zum Handeln und bin nur nebenbei ein kritischer Betrachter; das philosophische, Ewarts träger Natur entsprechende Verfechten einer unberechenbaren Sinnlosigkeit des Lebens reizte meine empfindsamere und energischere Natur zu lebhaftem Widerspruch. »Alles ist so nichtssagend«, behauptete ich, »weil die Leute träge sind und weil eine Epoche zu Ende geht. Aber du bist ja ein Sozialist. Bringen wir also die Sache in Schwung! Das hat doch dann einen Sinn!«

Ewart vermittelte mir meine ersten Kenntnisse des Sozialismus; nach kurzer Zeit war ich ein begeisterter Sozialist, während er der praktischen Durchführung jener Theorien, die er mir vorgetragen hatte, passiven Widerstand entgegensetzte. »Wir müssen uns einer Organisation anschließen«, sagte ich. »Wir müssen etwas tun ... Wir sollten gehen und an den Straßenecken sprechen. Die Leute wissen nichts.«

Man muß sich die Situation vorstellen. Ich, ein eher schlechtgekleideter junger Mann, stehe in dem schäbigen Atelier und sage allen Ernstes solche Sachen, meine Rede mit lebhaften Gebärden unterstreichend, und Ewart, steinernen Gesichts, in Flanellhemd und Hose, eine Pfeife im Mund, hockt gleichmütig am Tisch und arbeitet an einem Lehmklumpen, der nie über die Andeutung einer Form hinausgelangt.

»Ich frage mich«, sagte er schließlich, »warum man das wollen soll.«

Erst ganz allmählich lernte ich Ewarts wirkliche Einstellung zu den Dingen abzuschätzen, seine bewußte und vollständige Abkehr von moralischen Werturteilen und Verantwortungen zu begreifen, jene Haltung, die eine so große Rolle in seinem Leben spielte. Seiner Veranlagung nach war es ihm mehr um den künstlerischen Ausdruck zu tun; er fand Interesse an endlosen Erörterungen über Dinge, die ich für schlecht hielt oder wenigstens nicht für sinnvoll; und bei meinem Hang zur Selbsttäuschung, zu unablässiger und folgerichtiger Selbsthingabe, bei meiner damaligen Unruhe und Unsicherheit, erregte er in mir eine gewisse Bewunderung, aber keine Sympathie. Wie so viele überspannte Vielredner, war er im Grunde verschlossen und versetzte mir bei unseren Gesprächen eine Reihe kleiner Schocks. Den ersten erhielt ich, als mir klar wurde, daß er keineswegs beabsichtigte, auch nur das Geringste in der Welt zu unternehmen, um die Übel zu bekämpfen, die er mir in so müheloser und geläufiger Weise aufzeigte. Der zweite folgte beim plötzlichen Auftauchen einer Frau namens »Milly« – ihren Familiennamen habe ich vergessen –, die ich eines Abends bei ihm, in eine blaue Decke gehüllt, antraf – ihre sonstige Kleidung lag hinter dem Wandschirm –, sie rauchte Zigaretten, trank mit ihm aus einem Krug den erstaunlich billigen und anspruchslosen Konsumwein Marke »Canary Sack«, den Ewart liebte. »Hallo!« sagte er, als ich hereinkam. »Das ist Milly. Sie ist mir Modell gestanden – sie ist auch wirklich ein Modell … (Reg dich nicht auf, Ponderevo!) Willst du einen Schluck Wein?«

Milly war eine Frau von etwa dreißig Jahren mit einem breiten, ziemlich hübschen Gesicht, einem sanften Charakter und einem üblen Akzent, und ihr herrliches, blondes, lang herabwallendes Haar hatte einen unbestreitbaren

Reiz; und wenn Ewart etwas sagte, strahlte sie ihn an. Er machte immer neue Skizzen von diesem Haar und versuchte sich an Tonstatuetten, die niemals fertig wurden. Wie ich heute weiß, war sie eine Straßendirne, an die er ganz zufällig geraten war, und sie hatte sich in ihn verliebt. Aber damals war meine Unerfahrenheit noch zu groß, als daß ich das hätte erkennen können, und er dachte nicht daran, mich aufzuklären. Sie kam zu ihm, er ging zu ihr, sie fuhren gemeinsam an Feiertagen aufs Land, wobei Milly sicherlich einen guten Teil der Ausgaben bestritt. Heute hege ich sogar den Verdacht, daß Ewart Geld von ihr annahm. Seltsamer Ewart! Es war eine meinen geordneten Ehrbegriffen so fremde Beziehung, wie ich sie mir bei keinem meiner Freunde vorstellen konnte, und ich begriff das Ganze nicht einmal, als ich es vor Augen hatte. Aber heute glaube ich zu verstehen …

Bevor ich Ewarts unstete Art zu leben erfaßt hatte, versuchte ich, da mich die konstruktiven Ideen des Sozialismus zu beeindrucken begannen, ihn für eine gemeinsame sozialistische Betätigung in irgendeiner praktischen Form zu gewinnen.

»Wir sollten uns mit anderen Sozialisten zusammenschließen«, sagte ich. »Das hat nämlich einen Sinn.«

»Gehen wir hin, und schauen wir sie uns erst einmal an.«

Nach einigen Mühen fanden wir das Büro der Fabian Society, versteckt im Keller des Clement's Inn; wir suchten es auf und befragten einen eher abweisenden Sekretär, der breitbeinig vor einem Kaminfeuer stand, uns streng examinierte und die Ehrlichkeit unserer Absichten rundweg zu bezweifeln schien. Er riet uns, die nächste öffentliche Versammlung im Cliffort's Inn zu besuchen und nannte uns das Datum. Wir wollten beide Näheres erfahren, gingen hin und hörten einen ebenso verworrenen wie mutigen Vortrag über Trusts und hinterher die unbefriedigendste Diskussion, die man sich denken kann. Dreiviertel der Sprecher schienen von der lächerlichen Zwangsvorstellung beherrscht zu sein, sich als geistreich erweisen zu müssen. Es war eine Art von Familienspaß, und uns, als nicht zur Familie gehörig, sprach es nicht an ... Als wir durch das enge Gäßchen von Cliffort's Inn auf den Kai herauskamen, wandte sich Ewart an einen verrunzelten bebrillten Mann mit großem Filzhut und einer breiten orangefarbenen Schleife.

»Wie viele Mitglieder hat Ihre Fabian Society?« fragte Ewart.

Der kleine Mann ging sogleich in Verteidigungsstellung.

»Etwa siebenhundert«, antwortete er; »vielleicht achthundert.«

»Alles Leute wie diese?«

Der kleine Mann brach in ein nervöses, höchst zufriedenes Lachen aus. »Vermutlich nicht viel anders«, sagte er.

Damit verschwand er aus unserem Gesichtsfeld, und wir wanderten den Kai entlang. Mit einer seltsam beredten Handbewegung wies Ewart auf all die großen Fassaden der Banken und Handelshäuser, auf die hochragenden Uhrtürme des Gerichtshofs, auf die Anzeigen und Leuchtreklamen inmitten der gesellschaftlichen Unübersehbarkeit eines gigantischen und offenbar unüberwindlichen kapitalistischen Systems.

»Diese Sozialisten haben kein Gefühl für Proportionen«, sagte er. »Was kannst du von ihnen erwarten?«

4

Ewart, als die verkörperte Redseligkeit, war sicherlich ein entscheidender Faktor bei meinem auffälligen Versagen im Studium. Soziale Theorien in ihrer ersten rohen Form als demokratischer Sozialismus beeinflußten mein Denken immer stärker. Ich debattierte im Laboratorium mit dem Mann, der die Bank mit mir teilte, bis wir in Streit gerieten und nicht mehr miteinander sprachen. Auch verliebte ich mich.

Die Verlockung des Geschlechtlichen war während der ganzen Zeit in Wimblehurst nur wie eine langsam steigende Flut in mir aufgebrandet, in London war es wie das Aufkommen eines landwärts wehenden Windes, der stürmische hohe Wellen herantreibt. Ewart hatte viel Anteil daran. Mehr und mehr strebte auffällig und unmißverständlich meine Vorstellung von Schönheit in Form und Klang, mein Wunsch nach Abenteuern, mein Verlangen nach Meinungsaustausch, diesem zentralen und beherrschenden Anliegen der persönlichen Lebensgestaltung zu. Ich mußte eine Gefährtin finden.

Ich begann mich zaghaft in Mädchen zu verlieben, denen ich auf der Straße begegnete, in Frauen, die mir in Zügen gegenübersaßen, in Mitstudentinnen, Damen in vorüberfahrenden Kutschen, Nichtstuerinnen an Straßenecken, in appetitliche Ladenmädchen und Kellnerinnen, sogar in Bilder von Mädchen und Frauen. Bei meinen seltenen Theaterbesuchen geriet ich immer in Begeisterung und sah in den Schauspielerinnen und sogar in den rings um mich Sitzenden geheimnisvoll verlockende, interessante und begehrenswerte Geschöpfe. In mir wuchs das Gefühl, daß es irgendwo jemanden geben müsse, der für mich bestimmt war. Und trotz aller einander widerstreitenden Überlegungen steckte mir etwas zutiefst in den Knochen, das beharrlich forderte: »Halt! Schau die an! Was hältst du von ihr? Ist sie nicht die Rechte? Diese vor allem! Halt! Warum läuft sie vorbei? Sie ist vielleicht für dich bestimmt – mehr als alle anderen.«

Es ist seltsam, daß ich mich nicht erinnern kann, wann ich zum ersten Mal Marion begegnete, die meine Frau wurde – die ich unglücklich machte, die auch mich unglücklich machen sollte, die all die zarten und vielseitigen Möglichkeiten der Liebe meiner jungen Jahre verdarb und mich in einen Konflikt mit mir selbst stürzte. Ich entdeckte sie unter der großen Zahl anziehender und reizvoller Gestalten, die meinen Weg kreuzten, meine Blicke erwiderten, mit uneingestandener Aufmerksamkeit an mir vorüberhuschten. Ich traf sie, wenn ich durch das Kunsthistorische Museum ging, was meinen Weg in die Brompton Road abkürzte, ich sah sie, wie ich meinte, lesend, in einer Ecke der Bücherei sitzen. Aber in Wirklichkeit, wie ich später herausfand, las sie nie. Sie kam dorthin, um in Ruhe ein Brötchen zu essen. Sie bewegte sich sehr graziös, war ganz einfach gekleidet, und ich erinnere mich, daß sie ihr dunkelbraunes Haar im Nacken zu einem tiefsitzenden Knoten geschlungen hatte, der die gefällige Rundung ihres Kopfes betonte und mit den entzückenden Linien der Ohren und Wangen, mit der ernsten Klarheit von Mund und Brauen harmonierte.

Sie unterschied sich auch sehr deutlich von anderen Mädchen, die sich auffälliger anzogen, schreiendere Farben wählten und durch Neuheiten an Hüten, Schleifen und Ähnlichem zu imponieren suchten. Ich habe immer das Rascheln, die verwirrenden Farbenzusammenstellungen, die hypermodernen Schnitte der Frauenkleidung gehaßt. Marions einfaches schwarzes Kleid verlieh ihr eine schlichte Würde …

Jedenfalls erinnere ich mich, wie ich eines Nachmittags entdeckte, daß mich ihr Äußeres besonders ansprach. Ich war rastlos an der Arbeit gewesen und schließlich aus dem Laboratorium ins Kunsthistorische Museum hinübergegangen, um in den Ausstellungssälen herumzuschlendern. Ich stieß auf sie in einer Saalecke. Marion war in die Bemühung vertieft, etwas von einem hochhängenden Bild abzuzeichnen. Ich kam gerade aus der Abteilung mit den Gipsabgüssen antiker Statuen und war noch erfüllt von meinem soeben erwachten Verständnis für Linienführung. Da stand sie, das Gesicht erhoben, den Oberkörper in den Hüften ganz leicht vorgebeugt – bemerkenswert graziös und weiblich.

Von da an versuchte ich immer wieder, ihr zu begegnen, fühlte eine deutliche Erregung in ihrer Gegenwart und begann von ihr zu träumen. Ich dachte nicht mehr an Frauen im allgemeinen oder an diese und jene, der ich zufällig begegnet war. Ich dachte an sie.

Ein Zufall brachte uns zusammen. Ich fuhr an einem Montagmorgen in einem schwankenden Omnibus von der Victoria Station nach Westen – ich kam von einem Sonntagsausflug nach Wimblehurst zurück, den ich einer plötzlichen Anwandlung von Gastfreundschaft meines früheren Lehrherrn Mantell verdankt hatte. Sie war außer mir der einzige Passagier im Wagen. Und als sie ihr Fahrgeld bezahlen sollte, wurde sie nervös und verlegen und kramte in allen ihren Taschen; sie hatte ihre Geldbörse zu Hause vergessen.

Glücklicherweise hatte ich einiges Kleingeld bei mir.

Sie sah mich mit einem bestürzten, verwirrten Blick an, und als ich mich erbot, für sie zu bezahlen, ließ sie es mit einem Widerstreben zu, das ihrer sonstigen Zurückhaltung entsprach. Vor dem Aussteigen dankte sie mir mit offensichtlich gespielter Unbefangenheit.

»Herzlichen Dank«, sagte sie mit einer angenehm sanften Stimme, und dann etwas weniger geziert: »Das war furchtbar nett von Ihnen.«

Vermutlich murmelte ich eine höfliche Antwort. Aber gerade in diesem Augenblick war ich nicht kritisch eingestellt. Ich fühlte ihre Gegenwart sehr stark; als sie ausstieg und an mir vorbeimußte, waren mir ihr Arm, ihr ganzer graziöser, schlanker Körper sehr nahe. Die Worte, die wir wechselten, schienen nicht viel zu bedeuten. Ich spielte mit dem Gedanken, mit ihr auszusteigen – und tat es nicht.

Dieses Zusammentreffen beeinflußte mich außerordentlich. Ich lag nachts wach, dachte nach und fragte mich, wie wohl die nächste Phase unserer Beziehung aussehen werde. Diese Phase ergab sich durch die Rückerstattung der zwei Pennys. Ich war in der Bibliothek und suchte etwas in der ›Encyclopaedia Britannica‹, als Marion neben mir auftauchte und auf die aufgeschlagene Seite einen offenbar vorbereiteten dünnen Umschlag legte, dessen Wölbung die darin eingeschlossenen Münzen verriet.

»Es war so nett von Ihnen«, sagte sie, »ich weiß nicht, was ich sonst getan hätte, Mister –«

Ich nannte meinen Namen. »Ich wußte«, erwiderte ich, »daß Sie eine Studentin sind.«

»Nicht eigentlich Studentin. Ich –«

»Nun, jedenfalls sah ich Sie hier schon oft. Und ich bin selbst Student an der Technischen Schule.«

Ich stürzte mich in Angaben über mich und in Fragen und verwickelte sie so in ein Gespräch, das seine Intimität dem Umstand verdankte, daß wir aus Rücksicht auf die anderen Leser leise sprechen mußten. Zweifellos war die Unterhaltung recht banal. Überhaupt habe ich den Eindruck, daß unsere anfänglichen Gespräche alle unglaublich banal verliefen. Wir trafen einander mehrmals halb zufällig, halb verstohlen und höchst verlegen. Geistig kam ich mit ihr nicht zu Rande. Ich begriff sie nie völlig. Ihre Äußerungen, das erkenne ich jetzt nur allzu klar, waren seicht, geziert und ausweichend. Nur – auch heute noch – kann ich nicht behaupten, daß sie irgendwie unfein gewesen wären. Sie war, das erkannte ich deutlich, bestrebt, ihren sozialen Stand zu verheimlichen, sie wollte als Studentin der Kunstakademie gelten und schämte sich ein wenig, daß sie es nicht war. Sie kam ins Museum, um »Dinge abzuzeichnen«, und das hatte, wie ich vermutete, in gewisser Hinsicht etwas mit ihrem Lebensunterhalt zu tun, nach dem ich nicht fragen sollte. Ich erzählte ihr manches über mich, törichtes Geschwätz, von dem ich meinte, es werde auf sie Eindruck machen; aber viel später kam ich drauf, daß es sie veranlaßte, mich für »eingebildet« zu halten. Wir sprachen über Bücher (aber da tat sie sehr zurückhaltend und geheimnisvoll) und etwas ungezwungener über Bilder. Sie »liebte« Bilder. Ich glaube, ich fand gleich von Anfang an Gefallen an ihr und bedauerte es nicht einen Augenblick lang, daß ihre Anschauungen alltäglich waren, daß sie unbewußt meine tiefsten Instinkte ansprach, daß sie die Hoffnung auf Möglichkeiten verkörperte und physische Vorzüge besaß, die mir wie starker Wein zu Kopf stiegen. Ich fühlte, daß ich unsere Bekanntschaft pflegen sollte, so prosaisch sie war. Bald würden wir diese belanglosen Phrasen hinter uns lassen und zum Eigentlichen der Liebe gelangen.

Ich sah sie in meinen Träumen unwirklich, schön, anbetungswürdig, strahlend. Und manchmal, wenn wir beisammen waren, entstanden Gesprächspausen aus Mangel an Stoff. Dann weideten sich meine Augen an ihr, und das Schweigen war wie das Öffnen eines Vorhangs. Seltsam, das gebe ich zu. Seltsam insbesondere die ungeheure Wirkung gewisser Einzelheiten auf mich, die leichte Tönung ihrer Haut, die vollendete Form ihrer Lippen und Brauen, der sanfte Schwung ihrer Schultern. Manche Leute fanden sie nicht eigentlich schön – aber dergleichen läßt sich nicht erklären. Ihre Gestalt wies offenkundige Mängel auf, und das spielte keine Rolle. Sie hatte einen schlechten Teint, aber es hätte mir vermutlich auch nichts ausgemacht, wenn ihre Gesichtsfarbe wirklich ungesund gewesen wäre. Ich hatte das außerordentlich einseitige, außerordentlich schmerzhafte Verlangen, die kaum erträgliche Sehnsucht, ihre Lippen zu küssen.

5

Die Sache war für mich ungeheuer ernst und wichtig. Ich kann mich nicht erinnern, daß ich in dieser frühen Phase je an irgendein Ende gedacht hätte. Es war mir klar, daß sie mich wesentlich kritischer beurteilte als ich sie, daß sie meine Nachlässigkeit im Studium, meine Sucht, mich dem allgemeinen Geschmack anzupassen, mißbilligte. »Warum tragen Sie solche Kragen?« fragte sie und veranlaßte mich damit, mich schleunigst nach eleganteren umzusehen. Ich erinnere mich, daß sie mich eines Tages ein wenig unvermittelt einlud, am nächsten Sonntag zum Tee zu ihr zu kommen, um ihre Eltern und ihre Tante kennenzulernen, und daß ich sogleich Bedenken hatte, ob mein von mir für gut befundener Sonntagsanzug auch den von Marion gewünschten Eindruck auf ihre Angehörigen machen würde. Ich verschob den Besuch auf den übernächsten Sonntag, um mich besser auszustatten, ließ mir einen Gehrock machen, kaufte einen Zylinder und wurde mit dem ersten bewundernden Blick belohnt, den sie mir gewährte. Ich frage mich, ob sich viele junge Männer so lächerlich aufführen. Ich wurde allen meinen Überzeugungen untreu – allen meinen von ihr nicht geschätzten Gewohnheiten. Ich dachte nur an sie – und das sehr ausgiebig. Zugleich schämte ich mich dessen. Denn ich ließ kein Wort davon gegenüber Ewart – oder irgend jemand anderem – verlauten.

Ihre Eltern und ihre Tante machten auf mich einen höchst trübseligen Eindruck, und in ihrer Wohnung in Walham Green fielen mir vor allem die schwarzgelb gemusterten Wandteppiche, Vorhänge, Überwürfe und die alten belanglosen Bücher auf, meist Bücher mit verblichenen goldenen Titeln auf dem Rücken. An den Fenstern schützten billige Spitzenvorhänge das Heim vor unbefugten Einblicken, und auf einem wackeligen achteckigen

Tischchen stand eine »wertvolle Vase«. Mehrere gerahmte Schulzeichnungen Marions mit dem Anerkennungsstempel der Schule schmückten die Wände, und es gab ein schwarzes Pianino mit Goldstreifen, auf dem ein Gesangbuch lag. Alle Spiegel über den Kaminen waren mit Stoff drapiert, und über der Anrichte im Salon, in dem wir Tee tranken, hing ein Porträt des Vaters, das ihm nach der Art solcher Arbeiten geradezu lächerlich ähnlich sah. Ich entdeckte an ihren Eltern keine Spur jener Schönheit, die mich an ihr bezauberte, dennoch brachte sie es fertig, ihnen beiden zu gleichen.

Alle diese Leute benahmen sich in einer Weise, die mich an die drei großen Frauen im Haushälterinnenzimmer meiner Mutter erinnerte, doch hatten sie nicht im entferntesten deren gesellschaftliche Kenntnisse und Umgangsformen. Auch bemerkte ich, daß sie dauernd Marion beobachteten. Sie wollten mir, sagten sie, für meine Freundlichkeit ihrer Tochter gegenüber im Omnibus danken und begründeten damit das Ungewöhnliche der Einladung. Sie gaben sich wie Leute von niederem Adel, ein wenig abweisend in Bezug auf die Hast und die Abwegigkeiten Londons und mehr einem zurückgezogenen, ruhigen Leben geneigt.

Als Marion das weiße Tischtuch für den Teetisch aus der Schublade nahm, fiel ein Karton mit der Aufschrift »Zimmer zu vermieten« zu Boden. Ich hob ihn auf und gab ihn ihr, bevor ich an ihrem Erröten erkannte, daß ich ihn nicht hätte sehen sollen; er war vermutlich anläßlich meines Besuchs aus dem Fenster entfernt worden.

Ihr Vater sprach einmal in beiläufiger Weise von seinen geschäftlichen Verpflichtungen, und erst viel später erfuhr ich, daß er Angestellter im Gaswerk von Walham Green war und sich im übrigen zu Hause nützlich machte. Er war ein großer, ungepflegter, beleibter Mann mit unintelligenten, durch eine dicke Brille vergrößerten braunen Augen, trug einen schlechtsitzenden Gehrock und einen Papierkragen, und zeigte mir als seinen größten und liebsten Schatz eine große Bibel, die er mit Reproduktionen bekannter Bilder vollgeklebt hatte. Auch bebaute er hinter dem Haus einen kleinen Garten, in dem ein Gewächshäuschen für Tomaten stand. »Ich wollte, ich hätte darin eine Heizung«, sagte er. »Man kann damit eine Menge erreichen. Aber leider kann man auf der Welt nicht alles haben, was man sich wünscht.«

Sowohl er wie Marions Mutter behandelten mich mit einer Hochachtung, die ich als selbstverständlich hinnahm. Marions eigenes Verhalten wurde anders, herrischer und gespannter als bisher, ihre Schüchternheit war verschwunden. Sie hatte offenbar ihre Wünsche durchgesetzt, den Spiegel drapiert, ein gebrauchtes Pianino gekauft, und beherrschte ihre Eltern. Ihre Mutter mußte einmal eine hübsche Frau gewesen sein; sie hatte ebenmäßige Züge und Marions Haar, doch ohne seinen Glanz, und sie wirkte mager und verhärmt. Miß Ramboat, die Tante, war eine große, außergewöhnlich schüchterne Person, die ihrem Bruder sehr ähnlich sah, und ich kann mich nicht erinnern, daß sie überhaupt etwas gesagt hätte.

Anfänglich herrschte peinliche Gezwungenheit – Marion war fürchterlich nervös, und alle glaubten, sich gespreizt benehmen zu müssen, bis ich lebhafter und redseliger wurde und sie sich entspannten und mir interessiert zuhörten. Ich erzählte von der Schule, von meinem Quartier, von Wimblehurst und meinen Lehrjahren. »Viele studieren neuerdings«, überlegte Mr. Ramboat, »aber manchmal frage ich mich, wo das hinführt.«

Ich erinnere mich, daß mich Marions Mutter fragte, welcher Kirche ich angehörte, und daß ich ausweichend antwortete. Nach dem Tee wurde Musik gemacht, und wir sangen Hymnen. Als das vorgeschlagen wurde, äußerte ich Bedenken wegen meiner Stimme, aber das wurde als banale Ausrede abgetan, und neben Marions herabwallendem Haar zu sitzen, war in vieler Hinsicht eine Entschädigung. Ich entdeckte, daß ihre Mutter uns von ihrem Polstersessel aus gerührt betrachtete. Nachher ging ich mit Marion in Richtung Putney Bridge spazieren, und dann sangen wir wieder, und es gab ein Abendessen mit kaltem Speck und Pasteten. Anschließend rauchten Mr. Ramboat und ich Zigarren. Während des Spaziergangs erklärte mir Marion die Wichtigkeit ihrer Skizzen und Kopien im Museum. Die Cousine einer ihrer Freundinnen, von der sie als Smithie sprach, hatte einen Laden für Nachmittagskleider eröffnet, die sie als persisch bezeichnete, einfache, um den Körper geschlungene Stoffbahnen mit auffallenden gestickten Borten, und in den Hauptgeschäftszeiten arbeitete Marion bei ihr. Davon abgesehen, entwarf Marion Stickereien unter Verwendung von dem, was sie im Museum sah und dort skizzierte. Die neuen Muster zeichnete sie daheim auf Stickunterlagen. »Ich bekomme nicht viel dafür«, sagte sie, »aber es ist interessant, und wenn viel zu tun ist, stehe ich den ganzen Tag im Laden. Natürlich sind unsere Kundinnen berufstätig und schrecklich vulgär, aber wir reden nicht viel mit ihnen. Und Smithie spricht genug für zehn.«

Ich verstand durchaus, daß berufstätige Frauen schrecklich vulgär seien.

Ich erinnere mich nicht, daß mich damals der Haushalt in Walham Green und die Art der Personen, aus denen er bestand, oder das Licht, das sie auf Marion warfen, auch nur im geringsten von meinem Bestreben abgebracht hätten, Marion zu erobern. Die Leute gefielen mir nicht, aber ich nahm sie in Kauf. Im ganzen glaube ich sogar, Marion gewann in meinen Augen durch den Kontrast; sie beherrschte die Familie so offensichtlich und zeigte sich ihnen so überlegen.

Immer mehr Zeit widmete ich der mich beherrschenden Leidenschaft. Mein Denken kreiste hauptsächlich darum, Marion zu gefallen, ihr meine Ergebenheit zu beweisen, sie einzuladen, ihr kostspielige Geschenke zu bringen, Andeutungen zu machen, die sie verstehen mußte. Wenn sie sich gelegentlich als beschränkt erwies, ihre Einfalt unbestreitbar wurde, sagte ich mir, daß ihre unverdorbenen Gefühle mehr wert seien als alle Erziehung und Intelligenz der Welt. Und bis heute glaube ich, daß ich Marion nicht wirklich falsch beurteilte. Sie hatte etwas außerordentlich Anziehendes, etwas Schlichtes und Großes, das gelegentlich durch ihre Ignoranz und ihre kleinbürgerliche Beschränktheit hindurchschimmerte wie ein verborgenes Licht …

Eines Abends hatte ich die Freude, sie nach einer Feier im Birkbeckinstitut zu treffen und nach Hause zu begleiten. Wir nahmen die Untergrundbahn und fuhren erster Klasse – eine bessere gab es nicht. Wir waren allein im Abteil, und zum ersten Mal wagte ich, meinen Arm um sie zu legen.

»Das sollten Sie nicht tun«, sagte sie leise.

»Ich liebe Sie«, flüsterte ich mit wild klopfendem Herzen, zog sie in ihrer ganzen Schönheit an mich und küßte sie auf ihre kalten, nicht widerstrebenden Lippen.

»Sie lieben mich?« fragte sie und wand sich mir aus den Armen. »Das dürfen Sie nicht!« Und dann, als der Zug in eine Station einfuhr: »Das dürfen Sie auch niemandem erzählen … Ich weiß nicht … Das hätten Sie nicht tun sollen …«

Dann kamen zwei andere Leute ins Abteil, und damit endete für diesmal meine Werbung.

Als wir später allein und zu Fuß in Richtung Battersea gingen, tat sie gekränkt. Ich schied von ihr, unverziehen und schrecklich bekümmert.

Beim nächsten Zusammentreffen erklärte sie mir, ich dürfe »das« nie wieder tun.

Ich hatte davon geträumt, daß ein Kuß von ihren Lippen mein Verlangen stillen würde. Aber in Wirklichkeit war das nur der Anfang weiteren Verlangens. Ich sagte ihr, mein ganzer Wunsch sei, sie zu heiraten.

»Aber Sie haben doch keine Stellung«, begann sie, »was hat es für einen Sinn, davon zu sprechen?«

Ich starrte sie an. »Es ist mir ernst«, sagte ich.

»Das geht nicht«, erwiderte sie. »Das dauert noch Jahre –«

»Aber ich liebe Sie«, beharrte ich.

Ich stand keinen Meter von den zarten Lippen entfernt, die ich geküßt hatte; ich stand auf Armlänge vor der statuenhaften Schönheit, die zu beleben mich verlangte, und ich sah eine Kluft sich öffnen, eine Kluft von Jahren, Mühen, Enttäuschungen und grenzenloser Ungewißheit.

»Ich liebe Sie«, wiederholte ich. »Lieben Sie mich auch?«

Sie schaute mich mit ernsten, verständnislosen Augen an.

»Ich weiß nicht«, erwiderte sie. »Natürlich mag ich Sie recht gern … Man muß vernünftig sein …«

Noch heute spüre ich die Enttäuschung bei dieser ausweichenden Antwort. Ich hätte damals begreifen sollen, daß meine Glut sie nicht in Flammen setzte. Aber wie wäre das möglich gewesen? Ich hatte mich in ein wildes Verlangen nach ihr hineingesteigert, meine Phantasie verlieh ihr unendliche Vorzüge. Ich begehrte sie, begehrte sie blind und instinktiv …

»Aber«, stotterte ich, »Liebe!«

»Man muß vernünftig sein«, erwiderte sie. »Ich gehe gerne mit Ihnen aus. Könnten wir es nicht dabei belassen?«

6

Der Leser wird jetzt mein Versagen besser verstehen. Ich glaube, die Gründe hierfür ausführlich genug erklärt zu haben. Mein Arbeitseifer schwand mehr und mehr, ich wurde nachlässig und unpünktlich. Meine Mitstudenten überflügelten mich weit mit ihrem beharrlichen Büffeln. Was ich noch an moralischen Reserven aufbrachte, richtete sich auf Marion, nicht auf die Wissenschaft.

Ich verlor an Gewicht, drückte mich vor der Arbeit; die buckligen Burschen aus dem Norden, die bleichen Kerle mit den mageren, verbissenen Gesichtern, die eifrigen, hart arbeitenden Studenten stellten sich gegen mich, und ich wurde nicht mehr als scharfer Mitbewerber gewertet, sondern fiel der Verachtung anheim. Selbst ein Mädchen überholte mich in der Bewertung. Und schließlich wurde es für mich Ehrensache, durch offene Mißachtung aller Regeln zu zeigen, daß ich nicht einmal den Schein zu wahren beabsichtigte …

So kam es, daß ich eines Tages mit einem Gefühl beträchtlicher Verwirrung im Kensington Park saß und über die soeben stattgefundene hitzige Unterredung mit dem Registrator der Schule nachdachte, bei der ich mehr Anmaßung als Vernunft gezeigt hatte. Vor allem wunderte ich mich selbst über mein völliges Abrücken von allen kühnen Absichten, beharrlich zu studieren, die ich aus Wimblehurst mitgebracht hatte. Ich hatte mich, wie der Registrator es nannte, zu einem »Erzlumpen« entwickelt. Meine Unfähigkeit, bei schriftlichen Prüfungen positive Noten zu erzielen, fand nur ihresgleichen in der Mangelhaftigkeit meiner praktischen Arbeiten.

»Ich frage Sie«, hatte der Registrator gesagt, »was aus Ihnen werden soll, wenn Ihr Stipendium ausläuft?«

Das war sicherlich eine interessante Frage. Was sollte aus mir werden?

Offensichtlich brachte ich es zu keinem Schulabschluß, wie ich einst zu hoffen gewagt hatte; ich schien in der Tat keine andere Aussicht zu haben als auf eine schlecht bezahlte Stellung in einer provinziellen Mittel- oder Volksschule. Ich wußte, daß man dabei ohne Titel oder Befähigungsnachweis kaum den nötigsten Lebensunterhalt verdiente und wenig Zeit hatte, sich emporzuarbeiten. Hätte ich nur wenigstens fünfzig Pfund gehabt, hätte ich in London bleiben und meinen Bachelor of Science machen und damit meine Chancen vervierfachen können! Meine Bitterkeit gegenüber meinem Onkel kehrte bei diesem Gedanken wieder. Schließlich hatte er noch einiges von meinem Geld, oder sollte es wenigstens haben. Warum nicht meine Forderung geltend machen und ihm drohen, »Schritte zu unternehmen«? Ich dachte eine Weile darüber nach, dann ging ich in die Bibliothek und schrieb dem Onkel einen eindringlichen und zum Teil auch unverschämten Brief.

Dieser Brief an meinen Onkel war der Tiefpunkt meines Versagens. Seine Folgen, die meine Tage als Student endgültig abschlossen, werde ich im nächsten Kapitel schildern.

Ich nannte es »mein Versagen«. Aber gelegentlich kommen mir Zweifel, ob diese Periode wirklich nur ein Versagen war. Ich gewann die Fähigkeit zur kritischen Beurteilung der Lehrveranstaltungen, denen ich nicht folgte, des ins Detail gehenden Prozesses wissenschaftlicher Ausbildung, von dem ich mich hatte blenden lassen. Mein Geist war ja nicht untätig, auch wenn er sich verbotenen Früchten zugewandt hatte. Ich lernte zwar nicht, was meine Professoren und Assistenten beschlossen hatten, mir beizubringen, aber ich lernte eine ganze Menge. Ich lernte, mich für vieles zu interessieren und selbständig vorzugehen.

Schließlich haben alle diese Burschen, die bei den Prüfungen glänzten und Lieblinge der Professoren waren, nichts Besonderes geleistet. Manche sind nun selber Professoren, andere Techniker, keiner hat Erfolge aufzuweisen wie ich sie, meinen eigenen Interessen folgend, erreichte. Denn ich habe Boote gebaut, die über das Wasser dahinjagen wie Peitschenhiebe; niemand hatte je von solchen Booten geträumt, bevor ich sie baute; und ich habe drei Geheimnisse der Natur entschlüsselt, und diese Entdeckungen waren mehr als rein technische Erfindungen. Ich bin dem Fliegen näher gekommen als je ein Mensch zuvor. Hätte ich das alles leisten können, wenn ich geneigt gewesen wäre, den eher mittelmäßigen Professoren im College zu gehorchen, die sich vorgenommen hatten, mich auszubilden? Wenn ich für die Forschung »geschult« worden wäre – ein lächerlicher Widerspruch –, hätte ich dann mehr getan, als umständlich begründete Ergänzungen zu der bereits bestehenden Ansammlung belangloser Arbeiten, von denen es schon so viele gab, hinzuzufügen? Ich sehe keinen Grund, hier Bescheidenheit vorzutäuschen. Nach dem Maßstab äußeren Erfolgs bin ich neben meinen Mitstudenten kein Versager. Ich wurde mit siebenunddreißig Jahren in die Königliche Akademie aufgenommen, und wenn ich auch nicht reich bin, so ist mir doch Armut so fremd wie die spanische Inquisition. Angenommen, ich hätte meine vielseitige Neugier unterdrückt, meine Phantasie an die Kette gelegt, als sie über das Gegebene hinausgreifen wollte, hätte nach den Methoden und Anweisungen dieser oder jener Leute gearbeitet, wo wäre ich heute? ...

Ich mag in dieser Hinsicht unrecht haben. Es könnte sein, daß ich ein viel erfolgreicherer Mann geworden wäre, wenn ich diesen ganzen auseinanderstrebenden Aufwand an Energie unterdrückt, meine gesellschaftliche Neugier mit dem geläufigen, gefälligen Quatsch oder Ähnlichem befriedigt, Ewart verlassen und Marion gemieden hätte, statt ihr beharrlich nachzulaufen. Aber ich glaube es nicht!

An jenem Nachmittag war ich jedoch durchaus dieser Überzeugung und von Gewissensbissen gepeinigt, als ich da niedergeschlagen im Kensington Park saß und, die eindringlichen Fragen des Registrators noch im Ohr, über meine ersten zwei Jahre in London nachdachte.

Der Morgen graut, mein Onkel erscheint mit einem neuen Zylinder

I

Während meiner Studienzeit hatte ich den Onkel nicht mehr gesehen. Ich hatte es vermieden, ihn zu besuchen, obgleich ich gelegentlich bedauerte, daß ich mich dadurch auch meiner Tante Susan entfremdete. Ich blieb unversöhnlich. Und ich glaube nicht, daß ich ein einziges Mal in dieser ganzen Zeit an jenes mysteriöse Wort dachte, das die Welt für uns verändern sollte. Doch hatte ich es nicht ganz vergessen. Ich erinnerte mich daran mit sekundenlanger Verblüffung, wenn nicht mit mehr – und warum empfand ich es als persönliche Anspielung, als ich ein neues Plakat von den Reklamewänden leuchten sah:

DAS GEHEIMNIS DER VITALITÄT
TONO-BUNGAY

Das war alles. Simpel, doch irgendwie fesselnd. Als ich weiterging, ertappte ich mich dabei, daß ich das Wort wiederholte; es erregte die Aufmerksamkeit wie das Dröhnen ferner Geschütze. »Tono« – was ist das? Und dann tief, kräftig und ohne Eile – »Bun-gay!«

Da traf meines Onkels verblüffendes Telegramm ein, seine Antwort auf meinen gehässigen Brief: »Komm sogleich zu mir du wirst gebraucht sichere dreihundert im Jahr Tono-Bungay.«

»Beim Zeus!« rief ich. »Natürlich! Das ist so etwas wie eine Patentmedizin! Was hat er wohl mit mir vor?«

In seiner napoleonischen Art hatte er es unterlassen, eine Adresse anzugeben. Sein Telegramm war in der Farringdon Road aufgegeben, und nach schwierigen Überlegungen antwortete ich an Ponderevo, Farringdon Road, im Vertrauen darauf, daß meine Depesche ihn bei der Seltenheit unseres Familiennamens dennoch erreichen werde.

»Wo wohnst du?« fragte ich an.

Seine Antwort kam postwendend.

»192 Ragget Street East Central.«

Am nächsten Tag nahm ich mir nach der morgendlichen Vorlesung eigenmächtig frei. Mein Onkel hatte, als ich bei ihm eintraf, einen wundervollen neuen Zylinder auf dem Kopf – ein Prachtstück mit eingerolltem Rand nach der neuesten Mode! Der Zylinder war zu groß – das war sein einziger Fehler. Mein Onkel hatte ihn weit nach hinten geschoben und empfing mich mit einer weißen Weste und in Hemdsärmeln. Er hieß mich mit einem großmütigen, geradezu göttlichen Hinwegsehen über meinen bitteren Spott und mein feindseliges Fernbleiben willkommen. Sein Zwicker fiel ihm bei meinem Anblick herunter. Er hielt mir seine weiche kleine Hand hin.

»Nun also, George! Was habe ich dir gesagt? Ich brauche es nicht mehr zu flüstern. Ich rufe es – rufe es laut! Sage es allen! Tono – Tono – Tono – Bungay!«

Ragget Street, müssen Sie wissen, war eine Hauptverkehrsstraße, auf der ein Fahrzeug große Mengen von Kohlstrünken und Blättern verloren hatte. Sie mündete in das obere Ende der Farringdon Road, und Nummer hundertzweiundneunzig war ein Laden mit Spiegelglas-Schaufenstern und einer schokoladefarbenen Front, an der mehrere der gleichen Plakate klebten, wie ich sie an den Reklamewänden gesehen hatte. Der Fußboden war mit Straßenkot bedeckt, den schmutzige Schuhe hereingetragen hatten, und drei tatkräftige, wie Rowdys aussehende Burschen mit Halstüchern und Kappen verpackten inmitten von viel Stroh und sonstigem Durcheinander in Papier gewickelte Flaschen in hölzerne Kisten. Auf dem Verkaufspult standen die gleichen papierumhüllten Flaschen mit Etiketten, die damals neuartig waren, jetzt aber überall bekannt sind. Sie zeigten die strotzende Gestalt eines nackten, sympathischen Riesen auf blauem Grund, und man las darauf die gedruckte Anweisung, daß man unter allen Umständen und auf jeden Fall Tono-Bungay nehmen solle. Hinter dem Pult befand sich eine Treppe, auf der gerade ein Mädchen mit einer weiteren Ladung herabstieg. Den restlichen Hintergrund bildete eine hohe, ebenfalls schokoladenfarbene Trennwand, auf der in weißen Buchstaben »provisorisches Laboratorium« stand. In der Wand befand sich eine Türe mit der Aufschrift »Büro«. An dieser klopfte ich, wurde aber bei dem Lärm des Kistenzunagelns nicht gehört und trat daher unaufgefordert ein. Und hier fand ich meinen Onkel in der bereits beschriebenen Aufmachung. In der einen Hand hielt er einen Stapel Briefe, mit der anderen kratzte er sich am Kopf, während er einer der drei emsigen Stenotypistinnen diktierte. Dahinter entdeckte ich eine zweite Wand und eine Tür mit der Aufschrift: »Privat – Eintritt verboten«. Auch diese Wand war wie alles übrige schokoladenfarben angestrichen und schloß in zweieinhalb Meter Höhe mit einem Band aus Glas ab, hinter dem ich undeutlich eine Anhäufung von Mörsern und Glasretorten sah und – bei Gott! Ja! – immer noch die liebe alte Luftpumpe aus Wimblehurst! Ich erkannte sie mit freudiger Überraschung. Und neben ihr stand die Elektrisiermaschine – aber sie schien sehr gelitten zu haben. All das war offenbar auf einem Bord so aufgestapelt, daß man es sehen sollte.

»Komm gleich in mein Privatbüro«, sagte mein Onkel, nachdem er das Diktat mit »vorzüglicher Hochachtung« geschlossen hatte, und schob mich hastig durch die Türe in ein Zimmer, das erstaunlicherweise keineswegs meinen Erwartungen nach all der Betriebsamkeit entsprach. Es war mit schäbigem Papier tapeziert, das sich teilweise von der Wand gelöst hatte, und enthielt einen Kamin, einen bequemen Stuhl mit Kissen, einen Tisch, auf dem zwei oder drei große Flaschen standen, mehrere Zigarrenkistchen auf dem Kaminsims, einen Tabernakelschrank mit einer Whisky- und mehreren Sodawasserflaschen. Mein Onkel verschloß die Türe hinter mir sorgfältig.

»Nun, da sind wir!« sagte er. »Die Sache ist im Fluß! Willst du einen Whisky, George? Nein? Kluger Mann! Ich auch nicht! Du siehst, wie es steht! Wir sind hart an der Arbeit!«

»An welcher?«

»Lies das«, und er drückte mir jenes Etikett in die Hand, das mittlerweile allen Apotheken vertraut ist, grünlichblau und eher altmodisch die Umrahmung, in tiefem, auffälligem Schwarz der Markenname, daneben der von Blitzen umrahmte Athlet über einem zweispaltigen Text voll lügenhafter Anpreisungen in Rot – das Etikett eben von Tono-Bungay. »Ich segle«, sagte er, während ich das graphische Kunstwerk bewunderte, »ich segle, ich segle!« Und plötzlich begann er mit seinem gutturalen Tenor zu singen:

»Ich segle, ich segle, dem Wellengang vertraut.
Das Meer ist meine Heimat, das Boot ist meine Braut.

Ein begeisterndes Lied, George. Nicht gerade ein Boot, aber eine Lösung, immerhin – es macht sich! Wir sind soweit! Unterwegs! Wart einen Augenblick! Mir fällt etwas ein.« Er flitzte hinaus und überließ es mir, mich in Muße in seinem Heiligtum umzusehen, während er draußen energische Anweisungen gab. Sein Büro machte auf mich mit seiner düsteren Schäbigkeit einen unerhörten und außerordentlichen Eindruck. Die Flaschen waren ganz einfach mit A, B, C und so weiter beschriftet, und die lieben alten Geräte droben auf dem Bord waren, von dieser Seite her gesehen, noch offenkundiger Ausstellungsstücke als einst in Wimblehurst. Mir blieb nichts übrig, als mich auf den Stuhl zu setzen und weitere Erklärungen meines Onkels abzuwarten. An der Türe hing ein Gehrock mit Seidenaufschlägen, in einer Ecke stand ein eleganter Schirm, und auf einem kleinen Tischchen an der Wand lagen Bürsten für Kleidung und Hut bereit. Mein Onkel kam nach fünf Minuten zurück, schaute auf seine Uhr – eine goldene übrigens – und sagte: »Zeit zum Mittagessen, George. Komm und iß mit mir!«

»Wie geht es Tante Susan?« fragte ich.

»Prächtig. Habe sie noch nie so vergnügt gesehen. Das hier hat sie wunderbar aufgemöbelt – all das.«

»Was?«

»Tono-Bungay.«

»Was ist Tono-Bungay?« fragte ich.

Mein Onkel zögerte. »Das erkläre ich dir nach dem Essen, George«, sagte er. »Komm jetzt!« Und nachdem er sein Heiligtum hinter sich versperrt hatte, führte er mich über einen schmalen, schmutzigen, mit Kisten gesäumten Gehsteig, auf dem Scharen von Trägern Pakete auf Lastwägen verluden, in die Farringdon Road. Er winkte mit einer großartigen Geste einer vorbeifahrenden Droschke, deren Kutscher uns respektvoll grüßte. Mein Onkel sagte: »Zum Schäfer«, und so fuhren wir Seite an Seite – zu meinem immer größeren Erstaunen – zum Hotel Schäfer, dem damals zweitgrößten Restaurant, mit seinen riesigen, von Spitzenvorhängen verhangenen Fenstern, in der Nähe der Black Friars Bridge.

Ich gestehe, ich fühlte mich wie durch Zauberspruch kleiner werden, als die beiden riesigen, blaßblau und rot livrierten Portiers des Hotels uns die Türe mit einem respektvollen Gruß öffneten, der anscheinend meinem Onkel galt. Statt zehn Zentimeter größer zu sein als er, fühlte ich mich mindestens so klein wie er, aber sehr viel schlanker. Respektvolle Kellner nahmen dem Onkel den neuen

Hut und den eleganten Regenschirm ab und lauschten seiner Bestellung des Mittagessens. Er traf seine Anordnungen mit großer Sicherheit.

Mit einem Hinweis auf die anderen Kellner sagte er: »Sie kennen mich bereits, George, und wissen wer ich bin. Ein gutes Lokal! Die Burschen haben ein Auge für Männer der Zukunft!«

Die umfangreiche Mahlzeit nahm unsere Aufmerksamkeit für eine Weile in Anspruch, dann beugte ich mich über meinen Teller vor und fragte: »Was ist es also?«

»Es ist das Geheimnis der Vitalität. Hast du das Etikett nicht gelesen?«

»Ja, aber –«

»Es verkauft sich wie frische Semmeln.«

»Und was ist es?« beharrte ich.

»Nun ja«, sagte mein Onkel, beugte sich gleichfalls vor und flüsterte mir unter vorgehaltener Hand zu, »nicht mehr oder weniger als …«

(Aber hier bekomme ich unglücklicherweise Skrupel. Schließlich ist Tono-Bungay immer noch eine gängige Markenware in den Lagern der Detailhändler, die es zum Teil – es gibt auch andere Lieferanten – von mir bezogen haben. Nein! Ich kann es leider nicht verraten.)

»Siehst du«, fuhr mein Onkel fort, mit großen Augen und gerunzelter Stirn in vertraulichem Flüsterton, »es schmeckt gut wegen … (hier nannte er eine Würzessenz und ein aromatisches Destillat), und es regt an wegen … (hier nannte er zwei stärkende Tonika, von denen eines besonders auf die Niere wirkt). Und die … (er nannte zwei andere Ingredienzien) machen den Trank sozusagen berauschend. Er möbelt die Leute auf. Dann ist darin (aber das ist das eigentliche Geheimnis). Siehst du. Ich habe es aus einem alten Rezeptbuch – alles außer (hier nannte er die ziemlich scharfe Substanz, die auf die Nieren wirkt), die meine eigene Idee ist. Eine moderne Zugabe! Verstehst du?«

Damit wandte er sich wieder der Mahlzeit zu.

Dann führte er mich in die Halle – einen prächtig ausgestatteten Raum mit viel rotem Leder und gelbglasierten Vasen, mit einer unglaublichen Anzahl von Polstersesseln und Sofas. Wir setzten uns auf zwei der bequemen Sessel, einen maurischen Tisch zwischen uns, tranken Kaffee und Benedictine, und ich genoß den Wohlgeruch einer Zehn-Penny-Zigarre. Mein Onkel rauchte ebenfalls in seiner gewohnten Weise und sah energisch, selbstbewußt und genußsüchtig drein, dabei aber letzten Endes doch wie ein kleiner Prolet. Der einzige Makel an unserer Großtuerei war es vielleicht, daß wir lieber »leichte« Zigarren rauchten. Er beugte sich über die Armlehne seines Sessels, als wolle er mir vertrauliche Dinge ins Ohr sagen, er kreuzte seine kleinen Beine, und ich nahm mit meiner Länge eine entsprechend schräge Haltung ein. Ich hatte den Eindruck, daß wir auf einen unbefangenen Beobachter wie zwei sehr gerissene, schlau planende und durchaus unsympathische Geschäftemacher wirken mußten.

»Ich will dich an dieser Sache beteiligen« – puff – »George«, sagte mein Onkel, am Ende der Zigarre angelangt. »Aus verschiedenen Gründen.«

Seine Stimme wurde leiser und verschmitzter. Er gab Erklärungen, die ich in meiner Unerfahrenheit nicht zur Gänze verstand. Da war von einem langfristigen Kredit die Rede, von der Beteiligung eines Chemikalien-Großhändlers, von einem Konto und einer in Aussicht gestellten Beteiligung bei einem Mann, der eine Druckerei besaß, einer dritten Beteiligung am Verlag einer führenden Wochenzeitschrift.

»Ich habe sie gegeneinander ausgespielt«, sagte mein Onkel. Das verstand ich sofort. Er war der Reihe nach zu jedem von diesen Leuten gegangen und hatte ihnen erzählt, die anderen seien schon eingestiegen.

»Ich selbst brachte vierhundert Pfund ein«, fuhr mein Onkel fort, »alles, was ich hatte. Und du weißt –«, er strahlte Selbstvertrauen aus, »ich hatte keine fünfundzwanzig. Ungefähr –«

Einen Augenblick lang war er tatsächlich ein wenig verlegen. »Ich habe Kapital eingebracht«, sagte er. »Siehst du, da war diese Treuhandsache von dir – ich hätte vermutlich – streng rechtlich genommen – das zuerst in Ordnung bringen müssen. Zss ... Es war ein kühner Schritt«, setzte er hinzu und verschob damit das Ganze aus dem Bereich der Ehre in jenen des Mutes. Und dann kam er mit einem für ihn charakteristischen Ausbruch von Frömmigkeit daher: »Dem Himmel sei Dank, es ist alles gutgegangen! Und jetzt fragst du dich vermutlich, wie du in die Sache hineinkommst? Nun, Tatsache ist, George, daß ich immer Vertrauen in dich gesetzt habe. Du hast einen – furchtbar dicken Schädel. Wenn man dich auf eine Spur setzt, dich für etwas interessiert, gehst du los! Du würdest jede Position ausfüllen, die du ausfüllen willst. Ich verstehe etwas von Charakteren, George – glaube mir, du hast –« Er faltete die Hände, breitete dann plötzlich die Arme weit aus und sagte mit explosiver Heftigkeit: »Zack! Ja, das hast du! Wie du in Wimblehurst das Latein bewältigt hast, das werde ich nie vergessen. Mit Zack! Deine Wissenschaft und all das! Mit Zack! Ich kenne meine Grenzen. Manches kann ich, manches (hier begann er zu flüstern, als verrate er das Geheimnis seines Lebens) kann ich nicht. Jedenfalls kann ich dieses Geschäft aufziehen, aber ich kann es nicht in Gang halten. Ich bin zu produktiv – ich habe überschäumende Ideen, ich kann nicht bei der Sache bleiben. Du aber beißt dich hinein und hältst sie am Kochen, wie ein Papinscher Dampftopf. So bist du: ruhig und beharrlich und produktiv – mit Zack. Komm, und treib meine Nigger an. Bring ihnen Zack bei. Siehst du! Das brauche ich von dir! Niemand sonst hält dich für mehr als einen Burschen. Arbeite mit mir und erweise dich als Mann. Was, George? Denk, welchen Spaß es machen wird – wenn die Sache im Fluß ist –, eine richtige lebendige Sache! Zack hineinbringen! Daß es nur so zackt!« – Er begleitete seine Worte mit lebhaften Handbewegungen. »Was?«

Sein Vorschlag nahm, nun wieder in vertraulichem Flüsterton, konkrete Formen an. Ich sollte all meine Zeit und Energie der Entwicklung und der Organisation widmen. »Du brauchst keine einzige Anzeige zu schreiben oder Zusage zu geben«, erklärte er, »das kann ich alles selbst.« Und das Telegramm war keine Übertreibung, ich sollte wirklich dreihundert Pfund im Jahr erhalten. Dreihundert! (»Das ist kein Betrag«, sagte mein Onkel, »auf dem du sitzenbleiben wirst. Später sollst du zehn Prozent vom Umsatz erhalten.«)

Sichere dreihundert im Jahr jedenfalls! Das war für mich ein riesiges Einkommen. Einen Augenblick lang war ich vollkommen sprachlos. Konnte denn so viel Geld in dieser Sache stecken? Ich sah mich in der prächtigen Halle des Hotel Schäfer um. Zweifellos war ein solches Einkommen nichts Ungewöhnliches.

Der Kopf drehte sich mir vom ungewohnten Burgunder und vom Benedictine.

»Laß mich mit dir zurückgehen«, sagte ich, »und es mir nochmals ansehen, was im ersten Stock ist, und so.«

Das tat ich.

»Was hältst du von dem Ganzen?« fragte mein Onkel schließlich.

»Zunächst«, antwortete ich, »warum läßt du die Mädchen nicht in einem ordentlich gelüfteten Zimmer arbeiten? Abgesehen von allem anderen würden sie dann zweimal so fleißig schreiben. Und sie sollten die Flaschen verkorken, bevor sie die Etiketten draufkleben –«

»Warum?« fragte mein Onkel.

»Weil – manchmal verkorken sie nicht richtig, und dann ist das Etikett vergeudet.«

»Komm und ändere es, George«, drängte mich mein Onkel plötzlich heftig. »Komm und mach was daraus. Du kannst es. Organisier es und bring Zack hinein. Ich weiß, du kannst es. O gewiß! Du kannst es.«

2

Ich war nach diesem Essen schwankend geworden. Der verwirrende Einfluß des ungewohnten Alkohols wich sehr rasch einer feinfühligen und unvoreingenommenen Klarsicht, einem meiner üblichen Geisteszustände. Ich bringe solche Klarsicht nicht immer auf, manchmal wochenlang nicht, das weiß ich, aber sie kehrt schließlich immer wieder zurück, wie ein Richter in sein Amt, und fordert alle meine Eindrücke, Illusionen, bewußten oder impulsiven Handlungen vor ihren Richterstuhl. Wir stiegen wieder die Treppe hinunter in sein Büro, das sich mit dem hochgelegenen Glasfenster als wissenschaftliches Laboratorium aufspielte und in Wirklichkeit nur ein Schlupfwinkel war. Mein Onkel nötigte mir eine Zigarette auf, die ich mir vor dem leeren Kamin anzündete, während er seinen Schirm in die Ecke lehnte, den zu großen Zylinder auf den Tisch legte, sich ausgiebig schneuzte und nach einer zweiten Zigarre griff.

Mir fiel auf, daß er seit der Zeit in Wimblehurst an Fülle verloren hatte, weshalb sein Kugelbauch noch auffälliger und unverschämter hervortrat als einst. Seine Haut war weniger frisch, die Nase unter dem immer noch nicht passenden Zwicker glänzte rötlicher. Und gerade in diesem

Augenblick erschien er mir schlaffer und nicht ganz so lebhaft in seinen Bewegungen. Aber offenbar war er sich dieses Schwundes nicht bewußt, wie er so dasaß und geradezu eingeschrumpft wirkte.

»Nun, George!« sagte er, ohne glücklicherweise meine stille Kritik zu ahnen. »Was hältst du von dem Ganzen?«

»Zunächst einmal«, antwortete ich, »ist es ein verdammter Schwindel.«

»Na! Na!« widersprach mein Onkel. »Es ist so reell wie – es ist ein ehrlicher Handel.«

»Um so schlimmer für den Handel.«

»So oder ähnlich macht es doch jedermann. Schließlich ist das Zeug harmlos – und es vermag Gutes zu bewirken, sogar viel Gutes – es kann den Leuten Selbstvertrauen geben, zum Beispiel bei einer Epidemie. Verstehst du? Warum nicht? Ich sehe nicht, was da Schwindel sein soll.«

»Es ist«, begann ich, »etwas, das man durchschaut oder nicht durchschaut.«

»Ich möchte gerne wissen, welche Art von Handel nicht ein Schwindel dieser Art ist. Jeder, der mit großer Reklame arbeitet, verkauft etwas ganz Gewöhnliches und behauptet, es sei etwas Ungewöhnliches. Schau dir Chickson an – man hat ihn zum Baronet gemacht. Schau dir Lord Radmore an, der etwas über das Alkali in den Seifen zusammengelogen hat! Indem er in Anzeigen verkündete, Alkali sei auch in den seinen!«

»Du willst doch nicht behaupten, daß es reell ist, wenn du das Zeug in Flaschen abfüllst, schwörst, es sei ein Stärkungselixier, und es als solches an arme Teufel verkaufst?«

»Warum sollte ich das nicht, George? Woher sollen wir wissen, ob es nicht wirklich jenes Elixier ist?«

»Oh!« machte ich und zuckte die Achseln.

»Das Selbstvertrauen ist wichtig. Du gibst ihnen Selbstvertrauen ... Es stimmt, das Etikett ist ein bißchen übertrieben. Christian Science sozusagen. Es tut nicht gut, die Leute gegen Arzneien aufzuhetzen. Nenn mir doch einen einzigen Handel heutzutage, der ohne Übertreibung auskommt. Das ist die moderne Art! Jedermann versteht das – jedermann berücksichtigt das.«

»Aber die Welt wäre nicht schlechter, sondern eher besser, wenn dieses Zeug durch den Kanal in die Themse fließen würde.«

»Das glaube ich nicht, George, nein, keineswegs. Unter anderem würden alle unsere Angestellten ihre Arbeit verlieren. Sie wären arbeitslos! Ich gebe zu, Tono-Bungay ist vielleicht – keine ganz so große Erfindung wie Peru-Balsam, aber das Wesentliche ist, George – es bringt Geld in Umlauf! Und davon lebt die Welt. Vom Handel! Einem aufregenden Besitzwechsel von Waren und Liegenschaften. Darin liegt Zauber, Phantasie, verstehst du? Du mußt diese Dinge in größeren Zusammenhängen sehen. Schau den Wald an – und vergiß die Bäume! Und, verdammt, George! Was bleibt uns schon anderes übrig! Man kommt nur voran, wenn man etwas tut. Und was willst du eigentlich tun?«

»Man kann leben«, sagte ich, »ohne zu betrügen oder zu lügen.«

»Du verrennst dich, George. An dieser Sache ist kein Betrug. Da verwette ich meinen Hut. Aber was willst du wirklich tun? Als Chemiker zu jemandem gehen, der ein Geschäft führt und dir ein Gehalt zahlt, ohne die Beteiligung, die ich dir anbiete. Hat das einen Sinn? Es läuft auf den gleichen Schwindel – wie du es nennst – hinaus.«

»Es gibt jedenfalls auch reelle und ruhige Geschäfte; die Lieferung von Waren, die wirklich gebraucht werden und keine Reklame nötig haben.«

»Nein, George, da bist du hinter der Zeit zurück. Die letzte Ware dieser Art ist vor etwa fünf Jahren verkauft worden.«

»Nun, dann gibt es die wissenschaftliche Forschung.«

»Und wer zahlt dafür? Wer hat die großen Innungshäuser in South Kensington erbaut? Unternehmende Geschäftsleute! Sie haben es gern, wenn ein wenig geforscht wird, sie brauchen dann und wann einen geschickten Experten, und das ist alles! Und was hast du selbst von deinen Mühen bei der Forschung? Nur das Nötigste zum Leben und keine Aussicht auf mehr. Sie bezahlen dich, damit du etwas erfindest, und wenn es ihnen in den Kram paßt, verwenden sie es, ohne lang zu fragen.«

»Man kann Unterricht geben.«

»Für wieviel Geld im Jahr, George? Für wieviel? Du anerkennst doch vermutlich auch Carlyle! (Mein Gott! Sein Buch ›Die Französische Revolution‹ ist doch hervorragend.) Schau dir an, was die Welt Lehrern und Entdeckern zahlt und was Geschäftsleute verdienen! Das zeigt, wer wirklich gebraucht wird. In diesen großen Zusammenhängen liegt Gerechtigkeit, George, über die scheinbare Ungerechtigkeit hinaus. Ich sage dir, man braucht den Handel. Er hält die Welt in Gang! Die Flotten! Die Niederlassungen! Das Empire!«

Plötzlich erhob sich mein Onkel.

»Denk darüber nach, George, denk darüber nach! Und komm uns am Sonntag in unserer neuen Wohnung besuchen – wir wohnen jetzt in der Gower Street. Deine Tante wird sich freuen. Sie hat oft nach dir gefragt, George – oft und oft, und mir die Sache mit deinem Geld vorgeworfen –, obwohl ich ihr immer erklärt habe und es auch tun werde: ich zahle dir alles hundertfünfundzwanzigprozentig einschließlich aller Zinsen bis auf den letzten Penny zurück. Und denk darüber nach. Da bin ich, der dich um deine Hilfe bittet. Da bist du selbst. Da ist deine Tante Susan. Da ist dieses ganze Unternehmen und der Handelsverkehr des Landes. Und wir brauchen dich dringend, ich sage es dir offen, ich kenne meine Grenzen. Du solltest das

Unternehmen in die Hand nehmen und in Schwung bringen! Ich sehe dich schon dabei – mit einem sauren Gesicht. Zack ist das Wort, George.«

Und er lächelte mir aufmunternd zu.

»Ich muß einen Brief diktieren«, sagte er schließlich, wieder ernst werdend, und verschwand in das äußere Büro.

3

Ich unterlag nicht ohne inneren Kampf den Verlockungen meines Onkels. Ich zögerte fast eine Woche lang und dachte über das Leben und meine Aussichten nach. Viele wirre Gedanken bedrängten und verfolgten mich bis in den Schlaf.

Die Unterredung mit dem Registrator, das Gespräch mit meinem Onkel, die jähe Erkenntnis, wie vollkommen aussichtslos meine Liebe zu Marion war, all das zusammen hatte mich in eine Krise gestürzt. Was sollte ich mit meinem Leben anfangen?

Ich erinnere mich recht gut an gewisse Phasen während der Zeit meiner Unschlüssigkeit.

Auf dem Heimweg nach dem Gespräch mit meinem Onkel ging ich die Farrington Street zum Kai hinunter, weil mir der direkte Weg durch die Holborn und Oxford Street zum Nachdenken zu belebt war ... Dieses Stück des Kais von der Black Friars Bridge bis nach Westminster erinnert mich immer noch an mein Zögern.

Die ganze Zeit über sah ich nämlich das vorgeschlagene Geschäft mit offenen Augen, sah seine ethischen und moralischen Mängel klar vor mir. Nicht einen Augenblick lang schwankte ich in meiner Überzeugung, daß der Verkauf von Tono-Bungay ein höchst unreelles Vorhaben sei. Es war, wie ich deutlich erkannte, ein wertloses, sogar schädliches Zeug, da leicht anregend, aromatisch, verlokkend, durchaus imstande, süchtig zu machen und die Leute zum täglichen Gebrauch ähnlich starker Reizmittel zu verführen. Auch war es eine geradezu heimtückische Gefahr für Leute mit schwachen Nieren. Die Selbstkosten betrugen etwa sieben Penny für eine gefüllte Flasche, und wir würden sie um fast das Zehnfache, nämlich um fünf Shilling, zuzüglich Patentmedizinsteuer verkaufen. Ich gestehe, daß mich anfänglich die Absurdität des Unternehmens viel mehr abschreckte als das Wissen um den Betrug. Ich hielt immer noch an der Idee fest, daß die Welt gesund und gerecht geordnet sei oder doch sein sollte, und der Gedanke, ich müßte mich in meinen besten Jugendjahren ernsthaft dem Aufbau eines abscheulichen, flaschenfüllenden und verpackenden Versandhauses widmen und wertloses Zeug an dumme, leichtgläubige, von Sorgen bedrückte Leute verkaufen, erschien mir wie heller Wahnsinn. Mein jugendlicher Idealismus war noch ungetrübt. Sicherlich hatte die Aussicht auf Sorglosigkeit und Reichtum unter solchen Umständen irgendwo einen Haken; und irgendwo, vielleicht versteckt, aber doch auffindbar, gab es einen übersehenen, ungenützten Pfad zu Nutzen und Ehre für mich.

Meine Neigung, das Angebot abzulehnen, nahm nicht ab, sondern wuchs, als ich so den Kai entlangwanderte. Die Gegenwart meines Onkels hatte der Sache einen gewissen Glanz verliehen, der mich daran gehindert hatte, ihm seine Bitte rundweg abzuschlagen. Teilweise war wohl durch das Wiedersehen meine alte Zuneigung zu ihm wieder erwacht, teilweise fühlte ich instinktiv ihm, als meinen Gastgeber gegenüber eine gewisse Verpflichtung. Hauptsächlich jedoch unterlag ich dem seltsamen Eindruck, den er zu vermitteln vermochte – der Faszination nicht so sehr seiner Fähigkeiten, als der von ihm geschilderten und offenbar sehr einträglichen Verrücktheit dieser Welt. Er war naiv und überspannt, aber in gewissem Sinne so naiv und überspannt wie die ganze Welt. Schließlich mußte man ja von irgend etwas leben. Zu seinem und auch meinem Erstaunen hatte ich daher die Entscheidung hinausgeschoben.

»Nein«, hatte ich gesagt, »laß mich darüber nachdenken!«

Während ich so den Kai entlangging, sprach zunächst alles gegen meinen Onkel. Er schrumpfte in der Perspektive ein – und das setzte sich eine Weile so fort –, bis er nur noch ein sehr schäbiger kleiner Mann in einer schmutzigen Seitenstraße war, der ein paar hundert, mit wertlosem Zeug gefüllte Flaschen an törichte Bezieher versandte. Die großen Bauten zu meiner Rechten, die Wohnhäuser, das Somerset House, die imposanten Hotels, die breiten Brücken, die Fassade von Westminster vor mir, erweckten den Eindruck altehrwürdiger Größe, die ihn auf die Proportion eines eifrigen schwarzen Käfers in einer Bodenritze reduzierte.

Dann fiel mein Blick auf Ankündigungen jenseits des Flusses: »Sorber's Food« – »Cracknell's Ferric Wine« – sehr auffällige und prunkvolle Aufschriften, nachts leuchtend, und ich entdeckte, wie erstaunlich gut sie dorthin paßten und wie offensichtlich sie zu dem Ganzen gehörten.

Ich sah einen Mann aus dem Gerichtsgebäude kommen – der Polizist an der Türe salutierte –, und dieser Mann glich mit seinem Zylinder und in seiner Haltung erstaunlich meinem Onkel. Schließlich – saß nicht auch Cracknell im Parlament? ...

Tono-Bungay leuchtete mir von einer Reklamewand in der Nähe der Adelphi Terrasse entgegen; ich sah es von ferne in der Carfax Street; es überfiel mich mit großer Eindringlichkeit in der Kensington High Street; sechs- oder siebenmal entdeckte ich es, während ich meiner Behausung zustrebte. Es schien tatsächlich mehr zu sein als nur ein Traum …

Ja, ich überlegte es mir – lange genug … Der Handel beherrscht die Welt; eher der Reichtum als der Handel! Das war richtig, ebenso die Behauptung meines Onkels, daß der schnellste Weg zu Reichtum darin bestehe, etwas sehr Billiges sehr teuer zu verkaufen. Damit hatte er offensichtlich recht. Pecunia non olet, Geld stinkt nicht – hatte ein römischer Kaiser gesagt. Vielleicht waren meine großen Helden im Plutarch auch keine besseren Männer und sahen nur heute, aus der Ferne besehen, so edel aus; vielleicht war schließlich auch der Sozialismus, der mich angelockt hatte, nur ein verrückter Traum, um so verrückter, als alle seine Verheißungen im gewissen Sinn richtig waren. Morris und all die anderen beschäftigten sich bewußt mit ihm, er verlieh ihren ästhetischen Bestrebungen Wärme und gewissermaßen Substanz. Nie würde er genügend Gutgläubige finden, um seine Ideen durchzusetzen. Alle außer ein paar jungen Narren wußten das. Als ich, in Gedanken vertieft, an der Ecke des St. James Parks vorbeikam, sprang ich gerade noch rechtzeitig vor zwei Grauschimmeln beiseite. Eine fette, gewöhnlich aussehende, aber prächtig gekleidete Frau musterte mich aus ihrem Wagen mit verächtlichem Blick. »Zweifellos die Frau eines Pillenverkäufers«, dachte ich … Durch alle meine Gedanken zog sich wie ein Refrain die Erinnerung an den meisterhaften Schachzug meines Onkels, an sein unglaublich geschickt angebrachtes Lob: »Organisier es, und dann bring Zack hinein. Ich weiß, du kannst es! O gewiß! Du kannst es!«

4

Ewart war als moralische Instanz unbefriedigend. Ich hatte mich entschlossen, ihm das Ganze vorzutragen, teils um zu sehen, wie er es aufnahm, teils um zu hören, wie es bei der Wiedergabe klang. Ich lud ihn ein, mit mir in einem italienischen Restaurant in der Panton Street zu essen, wo man ausgefallene und sättigende Gerichte um achtzehn Penny erhielt. Er erschien mit einem beunruhigend blauen Auge, das er nicht erklären wollte. »Nicht so sehr ein blaues Auge«, sagte er, »wie die Nachwirkung einer treffenden Antwort ... Was hast du für Schwierigkeiten?«

»Ich erzähle es dir beim Salat«, erwiderte ich.

Tatsächlich aber erzählte ich es ihm nicht. Ich gab zu verstehen, daß ich schwankte, ob ich eine Stelle im Handel annehmen oder in Anbetracht sich vertiefender sozialistischer Neigungen im Lehrfach bleiben sollte; und erwärmt durch den ungewohnten guten Chianti, den ich großzügig gestiftet hatte, ging er von diesem Punkt aus, ohne weitere Erkundigungen nach meinen Schwierigkeiten.

Seine Äußerungen verloren sich ins Allgemeine.

»Das wirkliche Leben, mein lieber Ponderevo«, begann er sehr eindrucksvoll und verlieh seinen Worten mit dem Nußknacker Nachdruck, »ist ein buntes Schlachtengetümmel ... und hat wechselnde Gestalt. Halt dich an das und laß alle anderen Fragen beiseite. Der Sozialismus möchte dich belehren, daß nur die eine Farbe und die eine Gestalt richtig seien, die Individualisten schwören auf das Gegenteil. Worauf läuft das alles hinaus? Was hat das für einen Sinn? Keinen! Ich wüßte nichts, was ich jemandem raten könnte, nichts – außer daß man sich nicht selbst bemitleiden soll. Sei, was du bist – such nach jenen Seiten des Lebens, die du nach deinem Empfinden für schön hältst. Und kränk dich nicht, wenn du am Morgen Kopfweh hast … denn schließlich, was ist schon ein Morgen, Ponderevo? Er ist noch nicht der ganze Tag!«

Er machte eine bedeutungsvolle Pause.

»Das ist Quatsch!« rief ich nach einem vergeblichen Versuch, ihn zu verstehen.

»Keineswegs! Das ist meine unerschütterliche Erkenntnis! Ob du zustimmst oder nicht, George, das ist deine Sache.« Er legte den Nußknacker außerhalb meiner Reichweite auf das Tischtuch und zog ein schmieriges Skizzenbuch aus der Tasche. »Ich werde diesen Senftopf hier stehlen«, sagte er.

Ich protestierte stumm.

»Nur als Formelement. Ich soll für einen alten Schurken ein Grabmal entwerfen, für einen Gemüsegroßhändler. Wenn ich an jede der vier Ecken einen Senftopf stelle – ich glaube, er wird über ein Senfpflaster, das ihn kühlt, froh sein, der arme Teufel, dort wo er jetzt ist. Wie dem auch sei – also los!«

5

In den frühen Morgenstunden kam mir der Gedanke, daß Marion der richtige moralische Prüfstein für meine großen Zweifel sein könnte. Ich lag wach, malte mir aus, wie ich sie ihr darlegte – und sie, ähnlich einer strahlenden Göttin, würde mir dann in schlichten und einfachen Worten ihre Meinung verkünden.

»Sehen Sie, es ist wie eine Preisgabe seiner selbst an das kapitalistische System«, hörte ich mich in gutem sozialistischem Jargon sagen, »ein Verzicht auf alles, woran man glaubt. Vielleicht haben wir Erfolg, vielleicht werden wir reich, aber kann einen das befriedigen?«

Darauf käme dann ihre Antwort: »Nein! Das wäre nicht richtig.«

»Aber die Alternative hieße warten!«

Und da entpuppte sie sich in meinen Gedanken als Göttin, die sich offenherzig und großmütig, mit leuchtenden Augen und mit ausgebreiteten Armen mir zuwandte. »Nein«, würde sie sagen, »wir lieben einander. Nichts Unwürdiges soll jemals an uns heran. Wir lieben einander. Wir wollen warten und das einander vorhalten, Liebster. Was macht es aus, daß wir arm sind und vielleicht arm bleiben werden?« …

Aber in Wirklichkeit verlief das Gespräch ganz anders. Bei ihrem Anblick kam mir meine nächtliche Beredsamkeit albern vor. Ich hatte auf sie vor dem Laden ihrer Freundin in der Kensington High Street gewartet, um sie nach Hause zu begleiten. Ich erinnere mich, wie sie in das warme Abendlicht heraustrat, einen braunen Strohhut auf dem Kopf, der sie nicht nur schön, sondern geradezu bezaubernd machte.

»Der Hut gefällt mir«, sagte ich als Einleitung, und sie lohnte es mir mit ihrem seltenen, aber um so reizenderen Lächeln.

»Ich liebe Sie«, setzte ich leise hinzu, als wir auf dem Gehsteig dahinwanderten.

Sie schüttelte strafend den Kopf, lächelte aber immer noch. Und dann –

»Seien Sie vernünftig!«

Der Gehsteig war zu schmal und zu belebt für ein Gespräch, und wir waren schon ein gutes Stück weiter, als wir es wieder aufnehmen konnten.

»Verstehen Sie doch«, sagte ich, »ich begehre Sie, Marion. Begreifen Sie das nicht? Ich begehre Sie.«

»Was soll das!« rief sie warnend.

Ich weiß nicht, ob der Leser verstehen wird, daß ein leidenschaftlicher, von Bewunderung und Sehnsucht erfüllter Liebhaber urplötzlich etwas wie Haß empfinden kann. Mir widerfuhr es bei diesem gelassenen, selbstgefälligen

»Was soll das!« Der Haß verging, fast bevor er mir bewußt wurde. Er war mir leider keine Warnung vor den Gegensätzen, die uns trennten.

»Marion«, begann ich wieder, »es ist mir durchaus ernst. Ich liebe Sie. Mein Leben würde ich für Sie geben ... Läßt Sie das kalt?«

»Aber was hat das für einen Sinn?«

»Es läßt Sie kalt«, rief ich. »Es ist Ihnen vollkommen gleichgültig!«

»Sie wissen, daß das nicht stimmt«, erwiderte sie. »Wäre es so – hätte ich Sie nicht sehr gern, würde ich mich dann mit Ihnen treffen – mit Ihnen ausgehen?«

»Also dann«, sagte ich, »versprechen Sie mir doch, mich zu heiraten!«

»Wenn ich das täte, wo läge der Unterschied?«

Wir wurden durch zwei Männer mit einer Leiter auf den Schultern getrennt, die nichtsahnend zwischen uns hindurchgingen.

»Marion«, flehte ich, als wir wieder nebeneinander gingen, »ich sagte Ihnen doch, daß ich Sie heiraten möchte.«

»Das können wir nicht.«

»Warum nicht?«

»Wir können nicht heiraten – hier auf der Straße.«

»Wir könnten es uns zumindest vornehmen!«

»Ich wollte, Sie würden nicht so reden. Was hat das für einen Sinn?« Dann fügte sie verdrossen hinzu: »Heiraten hat keinen Sinn. Das macht einen nur unglücklich. Ich habe es an einem anderen Mädchen gesehen. Wenn man allein ist, hat man jedenfalls ein Taschengeld, man kann sich freier bewegen. Aber verheiratet sein, kein Geld haben und vielleicht Kinder – was dann?«

Sie sprudelte diese kurzgefaßte Philosophie ihrer Gesellschaftsklasse in unvollständigen Sätzen heraus, mit gerunzelter Stirn und mißvergnügten Blicken gegen die

Abendröte im Westen – und sie hatte, wie es schien, in diesem Augenblick völlig auf mich vergessen.

»Hören Sie, Marion«, sagte ich unvermittelt, »mit wieviel würden Sie heiraten?«

»Was soll das heißen?« fragte sie.

»Würden Sie mit dreihundert im Jahr heiraten?«

Sie warf mir einen kurzen Blick zu. »Das wären sechs Pfund in der Woche«, erwiderte sie. »Damit käme man aus – leicht. Smithies Bruder – nein, er hat nur zweihundertfünfzig. Er hat eine Stenotypistin geheiratet.«

»Werden Sie mich heiraten, wenn ich dreihundert im Jahr verdiene?«

Sie blickte mich wieder von der Seite an, diesmal mit aufkeimender Hoffnung. »Wenn!« sagte sie.

Ich hielt ihr die Hand hin und schaute ihr in die Augen. »Abgemacht?«

Zögernd schlug sie ein. »Das ist verrückt«, erklärte sie dabei. »Das bedeutet doch, daß wir ...« – sie stockte.

»Ja?« sagte ich.

»Verlobt sind. Was haben Sie davon? Wir werden Jahre warten müssen.«

»Nicht so lange«, erwiderte ich.

Sie dachte nach, dann schenkte sie mir ein halb süßes, halb sehnsüchtiges Lächeln, das mir für immer in Erinnerung blieb.

»Ich liebe dich«, sagte sie. »Ich bin gerne mit dir verlobt.«

Und kaum vernehmlich glaubte ich ein geflüstertes »mein Lieber!« zu hören. So seltsam es klingt, während ich das schreibe, schwindet aus meinem Gedächtnis, was später geschah, ich empfinde alles wie einst, bin wieder Marions jugendlicher Liebhaber, der sich über ein so köstliches Geständnis unendlich freut.

6

Schließlich machte ich mich auf den Weg zu der Adresse, die mir mein Onkel angegeben hatte, und fand meine Tante im Begriff, den Teetisch für den Onkel zu richten.

Gleich beim Eintreten fielen mir die Veränderungen auf, die den Erfolg von Tono-Bungay fast so auffällig widerspiegelten wie der neue Hut meines Onkels. Das Mobiliar des Zimmers war geradezu vornehm. Sofa und Sessel waren mit Chintz bezogen, was mich an den einstigen Glanz von Bladesover erinnerte; Kaminverkleidung, Gesimse und Gaslüster waren größer und hübscher als alles, was ich in London zu sehen gewohnt war. Ich wurde von einer Hausgehilfin mit Häubchen, Schürze und einem roten Wuschelkopf eingelassen. Auch meine Tante sah strahlend und hübsch aus. Sie saß in einem blaugemusterten Nachmittagskleid mit Schleifchen, die mir als Inbegriff der neuesten Mode erschienen, in einem Sessel am offenen Fenster, einen großen Stoß Bücher mit gelben Etiketten auf einem kleinen Tischchen neben sich. Vor dem großen Kamin stand ein dreirädriges Rolltischchen mit Kuchen, und auf dem großen Mitteltisch war für den Tee gedeckt, nur die Teekanne fehlte noch. Den Boden bedeckte ein dicker Teppich, und einige Vorleger aus Schaffell verliehen dem Ganzen Originalität.

»Hal-lo!« sagte meine Tante, als ich eintrat. »Da bist du ja, George!«

»Soll ich jetzt den Tee servieren, Ma'am?« fragte das Mädchen, sehr von oben herab, während wir einander begrüßten.

»Nicht bevor Mr. Ponderevo kommt, Maggie«, erwiderte meine Tante und schnitt, kaum daß das Mädchen den Rücken gewandt hatte, sekundenlang ein böses Gesicht.

»Sie nennt sich Maggie«, sagte sie, als sich die Tür geschlossen hatte, und überließ es mir, auf einen gewissen Mangel an gegenseitiger Sympathie zu schließen.

»Du siehst sehr hübsch aus, Tante«, sagte ich.

»Was hältst du von diesem ganzen alten Geschäft, das er da macht?« fragte sie.

»Es sieht vielversprechend aus«, meinte ich.

»Vermutlich geht es gar nicht so schlecht.«

»Hast du es dir angeschaut?«

»Nein, er hat Angst gehabt, daß ich etwas darüber sage, George. Daher wollte er nicht. Es kam alles so plötzlich. Er hat gebrütet, Briefe geschrieben, und etwas hat abscheulich gebrutzelt – wie Kastanien im Feuer. Dann ist er eines schönen Tages heimgekommen und hat andauernd ›Tono-Bungay‹ vor sich hin gemurmelt, bis ich gedacht habe, er ist vollkommen übergeschnappt, und er hat gesungen – was war es nur?«

»Ich segle, ich segle«, half ich aus.

»Ja, das. Du hast es von ihm gehört. Und er sagt, sein Glück sei gemacht. Er führte mich in das Ho'burn Restaurant, George – zum Abendessen, wir haben Champagner getrunken, das Zeug, das nachher in der Nase prickelt und dich so wackelig macht, und schließlich rückte er damit heraus, daß er etwas meiner Würdiges erfunden habe –, und am nächsten Tag sind wir hierher umgezogen. Es ist ein piekfeines Haus, George. Drei Pfund die Woche für diese Räume. Und er sagt, das Geschäft trägt es.«

Sie sah mich zweifelnd an.

»Entweder tut es das, oder er geht bankrott«, sagte ich tiefgründig.

Wir erwogen diese Frage einen Augenblick lang stumm. Meine Tante klopfte auf den Stapel Bücher aus der Leihbücherei.

»Ich habe solchen Spaß am Lesen, George, wie noch nie!«

»Was hältst denn du vom Geschäft?« fragte ich.

»Nun, jedenfalls haben sie ihm Geld geliehen«, stellte sie fest und zog nachdenklich die Brauen hoch.

»Das war eine Zeit!« fuhr sie fort. »Er ist herumgeschossen! Ich bin dagesessen, habe nichts getan, und er ist wie eine Rakete losgegangen, hat Wunder gewirkt. Aber er braucht dich, George – er braucht dich. Manchmal ist er voller Hoffnung – spricht davon, daß wir einen eigenen Wagen haben und in Gesellschaft gehen werden, bis ich kaum mehr weiß, wo mir der Kopf steht ... Dann wieder ist er niedergeschlagen und sagt, wir müßten sparen. Und sagt, er könne etwas zwar beginnen, nicht aber fortführen. Und sagt, wenn du ihm nicht hilfst, ist alles im Eimer – aber du hilfst ihm doch?«

Sie schaute mich erwartungsvoll an.

»Nun –«

»Sag nicht, du läßt ihn sitzen!«

»Aber hör doch, Tante«, sagte ich, »versteh mich recht ... Es ist eine Quacksalbermedizin, wertloses Zeug.«

»Ich kenne kein Gesetz gegen den Verkauf von Quacksalbermedizin«, erwiderte sie, dachte einen Augenblick lang nach und wurde ungewöhnlich ernst. »Es ist unsere einzige Chance, George. Wenn es nicht klappt ...«

Da hörten wir eine Türe schlagen und aus dem Nebenzimmer lauten Gesang.

»Verrückte alte Ziehharmonika! Hör dir das an, George!« Und dann mit erhobener Stimme: »Sing das nicht, du altes Walroß, du! Sing: ich segle!«

Der eine Flügel der Schiebetüre öffnete sich und mein Onkel erschien.

»Hallo, George! Bist du endlich da? Bekomme ich einen Tee, Susan?« Und dann unvermittelt: »Hast du es dir überlegt, George?«

»Ja«, sagte ich.

»Machst du mit?«

Ich zögerte sekundenlang, dann nickte ich.

»Schön«, rief er. »Und warum hast du mir das nicht schon vor einer Woche sagen können?«

»Ich hegte falsche Ansichten über die Welt«, erwiderte ich ... »Das ist jetzt nicht mehr wichtig! Ja, ich mache mit, ich riskiere es mit dir, ich habe keine weiteren Bedenken.«

Und ich hatte wirklich keine mehr. Ich blieb bei diesem Entschluß, volle sieben Jahre lang.

scene — sea
Describe
Beautiful girls
Lightning flashes
Health Beauty Strength
Tono Bungay.
Same size all
letters
graceful. refined
Pink & blue sky & white nice clean colours.

Curly hair
Miserable figures seen through Fog.
Arms folded on chest.
Not so much waist
Good figure
Good legs.
Going with strong long strides
He does not mind a Fog. — or any sort of weather
Tono Bungay every day that holds him tight

Oliver asking for more.

The Happy Phagocyte

Do you know what a Phagocyte is?

(George — ~~Stick~~ ~~in~~ not about. (be clear) Phagocyte winding up nuts). So ~~that~~ what Tono Bungay really is is a sort of Worster Sauce for the Phagocyte. It gives it an appetite. It makes it a perfect wolf for the Influenza Bacillus.

Wie wir Tono-Bungay in Schwung brachten

I

So schloß ich Frieden mit meinem Onkel, und wir machten uns an das glänzende Geschäft, das darin bestand, eher schädliches, keine drei Penny wertes Zeug für zwei Shilling und neun Penny die Flasche, einschließlich Steuern, zu verkaufen. Wir brachten Tono-Bungay in Schwung! Es verschaffte uns Reichtum, Einfluß, Ansehen und das Vertrauen unzähliger Leute. Alles, was mir mein Onkel versprochen hatte, erwies sich als wahr, und mehr als das. Tono-Bungay verhalf mir zur Freiheit und zu jener Macht, die keine wissenschaftliche Forschung, kein leidenschaftlicher Dienst an der Menschheit mir je hätte geben können …

Es war dem Genie meines Onkels zu danken. Ohne Zweifel brauchte er mich – ich war, das gebe ich zu, seine unentbehrliche rechte Hand; aber er war das planende Gehirn. Er verfaßte jede Anzeige; manches skizzierte er selbst. Man darf nicht vergessen, es war in den Tagen, bevor die ›Times‹ zur Wirtschaftsmacht und zu einer lautstarken Verteidigerin veralteter Ansichten über Wissenschaft und Kunst wurde. Der aufdringliche Laß-mich-dir-ganz-nüchtern-etwas-erklären-was-du-wissen-solltest-Stil in den Zeitungsannoncen, mit dem da und dort eingesprengten Fettdruck einer besonders verführerischen Floskel, war damals beinahe noch unbekannt. »Viele, die sich verhältnismäßig wohl fühlen, halten sich für gesund« war einer von den Einfällen des Onkels. In Fettdruck kam dann: »Sie brauchen keine Drogen, keine Medizin« und: »Nur eine richtige Lebensweise bringt Sie in Form«. Man wurde vor Apothekern und Drogisten gewarnt, die »vielgepriesene Geheimmittel« empfahlen. Das sei Unsinn und bringe mehr Schaden als Nutzen. Wirklich notwendig sei eine gesunde Lebensweise – und Tono-Bungay!

Sehr bald erschien auch die achtelseitige Anzeige in den Abendblättern, später war es dann meist eine viertelseitige, die da lautete: »Frische – Tono-Bungay. Wie Gebirgsluft in den Adern.« Auch die eingängige dreifache Frage: »Verdrießt Sie Ihr Beruf? Verdrießt Sie Ihr Essen? Verdrießt Sie Ihre Frau?« – stammt aus den Tagen in der Gower Street. Mit diesen beiden Anzeigen starteten wir unseren ersten Werbefeldzug, bei dem wir Süd-, Mittel- und West-London bearbeiteten; dabei verwendeten wir auch unser erstes Plakat, jenes mit »Gesundheit, Schönheit und Kraft«. Es war der erste Einfall des Onkels; ich besitze zufällig noch den Entwurf. Ich gebe ihn hier mit noch zwei anderen wieder, damit der Leser die Geistesverfassung besser begreift, aus der diese vertraute Zierde Londons entstanden ist. (Der zweite folgte achtzehn Monate später und war der Keim des bekannten »Nebel«-Plakats; der dritte war für eine Grippe-Epidemie geplant, erschien aber nie.)

Alles weitere gehörte dann zu meinen Aufgaben. Ich hatte die Entwürfe mit dem Graphiker zu besprechen und für Druck und Verteilung zu sorgen. Und nachdem mein Onkel einmal heftig und ganz unnötigerweise mit dem Anzeigenredakteur des ›Daily Regulators‹ über die Spaltenbreite eines seiner glücklichen Einfälle gestritten hatte, übernahm ich auch die Verhandlungen mit den Zeitungen.

Wir besprachen den Vertrieb gemeinsam und arbeiteten Pläne dafür aus – zuerst im Wohnzimmer in der Gower Street, wobei uns meine Tante manchmal kluge Anregungen gab, und später, mit allmählich immer besseren Zigarren und immer älterem Whisky, im Privatbüro des Hauses in Beckenham. Oft saßen wir bis spät in die Nacht hinein beisammen – manchmal bis zum Morgen.

Wir arbeiteten wirklich verdammt hart und, wie ich mich erinnere, mit uneingeschränkter Begeisterung, nicht nur mein Onkel, sondern auch ich. Es war ein Spiel, ein lächerliches, aber lächerlich interessantes Spiel, und die erzielten Treffer wurden nach der Zahl verkaufter Flaschenkisten ermittelt. Manche Leute glauben, ein glücklicher Einfall genüge, um einen Menschen reich zu machen, und daß man ohne Mühe und Plage zu einem Vermögen kommen könne. Das ist Unsinn, wie jeder Millionär (mit Ausnahme dieses oder jenes vom Glück begünstigten Spielers) bestätigen kann; ich zweifle, ob J. D. Rockefeller in den Anfangstagen der Standard Oil härter gearbeitet hat als wir beide. Wir schufteten bis spät in die Nacht hinein – Tag für Tag. Wir machten es uns zur Gewohnheit, unangemeldet in der Fabrik zu erscheinen, um nach dem Rechten zu sehen – denn anfangs konnten wir uns keine zuverlässige Aufsicht leisten –, und wir bereisten ganz London, gaben uns als unsere eigenen Vertreter aus und trafen allerlei Sonderabmachungen.

Aber das alles war nicht meine eigentliche Aufgabe. Sobald wir andere Leute dafür anstellen konnten, ließ ich das Reisen sein, während mein Onkel es besonders interessant fand und noch jahrelang dabei blieb. »Es tut mir gut, George, die Kerle hinter dem Ladentisch zu sehen, zu denen auch ich einst gehört habe«, erklärte er.

Meine eigentliche und hauptsächlichste Aufgabe war es, Tono-Bungay weiterzuentwickeln, eine ansprechende Flaschenform zu schaffen, die grandiosen Einfälle meines Onkels in Reihen von Kisten mit Flaschen zu verwandeln, auf deren Etiketten so mancher Unsinn stand, und diese Kisten pünktlich per Eisenbahn, Fuhrwerk und Schiff an ihren Bestimmungsort zu befördern, in den großen Magen der Nation. Nach allen modernen Maßstäben war es ein Geschäft, wie mein Onkel sagen würde, »durchaus bona fide«. Wir verkauften unsere Ware, erhielten dafür

Geld und gaben es ehrlich für Lügen und Reklame aus, um noch mehr zu verkaufen. Schritt für Schritt verbreiteten wir Tono-Bungay über sämtliche britischen Inseln; zunächst kamen die bürgerlichen Vororte Londons an die Reihe, dann die Außenbezirke und die benachbarten Grafschaften, als nächstes (mit neuen Plakaten in einem frömmeren Stil) Wales, immer schon ein guter Markt für Patentmedizin, schließlich Lancashire. Mein Onkel hatte in seinem Privatbüro eine große Karte von England hängen, und wenn wir in neue Gebiete mit Anzeigen und Lieferungen eindrangen, zeigten Fähnchen (für Werbung) und rote Unterstreichungen (für Anträge) unseren Fortschritt an.

»Die Romantik des modernen Handels, George!« pflegte mein Onkel bei neuen Vermerken auf der Karte händereibend zu sagen. »Die Romantik des modernen Handels, nicht wahr? Eroberung. Provinz um Provinz. Wie in offener Feldschlacht.«

Wir unterwarfen England und Wales; wir drangen mit einer speziellen Mischung, die elf Prozent Alkohol enthielt, über die schottische Grenze vor: »Tono-Bungay: Distelbrand.« Wir änderten für diesen Kriegszug das Nebelplakat, das nun einen Schotten im Kilt, allerdings im nebeligen Hochland zeigte.

Am Rande unseres Hauptumsatzes brachten wir bald auch zusätzliche Spezialitäten auf den Markt; »Tono-Bungay-Haarwuchsmittel« war unser erstes Nebenprodukt. Dann kam das »Tono-Bungay-Konzentrat« für die Augen. Dieses setzte sich nicht durch, aber mit dem Haarwuchsmittel hatten wir beträchtliche Erfolge. Wir warben dafür, wie ich mich erinnere, mit einer kleinen Fragefolge: »Warum fällt das Haar aus? Weil die Follikeln erschöpft sind. Was sind Follikeln? ...« So ging das weiter bis zum Höhepunkt, bis zur Eröffnung, daß das Haarwuchsmittel alle »wesentlichen Bestandteile des regenerierenden Tono-Bungay enthält, zusammen mit einer belebenden, nährenden, aus Rinderhuföl durch Raffination, Destillation und Desodorierung gewonnenen Essenz ... Jedem wissenschaftlich Geschulten wird einleuchten, daß wir in dem aus Hufen und Hörnern gewonnenen Öl ein natürliches Förderungsmittel für Haut und Haare besitzen.«

Und wir erzielten auch mit den nächsten Spezialitäten, den »Tono-Bungay-Hustenpastillen« und der »Tono-Bungay-Schokolade«, erstaunliche Erfolge. Ihren Umsatz forcierten wir durch den Hinweis auf die außerordentlich nährende und kräftigende Wirkung bei Müdigkeit und starker nervlicher Beanspruchung. Wir brachten Plakate und bebilderte Annoncen heraus mit Kletterern, die in unfaßbar steilen Felswänden hingen, mit Fahrradchampions, berittenen Kurieren in vollem Galopp und kämpfenden Soldaten unter glühender Sonne. »Sie können«, erklärten wir, »mit Tono-Bungay-Schokolade vierundzwanzig Stunden lang durchhalten«, fügten jedoch nicht hinzu, ob man das ohne Schaden überstehen konnte. Wir zeigten auch einen höchst ehrenwerten, ernsten Anwalt mit Perücke, Backenbart und langen Zähnen, ein schrecklich lebensnahes Porträt aller Anwälte während des Plädoyers, mit der Unterschrift: »Nach vierstündiger Rede mit Hustenpastillen so frisch wie zu Beginn.« Das brachte uns zahllose Kunden unter den Schullehrern, Erweckungspredigern und Politikern. Ich vermute, daß in diesen Hustenpastillen ein Aufputschmittel in Form von winzigen Strychninmengen enthalten war, besonders in unseren ersten Lieferungen. Denn sobald der Umsatz stieg, änderten wir alle Zusammensetzungen und schwächten sie ab.

Nach kurzer Zeit – so erscheint es mir wenigstens heute – stellten wir Vertreter an und erschlossen dem Umsatz täglich weitere zweihundertfünfzig Quadratkilometer Großbritanniens. Die ganze Organisation plante mein Onkel in beiläufiger, wirrer, halbgenialer Weise, und mir blieb es überlassen, für die praktische Durchführung von Produktion und Versand zu sorgen. Wir hatten erhebliche Schwierigkeiten, Vertreter zu finden; schließlich bestand dann mehr als die Hälfte des Stabes aus Amerikanern irischer Abstammung, die sich wunderbar für den Verkauf von Arzneien eigneten. Größere Schwierigkeiten hatten wir wegen der Geheimhaltung der Rezepte mit der Betriebsleitung und fanden schließlich eine sehr fähige Frau, eine Mrs. Hampton Diggs, die zuvor ein großes Modewarengeschäft geleitet hatte. Bei ihr konnten wir sicher sein, daß sie die Produktion gut in Gang hielt, ohne etwas herausfinden zu wollen, worauf sie nicht direkt mit ihrer rechtschaffenen und energischen Nase gestoßen wurde. Sie hatte eine hohe Meinung von Tono-Bungay und nahm es in allen Formen und in großen Mengen zu sich, solange ich sie kannte. Es schien ihr nicht zu schaden. Und sie hielt die Mädchen in Schwung.

Die letzte Spezialität meines Onkels aus der Tono-Bungay-Gruppe war das Tono-Bungay-Mundwasser. Der Leser hat vermutlich hunderte Male die anregende Frage gesehen: »Sie sind noch jung, sind Sie aber auch sicher, daß Ihr Zahnfleisch nicht gealtert ist?«

Und danach übernahmen wir die Vertretung für drei oder vier amerikanische Mittel, die wir zusammen mit unseren eigenen gut vertreiben konnten; ein texanisches Einreibemittel und »23 – zur Blutreinigung« waren darunter die wichtigsten …

Ich setze diese Dinge einfach als Tatsachen hierher. Für mich war das alles mit der Gestalt meines Onkels verknüpft. In den alten Gebetbüchern aus der Wende vom siebzehnten zum achtzehnten Jahrhundert, die ich in Bladesover gesehen hatte, waren Abbildungen gewesen, auf denen lange Sprechblasen aus dem Mund der dargestellten Personen kamen. Ich wollte, ich könnte dieses ganze Kapitel in eine solche Blase schreiben, die aus dem Kopf meines Onkels entspringt, und zeigen, wie alles der Reihe nach von einem kleinen dicklichen, kurzbeinigen Mann mit borstigem, kurzem Haar, einem schlechtsitzenden Zwicker auf der kecken Stupsnase und großen runden Augen dahinter entwickelt und hervorgebracht wurde. Ich wollte, ich könnte ihn zeigen, wie er energisch und ein wenig durch die Nase schnaufend mit der Feder absurde Einfälle für ein Plakat oder eine Illustration auf ein Blatt kritzelte, könnte seine Stimme hörbar machen, wenn er bedeutungsvoll und feierlich wie ein Prophet verkündete: »George! Hör zu! Ich habe eine Idee. Mir ist etwas eingefallen, George!«

Ich würde auch mich selbst daneben abbilden. Der beste Rahmen für uns wäre, glaube ich, das Beckenhamer Privatbüro, weil wir dort am härtesten arbeiteten: ein von der Lampe erhelltes Zimmer aus den frühen neunziger Jahren, und die Uhr auf dem Kaminsims würde auf Mitternacht oder später zeigen. Wir würden mit sehr ernsten Mienen zu beiden Seiten des Feuers sitzen, ich mit Pfeife, mein Onkel mit Zigarre oder Zigarette. Gläser würden hinter dem Kaminvorsatz stehen. Mein Onkel pflegte sich in seinem Sessel bequem zurückzulehnen, die Füße wie immer beim Sitzen einwärts gekehrt und die Beine auf eine Weise verkrümmt, als hätten sie weder Knochen noch Gelenke und wären mit Sägespänen ausgestopft.

»George, was hältst du von Tono-Bungay für Seekranke?« fragte er etwa.

»Kann ich mir nicht vorstellen.«

»Och! Ein Versuch schadet doch nicht, George. Man könnte es probieren.«

Ich sog an meiner Pfeife. »Schwierig zu starten. Außer, wir verkaufen das Zeug direkt am Hafen. Vielleicht läßt sich da mit Cooks oder Continental Bradshaw etwas machen.«

»Ohne Zweifel, George. Zss.« Und in seinem Zwicker würde sich die Kaminglut spiegeln. »Wir brauchen unser Licht nicht unter den Scheffel zu stellen.«

Ich habe nie wirklich herausgebracht, ob mein Onkel Tono-Bungay als Schwindel ansah oder ob er schließlich durch die ständige Wiederholung seiner eigenen Versicherungen irgendwie selbst daran zu glauben begann. Seine Einstellung dazu war meist die einer milden, fast väterlichen Toleranz. Ich sagte einmal: »Aber du nimmst doch nicht an, daß dieses Zeug je irgendeinem Menschen auch nur im geringsten gutgetan hat?«, worauf sein Gesicht deutlichen Protest und die Entrüstung eines unduldsamen Dogmatikers widerspiegelte.

»Du bist zu streng, George«, sagte er, »zu rasch bereit, etwas zu verurteilen. Woher willst du das wissen? Wie kannst du eine solche Behauptung wagen? ...«

Vermutlich hätte mich in diesen Jahren jede schöpferische Aufbauarbeit gelockt. Jedenfalls widmete ich mich Tono-Bungay mit dem Eifer eines Kapitänleutnants, der plötzlich ein Schiff zu befehligen hat. Es war für mich außerordentlich interessant, die Vorteile zu ermitteln, die diese oder jene Verbesserung der Herstellung brachte, und sie gegen die Investitionskosten abzuwägen. Ich baute eine Maschine für das Aufkleben der Etiketten und ließ sie patentieren; noch heute beziehe ich daraus Lizenzgebühren. Ich kam auch auf den Gedanken, unsere Mixtur konzentriert herzustellen, die Flaschen, die auf einer eingefaßten Rutsche herabglitten, an einer Stelle größtenteils mit destilliertem Wasser zu füllen und an einer anderen unsere geheimen Ingredienzien hinzuzufügen. Das ergab eine erstaunliche Raumersparnis für das Geheimlabor. Für das Füllen der Flaschen benötigten wir besondere Hähne, die ich ebenfalls erfand und patentieren ließ.

So glitt auf einer schrägen Glasfläche, die mit fließendem Wasser bespült wurde, eine endlose Reihe von Flaschen herab. An dem einen Ende prüfte ein Mädchen die Flaschen gegen das Licht und schied alle aus, die nicht einwandfrei waren. Das Füllen erfolgte automatisch. Am anderen Ende setzte ein Mädchen die Korken auf. Jeder Tank, der kleine für die belebenden Ingredienzien und der große für das destillierte Wasser, hatte außen einen Standanzeiger und innen einen Schwimmer, dessen Mechanismus die herabgleitenden Flaschen anhielt, sobald das Niveau in einem der Tanks zu tief abgesunken war. Ein Mädchen stand außerdem an der Etikettiermaschine, klebte die Etiketten auf die verkorkten Flaschen und gab diese an drei Verpackerinnen weiter, die sie in Papier wikkelten und paarweise mit Wellpappezwischenlagen in eine Rutsche stellten, aus der sie bequem in ihrer richtigen Lage in unsere Standardverpackungen geschoben werden konnten. Ich weiß, es klingt verrückt, aber meines Wissens war ich der erste in London, der Patentmedizinen durch die Seitenwand der Kisten verpackte und der entdeckt hatte, daß dies vorteilhafter war als die Füllung von oben. Das Ganze lief automatisch, man brauchte die Kisten nur richtig auf ein kleines Wägelchen zu stellen und nach ihrer Füllung mit einem Aufzug ins Parterre zu schicken, wo Männer den Leerraum ausstopften und die Seitenwände zunagelten. Außerdem benützten unsere Mädchen Wellpappe und dünne Holzzwischenlagen, während sonst jedermann teure junge Männer anstellte, um die Kisten von oben mit Stroh auszufüttern, was zu Brüchen, Verlusten und Ärger führte.

2

Wenn ich heute an diese arbeitsreiche Zeit zurückdenke, die Zeit vor dem Tag unserer ersten wagemutigen Anfänge in der Farringdon Street mit insgesamt kaum tausend Pfund Material oder Kredit – und die waren gefährlich rasch zu Ende – bis zu jenem Tag, an dem sich mein Onkel in seinem und meinem Namen (ich war mit zehn Prozent beteiligt) an die Öffentlichkeit wandte, an den Medikamentengroßhändler und die Besitzer der Druckerei und der Zeitung, um mit berechtigter Zuversicht hundertfünfzigtausend Pfund Kredit aufzunehmen. Diese stillen Partner bedauerten es sehr, wie ich weiß, daß sie keine größeren Anteile erworben oder uns nicht einen umfangreicheren Kredit gewährt hatten, als dann die Bestellungen hereinströmten. Mein Onkel brachte ohne Schwierigkeit die Hälfte davon auf (einschließlich der mir zugedachten zehn Prozent).

Hundertfünfzigtausend Pfund – denken Sie nur! – Für den geschäftlichen Erfolg einer Kette von Lügen und eines Handels mit gefärbtem Wasser! Begreifen Sie die Verrücktheit einer Welt, die etwas Derartiges gutheißt? Vielleicht nicht. Gelegentlich machten mich der Tagesablauf und die Gewohnheit blind. Wäre Ewart nicht gewesen, hätte mich wohl die großartige Entwicklung meiner Finanzen überwältigt, wäre ihr mit derselben Selbsttäuschung verfallen wie mein Onkel. Er war unendlich stolz auf seinen Kredit. »Sie haben ein Dutzend Jahre lang keine derartigen Summen freigestellt«, sagte er. Aber Ewart mit seinen gestikulierenden haarigen Händen, knochigen Handgelenken und seinen eigenwilligen Gedanken zu alledem, die mir für immer unvergeßlich blieben, hatte dafür gesorgt, daß mir während dieser ganzen erstaunlichen Zeit die grundsätzliche Absurdität des Unternehmens klar blieb.

»Es entspricht genau allem Übrigen«, stellte er fest, »nur allzu sehr. Du darfst nicht glauben, daß du etwas Außergewöhnliches tust.«

An eine Unterredung erinnere ich mich noch sehr genau. Sie fand kurz nach der Rückkehr Ewarts von einer geheimnisvollen Reise nach Paris statt, wo er einiges für einen aufstrebenden amerikanischen Bildhauer »skizziert« hatte. Dieser junge Mann hatte den Auftrag, eine allegorische Figur der Wahrheit (natürlich bekleidet) für das Kongreßhaus in Washington zu schaffen und benötigte Hilfe. Ewart erschien wieder mit einer Bürstenfrisur und in einem typisch französischen Anzug. Er trug, wie ich mich erinnere, eine rötlichbraune, über alle Maßen ausgebeulte Fahrradkluft – das einzig Verzeihliche daran war, daß sie offensichtlich nicht für ihn gemacht worden war –, eine mächtige schwarze Schleife, einen weichen Filzhut und noch verschiedene andere, schwer zu beschreibende Ergänzungen französischer Provenienz. »Komische Kleidung, was?« sagte er angesichts meiner Verblüffung. »Ich weiß nicht, warum ich sie mir angeschafft habe. Dort drüben hielt ich sie für durchaus passend.«

Er war in die Ragget Street gekommen, um einen Plakatentwurf zu besprechen, den ich ihm der Freundschaft wegen zugedacht hatte, und gab beachtenswerte Bemerkungen über die Menge (ich nehme an, es war die Menge) unserer Flaschen von sich.

»Was ich vor allem daran schätze, Ponderevo, ist ihre dichterische Form ... Darin sind wir den Tieren überlegen. Kein Tier würde je eine solche Fabrik aufziehen. Denk doch! Da gibt es den Biber. Er würde wohl Flaschen füllen können, aber würde er ein Etikett daraufkleben und das Ganze verkaufen? Die Biber sind einfallsreiche Narren, das gebe ich zu, mit ihren Dämmen, aber schließlich sind die Dämme ein Schutz für sie, eine unbewußte, programmierte Zweckmäßigkeit! Sie hält Unheil fern. Und es steckt nicht nur bei euch Produzenten Poesie in der Sache, sondern auch beim Käufer. Der Dichter findet zum Dichter – die Seele zur Seele. Gesundheit, Kraft und Schönheit – in einer Flasche –, der magische Trank! Wie im Märchen ... Denk an die Leute, an die eure Flaschen voll

Mumpitz gehen! (Ich nenne es Mumpitz, Ponderevo, rühmenshalber«, fügte er in Klammer hinzu.) »Denk an die kleinen Angestellten, an die erschöpften Frauen und überarbeiteten Leute. Menschen voll Sehnsucht, etwas zu tun, voll Sehnsucht, etwas zu sein ... Kurz, Menschen voll Sehnsucht ... Die wirkliche Schwierigkeit, Ponderevo, besteht nicht darin, daß wir leben – das ist ein weitverbreiteter Irrtum; die wirkliche Schwierigkeit besteht darin, daß wir nicht wirklich leben und es dennoch gerne möchten. Dafür brauchen wir – in einem höheren Sinn – diesen Dreck! Der Hunger nach Leben – einmal wirklich lebendig zu sein –, lebendig bis in die Fingerspitzen!«

»Niemand«, fuhr er fort, »will das tun und sein, was er tut und ist – niemand. Du willst nicht das Ding hier leiten – diese Flaschen füllen. Ich will nicht diese abscheuliche Kleidung tragen und von dir verlacht werden; niemand will andauernd Etiketten auf blöde Flaschen kleben für soundsoviel die Stunde. Das ist kein Leben! Das ist – nur Alltag. Niemand von uns will sein, was er ist, oder tun, was er tut. Höchstens gewissermaßen als Basis. Und was wollen wir? Du weißt es. Ich weiß es. Niemand gesteht es sich ein. Wir alle wollen für immer jung und schön sein – ein junger Gott –, ein junger Gott wollen wir sein, Ponderevo« – seine Stimme wurde laut, scharf, deklamatorisch –, »der schüchternen, halb willigen Nymphen durch immergrüne Wälder nachstellt.«

Ich sah, daß alle ringsum verstohlen lauschten.

»Komm hinunter«, unterbrach ich ihn, »da können wir besser reden.«

»Ich kann besser hier reden«, erwiderte er.

Er wollte gerade fortfahren, da erschien glücklicherweise das unerbittliche Gesicht unserer Mrs. Hampton Diggs neben der Abfüllmaschine.

»Na schön«, sagte er. »Ich komme.«

In seinem kleinen Heiligtum hielt mein Onkel gerade

ein Verdauungsschläfchen und wollte durchaus nicht munter werden. Seine Gegenwart brachte Ewart bei einer guten Zigarre, die ihm mein Onkel schließlich anbot, zu den Erfordernissen des modernen Handels zurück. Er entwickelte die gebührende Achtung, die ein unbedeutender Mann einem Geschäftsmagnaten schuldet.

»Gerade habe ich Ihrem Neffen die Poesie des Handels erläutert, Mr. Ponderevo«, sagte Ewart und stützte beide Ellbogen auf den Tisch. »Er scheint sie nämlich nicht zu erfassen.«

Mein Onkel nickte strahlend. »Das habe ich ihm immer schon gesagt«, brummte er, ohne die Zigarre aus dem Mund zu nehmen.

»Wir sind Künstler, Sie und ich, Mr. Ponderevo, wir können, wenn Sie gestatten, von Künstler zu Künstler sprechen. Die Anzeigen, die bringen alles in Gang. Anzeigen haben Handel und Industrie revolutioniert; sie werden die Welt revolutionieren. Der Kaufmann von einst pflegte nützliche Waren zu führen; der Kaufmann von heute schafft Werte. Er braucht nichts mit sich herumzuschleppen. Er nimmt etwas ohne jeden Wert – oder jedenfalls ohne besonderen Wert – und macht es zu etwas Wertvollem. Er nimmt Senf, genau denselben, den alle anderen haben, geht herum und sagt, ruft, singt, schreibt an die Wände oder in Bücher, überallhin: ›Smith's Senf ist der beste!‹ «

»Richtig«, sagte mein Onkel mit einem träumerischen Ausdruck im Gesicht, »richtig!«

»Es ist wie bei einem Künstler; er nimmt einen Brocken weißen Marmors vom Rande eines Steinbruchs, er meißelt daran herum, er macht – er macht den Klotz zum Denkmal seiner selbst – und anderer –, und die Welt will ein Denkmal nicht gern verkommen lassen. Da wir gerade von Senf sprechen, Mr. Ponderevo, ich war neulich in Clapham Junction, und alle Bahndämme dort waren vom Meerrettich überwuchert, der sich aus irgendeinem Garten ausgesät hatte. Sie kennen Meerrettich – er breitet sich aus wie ein Waldbrand – immer weiter – immer weiter. Ich habe vom Rande des Bahnsteigs hinuntergeschaut und mir gedacht: wie ein Gerücht, das ungehemmt umläuft. Warum gedeihen die wirklich guten Dinge im Leben nicht wie Meerrettich? Irgendwie wanderten meine Gedanken auf Umwegen zum Senf zurück, von dem eine Büchse einen Penny kostet – ich hatte gerade eine solche für den Schinken gekauft, von dem ich einen Rest besaß. Da fiel mir ein, es wäre doch ein prima Geschäft, den Senf mit Meerrettich zu verfälschen. Mir erschien das als eine Idee, mit der ich ins Geschäft einsteigen, reich werden und schließlich zu meiner Bildhauerei zurückkehren könnte. Und dann habe ich mir gesagt, wieso eigentlich verfälschen? Das Wort gefiel mir nicht.«

»Ein böses Wort«, sagte mein Onkel kopfschüttelnd. »Es würde unangenehm auffallen.«

»Und es ist auch ganz unnötig! Warum nicht eine Mischung herstellen – drei Viertel geriebenen Meerrettich und ein Viertel Senf – dazu einen Phantasienamen – und das Ganze zum doppelten Preis von unvermischtem Senf verkaufen? Verstehen Sie? Beinahe hätte ich das Geschäft sogleich gestartet, nur kam etwas dazwischen. Mein Zug fuhr ein.«

»Gar keine schlechte Idee«, stellte mein Onkel fest. Er sah mich an. »Das ist wirklich eine Idee, George.«

»Oder denken Sie an Hobelscharten! Sie kennen doch dieses Gedicht von Longfellow, das so klingt wie die erste Deklination. Wie geht es gleich – Man's a maker, men say!«

Mein Onkel nickte und rezitierte die nächsten Zeilen.

»Ein schönes Gedicht, George«, sagte er dann zu mir.

»Nun, es handelt von einem Zimmermann und einem romantischen viktorianischen Kind, wie Sie wissen, und von Hobelscharten. Das Kind macht allerlei hübsche Dinge daraus. Das könnten Sie auch. Alles kann man daraus machen. Mit einem Saft getränkt – ein Holztabak! Pulverisiert und mit ein wenig Teer und Terpentin versetzt – eine Schlammpackung zum Schwitzen – eine sichere Kur bei Grippeepidemien! Da gibt es auch alle diese Patentnahrungsmittel – die Amerikaner nennen sie Zerealien. Ich glaube nicht fehlzugehen, wenn ich behaupte, das sind auch nur Sägespäne.«

»Nein«, widersprach mein Onkel und nahm die Zigarre aus dem Mund. »Soweit ich feststellen konnte, ist es wirklich Korn. Verdorbenes Korn natürlich ... Ich habe es untersucht.«

»Nun, auch gut!« meinte Ewart. »Sagen wir, es ist verdorbenes Korn. Das unterstützt meine These ebensogut. Der moderne Handel ist nicht so sehr ein Kaufen und Verkaufen – er ist Gestaltung – Begnadigung – Rettung. Er ist Fürsorge! Er ergreift allerlei gestrauchelte Waren bei der Hand und richtet sie auf. Daran ist nichts Schlechtes. Sie verwandeln Wasser – in Tono-Bungay.«

»Tono-Bungay ist in Ordnung«, sagte mein Onkel, plötzlich sehr ernst. »Wir sprechen nicht von Tono-Bungay.«

»Ihr Neffe, Mr. Ponderevo, ist hart in seinem Urteil; ihm zufolge sollte alles seinen vorbestimmten Weg gehen; er ist ein Kalvinist des Handels. Wenn man ihm einen vollen Mülleimer anbietet, nennt er es Abfall – und geht weiter. Sie nicht, Mr. Ponderevo. – Sie würden auch der Asche Selbstachtung beibringen.«

Mein Onkel schaute ihm einen Augenblick lang zweifelnd, aber mit einer gewissen Anerkennung ins Gesicht.

»Man könnte daraus eine Art von Gesundheitsziegeln machen«, überlegte er mit einem Blick auf die Asche seiner Zigarre.

»Oder mürbe Kekse. Warum nicht? Sie könnten verkünden: Warum sind die Vögel so munter? Weil sie ihre Nahrung vollständig verdauen! Warum verdauen sie ihre Nahrung vollständig? Weil sie einen Muskelmagen haben! Warum hat der Mensch keinen Muskelmagen? Weil er Ponderevos mürbe Aschenkekse kaufen kann – was besser ist.«

Die letzten Worte stieß er laut hervor und unterstrich sie mit einer Bewegung seiner behaarten Hand ...

»Ein verdammt gescheiter Bursche«, sagte mein Onkel, als Ewart gegangen war. »Ich weiß, was in einem Mann steckt, sobald ich ihn sehe. Er gefällt mir. Ein bißchen dem Trunk ergeben, würde ich sagen. Aber das macht manche von diesen Burschen nur produktiver. Wenn er das Plakat machen will, soll er. Diese Idee von ihm mit dem Meerrettich, da ist etwas dran, George. Ich werde darüber nachdenken ...«

Ich nehme vorweg, daß schließlich aus meinem Plakatprojekt nichts wurde, obwohl sich Ewart eine Woche lang intensiv damit beschäftigte. Unglücklicherweise ließ er aber seinem Hang zur Ironie freien Lauf. Er brachte einen Entwurf mit zwei Bibern, die, wie er sagte, eine flüchtige Ähnlichkeit mit mir und meinem Onkel hatten – die Ähnlichkeit mit dem Onkel war unverkennbar –, und die beiden füllten lange Reihen von Flaschen mit Tono-Bungay, darunter stand zu lesen: »Moderner Handel.« Damit hätten wir nicht eine Kiste mehr verkauft, obwohl Ewart mir den Entwurf eines schönen Abends mit der Begründung aufdrängen wollte, es werde »Neugier erregen«. Zusätzlich brachte Ewart ein außerordentlich abscheuliches Porträt meines Onkels mit, vollständig und unnötigerweise nackt, aber soweit ich es beurteilen konnte, erstaunlich gut getroffen. Auf dem Bild vollbrachte der Onkel vor einer Zuhörerschaft von liederlichen und verkommenen Weibern Kraftleistungen à la Gargantua. Der Text »Gesundheit, Schönheit und Kraft« gab dieser Karikatur die nötige Würze. Dieses Meisterwerk hing Ewart in seinem Studio über dem Ölgeschäft hinter einem blauen Blatt Papier auf, das man wie einen Vorhang heben konnte, und machte damit die Bosheit der Darstellung nur noch ärger.

Marion

I

Wenn ich an die Tage zurückdenke, in denen wir das große Tono-Bungay-Imperium auf menschlichen Illusionen und einem Kredit für Flaschen, Miete und Druck errichteten, sehe ich mein Leben in zwei nebeneinander herlaufende, ungleich große Bahnen geteilt, eine breitere, vielseitige und an Ereignissen und Abwechslung reichere, die immer größere Bedeutung erhielt, die geschäftliche Seite meines Lebens – und eine schmale, unklare, düstere Bahn, die immer wieder von flüchtigen glücklichen Augenblicken erhellt wurde, mein häusliches Leben mit Marion. Denn natürlich habe ich Marion geheiratet. Tatsächlich vermählten wir uns erst ein Jahr, nachdem Tono-Bungay bereits florierte, und auch das erst nach aufreibenden Streitigkeiten und Diskussionen. Mittlerweile war ich vierundzwanzig geworden. Heute erscheint mir dieses Alter als beinahe noch zur Kindheit gehörend. Wir waren beide in gewissen Belangen ungewöhnlich ahnungslos und einfältig, dabei im Temperament vollkommen gegensätzlich und – ich glaube auch nicht, daß sich das hätte ändern lassen – auch in unseren Ansichten durchaus verschieden. Sie war jung und strikt konventionell, hatte keine eigenen Gedanken, sondern vertrat nur die Ansichten ihrer Klasse – und ich war jung und skeptisch, unternehmend und leidenschaftlich; die einzigen Bande zwischen uns waren die intensive Wirkung ihrer körperlichen Schönheit auf mich und ihre Empfänglichkeit für die Wertschätzung, die ich ihr entgegenbrachte. Ohne Zweifel empfand ich eine heftige Leidenschaft für sie. In ihr hatte ich die ersehnte Frau entdeckt. Nachts lag ich ihretwegen wach, wälzte mich herum und biß mir vor fieberhafter Sehnsucht nach ihr die Handballen wund …

Ich habe schon erzählt, wie ich mir einen Zylinder und einen schwarzen Gehrock kaufte, um ihr sonntags zu gefallen – zum Spott einiger Mitstudenten, die mich zufällig einmal sahen – und wie wir uns verlobten. Aber das war erst der Anfang unserer Differenzen. Für sie bedeutete es den Beginn einer nicht unliebsamen Heimlichkeit, den gelegentlichen Austausch zärtlicher Worte, vielleicht sogar eines Kusses. So konnte es unbegrenzt weitergehen und störte in keiner Weise ihre Tätigkeit in Smithies Laden. Für mich war es eine Bürgschaft dafür, daß wir zu innigster Vertrautheit von Seele und Körper kommen würden, sobald dies möglich war …

Ich weiß nicht, ob es dem Leser erwünscht ist, wenn ich darangehe, diese seltsame, törichte Liebe und meine verpfuschte Ehe mit übermäßigem Ernst zu behandeln. Mir selbst scheint das Ganze jedenfalls wesentlicher zu sein als unsere persönliche Beziehung. Beim Nachdenken über mein Leben versuche ich, wenigstens eine gewisse Einsicht daraus zu gewinnen. Und vor allem fühle ich mich von der vollständigen Ahnungslosigkeit, mit der wir uns in Schwierigkeiten verstrickten, ungeheuer bedrückt. Es erscheint mir als das Bedenklichste dieses ganzen Netzwerks von Mißverständnissen, falschen Ansichten, Fehlern und brüchigen Konventionen, die unsere gesellschaftliche Ordnung zu dem machen, als was sie jeder einzelne kennt, daß wir uns so arglos und blindlings zusammentaten. Denn in unserem Beispiel spiegelt sich ein allgemeines Schicksal. Liebe ist nicht nur ein Hauptelement des menschlichen Lebens, sondern hat auch wesentlichen Einfluß auf die Gemeinschaft; letzten Endes bestimmt die Art, in der die jungen Leute einer Generation sich aneinander binden, das Schicksal der Nation; alle anderen Staatsangelegenheiten sind dem untergeordnet. Und wir überlassen es der leidenschaftlichen, unbesonnenen Jugend, nach eigenem Gutdünken in diese wichtige Sache hineinzustolpern, ohne andere Führung als entrüstete Blicke, sentimentales Geschwätz, böswilliges Geflüster und scheinheilige Heuchelei.

Ich habe in den vorangegangenen Kapiteln versucht, meine eigene sexuelle Entwicklung anzudeuten. Niemand war in dieser Hinsicht jemals offen und ehrlich zu mir gewesen, nicht einmal ein Buch sagte mir: so und nicht anders ist die Welt, dieses und jenes ist notwendig. Alles war für mich geheimnisvoll, unklar und verwirrend; und alles, was ich an Regeln oder Bräuchen kannte, hatte die Form von Drohungen und Verboten. Außer durch die verstohlenen laszivenGespräche meiner Kameraden in Goudhurst und Wimblehurst war ich keineswegs gewarnt vor recht beträchtlichen Gefahren. Meine Träume bestanden zum einen Teil aus Instinktregungen und zum anderen aus romantischen Phantasien, und manche waren auch nur ein Gewebe aus Andeutungen, die ich zufällig aufgeschnappt hatte. Ich hatte den ›Vathek‹ gelesen, auch Shelley, Tom Paine, Plutarch, Carlyle, Haeckel, William Morris, die Bibel, den ›Freidenker‹, den ›Clarion‹, ›Die Frau, die es tat‹, – ich erwähne nur, was mir gerade einfällt. Mir schwirrte der Kopf von allen möglichen Ideen, ohne die Spur einer vernünftigen Erklärung. Aber offensichtlich schätzte die Welt Shelley als heroischen und auch prächtigen Menschen, und es war also durchaus richtig, der Konvention Trotz zu bieten, sich vollkommen den Leidenschaften hinzugeben, um so die Achtung und Zuneigung aller anständigen Menschen zu erlangen.

Marions Geisteszustand war in dieser Hinsicht ebenso irrational. Bei ihrer Erziehung war der fragliche Punkt nicht nur verschwiegen, sondern sogar unterdrückt worden. Unter dem Einfluß von vagen Andeutungen hatte sie sich so entwickelt, daß die lebhaften natürlichen Empfindungen ihrer Jugendjahre zur Gänze pervertierten Anschauungen gewichen waren. Alles, was untrennbar mit dem Sexus, diesem wesentlichen Lebensbereich verknüpft ist, hielt sie für »eklig«. Ohne diese Art von Erziehung wäre sie eine schüchterne Liebende geworden, so aber war sie eine unmögliche. Und alles Weitere verdankte sie vermutlich teils den Romanen aus der Leihbücherei und teils den Gesprächen in Smithies Laden. Den ersteren Quellen zufolge hielt sie die Liebe für Anbetung von seiten des Mannes und Herablassung von seiten der Frau. In den Romanen, die sie gelesen hatte, gab es nichts »Ekliges«. Der Mann brachte Geschenke, diente und versuchte, in jeder Hinsicht unterhaltsam zu sein. Die Frau »ging mit ihm aus«, lächelte ihn an, wurde von ihm in schicklicher Heimlichkeit geküßt, und wenn er ihr zu nahe trat, verlor er ihre Gunst. Gewöhnlich tat sie etwas zu »seinem Besten«, brachte ihn dazu, daß er in die Kirche ging, daß er das Rauchen oder das Spielen aufgab und überhaupt sich besserte. Ganz zum Schluß gab es eine Hochzeit, und danach erlosch das Interesse an der Sache.

Das war der Inhalt von Marions Romanen; aber ich glaube, die Unterhaltungen in Smithies Laden trugen einiges dazu bei, diese ursprüngliche Auffassung zu ändern. Bei Smithie stand es anscheinend fest, daß der »Mann« ein wünschenswerter Besitz sei; daß es besser sei, mit einem Mann verheiratet zu sein als ledig zu bleiben; und Männer mußten festgehalten werden – sie konnten verlorengehen, ja sogar gestohlen werden. Es gab bei Smithie so einen Fall von Diebstahl und viele Tränen danach.

Smithie lernte ich kennen, bevor wir heirateten, und später war sie oft zu Gast in unserem Haus in Ealing. Sie war ein mageres, großäugiges, hakennasiges Mädchen in den Dreißigern, mit vorstehenden Zähnen, einer hohen eindringlichen Stimme und dem Hang, sich auffällig zu kleiden. Ihre immer neuen Hüte waren erstaunlich, aber stets beunruhigend. Ihr hastiger und erregter Redefluß klang eher ausgelassen als witzig und wurde hin und wieder von kleinen Aufschreien unterbrochen wie »O du meine Güte!« und »Nicht möglich!«. Sie war die erste Frau in meinem Leben, die Parfum verwendete. Arme alte Smithie! Was war sie doch für ein harmloses kindliches Wesen, und wie sehr verabscheute ich sie! Mit dem Verdienst aus dem Verkauf der persischen Kleider unterstützte sie die Familie einer Schwester mit drei Kindern, »half« einem nichtswürdigen Bruder und überschlug sich sogar in Hilfsbereitschaft für ihre Arbeiterinnen, aber das zählte bei mir nicht in jener jugendlich-engstirnigen Zeit. Es war eine der höchst aufreizenden Kleinigkeiten in meinem Eheleben, daß Smithies hastiges Geschnatter mehr Einfluß auf Marion zu haben schien als das, was ich sagte. Mehr als alles andere ersehnte ich für mich Smithies Macht über Marions unzugängliches Gemüt.

In der Werkstatt bei Smithie sprach man, wie ich erfuhr, geheimnisvoll von mir als »einer gewissen Person«. Ich galt als schrecklich »gescheit«, und es bestanden Zweifel – nicht ganz unberechtigte – über die Sanftheit meines Charakters.

2

Nun, diese allgemeinen Erklärungen werden es dem Leser ermöglichen, die qualvolle Zeit zu begreifen, die wir beide miteinander verlebten, die Zeit, in der ich meinte, mit Marion einig zu sein und ungeschickt von dem Gemüt und der wunderbaren Leidenschaft sprach, die ich hartnäckig und borniert bei ihr als vorhanden annahm. Ich glaube, sie hielt mich für den verrücktesten aller normalen Männer; »gescheit« zu sein, grenzte bei Smithie offenbar an Irresein und ließ unverständliche und unberechenbare

Handlungsweisen erwarten … Marion brachte es fertig, von allem schockiert zu sein, mißverstand alles, und ihre Waffe war ein mürrisches Schweigen, bei dem sie die Stirn runzelte und den Mund verzog, bis ihr Gesicht alle Schönheit verlor. »Nun, wenn wir uns nicht einigen können, dann sehe ich nicht ein, warum wir weitersprechen sollten«, pflegte sie zu sagen. Das machte mich immer über alle Maßen wütend. Oder: »Ich fürchte, ich bin nicht gescheit genug, das zu verstehen.«

Törichte kleine Marion! Jetzt erkenne ich alles klar, aber damals war ich nicht älter als sie und konnte nicht begreifen, warum sie aus einem mir unerklärlichen Grund nicht lebhafter wurde. Wir unternahmen sonntags halbimprovisierte Spaziergänge, trennten uns aber verärgert über unverständliche gegenseitige Kränkungen. Arme Marion! Alles, was ich ihr darzulegen versuchte, meine gärenden Gedanken über Religion, Sozialismus, Ästhetik – schon die Worte allein entsetzten sie, ließen sie irgendwelche Unschicklichkeiten befürchten, flößten ihr Furcht vor intellektuellen Ausschweifungen ein. Dann beherrschte ich mich mit ungeheurer Anstrengung eine Weile und sprach mit ihr über Dinge, die sie glücklich machten, über Smithies Bruder, über das neue Mädchen in der Werkstatt, über das Haus, das wir bald bewohnen würden. Aber auch dabei gingen unsere Meinungen wieder auseinander. Ich wollte in der Nähe von St. Paul's oder der Cannon Street Station bleiben, und sie versteifte sich hartnäkkig auf Ealing … Natürlich stritten wir nicht immer. Sie mochte es gerne, wenn ich den »netten« Verliebten spielte; sie schätzte es, auszugehen – mit mir zu Mittag zu essen. Wir gingen nach Earl's Court, nach Kew, ins Theater und in Konzerte, aber nicht zu oft, denn obwohl Marion Musik »liebte«, wollte sie nicht »zuviel davon hören«. Wir gingen in Galerien – und eine unsinnige Art von Babygeschwätz, das ich einmal begann – ich weiß nicht mehr wo – wurde alsbald zwischen uns zum bewährten Friedensstifter.

Am meisten kränkte es mich, wenn sie gelegentlich in Smithies Kleiderstil verfiel, eine degenerierte Westkensington-Aufmachung. Denn Marion hatte überhaupt kein Auge für ihren eigenen Typus Schönheit und trachtete daher, ihre herrliche Gestalt durch abscheuliche Kleider, großkrempige Hüte und andere Zutaten zu verunstalten. Dem Himmel sei Dank, daß eine natürliche Zurückhaltung und Schüchternheit, aber auch ihre äußerst schmale Börse sie vor Smithies Glanzstücken bewahrte! Arme, schöne, freundliche, beschränkte Marion! Jetzt, da ich fünfundvierzig bin, vermag ich sie mit all meiner damaligen Bewunderung und ohne jede Bitterkeit, mit neuer Zuneigung und vollkommen leidenschaftslos zu sehen und ihre Partei gegen den gleichfalls törichten, ungestümen, sinnlichen, intellektuellen Dummkopf zu ergreifen, der ich damals war, ein junges Scheusal, das sie geheiratet hatte – ein Scheusal, wahrhaftig. Von ihr aus gesehen, war es meine Aufgabe, zu verstehen und zu lenken – und ich forderte Gleichklang und Leidenschaft …

Unsere Verlobung, von der ich erzählt habe, lösten wir nach einer Weile und erneuerten sie wieder. Wir durchlebten eine ganze Reihe solcher Phasen. Wir hatten keine Ahnung, was an unserer Beziehung nicht stimmte. Und schließlich verlobten wir uns ganz offiziell. Ich führte ein hochgestimmtes Gespräch mit ihrem Vater, er befragte mich erstaunlich ernst über meine Herkunft und zeigte sich tolerant (aufreizend tolerant), angesichts der Tatsache, daß meine Mutter ein Dienstbote gewesen war, und danach küßte mich Marions Mutter, und ich kaufte einen Ring. Aber die schweigsame Tante billigte das nicht, wie ich erfuhr, denn sie hegte Zweifel hinsichtlich meiner Religiosität. Immer, wenn wir gestritten hatten, sahen Marion und ich uns tagelang nicht; und anfangs waren diese

Trennungen jedesmal eine Erleichterung. Dann begehrte ich sie wieder; rastlose Sehnsucht überkam mich. Ich dachte an ihre schlanken Arme, an die weichen, zarten Linien ihres Körpers. Ich lag wach und träumte von einer verwandelten, strahlenden und feurigen Marion. Es war Mutter Natur, die mich auf ihre alberne, unerbittliche Weise zur Weiblichkeit hintrieb; aber ich glaubte, es sei die Sehnsucht nach Marion, die mich quälte. So kehrte ich schließlich immer wieder zu Marion zurück, versöhnte mich mit ihr, machte Zugeständnisse oder vergaß, was uns getrennt hatte, und drängte immer heftiger zur Heirat ...

Mit der Zeit wurde die Heirat zur fixen Idee, die meinen Willen und meinen Stolz herausforderte; ich redete mir ein, daß ich mich nicht geschlagen geben wolle. Ich arbeitete fleißiger im Geschäft. Ich glaube tatsächlich, daß meine Leidenschaft für Marion schon lange vor unserer Hochzeit zu schwinden begonnen, daß Marion sie durch gänzliche Verständnislosigkeit erwürgt hatte. Als ich die dreihundert Pfund im Jahr sicher hatte, verlangte sie einen Aufschub, einen Aufschub von zwölf Monaten, »um zu sehen, wie sich die Dinge entwickelten«. Es gab Zeiten, da erschien sie mir als Widersacher, der sich aufreizend gegen alles stellte, was ich durchsetzen wollte. Ich wurde immer mehr durch die interessante Arbeit und die erregenden Erfolge von Tono-Bungay, durch die Entwicklungen und Fortschritte, durch das ständige Hin und Her abgelenkt. Ich vergaß Marion oft tagelang und begehrte sie dann wieder mit schmerzlicher Heftigkeit. Schließlich, an einem Samstag nachmittag, nach einem nachdenklichen Vormittag, entschied ich fast im Zorn, daß diese Verzögerungen ein Ende haben müßten.

Ich ging zu dem kleinen Haus in Walham Green, um Marion zu bitten, mit mir nach Putney Common zu gehen. Marion war nicht zu Hause. Ich mußte eine Zeitlang warten und mich mit ihrem Vater unterhalten, der soeben aus seinem Büro heimgekommen war, wie er mir erklärte, und sich in seinem Gewächshaus erholte.

»Ich werde Ihre Tochter fragen, ob sie mich heiraten will«, erklärte ich, »ich glaube, wir haben lange genug gewartet.«

»Auch ich bin nicht für lange Verlobungen«, sagte der Vater. »Aber Marion muß das selbst entscheiden. Haben Sie schon dieses neue Düngepulver gesehen?«

Ich ging ins Haus, um mit Mrs. Ramboat zu sprechen. »Sie wird einige Zeit brauchen, um ihre Ausstattung vorzubereiten«, sagte Mrs. Ramboat.

Marion und ich saßen dann unter einem Baum auf dem Putney-Hügel, und ich kam sofort auf mein Anliegen zu sprechen.

»Hör zu, Marion«, begann ich, »willst du mich heiraten oder nicht?«

Sie lächelte mich an. »Wir sind ja verlobt«, sagte sie.

»Das kann nicht immer so bleiben. Willst du mich nächste Woche heiraten?«

Sie starrte mich an. »Das können wir nicht«, erklärte sie.

»Du hast versprochen, mich zu heiraten, wenn ich dreihundert im Jahr verdiene.«

Sie schwieg eine Weile. »Wollen wir es nicht noch ein wenig bei der Verlobung belassen? Wir könnten mit dreihundert im Jahr heiraten. Aber das würde ein sehr kleines Haus bedeuten. Nimm Smithies Bruder, er kommt mit zweihundertfünfzig aus, aber das ist sehr wenig. Sie haben ein nur halb freistehendes Haus nahe der Straße und einen winzigen Garten. Und die Wand zum Nachbarn ist so dünn, daß man alles durchhört. Wenn ihr Baby schreit, klopfen die Nachbarn ... Und am Zaun stehen Leute und reden ... Können wir nicht warten? Du kommst so gut vorwärts.«

Eine außerordentliche Bitterkeit überkam mich angesichts dieses Eindringens selbstsüchtiger Überlegungen in den wundervollen, herrlichen Bereich der Liebe.

»Wenn wir ein alleinstehendes Haus haben könnten«, sagte ich, »vielleicht in Ealing – mit einem quadratischen Wiesenfleck davor und einem Garten dahinter – und – und mit einem gefliesten Bad –«

»Das würde mindestens sechzig Pfund im Jahr kosten.«

»Dazu sind fünfhundert im Jahr nötig ... Ja also, siehst du, ich habe meinem Onkel gesagt, daß ich soviel brauche, und ich habe es bekommen.«

»Was bekommen?«

»Fünfhundert Pfund im Jahr.«

»Fünfhundert Pfund!«

Ich brach in ein Lachen aus, das bitter klang.

»Ja«, sagte ich, »tatsächlich! Und was hältst du jetzt davon?«

»Ja, aber«, meinte sie errötend, »willst du allen Ernstes behaupten, daß du auf einmal zweihundert im Jahr mehr bekommen wirst?«

»Um dich zu heiraten – ja.«

Sie musterte mich einen Augenblick lang. »Du wolltest mich überraschen!« sagte sie und lachte nun ebenfalls. Ihr Gesicht wurde strahlend, und das machte auch mich glücklich.

»Ja«, bestätigte ich, »ja!« Und mein Lachen verlor die Bitterkeit. Sie schlug die Hände zusammen und sah mir in die Augen.

Über ihrer Freude vergaß ich völlig meinen Ärger. Ich vergaß, daß sie ihre Forderung um zweihundert Pfund im Jahr gesteigert hatte und daß ich sie somit um diesen Preis kaufte.

»Komm!« sagte ich und stand auf. »Gehen wir der sinkenden Sonne nach, meine Liebe, und sprechen wir über das Ganze. Weißt du – die Welt ist so schön, so erstaunlich schön, und wenn die Sonne sinkt, überzieht sie dich mit einem Schimmer von Gold. Nein, nicht Gold – von vergoldetem Glas ... Von etwas, das schöner ist als Glas oder Gold ...«

Und den ganzen Abend über zeigte ich mich von der besten Seite und hielt die frohe Stimmung aufrecht. Sie ließ mich meine Versicherungen noch und noch wiederholen und blieb doch immer noch ein wenig im Zweifel.

Wir möblierten im Geiste unser Traumhaus vom Dachboden – es sollte einen Dachboden haben – bis zum Keller und bepflanzten den Garten.

»Kennst du Pampasgras?« fragte Marion. »Ich liebe Pampasgras ... Wenn dafür Platz ist.«

»Wir werden Pampasgras haben«, erklärte ich.

Und während wir uns in unserer Phantasie mit dem Haus beschäftigten, gab es Augenblicke, in denen mein ganzes Wesen danach schrie, sie in die Arme zu schließen – jetzt, sofort. Aber ich hielt mich zurück. Darauf spielte ich im Gespräch nur ganz zart an, ganz vorsichtig, denn ich hatte meine Erfahrungen.

Sie versprach, mich innerhalb von zwei Monaten zu heiraten. Schüchtern, widerstrebend nannte sie ein Datum, und am nächsten Nachmittag »zerstritten« wir uns, hitzig und böse, zum letzten Mal wegen der Formalitäten. Ich lehnte eine herkömmliche Hochzeit mit Torte, weißem Brautkleid, Kutsche und allem übrigen rundweg ab. Mir ging nämlich plötzlich im Gespräch mit ihr und ihrer Mutter auf, daß etwas Derartiges geplant war. Ich platzte sogleich mit meinem Protest heraus, und diesmal war es nicht einfach eine Meinungsverschiedenheit, sondern ein richtiger »Krach«. Ich erinnere mich nur an einen kleinen Teil dessen, was wir einander an den Kopf warfen. Ihre Mutter wiederholte in vorwurfsvollem Ton: »Aber George, du mußt doch eine Torte haben – um sie zu verteilen.« Ich glaube überhaupt, wir wiederholten uns unentwegt und mir ist, als hätte ich mehrmals gesagt: »Eine Heirat ist eine zu heilige, eine zu private Sache, um daraus ein solches Theater zu machen.« Marions Vater kam dazu und stand hinter mir an der Wand, ihre Tante erschien neben der Anrichte und schaute mit verschränkten Armen von einem zum anderen, eine triumphierende Prophetin. Mir kam nicht in den Sinn, wie peinlich es für Marion sein mußte, daß ihre Angehörigen Zeugen meiner Rebellion wurden.

»Hör, George«, sagte der Vater, »wie willst du denn sonst heiraten? Du willst doch nicht zu einem von diesen Standesämtern gehen?«

»Aber nichts anderes möchte ich. Eine Heirat ist eine zu private Angelegenheit –«

»Ich würde mich dann nicht verheiratet fühlen«, meinte Mrs. Ramboat.

»Schau, Marion«, beharrte ich, »wir werden vor dem Standesamt heiraten. Ich halte nichts von allem diesem – Flitterkram und Aberglauben, und ich werde mich der Konvention nicht fügen. Ich habe dir sonst in allem deinen Willen gelassen.«

»In was allem?« fragte der Vater – ohne daß jemand darauf einging.

»Ich kann nicht auf einem Standesamt heiraten«, erklärte Marion totenblaß.

»Und ich«, sagte ich, »werde nirgendwo anders heiraten.«

»Ich kann nicht auf einem Standesamt heiraten.«

»Na schön«, erklärte ich, erhob mich bleich und verkrampft, und zu meiner eigenen Überraschung trumpfte ich auf: »Dann werden wir eben nicht heiraten.«

Sie beugte sich über den Tisch und starrte verwirrt ins Leere.

»Vielleicht besser wirklich nicht«, flüsterte sie, »wenn es darauf ankommt.«

»Die Entscheidung liegt bei dir«, sagte ich und sah, wie trotzige Gekränktheit einem Schleier gleich ihre Schönheit verhüllte.

»Die Entscheidung liegt bei dir«, wiederholte ich, und ohne Rücksicht auf die anderen ging ich zur Türe, knallte sie hinter mir zu und verließ das Haus.

»Das ist vorbei«, sagte ich mir auf der Straße und empfand etwas wie traurige Erleichterung ...

Aber bald begann mich ihr halb abgewandtes Gesicht zu verfolgen, wie sie da mit aufgestützten Armen und herabgesunkenen Schultern am Tisch gesessen hatte.

3

Am nächsten Morgen tat ich etwas Beispielloses. Ich telegraphierte meinem Onkel: »Üble Laune, komme nicht ins Geschäft« und machte mich auf den Weg nach Highgate, zu Ewart. Er war gerade an der Arbeit – eine Büste von Millie, und ließ sich gerne stören.

»Ewart, du alter Hammel«, sagte ich, »mach Schluß und komm mit mir, wir müssen miteinander reden. Ich fühle mich saumäßig. Du bist auf eine sympathische Art verrückt. Nehmen wir uns in Staines ein Boot und rudern wir nach Windsor.«

»Ein Mädchen?« fragte Ewart und legte seinen Meißel fort.

»Ja.«

Das war zunächst alles, was ich ihm über meinen Kummer sagte.

»Ich habe kein Geld«, bemerkte er, um alle Zweifel an meiner Einladung zu klären.

Wir besorgten uns einen Krug Bier, einiges zu essen und auf Ewarts Vorschlag hin in Staines zwei japanische Sonnenschirme; im Bootshaus verlangten wir zusätzliche

Kissen und verbrachten einen ebenso geruhsamen wie beruhigenden Tag mit Gesprächen und Nachdenken. Unser Boot machten wir an einer schattigen Stelle bei Windsor fest. Soviel ich mich erinnern kann, lag Ewart auf einem Kissen im Bug, so daß ich von ihm nur die Füße, den Schirm und ein Büschel schwarzen Haares vor dem schimmernden, sanft dahinströmenden Wasser und vor dem Buschwerk sah, nur seine Stimme drang zu mir.

»Es steht nicht dafür«, wiederholte die Stimme. »Du solltest dir lieber eine Millie anschaffen, Ponderevo, dann wärst du nicht so aus dem Gleichgewicht.«

»Nein«, erklärte ich entschieden, »das liegt mir nicht ...«

Eine Weile stiegen von Ewart Rauchwolken auf wie von einem Altar ...

»Alles ist Pfusch, du glaubst es nur nicht. Niemand weiß, wo wir stehen – weil wir tatsächlich nirgendwo stehen. Sind Frauen ein Spielzeug – oder sind sie Kameradinnen? Oder herrscherliche Göttinnen? Sie sind doch so offensichtlich Kameradinnen. Du glaubst wohl an Göttinnen?«

»Nein«, widersprach ich, »so fasse ich es nicht auf.«

»Wie dann?«

»Nun –«

»Ja?« fragte Ewart nach einer Weile.

»Meine Idee ist«, sagte ich, »eine Frau zu finden, die zu mir gehört – zu der ich gehöre – mit Leib und Seele. Keine Halbgöttin! Zu warten, bis ich sie finde. Wenn ich überhaupt eine finde ... Wir müssen jung und rein zueinander kommen.«

»So etwas wie reine oder unreine Personen gibt es nicht – nur Mischungen.«

Das war so offensichtlich richtig, daß es mich vollkommen verstummen ließ.

»Und wenn du zu ihr gehörst und sie zu dir, Ponderevo – wer ist dann der Führende?«

Ich wußte nichts zu antworten außer einem ungeduldigen »Oh!«

Eine Weile rauchten wir schweigend ...

»Habe ich dir schon gesagt, Ponderevo, welche erstaunliche Entdeckung ich gemacht habe?« begann Ewart plötzlich.

»Nein«, sagte ich, »was für eine?«

»Es gibt keine Mrs. Grundy.«

»Nein?«

»Nein! So gut wie gar nicht. Ich habe mir das gerade überlegt. Sie ist nur ein Lückenbüßer, dafür geschaffen, uns zu tadeln. Grundy ist ein Mann, ein entlarvter Mann, eher dürftig und nicht sehr anziehend, mittleren Alters, mit einem dichten schwarzen Schnurrbart und unruhigen Augen. Hat sich bisher gut aufgeführt, und das nagt an ihm! Stimmungen! ... Da ist Grundy zum Beispiel in einem Stadium sexueller Panik – um Himmels willen, verbirg sie! Sie kommen zusammen, sie werden sich einig! Es ist zu aufregend! Die schrecklichsten Dinge werden geschehen! – Er rennt herum – die langen Arme gehen wie Windmühlenflügel – sie müssen voneinander ferngehalten werden! Er macht sich daran, alles vollkommen auszutilgen – vollkommen zu trennen. Eine Seite der Straße für Männer, die andere für die Frauen, und eine Bretterwand – ohne Plakate – zwischen ihnen. Jeder Junge und jedes Mädchen wird in einen Sack genäht und darin versiegelt, nur Kopf und Hände schauen heraus, bis sie einundzwanzig sind. Musik ist verboten, Baumwollkleidung obligat für die niederen Geschöpfe! Spatzen werden abgeschafft – vollständig.«

Ich lachte kurz auf.

»Nun, da ist Mr. Grundy in einer Stimmung – und das versetzt Mrs. Grundy – sie ist eine sehr arglistige Person,

Ponderevo – im Herzen flatterhaft – es versetzt sie in peinliche Aufregung – in eine höchst peinliche! Sie ist ein folgsames Geschöpf. Wenn Grundy ihr sagt, etwas sei ungehörig, ist sie bestürzt, wird rot und schnappt nach Luft. Sie versucht, ihr Schuldgefühl hinter einer hochmütigen Miene zu verbergen … Grundy ist inzwischen in einen Zustand heftigster Erregung geraten. Lange, dürre, knochige Hände deuten und gestikulieren! Sie denken immer noch an so was – denken an so was! Es ist schrecklich! Man muß sich in acht nehmen! Dort sind Leute, die etwas flüstern! Niemand darf flüstern! Schon das allein ist gefährlich! Und dann die Bilder! In den Museen – zu schrecklich für Worte. Warum gibt es keine reine Kunst – mit einer Anatomie, die falsch und rein und gefällig ist –, reine Romane, reine Poesie, anstatt dieser Anspielungen – Anspielungen? … Entschuldige mich! Da geht etwas hinter der verschlossenen Türe vor sich! Das Schlüsselloch! Im Interesse der öffentlichen Moral – ja, als ein durchaus anständiger Mann – ich muß – ich will nachsehen – es wird mir nicht schaden – ich muß unbedingt nachsehen – meine Pflicht ist das Schlüsselloch –!«

Ewart zappelte begeistert mit den Beinen, und ich lachte wieder.

»Das ist Grundy in einer seiner Stimmungen, Ponderevo. Nicht Mrs. Grundy. Das ist eine der Lügen, die wir über Frauen erzählen. Sie sind zu leichtgläubig. Ja, leichtgläubig! Frauen sind leichtgläubig! Sie nehmen für bare Münze, was Männer ihnen sagen …«

Ewart überlegte eine Weile. »Wörtlich das, was ihnen gesagt wird«, ergänzte er und kam auf die Stimmungen von Mr. Grundy zurück.

»Dann findet man Grundy in einer anderen Stimmung. Hast du ihn schon einmal beim Herumschnüffeln erwischt, Ponderevo? Mit der verrückten Hoffnung, da sei etwas geheimnisvoll, beispiellos, verrucht, ergötzlich.

Etwas Unerlaubtes. O Gott! Das er nicht tun darf! ... Alle wissen darüber Bescheid, wissen, daß ebensoviel Geheimnisvolles und Ergötzliches an Grundys verbotenen Dingen ist wie etwa am Verspeisen von Schinken. Angenehm ist es, an einem strahlenden Morgen ausgeschlafen und hungrig im Freien zu frühstücken. Wenig verlockend hingegen, wenn man sich elend fühlt. Aber Grundy verbirgt das alles und versteckt es unter schmutziger Heuchelei und Bemäntelung, bis er es vergessen hat. Beginnt sich bohrende Gewissensbisse zu machen. Ficht schreckliche Kämpfe mit sich selbst aus wegen der unreinen Gedanken ... Da haben wir einen Grundy mit heißen Ohren – mit doppeldeutigen Reden, einen Grundy, der ausschweift, einen Grundy, der mit verstohlenen Blicken und krampfhaften Bewegungen heiser flüstert, der alles anstößig macht, der in dichten Wolken Unanständigkeit ausströmt! Grundy sündigt. O ja, er ist ein Scheinheiliger. Schleicht um die Ecken und begeht widerwärtige Sünden. Von Grundy und seinen dunklen Ecken kommt das Laster! Wir Künstler, wir haben keine Laster. Und dann bereut Grundy alles zutiefst. Und möchte alles verdammen, die gefallenen Frauen und die braven harmlosen Bildhauer, die nackte Gestalten schaffen – wie etwa ich –, und so ist Grundy wieder mitten in seinem Entsetzen.«

»Mrs. Grundy weiß wohl von seinen Sünden nichts«, bemerkte ich.

»Nein? Da bin ich nicht so sicher ... Aber, gesegnet sei ihr gutes Herz! Sie ist eine Frau ... Sie ist eine Frau. Dann wieder findet man Grundy mit einem breiten schmierigen Lächeln – wie ausgelaufene Butter – über das ganze Gesicht, weil er doch so fortschrittlich gesinnt ist – Grundy in seiner antipuritanischen Stimmung, geneigt, alles als harmlos anzusehen – Grundy, der Freund unschuldiger Vergnügungen. Er macht einem übel mit seinem Versuch, nichts dabei zu finden ... Und deshalb ist alles verkehrt, Ponderevo. Der Teufel soll Grundy holen! Er steht uns Jungen im Licht, so daß wir nichts sehen. Seine Stimmungen stecken uns an, seine Anwandlungen und Paniken, sein krampfhaftes Schnüffeln, seine Schmierigkeit. Wir wissen nicht, was wir denken, was wir sagen sollen. Er bemüht sich wie verrückt, uns daran zu hindern, gerade das zu lesen oder zu sehen, gerade über das zu sprechen, was wir als natürlich und richtig empfinden, und als äußerst interessant. So reifen wir nicht; wir stümpern im Sex herum, wagen es, danach Ausschau zu halten – und er macht ihn uns für immer schmutzig! Die Mädchen schweigen angsterfüllt vor seinem bedeutungsvollen Schnurrbart, vor dem trüben Etwas in seinen Augen.«

Plötzlich schoß Ewart wie ein Springteufelchen in die Höhe.

»Er ist rings um uns, Ponderevo«, sagte Ewart feierlich. »Manchmal – manchmal glaube ich, er ist auch – in unserem Blut. In dem meinen.«

Er sah mich ernst und forschend an, die Pfeife im Mund, und wollte meine Meinung hören.

»Du bist wirklich der entfernteste Vetter, den er je gehabt hat«, sagte ich ... und fragte nach einiger Überlegung: »Sag, Ewart, wie stellst du dir es anders vor?«

Er legte sein Gesicht in Falten, schaute ins Wasser, paffte, daß es in seiner Pfeife gurgelte, und dachte ernsthaft nach.

»Das ist nicht so einfach, das gebe ich zu. Wir sind unter dem Terror Grundys und der unschuldigen – aber fügsamen und – ja – recht schwierigen Lady, seiner Frau, aufgewachsen. Ich weiß nicht, wieweit die Schwierigkeiten eine Krankheit sind, verkümmerte Gewächse in Grundys Schatten ... Es ist durchaus möglich, daß ich noch einiges über die Frauen zu lernen habe ... Der Mann hat vom Baum der Erkenntnis gegessen. Seine Unbefangenheit ist dahin. Man kann nicht beides haben. Wir sind verdammt zu wissen; laß uns das ganz deutlich sagen. Ich würde vielleicht damit beginnen, die Begriffe Anstand und Unanständigkeit abzuschaffen ...«

»Grundy würde einen Anfall kriegen!« warf ich ein.

»Grundy, Ponderevo, würde kalte Duschen bekommen – öffentlich –, wenn sein hüllenloser Anblick nicht zu peinlich ist – dreimal am Tag ... Aber ich glaube nicht, nein, wirklich nicht, daß ich die Geschlechter wahllos miteinander herumlaufen lassen würde. Nein. Hinter den Geschlechtern steht nun einmal das Geschlecht. Es hat keinen Sinn, das zu vergessen. Sex ist immer da – auch in der besten gemischten Gesellschaft. Er sitzt dir im Nakken. Die Männer spielen sich auf und streiten – und die Frauen nicht anders. Oder sie sind Langweiler. Vermutlich haben die männlichen Urwesen um die weiblichen Urwesen gekämpft, schon in Zeiten, da sie beide auf dem Bauch kriechende kleine Reptilien waren. Man kann so etwas nicht in wenigen hunderttausend Jahren ändern ... Man sollte Promiskuität nicht zulassen – außer zwischen einem einzigen Mann und einer einzigen Frau. Was meinst du? ... Nur Paare? ... Wie ließe sich das bewerkstelligen? Vielleicht durch irgendwelche Vorschriften der Etikette?«

Er wurde ernst und machte mit seiner langen Hand geheimnisvolle Bewegungen.

»Mir schwebt vor – mir schwebt vor – eine Frauenstadt, Ponderevo. Ja ... Von einer Mauer umschlossen, von einer guten soliden Steinmauer – eine Stadtbefestigung so hoch wie die Aurelianische rund um Rom, und darinnen ein Garten. Dutzende Quadratkilometer Garten – Bäume – Quellen – Büsche – Teiche. Rasenflächen, auf denen die Frauen spielen, Straßen, auf denen sie schwätzen, Boote ... Frauen lieben dergleichen. Jede Frau hat eine gute interessante Mädchenschule besucht und erinnert sich daran für den Rest ihres Lebens. Das empfinden Frauen nun einmal so – Schule und College bedeuten ihnen mehr als alles, was sie später erleben. Und diese Gartenstadt wird alles enthalten, was sich Frauen nur wünschen, schöne Konzertsäle, Läden mit wunderbaren Kleidern, Räume für kunstgewerbliche Arbeiten, Babykrippen, Kindergärten, Schulen. Und kein Mann – außer vielleicht für schwere Arbeiten – kommt je da hinein. Die Männer leben in einer Welt, in der sie jagen und bauen können, erfinden und nach Erzen graben, Handel treiben, auf Schiffen fahren, nach Herzenslust trinken, alle Künste betreiben und kämpfen –«

»Ja«, sagte ich, »aber –«

Er winkte ab.

»Darauf komme ich soeben. Die Häuser der Frauen, Ponderevo, werden in die Mauer ihrer Stadt eingebaut; jede Frau wird ihr eigenes Heim haben, möbliert nach ihren Wünschen – mit einem kleinen Balkon an der Außenseite der Mauer. Auf den kleinen Balkon wird sie hinaustreten und Ausschau halten, wenn ihr danach ist, und rings um die Stadt läuft eine breite Straße mit Bänken und großen schattigen Bäumen. Und auf dieser schlendern die Männer auf und ab, wenn sie das Bedürfnis nach weiblicher Gesellschaft verspüren; wenn sie zum Beispiel ihr Herz ausschütten oder sonst über etwas sich aussprechen wollen, über Dinge, für die nur eine Frau Verständnis hat ... Die Frau wird sich dann über das Geländer beugen, zum Mann hinunterschauen, lächeln und mit ihm sprechen, wie er es möchte. Und jede Frau wird eine kleine seidene Strickleiter haben, die sie hinunterlassen kann, wenn sie will – wenn sie näheren Kontakt wünscht ...«

»Es gäbe immer noch die Rivalität der Männer untereinander.«

»Das vielleicht – ja. Aber sie würden sich den Entscheidungen der Frauen fügen müssen.«

Ich wies noch auf die eine oder andere Schwierigkeit hin, und wir spielten eine Weile mit Ewarts Idee.

»Ewart«, überlegte ich, »das ist wie die Puppeninsel ...

Nimm an, ein erfolgloser Bewerber belagert einen Balkon und läßt keinen Rivalen in die Nähe?«

»Man schafft ihn durch Hausierverbote fort«, sagte Ewart, »wie Drehorgelspieler. Da sehe ich keine Schwierigkeiten. Und man könnte einen Verstoß gegen die Etikette daraus machen. Es gibt kein erträgliches Leben ohne Etikette … Und die Menschen gehorchen der Etikette eher als den Gesetzen …«

»Hm«, meinte ich, und mir fiel etwas ein, das jungen Männern ansonsten fernliegt. »Was geschieht mit den Kindern in der Stadt«, fragte ich. »Mädchen, schön und gut. Aber Jungen zum Beispiel – die werden allmählich größer.«

»Ach ja!« sagte Ewart. »Das habe ich vergessen. Die dürfen nicht in der Stadt aufwachsen … Man wird die Jungen daraus entfernen, wenn sie sieben Jahre alt sind. Ihr Vater müßte mit einem kleinen Pony, einem Spielzeuggewehr und männlicher Kleidung kommen und den Jungen mitnehmen. Später könnten sie wieder zu Mutters Balkon kommen … Es muß reizvoll sein, die Mutter dort oben zu sehen, für den Vater und den Sohn …«

»Das ist alles recht schön und gut«, sagte ich schließlich, »aber es ist ein Traum. Kehren wir zur Wirklichkeit zurück. Eigentlich wollte ich wissen, was du in Brompton oder, sagen wir, in Walham Green jetzt, in dieser meiner Situation, tun würdest?«

»Oh! Zum Teufel damit!« wehrte er ab. »Walham Green! Du bist ein komischer Kerl, Ponderevo!« Und damit beendete er seine Ausführungen und gab mir auf meine zaghaften Fragen eine Zeitlang überhaupt keine Antworten …

»Während wir spintisierten«, sagte er plötzlich, »hatte ich eine ganz andere Idee.«

»Was für eine?«

»Ein Meisterwerk. Eine Serie, wie die Büsten der Cäsaren. Aber keine Köpfe, verstehst du. Uns sind die Leute, die heutzutage über uns herrschen, nicht so wichtig ...«

»Was sonst willst du machen?«

»Hände – eine Serie von Händen! Die Hände des zwanzigsten Jahrhunderts. Das habe ich vor. Irgendwann wird irgendwer es entdecken – hinkommen – sehen, was ich gemacht habe und was damit gemeint ist.«

»Wo sehen?«

»Auf den Grabsteinen. Warum nicht? Der unbekannte Meister von High Gate! Alle die kleinen zarten Hände der Frauen, die kräftigen, häßlichen der Männer, die Hände der Versager, der Taschendiebe! Und die Hände Grundys, schlapp, dürr, knochig – die Hände des Quälgeists Grundy! – den kleinen Finger und den Daumen leicht gekrümmt! Nur müßten sie Elemente von allen anderen enthalten – in verwirrender Mischung ... Wie Rodins ›Große Hand‹ – du kennst sie!«

4

Ich habe vergessen, wie viele Tage zwischen dem letzten Abbruch unserer Beziehung und Marions Nachgeben vergingen. Aber noch heute ist mir der Tumult meiner Gefühle in Erinnerung, das Schwanken zwischen Tränen und Lachen, als ich ihren Brief las – »Ich habe über alles nachgedacht, ich war selbstsüchtig ...«

Ich raste noch am gleichen Abend nach Walham Green und gestand ihr alles zu, was sie sich gewünscht hatte, um sie an Großmut zu übertreffen. Sie war diesmal außerordentlich lieb und edelmütig, und als ich sie verließ, küßte sie mich sehr zärtlich.

So heirateten wir also.

Wir heirateten mit all den ganzen üblichen Unsinnigkeiten. Ich ließ es über mich ergehen – nach einer Weile nicht ganz ohne Murren –, und Marion nahm es mit augenscheinlicher Befriedigung wahr. Endlich war ich vernünftig geworden. Wir fuhren in drei Mietwagen zur Kirche (nur eines der Pferdepaare paßte zusammen) – mit improvisiert aufgeputzten Kutschern, mit weißen Schleifen an ihren Peitschen und recht schäbigen Zylindern –, und mein Onkel zeigte sich freigebig und bestand darauf, ein Hochzeitsfrühstück von einem Lieferanten in Hammersmith auftragen zu lassen. Die Tafel quoll über von Chrysanthemen, an besonderen Punkten prangten Orangenblüten, und es gab eine mehrstöckige Torte. Wir reichten auch, in Tortenstücke gesteckt, Karten mit Silberaufdruck herum, auf denen Marions Name Ramboat mit einem Pfeil durchkreuzt war, der auf Ponderevo wies. Ein kleiner Massenaufmarsch von Marions Verwandten und etlichen Freunden, desgleichen Freunde von Freunden Smithies erschienen in der Kirche und strömten zum Chor. Ich führte meinen Onkel und meine Tante vor – eine erlesene Zweiergruppe. In dem schäbigen kleinen Haus gab es ein erheiterndes Gedränge. Die Anrichte, in der die Tischtücher und die »Zimmer zu vermieten«-Tafel aufbewahrt wurden, diente als Sockel für den Aufbau der Geschenke und einer ungewöhnlichen Anzahl von Glückwunschbilletts.

Marion trug ein weißes Seidenkleid, das ihr nicht stand und das sie protzig und mir fremd erscheinen ließ, weil es sie in ungewohnte Kurven und Formen zwängte. Sie war während des ganzen seltsamen Rituals einer englischen Hochzeit von einem feierlichen Ernst, den ich in meiner noch allzu selbstsüchtigen Jugend nicht begreifen konnte. Für sie war alles von außerordentlicher Bedeutung; für mich war es der ärgerliche, verwickelte und beunruhigende Triumph einer Welt, die ich bereits erbittert zu kritisieren begonnen hatte. Wozu all dieses Getue? Dieses ungehörige Hinausposaunen, daß ich leidenschaftlich in Marion verliebt sei? Ich glaube, daß Marion meiner schwelenden Erbitterung kaum gewahr wurde, da ich mich immerhin »artig« benahm. Ich hatte mich in meine Rolle auch hinsichtlich der Kleidung gefügt: ein wunderbar geschnittener Frack, ein neuer Zylinder, eine Hose, so leicht, daß ich mich gerade noch nicht schämen mußte – tatsächlich noch etwas leichter –, dazu weiße Weste, weiße Schleife und weiße Handschuhe. Angesichts meiner Verzweiflung hatte Marion den ungewöhnlichen Mut, mir zuzuflüstern, daß ich bildschön aussähe; ich weiß nur zu gut, daß es mir nicht so vorkam. Ich sah aus wie das farbige Beilageblatt zu ›Men's Wear‹ oder ›The Tailor and Cutter‹: Gesellschaftsanzug für feierliche Anlässe. Mich drückte außerdem der ungewohnte Kragen. Ich fühlte mich verloren wie in einem fremden Körper, und wenn ich, um mich wiederzufinden, an mir hinunterblickte, bestärkten mich der eingezwängte weiße Bauch und die ungewohnten schamlosen Beinröhren in diesem Eindruck.

Mein Onkel dünkte mich als der Beste von allen, er sah aus wie ein Bankier – ein kleiner Bankier, gewiß – in festlichem Staat. Er trug eine weiße Rose im Knopfloch und war, glaube ich, nicht sehr redselig. Wenigstens erinnere ich mich nicht, daß er viel sprach ...

»George«, sagte er ein- oder zweimal, »das ist ein großes Erlebnis für dich – ein sehr großes Erlebnis.« Es klang wenig überzeugend.

Ich hatte ihm nämlich von Marion bis eine Woche vor der Hochzeit nichts erzählt; für ihn, wie auch für meine Tante, war es eine Überraschung gewesen. Sie konnten es, wie man sagt, »kaum begreifen«. Meine Tante war höchst interessiert, viel mehr als mein Onkel; damals, glaube ich, begriff ich zum ersten Mal wirklich, wie sehr ihr mein Glück am Herzen lag. Nach meiner Ankündigung hatte sie mich unter vier Augen gebeten: »George, erzähl mir alles über sie. Warum hast du mir – wenigstens mir – nicht schon früher etwas gesagt?«

Zu meiner Überraschung fand ich es schwierig, mit ihr über Marion zu sprechen. Das machte sie ein wenig verlegen.

»Ist Marion schön?« fragte sie schließlich.

»Ich weiß nicht«, wich ich aus, »was du von ihr halten wirst. Ich meine –«

»Ja?«

»Ich meine, sie ist vielleicht die schönste Frau auf Erden.«

»Und ist sie es nicht? Für dich?«

»Natürlich«, bestätigte ich und nickte. »Ja, das ist sie …«

Und während ich mich an nichts erinnere, was mein Onkel während der Hochzeit sagte oder tat, erinnere ich mich noch sehr genau an forschende, besorgte und seltsam vertrauliche Blicke meiner Tante. Mir ging auf, daß ich vor ihr nichts verbergen konnte. Sie war sehr elegant angezogen, trug einen Hut mit großen Federn, der ihren Hals noch länger und schlanker erscheinen ließ, und sah, als sie mit ihrem wiegenden Schritt, den Blick auf Marion gerichtet, durch das Kirchenschiff ging, keineswegs fröhlich aus. Sie machte sich über meine Heirat, glaube ich, mehr Gedanken als ich und war wegen meiner düsteren Laune und Marions Blindheit über alle Maßen besorgt. Sie sah uns mit Augen, die wußten, was Liebe ist – aus Liebe.

Als wir im Chor unterschrieben, wandte sie sich ab, und ich glaube wirklich, daß sie weinte, obwohl ich bis heute nicht sagen kann, warum sie geweint haben sollte, und sie war auch dem Weinen nahe, als sie mir beim Abschied die Hand drückte. Sie sagte kein Wort und schaute mir nicht ins Gesicht, drückte mir nur die Hand …

Wäre ich nicht so düsterer Stimmung gewesen, hätte ich wohl manches an unserer Hochzeit unterhaltsam gefunden. Ich erinnere mich an eine Menge lächerlicher Einzelheiten. Der seines Amtes waltende Geistliche war so erkältet, daß alle seine »n« wie »d« klangen, und er machte der Braut das abgedroschenste Kompliment über ihr Alter, als wir uns ins Kirchenbuch eintrugen. Er hatte es schon jeder Braut, die bei ihm geheiratet hatte, gemacht, wie allgemein bekannt war. Und zwei mittelalterliche Jungfern, Cousinen Marions, Schneiderinnen in Barking, fielen mir auf. Sie trugen unwahrscheinlich durchsichtige bunte Blusen und dunkle alte Röcke und zeigten ungeheuern Respekt vor Mr. Ramboat. Sie warfen Reiskörner, von denen sie mehrere Tüten mitgebracht hatten, und verteilten mit vollen Händen Reis vor der Kirchentüre an unbekannte kleine Jungen, was zu einem Gedränge von Knirpsen Anlaß gab; eine hatte die Absicht gehabt, einen Pantoffel zu werfen. Es war ein warmer, alter Seidenpantoffel. Ich weiß es, weil er ihr im Kirchenschiff aus der Tasche fiel und ich ihn aufhob. Ich glaube nicht, daß sie ihn wirklich geworfen hat, denn als wir von der Kirche fortfuhren, sah ich sie schrecklich und, wie mir schien, vergeblich in ihrer Tasche wühlen; später entdeckte ich das glückbringende Geschoß oder seinen Zwilling, offensichtlich in Verlust geraten, hinter dem Schirmständer im Vorzimmer …

Die ganze Sache war viel alberner, viel ungereimter, viel menschlicher, als ich sie mir vorgestellt hatte, aber ich war noch zu jung und zu humorlos, um die Unzulänglichkeiten zu genießen. Ich bin heute über diese Phase meiner Jugend soweit hinaus, daß ich leidenschaftslos darauf, wie auf ein Gemälde, zurückblicken kann – auf ein irgendwie wunderbares, vollkommenes, in seiner Originalität erschöpfliches Gemälde; aber damals war ich von unaussprechlichem Groll erfüllt. Heute wäge ich das alles ab, sehe die Einzelheiten, verallgemeinere die Aspekte. Mich interessiert zum Beispiel der Vergleich mit meiner Bladesover-Theorie über die britische Sozialordnung. Unter dem Zwang der Tradition versuchen wir alle in dem Schmelztiegel London Hochzeitszeremonien eines Bewohners von Bladesover oder eines rundlichen Mittelständlers aus einem vom Schloß abhängigen Landstädtchen nachzuahmen. Dort ist die Heirat eine Angelegenheit von öffentlicher Bedeutung. Dort ist die Kirche der gesellschaftliche Treffpunkt, und die Absicht eines Paares zu heiraten, ist für jedermann, den man auf der Straße trifft, von Wichtigkeit. Heirat ist eine Veränderung des Familienstandes, die durchaus zu Recht die ganze Nachbarschaft interessiert. Aber in London gibt es keine Nachbarn, keiner kennt den anderen, niemand achtet darauf. Ein Fremder nahm in einem Büro meine Anmeldung entgegen, und unser Aufgebot wurde vor Ohren verkündet, die unsere Namen nie zuvor gehört hatten. Auch der Geistliche, der uns traute, hatte uns nie zuvor gesehen und machte in keiner Weise den Eindruck, als wolle er uns noch einmal begegnen.

Nachbarn in London! Die Ramboats kannten die Namen der neben ihnen wohnenden Leute nicht. Während ich auf Marion wartete, bevor wir auf Hochzeitsreise gingen, kam Mr. Ramboat und starrte neben mir zum Fenster hinaus.

»Da drüben war gestern ein Begräbnis«, sagte er, um Konversation zu machen, und deutete mit dem Kopf auf das gegenüberliegende Haus. »Eine elegante Sache – mit einem pompösen Leichenwagen ...«

Und unsere kleine Prozession, bestehend aus drei Mietfahrzeugen, mit schleifengeschmückten Pferden und Kutschern, schlüpfte durch den riesigen, geräuschvollen, gleichgültigen Verkehr wie eine zerbrochene Porzellanstatue durch die Kohlenrutsche eines Panzerkreuzers. Niemand machte uns Platz, niemand scherte sich um uns; die Fahrer der Omnibusse grinsten; lange Zeit schlichen wir hinter einem unappetitlichen Müllwagen einher. Sein ungehöriges Geklapper und Rumpeln brachte in die öffentliche Verbindung zweier Liebender einen seltsamen Beigeschmack von Unschicklichkeit. Wir waren im Begriffe, uns schamlos zur Schau zu stellen.

Die Menge, die uns vor der Kirchentüre angaffte, hätte in gleicher Weise, aber mit größerem Interesse, einen Unfall beobachtet ...

In Charing Cross – wir fuhren nach Hastings – erfaßte der geschulte Blick des Schaffners die Bedeutung unserer ungewöhnlichen Bekleidung und sicherte uns ein Abteil.

»Nun, da sind wir also«, sagte ich, als der Zug aus dem Bahnhof fuhr, »wir haben es hinter uns!« Und ich wandte mich Marion zu – die noch immer fremd aussah in der ungewohnten Kleidung – und lächelte.

Sie sah mich ernst und ein wenig schüchtern an.

»Du bist nicht böse?« fragte sie.

»Böse, warum?«

»Darüber, daß wir alles richtig gemacht haben?«

»Meine liebe Marion«, sagte ich und küßte statt einer Antwort ihre behandschuhte, nach Leder riechende Hand ...

Ich erinnere mich nur undeutlich an diese Fahrt von etwa einer Stunde, die uns wie im Flug verging – denn wir waren beide verwirrt und ein wenig müde, auch hatte Marion Kopfweh und wollte keine Zärtlichkeiten. Ich versank in Träume über meine Tante und stellte, als wäre es eine neue Entdeckung, überrascht fest, daß ich sie eigentlich sehr gerne mochte. Ich bereute aufrichtig, daß ich ihr von meiner Heirat nicht schon früher etwas gesagt hatte ...

Aber der Leser wird die Geschichte meiner Flitterwochen nicht hören wollen. Ich habe alles erzählt, was wichtig war. Auf diesen neuen Lebensweg war ich durch die Umstände geraten. Von Kräften getrieben, die ich nicht begriff, der Wissenschaft, der Forschung und der Arbeit entfremdet, der ich mich einst gewidmet hatte, kämpfte ich mich durch ein Gewirr von Traditionen, Bräuchen, Hindernissen und Sinnlosigkeiten, entrüstete mich, verstrickte mich in Bindungen, widmete mich einer Tätigkeit, die ich mit aller Klarheit als unehrenhaft und wertlos erkannt hatte, war schließlich dem blinden Naturdrang, der rücksichtslosen Unmittelbarkeit des Verlangens erlegen und hielt, vom erhofften Glück weit entfernt, eine schluchzende und widerstrebende Marion in den Armen.

5

Wer kann die langsame Entfremdung zweier Eheleute angemessen schildern, das Schwinden erst dieser und jener Bindung, dann jeglicher Gemeinsamkeit? Am wenigsten kann das einer der beiden Beteiligten. Selbst jetzt, nachdem ich fünfzehn Jahre lang Zeit hatte, darüber nachzudenken, ist mir immer noch eine Reihe von Eindrücken so unklar, verworren, bar jeder Ordnung und widersprüchlich wie das Leben selbst. Manches, wenn ich daran denke, läßt mich Marion lieben, anderes sie hassen – es sind hunderterlei Aspekte, unter denen ich sie jetzt mit leidenschaftslosem Einfühlungsvermögen sehen kann. Während ich hier sitze und versuche, ein angenähertes Bild dieser unendlich verwirrenden Entwicklung zu entwerfen, steigen in mir Erinnerungen auf an Augenblicke harter und stolzer Fremdheit, an Augenblicke ungetrübter Vertrautheit, eines längst vergessenen Gleichklangs. Wenn wir »Freunde« waren, hatten wir unsere eigene Sprache, da war ich »Schafsnase« und sie »Schätzchen«, und diesen äußeren Schein hielten wir immer aufrecht, so daß Smithie bis ganz zum Schluß glaubte, wir seien das verliebteste Pärchen der Welt.

Ich kann nicht in vollem Umfang schildern, wie Marion sich mir in den Weg stellte und in jenem intimen Gefühlsleben versagte, aus dem das Wesen der Liebe besteht. Dieses Gefühlsleben erweist sich in kleinen Dingen. Ein schönes Gesicht unterscheidet sich von einem häßlichen durch Einzelheiten und Proportionen, die auf den ersten Blick kaum feststellbar sind. So vermag auch ich nur Kleinigkeit an Kleinigkeit zu reihen; sie alle können nur die grundlegende Unvereinbarkeit der Charaktere dartun, die ich bereits klarzumachen versucht habe. Mancher Leser wird es verstehen – anderen werde ich wie ein gefühlloser Rohling erscheinen, der zu keiner Nachsicht fähig war … Jetzt ist es nicht mehr schwer, nachsichtig zu sein; aber jung und heißblütig sein und Nachsicht üben, ein Leben als Ehemann vor sich sehen, ein Leben, das in den ersten Stunden wie Seligkeit aussah, wie ein Garten voller Rosen, wie ein Ort tiefer, süßer Geheimnisse, pochender Herzen und wundervollen Vergessens, und es dann als eine Serie von Geduldsproben und kindischem Geschwätz erkennen, als Kompromiß, als den am wenigsten erfolgreichen Schritt im ganzen Leben …!

Jede Liebesromanze, die ich las, erschien mir wie ein Hohn auf unseren lustlosen Umgang, jedes Gedicht, jedes schöne Bild war ein Vorwurf gegen die ereignislose Abfolge grauer Stunden, die wir miteinander verlebten. Ich glaube, im Grunde unterschieden wir uns hauptsächlich im ästhetischen Empfinden voneinander.

Als ärgster und unseligster Aspekt dieser ganzen Zeit erscheint mir noch heute, daß Marion so gar nicht auf ihr Äußeres achtete. Ich weiß, es ist fast lächerlich, davon zu sprechen, aber sie war imstande, vor mir mit Lockenwicklern zu erscheinen. Auch ließ sie sich nicht davon abbringen, alte oder verschnittene Kleider zu Hause »auszutragen«, wenn aller Voraussicht nach »niemand sie sah« – dieser »niemand« war ich. So brachte sie es fertig, daß sich in mir eine Fülle wenig erfreulicher Erinnerungen an ihre Liederlichkeiten ansammelte …

Ihre Einstellung zum Leben war verschieden von meiner. Ich erinnere mich an unsere Auseinandersetzungen beim Möbelkauf. Wir verbrachten drei oder vier Tage in der Tottenham Court Road, und sie wählte die Stücke, die ihr gefielen, mit unerbittlicher Entschlossenheit aus – meine Vorschläge wischte sie mit einem »oh, du bildest dir immer so verrücktes Zeug ein« beiseite. Sie folgte einem gemessenen, klaren und erprobten Ideal, das alle anderen Möglichkeiten ausschloß. Über jedem Kaminsims hing ein drapierter Spiegel, unsere Kredenz war wundervoll und prächtig mit geschliffenen Glasplatten ausgestattet, wir hatten Lampen auf langen Metallstengeln und Sitzecken und Blumen in Trögen. Smithie fand das alles herrlich. Nirgends im ganzen Haus gab es einen Platz, wo man hätte in Ruhe sitzen und etwas lesen können. Meine Bücher wanderten auf Regale in der Anrichte neben dem Speisezimmer. Und wir hatten ein Klavier, obwohl Marion kaum die Anfangsgründe des Spiels beherrschte …

Es war wohl für Marion eine überaus grausame Fügung, daß ich mit meiner Rastlosigkeit, meiner Skepsis, meinen ständig neuen Ideen darauf bestanden hatte, sie zu heiraten. Ihr war die Fähigkeit versagt, zu wachsen oder sich zu entwickeln. An dem, was sich ihrer Ansicht nach gehörte, wenn es um Stühle für den Salon oder um Hochzeitszeremonien oder sonstige Lebensumstände ging, hielt sie mit einer schlichten und unverrückbaren Ehrlichkeit und Überzeugung, mit jener phantasielosen Starrheit fest, mit der ein Webervogel sein Nest oder ein Biber seinen Damm baut.

Lassen sie mich über die Geschichte unserer Fehlschläge und unserer Entfremdung rasch hinweggehen. Ich könnte von einem Zu- und Abnehmen der Liebe zwischen uns sprechen, doch das Abnehmen überwog. Manchmal tat sie etwas für mich, nähte mir eine Krawatte oder ein Paar Pantoffeln und erfüllte mich mit nichts weniger als Dankbarkeit, denn all diese Dinge waren schlichtweg scheußlich. Unseren Haushalt und das einzige Dienstmädchen leitete sie mit harter Hand und glänzendem Erfolg. Sie war übermäßig stolz auf Haus und Garten. Und ihrer Ansicht nach erfüllte sie ihre Verpflichtungen mir gegenüber vollkommen.

Dann brachte es die rasche Verbreitung von Tono-Bungay mit sich, daß ich in die Provinz reisen mußte und manchmal eine ganze Woche fortblieb. Das hatte sie nicht gern, es machte sie »unlustig«, wie sie es nannte, aber nach einer Weile begann sie wieder zu Smithie zu gehen und sich von mir unabhängig zu machen. Bei Smithie galt sie jetzt als Dame der Gesellschaft, die über eigenes Geld verfügte. Sie nahm Smithie ins Theater oder zum Mittagessen mit und sprach unaufhörlich vom Geschäft. So wurde Smithie bei uns ein ständiger Wochenendgast. Auch kaufte Marion einen Spaniel und begann in Kunstfertigkeiten zu stümpern, in Brandmalerei, Fotografieren oder Hyazinthenzucht in Gläsern. Sie ließ sich darin von einem Nachbarn beraten. Ihre Eltern – ihr Vater löste seine Verbindung mit dem Gaswerk – zogen von Walham Green fort in das kleine Haus, das ich für sie in unserer Nähe mietete, und sie kamen oft zu uns.

Seltsam, wie einen die kleinsten Dinge rasend machen, wenn die Quellen des Lebens bitter fließen! Mein Schwiegervater überfiel mich, wenn ich mißgestimmt war, unweigerlich mit dem Vorschlag, ich möge mich doch mehr um den Garten kümmern.

»Du denkst zuviel nach«, sagte er dann. »Würdest du dich ein wenig mit dem Spaten befassen, so könntest du bald in diesem Garten ein Meer von Blüten haben.«

Oder in ärgerlichem Ton: »Ich begreife überhaupt nicht, George, warum du da nicht ein kleines Glashaus hinstellst. In dieser sonnigen Ecke könntest du mit ein wenig Glas Wunder wirken.«

Im Sommer kam er nie, ohne in der Halle ein Zauberkunststück vorzuführen und Gurken oder Tomaten aus den unerwartetsten Körperstellen zu produzieren. »Alles stammt von meinem kleinen Stück Land«, sagte er bedeutungsvoll. Er hinterließ Gartenprodukte an den ungewöhnlichsten Stellen, auf Kaminsimsen, Regalen, Bilderrahmen. Du lieber Himmel! Wie regte mich eine so unerwartet gefundene Tomate doch auf!

Es trug viel zu unserer Entfremdung bei, daß Marion und meine Tante sich miteinander nicht befreundeten, sondern gewissermaßen instinktiv zu Gegnerinnen wurden.

Was meine Tante betraf, so besuchte sie uns nicht selten, denn sie war wirklich begierig, Marion kennenzulernen. Anfangs rauschte sie wie ein Wirbelwind herein und erfüllte das Haus mit Jubel. Sie kleidete sich mit jener fröhlichen, extravaganten Ungezwungenheit, die ihren neuerworbenen Reichtum verriet, und zog für Besuche ihre besten Sachen an.

Vermutlich wollte sie mich bemuttern, Marion in die tieferen Geheimnisse einweihen, wie ich etwa meine Schuhe abnutzte und nie daran dachte, bei kaltem Wetter wärmere Sachen anzuziehen. Aber Marion reagierte darauf mit dem abwehrenden Mißtrauen schüchterner Menschen und empfand es nur als Kritik; und meine Tante, die das durchschaute, wurde daraufhin nervös und unfein …

»Sie sagt so seltsame Sachen«, meinte Marion einmal, als wir über sie sprachen. »Aber sie meint es wohl im Spaß.«

»Ja«, erwiderte ich. »Es ist Spaß.«

»Wenn ich so etwas sagen würde wie sie –«

Die »seltsamen Sachen«, die meine Tante sagte, waren bei weitem nicht so seltsam wie jene, die sie verschwieg.

Ich erinnere mich, wie sie einmal in unserem Salon ein schräges Auge – das ist der einzig passende Ausdruck – auf den Topf mit dem Gummibaum warf, den Marion auf eine Ecke des Klaviers gestellt hatte.

Die Tante war nahe daran, etwas zu sagen. Doch als sie das Gesicht bemerkte, das ich machte, zuckte sie zusammen wie eine Katze, die beim Milchnaschen erwischt worden ist.

Dann packte sie dennoch die Bosheit.

»Ich habe doch nicht das geringste gesagt«, betonte sie und sah mir dabei ins Gesicht.

Ich lächelte. »Nett von dir«, sagte ich, gerade als Marion mit düsterer Miene hereinkam, um sie zu begrüßen. Aber ich kam mir wie ein Verräter vor – Verräter am Gummibaum vermutlich –, wegen allem, was nicht gesagt worden war …

»Deine Tante macht sich über andere Menschen lustig«, stellte Marion fest und fügte großzügig hinzu: »Vermutlich ist das in Ordnung … wenigstens für sie.«

Mehrmals waren wir zum Mittagessen in Beckenham eingeladen, ein- oder zweimal auch zum Abendessen. Meine Tante gab sich große Mühe, Freundschaft zu schließen, aber Marion blieb starrköpfig. Auch fühlte sie sich, wie ich sah, höchst unbehaglich, verschanzte sich hinter einer ermüdenden Einsilbigkeit, gab nur knappe Antworten und ließ sich auf keines der Themen ein, die angeschnitten wurden.

Die Abstände zwischen den Besuchen meiner Tante wurden immer größer …

Mein Eheleben bildete schließlich einen schmalen tiefen Stolpergraben inmitten der vielfältigen Interessen, die mich beschäftigten. Ich reiste durch die Welt, traf eine buntscheckige Menge von Leuten und las in den Zügen auf der Hin- und Rückfahrt zahllose Bücher. Ich schloß im Hause meines Onkels Bekanntschaften, an denen Marion keinen Anteil hatte. Neue Ideen strömten auf mich ein und erfüllten mich. Die erste Hälfte des dritten Lebensjahrzehnts ist für Männer vermutlich die Zeit des größten geistigen Wachstums. Es sind rastlose Jahre unklaren Vorwärtsdrängens.

Jedesmal, wenn ich nach Ealing zurückkehrte, schien mir das Leben dort fremder, beengter und reizloser – und Marion weniger schön, dafür engstirniger und schwieriger – bis sie schließlich jeden Funken ihres früheren Zaubers eingebüßt hatte. Auch begrüßte sie mich, wie mir schien, immer kühler, bis sie mir schließlich mit vollkommener Gleichgültigkeit entgegentrat. Damals fragte ich mich nie, worüber sie sich wohl grämen oder unzufrieden sein mochte.

Wenn ich heimkam, erhoffte oder erwartete ich nichts. Das war eben mein Schicksal, und ich hatte es selbst erwählt. Ich wurde immer empfindlicher für Schwächen, über die ich einst hinweggesehen hatte, begann Marions bläßlichen Teint mit ihrem Mangel an Temperament und die scharfen Linien um Mund und Nase mit ihren Anwandlungen von Übellaunigkeit in Verbindung zu bringen. Wir entfernten uns immer mehr voneinander, die Kluft zwischen uns wurde immer größer. Ich wurde des kindischen Geschwätzes und der stereotypen kleinen Zärtlichkeiten müde, ich wurde auch ihrer neuesten wundervollen Basteleien müde, und ich zeigte es nur allzu offen. Wir sprachen kaum noch miteinander, wenn wir allein waren. Nichts blieb als der unerwiderte Rest meines körperlichen Verlangens – ein weiterer Anlaß zur Gereiztheit.

Keine Kinder retteten unsere Ehe. Marion hatte von Smithie den Abscheu und die Furcht vor der Mutterschaft übernommen. Alles, was damit zusammenhing, war Bestandteil und Quintessenz der »abscheulichen« Lebensumstände, eine empörende Sache, das Letzte an Entwürdigung, das unbedachten Frauen zustoßen konnte. Ich hege sogar Zweifel daran, ob Kinder unsere Ehe wirklich gerettet hätten. Wir wären so hoffnungslos uneins über ihre Erziehung gewesen.

Im ganzen genommen erscheint mir heute das Zusammenleben mit Marion als eine lange Mühsal, manchmal schwierig, manchmal voll zärtlicher Gereiztheit. In dieser Zeit dachte ich erstmals kritisch über mein Leben nach, und ein bedrückendes Gefühl, alles sei Irrtum und Fehlleistung, überkam mich. Ich lag des Nachts wach und grübelte über den Sinn des Ganzen nach, ließ das unbefriedigende, enttäuschende Eheleben, die mit erbärmlichen Spekulationen und belanglosen Geschäften verbrachten Tage an mir vorüberziehen. Alles widersprach so völlig dem, was ich war, den ehrgeizigen Plänen meiner Jugendzeit, meinen Wimblehurster Träumen. Meine Lage schien unabänderlich zu sein, und ich fragte mich vergeblich, warum ich mich in sie versetzt hatte.

6

Das Ende unserer unerträglichen Situation kam plötzlich, aber auf eine vermutlich unvermeidliche Weise. Meine abgewiesenen Gefühle gingen neue Wege, und ich wurde Marion untreu.

Ich maße mir nicht an, mein Verhalten irgendwie beschönigen zu wollen. Ich war ein junger und ziemlich temperamentvoller Mann. All mein Verlangen nach Liebe war entfacht und angestachelt worden, Brautschaft und Ehe hatten jedoch nichts davon befriedigt. Ich war, ohne auf etwas anderes zu achten, dem trügerischen Glanz der Schönheit nachgejagt, und er hatte mich enttäuscht. Er war geschwunden, während ich gehofft hatte, er würde nur noch heller erstrahlen. Ich verzweifelte am Leben und war verbittert. Und so geschah eben, was ich schildern werde. Ich verquicke damit keinerlei moralische Betrachtungen, und was die gesellschaftlichen Abhilfen betrifft, so überlasse ich sie den Sozialreformern. Ich befinde mich bereits in einem Lebensabschnitt, in dem mich von allen Theorien nur noch solche über allgemeine Zusammenhänge interessieren.

Um in der Raggett Street in das innere Büro zu gelangen, mußte ich durch einen Raum gehen, in dem die Schreibkräfte saßen. Sie tippten unsere Korrespondenz; Buchhaltung und Rechnungslegung waren längst in Nebenhäuser übersiedelt, die wir uns glücklicherweise zu beiden Seiten der Zentrale hatten sichern können. Ich muß gestehen, daß ich dieser Ansammlung größtenteils rundschultriger Weiblichkeit nur mit recht verschwommenen Gefühlen gewahr wurde. Aber einmal erregte eine der jungen Frauen inmitten der anderen meine Aufmerksamkeit und zog meinen Blick auf sich. Als erstes fiel mir ihr Rücken auf. Gerader und straffer als die Rücken aller anderen – ihr sanft gerundeter Nacken, eine Halskette von unechten Perlen, die tadellose kastanienbraune Frisur – und ein flüchtiger Seitenblick. Dann wandte sie mir plötzlich ihr Gesicht zu und sah mich an.

Meine Augen suchten sie, wenn ich aus geschäftlichen Gründen den Raum durchquerte – ich diktierte ihr einige Briefe und entdeckte dabei, daß sie schöne gepflegte Hände mit rosigen Nägeln hatte. Ein- oder zweimal, wenn wir einander zufällig begegneten, trafen sich für Sekundenbruchteile unsere Augen.

Das war alles. Aber im geheimnisvollen Bereich der Liebe genügt das, um einander das Wesentliche zu sagen. Zwischen ihr und mir gab es ein Geheimnis, ein Gemeinsames.

Eines Tages kam ich zur Mittagszeit in die Raggett Street, und sie saß allein an ihrem Tisch. Als ich eintrat, schaute sie auf und blieb dann regungslos sitzen, den Kopf gesenkt und die Hände an die Tischkante geklammert. Ich ging dicht an ihr vorbei zur Türe ins Innere des Büros, kehrte um und trat vor sie hin.

Eine ganze Weile sagte keiner von uns ein Wort. Ich zitterte heftig.

»Ist das eine der neuen Schreibmaschinen?« fragte ich schließlich, nur um etwas zu sagen.

Sie sah wortlos mit gerötetem Gesicht und leuchtenden Augen zu mir auf, und ich neigte mich zu ihr und küßte sie auf die Lippen. Sie sank zurück, schlang einen Arm um meinen Hals, zog mein Gesicht zu sich herab und küßte mich immer wieder. Ich hob sie hoch und hielt sie in meinen Armen. Sie ließ es sich mit einem leisen erstickten Schrei gefallen.

Nie zuvor hatte ich so leidenschaftliche Küsse erlebt …

Im Geschäft draußen rührte sich etwas.

Wir fuhren mit glühenden Gesichtern und brennenden Augen auseinander.

»Hier können wir nicht reden«, flüsterte ich mit zuversichtlicher Vertraulichkeit. »Wohin gehst du um fünf Uhr?«

»Das Themseufer entlang nach Charing Cross«, antwortete sie ebenso vertraulich. »Dort geht fast niemand …«

»Um halb sechs?«

»Ja, um halb sechs …«

Die Türe zum Geschäft öffnete sich, und sie setzte sich sehr rasch auf ihren Platz.

»Es freut mich, zu hören«, sagte ich in alltäglichem Tonfall, »daß die neuen Schreibmaschinen in Ordnung sind.«

Ich ging in das innere Büro und durchforschte die Gehaltslisten nach ihrem Namen – Effie Rink. Den ganzen Nachmittag rührte ich keine Arbeit an. Ich wanderte in dem schäbigen kleinen Zimmer auf und ab wie ein Tier im Käfig.

Als ich einmal hinausging, arbeitete Effie mit anscheinend außerordentlicher Ruhe – und beachtete mich überhaupt nicht …

Wir trafen einander und sprachen uns an diesem Abend aus, flüsternd, auch wenn niemand in der Nähe war, der uns hätte hören können. Und wir wurden uns einig. Und das alles war den romantischen Träumen, die ich gehegt hatte, seltsam unähnlich.

7

Nach einer Woche Abwesenheit kam ich nach Hause zurück – als ein anderer Mensch. Ich hatte meinen ersten leidenschaftlichen Gefühlsüberschwang bei Effie ausgetobt und war zu einer nüchternen Beurteilung meiner Lage gelangt. Ich hatte Effie einen Platz in meinem Leben zugeteilt und mich für eine Weile von ihr getrennt. Sie saß nach einer vorübergehenden Indisposition wieder auf ihrem Platz in der Raggett Street. Ich weiß auch, daß ich keinerlei Reue oder Scham empfand, als ich das gußeiserne Tor öffnete, das Marions Rasenstück und Pampasgras vor streunenden Hunden schützte. Eher hatte ich das Gefühl, ein Recht in Anspruch genommen zu haben, das in Frage gestellt worden war. Ich kam zu Marion ohne irgendwelche Gewissensbisse zurück – sogar mit neu erwachter Zuneigung ihr gegenüber. Was für Gefühle bei einem solchen Anlaß angemessen sind, entzieht sich meiner Kenntnis; die meinen waren eben nicht anders.

Ich traf sie in unserem Salon an. Sie stand neben dem großen Lampenständer, der die Fensternische zur Hälfte füllte, so als hätte sie gerade hinausgesehen und mich beobachtet. Ihr blasses Gesicht zeigte einen Ausdruck, der mich stocken ließ. Sie sah aus, als habe sie nicht geschlafen, und sie kam mir nicht entgegen, um mich zu begrüßen.

»Da bist du nun«, sagte sie.

»Wie ich dir geschrieben habe.«

Sie rührte sich nicht, eine dunkle Gestalt vor dem hellen Fenster.

»Wo bist du gewesen?« fragte sie.

»An der Ostküste«, antwortete ich leichthin.

Sie ließ Sekunden verstreichen. »Ich weiß alles«, sagte sie dann.

Ich starrte sie an. Es war der überraschendste Augenblick meines Lebens …

»Bei Gott«, brachte ich endlich heraus, »anscheinend wirklich!«

»Und dann kommst du zu mir nach Hause!«

Ich ging zum Kamin, blieb dort wie gelähmt stehen und dachte über die neue Situation nach.

»Das hätte ich mir nie träumen lassen«, begann sie. »Wie hast du so etwas tun können?«

Eine endlose Zeit schien zu vergehen, bevor ich schließlich fragte: »Wer weiß davon?«

»Smithies Bruder. Sie waren in Cromer.«

»Verdammtes Cromer! Ja!«

»Wie konntest du es über dich bringen –«

Mich überkam blinde Wut angesichts dieser unerwarteten Katastrophe.

»Smithies Bruder würde ich liebend gerne den Hals umdrehen«, sagte ich …

Marion stieß unzusammenhängende Sätze hervor: »Du … ich habe immer gedacht, daß wenigstens du mich nicht betrügen würdest … Vermutlich sind alle Männer abscheulich … in dieser Hinsicht.«

»Ich komme mir gar nicht abscheulich vor. Ich finde, es ist die notwendige Folge – und die natürlichste Sache der Welt.«

Ich hörte, daß jemand im Korridor war, und schloß die Zimmertür. Dann ging ich zum Kamin zurück und wandte mich wieder Marion zu.

»Es ist unangenehm für dich«, sagte ich, »aber ich ahnte nicht, daß du es erfahren würdest. Du hast nie viel für mich empfunden. Es war eine höllische Zeit. Warum solltest du etwas dagegen haben?«

Sie setzte sich in einen Polsterstuhl. »Doch, ich habe viel für dich empfunden«, sagte sie.

Ich zuckte die Achseln.

»Ich nehme an«, fuhr sie fort, »sie empfindet etwas für dich?«

Ich wußte keine Antwort.

»Wo ist sie jetzt?«

»Oh, ist dir das so wichtig? ... Schau her, Marion! Das – das habe ich nicht vorhergesehen. Es lag nicht in meiner Absicht, daß die Sache so unvermittelt über dich hereinbrechen würde. Aber weißt du, etwas mußte geschehen. Es tut mir leid – bis in die tiefste Seele leid –, daß es zwischen uns dazu gekommen ist. Aber tatsächlich wurde ich selbst davon überrascht. Ich weiß selbst nicht – wirklich nicht –, wie alles kam. Es kam ganz unerwartet. Eines Tages waren wir allein. Ich habe sie geküßt. Und dann ging es eben weiter. Es wäre uns unsinnig erschienen, aufzuhören. Und außerdem – warum hätte ich aufhören sollen? Warum? Die ganze Zeit über ist mir nie der Gedanke gekommen, es könnte dich irgendwie berühren ... Verdammt!«

Sie musterte mich prüfend und spielte mit den Fransen des Deckchens neben ihr.

»Laß es dir gesagt sein«, erwiderte sie, »ich glaube nicht ... daß ich dich je wieder anrühren kann.«

Wir schwiegen beide eine lange Zeit. Das Ausmaß der Katastrophe, die über uns hereingebrochen war, kam mir fürs erste nur oberflächlich zu Bewußtsein. Riesige Probleme hatten sich unversehens ergeben. Ich fühlte mich nicht auf sie vorbereitet und ihnen in keiner Weise gewachsen. Das versetzte mich in unbändige Wut. Mir schossen eine Reihe blödsinniger Antworten durch den Kopf, vor denen mich jedoch mein wachsendes Gefühl für die Bedeutsamkeit des Augenblicks bewahrte. Die Kluft des Schweigens wurde immer breiter und drohte zu einer neben den tausend anderen trivialen Möglichkeiten höchst bedrückenden Spielart der Verständigung zwischen uns zu werden, die unsere Beziehung für immer belasten mußte.

Unsere Hausgehilfin klopfte an – Marion hatte das von ihrem Personal immer verlangt – und trat ein.

»Der Tee ist serviert«, sagte sie – und verschwand, die Türe offen lassend.

»Ich gehe hinauf«, sagte ich und stockte. »Ich gehe hinauf«, wiederholte ich, »und hole meinen Koffer vom Speicher.«

Wir blieben noch sekundenlang stumm und regungslos stehen.

»Mutter ist heute zum Tee bei uns«, erklärte Marion schließlich, ließ die zerzausten Fransen los und stand langsam auf.

Und so, mit der unvermeidlichen Diskussion über unsere gewandelten Beziehungen vor uns, tranken wir Tee mit der ahnungslosen Mrs. Ramboat und dem Spaniel. Mrs. Ramboat war gesellschaftlich zu gewandt, um über unsere düstere Stimmung eine Bemerkung zu machen. Sie hielt das dürftige Rinnsal eines sonst reichlichen Redeflusses aufrecht und erklärte uns, wie ich mich erinnere, daß sich Mr. Ramboat über seine Canna Sorgen mache.

»Sie wollen und wollen nicht herauskommen. Er hat herumgefragt und mit dem Mann, der ihm die Wurzelstöcke verkauft hat, eine Auseinandersetzung gehabt – er ist sehr erregt und aufgebracht.«

Der Spaniel war lästiger denn je, er bettelte auf jede mögliche Weise bald bei diesem, bald bei jenem. Keiner von uns gebrauchte seinen Namen. Wir hatten ihn nämlich in unserer Babysprache Schussel getauft, gewissermaßen als Dritten im Bunde von Schafsnase und Schätzchen.

8

Dann nahmen wir unser folgenschweres Zwiegespräch wieder auf. Ich weiß heute nicht mehr, wieviel Zeit darüber verstrich. Das Palaver erstreckte sich in gewichtigen Teilstücken über drei oder vier Tage. Ich erinnere mich an verschiedene Gelegenheiten, bei denen ich mit Marion allein war. Wir sprachen auf unserem Bett im Schlafzimmer sitzend, wir sprachen im Salon stehend, wir sagten dies und das. Zweimal unternahmen wir weite Wanderungen. Und wir verbrachten einen langen Abend zu zweit, mit überreizten Nerven und mit Herzen, die zwischen einer harten und trübseligen Beurteilung der Tatsachen und ungewöhnlicher Zärtlichkeit schwankten, wenigstens meinerseits. Denn auf unerwartete Weise hatte die Sache unsere gegenseitige Gleichgültigkeit durchbrochen und neue Gefühle in uns erweckt.

Es war ein Zwiegespräch in unzusammenhängenden Teilen, es zerfiel in Brocken, die keinen Anschluß an das vorher Gesagte fanden, die von einer anderen Warte aus begannen, einer höheren oder tieferen, und die nach den Pausen immer neue Aspekte hinzufügten und neue Gesichtspunkte aufbrachten. Wir diskutierten die Tatsache, daß wir kein Liebespaar mehr waren, was wir uns vorher noch nie klargemacht hatten. Es klingt sonderbar, aber im Rückblick erkenne ich, daß Marion und ich gerade in diesen Tagen am engsten verbunden waren und einander zum ersten und letzten Mal voll Vertrauen und Bereitschaft unser Innerstes öffneten. Nur in dieser Zeit gab es keine Verstellung, ich machte ihr keine Konzessionen und sie auch mir nicht, wir verbargen nichts und übertrieben nichts. Wir waren darüber hinweg, einander etwas vorzumachen, und waren offen und sachlich zueinander. Die Stimmungen wechselten und fanden angemessenen Ausdruck.

Natürlich gab es Streit zwischen uns, bitteren Streit, und wir sagten einander Dinge – lange zurückgehaltene Dinge –, die bedrückten, weh taten und verletzten. Aber über all das hinweg hat sich mir eine Wirkung dieser harten Auseinandersetzung eingeprägt: die Veränderung Marions und wie sie bleich, melancholisch, tränenüberströmt, gekränkt, unversöhnlich und würdevoll vor mir stand.

»Du liebst sie?« fragte Marion einmal und stürzte mich damit in Zweifel.

Ich kämpfte mit wirren Gedanken und Gefühlen. »Ich weiß nicht, was Liebe ist. Sie kann alles mögliche sein – sie besteht aus einem Dutzend verschiedener Elemente, die in tausenderlei Weise miteinander verflochten sind.«

»Aber du begehrst sie? Jetzt, in diesem Augenblick – wenn du an sie denkst?«

»Ja«, überlegte ich. »Ich begehre sie – jetzt, in diesem Augenblick.«

»Und ich? Wo bleibe ich?«

»Du bleibst wohl hier.«

»Gut, aber was wirst du tun?«

»Tun?« fragte ich, verzweifelt über die Situation, die mir über den Kopf wuchs. »Was soll ich deiner Meinung nach tun?«

Wenn ich auf diese Zeit zurückblicke – über eine Spanne von fünfzehn aktiven Jahren hinweg –, glaube ich, der Lage mit Verständnis gerecht werden zu können. Ich sehe sie, als wäre sie die Angelegenheit eines anderen – oder zweier anderer Leute –, die man genau kennt, aber leidenschaftslos beurteilt. Ich begreife jetzt, daß dieser Schock, diese plötzliche ungeheure Enttäuschung in Wirklichkeit erst Gemüt und Seele in Marion wachrief, daß sie sich zum erstenmal von ihren Gewohnheiten, Ängsten, Klischees, Phrasen und ihrer Willensschwäche freimachte und eine Persönlichkeit wurde.

Das vorherrschende Motiv war zuerst vermutlich entrüsteter und verletzter Stolz. Ich sollte Schluß machen. Sie verlangte von mir kategorisch, Effie aufzugeben, und ich, noch überschäumend von frischen und strahlenden Erinnerungen, weigerte mich energisch.

»Dazu ist es zu spät, Marion«, sagte ich. »So geht es nicht.«

»Dann können wir nicht länger miteinander leben, oder?« fragte sie.

»Einverstanden«, überlegte ich, »wenn du es so haben willst.«

»Wie aber soll das funktionieren?«

»Könntest du hier in diesem Hause bleiben? Ich meine – wenn ich fortgehe?«

»Ich weiß es nicht ... Ich glaube, das werde ich nicht können.«

»Was aber willst du dann?«

Langsam tasteten wir uns von Punkt zu Punkt, bis wir schließlich bei dem Wort »Scheidung« angelangt waren.

»Wenn wir nicht mehr miteinander leben können, sollten wir frei sein«, sagte Marion.

»Ich kenne mich mit Scheidungen nicht aus«, erwiderte ich, »wenn du das meinst. Ich weiß nicht, wie man das macht. Da müßte ich jemanden fragen – oder es irgendwo nachlesen ... Vielleicht ist das schließlich der richtige Weg. Wir könnten es immerhin ins Auge fassen.«

Wir begannen uns in Pläne zu verstricken, wie sich unsere beiderseitige Zukunft gestalten würde. Am Abend dieses Tages kam ich mit den Antworten heim, die mir ein Anwalt auf meine Fragen gegeben hat.

»Unter den gegebenen Umständen«, erklärte ich, »können wir uns gar nicht scheiden lassen. Offenbar ist die Rechtslage derzeit so, daß du solche Dinge dulden mußt. Das ist bedauerlich – aber so ist es nun einmal. Anderseits ist es verhältnismäßig leicht, eine Scheidung zu erreichen. Zum Ehebruch muß böswilliges Verlassen oder Grausamkeit hinzukommen. Um Grausamkeit ins Spiel zu bringen, müßte ich dich vor Zeugen schlagen oder etwas Ähnliches tun. Das ist unmöglich – aber es ist relativ einfach, dich zu verlassen – um dem Gesetz Genüge zu tun. Ich brauche nur von hier fortzuziehen, das ist alles. Ich darf dir Geld schicken – und du bringst ein Ansuchen oder so etwas ein – auf Wiederherstellung der ehelichen Rechte. Das Gericht schreibt mir vor, zurückzukehren. Ich gehorche nicht. Dann kannst du die Scheidung beantragen. Du erhältst eine einstweilige Verfügung, das Gericht versucht noch einmal, mich zur Rückkehr zu bewegen. Wenn ich das innerhalb von sechs Monaten nicht tue und wenn du dich in dieser Zeit nicht anstößig aufführst, erhält die Verfügung Rechtskraft. Damit hat die ganze Aufregung ein Ende. So wird man wieder ledig. Du siehst, es ist leichter, zu heiraten als umgekehrt.«

»Und dann – wie lebe ich dann? Was wird aus mir?«

»Du erhältst ein Einkommen. Man nennt das eine Unterhaltszahlung. Ein Drittel oder die Hälfte meines derzeitigen Verdienstes – auch mehr, wenn du willst – es spielt mir keine Rolle – sagen wir: dreihundert im Jahr. Du mußt deine alten Eltern erhalten, du wirst es brauchen.«

»Und dann – dann bist du frei?«

»Dann sind wir beide frei.«

»Und dieses ganze Leben, das du so gehaßt hast –« Ich sah sie an, ihr Gesicht war gequält und bitter. »Ich habe es nicht gehaßt«, log ich, und beinahe hätte mir die Stimme versagt. »Und du?«

9

Das Verwirrende am Leben ist die unlösbare Verflechtung von Gegebenheiten und Beziehungen. Nichts ist einfach. Für jedes böse Tun findet sich eine Rechtfertigung, und jede gute Tat birgt üble Elemente in sich. Und was uns betrifft, die wir jung und noch ohne Selbsterkenntnis waren, so fügten wir dem rauhen Mißklang dieses Zusammenpralls noch schreiende Dissonanzen hinzu. Wir schwankten zwischen erbitterter Wut, Zärtlichkeit, gefühlloser Selbstsucht und großzügiger Opferbereitschaft.

Ich erinnere mich an zahllose unzusammenhängende Äußerungen Marions, die einander widersprachen, im Augenblick jedoch, in dem sie das Absurdeste sagte, zutiefst wahr und zutreffend zu sein schienen. Ich erkenne heute darin ebenso zahlreiche wie vergebliche Versuche, das verwirrende Durcheinander unseres moralischen Erdrutsches zu begreifen. Manche dieser Äußerungen fand ich über alle Maßen aufreizend. Ich gab darauf oft recht abscheuliche Antworten.

»Natürlich«, sagte sie immer wieder, »habe ich im Leben versagt.«

»Ich habe dich drei Jahre lang bestürmt«, gab ich zurück, »anders zu sein. Du bist geblieben, wie du warst. Wenn ich mich schließlich abgewendet habe –«

Oder sie kam auf die Spannungen vor unserer Heirat zu sprechen.

»Wie mußt du mich hassen! Ich ließ dich warten. Und jetzt – das ist wohl deine Rache.«

»Rache!« äffte ich sie nach.

Dann wieder überlegte sie die Aspekte einer neuen, getrennten Lebensführung.

»Ich sollte mir meinen Unterhalt selbst verdienen«, beharrte sie. »Ich will ganz unabhängig sein. London war mir immer verhaßt. Vielleicht könnte ich es mit einer Hühnerfarm oder einer Bienenzucht versuchen. Du hättest doch nichts dagegen, daß ich dir noch eine Weile zur Last falle. Später –«

»Das haben wir doch längst geklärt«, erwiderte ich.

»Vermutlich würdest du mich trotzdem hassen ...«

Zeitweilig schien sie mit unserer Trennung vollkommen einverstanden zu sein und machte allerlei Pläne für die Zeit ihrer Freiheit.

»Ich werde sehr viel mit Smithie ausgehen«, erklärte sie.

Und einmal sagte sie etwas so Niederträchtiges, daß ich sie dafür wirklich haßte und es ihr auch heute noch nicht ganz verzeihen kann.

»Deine Tante wird sich über das Ganze freuen. Sie hat nie viel für mich übrig gehabt ...«

Wenn ich an diese schmerzvollen und quälenden Stunden zurückdenke, taucht unweigerlich die Gestalt Smithies auf, gefühlsüberladen und in Gegenwart des abscheulichen Schurken der Tragödie so sprachlos, daß sie keinen Ton herausbrachte. Sie hatte lange tränenreiche und geheime Aussprachen mit Marion, wie ich weiß, und brachte ihr einfühlsame, verschwiegene Anteilnahme entgegen. Es gab Augenblicke, in denen nur Smithies absolute Sprachlosigkeit sie daran hinderte, mir eine gehörige Standpauke zu halten – ich las es in ihren Augen. Und wie unsinnig wäre alles gewesen, was sie gesagt hätte! Auch erinnere ich mich an Mrs. Ramboats allmähliches Begreifen, daß etwas in der Luft lag, an die wachsende Unruhe in ihrem Blick, während nur ihre altgewohnte Sorge um Marion sie daran hinderte, etwas zu sagen ...

Schließlich kam durch dieses ganze Chaos wie ein unserem Einfluß entzogener Schicksalsschlag die Trennung auf Marion und mich zu.

Ich verhärtete mein Herz, sonst hätte ich nicht fortgehen können. Denn zu guter Letzt wurde es Marion klar, daß sie mich für immer verlor. Das überschattete alles andere und machte unsere letzten Stunden zur Qual. Sie vergaß für eine Weile die Aussicht, in ein neues Haus zu ziehen, sie vergaß ihren Besitzanspruch und ihren Stolz. Zum erstenmal in ihrem Leben zeigte sie heftige Gefühle mir gegenüber, zum erstenmal war sie vielleicht wirklich davon erfüllt. Bittere Reuetränen traten ihr in die Augen. Als ich in ihr Zimmer kam, fand ich sie schluchzend auf dem Bett hingestreckt.

»Ich habe es nicht gewußt«, stöhnte sie, »oh, ich habe es nicht begriffen! – Ich war eine Närrin. Mein ganzes Leben ist ein Trümmerhaufen! – Ich werde so einsam sein! ... Schafsnase, mein Lieber, verlaß mich nicht! O Schafsnase! Ich habe es nicht begriffen.«

Ich mußte mich wirklich sehr zusammennehmen, denn manchmal in diesen letzten gemeinsamen Stunden schien mir, als wäre endlich, zu spät, das lang Ersehnte eingetreten – daß nämlich Marion zum Leben erwachte. Ein neues Verlangen nach mir glänzte in ihren Augen.

»Verlaß mich nicht!« bat sie. »Verlaß mich nicht!« Sie klammerte sich an mich, küßte mich mit tränennassen, salzigen Lippen ...

Ich aber war jetzt gebunden und verabredet und verschloß mich gegen diesen unmöglichen Neubeginn. Doch scheint mir heute, daß es in gewissen Augenblicken nur eines Wortes bedurft hätte, um uns wieder für unser ganzes Leben aneinanderzuketten. Wäre das möglich gewesen? Hätte dieses Zwischenspiel uns für immer sehend gemacht, oder wären wir nach wenigen Tagen wieder in die alte Entfremdung, die frühere Gereiztheit zurückgefallen?

Das läßt sich heute nicht mehr feststellen. Unser Entschluß führte uns weiter auf dem vorherbestimmten Weg. Wir benahmen uns mehr und mehr wie ein abschiednehmendes Liebespaar, das sich unweigerlich trennen muß, alle bereits getroffenen Vorbereitungen wirkten mechanisch weiter, und wir machten keinen Versuch, die Uhr anzuhalten. Meine Kisten und Koffer wurden zur Bahn gebracht. Ich packte meine Handtasche, während Marion neben mir stand. Wir waren wie Kinder, die einander aus reiner Dummheit fürchterlich gekränkt hatten und nun keinen Ausweg wußten. Wir gehörten ungeheuer zusammen – wirklich ungeheuer. Der Wagen fuhr an der kleinen eisernen Gartentüre vor.

»Leb wohl!« sagte ich.

»Leb wohl.«

Einen Augenblick lang hielten wir einander in den Armen und küßten einander ohne jede Spur eines Grolls. Wir hörten unsere kleine Hausgehilfin zur Türe gehen und sie öffnen. Zum letztenmal preßten wir uns aneinander. Wir waren weder ein Liebespaar noch Freunde, nur zwei Menschen, die der Schmerz vereint.

»Verschwinden Sie«, sagte ich zur Hausgehilfin, als ich sah, daß Marion mir ins Erdgeschoß gefolgt war.

Ich fühlte, daß sie hinter mir stand, als ich mit dem Kutscher sprach.

Ich stieg ein, entschlossen, mich nicht umzusehen, und dann, als der Wagen anfuhr, sprang ich auf, beugte mich hinaus und schaute zur Türe zurück.

Sie stand weit offen, aber Marion war verschwunden …

Ich wußte nicht recht – vermutlich war sie die Treppe hinaufgelaufen.

10

So schied ich von Marion in äußerster Verwirrung und mit Bedauern, und wie ich es versprochen und vorbereitet hatte, traf ich mich mit Effie, die auf mich in einem Apartment in der Nähe von Orpington wartete. Ich sehe sie noch auf dem Bahnsteig vor mir, wie sie strahlend und eifrig nach mir Ausschau hielt und wie wir dann in der Dämmerung über die Felder gingen. Ich hatte ein Gefühl der Erleichterung erwartet, wenn der letzte schwere Augenblick der Trennung vorüber war, aber jetzt fand ich mich über alle Maßen elend, verwirrt und zutiefst davon überzeugt, daß ich einen nicht wiedergutzumachenden Fehler begangen hatte. Die ferne, trauernde Marion war mir so gegenwärtig, ihr Kummer schien mich völlig einzuhüllen. Ich mußte mich energisch an meine Pläne, an meine Versprechungen Effie gegenüber erinnern, die keine Bedingungen gestellt, keine Garantien verlangt, sondern sich mir vorbehaltlos hingegeben hatte.

Auf unserem schweigsamen abendlichen Gang unter einem immer tiefer golden und purpurn leuchtenden Himmel war Effie mir sehr nahe und schaute immer wieder zu mir auf.

Sicherlich wußte sie, daß ich Marion nachtrauerte, daß unsere neue Zweisamkeit nicht von Freude erfüllt war. Aber Effie zeigte weder Verstimmung noch Eifersucht. Seltsamerweise kämpfte sie nicht gegen Marion. Nicht ein einziges Mal in der ganzen Zeit unseres Beisammenseins sagte Effie ein böses Wort über Marion …

Mit dem gleichen, instinktiven Geschick, mit dem manche Frauen ein betrübtes Kind trösten, machte Effie sich sogleich daran, die Schatten zu verscheuchen, die mich verfolgten. Sie zeigte sich mir als meine fröhliche, liebreizende Sklavin und Magd. So brachte sie mich schließlich dazu, daß ich mich ihrer erfreute. Aber tief in mir blieb Marion mit ihrem tränenreichen und ungeheuren Schmerz, so daß es mir um sie fast unerträglich leid war – um sie, und auch um meine gestorbene eheliche Liebe.

Noch heute, während ich das schreibe, verstehe ich das Ganze nicht recht. Wenn ich diese alten Zeiten, an die ich nur noch selten denke, wenn ich die halbvergessenen Erinnerungsbrocken wieder lebendig werden lasse, erscheinen sie mir immer noch wie ein fremdes Land. Ich hatte gedacht, ich würde mit Effie in ein Paradies der Sinnesfreuden gelangen, aber auch Sehnsüchte, die keinen Raum für etwas anderes lassen, erlöschen bei ihrer Erfüllung völlig – wie das Licht des Tages am Abend. Alle Ereignisse und Formen des Lebens verlieren an Glanz und Wärme. Ich gelangte in ein Hochland melancholischen Zweifels, von dem aus ich die ganze Welt in neuer Perspektive sah. Ich war über Leidenschaften und Romanzen hinausgewachsen.

Eine ungeheure Unruhe hatte mich erfaßt. Zum erstenmal in meinem Leben, wenigstens erscheint es mir so im Rückblick, stand mir meine Existenz als Ganzes vor Augen.

Damit war kein Staat zu machen. Womit verbrachte ich meine Zeit? Was hatte das alles für einen Sinn?

Ich reiste für Tono-Bungay herum – eine Arbeit, die ich übernommen hatte, um Marion sicherzustellen, was mich trotz unserer endgültigen Trennung weiter in Atem hielt –, und ich sparte gelegentliche Wochenenden oder Nächte für Orpington aus. Dabei rang ich die ganze Zeit über mit hartnäckigen Zweifeln. In den Eisenbahnabteilen verfiel ich ins Grübeln, ich wurde sogar in geschäftlichen Dingen sorglos und vergeßlich. Ganz deutlich erinnere ich mich daran, wie ich einmal, in Gedanken versunken, in der abendlichen Sonne auf einem Grashang saß, der einen weiten Blick über Sevenoaks hinaus in die Ferne bot, und wie ich über mein Schicksal nachdachte. Ich glaube, ich könnte fast wörtlich niederschreiben, was mir an diesem Abend durch den Kopf ging. Die kleine naive Effie mühte sich unterhalb in einer Hecke raschelnd ab, pflückte Blumen und entdeckte neue, die sie noch nie gesehen hatte. Ich weiß noch, in meiner Tasche steckte ein Brief von Marion. Ich hatte Versuche einer Rückkehr, einer Aussöhnung unternommen. Weiß der Himmel, wie ich das in Wirklichkeit angestellt hätte! Aber ihr kalter, schlecht geschriebener Brief stieß mich ab. Ich begriff, daß ich diese ereignislose Stumpfheit des Lebens, diese andauernden Enttäuschungen nie mehr würde ertragen können. Das jedenfalls war unmöglich. Aber was war möglich? Ich sah keine Chance für ein achtbares oder sinnvolles Leben vor mir.

»Was soll ich mit meinem Leben anfangen?« Das war das Problem, das mich quälte.

Ich fragte mich, ob alle Menschen, so wie ich, von dem einen Motiv zu diesem oder von einem anderen zu jenem gedrängt wurden, zufälligen Impulsen oder nichtssagenden Traditionen folgend. Mußte ich wirklich bei dem stehenbleiben, was ich gesagt, getan oder gewählt hatte? Blieb mir tatsächlich nichts anderes übrig, als für Effie zu sorgen, reumütig zu Marion zurückzukehren und weiter wertloses Zeug zu verkaufen – oder vielleicht auch etwas anderes – und so den Rest meiner Tage zu verbringen? Das war nicht einen Augenblick lang mein Ziel. Aber was sollte ich tun? Ich fragte mich, ob es auch anderen Männern so erging wie mir, ob auch in früheren Zeiten die Männer so planlos, so ungeregelt, so auf gut Glück dahingelebt hatten. Im Mittelalter, in katholischer Zeit, war man zu einem Priester gegangen, und dieser hatte einem mit der Endgültigkeit eines Naturgesetzes erklärt, man sei so oder so, man müsse das oder jenes tun. Ich fragte mich, ob selbst im Mittelalter eine solche Entscheidung für mich ohne Widerstand annehmbar gewesen wäre ...

Ich erinnere mich auch sehr deutlich, wie Effie einmal kam und sich neben mich auf die kleine Truhe setzte, die vor dem Fenster unseres Zimmers stand.

»Miesepeterchen«, sagte sie.

Ich lächelte und schaute weiter, den Kopf in die Hand gestützt, zum Fenster hinaus, ohne auf sie zu achten.

»Hast du deine Frau so sehr geliebt?« flüsterte sie leise.

»Oh!« rief ich, als sie mich daran erinnerte. »Ich weiß es nicht. Ich verstehe nichts davon. Das Leben ist ein schmerzliches Ding, meine Liebe! Es tut weh ohne jede Logik oder Vernunft. Ich habe Fehler gemacht! Ich wußte es nicht besser. Aber – du sollst nicht darunter zu leiden haben.«

Und ich wandte mich um, zog sie an mich und küßte sie aufs Ohr ...

Ja, es war eine schlimme Zeit für mich, ich weiß es noch heute. Ich litt vermutlich an einem Versagen der Vorstellungskraft. Da war nichts, worauf ich meinen Willen hätte richten können. Ich grübelte, las rastlos und unstet. Ich wandte mich an Ewart und fand bei ihm keine Hilfe. Im Rückblick erscheint mir diese ganze Zeit so, als hätte ich mich in diesen Tagen voller Unruhe und verworfener Pläne zum erstenmal selbst entdeckt. Bis dahin hatte ich nur glänzende Dinge vor mir gesehen, war allem, ohne Gedanken an mich selbst, rein aus plötzlicher Regung heraus, nachgejagt. Jetzt fand ich mich eingereiht in ein System von Wünschen und Befriedigungen, mit viel Arbeit vor mir – und keinerlei Interesse mehr daran.

Es gab Augenblicke, in denen ich an Selbstmord dachte. Manchmal erschien mir mein Leben in einem freudlosen, unbarmherzigen Licht, als eine Reihenfolge von Dummheiten, groben Fehlern, Enttäuschungen und Grausamkeiten. Ich hatte, was die alten Theologen Sündenbewußtsein nannten. Ich verlangte nach dem Heil – vielleicht nicht so, wie es ein Methodistenprediger anerkennen würde – aber immerhin.

Männer finden ihr Heil neuerdings auf vielerlei Wegen. Namen und Formen spielen dabei keine wesentliche Rolle; was sie wirklich brauchen, ist etwas, an das sie sich halten können und das sie hält. Ich habe einen Mann gekannt, der seine Erfüllung in einer Fabrik fotografischer Trockenplatten fand, und für einen anderen war es die Niederschrift der Geschichte eines Schlosses. Solange es einen erfüllt, spielt es keine Rolle, was es ist. Viele Männer und Frauen befassen sich heute mit irgendeinem praktischen Aspekt des Sozialismus und sozialer Reformen. Aber das war mir immer ein wenig zu konfus, zu sehr mit persönlichen Auffassungen und Verrücktheiten verknüpft. Das ist nicht meine Art. Ich mag die Dinge nicht so menschlich sehen, obwohl ich nicht glaube, daß ich für Spaß, für Überraschungen, für nette kleine Ruppigkeiten und Unzulänglichkeiten des Lebens, für seine »Würze«, wie die Leute sagen, und für das Unvorhergesehene blind wäre. Aber im Grunde meines Herzens liegt es mir nicht. Mir fehlt der Sinn dafür. Ich bin durch und durch ernst veranlagt. Ich stolpere und strauchle, aber ich weiß, daß es neben all diesem ergötzlichen und naheliegenden Kram Dinge gibt, die groß und ernst sind, sehr hohe, wundervolle Dinge – die Wirklichkeit. Ich habe sie nie voll erfaßt, trotzdem ist sie da. Ich bin wie ein Straßenjunge, der sich in unvorstellbar hohe Göttinnen verliebt hat. Ich habe sie nie gesehen und werde es auch nicht – aber es nimmt dem Banalen allen Reiz – und ich fürchte, manchmal auch alle Annehmlichkeiten.

Doch das sind Dinge, von denen ich nicht erwarten kann, daß der Leser sie begreift, ich verstehe sie selbst nur halb. Es gibt manches, das mich Zusammenhänge schauen läßt, etwa ein Sonnenuntergang oder eine Stimmung oder

Höhenluft oder auch ein gewisses Etwas in Marions Gestalt und Blässe, in den Gemälden Mantegnas, in den Linien der Boote, die ich baue. (Sie sollten meine X 2 sehen, mein letztes und bestes Boot!)

Ich kann es vermutlich selbst nicht erklären. Vielleicht kommt alles daher, daß ich ein harter und nicht allzu moralischer Kerl bin, unverdientermaßen mit Verstand begabt. Natürlich halte ich das keineswegs für eine ausreichende Erklärung. Irgendwie hatte ich das Gefühl unerbittlichen Verlangens, nicht zu ertragender Unruhe und Unzulänglichkeit, und für eine Weile wurde dieses Gefühl durch die Beschäftigung mit der Luftfahrt gestillt ...

Gegen Ende dieser persönlichen Krise, die ich so schlecht schildere, wurde mir die Wissenschaft zum Ideal. Ich kam zu der Auffassung, daß in Macht und Kenntnissen das Heil meines Lebens zu finden sei, das Geheimnis, das mein Verlangen stillen und dem ich mich ergeben sollte. Endlich kam ich wie ein Mann, der in die Dunkelheit hinabgetaucht war, wieder ans Licht und klammerte mich an diese neue Erkenntnis, um die ich so lange und verzweifelt gerungen hatte.

Eines Tages – es muß kurz vor Marions Antrag auf Wiederherstellung der ehelichen Gemeinschaft gewesen sein – ging ich in das Chefbüro und setzte mich meinem Onkel gegenüber.

»Hör zu«, sagte ich, »mir hängt das Ganze zum Hals heraus.«

»Hallo«, erwiderte er und schob einige Akten beiseite. »Was ist los, George?«

»Alles ist verkehrt.«

»Was zum Beispiel?«

»Mein Leben«, erklärte ich, »ist ein Durcheinander, ein fürchterliches Durcheinander.«

»Sie war eine dumme Gans, George«, meinte er. »Ich

kann das verstehen. Aber du bist sie jetzt doch los, wenigstens so gut wie los, und es gibt andere –«

»Oh, das ist es nicht!« rief ich. »Das ist nur der sichtbare Teil. Mich ekelt – mich ekelt vor dieser verdammten Erbärmlichkeit.«

»Na, na«, fragte mein Onkel, »was für eine – Erbärmlichkeit?«

»Das weißt du doch. Ich will etwas Handgreifliches, verstehst du, etwas, woran ich mich halten kann. Ich werde wie wild um mich schlagen, wenn ich es nicht bekomme. Ich bin von anderem Schlag als du. Du plätscherst friedlich in all diesem Humbug. Ich hingegen fühle mich wie ein Mann, der in einem Universum von Seifenschaum herumirrt, auf und ab, hin und her. Ich halte das nicht mehr aus. Ich muß endlich festen Boden unter den Füßen haben, oder – ich weiß nicht, was sonst geschieht.«

Ich lachte, als ich die Bestürzung auf seinem Gesicht sah.

»Es ist mir ernst damit«, sagte ich. »Ich habe mir alles gut überlegt und bin fest entschlossen. Du kannst es mir nicht ausreden. Ich mache mich an die Arbeit, an eine richtige Arbeit. Nein! Arbeit ist es eigentlich nicht, nur ein mit Mühen verbundenes Hirngespinst. Aber ich habe eine Idee! Es ist eine alte Idee – sie kam mir schon vor Jahren, aber jetzt wieder. Schau her! Warum soll ich sie dir vorenthalten? Ich glaube, die Zeit ist gekommen, in der das Fliegen möglich wird. Richtiges Fliegen!«

»Fliegen!«

Ich hielt daran fest, und es half mir über die schlimmste Zeit meines Lebens hinweg. Nach anfänglichem halbherzigem Widerstand und nach einem Gespräch mit meiner Tante kam mir mein Onkel entgegen wie der Vater dem verlorenen Sohn. Er traf mit mir eine Vereinbarung, so daß ich über freies Kapital verfügte, entband mich von einer zu intensiven Sorge um die weitere geschäftliche Entwicklung – es war dies die Zeit, die ich später die Moggs-Periode unserer Unternehmung nennen werde –, und ich ging sogleich mit grimmiger Entschlossenheit ans Werk …

Aber von meinen segelnden und fliegenden Maschinen werde ich zur gegebenen Zeit berichten. Ich habe die Geschichte meines Onkels schon zu lange vernachlässigt. Es lag mir nur am Herzen, zu erklären, wie ich dazu kam. Es war die Folge meiner Suche nach etwas, von dem ich geglaubt hatte, daß ich es bei Marion finden würde. Ich mühte mich selbstvergessen ab und tat vielerlei. Auch die Wissenschaft war mir seitdem eine verständnislose Herrin, obwohl ich ihr besser diente, als ich Marion gedient hatte. Aber damals rettete mich die Wisenschaft mit ihren Ansprüchen, ihrer grausamen Unnahbarkeit, zugleich aber eisernen Gewißheit vor der Verzweiflung.

Nun, mich drängt es immer noch zum Fliegen; und, nebenbei bemerkt, ich habe die leichteste Maschine der Welt erfunden …

Ich versuche alles zu schildern, was ich erlebt habe. Es ist schon schwer genug, es beim Schreiben auch nur einigermaßen richtig wiederzugeben. Aber dies hier ist ein Roman, keine Abhandlung. Der Leser darf nicht erwarten, daß ich sogleich zu einer Lösung meiner Schwierigkeiten kommen werde. Auch jetzt, inmitten meiner Pläne und Werkstätten, quäle ich mich mit ungelösten Problemen. Im Grunde war mein ganzes Leben ein Suchen – immer zweifelnd, immer unbefriedigt von dem, was ich sah oder glaubte, ein Suchen in mühevoller Arbeit, in Macht, in Gefahr, nach etwas, dessen Wesen und Natur ich nie klar verstand, nach etwas Wundervollem, Verehrungswürdigem, Bleibendem, zutiefst mir Gehörendem, ein Suchen nach der vollen Erfüllung meiner selbst; ich kann es nicht nennen und kann nur sagen, daß ich es nicht gefunden habe.

11

Bevor ich dieses Kapitel abschließe und mit dem großen Abenteuer der Karriere meines Onkels fortfahre, ist es vielleicht angebracht zu berichten, was aus Marion und Effie wurde, um dann mein Privatleben für eine Weile beiseite zu lassen.

Eine Zeitlang schrieben Marion und ich einander ziemlich regelmäßig freundliche, aber eher nichtssagende Briefe über Belanglosigkeiten. Der schwerfällige Scheidungsprozeß ging zu Ende. Marion verließ das Haus in Ealing, zog mit ihrer Tante und ihren Eltern aufs Land und übernahm eine kleine Landwirtschaft in Sussex. Dort stellte sie ein Glashaus auf, versah es für ihren beglückten Vater mit einer Heizung und sprach von Feigen und Pfirsichen. Die Sache sah im Frühjahr und im Sommer vielversprechend aus, aber der Winter in Sussex war nach dem milden Klima Londons zuviel für die Ramboats. Sie wurden konfus und teilnahmslos. Mr. Ramboat brachte durch falsches Futter eine Kuh um, und das entmutigte sie alle. Nach einem Jahr gerieten sie in Schwierigkeiten, aus denen ich ihnen heraushelfen mußte. Dann kehrten sie nach London zurück. Marion ging eine Partnerschaft mit Smithie in Streatham ein und eröffnete ein Geschäft, das sich auf dem Firmenschild Modeboutique nannte. Eltern und Tante wurden irgendwo in einem Landhaus untergebracht. Von da an wurden die Briefe seltener. Aber an einen erinnere ich mich, dessen Nachschrift mich schmerzlich an unsere alte Vertrautheit erinnerte: »Der arme, alte Schussel ist gestorben.«

Fast acht Jahre vergingen. Ich wuchs allmählich, ich wuchs an Erfahrung, an Leistungsfähigkeit, bis ich in jeder Weise ein Mann war, der viele neue Interessen hatte und auf einem größeren Fuß in einer weiteren Welt lebte, als ich es mir je in den Tagen mit Marion hätte träumen lassen. Ihre Briefe wurden spärlich und belanglos. Schließlich folgte ein langes Schweigen, das mich neugierig machte. Achtzehn Monate lang hatte ich nichts von Marion gehört, außer daß sie vierteljährlich die Bankquittungen unterschrieb. Dann wünschte ich Smithie zum Teufel und schrieb Marion eine Karte.

»Liebe Marion, wie geht es Dir?«

Zu meiner ungeheuren Überraschung teilte sie mir mit, daß sie wieder geheiratet habe – »einen Mr. Wachorn, einen führenden Vertreter in Papiermustern«. Aber sie schrieb mir noch auf dem Geschäftspapier von Ponderevo and Smith mit der Ponderevo-and-Smith-Adresse.

Und das, abgesehen von einigem Ärger wegen Meinungsverschiedenheiten über die Fortzahlung des Unterhaltsbeitrages und die Verwendung meines Namens durch die Firma, was mich gleichfalls verdroß, war das Ende meiner Beziehungen zu Marion, und damit verschwindet sie aus dieser Geschichte. Ich weiß nicht, wo sie ist und was sie tut. Ich weiß nicht einmal, ob sie noch lebt. Mir kommt es einfach grotesk vor, daß zwei Menschen, die einander so nahegestanden sind wie sie und ich, so völlig auseinanderkommen konnten, aber so steht es nun einmal mit uns.

Auch von Effie habe ich mich getrennt, obwohl ich sie gelegentlich noch sehe. Zwischen uns war nie die Rede von Heirat oder Seelenfreundschaft. Sie hatte plötzlich heißes Verlangen nach mir empfunden, so wie ich nach ihr, aber ich war nicht ihr erster Liebhaber und auch nicht ihr letzter. Sie lebte in einer anderen Welt als Marion, war seltsam, reizvoll und, solange ich sie kannte, nie mürrisch oder böse – sie hatte die prächtige Gabe, nichts übelzunehmen. Darauf beruhte, wie ich glaube, hauptsächlich ihr Reiz, und darüber hinaus war sie unendlich gutherzig. Ich verhalf ihr schließlich zu einem Start, den sie sich so sehr wünschte, und sie überraschte mich durch eine plötzliche

Entfaltung von Geschäftstüchtigkeit. Sie hat jetzt ein Schreibbüro in Riffle's Inn und führt es mit Tatkraft und beträchtlichem Erfolg, obgleich sie ein wenig dick geworden ist. Und sie liebt immer noch das andere Geschlecht. Vor etwa einem Jahr hat sie einen Jungen geheiratet, der halb so alt ist wie sie – eine Jammergestalt von einem Dichter, einen jämmerlichen, rauschgiftsüchtigen Träumer, dem sein schütteres helles Haar immer in die blauen Augen fällt und der über seine eigenen Beine stolpert. Sie hat es getan, sagt sie, weil er eine Kindergärtnerin brauchte …

Aber genug von dieser meiner mißglückten Ehe und meiner ersten Liebesaffäre; ich habe alles erzählt, was nötig war, um zu erklären, wie ich dazu kam, mich mit Flugversuchen und technischen Wissenschaften zu befassen. Lassen Sie mich jetzt zu meinem Hauptthema kommen, zu Tono-Bungay, zu meines Onkels Aufstieg, und lassen Sie mich zu den Eindrücken zurückkehren, die ich dabei gewann.

DRITTES BUCH

Tono-Bungays große Tage

Das Hardingham-Hotel und wie wir große Leute wurden

I

Aber nun, da ich das Hauptthema meines Buches wieder aufgreife, mag es zweckmäßig sein, die persönliche Erscheinung meines Onkels während dieser glänzenden Jahre, die auf seinen Übergang vom Handel zu den Geldgeschäften folgten, zu beschreiben, wie ich sie in Erinnerung habe. Der kleine Mann wurde, während er das Tono-Bungay-Imperium schuf, auffallend rundlich, aber mit den Aufregungen, die der ersten Ausgabe von Gesellschaftsanteilen folgten, kamen Verdauungsstörungen, eine gewisse Schlaffheit und schließlich auch Gewichtsabnahme. Sein Bauch – der Leser möge mir verzeihen, daß ich seine äußeren Merkmale in der Reihenfolge ihrer Bedeutung nenne – zeigte anfänglich eine gefällige Kugelform, verlor aber später seine Straffheit, ohne an Umfang einzubüßen. Mein Onkel kam stets daher, als sei er stolz auf diesen Bauch und gewillt, das Beste aus ihm zu machen. Bis zuletzt blieben des Onkels Bewegungen rasch und energisch. Seine kurzen festen Beine schienen eine über ihre ganze Länge verteilte Biegsamkeit zu besitzen und beim Gehen eher zu vibrieren, als sich scherengleich wie bei anderen Menschen zu spreizen.

Auch glaube ich mich an eine gewisse Verweltlichung seiner Gesichtszüge zu erinnern. Seine Nase entwickelte Charakter, wurde agressiv und machte sich mehr und mehr wichtig. Die Schräge seines Mundes nahm zu. Aus dem Gesicht, das ich im Gedächtnis habe, ragte eine lange Zigarre, die manchmal vom höheren Mundwinkel flott nach oben strebte, manchmal vom tieferen herabhing – so beredt wie ein Hundeschwanz. Der Onkel nahm die Zigarre nur heraus, wenn er großen Nachdruck auf seine Worte legen wollte. Sein Zwicker hing an einem breiten, schwarzen Band, und er trug ihn mit der Zeit immer schiefer. Sein Haar schien mit wachsendem Erfolg kräftig zu sprießen, aber gegen die Krise zu wurde es am Scheitel spärlich, und er kämmte es scharf hinter die Ohren zurück, wo es jedoch unweigerlich in Büscheln abstand, während es sich auch über der Stirn sträubte.

Schon in den ersten Anfängen von Tono-Bungay wählte mein Onkel einen städtischen Bekleidungsstil und wich selten davon ab. Er bevorzugte seidene Zylinder mit großen Krempen, die nach neuerer Mode für ihn ein wenig zu breit waren, und er setzte sie in verschiedenen Winkeln zu seiner Längsachse auf. Bei den Hosen entwickelte er eine Vorliebe für ziemlich betonte Streifen und einen eleganten Zuschnitt. Den Gehrock liebte er lang und weit, obwohl ihn das noch kleiner erscheinen ließ. Er trug wertvolle Ringe zur Schau, und ich erinnere mich insbesondere an einen, den er am linken kleinen Finger trug und auf dessen großem rotem Stein gnostische Symbole eingraviert waren. »Gescheite Burschen, diese Gnostiker, George«, belehrte er mich. »Höchst bedeutungsvoll. Glückbringend!« Seine Uhr hing stets an einem schwarzen Mohairband. Auf dem Lande bevorzugte er graue Anzüge und große graue Zylinderhüte, außer wenn er im Auto fuhr; dafür wählte er eine braune Jagdmütze und einen nach Eskimoart geschnittenen Pelzmantel, der um die Beine zusammenknöpfbar war. Abends erschien er mit weißer Weste und goldenen Manschettenknöpfen. Diamanten haßte er. »Protzenhaft«, nannte er sie. »Da kann man ebensogut seine Einkommenssteuerquittung vorzeigen. Mag für die Park Lane genügen. Totes Kapital. Nicht mein Stil. Ich bin ein nüchterner Geschäftsmann, George.«

Soviel über seine äußere Erscheinung. Eine Zeitlang

war sie recht bekannt, denn in der Glanzzeit ließ der Onkel sich recht oft fotografieren, und einmal wurde auch eine Porträtskizze in einer Boulevardzeitung veröffentlicht ... Seine Stimme wurde während dieser Jahre tiefer, sein ursprünglicher Tenor wich einem sonoren Klang, den zu beschreiben meine musikalischen Kenntnisse nicht ausreichen. Sein Zss wurde mit zunehmendem Alter weniger häufig, kehrte aber in erregten Augenblicken wieder. Während seiner ganzen Karriere blieben trotz zunehmendem und schließlich erstaunlichem Reichtum die persönlichen Gewohnheiten so einfach, wie sie in Wimblehurst gewesen waren. Er nahm nie die Hilfe eines Kammerdieners in Anspruch; als er auf dem Gipfel des Erfolges angelangt war, bügelte eine Hausgehilfin seine Hose und bürstete seinen Rock, wenn er das Haus verließ. Mit zunehmendem Alter hielt er sich beim Frühstück zurück und sprach eine Weile viel von Dr. Haig und von Harnsäure. Aber was die anderen Mahlzeiten betraf, blieb er in vernünftigen Grenzen ein Allesesser. Er war ein Feinschmekker, und wenn ihm etwas besonders zusagte, schlang er es hörbar und mit Schweiß auf der Stirne hinunter. Beim Trinken war er auf Mäßigkeit bedacht – außer wenn die Stimmung auf einem öffentlichen Bankett oder bei einer anderen besonderen Gelegenheit ihn mitriß und aus seiner Zurückhaltung lockte – dann trank er sozusagen versehentlich mehr und wurde erhitzt und geschwätzig, und er sprach über alles, außer über seine geschäftlichen Pläne.

Um das Porträt zu vervollständigen, würde man sich wünschen, ihn in spontaner, rascher Bewegung, etwa wie das Emporschießen eines chinesischen Schwärmers, sichtbar zu machen, um darzutun, daß sein wie immer geartetes Bild nur einen Ausschnitt aus vorangegangener und folgender Geschäftigkeit wiedergibt. Würde ich ihn malen, wählte ich als Hintergrund den bedrückenden, unruhigen Himmel, der im achtzehnten Jahrhundert so populär war, und in passender Entfernung einen bebenden, sehr großen zeitgenössischen Motorwagen, einen mit Papieren auf ihn zueilenden Sekretär und einen auf Befehle wartenden Chauffeur.

Das also war der Mann, der das Imperium von Tono-Bungay schuf und leitete und der von dem erfolgreichen Umbau dieses Unternehmens zu einem allmählich immer weiteren Umfang annehmenden Feld großartiger Schöpfungen und Förderungen überging, bis die ganze Welt der Investoren staunte. Ich habe, glaube ich, schon erwähnt, daß wir, lange bevor wir Tono-Bungay auf den Markt brachten, die englische Vertretung diverser amerikanischer Spezialitäten übernommen hatten. Dazu kam binnen kurzem der Vertrieb der Moggs-Haushaltsseife, und damit begann die Werbung für einheimische Waren, die meinem Onkel in Verbindung mit seiner rundlichen Leibesmitte und seiner entschlossenen Kopfhaltung den Vergleich mit Napoleon eintrug.

2

Es gewährt einen Einblick in die romantische Seite des modernen Geschäftslebens, daß mein Onkel den jungen Moggs bei einem Diner in der Stadt kennenlernte – einem, wie ich glaube, von den Flaschenerzeugern veranstalteten Diner –, und beide waren bereits ein gutes Stück über die anfängliche Nüchternheit hinaus. Er war der Enkel des ersten Moggs und ein typisches Exemplar von einem wohlerzogenen, kultivierten und degenerierten Plutokraten. Seine Leute hatten ihn in seiner Jugend, so wie die Ruskins ihren später als Kunsthistoriker berühmten Sohn John, für Geschichte interessiert und die Leitung der Firma einem Vetter und Juniorpartner übertragen. Mr. Moggs, der lernbegierig und bildungshungrig veranlagt war, hatte gerade – nach gründlicher Erwägung angemessener Themen, die ihn nicht ständig an Seife erinnerten – den Entschluß gefaßt, sich der Geschichte Thebens zu widmen, als sein Vetter plötzlich starb und ihm damit die Verantwortung für die Firma aufhalste. In der gelockerten Atmosphäre fröhlicher Gastlichkeit beklagte sich Moggs über die ihm aufgedrängte, äußerst unsympathische Verpflichtung, und mein Onkel bot ihm an, diese Bürde sogleich durch eine Partnerschaft zu erleichtern. Sie kamen sogar zu einer Vereinbarung – einer zwar sehr wirren Vereinbarung, aber immerhin.

Jeder der beiden Herren schrieb Namen und Adresse des anderen auf seine Manschette, und dann trennten sie sich in einer Stimmung brüderlicher Sorglosigkeit. Am nächsten Morgen scheint keiner daran gedacht zu haben, sein Hemd vor der Reinigung zu retten, ehe es zu spät war. Mein Onkel bemühte sich verzweifelt – ich war an diesem Morgen im Büro –, sich auf den Namen und die Einzelheiten zu besinnen.

»Es war ein langer, blonder Bursche mit wäßrigem Blick, George, mit Brille und einer gezierten Aussprache«, sagte er.

Ich stand vor einem Rätsel. »Mit wäßrigem Blick?«

»Du weißt doch, wie sie einen anschauen. Er hatte etwas mit Seife zu tun, da bin ich nahezu sicher. Und einem bekannten Namen. Und er war bereit, mir alle Rechte zu übertragen. Ich war noch klar genug, um das zu erfassen …«

Schließlich machten wir uns mit gerunzelter Stirn auf den Weg und forschten in Finsbury nach einem guten wohlassortierten Händler. Erst ließen wir uns in einer Apotheke eine Magenstärkung für meinen Onkel geben, dann fanden wir das Geschäft, das wir brauchten.

»Ich möchte«, sagte mein Onkel, »ein halbes Pfund von jeder Seife, die Sie führen. Ja, ich will sie gleich mitnehmen … Warten Sie einen Augenblick. George … wie hieß doch gleich die Marke?«

Nach der dritten Wiederholung dieser Frage sagte der Verkäufer: »Moggs-Haushaltsseife.«

»Das ist es«, bestätigte mein Onkel. »Sie brauchen nicht weiter zu raten, danke. – George, geh zum Telefon und ruf Moggs an. Oh – die Bestellung? Die bleibt aufrecht. Liefern Sie alles – liefern Sie es an den Bischof von London, er wird schon eine gute Verwendung dafür haben – ein ausgezeichneter Mann, George, kümmert sich um die Armen und so –, und schicken Sie mir die Rechnung – hier ist meine Karte – Ponderevo von Tono-Bungay.«

Dann fuhren wir zu Moggs und fanden ihn, in einen Kamelhaarschlafrock gehüllt, in seinem luxuriösen Bett bei einer Tasse echten Chinatees, und bis Mittag hatten wir den Vertrag unter Dach und Fach.

Der junge Moggs erweiterte meinen Horizont beträchtlich. So etwas wie ihn hatte ich noch nicht gesehen. Er wirkte recht sauber und wohlinformiert und versicherte mir, er habe nie eine Zeitung gelesen oder Seife in irgendeiner Form benützt. »Zu zarte Haut«, sagte er.

»Irgendein Einwand, daß wir Sie in der Reklame als umfassend gebildet und freizügig darstellen?« fragte mein Onkel.

»Ich will nichts mit Bahnhöfen zu tun haben«, antwortete Moggs, »mit Südküsteklippen, Theaterprogrammen, selbstverfaßten Büchern und Poesie im allgemeinen, mit Bühnenbildern – oh! – und mit dem ›Mercure de France‹.«

»Damit kommen wir zurecht«, erklärte mein Onkel.

»Solange Sie mich nicht ärgern«, meinte Moggs und zündete sich eine Zigarette an, »dürfen Sie mich so reich machen, wie Sie wollen.«

Wir machten ihn sicherlich nicht ärmer. Seine Firma war die erste, für die wir in der Werbung historisches Material verwendeten. Wir lancierten sogar in illustrierten Zeitschriften Artikel über die denkwürdige Vergangenheit der Moggs. Wir brauten Moggsiana zusammen. Gestützt auf das Vertieftsein unseres Partners in die unkaufmännischen Aspekte des Lebens, veröffentlichten wir bezaubernde Geschichten über Moggs I., Moggs II., Moggs III. und Moggs IV. Wenn Sie nicht mehr allzu jung sind, werden Sie sich noch an einige davon und an unser bemerkenswertes georgianisches Schaufenster erinnern. Mein Onkel erfand Berichte aus dem frühen neunzehnten Jahrhundert. Er machte sich mit dem Stil vertraut und schrieb Geschichten über Moggs I. und den Herzog von Wellington, über Georg III. und den Seifenhändler (»der kein anderer als der alte Moggs war«). Sehr bald fügten wir zu Moggs originalem Verkaufsschlager verschiedene andere Sorten parfümierter und überfetteter Seifen hinzu, eine »spezielle Kinderseife – wie sie im Haushalt des Herzogs von Kent und für die Königinmutter in ihrer Jugend verwendet wurde«, ein Putzmittel für Geschirr und eines für Bestecke. Wir angelten uns eine gute mittelmäßige Firma für Graphit und führten ihre Gründung ins graue Altertum zurück. Es war meines Onkels ureigenste Idee, daß wir diesen Artikel mit dem Schwarzen Prinzen in Verbindung bringen sollten, und unersättliche Neugier über die Geschichte des Graphits überkam ihn. Ich erinnere mich, wie er den Präsidenten der Pepys-Gesellschaft an einem Jackettknopf festhielt.

»Sagen Sie, hat Pepys irgend etwas über Graphit geschrieben? Ich meine – Graphit zum Schwärzen! Oder geht er darüber als über eine Selbstverständlichkeit hinweg?«

In dieser Zeit wurde der Onkel zum Schrecken namhafter Historiker. »Keine Sorge – ich will Sie nicht über Weltgeschichte ausquetschen«, pflegte er zu sagen. »Ich will nicht wissen, wer wessen Geliebte war und warum der

Soundso irgendwelches Land verwüstet hat. Das ist zwangsläufig alles erfunden und verkehrt. Nicht meine Sache, geht jetzt auch niemanden mehr etwas an. Das hat der Mann, der es getan hat, selbst nicht klar gewußt … Mich interessiert: was hat man im Mittelalter gegen Schleimbeutelentzündung im Knie unternommen? Was haben sie damals nach Turnieren in ihre heißen Bäder getan, und war der Schwarze Prinz – Sie kennen doch den Schwarzen Prinzen? –, war er emailliert oder angemalt oder was sonst? Ich persönlich glaube, er war mit Graphit geschwärzt – höchstwahrscheinlich – wie Pfeifenton –, aber hat man Graphit wirklich schon so früh verwendet?«

So brachte das Abfassen der Reklame für Moggs Seife, die in diesem Zweig der Literatur eine Revolution bewirkte, meinen Onkel dazu, sich nicht nur mit vergessenen geschichtlichen Daten zu befassen, sondern auch mit dem ungeheuren Feld von Erfindung und Unternehmungsgeist, das hinter den unscheinbaren Gebrauchsgegenständen verborgen lag, den Kehrrichtschaufeln und Fleischwölfen, den Mausefallen, Teppichkehrmaschinen, die sich in den Läden für Lebensmittel und Metallwaren darbieten. So kam er auf einen seiner Jugendträume zurück, zu seiner Vorstellung von einer Ponderevo-Patentwohnung, die ihm schon vorgeschwebt hatte, als ich in Wimblehurst in seine Dienste trat. »Das Zuhause, George«, sagte er, »muß in Ordnung gebracht werden. So ein albernes Durcheinander! Lauter Dinge, die einem im Weg sind. Ich muß das organisieren.«

Eine Zeitlang entfaltete er in diesem Zusammenhang den Eifer eines Sozialreformers.

»Wir müssen das Zuhause auf einen modernen Stand bringen, das ist meine Idee, George. Wir müssen aus diesem Überbleibsel barbarischer Zeiten eine zivilisierte Haushaltsmaschinerie machen. Ich werde Erfinder aufstöbern, einen Wendepunkt für häusliche Ideen setzen.

Alles. Bindfadenknäuel, die sich nicht verwirren, und Klebstoff, der nicht austrocknet. Verstehst du? Und nach den Annehmlichkeiten – die Schönheit. Schönheit, George! Alle diese neuen Dinge sollen hübsch anzusehen sein; das ist der Wunsch deiner Tante. Schöne Marmeladentöpfe! Einen modernen Künstler beauftragen, alle diese Dinge zu entwerfen, die jetzt häßlich aussehen. Patentkehrmaschinen, erdacht von Naturschwärmern, Abfallkübel, über die zu fallen ein Genuß ist – bunt gefärbte Bodentücher. Zss. Eimer, zum Beispiel, die man wie Wärmeflaschen an die Wand hängen kann. Schuhpasten und Derartiges in Dosen, die man küssen möchte, George! Siehst du, was ich meine? Anstatt all dieser dummen, häßlichen Dinge, die wir haben.«

Wir hatten einige prachtvolle Visionen; sie beeindruckten mich derart, daß mir Geschäfte für Lebensmittel und Metallwaren, an denen ich vorbeikam, so vielversprechend erschienen wie Bäume im Spätwinter, voll des unbändigen Drangs, Blätter und Blüten zu treiben … Und wirklich taten wir viel zur Verwirklichung unserer neuen Idee. Die in derlei Geschäften in den achtziger Jahren ausgestellten Dinge waren kümmerlich, verglichen mit den jetzigen, die auf Grund unserer Bemühungen entstanden sind …

Nun habe ich aber weder die Absicht, die umständliche Geschichte der Moggs GmbH niederzuschreiben, die unsere erste Weiterentwicklung von Moggs & Sohn war, noch will ich viel davon erzählen, wie unsere Pläne von da an immer größer und umfangreicher wurden und eine Reihe kleiner Läden mit einbezogen, wie wir Agenten für diese oder Partner für jene Artikel wurden, Partner insoweit, als wir unsere Fangarme nach spezialisierten Erzeugern ausstreckten, uns Einfluß auf dieses oder jenes Rohmaterial sicherten und so den Weg für unsere zweite Gesellschaftsgründung vorbereiteten, die »Haushaltsgeräte« – die »Hage« –, wie sie in der Stadt genannt wurde. Dann kam die Wiederbelebung von Tono-Bungay und schließlich der »Haushaltsdienst« und der gewaltige Aufschwung.

Entwicklungen dieser Art lassen sich romanhaft nicht im einzelnen schildern. Ich habe anderweitig viel darüber berichtet. Man kann es ausführlich, quälend ausführlich, in den Untersuchungsprotokollen über meinen Onkel und meine eigene Person während des Konkursverfahrens und auch in mehreren Erklärungen lesen, die ich nach dem Tod des Onkels abgegeben habe. Manche Leute wissen alles darüber, andere kennen das Ganze nur allzugut, aber die meisten wollen von Details verschont bleiben. Es ist die Geschichte eines ideenreichen Mannes zwischen Zahlenkolonnen, und wenn man nicht bereit ist, lange Reihen von Pfund, Shilling und Pence zu überprüfen, Daten zu vergleichen, Additionen nachzurechnen, würde man sie sinnlos und verwirrend finden. Und schließlich, die anfänglichen Ziffern waren gar nicht so falsch, daß man sie hätte beanstanden können. In der Sache Moggs und Hage, wie auch in Sachen der ersten Tono-Bungay-Gründung und ihrer Wiederbelebung, verließen wir das Gericht nach dem Standard ordentlicher Kaufleute ohne einen Flecken auf unserem Leumund. Der gewaltige Zusammenschluß im »Haushaltsdienst« war meines Onkels erste Finanzoperation großen Stils und sein erster Schritt zu kühneren Methoden; wir begannen mit dem Rückkauf von Hage, von Moggs (gutgehend mit sieben Prozent Dividende) und erwarben Skinnertons Putzmittel, den Riffleshaw-Besitz und die Runcorn-Fabrik für Fleischwölfe und Kaffeemühlen. Bei diesem Zusammenschluß war ich nur stiller Teilhaber; ich überließ die Transaktion meinem Onkel, denn ich begann mich damals gerade für die Ergebnisse zu interessieren, die Lilienthal, Pilcher und die Brüder Wright erzielt hatten. Die antriebslosen Flugapparate wollte ich zu Flugzeugen entwickeln. Ich hatte die Absicht, sie mit einem Antrieb zu versehen, sobald ich ein oder zwei offene Probleme gelöst hätte, die sich auf die Stabilität bezogen. Ich wußte, daß ich in meiner Version der Bridgers Turbine einen genügend leichten Motor besaß, aber auch, daß sein Einbau in das Flugzeug einem Selbstmord nahekommen würde, solange ich es nicht von der Tendenz befreit hatte, in unerwarteten Augenblicken die Nase zu heben und nach hinten abzusacken, eine Tendenz, die ständige Wachsamkeit forderte.

Aber davon will ich später berichten. Hierher gehört, daß mir erst nach dem Zusammenbruch klar wurde, wie unbekümmert mein Onkel sein Versprechen gehalten hatte, mehr als acht Prozent Dividende auf die Stammaktien des hoch überkapitalisierten Unternehmens »Haushaltsdienst« zu zahlen.

Ich verlor durch meine Forschungen in stärkerem Maß den Kontakt mit der Geschäftsgebarung, als ich oder mein Onkel es sich vorgestellt hatten. Geldgeschäfte waren viel weniger nach meinem Geschmack als die Rationalisierung der Tono-Bungay-Fabrik. Auf dem neuen Tätigkeitsgebiet meines Onkels gab es eine Menge Bluff und Hasard, Eingehen von Risiken und Geheimhalten von wesentlichen Fakten – und das sind einem wissenschaftlich geschulten Verstand verhaßte Dinge. Ich ahnte keine Gefahr, mir war nur die beiläufige, lockere Art der Transaktionen zuwider. Ich erfand immer neue Entschuldigungen, warum ich nicht nach London kommen konnte. Der letzte Teil der geschäftlichen Karriere meines Onkels verschwindet daher aus dem Bereich meines persönlichen Lebens. Ich wohnte mehr oder weniger bei ihm; ich sprach mit ihm, riet und half ihm gelegentlich, mit den Sonntagsbesuchern in Crest Hill fertig zu werden, aber ich folgte weder seinen Spuren, noch ging ich ihm voraus. Von der Hage-Zeit an stieg er rasch wie eine Blase im Wasser in die

Finanzwelt auf, während ich wie ein Kiemenatmer in der Tiefe blieb.

Jedenfalls hatte er ungeheuren Erfolg. Die Öffentlichkeit war, wie ich glaube, besonders von dem häuslich vertrauten Bereich seiner Tätigkeit eingenommen – man konnte die geleistete Einlage wegen des Namens auf den Bodentüchern und auf den Streichriemen für Rasiermesser nie ganz aus den Augen verlieren –, und seine Zuverlässigkeit schien durch offenkundige Erfolge verbürgt zu sein. Tono-Bungay zahlte nach seiner Wiederbelebung dreizehn Prozent Dividende, Moggs sieben, »Haushaltsgeräte« vertrauenerweckende neun; dann kam »Haushaltsdienst« mit acht. Zu diesem Zweck mußte der Onkel nur Roeburns Fabrik für antiseptisches Wasser, Rasierseife und Badekristalle kaufen und nach drei Wochen wieder verkaufen, um zwanzigtausend Pfund flüssige Mittel zu haben. Ich glaube heute noch, daß Roeburns Fabrik den Preis wert war, um den er sie verkaufte, jedenfalls solange sie nicht durch ungeschickte Reklame zu Schaden kam. Es war eine Zeit der Expansion und des Vertrauens; viel Geld suchte Anlagemöglichkeit, und Industrieaktien waren in Mode. Die Kurse stiegen überall. Mein Onkel brauchte daher bei seinem Aufstieg zu dem hohen, wenngleich unsicheren Gipfel einer Finanzgröße nur, wie er sagte, »die kosmische Auster zu packen, George, solange sie offen ist«, was übersetzt hieß, respektable Firmen zuversichtlich und mutig zum Schätzpreis des Verkäufers zu erwerben, dreißig oder vierzigtausend Pfund aufzuschlagen und das Unternehmen um diesen Preis dann wieder zu verkaufen. Die einzige Schwierigkeit bestand in der taktvollen Verwaltung der Anteile, die dem Onkel bei jeder dieser Transaktionen in der Hand blieben. Aber diese Dinge lagen mir so fern, daß ich die damit verbundenen besonderen Schwierigkeiten nicht erkannte, bevor es zu spät war.

3

Wenn ich an meinen Onkel in den Tagen des großen Aufschwungs und seiner vielseitigen Unternehmungen denke, sehe ich ihn in seiner Suite im Hardingham-Hotel an einem großen alten Eichenschreibtisch sitzen, rauchend, trinkend und hektisch tätig; das war sein typisches Auftreten in der Finanzwelt – unsere Abende, Morgen, Feiertage, Autoausflüge, Lady Grove und Crest Hill gehören einem völlig anderen Bereich meiner Erinnerungen an.

Die Suite im Hardingham bestand aus einer Reihe von Räumen entlang eines mit einem dicken Läufer belegten Korridors. Alle Türen, die auf diesen Korridor führten, waren versperrt, außer der ersten; und das Schlafzimmer meines Onkels, Frühstücksraum und Privatheiligtum waren am wenigsten zugänglich und mündeten auf eine Hintertreppe, die er gelegentlich auch benutzte, um unerwünschten Besuchern zu entrinnen. Der vorderste Raum war das allgemeine Wartezimmer und sehr geschäftsmäßig eingerichtet: ein oder zwei unbequeme Sofas, ein paar Stühle, ein grün überzogener Tisch und eine Sammlung der besten Moggs- und Tono-Plakate. Auch war der für das Hardingham sonst normale Plüschteppich durch ein graugrünes Linoleum ersetzt worden. Hier fand ich immer ein bemerkenswert buntes Gemisch von Leuten vor, überwacht von dem besonders zuverlässigen und düster dreinblickenden Angestellten Ropper, der jene Türe hütete, die einen Besucher meinem Onkel um einen Schritt näher brachte. Meist waren da ein Pastor und ein oder zwei Witwen, bärtige, bebrillte Herren mittleren Alters, von denen manche verblüffend wie Eduard Ponderevo vor dem Aufstieg aussahen, eine bunte Mischung jüngerer Männer, mehr oder weniger auffallend gekleidet, manche, denen Papiere aus den Taschen ragten, andere, die ihre Papiere dezent verbargen. Und daneben seltsame, teils recht schmutzige Leute.

Sie alle hielten eine nahezu hoffnungslose Belagerung aufrecht – manchmal wochenlang; sie wären besser zu Hause geblieben. Im nächsten Zimmer saß eine Reihe weiterer Gestalten, die vorgemerkt waren, und hier konnte man gerissen aussehende, glänzend gekleidete Herren, nervöse, sich hinter Zeitungen verbergende Damen, nonkonformistische Geistliche in Schuhen mit Gummizügen und sogar Geschäftsleute sehen. Die letzteren waren meist Gentlemen in eleganten Konferenzanzügen und bewunderten manchmal stundenlang den Geschmack meines Onkels bei der Auswahl von Aquarellen. Auch jüngere Männer verschiedener gesellschaftlicher Herkunft waren da – ungenierte Amerikaner, verräterische Angestellte anderer Konzerne, geschniegelte, forsche Studenten, zurückhaltend, aber stets auf dem Sprung, stets bereit, im nächsten Augenblick höchst zungenfertig, höchst überzeugend zu werden.

Dieses Zimmer hatte auch ein Fenster hinaus auf den Hof des Hotels mit dem von Farnkraut umgebenen Springbrunnen und dem Mosaikpflaster, und die jungen Männer standen oft davor, gelegentlich murmelten sie etwas. Eines Tages vernahm ich, als ich vorüberging, eindringliches Flüstern: »Aber Sie scheinen nicht recht die großen Vorteile zu erfassen, Mr. Ponderevo, die überragenden Vorteile –« Da traf mich ein Blick, und der Mensch, der seine Rolle einstudierte, verstummte verlegen.

Dann kam ein Zimmer voller Sekretärinnen – keine Schreibmaschinen, denn mein Onkel haßte das Geklapper –, und gelegentlich saßen da oder dort ein oder zwei Spekulanten, deren Projekte in Betracht kamen. Hier und in einem weiteren, den Privaträumen näheren Zimmer wurde die Korrespondenz meines Onkels einem erschöpfenden Prozeß des Aussortierens und Verarbeitens unterzogen, bevor sie ihn erreichte. Daran schlossen sich zwei kleine Zimmer an, in denen mein Onkel verhandelte, mein Zauberonkel, dem die Öffentlichkeit ihr Geld anvertraute und dem alles möglich war.

Wenn man hineinkam, fand man ihn mit seiner aufwärtsstrebenden Zigarre und einem Ausdruck unbestimmbarer Seligkeit auf dem Gesicht, während jemand ihn dafür zu gewinnen trachtete, durch dies oder jenes noch reicher zu werden.

»Bist du's, George?« pflegte er zu sagen. »Komm herein. Da ist ein Problem. Erläutern Sie es doch noch einmal, Herr ... Willst du einen Schluck, George? Nicht? Kluger Mann! Hör zu.«

Ich war immer bereit, zuzuhören. Allerlei finanzielle Wunder kamen aus dem Hardingham, insbesondere während des letzten großen Kampfes meines Onkels, aber sie waren nichts neben den Projekten, die sonst noch hereinströmten. Meist saß der Onkel in dem kleinen braungoldenen Zimmer, das er sich von Bordingly hatte einrichten lassen und das er mit einem halben Dutzend Landschaftsbilder aus Sussex, geschaffen von Webster, ausgeschmückt hatte. In letzter Zeit trug er in diesem Zimmer ein Jackett aus braungoldenem Manchestersamt, das meiner Meinung nach die ästhetisierende Absicht überbetonte. Auch hatte er dort mehrere mächtige Chinabronzen aufgestellt.

Im ganzen genommen, war er während dieser Zeit wilder Spekulationen ein sehr glücklicher Mann. Er verdiente, wie ich an gegebener Stelle berichten werde, gewaltige Summen und gab sie wieder aus. Er war ständig in Bewegung, ständig geistig und körperlich angeregt und selten müde. Um ihn herum herrschte eine Atmosphäre der Ehrerbietung; der Großteil seines wachen Lebens war triumphal und ganz nach seinen Träumen. Ich bezweifle, ob er je mit sich unzufrieden war, bis ihn der große Krach niederwarf. Die Erfolge flogen ihm nur so zu ... Ich glaube, er muß sehr glücklich gewesen sein.

Während ich hier so sitze und all das schreibe, während ich bei meinen Versuchen, der Geschichte unseres Aufstiegs eine literarische Form zu geben, hastige Notizen mache und sie wieder verwerfe, ist mir, als begriffe ich zum ersten Mal, was für ein Wunder das Ganze war, wie bar jeder praktischen Vernunft. Auf dem Höhepunkt seiner Karriere muß mein Onkel nach vorsichtigsten Schätzungen über Realwerte und Kredite im Wert von etwa zwei Millionen Pfund verfügt haben, Summen, die er seinen gigantischen, nicht genau bestimmbaren Verbindlichkeiten entgegensetzen konnte, und die ganze Zeit über dürfte er außerdem beherrschenden Einfluß auf den Fluß von annähernd dreißig Millionen gehabt haben. Dieses vernunftwidrige Wirrwarr eines Wirtschaftszusammenschlusses, in dem wir uns bewegten, warf ihm gewaltige Summen dafür ab, daß er in einem Zimmer saß, Pläne entwarf und Lügen von sich gab. Denn er schuf nichts, erfand nichts, rationalisierte nichts. Ich kann nicht behaupten, daß ein einziges der großen Geschäfte, die wir organisierten, das Leben der Menschen mit auch nur einer Spur wirklichen Wertes bereichert hätte. Mehrere Produkte, wie Tono-Bungay, waren glatter Betrug, in den kapitalsuchenden Anzeigen wurden leere Versprechungen gemacht. Und das, was aus dem Hardingham hinausging, ich wiederhole es, war nichts im Vergleich zu den Projekten, die hereinkamen. Ich denke an die lange Reihe von Leuten, die vor uns Platz nahmen und dies oder jenes vorschlugen. Bald war es der Plan, Brot unter einem Phantasienamen zu verkaufen, um die Vorschriften über Form und Gewicht zu umgehen – zu diesem Zweck wurde dann die »Gesellschaft für rindenloses Gesundheitsbrot« gegründet, die dem Gesetz ein Schnippchen schlug –, bald war es das neue Schema für noch schlagkräftigere Anzeigen, bald eine Geschichte über entdeckte Erzlager, bald ein billiger, niederträchtiger Ersatz dessen, was man zum Leben brauchte, dann wieder der Verrat eines zu gut informierten Angestellten, der gerne Partner geworden wäre. All das wurde uns zaghaft oder überzeugend vorgetragen. Heute erschien das Musterexemplar eines Großmauls, das uns durch burschikosen Freimut zu überrumpeln versuchte, morgen ein Wisperer mit schlechter Verdauung und gelbem Teint. Einmal ein sorgfältig gekleideter Jüngling mit Monokel und Blume im Knopfloch, ein andermal ein schwerfällig sprechender, aber gerissener Manchestermann oder ein Schotte, der höchst beflissen war, sich klar verständlich zu machen. Viele kamen zu zweit oder zu dritt, oft auch im Schlepptau eines Anwalts, der ihre Ideen vortrug. Manche Besucher waren wortkarg und ernst, andere schwätzten im Flüsterton hemmungslos vor sich hin, wenn sie vorgelassen wurden. Es gab welche, die flehentlich baten, aufgenommen zu werden. Mein Onkel wählte, was ihm zusagte, und wies die übrigen ab. Er wurde sehr selbstherrlich solchen Bittstellern gegenüber. Er fühlte, daß er sich das leisten konnte, und sie fühlten es auch. Er brauchte nur »Nein!« zu sagen, und sie verflüchtigten sich ... Er war zu einer Art von Sog geworden, dem der Reichtum von selbst zuströmte. Sprunghaft mehrte sich sein Vermögen: Aktien, Pachtbesitz, Pfandrechte, Schuldscheine.

Als Basis für diese seine Hauptbeschäftigung hielt er es schließlich für nötig und durch die bisherigen Erfolge für gerechtfertigt, drei Handelsgesellschaften zu gründen, die Englisch-Amerikanische Investment Company, die Britische Gewerbekredit AG und die Geschäftsorganisation GmbH. Das geschah in der Zeit der Höchstblüte, als ich mit den Geschäften am wenigsten zu tun hatte. Ich sage das ohne die Absicht, mich etwa zu rechtfertigen; ich gebe zu, daß ich in allen drei Gesellschaften Direktor war, und gestehe auch, daß ich in dieser Eigenschaft absichtlich untätig blieb. Jede dieser Gesellschaften schloß ihr Geschäftsjahr mit Gewinn ab, indem sie große Posten von Anteilen der einen oder anderen Schwesterfirma verkaufte und aus dem Erlös eine Dividende bezahlte. Ich saß an meinem Schreibtisch und stimmte dem zu. Das war unsere Methode, diese schillernde Seifenblase in Schwebe zu halten ...

Der Leser wird jetzt das Wesen der Tätigkeit besser verstehen, für die eine verstiegene Allgemeinheit meinem Onkel unkontrollierbaren Reichtum und Macht und tiefen Respekt darbot. All das war eine angemessene Vergütung für kühnes Fabulieren, ein Dankgeschenk für das einzig Reale im Menschenleben – die Illusion. Wir verbreiteten um uns eine Stimmung von Hoffnung und Profit; wir machten mit einer Flutwelle aus gefärbtem Wasser und Zuversicht ihre gestrandeten Geschäfte flott. »Wir schaffen Glauben, George«, sagte mein Onkel eines Tages. »Und, bei Gott, den müssen wir vertiefen! Wir haben das Vertrauen der Menschen gestärkt, seit ich den ersten Korken in eine Tono-Bungay-Flasche gedrückt habe.«

»Falschmünzerei« wäre das bessere Wort statt Vertrauen-schaffen gewesen! Dennoch wird man zugeben müssen, daß er in gewissem Sinne recht hatte. Zivilisation ist nur durch Vertrauen möglich, ebenso der Umstand, daß wir unser Geld zur Bank bringen und unbewaffnet durch die Straßen gehen können. Die Bankreserven oder ein Ordnung haltender Polizist in einem Massengedränge sind ein kaum weniger unverschämter Bluff als die Versprechungen meines Onkels. Die daran geknüpften Erwartungen könnten nicht einen Augenblick lang erfüllt werden, wenn auch nur ein Viertel davon eingefordert würde. Die ganze moderne Investitionstätigkeit ist aus dem Stoff, aus dem die Träume sind. Eine Menge Leute schwitzt und plagt sich, große Eisenbahnnetze entstehen, Städte erheben sich zum Himmel, wachsen in die Länge und in die Breite, Bergwerke werden eröffnet, Handelshäuser sind eifrig tätig, Gießereien qualmen, Schiffe kreuzen auf dem Meer, Länder werden besiedelt; über dieser geschäftigen, sich plagenden Welt schweben die reichen Geldgeber, kontrollieren alles, genießen alles, vertrauensvoll und ein Vertrauen schaffend, das alle zu einer zwar widerstrebenden, aber unterbewußt verankerten Brüderschaft zusammenschweißt. Ich staune beim Entwerfen meiner Maschinen. Die Fahnen flattern, die Menge klatscht Beifall, die gesetzgebenden Körperschaften treten zusammen. Doch finde ich zuweilen, daß diese ganze geschäftige Zivilisation nun wirklich nicht viel anderes ist als die Karriere meines Onkels ins Große übertragen, eine schwellende, immer dünner werdende Blase aus Verheißungen. Und ich finde, daß ihre Arithmetik ebenso ungesund, ihre Dividenden so unüberlegt, ihr endgültiges Ziel ebenso unklar sind, daß vielleicht alles auf etwas seiner persönlichen Katastrophe erschreckend Ähnliches zutreibt …

Nun, so und nicht anders war eben unser Aufstieg, und viereinhalb Jahre lang lebten wir in einer Mischung aus Realität und Gefasel, bis uns unsere eigene Unvernunft zu Fall brachte. Wir fuhren in den prächtigsten Autos über belebte Hauptstraßen, erlangten durch verschwenderische Häuser Ansehen und Würden, speisten üppig, und dabei rieselte ein ständiger Strom von Noten und Münzen in unsere Taschen. Hunderttausend Männer und Frauen achteten uns, grüßten uns und hielten es für eine Ehre, uns dienen zu dürfen. Ich äußerte einen Wunsch, und meine Werkstätten erhoben sich, meine Flugzeuge tauchten aus dem Nichts auf und erschreckten die Kiebitze in den Niederungen. Mein Onkel winkte mit dem Finger, und der Landsitz Lady Groves mit seiner ganzen Atmosphäre von Rittertum und altertümlicher Ruhe war sein; er winkte wieder, und eifrige Architekten planten den (nie fertiggestellten) Palast am Crest Hill, eine Armee von Handwerkern strömte zusammen, um seine Wünsche zu erfüllen. Und dahinter standen nichts als fiktive Werte, ebenso flüchtig wie der Schimmer des Regenbogens.

4

Ich gehe dann und wann am Hardingham vorbei, spähe durch den großen, überwölbten Eingang auf den Springbrunnen inmitten der Farne und denke an jene entschwundenen Tage, als ich dem Mittelpunkt unseres Wirbels von Habgier und Unternehmungsgeist so nahe war. Ich sehe wieder das freundliche und aufmerksame Gesicht meines Onkels vor mir und höre ihn seine Ansichten darlegen, napoleonische Entscheidungen treffen, den Kern »herausschälen«, »den Finger auf den entscheidenden Punkt legen«, sich in Szene setzen, »punktum« sagen. Dieses Wort wurde ihm zu einer lieben Gewohnheit. Gegen das Ende zu war jede nur vorstellbare Handlung von diesem »punktum« begleitet!

Was für seltsame Leute kamen zu uns! Unter anderen Gordon-Nasmyth, jene verrückte Mischung aus Romantik und Anarchie. Ihm war bestimmt, mich in das ausgefallenste Abenteuer meines Lebens zu verstricken, die Mordet-Insel-Affäre, von der, wie man so sagt, meine Hände mit Blut befleckt blieben. Es ist bemerkenswert, wie wenig das mein Gewissen belastet und wie sehr gerade diese Erinnerung meine Phantasie beflügelt.

Die Geschichte der Mordet-Insel erschien in einem Regierungsbericht und wurde darin vollkommen falsch dargestellt. Es gibt immer noch triftige Gründe, es dabei zu belassen, aber mein lebhafter Wunsch nach Wahrheit verbietet mir, sie vollkommen zu übergehen.

Ich erinnere mich noch sehr genau an den Auftritt von Gordon-Nasmyth in unseren geheiligten Räumen. Er war ein schlanker, sonnenverbrannter Mann mit einem gelbbraunen Adlergesicht und einem einzigen blaßblauen Auge – die andere Augenhöhle war leer – und wie er uns mit einer schlecht gespielten Ungezwungenheit seine unglaubwürdige Geschichte von jenem großen Haufen Quap erzählte, der verlassen und unentdeckt an der Küste hinter der Mordet-Insel zwischen abgestorbenen, gebleichten Mangroven und schwarzem, schlammigem Brackwasser lag.

»Was ist Quap?« fragte mein Onkel nach der vierten Wiederholung dieses Wortes.

»Sie nennen es Quap oder Quabb«, sagte Gordon-Nasmyth, »aber unsere Beziehungen waren nicht freundschaftlich genug, um die richtige Schreibweise zu klären ... jedenfalls liegt das Zeug dort abholbereit. Sie wissen nichts davon, niemand weiß etwas. Ich bin allein in einem Kanu zu dem verfluchten Platz gefahren. Die Burschen wollten nicht mitkommen. Ich tat, als wolle ich botanisieren ...«

Von Anfang an hatte Gordon-Nasmyth eine Vorliebe für Dramatik gezeigt.

»Hören Sie«, sagte er bei seinem ersten Erscheinen, nachdem er die Türe sorgfältig hinter sich geschlossen hatte, »wollen Sie – ja oder nein – sechstausend daran wagen – an eine einwandfrei gute Chance von fünfzehnhundert Prozent in einem Jahr?«

»Solche Chancen werden uns täglich angeboten«, sagte mein Onkel, die Zigarre herausfordernd nach oben gerichtet, putzte seinen Zwicker und klappte seinen Stuhl nach hinten. »Wir bestehen auf sicheren zwanzig.«

Gordon-Nasmyths aufbrausendes Naturell äußerte sich in einer leichten Versteifung seiner Haltung.

»Glauben Sie das nicht«, beeilte ich mich einzuwerfen,

bevor er antworten konnte. »Sie sind anders, und ich kenne Ihre Bücher. Wir sind froh, daß Sie zu uns gekommen sind. Ich bitte dich, Onkel, das ist doch Gordon-Nasmyth! Nehmen Sie Platz. Was ist es? Ein Mineral?«

»Quap«, sagte Gordon-Nasmyth und richtete sein eines Auge auf mich, »in Haufen.«

»In Haufen«, wiederholte mein Onkel träumerisch, mit dem Zwicker auf der Nasenspitze.

»Sie können wohl nur einen Kramladen führen«, sagte Gordon-Nasmyth verächtlich, setzte sich und bediente sich mit einer von den Zigarren meines Onkels. »Es tut mir leid, daß ich hergekommen bin. Aber da ich nun einmal hier bin ... Also zunächst Quap; Quap ist der radioaktivste Stoff der Welt. Das ist Quap! Eine moderne Masse aus Erden und Schwermetallen, Plutonium, Radium, Thorium, Carium und noch anderen, darunter einem Zeug, das vorläufig Xk genannt wird. Dort liegen sie vermischt mit stinkendem Sand. Wie es dazu kam, woher es stammt, weiß ich nicht. Es ist geradeso, als hätte irgendein jugendlicher Schöpfer damit gespielt. Dort gibt es zwei Haufen davon, einen kleineren und einen großen, und meilenweit ringsum ist die Welt verödet, verdorrt und tot. Man bekommt das Zeug für die bloße Mühe des Abholens. Sie müssen es nur abtransportieren – das ist alles!«

»Das klingt gut«, sagte ich. »Haben Sie Proben?«

»Nun – wenn Sie meinen. Sie können welche haben – bis zu zwei Unzen.«

»Wo sind sie?« ... Sein blaues Auge musterte mich lächelnd. Er rauchte, wurde für eine Weile einsilbig und wehrte meine Fragen ab. Dann begannen seine Angaben zusammenhängender zu werden. Er beschwor die Vision einer seltsamen vergessenen Landzunge an der Küste des Ozeans, langer gewundener Wasserläufe, die sich hinziehen und gabeln und Schlamm und Schlick am Brandungsgürtel des Atlantik abladen, einer dichten verfilzten Vegetation, die sich in das flimmernde Wasser mit Wurzeln und Schößlingen vorschiebt. Er entwarf eine Vision aus Hitze und dem ständigen Gestank nach pflanzlicher Verwesung und schilderte, wie man schließlich zu einer Lichtung komme, einer Stätte, umrahmt von knochenweißen abgestorbenen Bäumen, mit Sicht auf die dunkelblaue See hinter einer gischtigen Brandung und einem breiten verlassenen Gürtel von schmutzigem Strandkies und gefurchtem Schlamm ... Ein wenig landeinwärts stehe zwischen verdorrtem totem Kraut die verlassene Station – verlassen, weil bisher noch jeder Mann, der zwei Monate in ihr blieb, an einer mysteriösen Krankheit ähnlich der Lepra starb – mit ihren verfallenen Hütten und ihrem morschenden Pier aus wurmzerfressenen schiefen Pfosten und Planken, der mit Vorsicht noch immer begehbar ist. Und mittendrin zwei unförmige Haufen, gewölbt wie Schweinerücken, ein kleinerer und ein großer, neben einem Felsen, der den Platz in der Mitte teilt – Quap!

»Dort liegt es«, sagte Gordon-Nasmyth, »und ist, gut gerechnet, drei Pfund die Unze wert; zwei große Haufen davon, stinkendes Zeug, bereit zum Einschaufeln und Verkarren, und Sie können es tonnenweise haben!«

»Wie ist es dorthin gekommen?«

»Das weiß der liebe Gott! ... Es liegt dort, zum Abholen bereit! In einem Land, in dem man nicht lange handelt. In einem Land, wo die Leute darauf warten, daß gute, bereitwillige Männer kommen, um all die Reichtümer zu entdecken und fortzuschaffen. Da liegt es – vergessen.«

»Kann man mit den Leuten irgendwelche Abkommen treffen?«

»Dazu sind sie verdammt zu blöd. Man muß nur hinfahren und das Zeug holen. Das ist alles.«

»Und wenn man dabei ertappt wird?«

»Das ist natürlich möglich. Aber die Leute sind nicht sehr gut im Ertappen.«

Wir besprachen diese Schwierigkeit eingehend. »Sie werden mich nicht kriegen, denn lieber mache ich Schiffbruch. Geben Sie mir eine Jacht«, sagte Gordon-Nasmyth, »das ist alles, was ich brauche.«

»Aber wenn man Sie trotzdem erwischt?« gab mein Onkel zu bedenken …

Ich glaube, daß Gordon-Nasmyth von uns einen Scheck über sechstausend Pfund auf Grund seiner Darlegungen erwartet hatte. Es war ein sehr guter Vortrag gewesen, aber wir gaben keinen Scheck. Ich bestand auf Proben für eine Analyse, und er sagte sie zu – widerstrebend. Eigentlich glaube ich, ihm wäre lieber gewesen, wenn ich die Proben nicht untersucht hätte. Er machte eine Bewegung, als wolle er in seine Tasche greifen, was uns zur Überzeugung brachte, daß er die Proben bei sich hatte und sich erst im letzten Augenblick entschloß, sie nicht vorzeitig aus der Hand zu geben. Es war offensichtlich ein seltsamer Anflug von Geheimniskrämerei, daß er uns die Proben nicht gab und die Lage seiner Mordet-Insel nicht auf weniger als dreihundert Meilen genau nennen wollte. Er war sich völlig klar darüber, daß er ein Geheimnis von unschätzbarem Wert besaß, hatte aber nicht die geringste Ahnung, wieviel davon er Geschäftsleuten verraten durfte. Und so begann er plötzlich, um Zeit für weitere Überlegungen zu gewinnen, von anderen Dingen zu sprechen.

Er erzählte sehr gut, sprach von Holländisch-Ostindien und vom Kongo, von Portugiesisch-Ostafrika, Paraguay, von malaiischen und reichen chinesischen Händlern, von Borneo, vom Sudan und der Ausbreitung des Islams im heutigen Afrika. Und während dieser ganzen Zeit versuchte er sich ein Urteil darüber zu bilden, ob wir vertrauenswürdig genug seien, um uns sein Geheimnis anzuvertrauen. Unser bequemes inneres Büro und alle unsere Geschäfte wurden zu langweiligen und schwunglosen Dingen neben seinen Andeutungen von seltsamen Männerbünden, von ungesühnten Morden und merkwürdigen Bräuchen, von Handelsbeziehungen, bei denen es keine Regeln gibt, und von den dunklen Machenschaften in östlichen Häfen und Gewässern, die auf keiner Karte verzeichnet waren.

Außer den paar üblichen Reisen nach Paris war keiner von uns je ins Ausland gekommen; unsere Welt war England, und die Herkunftsländer der meisten Rohmaterialien für die Waren, die wir verkauften, erschienen uns so fern wie Märchenträume oder die Wälder von Mittelengland. Aber Gordon-Nasmyth schilderte uns an diesem Nachmittag entlegene Gestade so plastisch und lebendig – jedenfalls für mein Gefühl –, daß sie uns wie etwas Altbekanntes, längst Vergessenes und nun wieder aus der Erinnerung Auftauchendes vorkamen.

Und schließlich rückte er mit seiner Probe heraus, einem kleinen schmutzigen Klumpen Lehm, mit bräunlichen Körnern durchsetzt, in einer mit Blei und Flanell umhüllten Gasflasche – rotem Flanell, wie ich mich erinnere – eine Farbe, die nach allgemeiner Ansicht alle mystischen Eigenschaften des Flanells verdoppelt.

»Tragen Sie es nicht bei sich herum«, warnte uns Gordon-Nasmyth. »Es verursacht Entzündungen.«

Ich brachte das Zeug zu Thorold, und dieser erlebte die einzigartige Verzückung, bei dieser noch vertraulichen Analyse zwei neue Elemente zu entdecken. Er hat sie inzwischen benannt und über sie geschrieben, aber damals wollte Gordon-Nasmyth nicht das geringste von einer Veröffentlichung irgendwelcher Daten hören; er steigerte sich sogar in einen heftigen Wutanfall hinein und beschimpfte mich fürchterlich, weil ich Thorold das Zeug überhaupt gezeigt hatte. »Ich dachte, Sie würden es selbst analysieren«, sagte er mit der rührenden Überzeugung eines Nichtfachmanns, daß ein Wissenschaftler alles können müsse.

Ich führte einige Marktanalysen durch, und auch da erschien Gordon-Nasmyths Schätzung des Materialwertes als sehr realistisch. Das war noch in der Zeit, bevor Capern den Wert des Canadiums entdeckte und es bei seinem Glühfaden verwendete, aber Cerium und Thorium allein, die er sich hiefür beschaffen mußte, brachten den geschätzten Wert ein. Es gab jedoch auch Zweifel, sogar gewichtige Zweifel. Wo lag die Grenze der Marktsättigung für den Handel mit den Gasglühstrümpfen? Wieviel Thorium, von Cerium ganz zu schweigen, konnte die Produktion verarbeiten? Angenommen, diese Menge war groß genug, um unsere Schiffsexpedition zu rechtfertigen, ergaben sich immer noch andere Zweifel. Entsprachen die Haufen der Probe? Waren sie so groß, wie er sagte? Hatte Gordon-Nasmyth vielleicht zuviel Phantasie? Und wenn die Sache ihr Geld wert war, konnten wir das Zeug überhaupt wegschaffen? Es gehörte nicht uns. Es lag auf verbotenem Grund. Man sieht, bei diesem Abenteuer gab es starke Zweifel verschiedener Art.

Nichtsdestoweniger kamen wir in der Diskussion des Projekts allmählich voran, obwohl wir vermutlich Gordon-Nasmyths Geduld stark strapazierten. Dann verschwand er plötzlich aus London, und ich sah anderthalb Jahre nichts von ihm.

Mein Onkel sagte, das habe er erwartet, und als schließlich Gordon-Nasmyth wieder auftauchte und so nebenbei erwähnte, er sei in privaten Angelegenheiten (wir vermuteten eine Liebesgeschichte) in Paraguay gewesen, mußten wir mit den Verhandlungen über die Quap-Expedition ganz von vorn beginnen. Mein Onkel neigte zu großer Skepsis, ich jedoch war nicht so ablehnend. Vermutlich lockte mich der pittoreske Aspekt. Aber keiner von uns beiden dachte ernsthaft an eine Durchführung, bis Capern mit seiner Entdeckung herauskam …

Die Quap-Geschichte hatte wie ein helles Bild einer tropischen Landschaft, das in einem düsteren Büro an der Wand hängt, meine Phantasie angeregt. Ich träumte während Gordon-Nasmyths mehrfacher Abwesenheit von London weiter davon. Dann und wann trafen wir einander, und das verstärkte mein Interesse. Wir speisten in London, oder er kam zur Besichtigung meiner Flugapparate nach Crest Hill und entwickelte dabei neue Pläne, wie man an die kostbaren Haufen herankommen könnte, manchmal mit mir, manchmal allein. Zeitweilig wurden die Pläne für uns zu Märchendichtungen, zu einer Übung unserer Phantasie. Und dann kam Caperns Entdeckung des, wie er es nannte, idealen Glühfadens, und das machte die finanzielle Seite der Quap-Unternehmung wesentlich weniger problematisch. Denn der ideale Faden benötigte fünf Prozent Canadium, und dieses war in der ganzen Welt nur als ein erst kürzlich entdeckter Bestandteil einer Abart des seltenen Minerals Rutil bekannt. Aber Thorold kannte es besser – als ein Element in der mysteriösen Probe, die ich ihm gebracht hatte, und für mich war es eines der Elemente des Quap. Ich berichtete das meinem Onkel, und wir stürzten uns sofort auf die Sache. Wir entdeckten, daß Gordon-Nasmyth vom steigenden Wert des Stoffes noch nichts wußte und daß er, immer noch im Gedanken an den bekannten Preis des Radiums und den Seltenheitswert des Ceriums, einen Vetter namens Pollack beigezogen hatte und nun mit Hilfe einer ungewöhnlichen Belehnung seiner Lebensversicherung eine Brigg zu kaufen versuchte. Wir schalteten uns ein, legten dreitausend Pfund auf den Tisch, und sogleich löste sich die Versicherungstransaktion und die Finanzierung durch Pollack in Luft auf, doch blieb leider Pollack in der Brigg und in das

Geheimnis eingeweiht – außer in die Sache mit dem Canadium und dem Glühfaden. Wir diskutierten ernsthaft, ob wir einen Dampfer mieten oder die Brigg behalten sollten, entschlossen uns aber dann, bei der Brigg als dem weniger auffälligen Rüstzeug für das Unternehmen zu bleiben, das schließlich, genaugenommen, auf Diebstahl hinauslief.

Aber das war eine unserer letzten Unternehmungen vor der großen Krise, und ich werde davon zu gegebener Zeit berichten.

So kam also Quap in unseren Tätigkeitsbereich, erst als Märchen und dann als reales Objekt. Es wurde immer realer, bis es schließlich greifbar war, bis ich mit eigenen Augen die Haufen sah, die ich mir in meiner Phantasie so lange vorgestellt hatte, und zwischen meinen Fingern diese halb sandige, halb schmierige Struktur des Quap fühlte, eine Mischung, die aussah wie körniger Rohzucker und Lehm, und in der etwas strahlte –!

Man muß es gefühlt haben, um es sich vorstellen zu können.

5

Alles mögliche kam ins Hardingham und wurde meinem Onkel angeboten. Gordon-Nasmyth war nur deshalb ein besonderer Fall, weil er schließlich in unserer finanziellen Krise eine Rolle spielte. So viel strömte herein, daß mir manchmal vorkam, als wäre die ganze menschliche Geschäftswelt bereit, vor unseren wirklichen und imaginären Millionen im Staub zu kriechen. Wenn ich zurückblicke, bin ich immer noch fassungslos, welche unglaublichen Möglichkeiten wir hatten. Es gelangen uns die außergewöhnlichsten Dinge, bei denen es mir absurd erschienen wäre, sie irgendeinem beliebigen Mann mit

Reichtum und Unternehmungsgeist zu überlassen, der sich ihrer hätte annehmen wollen. Ich gewann erstaunliche Einsichten in die Mechanismen, durch die moderne Anschauungen und die Weitergabe von Fakten an die Öffentlichkeit gelenkt werden können. Unter anderen Dingen, um die sich mein Onkel bemühte, setzte er alles daran, das ›British Medical Journal‹ und das ›Lancet‹ zu kaufen und es nach, wie er es nannte, modernen Gesichtspunkten zu führen. Und als sich die Leute ihm nicht fügten, sprach er eine Weile sehr nachdrücklich von der Gründung einer Konkurrenzzeitschrift. Es war in gewissem Sinn wirklich eine großartige Idee. Sie hätte uns einen ungeheuren Vorteil beim Vertrieb unzähliger Spezialmittel verschafft, und ich kann mir kaum vorstellen, wie weitgehend wir dadurch die Ärzteschaft unter unseren Einfluß gebracht hätten. Es wundert mich immer noch – und ich werde verwundert sterben –, daß so etwas in einem modernen Staat möglich ist. Wenn es auch meinem Onkel nicht gelang, die Sache zum Abschluß zu bringen – ein anderer mag damit eines Tages Erfolg haben. Aber ich zweifle, ob es bei dem bisherigen Stil dieser beiden Zeitschriften, wenn er sie hätte erwerben können, geblieben wäre. Man hätte den Zweck des Stilwandels begreifen müssen. Er wäre vermutlich auf Kosten der Seriosität gegangen.

Jedenfalls hielt der Onkel die hohe Qualität des ›Heiligen Hains‹ nicht aufrecht, eines wichtigen kritischen Organs, das er eines Tages – indem er »punktum« sagte – für achthundert Pfund erwarb. Er kaufte es in »Bausch und Bogen« – den Redakteur mit inbegriffen. Aber der Preis lohnte sich nicht. Wer an Literatur interessiert ist, wird sich an das neue Deckblatt, das der Onkel diesem für die britische intellektuelle Kultur repräsentativen Blatt gab, erinnern, und auch, wie da gesunder Geschäftsinstinkt in schreienden Gegensatz zu den Verfeinerungen einer dekadenten Zeit geriet. Eine alte Nummer, die mir kürzlich in die Hände geriet, sah so aus:

DER HEILIGE HAIN

Wochenzeitschrift für Kunst, Philosophie, Wissenschaft und Literatur

---

Haben Sie einen unangenehmen Geschmack im Mund?
Er kommt von der Leber
Sie brauchen nur eine Pille No. 23
(nur eine!)
Keine Medizin, sondern ein wirksames
amerikanisches Heilmittel

INHALT

Ein bisher unveröffentlichter Brief von Walter Pater
Charlotte Brontës mütterliche Großtante
Eine neue Geschichte des Katholizismus in England
Shakespeares Genialität
Briefe an den Herausgeber
Volkskundliche Plaudereien
Die Bühne: das Paradoxon der Schauspielkunst
Reisen, Biographien, Dichtkunst, Romane etc.

Die beste Pille der Welt für eine versagende Leber!

Vermutlich sind es irgendwelche Spätfolgen meiner Zeit in Bladesover, die mir diese Kombination von Literatur und Pillen so unpassend erscheinen lassen, vielleicht auch eine Nachwirkung meiner Lektüre des Plutarch, meiner unausrottbaren kindlichen Vorstellung, daß unser Staat im Grunde doch weise, gesund und erhaben sein sollte, und der Ansicht, daß ein Land, das sowohl die ärztliche als auch die literarische Kritik ausschließlich privaten Initiativen und damit dem Zugriff irgendwelcher Geldleute überläßt, in einem, offen gesagt, hoffnungslosen Zustand sei. Soweit meine persönliche ideale Auffassung. Tatsächlich konnte nichts bezeichnender für die Zusammenhänge zwischen Gelehrsamkeit, Gedankenwelt und ökonomischer Situation in der gegenwärtigen Welt sein als dieses Deckblatt des ›Heiligen Hains‹ – der beschauliche Konservatismus des einen Elements, eingebettet in die aggressive Geschäftstüchtigkeit des anderen, einander gegenübergestellte Zeugnisse kühner psychologischer Experimente und äußerster geistiger Unbeweglichkeit.

6

Unter den Erinnerungen an das Hardingham taucht auch jener regnerische Novembertag auf, an dem wir von unserem Fenster aus auf eine lange Reihe von Londoner Arbeitslosen hinabschauten.

Es war wie der Blick durch einen Brunnenschacht, hinunter auf eine für Augenblicke sich offenbarende Unterwelt. Einige Tausende notleidender, vom Schicksal benachteiligter Männer hatten sich zusammengetan, um ihr sinnloses Elend durch das Westend zu schleppen, was gewissermaßen eine schwache und kraftlose, aber bedrohliche Mahnung war: »Wir brauchen Arbeit, nicht Almosen.«

Da waren sie, undeutlich im Nebel zu erkennen, eine schweigende, sich müde hinschleppende, unendliche graue Prozession. Sie trugen feuchte schmutzige Fahnen, sie klapperten mit Sammelbüchsen; Männer, die nicht im richtigen Augenblick »punktum« gesagt, Männer, die es zu ungeduldig getan, Männer, die nie eine Chance gehabt hatten, »punktum« zu sagen. Sie bildeten eine dahintrottende, uns alle beschämende Kolonne, die sich langsam durch die Straßen schob, Rinnsteinkehricht einer auf Wettbewerb beruhenden Zivilisation. Und wir standen hoch über alldem, so hoch, als blickten wir wie Götter aus einer anderen Welt auf sie hinab, in einem prächtig eingerichteten, hell erleuchteten und sorgfältig geheizten Zimmer voll kostbarer Dinge.

»Dort unten«, dachte ich, »würden jetzt ohne die Gnade Gottes auch George und Eduard Ponderevo gehen.«

Aber die Gedanken meines Onkels nahmen eine andere Richtung. Er machte diese Vision zum Thema einer geistreichen, aber erfolglosen Rede über die Tarifreform.

Unser Aufstieg von Camden Town nach Crest Hill

I

Bisher habe ich hauptsächlich über die Schicksale meiner Tante und die industriellen und finanziellen Unternehmungen meines Onkels berichtet. Aber Hand in Hand mit dieser Geschichte, dieser Aufblähung des unendlich Kleinen zum Riesengroßen, lief eine andere Entwicklung, der jahrein, jahraus fortgesetzte Aufstieg aus den armseligen Verhältnissen in Camden Town zu der verschwenderischen Pracht der Marmortreppe in Crest Hill und dem goldenen Bett meiner Tante, das dem Original in Fontainebleau nachgebaut worden war. Und seltsamerweise finde ich diesen intimeren Teil meiner Schilderung, zu dem ich jetzt komme, viel schwieriger darzustellen als die deutlichen und klaren Erinnerungen an die früheren Tage. Eindrücke häufen und überschneiden sich; ich war gerade wieder im Begriff, mich zu verlieben, von einer Leidenschaft erfaßt zu werden, die mich bis heute nicht ganz losgelassen hat und Schatten auf mein Gemüt wirft. Ich pendelte zwischen Ealing und Tante und Onkel, später zwischen Effie und dem Viertel um den St.-James-Palast und schließlich zwischen Geschäft und einem Forscherleben hin und her, das viel zusammenhängender, systematischer und denkwürdiger war als jede andere meiner Erfahrungen. Ich wurde daher auch nicht Zeuge des allmählichen gesellschaftlichen Aufstiegs; ich für meine Person sah meine Tante und meinen Onkel ihren Weg in die Welt so zurücklegen, als würde ein früher, unvollkommener Cinematograph ihren Werdegang mit flimmernden Bildern ruckweise in kurzen Szenen darstellen.

Wenn ich mir diese Seite unseres Lebens ins Gedächtnis

rufe, drängte sich meine rosige Tante Susan mit ihren großen runden Augen und ihrer Knopfnase immer in den Vordergrund. Wenn wir den Wagen benutzten, saß sie mit ständig neuen prächtigen Hüten im Fond und kommentierte oder erläuterte – immer mit jenem leichten Anflug eines Lispelns – die neuen Eindrücke. Ich habe bereits das kleine Heim hinter der Drogerie in Wimblehurst, die Wohnung in der Nähe des Cobden-Denkmals und das Apartment in der Gower Street geschildert. Von dort zogen Tante und Onkel in eine Etage des Redgauntlet Mansion. Dort lebten sie, als ich heiratete. Das Domizil war hochmodern ausgestattet und machte einer Frau wenig Arbeit. In dieser Zeit, glaube ich, litt die Tante oft unter Langeweile und wandte sich dem Lesen von Büchern zu, und nach einer Weile ging sie sogar an Nachmittagen zu Vorträgen. Ich begann erstaunliche Bücher auf ihrem Tisch zu finden: soziologische Schriften, Reisebeschreibungen, Theaterstücke von Shaw.

»Hallo!« sagte ich angesichts der letzteren.

»Ich bilde mich, George«, erklärte sie.

»Wie bitte?«

»Bildung. Für Hunde hatte ich nie viel übrig. Ich schwankte zwischen der Erweiterung meiner Kenntnisse und der Förderung meines Seelenheils. Zum Glück für deinen Onkel und dich entschied ich mich für die Kenntnisse. Ich habe mich in der Londoner Leihbücherei eingeschrieben, gehe in das Königlich-Naturwissenschaftliche Institut und werde dort jeden Vortrag besuchen, der im nächsten Winter gehalten wird. Paß nur auf.«

Und ich erinnere mich, daß sie eines Abends mit einem Notizheft in der Hand spät heimkam.

»Wo bist du gewesen, Susan?« fragte mein Onkel.

»Bei Birkbeck. – Physiologie. Ich mache Fortschritte.« Sie setzte sich und zog ihre Handschuhe aus. »Du bist für mich durchschaubar wie Glas.« Sie seufzte, dann sagte sie in vorwurfsvollem Ton: »Du alter Geheimniskrämer! Ich hatte ja keine Ahnung, was du alles vor mir verbirgst!«

Dann zogen sie in das Haus in Beckenham, und meine Tante unterbrach ihre intellektuellen Bestrebungen. Dieses Haus war für die beiden zur damaligen Zeit ein gewisses Wagnis, sie hätten es sich in den ersten Jahren von Tono-Bungay eigentlich nicht leisten können. Es war ein großer, sehr öder Bau mit einem Gewächshaus und viel Buschwerk im Park, einem Tennisplatz, einem ausgedehnten Gemüsegarten und einem unbenutzten Wagenschuppen. Ich gewann einige flüchtige Eindrücke von der Aufregung bei seiner Einweihung, aber wegen der Entfremdung zwischen meiner Tante und Marion keine tieferen Einsichten.

Meine Tante zog mit beträchtlicher Begeisterung in dieses Haus, und mein Onkel zeichnete sich durch den Eifer aus, mit dem er sich an den Anstrich des Hauses und an die Erneuerung der Kanäle machte. Er ließ alles aufgraben, den halben Garten dazu, stand auf den Erdhaufen und versorgte die Arbeiter mit Anweisungen – und mit Whisky. So fand ich ihn eines Tages, sehr napoleonisch, auf einem kleinen Elba von Erde, in einer Atmosphäre, die sich nicht beschreiben läßt. Er wählte auch, wie ich mich erinnere, für den Anstrich der Holzteile Farben, die nach seiner Ansicht einen fröhlichen Kontrast bildeten. Er brachte damit meine Tante fast zur Verzweiflung – sie nannte ihn allen Ernstes einen »abscheulichen alten Quacksalber« und beschimpfte ihn in ihrem Zorn noch viel ärger, als er jedes Schlafzimmer nach einem seiner bevorzugten Helden benannte – Clive, Napoleon, Cäsar – und die Namen mit goldenen Lettern auf schwarze Tafeln pinseln ließ. »Martin Luther« blieb mir vorbehalten. Nur ihre Achtung vor dem häuslichen Frieden verwehrte es der Tante, wie sie sagte, es dem

Onkel mit einem »Old Pondo« auf dem Geschirrschrank in der Küche zu vergelten.

Auch ging er hin und bestellte den vollständigsten Satz Gartengeräte, den ich je gesehen habe – und ließ sie alle grellblau anstreichen. Meine Tante kaufte große Büchsen eines weniger schreienden Lacks und sorgte heimlich dafür, daß alle Geräte neu überpinselt wurden. Danach machte ihr der Garten große Freude, sie wurde eine eifrige Rosenzüchterin, legte Blumenrabatten an und hatte für die Bildung nur noch regnerische Abende und die Wintermonate übrig. Wenn ich an sie während der Zeit in Beckenham denke, sehe ich sie hauptsächlich in dem von ihr so geliebten blauen Kattunkleid vor mir, mit großen Gartenhandschuhen, einem Schäufelchen in der einen Hand und einer kleinen, aber zweifellos winterfesten und vielversprechenden Staude in der anderen, unschlüssig, sehr jung aussehend und besorgt.

Beckenham, vertreten durch den Vikar, die Frau des Arztes und eine große stolze Lady namens Hogberry, machte fast gleichzeitig bei Onkel und Tante Besuch, das heißt, sobald die Gräben wieder zugeschüttet waren, und dann schloß meine Tante aus Anlaß eines überhängenden Kirschbaumes und einer notwendigen Zaunreparatur Freundschaft mit einer ruhigen Nachbarin. So nahm sie den Platz in der Gesellschaft wieder ein, den sie durch das Mißgeschick in Wimblehurst eingebüßt hatte. Sie widmete sich mit drolligem Eifer den Verpflichtungen ihrer neuen Position, ließ Visitenkarten drucken und erwiderte Besuche. Und dann erhielt sie eine Einladung zu einem Empfang bei Mrs. Hogberry, gab selbst die übliche Gardenparty, beteiligte sich an einem Wohltätigkeitsbasar und war schließlich in der Gesellschaft von Beckenham recht gern gesehen, als sie plötzlich wieder von meinem Onkel mit allen Wurzeln herausgerissen und nach Chislehurst verpflanzt wurde.

»Wieder unterwegs, George, vorwärts und hinan«, sagte sie kurz und bündig, als ich sie beim Verladen ihrer Habe in zwei große Möbelwagen antraf. »Geh hinauf und verabschiede dich von Martin Luther, und dann will ich sehen, wo du mir helfen kannst.«

2

Wenn ich mir die verwirrenden Erinnerungen aus dieser Zwischenzeit zu vergegenwärtigen versuche, erscheint mir Beckenham als eine ziemlich kurzfristige Phase. Aber eitatsächlich waren die beiden mehrere Jahre lang dort, eigentlich fast während der ganzen Dauer meiner Ehe und auch noch, als wir gemeinsam in Wimblehurst wohnten. An das Jahr und an die paar Monate mit ihnen in Wimblehurst erinnere ich mich viel deutlicher als an die Beckenham-Periode. Aus dieser fallen mir hauptsächlich eine Menge Einzelheiten im Zusammenhang mit der Gardenparty meiner Tante ein, dazu jener kleine gesellschaftliche Verstoß, den ich mir bei dieser Gelegenheit zuschulden kommen ließ. Es ist wie ein Ausschnitt aus einem anderen Leben. Alles kam von einem unbehaglichen Gefühl, das ich in meiner eher schlecht geschnittenen Gesellschaftskleidung hatte: Gehrock, graue Hose, hoher Kragen und Krawatte, inmitten von strahlendem Sonnenschein und Blumen. Mir steht noch lebhaft der kleine trapezförmige Rasenfleck vor Augen, die ganze Gesellschaft, vor allem die federngeschmückten Hüte der Damen, das Dienstmädchen, die blauen Teetassen und die dominierende Anwesenheit von Mrs. Hogberry mit ihrer klaren, weithin vernehmbaren Stimme. Es war eine Stimme, die für eine wesentlich größere Gardenparty ausgereicht hätte. Sie drang bis in die angrenzenden Grundstücke, ja bis zu dem Gärtner, der weit von uns im Gemüsegarten arbeitete und, genaugenommen, weg vom Schuß war. Männliche Gäste waren der Arzt meiner Tante, zwei liebenswürdige Geistliche ganz anderen Schlags und Mrs. Hogberrys noch nicht ganz erwachsener Sohn, ein Jüngling, der zum erstenmal einen steifen Kragen trug. Sonst waren nur ältere Damen anwesend, außer einem jungen Mädchen, das vor lauter guter Erziehung nicht den Mund aufmachte. Auch Marion war da.

Marion und ich waren schon ein wenig uneins angekommen, und ich erinnere mich an sie als an einen stummen Gast, als einen Schatten inmitten von Sonnenschein und leerem Geschwätz. Wir waren bei einer der unglücklichen Meinungsverschiedenheiten, die zwischen uns unvermeidlich geworden waren, aneinandergeraten. Sie hatte sich mit Smithies Hilfe für diese Gelegenheit besonders schön gemacht, und als sie sah, daß ich sie in einem grauen Anzug begleiten wollte, protestierte sie und sagte, Zylinder und Gehrock seien unumgänglich. Ich sträubte mich, sie wies ein illustriertes Blatt vor, in dem Bilder von einer Gardenparty beim König zu sehen waren, und schließlich kapitulierte ich – aber wie gewöhnlich verärgert ... Mein Gott, wie erbärmlich waren diese Streitgespräche, wie belanglos! Und wie betrüblich ist die Erinnerung daran! Sie erscheint mir um so betrüblicher, je älter ich werde, denn all die kleinlichen Gründe für die beiderseitige Reizbarkeit schwinden allmählich, geraten in Vergessenheit.

Von der Beckenhamer Gesellschaft ist mir ein Eindruck sittsamer Unwirklichkeit geblieben; alle Gäste hielten den Anschein unspezifizierter sozialer Ansprüche aufrecht und vermieden es, sich über ihre wirtschaftlichen Verhältnisse zu äußern. Die meisten Ehemänner waren »in Geschäften unterwegs« – es wäre empörend gewesen, nach der Art dieser Geschäfte zu fragen –, und die Frauen setzten ihren Ehrgeiz darein, gestützt auf Romane und illustrierte Blätter, eine gesittete Version des Lebens darzubieten, das die aristokratische Klasse am Nachmittag führte. Sie hatten weder die geistigen noch die moralischen Qualitäten von Damen aus den oberen Schichten, sie hatten keine politischen Interessen, keine festgefügten Anschauungen über irgend etwas, und daher war es, wie ich mich erinnere, überaus schwierig, mit ihnen ein Gespräch zu führen. Sie saßen alle in der Laube und in Gartenstühlen herum und waren ganz Hut, Spitzenkragen und Sonnenschirm. Drei Damen und der Kurat spielten mit ungeheurer Würde Krocket. Gelegentlich wurde die Partie unterbrochen von lauten Ausrufen geheuchelten Kummers seitens des Kuraten: »Oh! Nun habe ich schon wieder verloren! Wie betrüblich!«

Die führende Rolle kam an diesem Nachmittag Mrs. Hogberry zu; sie hatte sich einen Platz gewählt, von dem aus sie das Krocket überblicken konnte, und sprach, wie meine Tante sich zu bemerken erlaubte, »wie ein alter Kanzelredner«. Sie sprach darüber, wie gemischt doch die Beckenhamer Gesellschaft geworden sei, und ging dann zu einem Brief über, den sie von ihrer früheren Kinderschwester aus Little Gossdean erhalten hatte. Es folgte ein lauter Bericht über Little Gossdean und wie geachtet sie und ihre acht Schwestern dort gewesen seien. »Meine arme Mutter wurde dort wie eine kleine Königin geehrt«, sagte sie. »Und die einfachen Leute dort waren so nett! Heute heißt es, die Landarbeiter seien so unhöflich. Sie sind es nicht – wenn man sie nur richtig behandelt. Hier in Beckenham ist es natürlich anders, die Leute, die hier wohnen, nenne ich nicht arm – sie sind nicht wirklich arm. Sie sind Plebejer. Ich sage Mr. Bugshoot immer: Das sind Plebejer, und sie müssen als solche behandelt werden.«

Verschwommene Erinnerungen an Mrs. Mackridge gingen mir durch den Kopf, als ich ihr zuhörte.

Ich wurde in diesem Karussell ein wenig herumgewirbelt, und dann war mir beschieden, in ein Zwiegespräch mit einer Dame verwickelt zu werden, die mir meine Tante als Mrs. Mumble vorstellte – aber sie stellte mir an diesem Nachmittag alle als »Mrs. Mumble« vor, entweder machte es ihr Spaß, oder sie wußte es nicht besser.

Dieses Gespräch muß einer meiner frühesten Versuche in der Kunst höflicher Konversation gewesen sein, und ich erinnere mich, daß ich damit begann, die Lokalbahn zu kritisieren, und daß nach dem dritten Satz oder so Mrs. Mumble in einer unmißverständlichen und ermutigenden Art sagte, sie fürchte, ich sei sehr »frivol«.

Ich frage mich noch heute, was an meinen Worten eigentlich »frivol« war.

Ich weiß nicht mehr, wie das Gespräch endete oder wie ich ihr entrann. Ich erinnere mich, daß ich mich einige Zeit ziemlich mühsam mit einem Geistlichen unterhielt und dabei die Lokalgeschichte Beckenhams vorgesetzt bekam, es war, wie er mir versicherte, »eine ziemlich alte Siedlung. Eine ziemlich alte Siedlung.« Er meinte vielleicht, ich hätte es für eine neue gehalten; und er bemühte sich, mich mit großer Geduld vom Gegenteil zu überzeugen. Dann geriet das Gespräch deutlich ins Stocken, und meine Tante kam mir zu Hilfe. »George«, flüsterte sie mir insgeheim zu, »halte diesen Topf am Kochen.« Und dann vernehmlich: »Wie wäre es, wenn ihr beide euch ein wenig in Trab setzen und Tee einschenken würdet?«

»Ich bin geradezu entzückt, mich für Sie in Trab setzen zu können, Mrs. Ponderevo«, sagte der Geistliche und war höchst beflissen und in seinem Element, »geradezu entzückt.«

Ich entdeckte, daß wir vor einem Gartentisch standen und daß das Dienstmädchen schon alles vorbereitet hatte, um uns mit den nötigen Utensilien zu versorgen.

»In Trab setzen«, wiederholte der Geistliche sehr erheitert, »ein ausgezeichneter Ausdruck!« Und ich rettete gerade noch rechtzeitig das Tablett vor ihm, als er sich umwandte.

Wir schenkten Tee ein ...

»Versorge sie mit Kuchen«, sagte meine Tante erhitzt, aber durchaus auf der Höhe der Situation. »Bring sie zum Reden, George. Es geht immer am besten nach ein paar Bissen. Wie wenn man einen Stein in einen Geysir wirft.«

Sie musterte die Gesellschaft mit prüfenden Blicken und schenkte sich Tee ein.

»Sie sind immer noch so steif«, flüsterte sie mir zu ... »Ich habe mich so bemüht.«

»Es ist doch ein riesiger Erfolg«, sagte ich ermutigend.

»Dieser Junge hat schon zehn Minuten lang die Beine gekreuzt und den Mund nicht aufgemacht. Er wird immer steifer und spröder. Er beginnt sich schon zu räuspern – das ist immer ein schlechtes Zeichen, George ... Soll ich sie herumführen? – Ihnen Feuer unter dem Hintern machen?«

Glücklicherweise tat sie das nicht. Ich wurde in ein Gespräch mit der Dame von nebenan verwickelt, einer schwermütig und interesselos aussehenden kleinen Frau mit leiser Stimme, und ich begann von Katzen und Hunden zu reden und was uns an ihnen so gefällt.

»Ich habe immer das Gefühl«, sagte die kleine Frau nachdenklich, »daß an Hunden etwas ist – das Katzen nicht haben.«

»Ja«, pflichtete ich ihr mit großer Begeisterung bei, »an Hunden ist etwas. Jedoch anderseits –«

»Oh! Ich weiß, daß auch an Katzen etwas ist. Aber nicht dasselbe.«

»Nicht ganz dasselbe«, gab ich zu, »aber immerhin etwas.«

»Gewiß, jedoch ein so ganz anderes Etwas!«

»Mehr Verschlagenheit.«

»Viel mehr.«

»Viel, viel mehr.«

»Das ist der wesentliche Unterschied, meinen Sie nicht?«

»Ja«, sagte ich, »der wesentliche.«

Sie warf mir einen bedeutungsvollen Blick zu und seufzte ein gedehntes, tiefgefühltes: »Ja.«

Eine lange Pause.

Das Gespräch schien mir auf einem toten Punkt angelangt zu sein. Furcht ergriff mein Herz, und eine große Verlegenheit überkam mich.

»Die – hmm – Rosen«, begann ich und fühlte mich wie ein Ertrinkender. »Die Rosen – meinen Sie nicht, das sind – wundervolle Blumen?«

»Wundervolle!« bestätigte sie höflich. »An Rosen scheint etwas zu sein, etwas – ich weiß nicht, wie ich es ausdrücken soll.«

»Etwas«, sagte ich hilfreich.

»Ja«, erwiderte sie, »etwas. Nicht wahr?«

»So wenige Leute sehen es«, stellte ich fest, »es ist zu schade!«

Sie seufzte und hauchte abermals ein sehr zartes: »Ja.«

Wieder entstand eine lange Pause. Ich sah sie an, sie blickte träumerisch vor sich hin. Das Gefühl des Ertrinkens kam wieder, die Furcht und die Schwäche. Ich erfaßte wie durch plötzliche Inspiration, daß ihre Teetasse leer war.

»Lassen Sie mich Ihnen noch einen Tee bringen«, sagte ich unvermittelt und machte mich zu diesem legitimen Zweck auf den Weg zur Laube. Ich hatte keineswegs die Absicht, meine Tante im Stich zu lassen. Aber ich kam dicht an der angelehnten Glastüre des Salons vorbei, und die Öffnung gähnte mich einladend und suggestiv an. Ich kann heute noch die Macht der Versuchung fühlen und den provokanten Druck meines Kragens. Schon war ich verloren. Ich würde – nur für einen Augenblick!

Ich stürzte hinein, stellte die Tasse auf das Klavier und floh die Treppe hinauf, leise, eilig, drei Stufen auf einmal nehmend, in das geheiligte Arbeitszimmer meines Onkels, wo er sein Nickerchen zu machen pflegte. Ich kam atemlos hinauf, überzeugt, daß es für mich keine Rückkehr gab, und sehr froh, obgleich ich mich auch meiner Verzweiflungstat schämte. Mit Hilfe eines Federmessers gelang es mir, den Zigarrenschrank aufzubrechen. Ich schob einen Sessel ans Fenster, zog Rock, Krawatte und Kragen aus und blieb rauchend sitzen, schuldbewußt und widerborstig. Durch die Jalousie sah ich der Gesellschaft auf dem Rasen zu, bis schließlich alle gegangen waren ...

Die Geistlichen, dachte ich, waren doch wundervolle Burschen.

3

Einige Bilder dieser Art aus den frühen Tagen in Beckenham tauchen auf, und dann finde ich mich schon mitten in der Erinnerung an Chislehurst. Das Herrenhaus dort hatte »Ländereien«, nicht nur einen Garten, und es gab ein Gärtnerhaus und eine kleine Pförtnerloge an der Einfahrt. Die Tendenz zum Aufstieg war viel klarer sichtbar als in Beckenham. Die Geschwindigkeit nahm zu.

Eine Nacht dort kann als typisches Beispiel gelten und bezeichnet gewissermaßen den Wendepunkt. Ich kam, glaube ich, wegen einer Reklamesache hin, jedenfalls in irgendeiner geschäftlichen Angelegenheit, und Onkel und Tante kehrten in einer Droschke von einem Diner bei den Runcorns zurück. (Damals bedrängte der Onkel gerade Runcorn mit der Idee des großen Zusammenschlusses, die in ihm keimte.) Ich traf so etwa um elf Uhr ein und fand die beiden im Arbeitszimmer sitzen, meinen Onkel sehr lässig und rundlich in einem an den Kamin gezogenen niederen Lehnsessel. Meine Tante, auf der Lehne sitzend, sah ihn nachdenklich an.

»George«, sagte mein Onkel, nachdem ich die beiden begrüßt hatte, »ich habe gerade gesagt: Wir sind nicht oh-Fee!«

»Wie bitte?«

»Nicht oh-Fee! Gesellschaftlich!«

»Er meint au fait, auf dem laufenden, George – das ist französisch!«

»Oh! An Französisch habe ich nicht gedacht. Man weiß nie, woran man mit ihm ist. Was ist denn heute abend schiefgegangen?«

»Ich bin am Überlegen. Nichts Besonderes. Ich habe am Anfang zuviel von diesem Fischgericht gegessen, das geschmeckt hat wie gesalzener Froschlaich, und war ein bißchen verlegen wegen der Oliven; und – ja, ich hatte keine Ahnung von den Weinen. Und sie war nicht im Abendkleid wie die anderen. In diesem Stil können wir nicht weitermachen, George – keine gute Reklame.«

»Ich bin nicht so sicher, daß du damit recht hast«, erwiderte ich.

»Wir müssen alles besser machen«, sagte mein Onkel, »stilvoller. Zum smarten Geschäft gehört ein smarter Mann. Sie versucht, mit Humor darüber hinwegzugehen« – meine Tante verzog ihr Gesicht –, »aber es ist kein Spaß! Verstehst du? Wir sind jetzt gut und gern im Aufsteigen. Wir werden große Leute und wollen nicht als Parvenus ausgelacht werden!«

»Niemand lacht dich aus, Dickerchen!« widersprach meine Tante.

»Es soll mich auch niemand auslachen«, sagte mein Onkel, spähte an sich hinab und setzte sich plötzlich gerade.

Meine Tante zog leicht die Augenbrauen hoch, ließ ihre Beine baumeln und schwieg.

»Wir halten mit unserem Aufstieg nicht Schritt, George. Wir müssen aber. Wir stoßen auf neue Leute, die Anspruch darauf erheben, fein zu sein – zeremonielle Diners und so. Sie tun vornehm und erwarten, daß wir uns nicht benehmen können. Wir werden ihnen das Gegenteil beweisen. Sie meinen, wir hätten keinen Stil. Nun, wir bestimmen ihren Stil für die Anzeigen und werden ihn für alles andere ebenfalls bestimmen ... Man muß nicht dazu geboren sein, um den Eiertanz der Bond-Street-Kaufleute mitmachen zu können. Verstehst du?«

Ich reichte ihm die Zigarrenschachtel.

»Runcorn hat keine so guten Zigarren«, sagte er, während er sich liebevoll einer seiner eigenen widmete. »Wir schlagen Runcorn in puncto Zigarren. Wir werden ihn in allen Punkten schlagen.«

Meine Tante und ich sahen ihn besorgt an.

»Ich habe so meine Ideen«, sagte der Onkel geheimnisvoll und vertiefte damit unsere Sorgen.

Er steckte den Zigarrenabschneider ein und fuhr fort.

»Wir müssen zuerst einmal diese ganzen faulen Tricks erlernen, verstehst du? Zum Beispiel müssen wir uns Muster von allen diesen verdammten Weinen, die es gibt, kommen lassen – und die Sorten auswendig lernen. Stern, Smoor, Burgunder, alle! Sie hat heute abend Stern genommen – und wie sie ihn gekostet hat –, du hast das Gesicht verzogen, Susan, ich habe es gesehen. Es hat dich überrascht. Du hast die Nase gerümpft. Wir müssen uns an Wein gewöhnen und dürfen nicht mehr überrascht sein. Wir müssen uns an Abendkleidung gewöhnen – auch du, Susan.«

»Ich habe immer dazu geneigt, meine alten Sachen auszutragen«, sagte meine Tante. »Aber wenn schon – wen interessiert das?« Sie zuckte die Achseln.

Ich hatte meinen Onkel noch nie so ernsthaft erlebt.

»Wir müssen uns den Umgangsformen anpassen«, sagte er zum Feuer hin. »Sogar Pferde halten. Alles üben. Jeden Abend in Gesellschaftskleidung speisen ... Eine Kutsche oder so was kaufen. Golf und Tennis und solche Sachen lernen. Wie ein Gentleman, oh-Fee und nicht nur frei von Ungeschicklichkeiten. Wir müssen Stil haben, verstehst du, Stil! Alles korrekt und um noch einiges besser. Das nenne ich Stil. Das wollen und werden wir schaffen.«

Er kaute an seiner Zigarre und rauchte eine Weile. Vorgebeugt sah er dabei ins Feuer.

»Was ist schließlich schon daran?« fragte er. »Was? Tips über Essen, Trinken, Kleidung. Wissen, wie man sich benimmt und nicht behaupten, die wenigen kleinen Dinge, die sie sicher beherrschen, seien unnütz – die Dinge, an denen sie einander erkennen.«

Er schwieg wieder eine Weile, und das Ende seiner Zigarre hob sich mit wachsender Zuversicht so hoch, wie es überhaupt möglich war.

»Den ganzen Haufen Tricks lernen wir in sechs Monaten«, sagte er, wieder besser gelaunt. »Was, Susan? Wir werden es ihnen schon zeigen! George, du vor allem mußt sie dir aneignen. Du solltest einem noblen Klub beitreten und all das.«

»Ich bin immer bereit, etwas zu lernen«, erwiderte ich. »Seit damals, als du es mir ermöglicht hast, Latein zu lernen. Bisher scheinen wir allerdings nicht auf eine lateinsprechende Schicht der Bevölkerung gestoßen zu sein.«

»Immerhin haben wir es zu Französisch gebracht«, meinte meine Tante.

»Das ist eine sehr nützliche Sprache«, stellte mein Onkel fest. »Setzt das Tüpfelchen auf das i. Was den Akzent betrifft, kein Engländer hat einen Akzent. Kein Engländer läßt sich herab, Französisch richtig auszusprechen. Erzähl mir nicht das Gegenteil. Das ist Bluff. Alles ist Bluff. Auch das Leben ist Bluff – praktisch genommen. Deshalb, Susan, ist es für uns so wichtig, Stil zu haben. Der Stil macht die Musik. Der Stil, das ist der Mann. Worüber lachst du, Susan? ... George, rauchst du nicht? Diese Zigarren sind gut fürs Nachdenken ... Was hältst du von dem allen? Wir müssen uns anpassen. Haben wir auch – bisher ... Wir lassen uns von diesen albernen Dingen nicht unterkriegen.«

4

»Wie denkst du darüber, George?« wollte er wissen.

Ich erinnere mich nicht, was ich darauf erwiderte. Ich sehe nur noch sehr lebhaft den rätselhaften Blick vor mir, mit dem mich meine Tante einen Augenblick lang musterte. Irgendwie begann mein Onkel mit gewohnter Energie, sich die Geheimnisse des Lebens der reichen Leute anzueignen und wurde der selbstherrlichste ihrer Vertreter. Im ganzen genommen, glaube ich, tat er es sehr gründlich. Ich habe zahlreiche, schwer zu entwirrende Erinnerungen an Versuchsstadien, an Fortschritte. Manchmal läßt es sich gar nicht feststellen, welche von ihnen vorangingen und welche folgten. Alles in allem bereitete er uns eine Reihe von kleinen Überraschungen. Ruckweise wurde er immer sicherer, immer eleganter, ein wenig reicher und vornehmer, ein wenig mehr bedacht auf Rang und Wert von Menschen und Dingen.

Es gab eine Zeit – vermutlich ziemlich früh –, in der er von der Pracht des Speisesaals im Nationalliberalen Klub tief beeindruckt war. Weiß der Himmel, wer unser Gastgeber war und worum es bei diesem besonderen kleinen Imbiß ging! Mir ist nur der Eindruck in Erinnerung geblieben, wie unsere kleine Gruppe von sechs oder sieben

Gästen zwanglos eintrat und wie mein Onkel sich umsah. Da waren die zahlreichen hellerleuchteten Tische mit ihren roten Lampenschirmen, die großen exotischen Majolikavasen, die schimmernden Keramiksäulen und Pfeiler, die eindrucksvollen Porträts liberaler Staatsmänner und Helden, und all das trug zu dem luxuriösen Dekor bei. Flüsternd verriet der Onkel mir sein Staunen: »Alles was recht ist, George!« Dieser naive Kommentar erscheint mir fast unglaublich, wenn ich heute daran denke. So rasch kam die Zeit, in der nicht einmal die Klubs in New York meinen Onkel beeindruckten und er durch das prunkvolle Gewölbe des Royal Grandhotel zu seinem gewählten Tisch auf der superfeinen Galerie über dem Fluß mit der Gelassenheit eines Königs gehen konnte.

Die beiden lernten das neue Spiel rasch und gut, sie übten es unterwegs, sie übten es zu Hause. In Chislehurst ließen sie sich mit Hilfe eines neuen, sehr teuren, aber höchst lehrreichen Kochs alles auftischen, wovon sie gehört und was ihre Neugier erregt hatte, und sie erwiesen sich bald allen Schwierigkeiten gewachsen, vom Spargel bis zu Krebsschwänzen. Dann nahmen sie noch einen Gärtner auf, der auch bei Tisch servieren konnte. Und schließlich einen Butler.

Ich erinnere mich sehr deutlich an das erste Abendkleid meiner Tante. Sie stand vor dem Kamin im Salon, zeigte ihre unerwartet hübschen Arme mit dem ganzen Mut, den sie besaß, und musterte sich über die Schulter hinweg in einem Spiegel.

»Ein Schinken«, stellte sie nachdenklich fest, »fühlt sich wahrscheinlich ganz ähnlich. Nur mit Halskette.«

Ich versuchte, glaube ich, ihr einige banale Komplimente zu machen.

Mein Onkel erschien in einer weißen Weste und mit den Händen in den Hosentaschen. Er blieb stehen und musterte die Tante kritisch.

»Nicht von einer Herzogin zu unterscheiden, Susan«, bemerkte er. »So möchte ich dich malen lassen, wie du da vor dem Feuer stehst. Von John Sargent! Du siehst aus – irgendwie durchgeistigt. Mein Gott, so sollten dich manche von diesen verdammten Wimblehurster Kaufleuten sehen.«

Sie fuhren an Wochenenden oft in Hotels, und manchmal begleitete ich sie. Wir schienen dabei in einen ungeheuern Strom sozialer Aufsteiger zu geraten. Ich weiß nicht, ob das nur meinen geänderten Verhältnissen zuzuschreiben ist, aber mir kommt vor, als habe in den letzten zwanzig Jahren eine äußerst unangemessene Entwicklung bei den Hotelgästen und Restaurantbesuchern stattgefunden. Es liegt nicht nur daran, meine ich, daß man dort eine Menge Leute trifft, die wie wir im wirtschaftlichen Aufschwung sind, sondern große Teile der erfolgreichen Bevölkerungsgruppen ändern auch ihre Gewohnheiten, geben den Nachmittagstee zugunsten eines frühen Abendessens auf, finden Gefallen daran, sich dazu umzuziehen, und benutzen Wochenendhotels als Übungsgrund für diese neue gesellschaftliche Konvention. Eine rasche und systematische Anpassung an den Adel war seit meinem einundzwanzigsten Lebensjahr in der ganzen kaufmännisch tätigen Mittelklasse im Gang. Sonderbar gemischt waren die persönlichen Qualitäten der Menschen, denen ich bei diesem Gipfelsturm begegnete. Da gab es gebildete, leise sprechende Leute, die stolze Zurückhaltung übten; da gab es offensichtlich gerissene Leute, die einander laut beim Spitznamen nannten und jede Gelegenheit zu geistreichen Unhöflichkeiten wahrnahmen; da gab es unbeholfene Ehepaare, die sich heimlich über ihr Benehmen stritten und sich unter den Blicken des hoheitsvollen Kellners unbehaglich fühlten; ferner erfreulich liebenswerte und oft uneinige Paare mit einem Hang zu unauffälligem Necken, und jene Sorte Mensch, die sich mit natürlicher

Sicherheit bewegt, dazu dicke glückliche Damen, die zu laut lachten, und Herren im Abendanzug, die nach dem Essen »ihre Pfeife rauchen« gingen. Und niemand von ihnen war wirklich »jemand«, so teuer sie sich auch kleideten und welche Räume sie auch bewohnten.

Ich blicke jetzt mit einer seltsamen Abgeklärtheit auf diese überfüllten Speisesäle zurück, mit ihren Logen und Einzeltischen, den unvermeidlich roten Lampenschirmen, den teilnahmslos servierenden Kellnern und der Wahl: »Bier oder Wein?« Ich habe in solchen Lokalen jetzt schon fünf Jahre lang nicht mehr gespeist – es muß gute fünf Jahre her sein, so eingeschränkt und eng umgrenzt ist mein Leben geworden.

Die frühe Autophase meines Onkels ist mit diesen Erinnerungen verquickt, und aus ihnen ragt auch das strahlende Bild der Halle des Magnificent Hotels in Baxhill-on-Sea heraus, der Leute in Abendkleidung, die auf den weißlackierten und scharlachrot bezogenen Sesseln warteten, bis der Gong sie zum Essen rief, und dort meine Tante, mit einem prächtigen Staubmantel und einem sie fast verhüllenden Schleier, die eifrigen Hoteldiener, die Pagen, ein unterwürfiger Direktor, eine große junge Frau in Schwarz an der Rezeption, und inmitten dieses Bildes mein Onkel, der zum erstenmal in jener automobilistischen Eskimokleidung erscheint, die ich schon erwähnt habe – eine kleine, von allen angestarrte, gedrungene Gestalt, gekrönt von dem Hochplateau einer Motorkappe.

5

So kam es, daß wir als unsichere Eindringlinge in die höheren Ränge der Gesellschaft uns unserer neuen Bedürfnisse bewußt wurden und uns mit vollem Eifer daran machten, Stil und Savoir-faire zu entwickeln. Wir wurden ein Teil jener heutzutage bedeutenden Gruppe in der Wirrnis unserer Welt, Teil der wirtschaftlichen Aufsteiger, die soeben das Geldausgeben erlernen. Diese Menschengruppe besteht aus Finanzleuten, den Eigentümern von Geschäften, die ihre Konkurrenten auffressen, und den Entdeckern neuer Quellen des Reichtums, so wie wir es waren; sie umfaßt beinahe ganz Amerika, wie sie auch einen Teil der europäischen Bühne beherrscht. Sie ist ein buntes Gemisch von Leuten, die nur eines gemeinsam haben: Sie sind alle in ständiger Bewegung, insbesondere ihre weiblichen Mitglieder, die noch unter Bedingungen gelebt haben, in denen das Geld äußerst knapp, die Habe spärlich und die Sitten einfach waren und die nun mit unbegrenzten Mitteln in die Verlockungen der Bond Street, der Fifth Avenue und der Rue de la Paix geraten. Das Ergebnis ist eine fortschreitende Revolution, eine grenzenlose Bewegung nach oben.

Sie entdecken plötzlich Leidenschaften, die ihr Moralcode niemals vorher wahrgenommen hat und daher nicht bewältigen kann, Kleider, Schmuck, Besitzungen weit über die wildesten Träume hinaus. Verblüfft und mit ungeheurem Eifer beginnen sie Einkäufe zu tätigen, sich systematisch an ein glänzendes Gesellschaftsleben anzupassen, mit Juwelen, Zofen, Butlern, Kutschern, Motorwagen, gemieteten Stadt- und Landhäusern. Sie stürzen sich hinein wie Pferde in eine Rennbahn. Als Klasse sprechen, denken und träumen sie von Besitz. Ihre Literatur, ihre Presse dreht sich nur darum; große illustrierte Wochenzeitschriften von unübertroffener Pracht führen in die Innenarchitektur ein, in die Gartenbaukunst, in die kostspieligen Feinheiten des Autobaus, in wohldurchdachte Sportausrüstungen, in Kauf und Verwaltung von Ländereien, in Reisen und erstklassige Hotels. Sobald sie sich einmal in Bewegung gesetzt haben, kommen sie sehr rasch sehr weit. Anschaffungen werden ihr Lebenszweck.

Sie finden eine für die Befriedigung kostspieliger Leidenschaften organisierte Welt vor. Sie tragen Plunder aus dem achtzehnten Jahrhundert zusammen, kaufen seltene Bücher, schöne Bilder, gute alte Möbel. Ihre frühere unausgegorene Vorstellung von blendend schönen, mit dem Modernsten ausgestatteten Zimmern weicht fast unvermittelt der Gier, teure, unpraktische, alte Dinge zu sammeln ...

Meiner Erinnerung nach begann der Onkel ziemlich plötzlich einzukaufen. In Beckenham und anfangs auch in Chislehurst war er hauptsächlich am Geldverdienen interessiert und kümmerte sich, außer während der hektischen Renovierung des Beckenhamer Hauses, sehr wenig um seine Umgebung. Ich habe jetzt vergessen, wann der Wandel kam und wann er mit dem Geldausgeben anfing. Irgendein Zwischenfall muß ihm diese neue Machtquelle enthüllt und in den Zellen seines Gehirns eine winzige Veränderung bewirkt haben. Er begann »einzukaufen«, und das mit Ungestüm, zuerst Bilder, später seltsamerweise alte Uhren. Für das Haus in Chislehurst erwarb er fast ein Dutzend Standuhren und drei kupferne Wärmepfannen. Als nächstes kamen viele alte Möbel an die Reihe. Dann stürzte er sich auf das Mäzenatentum und begann, Bilder in Auftrag zu geben und Kirchen und Wohltätigkeitsveranstaltungen zu beschenken. Seine Käufe nahmen mit gleichmäßiger Beschleunigung zu. Diese Entwicklung war ein Teil der geistigen Wandlung, die er bei der scharfen Anspannung während der letzten vier Jahre seines Aufstiegs erlebte. Nahe dem Höhepunkt war er ein wilder Verschwender; er machte große unerklärliche Anschaffungen, kaufte wie einer, der sich aufspielen will, nur um zu verblüffen und zu erschrecken; er kaufte crescendo, kaufte fortissimo, molto espressivo, bis der großartige Bankrott von Crest Hill seine Käufe für immer beendete. Meine Tante war keine brillante Sammlerin.

Das war die Folge eines, ich weiß nicht welches edlen Zuges ihrer Veranlagung, daß sie nie großen Wert auf Besitz legte. Sie stürzte sich während dieser fieberhaften Jahre in den wimmelnden Jahrmarkt der Eitelkeiten, gab zweifellos auch leicht und viel Geld aus, aber ohne besonderes Interesse und mit einem Anflug heiterer Geringschätzigkeit für die Dinge, auch für »antike« Dinge, die man für Geld erwerben kann. Ich begriff eines Nachmittags plötzlich, wie gleichgültig ihr das alles war, als sie, wie immer aufrecht in ihrem Motorwagen sitzend, ins Hardingham gefahren kam und seine Pracht mit interessierten, unschuldig spöttischen, blaßblauen Augen musterte, unter der Krempe eines Hutes hervor, der jeder Beschreibung spottete. »Niemand«, dachte ich, »kann sich so abseits halten, wenn er nicht Träume hat – und welcher Art sind die ihren?«

Ich habe es nie erfahren.

Und ich erinnere mich auch an einen Erguß verächtlicher Äußerungen, nachdem sie mit anderen Damen im Imperial Cosmic Club gespeist hatte. Sie kam in der Erwartung, mich in meinem Zimmer zu finden, zu mir, und ich bewirtete sie mit Tee. Müde und verdrossen ließ sie sich in einen Sessel fallen ...

»George«, rief sie, »was sind diese Frauen doch für erbärmliche Dinger! Stinke ich auch so nach Geld?«

»Warst du bei einem Lunch?« fragte ich.

Sie nickte.

»Mit plutokratischen Damen?«

»Ja.«

»Von orientalischem Typ?«

»Oh! Wie ein aufgeregter Harem! ... Mit ihrem Besitz prahlend ... Sie befühlen dich, deine Kleider, George, um zu sehen, ob sie aus gutem Stoff sind!«

Ich beruhigte sie, so gut ich konnte. »Sind sie nicht wirklich wie Gott, wissend um Gut und Böse?« fragte ich.

»Es ist die alte Pfandleihe, die ihnen noch im Blut steckt«, erwiderte sie und nahm einen Schluck Tee; und dann mit unendlichem Ekel: »Sie fahren dir mit der Hand über die Kleider – sie betätscheln dich.«

Ich war einen Augenblick lang im Zweifel, ob man sie nicht vielleicht im Besitz unvermuteter Schönheitshilfen geglaubt hatte. Ich weiß nicht. Nachdem ich aber darauf achten gelernt hatte, sah ich selbst, wie Frauen mit ihren Händen über die Pelze anderer Frauen strichen, Spitzen kritisch untersuchten, sich sogar Schmuck reichen ließen, ihn abschätzten, prüften – und Neid empfanden. Sie wahrten dabei gewisse Formen. Die Frau, die befühlt, sagt: »Was für wundervolle Zobelfelle!« Oder: »Was für entzückende Spitzen!« Die Befühlte bekennt stolz: »Sie sind echt, müssen Sie wissen«, oder stellt Ansprüche bescheiden in Abrede und sagt hastig: »Nichts Besonderes.« Bei anderen Frauen eingeladen, mustern sie die Bilder, fingern an den Borten der Vorhänge herum, schauen hastig auf die Unterseite des Porzellans ...

Ich frage mich, ob ihnen wirklich noch das alte Pfandhaus im Blut steckt.

Ich bezweifle, daß Lady Drew und die Olympier so etwas getan hätten, aber dabei hänge ich vielleicht nur an einer meiner früheren Illusionen über Adel und Staat. Vielleicht war Besitz immer schon Beute, und vielleicht hat es nie angestammte, für die Männer und Frauen, die sie benützten, selbstverständliche Häuser und Einrichtungen gegeben ...?

6

Für mich wenigstens war es ein Einschnitt in die Karriere meines Onkels, als ich eines Tages hörte, daß er Lady Grove »eingekauft« habe. Ich erkannte es als neuen, großen, unvermittelten Schritt nach vorne. Der plötzliche Wechsel des Maßstabes, der Übergang von beweglichen Dingen wie Juwelen und Motorwagen zu einer so ausgedehnten Liegenschaft überraschte mich. Die Transaktion erfolgte napoleonisch; man hatte ihm davon erzählt, und er sagte »punktum«. Es gab kein vorangegangenes Begehren oder Suchen. Dann kam er nach Hause und erzählte, was er getan hatte. Sogar die Tante war tagelang merkbar von Ehrfurcht und Bewunderung für diesen kühnen Kauf erfüllt. Wir fuhren beide mit dem Onkel hin und besahen uns das Haus nicht ohne Bestürzung. Es war wirklich fürstlich. Ich erinnere mich, daß wir alle drei auf der Terrasse standen, die nach Westen ging, und den Himmel sich in den Fenstern des Hauses spiegeln sahen. Mich überkam wieder das Gefühl unberechtigten Eindringens.

Lady Grove ist, müssen Sie wissen, ein wirklich schönes Herrenhaus, ein stiller und reizvoller Ort, dessen althergebrachte Ruhe erst durch das Gehupe der Motorwagen wirklich gestört wurde. Eine alte katholische Familie war darin jahrhundertelang allmählich ausgestorben und jetzt völlig erloschen. Teile des Baues stammten aus dem dreizehnten Jahrhundert, und der letzte Umbau war in der Tudorzeit erfolgt; im Innern herrschte größtenteils Dunkelheit und Kälte, außer in zwei oder drei günstig gelegenen Räumen und in der Halle mit ihren großen Glastüren und der Eichenholzgalerie. Die Terrasse war das Vornehmste daran, ein langer und breiter Rasenfleck, von einer niedrigen Steinmauer eingefaßt und mit einer großen Zeder in einer Ecke, unter deren ausgebreiteten Zweigen man über die sanften Hügel des südlichen England in blaue Fernen blickte, die durch das dunkle Geäst des alleinstehenden Baumes geradezu italienischen Charakter gewannen. Es ist eine sehr hochliegende Terrasse; nach Süden zu sieht man auf die Wipfel von Schneeballbüschen und Fichten, und nach Westen auf einen steilen, mit Buchen bewachsenen Hang, über den die Straße heraufführt. Wendet man sich dem stillen alten Haus zu, zeigt es eine graue, mit Efeu bewachsene Fassade und ein edel gewölbtes Portal. Die Nachmittagssonne wärmte sie und tauchte sie in die zarten Farben verwilderter Rosen und des Feuerdorns. Mir schien, als moderner Besitzer dieses friedlichen edlen Hauses sei nur ein bärtiger Gelehrter in schwarzer Soutane denkbar, mit einer sanften Stimme und weißen Händen, oder eine sehr dezent in Grau gekleidete adelige Dame. Und da stand mein Onkel mit dem Zwicker in den Seehundfellhandschuhen, putzte das Glas mit einem Taschentuch und fragte meine Tante, ob Lady Grove nicht »ein bißchen von allem« habe.

Sie gab keine Antwort.

»Der Mann, der dies gebaut hat«, überlegte ich laut, »trug Rüstung und Schwert.«

»Drinnen gibt es noch einiges davon«, sagte mein Onkel.

Wir gingen hinein. Eine alte Frau mit schneeweißem Haar betreute das Haus und begrüßte den neuen Herrn mit augenscheinlicher Unterwürfigkeit. Sein Äußeres war für sie offenbar sehr seltsam und erschreckend, und sie hatte fürchterliche Angst vor ihm. Aber wenn sich auch die überlebende Gegenwart vor uns verbeugte, die Vergangenheit tat es nicht. Wir kamen zu der dunklen langen Ahnengalerie eines ausgestorbenen Geschlechts – eines der Bilder war ein Holbein! –, und wir schauten ihnen in die Augen. Sie erwiderten den Blick. Wir alle fühlten, wie ich weiß, das Rätselhafte darin. Sogar der Onkel wurde einen Augenblick lang verlegen, vermutlich zufolge des unbezwinglichen, selbstsicheren Ausdrucks in diesen Gesichtern. Es war, als hätte er die Bilder nicht ebenfalls gekauft, als sei er nicht an ihre Stelle getreten, als wüßten sie es insgeheim besser und könnten daher über ihn lächeln …

Die Atmosphäre des Platzes war jener von Bladesover eng verwandt, aber bereichert um Älteres, uns ferner Liegendes. Die Rüstung, die da stand, hatte einst auf Turnierplätzen, wenn nicht gar in Schlachten gedient, und das Geschlecht war immer wieder bei den gewaltigen Ritterzügen der Geschichte, beim Kampf um das Heilige Land, durch Angehörige oder Geldmittel vertreten gewesen. Träume, Rechtschaffenheit, Rang und Ruhm – wie vollkommen waren sie dahingeschwunden und hatten als letzten Ausdruck ihres Geistes dieses seltsame gemalte Lächeln triumphierender Vollkommenheit hinterlassen. In Wirklichkeit war es schon lange erloschen, bevor der letzte Durgan starb, der in seinen alten Tagen das Haus mit frühviktorianischen Kissen, Teppichen und gewirkten Tischdecken verunziert hatte, mit mäßig schönen Gebrauchsgegenständen einer Zeit, die uns noch ferner zu liegen schien als die Kreuzzüge … Ja, das Haus war ganz anders als Bladesover.

»Ein bißchen dumpf hier drinnen, George«, stellte mein Onkel fest. »Als sie das bauten, hatten sie von Belüftung noch keine Ahnung.«

Einer der getäfelten Räume war zur Hälfte gefüllt mit alten Möbeln und einem Himmelbett. »Vielleicht das Gespensterzimmer«, sagte mein Onkel; aber mir erschien es nicht wahrscheinlich, daß eine so zurückgezogen lebende, so alte und dem Aussterben nahe Familie wie die Durgans noch jemanden mit Spuk verfolgen sollte. Welcher heute lebende Mensch hatte noch irgend etwas mit ihren Ehren und Ansichten, ihren guten und bösen Taten zu tun? Geister und Hexerei sind eine spätere Neuerung – diese Mode war erst mit den Stuarts aus Schottland gekommen …

Später suchten wir nach Grabsteinen und fanden außerhalb des engeren Bereichs der gegenwärtigen Duffielder

Kirche, von Brennesseln überwuchert, einen Kreuzritter mit abgebrochener Nase unter einem halbverfallenen Gewölbe aus bröckelnden Steinen. »Ichabod«, las mein Onkel auf dem Stein. »Was, Susan, eines Tages wird es mit uns auch soweit sein …? Ich werde den Burschen ein wenig säubern und ein Geländer darum herum machen lassen, um die Kinder abzuhalten.«

»Vor dem Altern in letzter Stunde bewahrt«, zitierte meine Tante. So hatte eine der weniger erfolgreichen Anzeigen für Tono-Bungay gelautet.

Aber ich glaube nicht, daß mein Onkel es hörte.

Hier bei dem wiederentdeckten Kreuzritter fand uns der Vikar. Er kam rasch und ein wenig außer Atem um die Ecke und machte den Eindruck, als sei er seit dem ersten Tuten unserer Autohupe, durch das wir unsere Anwesenheit im Dorf kundgetan hatten, hinter uns hergerannt. Er hatte in Oxford studiert, war glattrasiert und von leichenhafter Blässe, verfügte über ein vorsichtig respektvolles Auftreten und eine gepflegte Aussprache und schien sich in der neuen Ordnung der Dinge recht gut zurechtzufinden. Diese Oxford-Studenten sind die Griechen unseres plutokratischen Imperiums. Er war der Einstellung nach ein Konservativer, sozusagen unter dem Zwang der Verhältnisse zum Konservativen geworden. Zwar war er nicht länger Legitimist, aber bereit, die früheren Herren durch neue ersetzt zu sehen. Er wußte, wir waren Pillenverkäufer und zweifellos schrecklich ordinär; aber hätte ein indischer Radscha mit mehreren Frauen oder ein Jude mit geringschätziger Miene das Haus gekauft, so hätte dies den Takt des guten Mannes noch viel ärger beansprucht. Wir waren wenigstens Engländer und weder Nonkonformisten noch Sozialisten, und er war freudigen Herzens bereit, sein möglichstes zu tun, um aus uns beiden Gentlemen zu machen. Aus gewissen Gründen hätte er wohl Amerikaner vorgezogen; bei diesen wirkt es nicht so auffällig, wenn sie aus einer Schicht des sozialen Systems in eine andere gerutscht sind, auch lassen sie sich leichter belehren; aber in dieser Welt kann man eben nicht immer wählen. Also war er freundlich und liebenswürdig zu uns, zeigte uns die Kirche und verbreitete sich eingehend über unsere Nachbarn – den Bankier Tux, den Zeitungsmagnaten Lord Boom, den großen Sportsmann Lord Carnaby und die alte Lady Osprey. Und schließlich führte er uns über ein Dorfgäßchen – wo drei Kinder mit angstvollen Augen vor meinem Onkel Reißaus nahmen – und durch einen mit äußerster Sorgfalt gepflegten Garten zu dem großen, häßlichen Pfarrhaus mit den ältlichen viktorianischen Möbeln und einer ältlichen viktorianischen Frau, die uns mit Tee bewirtete und mit einer verwirrenden Familie bekannt machte, die auf etlichen sich auflösenden Korbstühlen am Rand eines stark abgenutzten Tennisplatzes herumsaß.

Die Leute interessierten mich. Sie waren durchschnittlich, aber neu für mich. Auf dem Platz spielten gerade zwei hochaufgeschossene Söhne, Jünglinge mit roten Ohren und sprießenden schwarzen Schnurrbärten, ein Single. Sie trugen bewußt schlampige Tweedhosen und zwanglose weite Jacken. Es gab eine Anzahl blutarm aussehender Töchter, vernünftig und haushälterisch gekleidet, die jüngeren noch mit langen braunen Strümpfen, und die Älteste – eine oder zwei ließen sich, wie wir merkten, nicht blicken – mit einem großen goldenen Kreuz und anderen auffälligen christlichen Symbolen auf der Brust. Dazu zwei oder drei Foxterrier, ein Köter unbestimmter Rasse, ein alter, triefäugiger und sehr übel riechender Bernhardiner und eine Dohle. Außerdem saß da eine nicht näher bezeichnete schweigsame Dame, die meine Tante hinterher für eine taube Pensionärin hielt. Zwei oder drei andere Leute waren bei unserem Kommen verschwunden und hatten halbvolle Teetassen zurückgelassen. Polster und Kissen lagen auf den Stühlen, und zwei der Kissen waren, wie ich sah, mit der britischen Nationalflagge bestickt.

Der Vikar stellte uns vor, und die ältliche viktorianische Frau musterte meine Tante mit einer Mischung aus konventioneller Geringschätzung und unterwürfigem Respekt. Sie sprach schleppend und beharrlich über Nachbarn, die meine Tante unmöglich kennen konnte. Meine Tante ließ das mit heiterer Miene über sich ergehen, aber ihre blauen Augen glitten rasch von Punkt zu Punkt und kehrten immer wieder zu den verkniffenen Gesichtern der Töchter und zu dem Kreuz auf der Brust der Ältesten zurück. Ermutigt durch das Verhalten meiner Tante wurde die Frau des Vikars gönnerhaft und machte klar, daß sie viel zur Überbrückung der gesellschaftlichen Kluft zwischen uns und den Familien ringsum beitragen könne.

Ich erhaschte nur Brocken der Konversation. »Mrs. Merridew hat ziemlich viel Geld in die Ehe mitgebracht. Ihr Vater betätigte sich, glaube ich, im spanischen Weinhandel – doch war sie durchaus eine Lady. Und dann stürzte er vom Pferd und zog sich einen Schädelbruch zu. Seitdem widmet er sich der Fischerei und der Landwirtschaft. Die beiden werden Ihnen gefallen. Er ist sehr unterhaltsam … Die Tochter erlebte eine Enttäuschung, ging als Missionarin nach China und geriet in ein Massaker.«

»Sie hat so wunderbare Seidendinge mitgebracht, Sie werden staunen!«

»Ja, die haben sie ihr als Schmerzensgeld gegeben. Sie haben nämlich den Unterschied nicht begriffen und gedacht, weil sie Leute niedergemetzelt hätten, würden sie nun ihrerseits niedergemetzelt werden. Sie haben nicht verstanden, daß das Christentum ganz anders ist.« …

»Sieben Bischöfe hatten sie in der Familie!« …

»Sie hat einen Katholiken geheiratet und war damit für ihre Familie so ziemlich verloren.« …

»Er ist bei einer furchtbaren Prüfung durchgefallen und mußte zur Miliz gehen.« …

»Sie biß ihn, so fest sie konnte, ins Bein, und er ließ los.« …

»Vier Rippen mußten entfernt werden.« …

»Bekam Hirnhautentzündung und wurde in einer Woche hinweggerafft.« …

»Mußte sich ein großes Silberrohr in die Kehle einsetzen lassen, und wenn er sprechen will, hält er es mit dem Finger zu. Das macht ihn so interessant, meine ich. Man fühlt, er ist irgendwie bedeutend. Ein reizender Mann in jeder Hinsicht.« …

»Verwahrte sie beide sehr erfolgreich in Spiritus, sie stehen in seinem Arbeitszimmer, aber er zeigt sie nicht jedermann.«

Die schweigsame Dame musterte, unberührt von diesen gewiß aufregenden Themen, prüfend und mit beachtenswerter Gründlichkeit das Kostüm meiner Tante und war sichtlich beeindruckt, als diese ihren Staubmantel aufknöpfte und ablegte. Inzwischen unterhielten wir Männer uns, eine etwas aufgewecktere Tochter hörte interessiert zu, und die beiden Jungen lagen im Gras zu unseren Füßen. Mein Onkel bot ihnen Zigarren an, aber beide lehnten ab – aus Schüchternheit, wie mir schien, während der Vikar vermutlich aus Höflichkeit eine annahm. Wenn wir die Jungen nicht direkt ansahen, stießen sie einander heimlich an.

Unter dem Einfluß der Zigarre meines Onkels erhob sich der Geist des Vikars über die ländliche Beschränkung. »Dieser Sozialismus«, sagte er, »scheint mir große Fortschritte zu machen.«

Mein Onkel schüttelte den Kopf. »Wir sind hierzulande für einen solchen Unsinn zu individualistisch«, erwiderte er. »Jedermanns Geschäft ist niemandes Geschäft. In diesem Punkt liegen Sie falsch.«

»Sie haben einige intelligente Leute in ihren Reihen, sagt man«, meinte der Vikar, »Schriftsteller und dergleichen. Auch einen bekannten Bühnenautor, wie mir meine Tochter erzählt hat – den Namen habe ich vergessen. Hallo, Milly! Oh! Sie ist nicht da. Und Maler. Dieser Sozialismus, so kommt mir vor, ist mitschuldig an der Unruhe unserer Zeit ... Aber, wie Sie sagen, er entspricht nicht dem Volkscharakter. Auf dem Lande jedenfalls. Die Leute hier draußen sind in ihrer einfachen Art zu stur, unabhängig – und auch zu vernünftig.« ...

»Es ist eine große Sache für Duffield, daß Lady Grove wieder bewohnt wird«, sagte er gerade, als meine Aufmerksamkeit von einem Unfall, den seine Frau fesselnd geschildert hatte, zurückkehrte. »Die Leute haben immer zu dem Herrenhaus hinaufgeschaut – alles in allem genommen, war der alte Mr. Durgan wirklich außerordentlich wohltätig – außerordentlich wohltätig. Ich hoffe, Sie werden uns einen guten Teil ihrer Zeit hier widmen.«

»Ich habe die Absicht, meiner Schuldigkeit der Pfarre gegenüber nachzukommen«, sagte mein Onkel.

»Ich bin aufrichtig erfreut, das zu hören – aufrichtig. Wir vermissen schon lange den Einfluß des Herrenhauses. Ein englisches Dorf ist ohne ein solches nicht vollständig – die Leute entgleiten einem. Das Leben wird trübselig. Es zieht die Leute nach London.«

Er genoß mit Andacht seine Zigarre.

»Wir erhoffen von Ihnen, daß Sie Schwung in die Sache bringen«, sagte er – der Arme!

Die Zigarre meines Onkels richtete sich nach oben, dann nahm er sie aus dem Mund.

»Was glauben Sie, braucht der Ort?« fragte er.

Er wartete nicht auf eine Antwort. »Ich habe während unseres Gesprächs nachgedacht – über Dinge, die man tun könnte. Kricket – ein gutes englisches Spiel – Wettkämpfe. Den Burschen vielleicht einen Pavillon bauen. Und dann sollte jedes Dorf einen Kleinkaliberschießstand haben.«

»Ja –«, sagte der Vikar. »Vorausgesetzt natürlich, daß nicht dauernd geknallt wird.«

»Das läßt sich regeln«, erwiderte mein Onkel. »Das Ding würde so etwas wie ein langer Schuppen. Streichen Sie ihn rot an. Das ist die britische Farbe. Dann ist ein Union Jack für die Kirche und einer für die Dorfschule nötig. Vielleicht streichen Sie die Schule auch rot an. Jetzt ist der Ort zu wenig bunt. Zu grau. Dann ein Maibaum.«

»Wieweit unsere Leute diese Dinge annehmen würden –« begann der Vikar.

»Ich bin sehr dafür, den guten alten englischen Schwung wieder zu beleben«, fuhr mein Onkel fort. »Lustbarkeiten, bei denen Burschen und Mädchen auf dem Dorfplatz tanzen. Ein Erntefest. Jahrmärkte. Eine Weihnachtsfeier – all das.«

»Wie wäre es mit der alten Sally Glue als Ballkönigin?« fragte der eine Sohn in der kleinen Pause, die nun entstand.

»Oder Annie Glassbound?« fragte der andere mit dem Gewieher eines jungen Mannes, der eben über den Stimmbruch hinaus ist.

»Sally Glue ist fünfundachtzig«, erklärte der Vikar, »und Annie Glassbound ist – nun ja, eine junge Dame von außerordentlich großzügigen Proportionen. Und nicht ganz richtig, müssen Sie wissen, nicht ganz richtig – hier.« Er tippte sich auf die Stirne.

»Großzügige Proportionen!« wiederholte unter erneutem Gewieher der ältere Sohn.

»Sehen Sie«, begann der Vikar, »alle netteren Mädchen nehmen Stellungen in oder bei London an. Das aufregende Leben dort lockt sie. Und sicherlich haben auch die höheren Löhne etwas damit zu tun. Und die Möglichkeit, sich hübsch anzuziehen. Und überhaupt – die Freiheit von Beschränkungen. So dürfte es vielleicht ein wenig schwer sein, gegenwärtig hier eine Maikönigin zu finden, die wirklich jung und – eh – hübsch ist ... Natürlich kann ich dabei nicht an eine meiner Töchter denken – oder etwas Derartiges.«

»Wir müssen sie zurücklocken«, sagte mein Onkel. »Das erscheint mir als das Richtige. Wir müssen das Land wieder aufmöbeln. Das bedarf in England ständiger Bemühungen, gerade so wie bei der Staatskirche – wenn Sie mir gestatten, das zu sagen. Gerade so wie in Oxford – oder in Cambridge. Oder in einem anderen dieser alten Dingsda. Nur braucht es dazu neues Kapital, neue Ideen und neue Methoden. Selbstfahrende Eisenbahnen zum Beispiel – wissenschaftlichen Gebrauch der Drainage, Drahtzäune – Maschinen – all das.«

Das Gesicht des Vikars verriet Bestürzung. Vielleicht sorgte er sich um seine Spaziergänge zwischen Weißdorn und Geißblatt.

»Großes«, sagte mein Onkel, »läßt sich mit modernen Methoden aus dem in einem Dorf ursprünglich Gewachsenen herausholen.«

Es war der Widerhall dieses letzten Satzes, glaube ich, der mich in meinen sentimentalen Gefühlen bestärkte, als wir durch gewundene Dorfstraßen, zwischen gepflegten Rasenflächen, nach London zurückfuhren. Die Landschaft sah an diesem Nachmittag aus wie die friedlichste und idyllischste Ansammlung efeuumrankter Häuser, die man sich nur vorstellen kann; Strohdächer überdeckten weißgetünchte Hütten, alles war voller Feuerdorn, Goldlack und Narzissen, und inmitten eines bunten Blumenmeeres standen verstreut da und dort Bäume, von weißen Blüten übersät. Ich sah eine Reihe von Bienenkörben aus Stroh, von einer Art, wie sie schon lange von allen fortschrittlich Denkenden als unzweckmäßig verworfen worden war, und auf der Wiese des Arztes graste eine Herde von ganzen zwei Schafen – die er zweifellos an Zahlungs Statt angenommen hatte. Zwei Männer und eine alte Frau grüßten mit tiefer Unterwürfigkeit, und mein Onkel winkte mit dem großen Handschuh gönnerhaft zurück …

»England ist voller Orte wie diesem«, sagte er, beugte sich über die Lehne und schaute mit großer Befriedigung eine Weile lang zurück auf die Türmchen von Lady Grove, die gerade noch über die Bäume hervorlugten.

»Ich werde mir wohl am besten eine Fahnenstange anschaffen«, überlegte er. »Dann kann man zeigen, daß man da ist. Die Leute im Dorf werden es gerne wissen wollen.«

»Sicherlich«, bestätigte ich nach einigem Nachdenken, »sie sind daran gewöhnt, es gerne wissen zu wollen.« … Meine Tante war ungewöhnlich schweigsam gewesen. Plötzlich fing sie an: »Er sagt einfach punktum und kauft das Haus. Und ich soll dann dort den Haushalt führen. Er rauscht durch das Dorf wie ein aufgeplusterter Truthahn. Und wer soll den Butler auf Trab bringen? Ich! Wer soll alles Bisherige vergessen und neu anfangen? Ich! Wer muß von Chislehurst hierher übersiedeln und die große Lady spielen? Ich! … Du alter Störenfried! Gerade erst habe ich mich eingewöhnt und angefangen, mich zu Hause zu fühlen.«

Mein Onkel wandte ihr seine große Brille zu. »Aber diesmal, Susan, ist es wirklich ein Zuhause … Hier bleiben wir.«

7

Heute erscheint es mir nur wie ein kurzer Schritt vom Kauf von Lady Grove zur Planung von Crest Hill, von dem Augenblick, in dem das erstere einen erstaunlichen Fortschritt darstellte, bis zu den Tagen, in denen es sich als zu klein, zu dunkel und im ganzen als zu unbequem für die Zwecke eines großen Finanzmannes erwies. Für mich war das eine Zeit, in der ich mich immer mehr von unserem Geschäft und der großen Londoner Welt löste; ich zeigte mich immer weniger und auf immer kürzere Zeit, und manchmal arbeitete ich vierzehn Tage hintereinander in dem kleinen Pavillon oberhalb von Lady Grove. Und wenn ich nach London fuhr, dann oft nur wegen eines Treffens der aeronautischen oder einer anderen wissenschaftlichen Gesellschaft, oder um Literatur zu studieren, oder um Forscher zu engagieren, oder zu ähnlichen Zwecken. Für meinen Onkel war es eine Zeit gewaltiger Kapitalaufblähung. Jedesmal, wenn ich ihn traf, fand ich ihn noch zuversichtlicher, noch erfüllter von großen Plänen, noch selbstbewußter. Bald war er nicht mehr nur der Teilhaber einfacher Kaufleute; er war stark genug für größere Unternehmungen.

Ich gewöhnte mich allmählich daran, kurze Artikel mit Nachrichten über ihn in meiner Abendzeitung zu finden oder sein Porträt auf der Titelseite eines Groschenblattes. Die Nachricht bezog sich meist auf eine großzügige Schenkung, einen phantastischen Kauf oder Verkauf, oder auf ein Gerücht über die Sanierung eines Betriebes. Er rettete, wie Sie sich erinnern werden, die Parbury Reynolds für England. Manchmal auch war es ein Interview oder ein Beitrag meines Onkels zu einem Symposium über das »Geheimnis des Erfolges« oder etwas Ähnliches. Oder großartige Schilderungen seiner Schaffenskraft, seiner Organisationsgabe und seiner beachtlichen Menschenkenntnis. Man wiederholte immer wieder seinen großen Ausspruch: »Ein Achtstundentag? Ich würde achtzig Stunden brauchen!«

Er wurde maßvoll aber unbeirrbar »öffentlich bekannt« und in der Zeitschrift ›Vanity Fair‹ karikiert. Einmal erschien, als Gegenstück zum Porträt des Königs, ein Bild meiner Tante, aufgenommen in der Empfangshalle des Burlington House, und sie sah wirklich entzückend und elegant aus. Und im nächsten Jahr hing an der Wand der Neuen Galerie ein Relief, das Ewart von meinem Onkel geschaffen hatte, und auf dem der Onkel stolz und gebieterisch in die Welt blickte, wenn auch ein wenig zu rundlich.

Ich nahm nur zeitweise an seinen gesellschaftlichen Auftritten teil. Die Leute kannten mich zwar, und viele versuchten, durch mich auf Schleichwegen an ihn heranzukommen, auch lief das Gerücht um, höchst ungerechtfertigterweise hervorgerufen teils durch meinen wachsenden wissenschaftlichen Ruf und teils durch eine gewisse Zurückhaltung meinerseits, daß ich einen viel größeren Anteil an der Planung seiner Geschäfte hätte, als dies tatsächlich der Fall war.

Trotz der Inanspruchnahme durch meine Experimente sah ich, wenn ich heute mein Gedächtnis durchforsche, während dieser ereignisreichen Jahre viel von der großen Welt; ich hatte gute Einblicke in das Räderwerk unseres erstaunlichen Weltreichs, bewegte mich in ihm und tauschte Erfahrungen aus mit Bischöfen und Staatsmännern, politisch interessierten oder nicht interessierten Frauen, Abgeordneten und Soldaten, Malern und Schriftstellern, mit den Direktoren großer Zeitungen, Philanthropen und allerlei sonstigen prominenten Persönlichkeiten. Ich sah die Staatsmänner privat und die Bischöfe ohne ihre kanonischen Gewänder, nicht in Weihrauchduft gehüllt, sondern in den Qualm guter Zigarren. Ich konnte sie um so besser beobachten, als sie meistens nicht mich, sondern meinen Onkel anschauten und bewußt oder unbewußt erwogen, wie sie ihn in ihr System einbauen könnten, in die willkürlichste, gerissenste, erfolgreichste und dabei planloseste Plutokratie, die je das Geschick der Menschheit belastet hat. Kein einziger von ihnen nahm dem Onkel, bevor er ins Unglück geriet, soweit ich es erkennen konnte, seine Lügen übel, seine fast ungeschminkt ruchlosen Methoden, das wirre Durcheinander seiner Geschäftsgebarung und sein manchmal sprunghaftes Vorgehen. Ich sehe sie alle noch vor mir, wie sie ihn höflich und aufmerksam umgaben, während er mit seiner gedrungenen Gestalt, seinem drahtigen Haar, seiner kurzen Nase, seiner von Selbstvertrauen strotzenden Unterlippe immer im Mittelpunkt der Aufmerksamkeit stand. Wenn ich mich bei wichtigen Versammlungen unauffällig im Hintergrund hielt, hörte ich oft flüstern: »Das ist Mr. Ponderevo!«

»Dieser kleine Mann?«

»Ja, der kleine Prolet dort mit dem Zwicker.«

»Man sagt, er hat –«

Oder ich sah ihn bei einer Veranstaltung auf dem Podest, neben einem der tollen Hüte meiner Tante, umgeben von Adeligen und hochgestellten Persönlichkeiten, wie er, nach seiner Ausdrucksweise, »seinen Mann stand«, große Beträge für offensichtlich karitative Zwecke spendete und gelegentlich für eine gute Sache kurze ergreifende Ansprachen vor einer beeindruckten Zuhörerschaft hielt. »Herr Vorsitzender, Eure Königliche Hoheit, meine Damen und Herren!« begann er, sobald sich der Applaus gelegt hatte, schob seinen eigenwilligen Zwicker zurecht, schlug die Rockschöße zurück, stützte die Hände in die Hüften und hielt eine kurze Rede, da und dort durch ein gelegentliches »Zss« gewürzt. Während er sprach, gerieten seine Hände in Bewegung, spielten mit dem Zwicker, fuhren in die Westentaschen; nicht selten erhob er sich langsam auf die Zehenspitzen, wenn sich ein Satz hinschlich wie eine Spielzeugschlange, und sank am Ende des sprachlichen Monstrums auf die Fersen zurück. Es waren die gleichen Bewegungen wie bei unserer ersten Begegnung, als er in seinem mit viel Stoff drapierten Wohnzimmer vor dem Kamin stand und mit meiner Mutter über meine Zukunft sprach.

An den endlos langen, heißen Nachmittagen in dem kleinen Wimblehurster Laden hatte er vom Zauber des modernen Geschäftslebens gesprochen und geträumt. Jetzt waren seine Träume in Erfüllung gegangen.

8

Die Leute sagen, mein Onkel habe auf dem Gipfel seines Glücks den Kopf verloren, aber – wenn man von einem Mann, den man in gewissem Sinne geliebt hat, die Wahrheit sagen darf – er hatte nie viel »Kopf« zu verlieren. Er war immer einfallsreich, überraschend, unlogisch und von unbekümmerter Nachlässigkeit, und die Überschwemmung seines Daseins mit Reichtümern gab ihm Spielraum für all diese Eigenschaften. Es stimmt zwar, daß er gegen den Höhepunkt zu zeitweilig ungeheuer reizbar und gegen Widersprüche empfindlich wurde, aber das kam, wie ich glaube, eher von zermürbenden gesundheitlichen Beschwerden, als von einer geistigen Störung. Doch finde ich es schwierig, ihn zu beurteilen oder dem Leser einen zutreffenden Eindruck von ihm zu vermitteln; mein Gedächtnis ist mit widersprüchlichen Empfindungen und Bildern vollgestopft. Bald quoll er über von Großmannssucht, bald fehlte ihm jede Initiative, einmal zeigte er sich streitsüchtig, ein andermal unerschütterlich selbstzufrieden, aber immer war er originell, schwungvoll, sprunghaft, tatkräftig und – auf eine subtile Weise, die ich schwer erklären kann – absurd.

Besonders gut erinnere ich mich an ein Gespräch, das wir – vielleicht wegen der ruhigen Schönheit seiner Lage hinter Crest Hill – auf der Veranda des kleinen Pavillons neben den Werkstätten führten, in denen meine Flugzeuge und Lenkballons untergebracht waren. Es war eines von vielen ähnlichen Gesprächen, und ich weiß nicht, warum gerade dieses in mir überlebte. So geht es mitunter. Mein Onkel war nach dem Kaffee heraufgekommen, um sich mit mir wegen eines bestimmten Kelches zu besprechen, den er in einem Augenblick höchsten Glanzes und dem Drängen einer Gräfin gehorsam einer Kirche in Westend zu schenken beschlossen hatte. Ich meinerseits hatte in einer Anwandlung noch voreiligerer Großzügigkeit Ewart als den Schöpfer des Kelches vorgeschlagen. Ewart hatte sogleich eine wunderbare Skizze für das Sakralgefäß entworfen, das einen Kranz von Engeln mit ausgebreiteten Armen und Flügeln zeigte, und fünfzig Pfund als Anzahlung kassiert. Dann gab es eine Reihe von leidigen Verzögerungen. Vom bestellten Kelch war immer weniger die Rede, seine Greifbarkeit glich mehr und mehr jener des Heiligen Grals, und schließlich verschwand sogar die Zeichnung.

Mein Onkel wurde unruhig … »Weißt du, George, sie werden allmählich dieses verdammte Ding haben wollen!«

»Welches verdammte Ding?«

»Den Kelch, der Teufel soll ihn holen! Sie fangen an, Fragen zu stellen. Das ist kein Geschäft, George.«

»Das ist Kunst«, widersprach ich, »und Religion.«

»Alles schön und gut. Aber keine gute Reklame für uns, George, wenn wir etwas versprechen und es dann nicht liefern … Ich werde deinen Freund Ewart als unzuverlässig abschreiben müssen, darauf läuft es hinaus, und ich werde zu einer anständigen Firma gehen.«

Wir saßen draußen auf der Veranda des Pavillons in Liegestühlen, rauchten, tranken Whisky, und dann, nachdem die Sache mit dem Kelch erledigt war, entstand eine nachdenkliche Pause. Die kurzfristige Mißstimmung meines Onkels ging vorüber. Es war eine besonders schöne Sommernacht nach einem glühend heißen, trägen Tag. Im fahlen Mondlicht traten die Konturen der entfernten Hügel unwirklich hervor; weit hinten sah man die winzigen Lichter von Leatherhead, und im Vordergrund schimmerte das kleine Podest, von dem ich meine Flugmaschinen startete, wie blanker Stahl. Es muß gegen Ende Juni gewesen sein, denn drunten in den Wäldern, die Lady Grove vor uns verbargen, sangen und schluchzten die Nachtigallen ...

»Wir haben es erreicht, George«, ließ sich mein Onkel nach einer unendlich langen Pause vernehmen. »Habe ich es nicht gesagt?«

»Gesagt – wann?« fragte ich.

»In dieser Höhle in der Tottenham Court Road, was? Es ist ein ehrlicher, rechtschaffener Kampf gewesen, und da sind wir nun!«

Ich nickte.

»Erinnerst du dich, wie ich sagte: Tono-Bungay? ... Nun ... Ich habe gerade heute nachmittag wieder daran gedacht!«

»Ich denke auch gelegentlich daran –« gab ich zu.

»Heutzutage ist die Welt herrlich, George, mit einer fairen Chance für jeden, der etwas zu bieten hat. Dem Mutigen steht die Karriere offen – was? Tono-Bungay. Denk daran. Es ist eine herrliche Welt, eine fortschrittliche Welt, und ich bin glücklich, in ihr zu leben – und es zu etwas gebracht zu haben. Wir werden große Leute, George. Einiges kommt auf uns zu. Was? Diese Palästina-Sache.«

Er hing eine Weile seinen Gedanken nach und zss-te leise vor sich hin. Dann verstummte er ganz.

Sein Thema wurde von einer Grille im Gras fortgeführt, bis er bereit war, es wieder aufzunehmen. Auch die Grille schien sich einzubilden, daß sie mit irgendeinem ihrer Pläne ans Ziel gelangt sei. Sie zirpte triumphierend …

»Mein Gott, war das ein Loch in Wimblehurst!« sagte er plötzlich. »Wenn ich je einen freien Tag haben sollte, schauen wir es uns einmal wieder an, mit dem Auto, George, und überfahren den Hund, der immer auf der Hauptstraße geschlafen hat. Immer war dort ein schlafender Hund – immer … Ich möchte gerne meinen früheren Laden wiedersehen. Ich wette, der alte Ruck steht noch breit grinsend in seiner Türe, und dieser alberne Tropf Marbel kommt mit seiner weißen Schürze heraus, einen Bleistift hinter dem Ohr, und versucht, hellwach auszusehen … Ich frage mich, ob sie mich wiedererkennen werden? Ich hätte es gerne, wenn sie mich erkennen.«

»Die Internationale Teekompanie und alle anderen möglichen Leute werden sie bereits nach dir ausgefragt haben«, sagte ich. »Und der alte Hund, der sechs Jahre lang auf dem Pflaster geschlafen hat – der wird dort nicht mehr schlafen können, wegen der Autohupen und seiner dadurch zerrütteten Nerven.«

»Die Autos kommen überall hin«, gab mein Onkel zu. »Vermutlich hast du recht … Wir leben in einer großen Zeit, einer großen, fortschrittlichen, zukunftsträchtigen, herrlichen Zeit. Diese Palästina-Sache – ein kühnes Geschäft … Es ist – es ist ein Fortschritt, George. Und wir haben unsere Finger darin. Hier sitzen wir – und sind daran beteiligt, George, und sind damit betraut. Die Nacht ist ruhig. Aber wenn wir sehen und hören könnten!«

Er winkte mit seiner Zigarre nach Leatherhead und London hinüber.

»Dort leben sie zu Millionen, George. Ich denke daran, was sie heute getan haben – diese zehn Millionen – jeder auf seine Art. Kaum auszudenken. Wie schon der alte Whitman gesagt hat – was hat er eigentlich gesagt? Nun, jedenfalls war es echt Whitman. Toller Bursche, der Whitman! Wirklich toller Bursche! Zu dumm, daß es mir nicht einfällt …! Und diese Millionen sind noch gar nichts. In Übersee gibt es weitere Millionen, viele hundert Millionen Chinesen, Marokkaner, überhaupt Schwarze, und dann noch Amerika … Nun, hier sind wir, mit Macht, mit Muße, auserwählt – weil wir tüchtig waren, weil wir Gelegenheiten ergriffen, die Dinge in Schwung gebracht haben, während andere Leute darauf warten, daß sie in Schwung kommen. Siehst du? Hier sind wir – und haben unsere Finger darin und sind große Leute, große einflußreiche Leute. Gewissermaßen eine Großmacht.«

Und nach einer Pause: »Es ist wundervoll, George.«

»Die angelsächsische Energie«, sagte ich leise in die Dunkelheit hinein.

»Das ist es, George – Energie. Damit haben wir das Ganze in den Griff bekommen – die Fäden, die Drähte, die sich überallhin erstrecken, George, von unserem kleinen Büro hinaus nach Westafrika, nach Ägypten, nach Indien, nach Osten, Westen, Süden und Norden. Die Welt in Schwung bringen, rascher und rascher. Das Schöpferische. Da ist diese Palästina-Sache. Eine großartige Idee. Nimm an, wir greifen sie auf, nimm an, wir schalten uns ein, wir und andere, und lassen das Wasser aus dem Mittelmeer in das Tote Meer fließen – denk nur, was das bedeuten würde! Alle Wüsten blühen auf wie Rosen, Jericho wäre für immer verloren, etliche heilige Orte unter Wasser … Höchstwahrscheinlich zum Schaden der Christenheit.«

Er sann eine Weile nach. »Kanäle bauen«, murmelte er. »Tunnels bohren … neue Ländereien … neue Zentren ... Zss ... mit Kapital versehen ... nicht nur Palästina. Ich frage mich, wohin wir noch gelangen, bevor es soweit ist, George? Wir halten eine Menge großer Projekte in Gang, wir haben das anlagesuchende Kapital in Fluß gebracht. Ich sehe nicht ein, warum wir schließlich nicht sehr groß herauskommen sollten. Es gibt Schwierigkeiten – aber ich bin ihnen gewachsen. Wir sind noch ein wenig schwach auf der Brust, aber wir werden stärker werden ... Schließlich bin ich eine gute Million wert, George – wenn alles abgerechnet und bezahlt ist, und auch, wenn ich heute aussteigen würde. Es ist eine große Zeit, George, eine wundervolle Zeit!«

Ich spähte durch das Dämmerlicht auf seine Rundungen – und muß gestehen, mir kam der Gedanke, daß er im ganzen genommen keinen besonderen Gegenwert zu bieten hatte.

»Wir haben unsere Finger darin, George – wir sind große Leute. Wir müssen zusammenhalten, George – die Sache schaukeln. Mit der alten Ordnung auf gleich kommen, wie in dieser Geschichte von Kipling (das Beste, was er je geschrieben hat, George – ich habe es gerade wieder gelesen. Es hat mich dazu gebracht, Lady Grove zu kaufen). Nun, wir müssen das Land in Schwung bringen, George, unser Land. Es zu einem einzigen wissenschaftlichen – organisierten – geschäftlichen – Unternehmen machen. Es mit Ideen versorgen. Es elektrifizieren. Die Presse fördern. Alle möglichen Entwicklungen vorantreiben. Alle möglichen Entwicklungen. Ich habe mit Lord Boom gesprochen, mit den verschiedensten Leuten. Große Sache. Fortschritt. Die Welt nach geschäftlichen Grundsätzen. Und alles ist erst ein Beginn.«

Er verfiel in tiefes Nachdenken. Eine Weile zss-te er und ließ es dann sein.

»Ja«, sagte er schließlich im Ton eines Mannes, der

die endgültigen Lösungen der schwierigsten Probleme gefunden hat.

»Wie bitte?« fragte ich nach einer angemessenen Pause.

Mein Onkel schwelgte noch sekundenlang in seinem Enthusiasmus, und mir schien, als stehe das Schicksal der Nation auf dem Spiel. Dann sagte er wie einer, der aus tiefstem Herzensgrund spricht – und ich glaube, es war aus seinem tiefsten Herzensgrund:

»Ich würde gerne auf einen Sprung in das Eastry Arms hineinschauen, wenn gerade alle diese Tröpfe in der Wirtsstube beim Whist sitzen, Ruck und Marbel und die anderen, und ihnen zehn Minuten lang meine Meinung sagen, George, frisch von der Leber weg. Was ich so von ihnen halte. Keine große Sache, aber ich würde es gerne tun – einmal, bevor ich sterbe.«

Eine Weile spielte er zss-end mit diesem Gedanken.

Dann schnitt er in einem Ton objektiver Kritik ein neues Thema an.

»Da gibt es den Boom«, überlegte er. »Es ist ein wundervolles System, das alte britische System, George. Es ist stetig und stabil und hat doch Platz für neue Männer. Wir tauchen auf und nehmen unsere Plätze ein. Das wird geradezu erwartet. Wir nehmen die Sache in die Hand. Darin unterscheidet sich unsere Demokratie von jener Amerikas. Wenn dort ein Mann Erfolg hat, bringt ihm das nur Geld. Hier haben wir ein System – für jedermann offen – praktisch ... Burschen wie Boom kommen aus dem Nichts.«

Er verstummte. Ich dachte über den Sinn seiner Worte nach. Plötzlich schwang ich meine Beine zur Seite und setzte mich in meinem Liegestuhl auf.

»Das glaubst du doch selbst nicht!« sagte ich.

»Was glauben, George?«

»Spenden für Parteikassen. Gegenseitige Förderung. Sind wir schon soweit?«

»Wie meinst du das, George?«

»Das weißt du doch. Sie würden es nie tun!«

»Was tun?« fragte er leise, und: »Warum sollten sie nicht?«

»Sie würden dich nicht einmal zu einem Baronet machen. Nein ...! Immerhin natürlich, da gibt es Boom! Und Collingshead – und Gorver. Sie haben Bier produziert und Papierschnitzel! Schließlich – Tono-Bungay ist nicht mit einem Wettbüro oder ähnlichem zu vergleichen! ... Natürlich hat es auch sehr vornehme Buchmacher gegeben. Es ist nicht so, daß ein Narr von einem Wissenschaftler seine Entdeckung nicht in Geld umzusetzen verstünde!«

Mein Onkel knurrte; wir waren darüber schon öfter uneins gewesen.

Mich überkam eine bissige Anwandlung. »Was würden sie dir für einen Namen geben?« spekulierte ich. »Der Vikar würde Duffield vorschlagen. Das ist aber dem Wort Duffer (Betrüger) zu ähnlich! Eine schwierige Sache, so ein Titel.« Ich überlegte andere Möglichkeiten. »Warum nicht etwas aus der sozialistischen Abhandlung nehmen, die mir gestern in die Hände geriet? Die Burschen sagen, wir müßten alle freizügig werden. Herrliches Wort – freizügig! Warum nicht der erste freizügige Peer? Und das ermöglicht dir – Tono-Bungay! Es gibt ein Bungay, wie du weißt. Lord Tono of Bungay – überall auf den Flaschen. Freizügig, was?«

Zu meiner Überraschung wurde mein Onkel ärgerlich.

»Verdammt, George, du scheinst nicht zu begreifen, daß es mir ernst ist! Du spöttelst immer über Tono-Bungay! Als wäre das Schwindel. Das ist ein korrektes Geschäft, vollkommen korrekt. Sein Geld wert und ein guter Artikel ... Wenn ich herkomme, von meinen Plänen erzähle und mit dir Anregungen austausche – spöttelst du. Ja, das tust du. Du begreifst nicht – es ist eine große Sache, eine große Sache. Du wirst dich an die neuen Umstände gewöhnen müssen, dich dem stellen, was vor uns liegt. Und dir diesen Ton abgewöhnen.«

9

Mein Onkel wurde von Geschäft und Ehrgeiz völlig verschlungen. Er interessierte sich für alle neuen Ideen. Zum Beispiel war er, wie ich weiß, sehr von dem angetan, was er »diese Übermenschidee, Nietzsche und all das« nannte.

Er verschmolz derlei erquickende Vorstellungen von einem starken und außergewöhnlichen Menschen, der über die kleinlichen Beschränkungen der Rechtschaffenheit erhaben ist, mit der napoleonischen Legende. Das gab seiner Phantasie beträchtlichen Auftrieb. Die napoleonische Legende! Das wirkliche Unheil in Napoleons verhängnisvoller und von Zufällen bestimmter Karriere begann erst, als er tot war, als nichts mehr die romantischen Geister daran hinderte, sich an seinem Charakter zu erbauen. Ich bin der Überzeugung, daß der Bankrott meines Onkels bei weitem nicht so ungeheuerlich gewesen wäre, hätte ihn nicht die napoleonische Legende irregeleitet. Er war in vieler Hinsicht besser und bedeutend anständiger als seine Karriere. Aber wenn er zwischen schicklichem Verhalten und einem auf krummen Wegen errungenen Vorteil zu wählen hatte, gewann dieser Kult mehr und mehr Einfluß: »Denk an Napoleon; denk daran, wie er mit seinem unbeugsamen Willen sich zu solchen Skrupeln wie den deinen gestellt hätte.« Das galt als Richtschnur, und das Ende war unweigerlich ein weiterer Schritt ins Verderben.

Mein Onkel war auf planlose Weise ein Sammler von Erinnerungen an Napoleon; je dicker ein Buch über seinen Helden war, desto bereitwilliger kaufte er es; er erwarb

Briefe, Ramsch und Waffen, die, wenn auch nur entfernt, etwas mit dem großen Mann zu tun hatten, und er sicherte sich sogar in Genua eine alte Kutsche, in der Bonaparte vielleicht einmal gefahren war, doch gelangte sie nie nach England. Er pflasterte die geduldigen Wände von Lady Grove mit Stichen und Zeichnungen und zog dabei, wie meine Tante einmal feststellte, die um die Leibesmitte umfangreicheren Bilder mit der weißen Weste und die Statuetten mit den Händen hinter dem Rücken vor, bei denen Napoleons Bauch besser hervortrat. Und die Durgans grinsten unterdessen höhnisch.

Und gelegentlich stand der Onkel nach dem Frühstück an einem Fenster von Lady Grove, ein wenig zur Seite gewandt, mit zwei Fingern der einen Hand zwischen den Westenknöpfen und mit nachdenklich gesenktem Kinn – der lächerlichste kleine, dicke Mann auf der ganzen Welt. Meine Tante sagte dann, sie fühle sich »wie ein alter Feldmarschall – das macht mich völlig fertig, George!«

Vielleicht ließ ihn seine Vorliebe für Napoleon etwas weniger oft Zigarren rauchen, als er es sonst getan hätte, aber das kann ich nicht mit Bestimmtheit sagen, und jedenfalls brachte es meiner Tante eine beträchtliche Menge Ärger, als er »Napoleon und das schwache Geschlecht« gelesen hatte, denn eine Zeitlang erregte das in ihm den Geschmack an einer Seite des Lebens, die er bei seiner geschäftlichen Beanspruchung weitgehend vergessen hatte. Anregung spielt auf diesem Gebiet eine große Rolle. Mein Onkel ergriff die nächste Gelegenheit und hatte eine Mätresse!

Es war keine sehr leidenschaftliche Sache, und die genauen Einzelheiten erfuhr ich natürlich nie. Ich weiß davon überhaupt nur durch reinen Zufall. Eines Abends traf ich zu meiner Überraschung meinen Onkel in einer aus Bohème und eleganten Leuten gemischten Gesellschaft auf einer Party in der Wohnung von Robbert, dem akademischen Maler, der meine Tante porträtierte. Der Onkel stand ein wenig abseits in einer Nische und sprach mit einer Dame, oder besser gesagt, mit einer rundlichen, blonden, kleinen Frau in einem blaßgelben Kleid. Sie redete im Flüsterton auf ihn ein. Es war eine gewisse Helen Scrymgeour, die Romane schrieb und eine Wochenzeitschrift redigierte. Dicht neben mir sagte eine umfangreiche Dame etwas, aber ich brauchte das nicht erst zu hören, um mir über die Beziehung zwischen den beiden klarzuwerden. Sie sprang in die Augen wie ein Plakat an einem Bretterzaun. Ich wunderte mich, daß nicht alle Anwesenden es begriffen. Sie trug ein bemerkenswert schönes, für eine Journalistin viel zu schönes Diamantenhalsband und schaute den Onkel mit fragwürdigem Besitzerstolz an, mit jener gezügelten, doch unverkennbaren Intimität, die anscheinend bei derartigen Beziehungen viel greifbarer ist als bei einer Ehe. Wäre es noch nötig gewesen, so hätte mich eine gewisse Verlegenheit und ein gewisser stolzer Trotz in den Augen des Onkels, als er meiner gewahr wurde, in meiner Überzeugung bestärkt. Und am nächsten Tag pries er bei der ersten Gelegenheit ausdrücklich die Intelligenz dieser Dame, damit ich das Entscheidende bei dem Ganzen nicht übersehen sollte.

Danach hörte ich einigen Klatsch – von einem Freund der Dame. Ich war viel zu neugierig, um mehr zu tun, als zuzuhören. Ich hatte mir noch nie meinen Onkel als Liebhaber vorgestellt. Anscheinend nannte sie ihn ihren »Gott im Wagen« – nach dem Helden eines Romans von Anthony Hope. Der wesentliche Punkt dieser Beziehung war es, daß er sich ohne großes Theater verabschieden konnte, sooft das Geschäft es erforderte, und er hatte Vorkehrung getroffen, daß dies oft der Fall war. Frauen waren für ihn nur Episoden, das war zwischen den beiden bereits klargestellt; die Hauptleidenschaft des Onkels war der Ehrgeiz. Die große Welt rief nach ihm, und sein Machtstreben hatte Vorrang. Ich habe nie herausgebracht, wie ehrlich es Mrs. Scrymgeour im Grunde meinte, aber es ist durchaus möglich, daß der ungeheure Glanz seiner finanziellen Großzügigkeit bei ihr den Ausschlag gab und daß sie in wahrhaft romantischer Stimmung zu ihren Treffen kam. Dabei muß es manchmal erregende Augenblicke gegeben haben …

Ich machte mir Gedanken und beträchtliche Sorgen wegen meiner Tante, als ich die Sache begriffen hatte. Ich dachte, die Tante werde es als schreckliche Demütigung empfinden, und hatte sie im Verdacht, gute Miene zum bösen Spiel zu machen, während der Verlust der Liebe meines Onkels an ihrem Herzen nagte, aber ich unterschätzte sie gewaltig. Eine Weile lang ahnte sie nichts, aber als sie alles wußte, wurde sie außerordentlich wütend und energisch. Die gefühlsmäßige Seite interessierte sie nicht einen Augenblick lang. Sie entschied, daß mein Onkel »eine Abreibung brauche«. Sie setzte zu diesem Zweck einen auffälligen neuen Hut auf, ging ins Hardingham und hielt ihm eine gewaltige Standpauke. Und als sie zurückkam, kanzelte sie auch mich gehörig ab, weil ich es ihr nicht schon früher gesagt hatte …

Ich versuchte, ihr etwas wie Verständnis für die allgemeine Einschätzung derartiger Dinge beizubringen, aber ihre ureigenste Auffassung erwies sich einmal mehr als unüberwindlich. »Männer erzählen einander nichts von ihren Liebesaffären«, protestierte ich, neben anderen wortreichen Entschuldigungen.

»Frauen«, sagte sie entrüstet, »und Männer! Es handelt sich nicht um Frauen und Männer – sondern um ihn und um mich, George! Bleib doch bei der Sache! Leidenschaften sind irgendwie gut und schön, George, und ich bin gewiß nicht eifersüchtig. Das ist blanker Unsinn … Aber ich werde nicht zulassen, daß er dieser anderen Frau zeigt, was für ein komischer alter Stümper er ist … Ich werde auf jedes Stück seiner Unterwäsche mit roten Buchstaben ›Ponderevo – Privat‹ schreiben – auf jedes Stück ... Da geht er hin und macht doch tatsächlich in Liebe! – Mit diesem Bauch! – In diesem Alter ...!«

Ich kann mir nicht recht vorstellen, was zwischen ihr und meinem Onkel vorging, zweifle aber nicht daran, daß es diesmal nicht eine ihrer üblichen scherzhaften Auseinandersetzungen gab. In welchem Ton sie dann miteinander redeten, weiß ich nicht, denn obwohl ich sie so gut kannte, hatte ich kaum je ein vertrautes Gespräch zwischen ihnen gehört. Jedenfalls hatte ich es in der nächsten Zeit mit einem bekümmerten und gedankenverlorenen »Gott im Wagen« zu tun, mit ungewöhnlich vielen »Zss« und ungeduldigen Bewegungen, die mit dem laufenden Gespräch nichts zu tun hatten. Und offensichtlich fand er es plötzlich in jeder Hinsicht eher schwierig, etwas zu erklären.

Was sich in diesem Zusammenhang hinter den Kulissen abspielte, blieb mir verborgen, aber schließlich behielt meine Tante die Oberhand. Er verließ Mrs. Scrymgeour nicht einfach, sondern er stieß sie richtiggehend von sich, und sie machte einen Roman daraus, nein, besser gesagt, ergriff die Gelegenheit, einen ungeheuren Erguß, die Zustände einer gekränkten und verführten weiblichen Seele von sich zu geben. Meine Tante wurde dabei auch nicht andeutungsweise erwähnt. So ist es fraglich, ob die Dame den wirklichen Grund kannte, warum der Onkel sie verstieß. Er, der napoleonische Held, galt ihr als unverheiratet, und er verließ seine Geliebte, wie Napoleon Joséphine einer staatswichtigen Verbindung wegen geopfert hatte ...

Es war für meine Tante ein Triumph, aber er hatte seinen Preis. Eine Weile herrschte offensichtlich ein gespanntes Verhältnis zwischen ihr und dem Onkel. Er gab seine Geliebte auf, aber er bereute bitter, daß er es getan hatte. Diese Frau hatte ihm tatsächlich mehr bedeutet, als man hätte annehmen können. Geraume Zeit zeigte er sich nicht »umgänglich«. Er wurde übelnehmerisch, gereizt und verschlossen gegenüber meiner Tante, und bei ihr versiegte, wie ich feststellte, nach einigen Zusammenstößen der Strom gutmütiger Hänseleien, der das Zusammenleben der beiden so lange erfrischend gestaltet hatte. Sie wurden beide seelisch ärmer, weniger glücklich. Sie widmete sich mehr und mehr Lady Grove und den Freuden und Leiden seiner Führung. Die Dienerschaft hielt zu ihr – wie es hieß –, sie hob während dieser Zeit drei Susannen aus der Taufe, Töchter des Kutschers, des Gärtners und des Wildhüters. Sie stellte eine Bibliothek von Haushaltsbüchern zusammen, die gut zu dieser Liegenschaft paßte, richtete eine neue Vorratskammer ein und wurde eine große Kapazität in Fruchtgelees und Weinen aus Holunder- und Johannisbeeren.

10

Und während ich die Übersicht über die Finanzen meines Onkels verlor – und bei meiner wissenschaftlichen Arbeit und meinem zeitraubenden Ringen mit den Schwierigkeiten des Fliegens auch über meine eigenen – wurden seine Pläne immer kühner und riskanter, gab er immer unbesonnener und lässiger Geld aus. Ich glaube, daß die ihn bedrückende Ahnung einer schwindenden Sicherheit seiner Position weitgehend für seine zunehmende Gereiztheit und Verschlossenheit, meiner Tante und mir gegenüber, während dieser glorreichen Jahre verantwortlich war. Anscheinend fürchtete er, Erklärungen geben zu müssen, fürchtete, unsere Spötteleien könnten unabsichtlich die Wahrheit treffen. Er stapelte unrealisierbare Wertpapiere in seinen Safes, bis sie wie eine drohende Lawine über der

Geschäftswelt hingen. Aber seine Kauflust wurde zu einem Fieber, und sein rastloses Verlangen, sich selbst einzureden, daß er triumphale Fortschritte zu grenzenlosem Reichtum mache, fraß sich immer tiefer in sein Denken ein. Ein seltsamer Zug in dieser Zeit war es, daß er immer wieder die gleichen Dinge kaufte. Seine Einfälle schienen in Serien zu kommen. Innerhalb von zwölf Monaten kaufte er fünf neue Autos, jedes stärker und schneller als sein Vorgänger, und nur die wiederholte prompte Kündigung seines Fahrers in jeder gefährlichen Situation hielt ihn davon ab, sich selbst ans Steuer zu setzen. Er machte von seinen Autos immer häufiger Gebrauch und entwikkelte geradezu eine Leidenschaft für sie.

Dann begann er, durch einen Scherz gereizt, den er zufällig bei einem Festessen gehört hatte, sich über Lady Grove zu ärgern. »Dieses Haus, George«, sagte er, »paßt mir nicht. Es gewährt keine Ellbogenfreiheit und ist mit alten Erinnerungen vollgestopft ... Und alle diese alten Durgans gehen mir auf die Nerven! Der Kerl da in der Ecke, George. Nein! Der in der anderen Ecke! Der Mann in dem kirschroten Gewand. Der schaut dich dauernd höhnisch an! Er würde dumm schauen, wenn ich ihm einen Schürhaken in den Bauch stoßen würde!«

»Er würde«, überlegte ich, »wohl nicht viel anders schauen als jetzt. Eher erheitert, vielleicht.«

Mein Onkel setzte seinen Zwicker auf, der ihm in der Erregung heruntergefallen war, und starrte seinen Widersacher an. »Was sind sie? Was sind sie alle zusammen? Mausetot! Sie sind im Dreck steckengeblieben. Sie haben sich nicht einmal bei der Reformation bereichert. Bei der alten, längst vergessenen Reformation! Man muß mit der Zeit gehen! – Sie haben sich gegen den Fortschritt gestellt. Eine Familie von Versagern – sie haben es gar nicht erst versucht! ... Sie sind genau das, was ich nicht bin, George. Genau. Und das paßt mir nicht ... Dieses ganze

Leben in der Vergangenheit. Auch möchte ich etwas Größeres, George. Ich möchte Luft und Licht und Raum um mich haben, und mehr Bequemlichkeit. Hier im Hause kann man nichts verändern, George! Zss. Warum? Es wirkt schon wie ein Mißklang – wie ein scheußlicher Mißklang –, wenn man ein Telefon hat ... Hier gibt es nichts, gar nichts außer der Terrasse, das auch nur einen Pfifferling wert wäre. Es ist hier dunkel und alt und verstaubt und voll altmodischer Dinge – muffiges altes Zeug –, das paßt besser für Silberfischchen als für moderne Menschen ... Ich weiß nicht, wie ich darauf verfallen bin.«

Sein Ärger hatte noch andere Gründe. »Dieser verdammte Vikar« , beklagte er sich, »der glaubt, ich müsse mich dieses Hauses wegen glücklich schätzen! Jedesmal, wenn ich ihn treffe, sehe ich es ihm an ... Eines Tages, George, werde ich ihm zeigen, was ein modernes Haus ist!«

Das tat er dann auch.

Ich erinnere mich an den Tag, an dem er sich, wie die Amerikaner sagen, »für Crest Hill erklärte«. Er war zu mir heraufgekommen, um meine neue Gasanlage anzusehen, denn ich hatte damals gerade begonnen, mit komprimierbaren Hilfsballons zu experimentieren. Aber immer wieder glitt sein Blick über das offene Tal zu unseren Füßen hinweg. »Gehen wir doch«, sagte er, »über den Hügel nach Lady Grove zurück. Ich will dir etwas zeigen. Etwas Schönes!«

Oben auf dem Hügel gab es einen freien sonnenbeschienenen Platz. Himmel und Erde waren an diesem Sommerabend noch warm von den Strahlen des sinkenden Gestirns, und der Ruf eines Kiebitz unterstrich nur noch die friedvolle Stille, mit der ein schöner langer Tag zu Ende geht. Es war ein wundervolles Fleckchen Erde, wie geschaffen, sich hier für immer niederzulassen. Und da stand mein Onkel, der moderne einflußreiche Mann, mit seinem grauen Zylinder, dem grauen Anzug und dem Zwicker am schwarzen Band, klein, dünnbeinig und dickbäuchig, und bedrohte mit seinen Erklärungen und Gesten diese Ruhe.

Er begann mit einer weitausholenden Handbewegung: »Das ist der richtige Platz, George, siehst du?«

»Wie bitte?« fuhr ich auf, denn ich hatte an etwas ganz anderes gedacht.

»Ich habe ihn gefunden.«

»Was gefunden?«

»Den Platz für ein Haus! – Ein Haus des zwanzigsten Jahrhunderts! Hier soll es stehen!«

Eine seiner charakteristischen Redewendungen kam ihm auf die Zunge. »Offen den Winden des Himmels, George!« sagte er. »Was? Offen den Winden des Himmels!«

»Hier heroben wirst du viel Wind haben«, bestätigte ich.

»Ein Mammuthaus muß es werden, George – um dieses Hügels würdig zu sein.«

»Allerdings«, gab ich zu.

»Große gedeckte Gänge und dergleichen – nach da und nach dort –, verstehst du? Ich habe darüber nachgedacht, George! Und mit Blick nach allen Seiten – über das weite Land. Mit Lady Grove im Rücken.«

»Und der Morgensonne im Auge.«

»Wie ein Adler, George – wie ein Adler!«

So kündigte er mir an, was bald die Hauptbeschäftigung seiner erfolgreichsten Jahre werden sollte: Crest Hill. Aber die ganze Welt hat von diesem extravaganten Bau gehört, der wuchs und bei dem sich im Wachsen die Pläne ständig änderten, sich blähten wie eine Schnecke im Salz, Knospen trieben, anschwollen und immer größer wurden. Ich weiß nicht, welcher Wahnsinn aus Zinnen und Terrassen und Arkadenwandelgängen dem Onkel schließlich im Höhenflug seiner Gedanken vorschwebte; denn was noch an Erweiterungen geplant war, fand durch unseren Bankrott ein jähes Ende. Doch so, wie der Bau nun dasteht, ist er erstaunlich genug – der sinnlose Wunschtraum eines kinderlosen Mannes. Sein erster Architekt war ein junger Mann namens Westminster, dessen Arbeiten ihm in der Königlichen Akademie durch eine gewisse grandiose Kühnheit aufgefallen waren, aber ihm gesellte er von Zeit zu Zeit mehrere Professoren zu, Steinmetze, Sanitärfachleute, Maler, Bildhauer, Autoren, Metallarbeiter, Holzschnitzer, Möbelzeichner, Keramikspezialisten, Landschaftsgärtner und auch den Mann, der die Anordnung und Belüftung der verschiedenen neuen Pavillons im Londoner zoologischen Garten geplant hatte. Zusätzlich hatte der Onkel auch eigene Ideen. Der Bau beschäftigte seine Gedanken zu jeder Zeit, aber von Freitag abend bis Montag früh nahm er ihn ausschließlich in Anspruch. Er kam am Freitagabend mit einem überladenen Auto an, das von Architekten fast überquoll. Er beschränkte sich jedoch nicht auf Architekten; jedermann konnte eine Einladung für das Wochenende zuteil werden, um Crest Hill zu besichtigen, und mancher hartnäckige Projektemacher versuchte, sich mit Hilfe von Fliesen oder Ventilatoren oder neuer Elektroarmaturen heranzupirschen, ohne zu ahnen, wie napoleonisch und ausschließlich mein Onkel in diesen Tagen mit Crest Hill befaßt war. Jeden Sonntagmorgen, sofern das Wetter nicht zu schlecht war, besuchte er, sobald er gefrühstückt und seinen Sekretären Anweisungen gegeben hatte, mit beträchtlichem Gefolge die Baustelle, entwickelte Pläne und veranlaßte Änderungen, mit vielen Zss, und vergab mündlich riesige neue Aufträge – eine unzulängliche Methode, wie Westminster und die ausführenden Firmen schließlich feststellten.

So habe ich den Onkel in Erinnerung, als Symbol seiner Zeit, als den Mann des Glücks und der Verheißung, den augenblicklichen Herrn der Welt. Da stand er auf der breitausladenden Terrasse vor dem riesigen Haupteingang, eine kleine Gestalt, in lächerlichem Mißverhältnis zu dem zwölf Meter hohen Bogen, vor einer Granitkugel – einer astronomischen Uhr, mit Messing beschlagen, die Erdkugel darstellend und mit einem kleinen verschiebbaren Linsensystem an einem Bronzearm, das die Strahlen genau auf jenen Punkt der Erde lenkte, über dem die Sonne gerade im Zenith war. Da stand er napoleonisch inmitten seines Gefolges von Männern in Tweed und Golfdress, mit einem kleinen Anwalt in grauer Hose und schwarzem Jackett, dessen Namen ich vergessen habe, und mit Westminster in dessen unvermeidlichem Wollhemd mit bunter Fliege und dem selbstentworfenen braunen Anzug.

Der Hangwind blähte Rockschöße, zerzauste Frisuren und folgte beharrlich seinem ungehemmten Zerstörungstrieb, während mein Onkel seinen aufmerksamen Mitarbeitern diese oder jene Einzelheit des Entwurfs erläuterte.

Unterhalb erstreckten sich viele Meter weit Planken, Gräben, Erdhaufen und Stapel von Steinplatten. Zu beiden Seiten erhoben sich unaufhaltsam die Mauern des sinnlosen Palastes. Einmal hatte der Onkel auf der Baustelle mehr als dreitausend Arbeiter – die durch ihre Anwesenheit die ökonomische Bilanz der ganzen Gegend durcheinanderbrachten.

So sehe ich ihn vor mir, inmitten der rohen Anfänge, die nie zu Ende gebracht wurden. Er veranlaßte die seltsamsten Dinge in diesem Bau, Dinge, die mehr und mehr jeden Zusammenhang mit einer vernünftigen Planung verloren, Dinge, die mehr und mehr gesunden Menschenverstand vermissen ließen. Er schien sich nun endlich von solchen Beschränkungen frei zu glauben. Er verlegte einen großen Hügel, mit etwa sechzig ausgewachsenen Bäumen darauf, siebzig Meter nach Süden, um den Blick gegen Osten freizumachen. Ein anderes Mal brachte ihn ein Stadtrestaurant auf den Gedanken, ein Billardzimmer mit einem Dach aus Spiegelglas unter dem Wasser seines künstlichen Sees zu errichten. Er möblierte einen Bauteil, noch ehe das Dach fertiggestellt war. Er ließ ein zehn mal zehn Meter großes Schwimmbecken neben seinem Schlafzimmer im ersten Stock einbauen, und als Krönung des Ganzen begann er mit einer chinesischen Mauer, die seinen Besitz umschließen und gewöhnlichen Menschen den Zugang verwehren sollte. Sie war drei Meter hoch und mit Glassplittern gekrönt, und wäre sie wie geplant ausgeführt worden, hätte sie eine Gesamtlänge von fast zwanzig Kilometern erreicht. Teile von ihr wurden gegen Ende so unsachgemäß errichtet, daß sie innerhalb eines Jahres zusammenstürzten, aber einige Kilometer davon stehen heute noch. An all das denke ich heute kaum noch, sondern an die vielen Hundert kleiner Anleger, die seinem »Stern« folgten, deren Hoffnungen und Leben, deren Sicherheiten für ihre Frauen und für die Zukunft ihrer Kinder unwiederbringlich unter dem zerbröckelnden Mörtel begraben wurden …

Es ist seltsam, wie viele dieser modernen Finanziers der unbegrenzten Möglichkeiten und Täuschungen ihre Karriere mit Bauten beenden. Nicht nur meinem Onkel erging es so. Früher oder später schienen sie alle ihr Glück mit gigantomanem Prunk auf die Probe zu stellen und danach zu trachten, ihre flüssigen Mittel zu Ziegeln und zu Mörtel gerinnen zu lassen. Dann geriet die ganze Mache von Vertrauen und Einbildung ins Wanken – und sie stürzten …

Wenn ich an den verwüsteten Hügel denke, an das riesige Durcheinander von Baumaterialien, an die behelfsmäßigen Straßen und Pfade, die Gerüste und Schuppen, die unvorhersehbare Vergewaltigung der Natur, fällt mir ein Gespräch mit dem Vikar ein. Er hatte mir an einem trüben Tag bei einem Segelflug zugesehen und sprach mit mir über das Fliegen, als ich gleich nach der Landung in Hemd und kurzer Hose neben meinem Apparat stand, und sein leichenblasses Gesicht verriet nur allzu deutlich die ungewöhnliche Traurigkeit, die ihn erfüllte.

»Sie haben mich beinahe überzeugt«, sagte er näherkommend, »ganz gegen meinen Willen ... Eine wunderbare Erfindung! Aber Sie werden noch lange brauchen, bevor dieser perfekte Mechanismus mit den Flügeln der Vögel wetteifern kann.«

Er schaute zu meinem Schuppen hinauf.

»Auch Sie haben das Aussehen des Tales verändert«, fuhr er fort.

»Eine vorübergehende Schändung«, erklärte ich, da mir klar war, woran er dachte.

»Natürlich. Was kommt, vergeht auch wieder. Aber – hm. Ich war gerade drüben auf dem Hügel, um mir Mr. Ponderevos neues Heim anzusehen. Das – das ist etwas Bleibendes. Ein wundervoller Platz! – In verschiedener Hinsicht. Beeindruckend. Ich habe mich bisher noch nie aufgerafft, dorthin zu gehen ... Der Bau ist schon weit fortgeschritten ... Wir finden die große Anzahl von Fremden, hauptsächlich der Arbeiter, die dadurch in die Dörfer gekommen ist, ein wenig bestürzend – sie verdrängen uns. Sie bringen einen neuen Geist mit sich; Wetten – Ideen – alle möglichen sonderbaren Gedanken. Unsere Leute finden es natürlich schön. Und die Fremden kommen und schlafen in den Nebengebäuden – und machen die Gegend bei Nacht ein wenig unsicher. Neulich am frühen Morgen – ich konnte wegen einer leichten Verdauungsstörung nicht schlafen – schaute ich aus dem Fenster. Zu meinem Erstaunen sah ich Leute auf Rädern vorüberfahren. Eine schweigende Prozession, ich zählte siebenundneunzig – in der Dämmerung. Alle fuhren auf dem neuen Weg nach Crest Hill. Das fiel mir auf. Und so habe ich mich aufgemacht, um zu sehen, was dort geschieht.«

»Vor dreißig Jahren wären diese Leute noch viel mehr aufgefallen«, sagte ich.

»Das stimmt. Die Zeiten ändern sich. Wir denken uns jetzt nicht mehr viel dabei – verhältnismäßig. Und dieses große Haus –«, er zog die Brauen hoch. »Wirklich erstaunlich! … Erstaunlich! Der ganze Hügelhang – der alte Rasen – in Streifen geschnitten!«

Er schaute mich hilfeflehend an: »Wir hatten uns so daran gewöhnt, nach Lady Grove hinaufzuschauen«, sagte er und lächelte verständnisheischend. »Nun verschiebt sich der Schwerpunkt unserer Gegend.«

»Die Dinge kommen von selbst wieder in Ordnung«, log ich.

Er klammerte sich an diesen Satz. »Natürlich«, erwiderte er. »Sie kommen von selbst wieder in Ordnung – man gewöhnt sich daran. Man muß es. So wie früher auch. Zwangsläufig renkt sich alles ein – ein tröstlicher Gedanke. Ja. Schließlich ist auch Lady Grove einmal gebaut worden – und war damals – ein Fremdkörper.«

Sein Blick kehrte zu meinem Aeroplan zurück. Er wollte seine düsteren Gedanken verscheuchen. »Ich würde es mir zweimal überlegen«, betonte er, »bevor ich mich einem solchen Ding anvertraue … Aber vermutlich gewöhnt man sich auch daran.«

Er wünschte mir einen guten Morgen und ging seiner Wege, bedrückt und nachdenklich …

Er hatte sich lange der Wahrheit verschlossen, aber an diesem Morgen hatte sie sich ihm in einer Form aufgedrängt, die keinen Zweifel zuließ, die Wahrheit, daß diesmal nicht nur eine Veränderung bevorstand, sondern daß des Vikars stille Welt offen und schutzlos einer Überrumpelung ausgeliefert und, soweit er sehen konnte, mit Haut und Haaren, mit Stumpf und Stiel zu einem radikalen Wandel verurteilt war.

Höhenflug

I

Fast während der ganzen Zeit, in der mein Onkel Crest Hill ausbrütete und ins Leben rief, war ich in einem flachen Quertal zwischen dem großen Vorhaben und Lady Grove mit immer kostspieligeren und ehrgeizigeren Luftfahrtversuchen beschäftigt. Diese Arbeit war mein hauptsächlicher Lebensinhalt während des großen Finalsatzes der Tono-Bungay-Symphonie.

Ich habe bereits geschildert, wie ich dazu kam, mich diesen Forschungen zu widmen, wie ich mich im Ekel vor den Niederungen des Lebens der einst aufgegebenen technischen Studien erinnerte und sie fortzusetzen begann, diesmal mit männlicher Entschlossenheit und nicht mehr mit jugendlichem Ehrgeiz. Ich machte gute Fortschritte. Das war, glaube ich, weitgehend einer speziellen Begabung zuzuschreiben. Es war eine jener Chancen, die Männern durch das Schicksal zugeteilt werden und die mit menschlichen Werten wenig oder nichts zu tun haben. Es wäre lächerlich, sich darauf etwas einzubilden oder, umgekehrt, allzu bescheiden zu sein. Ich brachte in diesen Jahren eine gewaltige Menge Arbeit hinter mich, gelegentlich mit einer Verbissenheit, die meine körperlichen und geistigen Kräfte bis zum äußersten beanspruchte. Ich löste eine Reihe von Problemen im Zusammenhang mit der Stabilität in die Luft geschleuderter Körper und dem Einfluß von Luftwirbeln, und ich gestaltete auch, wenigstens in der Theorie, einen Teil der bekannten Verbrennungsmotoren völlig neu. Die Ergebnisse kann man in den Sitzungsberichten der Königlichen Akademie, im ›Mathematischen Journal‹ und, weniger regelmäßig, in der einen oder der anderen Zeitschrift finden. Damit brauchen wir uns hier nicht aufzuhalten. Ich zweifle sogar, ob ich darüber schreiben könnte. Man legt sich bei einer so speziellen Arbeit für seine Notizen und Ideen eine Art von Kurzschrift zurecht. Ich habe nie doziert oder Vorlesungen gehalten, das heißt, ich mußte nie meine Gedanken über mechanische Dinge in der Alltagssprache ausdrükken, und ich fürchte sehr, daß ich das jetzt nur mit großer Weitschweifigkeit zustande brächte ...

Mein Bemühen galt zunächst in der Hauptsache der Theorie. Es gelang mir, die sich von Anfang an ergebende Notwendigkeit einer Überprüfung an kleinen Modellen dadurch zu bewältigen, daß ich sie auf einer Drehscheibe durch die Luft bewegte und als Baumaterial Rohr, Fischbein und Seide benutzte. Aber mit der Zeit kamen unkalkulierbare Faktoren hinzu, menschliche Leistungsfähigkeit und unzureichende experimentelle Erfahrung, die zu tastenden Versuchen zwangen. Ich mußte den Maßstab meiner Modelle vergrößern und brachte sie bald auf Normalmaß. Ich untersuchte fast gleichzeitig Balance und Stabilität der Flugapparate sowie die Steuerung gasgefüllter Ballons. Das letztere war eine besonders kostspielige Sache. Zweifellos beeinflußte mich dabei ein ähnlicher Hang zur Verschwendung, wie er meinen Onkel in dieser Phase beherrschte. Allmählich war meine Werkstatt oberhalb von Lady Grove zu einem getünchten Holzhaus angewachsen, groß genug für sechs Männer. Dort lebte ich manchmal drei Wochen hintereinander. Dazu kamen ein Gasometer, eine Garage, drei große, mit Wellblech gedeckte geschlossene Schuppen, eine Bühne als Startbahn für die Flugapparate, eine Werkstatt und manches andere. Eine primitive Zufahrt wurde gebaut. Wir leiteten Gas von Cheaping und Strom von Woking herüber, wo mir übrigens auch eine größere Werkstätte für Arbeiten angeboten wurde, die ich bei mir nicht bewältigen konnte. Auch hatte ich das Glück, einen Mann zu finden, einen wie vom Himmel gesandten Stellvertreter – er hieß Cothope. Er war Autodidakt, ein abgerüsteter Pionier, und der beste und geschickteste Handwerker der Welt. Ohne ihn hätte ich wohl nicht halb soviel zustande gebracht. Gelegentlich war er weniger mein Handlanger als mein Mitarbeiter, und er hat meinen Lebensweg bis zum heutigen Tag begleitet. Andere Männer kamen und gingen je nach Bedarf.

Ich weiß nicht, wieweit man jemandem, der es nicht selbst erlebt hat, die besondere Freude und Befriedigung begreiflich machen kann, die eine ungehemmte, durch keine Geldnöte behinderte Forschung mit sich bringt. Es ist etwas ganz anderes als jedes sonstige menschliche Bemühen. Man bleibt verschont von ärgerlichen Konflikten mit den Mitmenschen – wenigstens soweit es sich um die eigentliche Arbeit handelt; das war für mich ein besonderer Vorteil. Wissenschaftliche Wahrheit ist eine »ferne Geliebte«, sie verbirgt sich an den seltsamsten Orten, man gelangt zu ihr nur auf umständlichen und mühevollen Wegen, aber sie ist immer gegenwärtig! Wenn du sie erringst, läßt sie dich nie im Stich, sie gehört dir und der Menschheit für immer. Sie ist Wirklichkeit, die einzige Wirklichkeit, die ich in dieser unserer seltsam verworrenen Existenz gefunden habe. Die Wahrheit hat keine Launen, sie wird dich nie mißverstehen oder um deinen Lohn betrügen. Du kannst sie weder durch Versprechungen noch durch Geschrei ändern noch kannst du sie in Plattheiten ersticken. Das Werk wächst dir unter den Händen, wenn du ihr dienst, und die Ergebnisse sind dauerhafter als alles sonst im Leben eines Mannes. Daraus ergibt sich meiner Meinung nach als bleibender Gewinn jene besondere Befriedigung, die eine Beschäftigung mit der Wissenschaft vermittelt …

Meine Zuwendung zu experimenteller Arbeit brachte eine große Änderung meiner persönlichen Gewohnheiten mit sich. Ich habe geschildert, wie ich bereits einmal, in Wimblehurst, eine Periode der Selbstdisziplin und beharrlichen Anstrengung durchgemacht hatte, und wie ich seit meiner Übersiedlung nach Südkensington durch den übermächtigen Einfluß Londons mit seinen zahllosen gebieterischen Anforderungen an meine Aufmerksamkeit und Neugier demoralisiert worden war. Und es kostete mich viel persönlichen Stolz, als ich die Wissenschaft aufgab, um mich der Entwicklung von Tono-Bungay zu widmen. Aber meine Armut zwang mich zum Verzicht, und mein jugendlicher Sinn für Romantik ließ mich bis zu meiner Heirat ein keusches Leben führen. Dann bewegte ich mich in jeder Hinsicht freier. Ich erledigte große Mengen Arbeit, verschwendete aber nie einen Gedanken daran, ob ich etwa noch mehr leisten könnte, oder ob die trübe Stimmung und Gleichgültigkeit, die mich zeitweise überfielen, vermeidbar wären. Als ich reich wurde, aß ich übermäßig und unbesonnen, trank ungehemmt und folgte immer sorgloser meinen Impulsen. Ich sah keinen Grund, warum ich anders hätte handeln sollen. Nie strengte ich mich bis zur Grenze meiner Leistungsfähigkeit an. Die Gefühlskrise bei meiner Scheidung brachte keinen unmittelbaren Wandel in dieser persönlichen Haltung mit sich. Ich hatte anfänglich Schwierigkeiten, mich auf die wissenschaftliche Arbeit zu konzentrieren, sie war soviel anspruchsvoller als die Tätigkeiten im Geschäft, aber ich überwand diese Klippe, indem ich zu rauchen begann. Ich wurde ein übermäßiger Zigarrenraucher; das brachte mir Anwandlungen von tiefer Depression, aber ich wurde mit ihnen gewöhnlich nach der homöopathischen Methode fertig – ich zündete mir eine neue Zigarre an. Es war mir keineswegs bewußt, wie schlapp ich in bezug auf Moral und Charakter geworden war, bis ich bei der praktischen Seite meiner Forschungen anlangte und vor der Notwendigkeit stand, herauszufinden, wie man sich in einem Flugapparat fühlte und was ein Mensch damit zu tun vermochte.

Ich hatte mir trotz meiner durchaus vorhandenen Anlage zur Selbstdisziplin die lässige Lebenshaltung angewöhnt. Ich hatte nie zu einem Sich-Gehenlassen geneigt und dieser Philosophie der lockeren Zunge und der Pflege des Bauches instinktiv stets mißtraut. Ich liebe geordnete saubere Verhältnisse, die einfach, nüchtern und überschaubar sind, klare Linien und kalte Farben. Aber in dieser rastlosen Zeit, wenn es für jedermann zuviel ungenutzte Chancen gibt und der Lebenskampf die Form eines Wettstreits und des Sich-wichtig-Machens annimmt, wenn weder persönlicher Mut noch gesunde Nerven oder besondere Schönheit nötig sind, kommen wir nur durch Zufall zum Kern unseres Wesens. Früher hatte sich die Mehrzahl der Leute nie überessen, weil sie es nicht konnte, ob sie wollte oder nicht, und alle bis auf einige wenige blieben durch unvermeidliche Betätigung und persönliche Gefahr »fit«. Jetzt hingegen kann fast jeder, wenn er keine allzu hohen Ansprüche stellt und sich von Stolz freihält, in irgendeiner Weise über die Stränge schlagen. Er kann mit Geschwätz und Ausflüchten, mit Nachgiebigkeit und Unverschämtheit durchs Leben kommen, nie wirklich hungrig, nie geängstigt, nie leidenschaftlich erregt, höchstens in Gefühlen schwelgend, und seine erste Berührung mit den unmittelbaren, elementaren Notwendigkeiten wird der Schweiß auf seinem Totenbett sein. So, meine ich, erging es meinem Onkel, und so wäre es beinahe auch mir ergangen.

Aber die Flugapparate stellten starke Anforderungen an mich. Ich mußte herausfinden, wie sie sich beim Abwärtsgleiten verhielten, und der einzige Weg dazu war, selber einen solchen Flug zu unternehmen. Und eine Zeitlang wagte ich das nicht.

Ein Buch hat immerhin etwas Unpersönliches an sich.

Jedenfalls fühle ich mich imstande, hier ein Geständnis niederzuschreiben, das ich bisher niemandem von Angesicht zu Angesicht zu machen fähig war. Ich mußte furchtbar mit mir kämpfen, bevor ich mich zu dem aufraffte, wozu vermutlich jeder farbige Junge in Westindien ohne weiteres bereit gewesen wäre, nämlich: zum erstenmal von der Plattform mit dem Wind hinauszusegeln. Zwangsläufig war dieser erste Versuch der schrecklichste. Er war ein Spiel mit dem Leben, und meiner Meinung nach stand die Aussicht auf Tod oder Verkrüppelung jener auf Gelingen nicht nach. Ich hatte mit einem Apparat begonnen, der etwa dem Modell der Brüder Wright entsprochen haben dürfte, aber ich konnte des Erfolgs nicht sicher sein. Vielleicht kippte er, oder ich brachte ihn aus dem Gleichgewicht, oder er bohrte seine Nase bei der Landung in den Boden, kam zu Schaden und ich mit ihm. Die Bedingungen des Fluges verlangten schärfste Aufmerksamkeit; es war nicht einfach damit getan, daß man startete und die Augen schloß, daß man ärgerlich oder von Triumphgefühlen berauscht wurde. Man mußte mit dem eigenen Gewicht die Balance halten. Und als ich mich endlich entschlossen hatte, war es grauenvoll – zehn Sekunden lang. Etwa zehn Sekunden lang schwebte ich durch die Luft hinab, lag in meinem teuflischen Gestell, mit dem Wind im Gesicht, und der unter mir vorüberhuschende Erdboden erfüllte mich mit tödlicher und hilfloser Angst; mir schien, als tobe mir ein heftig vibrierender Strom durch Gehirn und Rückenmark, und ich stöhnte laut, ich stöhnte, obwohl ich die Zähne zusammenbiß. Es war ein Stöhnen, das sich mir gegen meinen Willen entrang. Die Angstgefühle erreichten ihren Höhepunkt.

Und dann verflüchtigten sie sich.

Plötzlich war die Angst geschwunden. Ich segelte gleichmäßig durch die Luft, nichts Unvorhergesehenes war geschehen. Ich fühlte mich voll ungeheurer Kraft, und meine Nerven waren wie Bogensehnen gespannt. Ich verlagerte das Gewicht, beschrieb eine Kurve und schrie in einer Mischung aus Furcht und Triumph auf, als ich den Apparat wieder aufrichtete, nach der anderen Seite schwenkte und immer mehr Sicherheit gewann.

Ich dachte, ich würde mit einer Krähe zusammenstoßen, die mir entgegenkam – es war ein seltsames Gefühl, wie sie aus dem Nichts im raschen Flug vor mir auftauchte, und ich schrie hilflos: »Geh mir aus dem Weg!« Der Vogel bog in einem scharfen Haken ab und verschwand nach rechts aus meinem Gesichtsfeld. Nachher sah ich, daß der Schatten meines Apparats sehr ruhig und in gleichmäßigem Abstand vor mir über den Rasen glitt. Der Rasen! – Er bewegte sich unter mir nicht mehr so unglaublich rasch …

Als ich zu der ebenen grünen Fläche hinabschwebte, die ich gewählt hatte, war ich ruhig und gelassen wie ein Magistratsbeamter, der von einem noch fahrenden Autobus abspringen will, und hatte bereits eine Menge über den Segelflug gelernt. Ich zog die Nase meines Apparats im richtigen Augenblick hoch, brachte ihn wieder in horizontale Lage und landete wie eine Schneeflocke an einem windstillen Tag. Kurze Zeit lag ich noch ausgestreckt da, dann erhob ich mich auf die Knie und stieg aus. Mir zitterten zwar die Beine, aber ich war höchst zufrieden mit mir. Cothope kam mir vom Hügel herab entgegengelaufen …

Von diesem Tag an trainierte ich fleißig und hielt mich viele Monate hindurch in Übung. Ich hatte meinen Versuch fast sechs Wochen lang mit verschiedenen Entschuldigungen hinausgeschoben, teils wegen meiner Angst vor dem ersten Flug, teils wegen der Erschlaffung von Körper und Geist durch die geschäftlichen Aktivitäten. Obwohl das vermutlich mein ganz persönliches Geheimnis blieb, spornte mich die Scham über meine Feigheit dennoch an. Ich hatte den Eindruck, daß zumindest Cothope etwas davon geahnt hatte. Nun – er sollte das nicht noch einmal tun.

Es ist seltsam, daß ich mich an diese Scham und Selbstbezichtigung viel deutlicher erinnere als an die Wochen des Zögerns vor dem ersten Flug. Eine Zeitlang trank ich keinen Alkohol, hörte gänzlich auf zu rauchen, aß nur mäßig und tat jeden Tag etwas, um Nerven und Muskeln zu stärken. Ich flog, sooft ich konnte. Ich benutzte statt des Zuges nach London ein Motorrad und wagte mich in den südwärts strömenden Verkehr. Und ich erprobte sogar, welche Reize ein Ritt zu Pferde hatte. Aber man gab mir bockige Tiere, und ich entwickelte eine vielleicht ungerechte Abneigung gegen jede reiterliche Betätigung, als ich sie mit meinen technischen Erfahrungen verglich. Auch ging ich auf der hohen Mauer hinter dem Garten von Lady Grove entlang und brachte mich schließlich dazu, über die Lücke zu springen, die durch das Tor gegeben war. Wenn ich mich durch diese Übungen auch nicht ganz von einem gewissen Schwindelgefühl freimachte, so schulte ich doch meinen Willen. Und bald fürchtete ich mich nicht mehr vor dem Fliegen, sondern war begierig, höher hinauf zu gelangen, und empfand schließlich das Hinabgleiten über kaum mehr als zwölf Meter als reinen Hohn auf das, was ein richtiger Flug sein würde. Ich begann vom Wind hoch über dem Buchenwald zu träumen, und es war mehr dieses Verlangen, als irgendein gewichtiger Grund im Zusammenhang mit meiner eigentlichen Arbeit, was mich veranlaßte, einen Teil meiner Kräfte und das meiste meines persönlichen Einkommens nunmehr dem Problem des lenkbaren Ballons zu widmen.

2

Ich war weit über dieses Anfangsstadium hinausgelangt, hatte zweimal eine Bruchlandung gehabt, mir dabei eine Rippe angeknackst (meine Tante behandelte sie mit großer Energie) und in der aeronautischen Welt einen gewissen Ruf erworben, als plötzlich die ehrenwerte Beatrice Normandy mit ihren dunklen Augen und der immer noch wirren Stirnlocke, so als wäre sie nie fortgewesen, mir wieder begegnete. Sie kam auf einem großen schwarzen Pferd den Graspfad durch das Gebüsch unterhalb von Lady Grove entlanggeritten, mit ihr der alte Earl of Carnaby und ihr Halbbruder Archie Garvell. Mein Onkel hatte mich wegen der Warmwasserleitung in Crest Hill zu Rate gezogen, und wir kreuzten auf dem Heimweg ihren Pfad und standen ihnen plötzlich gegenüber. Der alte Carnaby befand sich widerrechtlich auf unserem Grund, und so grüßte er sehr freundlich, zügelte sein Pferd und sprach uns an.

Ich bemerkte Beatrice zuerst gar nicht. Mich interessierte Lord Carnaby, dieses bemerkenswerte Überbleibsel seiner eigenen glänzenden Jugend. Ich hatte von ihm gehört, ihn aber noch nie gesehen. Für einen Mann von fünfundsechzig, der, wie es hieß, alle nur möglichen Sünden begangen und sich damit den glänzendsten politischen Aufstieg aller Männer seiner Generation gründlich verdorben hatte, erschien er mir bemerkenswert fit und frisch. Er war von schlanker, kleiner Gestalt, mit graublauen Augen in einem braunen Gesicht, und seine brüchige Stimme war der einzige Mangel an seiner Erscheinung.

»Hoffentlich haben Sie nichts dagegen, Ponderevo, daß wir hier entlangreiten«, rief er.

Und mein Onkel, der sich bisweilen Adeligen gegenüber ein wenig zu umgänglich und unterwürfig verhielt, antwortete: »Keineswegs, Mylord! Ich bin erfreut, Sie hier zu sehen!«

»Sie bauen ein großes Haus oben auf dem Hügel«, fuhr Carnaby fort.

»Ich wollte diesmal etwas Ordentliches«, erklärte mein Onkel, »es sieht groß aus, weil es sich der Sonne öffnen soll.«

»Luft und Licht«, stellte der Lord fest, »man kann davon nie genug bekommen. Vor unserer Zeit pflegte man so zu bauen, daß man Schutz und Wasser und eine gute Zufahrt hatte.« ...

Da entdeckte ich, daß die schweigsame Gestalt hinter dem Lord Beatrice war.

Ich hatte schon so lang nicht mehr an sie gedacht, daß ich einen Augenblick lang glaubte, sie habe sich seit der Zeit, als sie mich, hinter dem Rock von Lady Drew versteckt, musterte, kaum verändert. Sie sah mich an und runzelte verblüfft ihre feinen Brauen unter dem Hut – sie trug einen grauen breitkrempigen Hut und eine weite offene Jacke – vermutlich versuchte sie sich zu erinnern, wo sie mich schon einmal gesehen hatte. Eine stumme Frage stand in ihren Augen ...

Mir erschien es unglaublich, daß sie sich nicht erinnerte.

»Nun denn«, sagte der Lord und ritt weiter.

Garvell tätschelte den Hals seines Pferdes, das unruhig wurde, und beachtete mich nicht. Er nickte über die Schulter zurück und verschwand. Sein Abgang schien in ihr einen Strom von Erinnerungen auszulösen. Sie schaute ihm nach und dann zu mir zurück, mit einem aufblitzenden Erkennen, das sich zu einem schwachen Lächeln erhellte. Sie überlegte, ob sie mich ansprechen solle, lachte breit und verständnisvoll, wandte sich um und folgte den anderen. Alle drei trieben ihre Pferde zum Galopp, und sie schaute nicht mehr zurück. Ich stand sekundenlang wie angewurzelt auf der Wegkreuzung, dann sah ich, daß mein Onkel schon weitergegangen war und über die Schulter zurück etwas sagte, im Glauben, ich sei dicht hinter ihm.

Ich wandte mich um und beeilte mich, ihn einzuholen.

Meine Gedanken waren mit Beatrice und dieser Überraschung vollauf beschäftigt. Für mich war sie nichts anderes als eine Normandy gewesen. Ich hatte vergessen, daß Garvell der Sohn, sie aber die Stieftochter unserer Nachbarin Lady Osprey waren. Vermutlich war mir damals auch vollkommen entfallen, daß wir eine Lady Osprey zur Nachbarin hatten. Es gab keinen Grund, daran zu denken. Es war überraschend, Beatrice in Surrey anzutreffen, da ich sie nirgends sonst als im Park von Bladesover erlebt hatte, siebzig Kilometer entfernt und zwanzig Jahre zurück in der Vergangenheit. Sie war so lebendig – so unverändert! Dasselbe heiße rote Blut in ihren Wangen. Mir erschien es, als sei es gestern gewesen, daß wir uns unter dem Farnkraut geküßt hatten …

»Wie bitte?« fragte ich.

»Ich sagte, er ist etwas Besonderes«, erklärte mein Onkel. »Du kannst gegen die Aristokratie sagen, was du willst, George; Lord Carnaby ist ein bedeutender Mann. Er hat das Savoir-faire, das gewisse Etwas – es ist eine altmodische Phrase, George, aber eine gute –, er ist vom alten Schrot und Korn … Es ist wie beim Oxforder Rasen, George, der ist auch nicht in einem Jahr gewachsen. Ich frage mich, wie sie das machen. Es kommt vom Leben im großen Stil, George. So war es von Anfang an.«

»Sie könnte«, dachte ich, »einem Bild von Romney entsprungen sein.«

»Man erzählt eine Menge Geschichten von ihm«, fuhr mein Onkel fort, »aber was hat das alles zu besagen?«

»Mein Gott«, dachte ich, »wieso habe ich sie so lange vergessen? Diese feinen Brauen – der Anflug von Mutwillen in ihren Augen – ihr bezauberndes Lächeln!«

»Ich mache ihm keinen Vorwurf«, sagte mein Onkel. »Das meiste ist Geschwätz. Das und dazu die viele freie Zeit, George. Als ich ein junger Mann war, hatte ich eine Menge zu tun. Du auch. Und später –!«

Besonders wunderte ich mich über den seltsamen Streich, den mir mein Gedächtnis gespielt hatte. Als ich Garvell wiederbegegnet war, hatte mich das in keiner Weise an Beatrice erinnert, nur an unseren kindlichen Streit und unsere Prügelei. Jetzt, da alle meine Sinne von Beatrice erfüllt waren, erschien es mir unfaßbar, daß ich sie je hatte vergessen können ...

3

»Ach Herrje!« sagte meine Tante, die hinter der Kaffeemaschine ihre Briefe las. »Da gibt es eine junge Dame, George!«

Wir frühstückten gerade gemeinsam in der großen Fensternische in Lady Grove, von der aus man auf die Schwertlilienbeete hinabsah.

Ich knurrte fragend und köpfte ein Ei.

»Wer ist diese Beatrice Normandy?« fragte meine Tante. »Ich habe von ihr noch nie etwas gehört.«

»Ist sie etwa jene junge Dame?«

»Ja. Sie sagt, sie kenne dich. Mir ist die alte Etikette nicht sehr geläufig, George, aber ihr Verhalten ist ein wenig ungewöhnlich. Genaugenommen sagt sie, sie werde mit ihrer Mutter –«

»Was? Das ist doch die Stiefmutter?«

»Du scheinst eine Menge über sie zu wissen. Sie schreibt Mutter – Lady Osprey. Sie werden jedenfalls bei mir am nächsten Mittwoch um vier Besuch machen, und da sollst du zum Tee hier sein.«

»Ich?«

»Ja, du – zum Tee.«

»Hm. Sie ist – recht eigenwillig. War es schon damals, als ich sie kennenlernte.«

Ich sah, wie meine Tante ihren Kopf seitlich von der Kaffeemaschine vorbeugte und mich mit beträchtlicher Neugier musterte. Ich hielt nur kurz ihrem Blick stand, dann wich ich ihm aus, errötete und lachte.

»Ich kenne sie schon länger als dich«, sagte ich und erklärte es ihr ausführlich.

Meine Tante behielt mich währenddessen an der Kaffeemaschine vorbei im Auge. Sie war überaus interessiert und stellte mehrmals neugierige Fragen.

»Warum hast du mir nichts davon gesagt, daß du ihr begegnet bist? Du hast doch die ganze Woche nur an sie gedacht?« wollte sie wissen.

»Es ist wirklich sonderbar, daß ich es dir nicht gesagt habe«, gab ich zu.

»Du hast wohl gemeint, ich würde sie nicht mögen«, sagte meine Tante abschließend, »so war es doch.« Und dann öffnete sie ihre übrigen Briefe.

Die beiden Damen kamen mit ungewöhnlicher Pünktlichkeit in einem Ponywagen, und ich erlebte zum ersten Mal, daß meine Tante Besucher bewirtete. Wir tranken Tee auf der Terrasse unter der Zeder, aber die alte Lady Osprey, eine eingefleischte Protestantin, hatte noch nie das Haus von innen gesehen, und wir machten einen Rundgang, was mich an unsere erste Besichtigung erinnerte. Obwohl ich vollauf mit Beatrice beschäftigt war, prägte sich mir der seltsame Kontrast zwischen den beiden anderen Frauen ein; meine Tante, groß, schlank und ein wenig verlegen, in einem einfachen blauen Hausgewand, eine wahre Leseratte und eigentlich sehr gescheite Person, daneben die Dame von altem Adel, klein und dick, mit viktorianischer Übertriebenheit gekleidet, auf dem geistigen Niveau der Handlesekunst und der Gesellschaftsromane, rosigen Gesichts, ziemlich verwirrt durch die fühlbare gesellschaftliche Fremdheit meiner Tante und geneigt, sich unter den gegebenen Umständen eher wie eine Imitation ihrer eigenen Köchin zu verhalten, wenn diese ihren majestätischen Tag hatte. Die eine schien aus Fischbein zu bestehen, die andere aus Teig. Meine Tante war nervös, teils wegen der natürlichen Schwierigkeit im Umgang mit der hochgestellten Dame, teils wegen ihres brennenden Wunsches, Beatrice und mich zu beobachten. Ihre Nervosität nahm die übliche Form an: eine gewisse Unbeholfenheit der Bewegungen und eine Verschärfung ihrer gewohnten seltsamen Ausdrucksweise, die viel zur Verwirrung von Lady Osprey beitrug. Zum Beispiel hörte ich meine Tante feststellen, daß eine der Durgan-Ladies »eine ziemlich weiche Birne« habe; sie beschrieb die edlen Leute aus der ritterlichen Zeit als »nach der entfernten Möglichkeit eines Drachen Ausschau haltend«; sie erklärte, sie »purzle immer im Garten herum«, und statt mir einen Rosinenkeks anzubieten, fragte sie mich mit ihrem leichten Lispeln, ob ich »zerquetschte Fliegen« wolle. Ich kam zur Überzeugung, daß Lady Osprey sie bei der allernächsten Gelegenheit als »höchst exzentrische Person« beschreiben würde. Man konnte geradezu sehen, daß es ihr bereits »auf der Zunge lag«.

Beatrice trug ein schlichtes braunes Kleid und einen einfachen Hut mit kühner breiter Krempe, und sie wirkte unerwartet erwachsen und verantwortungsbewußt. Sie steuerte ihre Stiefmutter durch dieses erste Zusammentreffen, studierte meine Tante und regte die Besichtigung des Hauses an. Dann wandte sie sich mit einem flüchtigen, halb vertraulichen Lächeln an mich.

»Wir haben uns nicht gesehen«, sagte sie, »seit –?«

»Seit damals im Gehege.«

»Natürlich«, bestätigte sie, »im Gehege. Ich erinnere mich an alles, außer an den Ort ... Ich war ja erst acht.«

Ihre lachenden Augen forderten mich auf, mich sehr genau zu erinnern. Mein Blick begegnete dem ihren, und ich war ein wenig in Verlegenheit, was ich sagen sollte.

»Ich habe Sie damals ziemlich schnöde im Stich gelassen«, fuhr sie fort, während sie über meinen Gesichtsausdruck nachgrübelte. »Und später habe ich dann Archie verpetzt.«

Sie beugte sich ein wenig zu mir herüber und sagte leise: »Sie haben ihn dann wegen seiner Lügen verhauen!« Es klang wie eine erfreuliche Erinnerung. »Und als alles vorüber war, bin ich zu unserem Wigwam gelaufen. Sie erinnern sich an den Wigwam?«

»Draußen im westlichen Wald?«

»Ja – und ich habe geheult – vermutlich, weil ich Ihnen so übel mitgespielt hatte ... Ich habe seither oft daran gedacht.«

Lady Osprey blieb stehen, um auf sie zu warten. »Meine Liebe«, sagte sie zu Beatrice, »ist das nicht eine wundervolle Galerie?« Dann starrte sie mich durchdringend an und zerbrach sich offensichtlich den Kopf, wer ich wohl sein könnte.

»Die Leute halten die Eichentreppe für recht schön«, erklärte meine Tante und ging voraus.

Lady Osprey raffte ihre Röcke für den Aufstieg zur Galerie, wandte sich um und warf, mit der Hand am Geländer, ihrem Schützling einen bedeutungsvollen Blick zu – er quoll vor Bedeutung beinahe über. Die hauptsächlichste Absicht des Blickes war zweifellos eine Warnung vor mir, aber es lag auch viel von ganz allgemeiner Warnung darin. Zufällig erspähte ich die Erwiderung in einem Spiegel. Beatrice verzog ihren Mund zu einem flüchtigen und unverkennbar diabolischen Grinsen. Lady Ospreys Gesicht wurde ein wenig röter und verriet sprachlose Entrüstung – es war offenkundig, daß sie alle weitere Verantwortung ablehnte, als sie meiner Tante die Treppe hinauf folgte.

»Es ist dunkel, hat aber eine gewisse Würde«, sagte Beatrice sehr betont, sah sich mit heiterer Gelassenheit in der Halle um und ließ den zögernden Schritten auf der Treppe Zeit, sich zu entfernen. Sie stand auf der ersten Stufe, so daß sie auf mich herabschauen und über mich in die Halle sehen konnte.

Als sie annahm, ihre Stiefmutter sei endlich außer Hörweite, wandte sie sich plötzlich mir zu.

»Aber wie kommen Sie hierher?« fragte sie.

»Hierher?«

»In all das.« Sie wies mit einer Handbewegung auf die Größe und Behaglichkeit der Halle, die hohen Fenster und die sonnenbeschienene Terrasse. »Waren Sie nicht der Sohn der Haushälterin?«

»Ich habe Glück gehabt. Mein Onkel wurde ein großer Finanzmann. Früher war er ein kleiner Drogist und wohnte etwa dreißig Kilometer von Bladesover entfernt. Wir gründen und verschmelzen jetzt Gesellschaften und sind große Leute im neuen Stil.«

»Ich verstehe.« Sie musterte mich mit interessierten Blicken und wurde sich schließlich über mich klar.

»Und Sie haben mich erkannt?« fragte ich.

»Nach einer Weile. Ich sah, daß Sie mich erkannten, konnte Sie aber nicht unterbringen. Ich wußte nur, daß ich Sie kannte. Dann half mir der Umstand, daß Archie da war.«

»Ich freue mich, daß wir einander wieder begegnet sind«, tastete ich mich vor. »Ich habe Sie nie vergessen.«

»Solche Kindheitserlebnisse vergißt man nie.«

Wir schauten einander für einen Augenblick mit einer sonderbar unbeschwerten und zuversichtlichen Genugtuung über unser neuerliches Zusammentreffen an. Ich kann unsere frohe Stimmung nicht erklären. So war es eben.

Wir gefielen einander, wir hatten nicht die Spur eines Zweifels, daß wir einander gefielen. Vom ersten Augenblick an empfanden wir die Nähe des anderen als angenehm. »So pittoresk, so wundervoll pittoresk«, erklang es von oben, und dann: »Bee-atrice!«

»Ich will hunderterlei von Ihnen wissen«, sagte sie mit ungenierter Vertraulichkeit, während wir die gewundene Treppe hinaufstiegen ...

Als wir dann zu viert beim Tee unter der Zeder auf der Terrasse saßen, stellte sie mir Fragen über meine Flugversuche. Meine Tante warf bei passender Gelegenheit ein Wort über meine angeknackte Rippe ein. Lady Osprey hielt offenbar die Fliegerei für ein höchst unerwünschtes und unpassendes Thema – für ein blasphemisches Eindringen in die Fähigkeiten der Engel. »Es ist nicht eigentlich Fliegerei«, erklärte ich. »Wir fliegen noch nicht.«

»Das werden Sie auch nie«, stellte sie kurz und bündig fest. »Niemals.«

»Nun ja«, meinte ich, »wir tun, was wir können.« Die kleine Dame hielt ihre zarte behandschuhte Hand einen Meter über den Boden. »So hoch«, sagte sie, »so hoch – und keinesfalls höher! Nein!«

Die Entschiedenheit, mit der sie das sagte, rötete ihre Wangen. »Nein!« wiederholte sie abschließend und räusperte sich kurz. »Nein danke«, sagte sie zu dem neunten oder zehnten Stück Kuchen. Beatrice brach mit einem Blick auf mich in heiteres Lachen aus. Ich lag auf dem Rasen, und das brachte Lady Ospreys Erinnerung an den alten biblischen Fluch ein wenig durcheinander.

»Auf dem Bauche sollt ihr kriechen«, sagte sie mit großer Bestimmtheit, »alle Tage eures Lebens.«

Worauf wir, obwohl die Schlange und nicht der Mensch gemeint war, nicht mehr vom Fliegen sprachen.

Beatrice saß zusammengesunken auf ihrem Stuhl und schaute mich mit der gleichen verwegenen Angriffslust an wie vor langer Zeit am Teetisch meiner Mutter. Sie sah der kleinen Prinzessin aus meinen Bladesover-Erinnerungen verblüffend ähnlich, der eigenwillige Vorwitz ihres Haars war gleich geblieben und auch ihre Stimme; alles Dinge, die eigentlich ganz verändert hätten sein müssen. Sie brachte ihre Entschlüsse in derselben abrupten Weise vor und führte sie mit derselben hemmungslosen Entschlossenheit aus wie einst.

Plötzlich stand sie auf.

»Was ist da unterhalb der Terrasse?« fragte sie, und ich gesellte mich sogleich zu ihr.

Ich erfand für sie eine Aussicht.

An dem der Zeder gegenüberliegenden Ende der Terrasse setzte sie sich rittlings auf die flechtenüberwachsene Brüstung und sah mich aufmunternd an. »Erzählen Sie mir alles über sich«, sagte sie. »Ich kenne nämlich nur Trottel von Männern, die alle das gleiche tun. Wie sind Sie hierhergekommen? Alle meine Bekannten sind seßhaft und wären das nicht, wenn sie nicht schon immer seßhaft gewesen wären. Sie hätten es andernfalls nicht für korrekt gehalten. Aber Sie, Sie sind aufgestiegen.«

»Wenn es ein Aufstieg ist«, meinte ich.

Sie kam auf etwas anderes zu sprechen. »Es ist, ich weiß nicht, ob Sie das verstehen – interessant, Sie wieder zu treffen. Ich habe mich immer an Sie erinnert. Ich weiß nicht warum, aber so ist es. Ich habe Sie als eine Art von Aushilfsperson gebraucht – wenn ich mir Geschichten ausgedacht habe. Aber Sie waren immer ein wenig steif und schwierig in meinen Geschichten – in Konfektionsanzügen –, ein Arbeiter oder eine eher schwerfällige Gestalt oder so etwas. In Wirklichkeit sind Sie nicht ein bißchen so. Und doch!«

Sie schaute mich an. »War es ein harter Kampf? So sagt man doch immer. Ich weiß nicht warum.«

»Ich wurde durch einen Zufall heraufgeschwemmt«,

erklärte ich. »Es war kein Kampf nötig. Außer vielleicht der Versuch, anständig zu bleiben – jedenfalls habe ich an allem, was geschah, keinen großen Anteil. Ich und mein Onkel haben eine Medizin zusammengemixt, und die schlug ein. Darin liegt kein Verdienst. Aber Sie sind die ganze Zeit über hier gewesen. Erzählen Sie mir, was Sie hauptsächlich getan haben.«

»Eines haben wir nicht getan.« Sie wurde einen Augenblick nachdenklich.

»Was?« fragte ich.

»Einen kleinen Halbbruder für Bladesover in die Welt zu setzen. So erbten es die Phillbricks. Und die haben es vermietet! Und ich und meine Stiefmutter – wir vermieten ebenfalls. Wir leben in einem kleinen Haus.«

Sie deutete mit dem Kopf über die Schulter, dann wandte sie sich mir wieder zu. »Na schön, nehmen wir an, es war ein Zufall. Da sind Sie nun! Und was gedenken Sie weiter zu tun? Sie sind jung. Wollen Sie ins Parlament kommen? Ich hörte neulich ein paar Leute über Sie sprechen. Bevor ich noch wußte, daß es sich um Sie handelte. Man war der Ansicht, Sie sollten es versuchen ...«

Sie erforschte meine Absichten mit aufmerksamer und lebhafter Neugier. Es war wie damals, als sie versucht hatte, sich mich als Soldaten vorzustellen, und sie versetzte mich um Jahre zurück. Sie brachte es fertig, daß ich mich planloser und unsicherer fühlte denn je. »Sie wollen einen Flugapparat bauen?« bohrte sie weiter. »Und wenn Sie fliegen? Was dann? Wird das für den Krieg sein?«

Ich erzählte ihr einiges über meine Versuche. Sie hatte noch nie etwas von Segelflugzeugen gehört, fand die Idee aufregend und wollte alles darüber wissen. Sie hatte geglaubt, es habe sich bisher nur um die Planung unbrauchbarer Apparate gehandelt. Für sie waren Pilcher und Lilienthal umsonst gestorben. Sie wußte nicht einmal, daß sie gelebt hatten.

»Aber das ist doch gefährlich!« sagte sie, als käme es ihr gerade erst zu Bewußtsein.

»Bee-atrice!« rief Lady Osprey.

Beatrice rutschte von der Mauer herunter.

»Wo machen Sie diese Flugversuche?«

»In den Hügeln. Östlich von Crest Hill und dem Wald.«

»Haben Sie etwas dagegen, wenn man Sie dort besucht?«

»Kommen Sie, sooft Sie wollen. Lassen Sie es mich nur vorher wissen –«

»Bei nächster Gelegenheit. Bald einmal.« Sie schaute mich nachdenklich an, lächelte, und damit fand unser Gespräch ein Ende.

4

Meine ganze weitere flugtechnische Arbeit ist in meiner Erinnerung mit Beatrice und ihrer gelegentlichen Anwesenheit verquickt, mit dem, was sie sagte und tat. Und mit meinen Gedanken, die um sie kreisten.

Im Frühling dieses Jahres hatte ich einen Flugapparat gebaut, dem nichts fehlte außer der Längsstabilität. Mein Modell flog wie ein Vogel fünfzig oder hundert Meter weit, und dann kippte es vorwärts und zerstieß sich die Nase, oder, was häufiger vorkam, es bäumte sich auf und rutschte nach hinten ab, wobei der Propeller zu Bruch ging. Das regelmäßige Mißgeschick gab mir Rätsel auf. Mir schien, es müsse da ein Gesetz geben, das ich noch nicht begriffen hatte. Ich machte mich daher an das Studium von Theorie und Literatur; ich stieß dabei auf eine Reihe von Überlegungen, die mich zu dem führten, was heute das Ponderevo-Prinzip genannt wird und mir die Mitgliedschaft in der Königlichen Akademie eintrug. Ich arbeitete es in drei langen Abhandlungen aus. Nebenbei fertigte ich eine Reihe von Flugmodellen für die Drehscheibe an und trat dem Gedanken näher, Gasballon und Flugzeug zu kombinieren. Die Arbeit mit Ballons war für mich neu. Ich war ein- oder zweimal in Ballons des Aeroklubs aufgestiegen, bevor ich mit dem Bau des Gasometers und des Ballonschuppens begann und Cothope für zwei Monate zu Sir Peter Rumchase schickte. Mein Onkel schoß einen Teil der Kosten für diese Entwicklung vor; er interessierte sich dafür, wollte sich wegen des von Lord Boom ausgesetzten Preises und der großen Reklame einschalten, und auf seine Anregung hin baute ich den ersten steuerbaren Ballon »Lord Roberts Alpha«.

Die Lord Roberts α hätte beinahe allen meinen Forschungen ein Ende gesetzt. Meine Idee bei ihr und ihrer erfolgreicheren und berühmteren Nachfolgerin Lord Roberts β bestand darin, einen zusammengepreßten Ballon mit starrer flacher Unterseite zu verwenden, einen Ballon, der etwa wie ein umgewendetes Boot geformt war und der das Flugzeug beinahe, jedoch nicht ganz tragen sollte. Die Gashülle hatte Kammern, wie das bei länglichen Formen üblich ist, aber keine inneren Versteifungen. Die Schwierigkeit bestand nun darin, sie in die gewünschte Form zu bringen. Das wollte ich durch ein längliches feinmaschiges Seidennetz bewirken, das links und rechts auf zwei lange Stangen aufgerollt werden konnte. Genaugenommen erreichte ich die Wurstform, indem ich die Gashülle mit einem Netz niederzog. Die Ausführung des Ganzen war zu kompliziert, um sie hier zu beschreiben, aber wohldurchdacht und sehr sorgfältig geplant. Die Lord Roberts α war mit einem einzigen großen Propeller vorne ausgerüstet und hatte die Steuerung hinten. Der Motor wurde in der Höhe der Gashülle eingebaut. Ich lag unmittelbar unter dem Ballon auf einer Flugzeugkonstruktion, weit entfernt von Motor und Steuer, die ich durch Bowdenzüge bediente, wie sie jeder Radfahrer von seiner Bremse kennt.

Aber die Lord Roberts α ist ziemlich erschöpfend in den verschiedenen aeronautischen Zeitschriften abgebildet und beschrieben worden. Der unerwartete Defekt ergab sich durch die schlechte Ausführung des Seidennetzes. Es riß, kaum daß ich begonnen hatte, den Ballon zusammenzupressen, und die beiden hinteren Kammern traten durch den Riß aus wie ein Fahrradschlauch durch einen geplatzten Mantel, und dann schnitten die scharfen Kanten in die geölte Seide der aufgeblähten letzten Kammer längs einer schwachen Naht, und sie barst mit einem lauten Knall.

Bis zu diesem Augenblick hatte das Ganze außerordentlich gut funktioniert. Als steuerbarer Ballon, bevor ich die Gashülle niederpressen wollte, war die Lord Roberts α ein uneingeschränkter Erfolg. Sie kam großartig mit etwa fünfzehn Stundenkilometern aus dem Schuppen geflogen, und obwohl ein leichter Südwestwind wehte, war sie aufgestiegen und hatte ihm ebensogut standgehalten wie alle ähnlichen Apparate, die mir je zu Gesicht gekommen waren.

Ich lag in der üblichen Versuchshaltung waagrecht und mit dem Gesicht nach unten, und daß ich von dem ganzen Apparat nichts sah, erhöhte den Eindruck unabhängigen Fliegens. Nur wenn ich aufschaute und den Kopf wandte, konnte ich die flache Unterseite des Ballons oder das rasche Vorbeihuschen der Propellerflügel sehen. Ich beschrieb einen weiten Kreis über Lady Grove und Duffield und weiter gegen Effingham hinüber und kam erfolgreich zu meinem Ausgangspunkt zurück.

Unten lagen in der Oktobersonne meine Schuppen, und daneben stand eine kleine Menschengruppe, die ich als Zeugen des Fluges hergebeten hatte, mit nach oben gerichteten Blicken, und die meisten musterten meinen Gesichtsausdruck durch Ferngläser. Ich sah Carnaby und

Beatrice mit zwei weiteren jungen Mädchen, die ich nicht kannte, zu Pferd; Cothope und drei oder vier meiner Arbeiter; meine Tante und Mrs. Levinstein, die bei ihr wohnte, zu Fuß; den Tierarzt Dimmock und noch ein oder zwei andere. Mein Schatten strich ein wenig nördlich von ihnen vorbei, wie der Schatten eines Fisches. In Lady Grove stand die Dienerschaft draußen auf dem Rasen, und auf dem Spielplatz der Schule von Duffield liefen Kinder umher, an Flugversuchen so wenig interessiert, daß sie ihr Spiel nicht unterbrachen. Aber in Richtung Crest Hill – das von oben wie plattgedrückt und seltsam aussah – gab es Gruppen und Reihen von heraufstarrenden Handwerkern, kein einziger arbeitete, alle gafften mit offenem Mund. (Während ich das schreibe, fällt mir ein, daß sie vielleicht Mittagspause hatten, denn es war nahe an zwölf Uhr.) Ich genoß das Dahinschweben, dann machte ich mich daran, auf einem freien Stück Wiese zu landen, ließ den Motor auf Höchsttouren laufen und zog das Netz und damit die Gashülle mit den seitlichen Stangen zusammen. Sogleich erhöhte sich die Geschwindigkeit infolge des verringerten Luftwiderstandes ...

In diesem Augenblick, bevor es knallte, bin ich wohl wirklich geflogen. Mit vollkommen zusammengedrücktem Ballon war der ganze Apparat meiner Überzeugung nach schwerer als die Luft. Diese Behauptung wurde jedoch später bestritten, und jedenfalls ist eine Priorität dieser Art recht belanglos.

Dann verringerte sich plötzlich die Geschwindigkeit, und der Apparat neigte sich zu meiner unbeschreiblichen Bestürzung vornüber, woran ich mich noch heute mit Schaudern erinnere. Ich konnte nicht sehen, was geschehen war, und es mir auch nicht vorstellen. Der Sturz kopfüber war mir unerklärlich. Ohne Sinn und Grund, wie es schien, hatte das Ding sein Hinterteil gehoben.

Doch gleich darauf folgte der Knall, und ich fühlte, daß ich schnell fiel.

Ich war zu sehr überrascht, um an die Ursache dieses Geräusches zu denken. Ich war vermutlich von der ständigen Angst des Aeronauten beherrscht, der Angst vor dem Überspringen eines Funkens vom Motor zum Ballon. Aber offensichtlich war ich nicht in Flammen gehüllt. Ich muß das wohl sogleich festgestellt haben. Jedenfalls, was immer ich für einen Eindruck hatte, ich löste die Sperre des Außennetzes und ließ den Ballon wieder expandieren. Das trug zweifellos dazu bei, meinen Fall zu bremsen. Ich kann mich nicht erinnern, wie ich es tat. Ich weiß nur noch, daß mir der Erdboden in einer flachen Spirale verwirrend rasch entgegenstürzte, daß Felder und Bäume und Hütten an meiner linken Schulter vorbeihuschten und daß ich ein Gefühl hatte, als drücke der ganze Apparat auf meinen Kopf. Ich hielt den Propeller nicht an, versuchte es nicht einmal. Er drehte sich die ganze Zeit weiter, switsch, switsch, switsch.

Cothope weiß tatsächlich mehr über meinen Sturz. Er beschrieb mir, wie ich nach Osten flog, in die Kurve ging, und wie dann eine Ausbeulung erschien und schließlich platzte. Daraufhin schoß ich sehr schnell abwärts, aber nicht so steil, wie ich selbst es empfand. »Höchstens mit fünfzehn oder zwanzig Grad Neigung«, sagte er. Von ihm hörte ich auch, daß ich das Netz löste und so den Fall bremste. Er glaubt, daß ich die Situation viel besser beherrschte, als ich mich dessen erinnern kann. Aber ich verstehe nicht, wieso ich eine so gute Reaktion vergessen konnte. Sein Eindruck war, daß ich versucht hätte, den Apparat in die Buchenschonung zu steuern. »Sie haben die Bäume gestreift«, sagte er, »und standen dann senkrecht zwischen ihnen, bevor der ganze Apparat langsam absackte. Ich habe gesehen, daß

Sie, wie erwartet, herausgeschleudert wurden, und da bin ich gleich nach meinem Fahrrad gelaufen.«

Tatsächlich war es reiner Zufall, daß ich im Wald niederging. Ich bin ziemlich sicher, daß ich über das Ding, in dem ich steckte, nicht mehr Kontrolle hatte als über den Inhalt eines Pakets. Ich erinnere mich, daß ich aufstöhnte: »Jetzt kommt es!« als mir die Bäume entgegenflogen. Wenn ich das noch weiß, sollte ich mich eigentlich auch erinnern können, daß ich gesteuert habe. Dann brach der Propeller, alles hielt mit einem Ruck an, und ich fiel in ein Gewirr gelblicher Blätter, während die Lord Roberts α wieder in den Himmel aufzusteigen schien.

Ich fühlte, wie Zweige und ähnliches mir ins Gesicht schlugen, fühlte aber keinen Schmerz. Ich griff nach einem Halt, fiel durch einen Nebel von Grau und Gelb in das Dunkel loser moosbedeckter Äste, und dort gelang es mir, mit hastigem Griff einen runden Ast zu fassen.

Von da an handelte ich besonnen und vernünftig. Einen Augenblick lang hing ich an dem Ast, dann schaute ich mich um, griff nach einem zweiten und entdeckte vor mir eine erreichbare Astgabel. Ich schwang mich zu ihr, brachte ein Bein hinauf und war dann imstande, gelassen und bedächtig hinabzuklettern. Vom untersten Ast ließ ich mich drei Meter abwärts fallen und landete auf den Füßen. »Alles in Ordnung«, sagte ich und spähte durch den Baum hinauf nach den zertrümmerten und verbogenen Überresten der einstigen Lord Roberts α, die zwischen den gebrochenen Ästen hingen. »Mein Gott«, sagte ich, »was für ein wirrer Haufen.«

Ich wischte etwas fort, was mir vom Gesicht tropfte, und war entsetzt, als ich Blut auf meiner Hand entdeckte. Ich schaute nochmals, und da floß eine beträchtliche Menge Blut von Arm und Schulter. Ich spürte nun, daß auch mein Mund voller Blut war. Es ist ein seltsames Gefühl, wenn man feststellt, daß man verletzt und vielleicht schwer verletzt ist, und erst herausfinden muß, wie sehr man verletzt ist. Das abgebrochene Ende eines Zweiges war mir bis zu Zähnen und Zahnfleisch in die Wange gedrungen und steckte noch wie die Gipfelfahne eines erfolgreichen Bergsteigers im Oberkiefer. Das und ein verstauchtes Handgelenk waren meine einzigen ernsteren Verletzungen. Aber ich blutete, als wäre ich ganz zerschunden, und mir war, als sei mein Gesicht eingeschlagen. Ich kann nicht beschreiben, mit welchem Ekel mich das erfüllte.

»Das Bluten muß irgendwie gestillt werden«, sagte ich mir dickköpfig. »Da muß doch irgendwo ein Spinnennetz sein« – ein seltsamer Einfall in diesem Augenblick. Aber es war die einzige Behandlung, auf die ich kam.

Ich muß wohl die Absicht gehabt haben, ohne Hilfe nach Hause zu gehen, denn ich war dreißig Meter von dem Baum entfernt, bevor ich zu Boden fiel.

Erst sah ich mitten in der Welt einen schwarzen Fleck vor mir. Er breitete sich rasch nach allen Seiten aus, bis alles rings um mich im Dunkel versank. Ich erinnere mich nicht mehr, daß ich niederstürzte. Ich hatte das Bewußtsein verloren, teils aus Ärger über meine Verletzungen, teils wegen des Blutverlustes, und blieb liegen, bis Cothope mich fand.

Er war als erster zur Stelle, da er die Abkürzung über die Talwiesen genommen und um die Carnabyschonung herumgefahren war, bis er nicht weit von mir in sie eindringen konnte. Während er versuchte, den Erste-Hilfe-Unterricht des St.-Johns-Krankenhauses auf diesen eher ungewöhnlichen Fall anzuwenden, kam auch schon Beatrice im Galopp durch die Bäume geprescht, mit Lord Carnaby dicht hinter ihr. Sie war ohne Hut, voll Schmutz von einem Sturz und bleich wie der Tod. »Und dabei von einer eisernen Ruhe«, sagte Cothope später, als er darüber nachgedacht hatte.

(»Obwohl sie nicht immer wissen, was sie wollen, scheinen sie doch nie ganz den Kopf zu verlieren«, war seine verallgemeinernde Ansicht über das zarte Geschlecht.)

Er war dann Zeuge, wie sie mit beachtlicher Entschlossenheit handelte. Es war die Frage, ob ich in das Haus gebracht werden sollte, das ihre Stiefmutter in Bedley Corner bewohnte, den Witwensitz der Carnabys, oder zu Carnaby nach Easting. Beatrice schwankte nicht einen Augenblick, denn sie wollte mich pflegen. Carnaby schien es nicht zu wollen. »Sie behauptete, es sei nicht halb so weit«, sagte Cothope, »und redete uns das ein ... Weil ich es aber hasse, mir etwas einreden zu lassen, habe ich die Strecke seither mit einem Schrittzähler nachgeprüft. Sie ist genau dreiundvierzig Meter länger als die andere ... Lord Carnaby war rundweg dagegen«, schloß Cothope seinen Bericht, »aber dann gab er klein bei.«

5

Aber ich habe in meiner Geschichte einen Sprung vom Juni zum Oktober gemacht, und während dieser Zeit hatten sich meine Beziehungen zu Beatrice und der Landschaft, in der sie lebte, in verschiedener Hinsicht weiterentwickelt. Beatrice kam und ging, bewegte sich in Kreisen, von denen ich keine Ahnung hatte, fuhr nach London und Paris, nach Wales und Northampton, während ihre Stiefmutter nach davon unabhängigen Plänen ebenfalls verschwand und in Abständen wiederkehrte. Zu Hause standen sie unter der Herrschaft der alten starrköpfigen Wirtschafterin Charlotte, und Beatrice genoß alle Besitzerrechte an den ausgedehnten Stallungen von Carnaby. Sie zeigte vom ersten Augenblick an ein unverhülltes Interesse an mir, fand sich in meiner Werkstatt ein und zeigte bald, obwohl Cothope es ihr ernsthaft auszureden versuchte, ein lebhaftes Interesse am Fliegen. Manchmal kam sie schon in aller Frühe, manchmal am Nachmittag, einmal zu Fuß mit einem irischen Terrier, ein andermal zu Pferd. Sie erschien drei, vier Tage hintereinander bei mir, verschwand für zwei bis drei Wochen und kam dann wieder.

Es dauerte nicht lange, und ich hielt nach ihr Ausschau. Vom ersten Augenblick an fand ich sie ungeheuer interessant. Sie war für mich ein vollkommen neuer Frauentyp. Aber sie erregte mein Interesse nicht nur an ihrer Person, sondern auch an mir selbst. Für mich wurde sie zu einem Faktor, der die Welt eines Mannes grundlegend zu verändern vermochte. Wie soll ich das erklären? Ich fand in ihr eine Zuhörerin. Seit ich über die emotionale Seite der Sache hinweggekommen bin, habe ich sie in hunderterlei Aspekten durchdacht, und mir scheint, daß die Art, wie Männer und Frauen einander zuhören, einen entscheidenden Einfluß auf ihr Leben hat. Für manche scheint es von Bedeutung, daß sie jemanden finden, zu dem sie sprechen können, und sie suchen danach wie ein Tier nach Nahrung; andere, wie mein Onkel, bedürfen nur einer eingebildeten Zuhörerschaft. Ich für meine Person glaube, meist ohne eine solche ausgekommen zu sein. In meiner Jugend war ich mein eigener Zuhörer und Kritiker. Und das bedeutete, eine Rolle spielen, selbstbewußt und frei in meinen Handlungen sein. Viele Jahre war ich, selbstvergessen, nur auf die Wissenschaft eingeschworen gewesen. Ich hatte für die Arbeit und für unpersönliche Interessen gelebt, bis ich Kritik, Beifall und Erwartung in Beatrices Augen entdeckte. Da begann ich, für die Wirkung zu leben, die ich, wie ich mir einbildete, auf sie machte, und das wurde bald der Hauptinhalt meines Lebens. Ich spielte mich vor ihr auf. Ich tat Dinge wegen ihrer Wirkung auf sie und begann mehr und mehr von wundervollen Augenblicken mit ihr und für sie zu träumen, etwa wie ich mich verhalten sollte und was ich ihr vorführen würde.

Ich schreibe das hier nieder, weil es mir Rätsel aufgibt. Ich glaube, ich war in Beatrice verliebt, wie man das üblicherweise nennt. Aber es war etwas vollkommen anderes als mein leidenschaftliches Begehren nach Marion oder mein heißes sinnliches Verlangen nach Effie und ihren Reizen. Das alles war selbstsüchtig gewesen, spontan und instinktiv wie der Sprung eines Tigers. Aber bis meine Beziehung zu Beatrice in eine Krise geriet, erfüllte mich eine wilde Phantasie ganz anderer Art. Ich versuche hier allen Ernstes, etwas vielleicht Lächerliches zu erklären, das möglicherweise für zahllose Leute durchaus selbstverständlich ist. Diese Liebe, die zwischen Beatrice und mir reifte, war – ich setze es mit Zögern und eher zweifelnd hierher – eine romantische Liebe. Die unglückliche und abgebrochene Beziehung meines Onkels zu dieser Mrs. Skrymgeour war weitgehend ähnlich gewesen, wenn auch in ihrer Beschaffenheit ein wenig anders. Das Element des Zuhörenkönnens war in beiden Fällen von ausschlaggebender Bedeutung.

Es bewirkte bei mir in vieler Hinsicht eine Rückkehr zur Jugendzeit. Ich wurde empfindlich in bezug auf Ehre, bestrebt und erpicht, Hohes und Außerordentliches und vor allem Tapferes zu tun. Insoweit veredelte es mich und spornte mich an. Im Grunde war ich unehrlich; das Gefühl machte aus meinem Leben ein Theaterstück, bei dem sich die Zuhörerschaft auf der einen Seite befand, während die andere Seite sich nicht bewußt war zu spielen, und das nahm meinem Leben einiges von seinem wesentlichen Inhalt. Es beraubte meine Arbeit der nötigen Geduld und Sorgfalt. Ich vernachlässigte zufolge meiner und Beatrices Ungeduld die mühevolle Forschung zugunsten spektakulärer Erfolge in der Luft, von Flügen, die zu neuen Erkenntnissen führen sollten.

Und es beraubte mich auch jeglichen Gefühls für das Zwecklose …

Aber darauf beschränkte sich unsere Beziehung nicht. Sie war auch elementar. Und das kam ziemlich plötzlich.

Es geschah an einem Sommertag, doch weiß ich, ohne in meinen Notizen nachzusehen, nicht mehr, ob im Juli oder im August. Ich arbeitete an einem neuen vogelähnlichen Apparat mit gewölbten Flügeln, wie ich sie bei Lilienthal, Pilcher und Phillips studiert hatte, einem Apparat, von dem ich erwartete, er werde sich in bezug auf die Stabilität anders verhalten als alle früheren.

Ich segelte die lange Strecke vom Gerüst auf dem Hügel, auf dem meine Schuppen standen, hinunter zu Tinkers Corner, einem langgestreckten Gelände im Tal, das, bis auf zwei oder drei Hecken von Buchsbaum und Weißdorn zur Rechten, offen war; doch reichten von Osten her Büsche und ein kleines Kaninchengehege herein. Ich war gestartet und sehr erpicht darauf, mit meinem neuen Apparat eine besonders weite Strecke zurückzulegen. Da erschien ganz unerwartet rechts von mir Beatrice und ritt auf Tinkers Corner zu, um mich dort abzufangen und mit mir zu sprechen. Sie schaute über die Schulter zurück, sah mich kommen, spornte ihr Pferd zum Galopp, das Pferd aber brach aus und geriet in die Bahn meines Apparats.

Einen beängstigenden Augenblick lang schien es, als würden wir zusammenstoßen. Ich mußte mich eiligst entscheiden, ob ich die Maschine hochreißen und nach hinten absacken lassen sollte, mit der Chance, unverletzt zu bleiben – eine Chance, die nicht allzu groß war –, um Beatrice in keiner Weise zu gefährden, oder ob ich mich vom Wind hochtragen lassen und sie überfliegen sollte. Ich wählte das letztere. Sie hatte ihr Pferd bereits wieder in der Hand, als ich sie erreichte, hatte sich vorgebeugt und schaute zu mir herauf, wie ich auf breiten Flügeln und mit zum Zerreißen angespannten Nerven über sie hinwegschwebte.

Dann war ich gelandet und ging zu dem Punkt zurück, wo ihr Pferd zitternd stillstand.

Wir tauschten keinen Gruß. Sie glitt aus dem Sattel in meine Arme, und ich hielt sie umschlungen. »Diese großen Flügel«, war alles, was sie sagte.

Wie sie so in meinen Armen lag, dachte ich, sie sei ohnmächtig geworden.

»Das hätte verdammt schiefgehen können«, sagte Cothope, der herangekommen war und uns mißbilligend betrachtete. Er griff nach den Zügeln des Pferdes. »Sehr gefährlich, uns so in die Quere zu kommen.«

Beatrice machte sich von mir frei, aber ihr zitterten die Knie und sie ließ sich auf den Rasen nieder. »Ich muß mich setzen.«

Sie bedeckte ihr Gesicht mit den Händen, während Cothope sie mit einem zwischen Mißtrauen und Ungeduld schwankenden Ausdruck musterte.

Einen Augenblick lang rührte sich keiner von uns. Dann meinte Cothope, er werde ein Glas Wasser holen.

Was mich betrifft, so erfüllte mich ein neuer frevelhafter Gedanke, irgendwie unbewußt geboren aus dieser Situation, dem kurzen körperlichen Kontakt und den jähen Gefühlen: der Gedanke, daß ich Beatrice für mich gewinnen und besitzen müsse. Ich weiß keinen triftigen Grund, warum er mir gerade in diesem Augenblick zu Bewußtsein kam, aber so war es. Ich glaube nicht, daß ich schon je zuvor an eine Beziehung zwischen uns in dieser Form gedacht hatte. Nun spielte plötzlich Leidenschaft herein. Da kauerte Beatrice am Boden, ich stand vor ihr, und keiner von uns sagte ein Wort. Aber es war, als wäre etwas vom Himmel herabgerufen worden.

Cothope war vielleicht zwanzig Schritte weit gegangen, als sie die Hände vom Gesicht nahm. »Ich brauche kein Wasser«, sagte sie. »Rufen Sie ihn zurück.«

6

Danach änderte sich die Art unserer Beziehung. Die alte Unbeschwertheit war verschwunden. Beatrice kam weniger häufig, und wenn sie kam, so in Begleitung, meist mit dem alten Carnaby, und dann sprach hauptsächlich er. Den ganzen September über war sie fort. Wenn wir allein waren, herrschte zwischen uns eine seltsame Befangenheit. Wir wurden für einander dunkle Rätsel voll unaussprechlicher Gefühle; wir konnten an nichts denken, das nicht für Worte zu bedeutungsschwer gewesen wäre.

Dann kam der Absturz der Lord Roberts α, und ich lag mit verbundenem Gesicht im Schlafzimmer von Bedley Corner. Beatrice beaufsichtigte eine untüchtige Pflegerin, während Lady Osprey aufgeregt und entrüstet im Hintergrund herumschwirrte und meine Tante sich eifersüchtig einmischte.

Meine Verletzungen sahen schlimmer aus, als sie waren, und ich hätte eigentlich schon am nächsten Tag nach Lady Grove gebracht werden können, aber Beatrice erlaubte es nicht und behielt mich drei volle Tage lang bei sich. Am zweiten Nachmittag zeigte sie sich sehr besorgt, ob die Pflegerin auch genügend an die Luft komme, schickte sie auf eine Stunde in einen lebhaften Regen hinaus und saß dann allein bei mir.

Ich bat sie, mich zu heiraten. Genaugenommen muß ich zugeben, es war keine Situation, die einen Menschen beredt machen konnte. Ich lag auf dem Rücken und sprach mit einiger Schwierigkeit durch die Bandagen hindurch, denn Mund und Zunge waren geschwollen. Ich hatte Fieber und Schmerzen, und die so lange zurückgestauten Gefühle versetzten mich in einen Zustand unerträglicher Ungeduld.

»Bequem?« fragte sie.

»Ja.«

»Soll ich Ihnen etwas vorlesen?«

»Nein, ich möchte mit Ihnen reden.«

»Das geht nicht. Es ist besser, wenn ich rede.«

»Nein«, beharrte ich, »ich will mit Ihnen sprechen.«

Sie kam an mein Bett und schaute mir in die Augen. »Ich – ich möchte nicht, daß Sie mit mir sprechen«, sagte sie. »Ich hatte angenommen, Sie könnten das nicht.«

»Ich habe so selten Gelegenheit dazu.«

»Sie sollten lieber nicht sprechen. Nicht jetzt. Ich erzähle Ihnen etwas. Sie hören zu.«

»Es ist nicht viel«, sagte ich.

»Bitte nein.«

»Ich werde nicht entstellt sein«, sagte ich. »Es bleibt nur eine kleine Narbe.«

»Oh!« entfuhr es ihr, als hätte sie etwas ganz anderes erwartet. »Haben Sie gedacht, Sie würden zu einem gotischen Wasserspeier?«

»Zu einer Teufelsfratze? Daß ich nicht lache! – Alles kommt in Ordnung. Hübsche Blumen haben Sie mir hergestellt!«

»Herbstastern«, erwiderte sie. »Ich bin sehr froh, daß Sie nicht entstellt sind. Und das hier sind winterharte Sonnenblumen. Kennen Sie überhaupt keine Blumen? Als ich Sie dort auf dem Boden liegen sah, dachte ich, Sie seien mausetot. Wie die Dinge lagen, hätten Sie es sein müssen.«

Sie sagte noch einiges mehr, aber ich überlegte bereits meinen nächsten Vorstoß.

»Sind wir sozial gleichrangig?« fragte ich plötzlich.

Sie starrte mich an: »Eine seltsame Frage.«

»Sind wir es?«

»Schwer zu sagen. Aber warum fragen Sie? Ist die Tochter eines Bagatell-Barons, der, soviel ich weiß, eher übel beleumdet war und vor seinem Vater starb –? Ich gebe es auf. Spielt das eine Rolle?«

»Nein. Ich bin ein wenig durcheinander. Ich möchte wissen, ob Sie mich heiraten werden.«

Sie wurde bleich und schwieg. Ich hatte plötzlich den Eindruck, ich müsse sie bestürmen. »Diese verdammten Binden!« sagte ich in kraftloser, fiebriger Wut.

Sie besann sich auf ihre Pflichten als Pflegerin. »Was tun Sie da? Warum versuchen Sie aufzustehen? Bleiben Sie liegen! Reißen Sie ihren Verband nicht herunter. Ich habe Ihnen ja gesagt, Sie sollen nicht sprechen.«

Einen Augenblick lang stand sie hilflos da, dann packte sie mich bei den Schultern, drückte mich in die Kissen zurück und hielt meine Hand, die ich zum Gesicht erhoben hatte, am Gelenk fest.

»Ich habe Ihnen doch gesagt, Sie sollen nicht sprechen«, flüsterte sie dicht an meinem Gesicht. »Ich habe Sie gebeten, nicht zu sprechen. Warum konnten Sie nicht tun, um was ich Sie bat?«

»Sie sind mir seit Monaten ausgewichen«, sagte ich.

»Ich weiß. Sie hätten es verstehen müssen. Nehmen Sie Ihre Hand vom Gesicht – lassen Sie sie liegen.«

Ich gehorchte. Sie setzte sich mit geröteten Wangen und blitzenden Augen auf die Bettkante. »Ich hatte Sie gebeten«, wiederholte sie, »nicht zu sprechen.«

Ich sah sie stumm und fragend an.

Sie legte ihre Hand auf meine Brust. Mit einem gequälten Blick sagte sie: »Wie kann ich Ihnen jetzt antworten? Jetzt etwas sagen?«

»Wie meinen Sie das?« fragte ich.

Sie gab keine Antwort.

»Soll das heißen, es bleibt bei einem Nein?«

Sie nickte.

»Aber –« begann ich, und meine ganze Seele war in Aufruhr.

»Ich weiß«, sagte sie. »Ich kann es nicht erklären. Ich kann es nicht. Aber es muß bei dem Nein bleiben. Es darf nicht sein. Es ist gänzlich, endgültig und für immer unmöglich … Halten Sie Ihre Hände ruhig!«

»Aber«, fuhr ich auf, »als wir einander wieder begegneten –«

»Ich kann nicht heiraten. Ich kann und ich will nicht.« Sie stand auf. »Warum haben Sie geredet?« schrie sie. »Warum konnten Sie mich nicht verstehen?«

Da gab es anscheinend etwas, das sie nicht zu sagen vermochte.

Sie trat zum Tisch neben meinem Bett und zupfte die Astern zurecht. »Warum haben Sie das gesagt?« Ihr Ton war unendlich bitter geworden. »Derart mit der Türe ins Haus zu fallen –!«

»Aber warum?« fragte ich. »Ist da ein Hindernis – meine soziale Stellung?«

»O zum Teufel mit Ihrer sozialen Stellung!« schrie sie. Sie ging zu dem entfernteren Fenster und starrte in den Regen hinaus. Lange Zeit sprach keiner von uns. Der Wind peitschte die Tropfen stoßweise gegen die Scheibe. Plötzlich wandte sie sich um.

»Sie haben mich nicht gefragt, ob ich Sie liebe«, sagte sie.

»Oh, liegt es daran?«

»Daran liegt es nicht, aber wenn Sie es wissen wollen –« Sie stockte. »Ja.«

Wir starrten einander an.

»Ja – ich liebe Sie von ganzem Herzen, wenn Sie es durchaus wissen wollen.«

»Warum dann, zum Teufel –?« fragte ich.

Sie gab keine Antwort, sondern ging quer durch das Zimmer zum Klavier und begann ziemlich laut und rasch mit einer seltsamen Eindringlichkeit das Motiv der Hirten aus dem dritten Akt von ›Tristan und Isolde‹ zu spielen. Dann griff sie bei einer Note daneben, dann noch einmal, fuhr mit dem Finger arpeggierend die Tasten entlang, schlug mit der Faust heftig aufs Klavier, sprang auf und stürzte aus dem Zimmer …

Die Pflegerin fand mich, den Kopf noch von den Binden umhüllt, halb angezogen im Zimmer auf der Suche nach meinen übrigen Kleidern herumtappen. Ich war von wildem Verlangen nach Beatrice erfüllt und zu geschwächt, um es zu verbergen, dazu nicht wenig aufgebracht durch die Mühe des Anziehens, insbesondere durch meine vergeblichen Versuche, in die Hose zu schlüpfen, ohne meine Beine zu sehen. Ich taumelte herum, war einmal über einen Stuhl gefallen und hatte die Vase mit den Astern umgeworfen.

Ich muß einen schauerlichen Anblick geboten haben. »Ich gehe wieder ins Bett«, sagte ich, »wenn ich noch einmal mit Miss Beatrice sprechen kann. Ich muß ihr unbedingt noch etwas sagen. Deshalb ziehe ich mich an.«

Das wurde mir zugestanden, aber es verging noch geraume Zeit. Ob mein Ultimatum dem Personal vorgelegt wurde oder ob die Pflegerin es Beatrice selbst mitteilte, entzieht sich meiner Kenntnis. Auch was Lady Osprey, falls sie davon erfuhr, dabei dachte, ahne ich nicht …

Endlich erschien Beatrice und kam an mein Bett.

»Nun?« fragte sie.

»Ich wollte nur sagen«, beklagte ich mich im Ton eines unverstandenen Kindes, »daß ich das nicht als endgültig hinnehmen kann. Ich werde Sie besuchen und mit Ihnen sprechen, wenn es mir bessergeht – und ich werde schreiben. Jetzt kann ich nichts anderes tun, mir fehlen die Worte.«

Selbstmitleid übermannte mich, und ich begann zu schluchzen.

»Ich finde keine Ruhe. Verstehen Sie das? Ich bin unfähig zu allem.«

Sie setzte sich neben mich und sagte leise: »Ich verspreche, daß ich mit Ihnen nochmals darüber reden werde, sobald Sie gesund sind. Ich verspreche, daß wir einander irgendwo treffen werden, wo wir ungestört sind. Jetzt geht das nicht. Ich hatte Sie gebeten, jetzt nicht zu sprechen. Später sollen Sie alles hören, was Sie wissen wollen … Genügt das?«

»Ich möchte wissen –«

Sie sah sich um, ob die Türe geschlossen sei, stand auf und überzeugte sich. Dann kauerte sie sich neben mich, mit dem Gesicht dicht neben dem meinen, und begann ganz leise und hastig zu flüstern.

»Mein Schatz«, sagte sie, »ich liebe dich. Wenn es dich glücklich macht, daß ich dich heirate, werde ich es tun. Ich war nur gerade in einer Stimmung – einer dummen, unbedachten Stimmung. Natürlich werde ich dich heiraten. Du bist mein Prinz, mein König. Frauen sind oft Stimmungen unterworfen – sonst hätte ich mich anders verhalten. Wir sagen nein und meinen ja – und flüchten uns in Krisen. Also jetzt: Ja – ja – ja. Ich will … Ich kann dich nicht einmal küssen. Gib mir deine Hand, damit ich sie küsse. Glaube mir, ich gehöre ganz dir. Verstehst du? Ich bin dein, geradeso, als wären wir schon seit fünfzig Jahren verheiratet. Deine Frau – Beatrice. Ist das genug? Wirst du jetzt ruhig sein?«

»Ja«, sagte ich, »aber warum –?«

»Da gibt es Komplikationen. Da gibt es Schwierigkeiten. Wenn es dir bessergeht, wird es dir leichterfallen, sie zu begreifen. Aber das spielt jetzt keine Rolle. Nur muß das ein Geheimnis bleiben – für eine Weile, ein absolutes Geheimnis zwischen uns. Versprichst du mir das?«

»Ja«, sagte ich, »ich verstehe. Ich wollte, ich könnte dich küssen.«

Sie legte ihren Kopf neben den meinen, und dann küßte sie meine Hand.

»Was kümmern mich die Schwierigkeiten«, sagte ich und schloß die Augen.

7

Aber ich hatte gerade erst begonnen zu begreifen, wie rätselhaft Beatrice sein konnte. Eine ganze Woche lang, nachdem ich nach Lady Grove zurückgekehrt war, hörte und sah ich nichts von ihr, dann aber kam sie mit Lady Osprey und brachte mir einen großen Strauß Sonnenblumen und Astern. »Die gleichen Blumen, wie du sie in deinem Zimmer hattest«, sagte meine Tante mit unbarmherzig prüfendem Blick. Ich konnte mit Beatrice kein ungestörtes Wort wechseln, und sie benutzte die Gelegenheit, um uns mitzuteilen, daß sie für unbestimmte Zeit nach London gehe. Ich konnte sie nicht einmal anflehen, mir zu schreiben, und als sie dann schrieb, war es ein kurzer unverbindlicher und freundlicher Brief ohne ein Wort über uns beide.

Ich schrieb ihr einen Liebesbrief – meinen allerersten –, und sie antwortete acht Tage lang überhaupt nicht. Dann kamen ein paar flüchtige Zeilen: »Ich kann keine Briefe schreiben. Warten Sie, bis wir miteinander sprechen können. Geht es Ihnen besser?«

Ich glaube, es würde den Leser erheitern, wenn er die vielen Zettel auf meinem Tisch sehen könnte, während ich das schreibe, die zerknüllten und zerrissenen Papiere, nach dem tastenden Bestreben, etwas wie Ordnung hineinzubringen, die Blätter mit all den Vermutungen, die ich gegeneinander abzuwägen versuchte, das mit Notizen überhäufte intellektuelle Schlachtfeld, auf dem ich mich mit meinen Gedanken herumschlug. Ich empfinde den

Bericht über meine Beziehung zu Beatrice als den allerschwierigsten Teil meiner Geschichte. Ich bin von Natur aus sehr objektiv veranlagt, vergesse meine Stimmungen, und gerade das hatte sehr viel mit Stimmung zu tun. Und auch die Gefühle, an die ich mich erinnere, sind sehr schwer schriftlich auszudrücken, für mich fast so schwer wie die Beschreibung eines Geschmacks oder eines Geruchs.

Denn die objektive Geschichte setzt sich aus Belanglosigkeiten zusammen, die schwer in eine folgerichtige Ordnung zu bringen sind. Und Liebe ist eine leidenschaftliche Gemütsbewegung, edel, niedrig, überschwenglich und von starkem körperlichen Verlangen bestimmt. Doch niemand hat es je gewagt, die Geschichte einer Liebe in allen Einzelheiten zu schildern, ihre Schwankungen, ihr Aufkeimen und Schwinden, ihre entwürdigenden Augenblicke, ihr Umschlagen in Haß. Was man davon erzählt, sind nur die Folgen, die Ergebnisse …

Wie könnte ich jetzt aus der Vergangenheit das rätselhafte Wesen Beatrice herüberretten, meine heftige Sehnsucht nach ihr, das überwältigende, vernunftwidrige, unbestimmte Verlangen? Wie könnte ich erklären, wie innig sich meine Verehrung für sie mit dem Vorsatz vermischte, sie für mich zu gewinnen, sie durch Kraft und Mut zu erobern, heftig und heroisch um sie zu werben? Und dann die Zweifel, die verwirrenden Hemmungen durch ihr sichtliches Schwanken, ihre Weigerung, mich zu heiraten, und die Tatsache, daß sie selbst dann, als sie schließlich nach Bedley Corner zurückkehrte, mich zu meiden schien?

Das verbitterte und verwirrte mich über alle Maßen. Es kam mir wie Verrat vor. Ich dachte an jede nur vorstellbare Erklärung, und das begeisterte und romantische Vertrauen in Beatrice wechselte mit den niedrigsten Zweifeln nicht nur ab, sondern vermischte sich mit ihnen.

Und in diesem Durcheinander von Erinnerungen taucht die Gestalt Carnabys auf, schiebt sich allmählich aus dem Hintergrund in eine Position voll Bedeutung und Einfluß vor, als Leitfaden des Netzes, das uns getrennt hielt, als Rivalen. Welche Kräfte waren es, die mir Beatrice entfremdeten, da sie mich doch so offensichtlich liebte? Dachte sie daran, ihn zu heiraten? War ich ihr bei einem langgehegten Plan in die Quere gekommen? Es war nur allzu klar, daß Carnaby mich nicht mochte, daß ich irgendwie seine Kreise gestört hatte. Sie kehrte nach Bedley Corner zurück, wich mir aus, und nie konnte ich allein mit ihr sprechen. Wenn sie zu meinem Schuppen kam, war immer Carnaby als eifersüchtiger Bewacher dabei. (Warum zum Teufel konnte sie ihn nicht zu seiner Arbeit schicken?) Die Tage verstrichen und mein Ärger wuchs.

All das traf mit dem Bau der Lord Roberts β zusammen. Ich hatte mich dazu in einer Nacht entschlossen, als ich schlaflos in Bedley Corner lag; ich hatte den Plan fertig im Kopf, bevor ich noch den Verband von meinem Gesicht los war. Dieser zweite lenkbare Ballon sollte glorreich werden, dreimal so groß und fähig, drei Mann zu tragen, und im ganzen eine triumphale Rechtfertigung meines Bestrebens, die Luft zu beherrschen. Das Gerippe würde hohl sein wie Vogelknochen und luftdicht, und ich wollte Luft hinein- oder herauspumpen, je nachdem sich das Gewicht des mitgeführten Brennstoffs änderte. Ich sprach viel davon und prahlte vor Cothope, den ich im Verdacht hatte, dem neuen Modell gegenüber skeptisch zu sein, was es leisten werde, und es wuchs – wenn auch langsam, denn ich war unruhig und voller Zweifel. Mitunter fuhr ich nach London, um Gelegenheit zu haben, Beatrice zu sehen, dann wieder konnte mich nur ein Tag mit angestrengten und gefährlichen Flugversuchen befriedigen. Und dann brachten Zeitungen und Gespräche, überhaupt alles, was so um mich vorging, eine weitere Störung meiner geistigen Verfassung. Irgend etwas ging bei den großen Plänen meines Onkels schief, die Leute begannen zu zweifeln und Fragen zu stellen. Es waren die ersten Schwankungen seiner ungeheuren Luftschlösser, des gigantischen Kreditkarussells, das er so lange in Schwung gehalten hatte.

Leute kamen und gingen, November und Dezember verstrichen. Ich hatte zwei unbefriedigende Begegnungen mit Beatrice, inmitten anderer Menschen – Augenblicke, in denen wir einander hastig Dinge sagten, die eine andere Atmosphäre erfordert hätten. Ich schrieb ihr mehrmals, und ihre kurzen Antworten befriedigten mich manchmal durchaus, manchmal mißbilligte ich sie als heuchlerische Ausflüchte. »Verstehen Sie doch, ich kann es gerade jetzt nicht erklären. Haben Sie Geduld mit mir. Überlassen Sie das Ganze für eine kleine Weile mir«, schrieb sie.

Ich hielt beim Erhalt dieser Briefe laute Selbstgespräche und haderte mit ihnen in meiner Werkstatt, während die Pläne für die Lord Roberts β warteten.

»Sie geben mir keine Chance!« wollte ich ihr sagen. »Warum lassen Sie mich das Geheimnis nicht wissen? Das möchte ich vor allem – die Schwierigkeiten klären! Über sie sprechen!«

Und schließlich hielt ich den angestauten Druck nicht länger aus. Ich führte mich in einer Weise unverschämt und empörend auf, daß ihr keine Ausflucht mehr möglich war; ich benahm mich, als wäre das Ganze ein Melodram.

»Sie müssen kommen und mit mir sprechen«, schrieb ich, »sonst komme ich und entführe Sie. Ich begehre Sie – und es dauert schon zu lange.«

Wir trafen einander zu Pferd in den oberen Schonungen. Es muß früh im Januar gewesen sein, denn es lag noch Schnee auf dem Erdreich und auf den Zweigen der Bäume. Wir gingen eine Stunde und länger auf und ab, und von Anfang an schlug ich einen hochromantischen

Ton an, der eine Verständigung unmöglich machte. Es war unsere schlimmste gemeinsame Stunde. Ich tat groß wie ein Schauspieler, und sie, ich wußte nicht warum, war müde und mutlos.

Wenn ich heute über dieses Gespräch im Lichte alles dessen, was seither geschah, nachdenke, kann ich mir vorstellen, wie sie voll menschlichen Verständnisses zu mir kam, und wie ich zu töricht war, um sie gewähren zu lassen. Vielleicht war es so. Ich gestehe, daß ich Beatrice nie ganz verstanden habe, daß ich immer noch an vielem herumrätsle, was sie sagte und tat. An diesem Nachmittag benahm ich mich jedenfalls unmöglich. Ich trat großspurig auf und schimpfte. Ich sei bereit, sagte ich, »das Universum an der Kehle zu packen!«

»Wenn es nur das wäre«, erwiderte sie, aber obgleich ich es hörte, achtete ich nicht darauf.

Schließlich ließ sie mich reden und sagte selbst nichts mehr. Sie sah mich nur an – wie ein Ding, das sich ihrem Einfluß entzogen hatte, das aber dennoch interessant war –, fast so, wie sie mich damals im Gehege, als wir Kinder waren, hinter den Röcken von Lady Drew versteckt gemustert hatte. Einmal glaubte ich sogar, sie flüchtig lächeln zu sehen.

»Was sind das für Schwierigkeiten?« schrie ich. »Es gibt keine, mit denen ich für Sie nicht fertig werden könnte! Glauben Ihre Angehörigen, ich sei nicht standesgemäß? Wer sagt das? Meine Liebe, befehlen Sie mir, einen Adelstitel zu ergattern! Ich schaffe das in fünf Jahren! ... Hier stehe ich als erwachsener Mann vor Ihnen. Ich hatte mir immer gewünscht, um etwas kämpfen zu können. Lassen Sie mich für Sie kämpfen ... Ich bin reich, ohne es angestrebt zu haben. Gestatten Sie mir, geben Sie mir eine achtbare Rechtfertigung, und ich lege Ihnen alle diese verdammten Gehege Englands zu Füßen!«

Ich sagte Dinge dieser Art, und ich setze sie hierher in

ihrem ganzen großspurigen und hohlen Stolz. So nichtssagend und unsinnig sie sind, sie gehören zu mir. Warum sollte ich mich immer noch an meinen Stolz klammern und mich schämen? Ich brüllte drauflos.

Von dieser Großmannssucht ging ich zu kleinlichen Beschuldigungen über.

»Sie halten wohl Carnaby für einen besseren Mann als mich?« sagte ich.

»Nein!« schrie sie, zu einer Antwort genötigt. »Nein!«

»Sie glauben vielleicht, wir hätten keine solide Basis. Hören Sie nicht auf die Gerüchte, die Boom nur deshalb aufgebracht hat, weil wir eine eigene Zeitung planten. Wenn Sie bei mir sind, wissen Sie, daß ich meinen Mann stehe; wenn Sie fern sind, glauben Sie, ich sei ein Schwindler und übler Kerl ... Von dem, was man über uns sagt, ist nicht ein Wort wahr. Ja, ich bin lasch gewesen, habe die Dinge laufenlassen. Aber wir brauchen nur unsere Kraft zu zeigen. Sie wissen gar nicht, wie weit wir unsere Netze gespannt haben. Eben jetzt haben wir einen großen Coup – eine Expedition – in Aussicht. Das wird uns eine festere Basis verschaffen.«

Ihre Augen flehten stumm und vergeblich, ich möge aufhören, gerade mit jenen Eigenschaften zu prahlen, die sie an mir bewunderte.

In der Nacht konnte ich nicht schlafen, weil ich an dieses Gespräch und die taktlosen Dinge dachte, die ich zu ihr gesagt hatte. Ich konnte nicht begreifen, was mich dazu veranlaßt hatte, und war von heftigem Ekel über mich selbst erfüllt. Und meine Zweifel griffen von meinen rein persönlichen Belangen auf unsere finanzielle Lage über. Es war schön und gut, so von Reichtum und Macht und Adel zu reden, wie ich es getan hatte, aber was wußte ich in der letzten Zeit denn von den Umständen meines Onkels? Angenommen, es trat eine unerwartete Wendung ein, angenommen, es gab da irgendeine faule Sache, die er vor mir verborgen hatte? Ich beschloß, daß ich nun lange genug mit Flugapparaten gespielt hatte; am nächsten Morgen würde ich den Onkel aufsuchen und die Lage klarstellen.

Ich nahm einen Frühzug nach London und ging durch dichten Nebel ins Hardingham, um zu sehen, wie die Dinge wirklich standen. Aber ich hatte mit meinem Onkel noch keine zehn Minuten gesprochen, da fühlte ich mich wie ein Mann, der aus einem grandiosen Traum in einem düsteren unwirtlichen Raum erwacht.

Wie ich Quap von der Mordet Insel stahl

I

»Wir werden darum kämpfen«, sagte mein Onkel, »und unseren Mann stehen müssen.«

Ich erinnere mich, daß ich schon bei seinem Anblick das Gefühl drohenden Unheils hatte. Er saß unter der elektrischen Lampe, und sein Haar warf streifige Schatten über sein Gesicht. Er sah eingeschrumpft aus, als wäre seine Haut plötzlich zu groß und ein wenig gelb geworden. Die Dekorationen des Zimmers schienen ihre Frische eingebüßt zu haben, und draußen – die Vorhänge waren offen – herrschte nicht so sehr Nebel als eine graue Düsternis. Man sah die dunklen Umrisse der gegenüberliegenden Kamine recht deutlich und dahinter einen Himmel von einem Braun, das es nur in London gibt.

»Ich habe eine Schlagzeile gesehen«, sagte ich: »Mehr Ponderevität.«

»Das ist Boom«, erwiderte mein Onkel, »Boom und seine verdammte Zeitung. Er versucht mich niederzukämpfen. Seit ich versucht habe, den ›Daily Decorator‹ zu kaufen, bemüht er sich darum. Und er meint, der Zusammenschluß mit der ›Hage‹ habe die Zahl der Annoncen verringert. Er will alles, der verdammte Kerl! Er hat keinen Sinn für das Teilen. Ich würde ihm liebend gerne die Zähne einschlagen!«

»Und«, fragte ich, »was soll also geschehen?«

»Weitermachen«, antwortete mein Onkel, und dann plötzlich wutentbrannt: »Ich werde mit Boom schon noch fertig.«

»Sonst etwas?«

»Wir müssen weitermachen. Es droht eine Panik. Hast du die vorderen Zimmer gesehen? Die Hälfte der Leute sind Reporter. Und wenn ich etwas sage, verdrehen sie es! ... Früher haben sie das nicht getan! Jetzt greifen sie mich persönlich an – beschimpfen mich! Ich weiß nicht, wie weit es mit dem Journalismus noch kommt. Das ist alles Booms Werk.«

Er verfluchte Lord Boom mit beachtenswerter und einfallsreicher Heftigkeit.

»Nun ja«, fragte ich, »was kann er denn viel tun?«

»Uns vorübergehend in die Klemme bringen, George; uns das Geld knapp machen. Durch unsere Hände geht eine Menge Geld – und er schneidet uns von den Quellen ab.«

»Sind wir standfest?«

»Oh, das sind wir, George, verlaß dich darauf! Trotzdem – bei diesen Geschäften ist so viel Illusion dabei ... Fundiert sind wir genügend. Daran liegt es nicht.«

Er schnaufte. »Verdammter Boom!« sagte er und sah mich über den Zwicker hinweg herausfordernd an.

»Angenommen, wir treten für eine Weile leiser und schränken die Ausgaben ein?«

»Wo?«

»Nun ja – in Crest Hill.«

»Was!« schrie er. »Ich soll wegen Boom Crest Hill stoppen?« Er holte mit der Faust aus, um sie auf das Tintenfaß zu schmettern, und beherrschte sich nur mit Mühe. Endlich sagte er in vernünftigem Ton: »Wenn ich das täte, würde er erst recht einen Wirbel machen. Das geht nicht, selbst wenn ich es wollte. Alle reden über den Bau. Wenn ich ihn einstelle, sind wir in einer Woche erledigt.«

Ihm kam ein Gedanke. »Ich wollte, ich könnte so etwas wie einen Streik anzetteln oder dergleichen. Aber das geht nicht, ich habe die Arbeiter viel zu gut behandelt. Nein, ob wir schwimmen oder sinken, Crest Hill geht weiter, bis wir unter Wasser sind.«

Ich begann Fragen zu stellen und verärgerte ihn damit nur.

»Oh, zum Teufel mit diesen Erklärungen, George!« schrie er. »Du erreichst damit nur, daß die Dinge noch schlimmer aussehen, als sie sind. Das ist so deine Art. Aber hier geht es nicht um Ziffern. Die sind in Ordnung – wir müssen nur eines tun.«

»Ja?«

»Realwerte vorweisen, George. Und damit kommt das Quap herein; deshalb habe ich vor Wochen deinen Vorschlägen so bereitwillig zugestimmt. Wir haben uns eine Option auf den vollkommenen Glühfaden gesichert und brauchen dazu nur Canadium. Niemand außer uns in der ganzen Welt weiß, daß es mehr davon gibt, als auf einen Teelöffel geht. Niemand ahnt, daß der vollkommene Glühfaden mehr ist als ein bißchen schöne Theorie. Fünfzig Tonnen Quap, und wir machen aus dieser Theorie etwas Reales – wir machen, daß der Lampenhandel den Schwanz einzieht und winselt. Wir packen Ediswan und alle anderen mit unseren alten Hosen und Hüten vom vergangenen Jahr in ein Paket und tauschen sie gegen einen Geranientopf ein. Verstehst du? Wir machen das durch die Geschäftsorganisation GmbH, ganz einfach! Verstehst du? Caperns Patentglühfaden! Das Ideal in die Tat umgesetzt! George, wir können das, wir bringen es heraus! Und dann versetzen wir Boom einen solchen Schlag, daß er fünfzig Jahre lang daran denkt. Laß ihn. Er mag mit seiner verdammten Zeitung gegen uns angehen. Er mag den Kurs der Geschäftsorganisationsanteile mit höchstens zweiundfünfzig bewerten – wir halten den Kurs dennoch auf vierundachtzig. Da hast du es. Wir rüsten uns zum Kampf und laden unser Geschütz.«

Er hatte eine triumphierende Miene aufgesetzt.

»Ja«, sagte ich, »alles gut und schön. Aber ich muß daran denken, wo wir wären, wenn wir nicht durch Zufall

Caperns idealen Glühfaden erworben hätten. Denn du weißt, es war ein Zufall, daß ich ihn gekauft habe.«

Sein Gesicht nahm ob meines Unverstands einen Ausdruck ungeduldigen Ekels an.

»Und schließlich«, setzte ich hinzu, »die Generalversammlung ist im Juni, und du hast noch nicht einmal begonnen, das Quap zu holen! Wir müssen doch erst unser Geschütz laden –«

»Sie segeln am Dienstag los.«

»Haben sie die Brigg erworben?«

»Das haben sie.«

»Gordon-Nasmyth!« sagte ich zweifelnd.

»Sicher wie eine Bank«, erwiderte er. »Je mehr ich von dem Mann sehe, desto besser gefällt er mir. Ich wünsche nur, wir hätten einen Dampfer statt eines Segelschiffes –«

»Und du scheinst zu vergessen«, fuhr ich fort, »warum wir einige Bedenken hatten. Die Canadiumseite der Sache und die Chance mit Capern hat dich den Boden unter den Füßen verlieren lassen. Schließlich – es läuft auf Stehlen hinaus, in gewissem Sinne ist es ein Verstoß gegen das Völkerrecht. Es gibt dort zwei Polizeiboote an der Küste.«

Ich sprang auf, ging zum Fenster und starrte in den Nebel.

»Und dabei ist es so ungefähr unsere einzige Chance ... Das hätte ich mir nicht träumen lassen.«

Ich wandte mich um. »Ich war droben in der Luft«, sagte ich. »Weiß der Himmel, wo ich nicht gewesen bin. Und bei dieser unserer einzigen Chance läßt du einen verrückten Abenteurer die Sache auf seine Weise durchführen – mit einer Brigg!«

»Nun, du hattest Stimmrecht.«

»Ich wollte, ich hätte mich schon früher damit befaßt. Wir hätten mit einem Dampfer nach Lagos oder einem anderen Hafen an der Westküste fahren müssen, und dann von dort aus starten. Ein Wahnsinn, zu dieser Jahreszeit mit einer Brigg durch den Kanal zu fahren, bei Südweststurm!«

»Du hättest es sicherlich besser gemacht, George. Dennoch – weißt du, George –, ich glaube an ihn.«

»Ja«, sagte ich, »ich glaube ja auch an ihn, in gewisser Weise. Dennoch –«

Er griff nach einem Telegramm, das auf seinem Schreibtisch lag, öffnete es und wurde leichenblaß. Mit einer müden Bewegung legte er es zurück und nahm seinen Zwicker ab.

»George«, sagte er, »das Schicksal ist gegen uns.«

»Wieso?«

Er verzog das Gesicht und deutete auf das Telegramm. »Da, lies.«

Ich nahm es auf. Da stand:

»Motorschaden dazu Beinbruch Gordon Nasmyth Wie hoch jetziger Preis.«

Eine Weile lang schwiegen wir beide.

»Schon in Ordnung«, sagte ich schließlich.

»Was?« fragte mein Onkel.

»Ich fahre. Ich hole dieses Quap oder gehe zugrunde.«

2

Ich hatte das seltsame Gefühl, »die Situation retten zu müssen«.

»Ich werde fahren«, erklärte ich betont dramatisch. Ich sah die ganze Sache nun – wie soll ich es ausdrücken? – in abenteuerlichen Farben.

Ich setzte mich neben ihn. »Gib mir alle Fakten, die du hast«, sagte ich, »und dann werde ich die Sache starten.«

»Aber niemand weiß genau wo –«

»Nasmyth weiß es, und er wird es mir sagen.«

»Er war sehr zurückhaltend«, meinte mein Onkel und sah mich an.

»Er wird mir alles genau erklären, jetzt nach seinem Fehlschlag.«

Er dachte nach. »Ich glaube, er wird es tun.«

»George«, sagte er dann, »wenn du diese Sache starten willst –! Ein- oder zweimal, bevor du eingetreten bist – mit dieser dir eigenen Begeisterung –«

Er ließ den Satz unvollendet.

»Gib mir dieses Notizbuch«, sagte ich, »und sag mir alles, was du weißt. Wo ist das Schiff? Wo ist Pollack? Von wo kommt das Telegramm? Wenn dieses Quap zu haben ist, werde ich es holen oder untergehen. Du mußt nur hier durchhalten, bis ich zurückkomme ...«

Und so kam es, daß ich mich auf das verrückteste Abenteuer meines Lebens einließ.

Ich beschlagnahmte sogleich den besten Wagen meines Onkels und fuhr noch am selben Abend zu dem Ort, der auf dem Telegramm zu lesen war: Bampton S. O. Oxon; unter einigen Schwierigkeiten machte ich Nasmyth ausfindig, erklärte ihm die Sachlage und erhielt genauere Hinweise; am folgenden Nachmittag inspizierte ich mit dem jungen Pollack, Nasmyths Vetter und Gehilfen, die »Maud Mary«. Sie war ein ziemlicher Schock für mich und überhaupt nicht nach meinem Geschmack, es war eine häßliche alte Brigg, auf der bisher Kartoffeln verschifft worden waren, und sie roch denn auch von vorn bis hinten schal und süßlich nach rohen Kartoffeln – ein Gestank, der sich sogar gegen den Geruch von frischer Farbe durchsetzte. Man hatte den alten schmutzigen Bauch der Brigg mit Schrott, alten Schienen und Eisenschwellen als Ballast und mit einer großen Menge von Spaten und eisernen Schubkarren zum Einschiffen des Quap beladen. Ich überlegte zuerst mit Pollack, einem jener großen blonden jungen Männer, die Pfeife rauchen und keine große Hilfe sind, überlegte dann allein, und als Resultat des Nachdenkens tat ich schließlich mein Bestes, alles an Bohlen in Gravesend aufzutreiben und so viel Taue und Seile wie möglich für die Verankerung zu besorgen. Ich hatte so eine Ahnung, daß wir sie brauchen würden, um einen Landungssteg zu bauen. Nebst dieser Ladung trug die Brigg noch, in einer entlegenen Ecke verstaut, eine Anzahl geheimnisvoller Kisten, die ich nicht kontrolliert hatte, die aber vermutlich eine Vorkehrung für die Notwendigkeit von Verhandlungen und von Tauschgeschenken darstellten.

Der Kapitän war eine recht außergewöhnliche Gestalt und glaubte, wir suchten nach Kupfervorkommen. Er war ein rumänischer Jude mit nervös zuckendem Gesicht, der sein Kapitänspatent nach einiger vorbereitender Seepraxis im Schwarzen Meer erhalten hatte. Der Steuermann stammte aus Essex und trug unergründliche Verschlossenheit zur Schau. Die Mannschaft war erschrekkend schlecht gekleidet, arm und schmutzig; die meisten von ihnen waren sehr jung, unterernährt, und kamen aus den Kohlenbergwerken. Der Koch war ein Mulatte; und ein anderer, der noch die beste Figur von allen machte, war ein Bretone. Wir gingen mit Scheinverträgen an Bord – die Einzelheiten darüber habe ich vergessen –, ich als Lademeister und Pollack als Steward. Das alles paßte ausgezeichnet zu dem piratenhaften Beigeschmack, den die unzureichenden Mittel und Gordon-Nasmyths einzigartiges Genie dem Unternehmen schon verliehen hatten.

Die beiden geschäftigen Tage in Gravesend, unter grauen Wolken und in engen schmutzigen Straßen, waren eine neue Erfahrung für mich. Sie war mit nichts in meinem Leben zu vergleichen. Ich erkannte, daß ich ein moderner, überzivilisierter Mann war. Ich fand das Essen ungenießbar und den Kaffee abscheulich; der Gestank der Straßen beleidigte meine Nase, mit dem Wirt des Gasthauses »Zum guten Ziel« am Hafen mußten wir regelrecht streiten, bevor ich ein heißes Bad bekam, und das Zimmer, in dem ich schlief, war voll wahrer Heerscharen exotischer, sehr bissiger Hausschmarotzer, vulgär Wanzen genannt, die an den Wänden, im Holzwerk, kurz überall herumkrabbelten und nachts von der Decke fielen. Ich zog mit Insektengift gegen sie zu Felde und fand sie am nächsten Morgen tot herumliegen. So wurde ich in die finstere Unterwelt gestoßen, und es behagte mir ebensowenig wie meine erste Berührung mit ihr, als ich bei meinem Onkel Nicodemus Frapp in der Bäckerei von Chatham lebte – wo wir es übrigens nur mit einer kleinen, dunklen Art von Kakerlaken und verschiedenem anderem Ungeziefer zu tun gehabt hatten.

Ich muß zugeben, daß ich während der Tage vor unserer Abreise äußerst befangen war und daß Beatrice in meiner Vorstellung die ganze Zeit über das Publikum dabei spielte. Ich hatte, wie schon gesagt, »die Situation gerettet« und war mir dessen vollkommen bewußt. Am Abend, bevor wir ausliefen, setzte ich mich, statt unsere Bordapotheke zu überprüfen, wie ich es vorgehabt hatte, in den Wagen und fuhr nach Lady Grove, um die Tante von meiner Reise zu unterrichten, mich umzuziehen und Lady Osprey mit einem Besuch nach Tisch zu überraschen.

Die beiden Damen waren zu Hause und saßen allein am Kamin, in dem ein behaglich wärmendes Feuer flackerte. Ich erinnere mich noch genau daran, wie der kleine, so häusliche und gemütliche Salon auf mich wirkte. Lady Osprey, in einem malvenfarbenen Spitzenkleid, saß auf einem chintzbezogenen Sofa und legte beim Schein einer Stehlampe umständlich eine Patience; Beatrice hatte ein weißes Kleid an, das ihren Hals freiließ, räkelte sich, eine Zigarette rauchend, in einem Armsessel neben der Lampe und las. Es war ein weißgetäfelter Raum mit Chintzvorhängen. Rings um die beiden Lichtzentren lagen warme dunkle Schatten, durch die wie ein Becken mit braunem Wasser ein runder Spiegel schimmerte. Ich hielt mich peinlich genau an die Etikette, um meinen Überfall zu rechtfertigen. Es gab Augenblicke, in denen ich dachte, ich hätte es tatsächlich fertiggebracht, Lady Osprey glauben zu machen, daß mein Besuch eine unvermeidliche Notwendigkeit sei und daß es pflichtvergessen von mir gewesen wäre, hätte ich diesen Besuch nicht genau zu dieser Stunde und unter diesen Umständen absolviert. Aber das waren bestenfalls flüchtige Momente.

Die Damen empfingen mich mit taktvoller Verwunderung. Lady Osprey betrachtete interessiert mein Gesicht und musterte die Schramme. Beatrice stand besorgt hinter ihr. Unsere Blicke begegneten einander, und ich las in ihren Augen eine erschreckte Frage.

»Ich reise«, sagte ich, »an die Westküste von Afrika.«

Sie wollten Näheres wissen, aber ich zog es vor, sie im Ungewissen zu lassen.

»Es geht dort um Geschäftsinteressen. Ich muß dringend hinreisen. Ich weiß noch nicht, wann ich zurückkomme.«

Ich bemerkte, daß mich Beatrice daraufhin nicht aus den Augen ließ. Die Unterhaltung verlief eher schleppend. Ich bedankte mich des langen und breiten für alle Hilfe nach meinem Unfall. Dann versuchte ich Lady Ospreys Patience zu verstehen, aber es hatte nicht den Anschein, als wäre Lady Osprey begierig darauf, mir das Kartenspiel zu erklären. Schließlich war ich im Begriff, mich zu verabschieden.

»Sie müssen doch nicht schon gehen?« fragte Beatrice plötzlich.

Sie ging zum Klavier, holte einen Stoß Noten aus einem Nebenzimmer, sah auf Lady Ospreys Rücken und ließ die Noten mit einer beredten Geste absichtlich zu Boden fallen.

»Ich muß mit Ihnen reden«, sagte sie, als ich neben ihr kniete, um ihr die Noten aufheben zu helfen. »Wenden Sie mir am Klavier die Notenblätter um.«

»Ich kann nicht Noten lesen.«

»Sie sollen nur die Seiten umblättern.«

Dann traten wir ans Klavier und Beatrice spielte geräuschvolle Dissonanzen. Sie blickte über die Schulter, Lady Osprey hatte sich wieder ihrer Patience zugewendet. Das Gesicht der alten Dame glühte rot, und allem Anschein nach versuchte sie angestrengt, jetzt da wir sie nicht mehr beobachteten, mit den Karten sich selbst zu betrügen.

»Ist das Klima in Westafrika nicht abscheulich? – Werden Sie dort leben? – Warum müssen Sie dorthin reisen?«

Beatrice stellte all diese Fragen mit leiser Stimme und ließ mir keine Gelegenheit zu antworten. Dann spielte sie nach den vor ihr liegenden Noten weiter und sagte: »Hinter dem Haus liegt ein Garten – in der Mauer ist eine Tür – an der Hecke. Verstanden?«

Ich blätterte die Seiten um, ohne daß dies irgendeine Wirkung auf ihr Spiel gehabt hätte.

»Wann?« fragte ich.

Sie schwelgte in Tönen. »Ich wünschte, ich könnte das spielen«, sagte sie dann. »Mitternacht.«

Sie konzentrierte sich eine Zeitlang auf die Noten.

»Es kann sein, daß Sie warten müssen.«

»Ich werde warten.«

Sie beendete ihr Spiel, indem sie es – schülerhaft ausgedrückt – »verhungern ließ«.

»Ich spiele nicht gut heute abend«, erklärte sie, stand auf und sah mich an. »Ich wollte Ihnen eigentlich den Abschied erleichtern.«

»War das Wagner, Beatrice?« fragte Lady Osprey und sah von ihren Karten auf. »Es klang so verworren.«

Ich verabschiedete mich. Merkwürdigerweise überkamen mich Gewissensbisse, als ich Lady Osprey verließ.

Entweder war es ein erstes Anzeichen des beginnenden reiferen Alters oder meine Unerfahrenheit in romantischen Beziehungen, die mich eine ungewisse Abneigung gegen die Aussicht fühlen ließen, vom Gartentor aus in das Grundstück der guten Lady einzudringen. Ich fuhr zum Pavillon, fand Cothope lesend im Bett, erzählte ihm zum ersten Mal von Westafrika, erklärte ihm eine Stunde lang alle wichtigen Details der Lord Roberts β und übergab ihm das Ganze, damit er es bis zu meiner Rückkehr fertigstelle. Dann schickte ich den Wagen nach Lady Grove zurück und marschierte in meinem Pelzmantel – denn die Januarnacht war nebelig und bitter kalt – nach Bedley Corner. Ohne Schwierigkeiten fand ich die Hecke an der Rückseite des Witwensitzes und war zehn Minuten zu früh an der Tür in der Mauer. Ich zündete mir eine Zigarre an und wanderte auf und ab. Das eigentümliche Fluidum der Intrige, dieses nächtliche Gartentortreffen hatten mich überrascht und meinen geistigen Zustand verändert. Ich war aus meiner selbstgefälligen Pose aufgescheucht worden und dachte intensiv an Beatrice, an ihre ungestüme Art, die mich immer entzückt und in Erstaunen versetzt hatte und die sie auch dieses Rendezvous so plötzlich ersinnen ließ.

Sie kam eine Minute nach Mitternacht; die Tür öffnete sich lautlos, und sie erschien, eine kleine, graue Gestalt in einem Mantel aus Schaffell und barhäuptig im kalten Nieselregen. Sie huschte zu mir; ihre Augen waren nur als Schatten im matthellen Oval ihres Gesichts zu erkennen.

»Warum gehst du nach Westafrika?« fragte sie sogleich.

»Geschäftliche Schwierigkeiten. Ich muß reisen.«

»Du gehst nicht –? Du kommst doch zurück?«

»In drei oder vier Monaten«, erwiderte ich, »höchstwahrscheinlich.«

»Dann hat es also nichts mit mir zu tun?«

»Nein«, sagte ich. »Warum sollte es auch?«

»Oh, schon gut. Man weiß nie, was die Leute denken oder was sie sich einbilden.« Sie hakte sich unter. »Machen wir einen Spaziergang«, sagte sie.

Ich schaute in den Regen und in die Finsternis über mir.

»Das tut doch nichts«, sagte sie lachend. »Wir können entlang der Hecke bis zum Old Wokingweg gehen. Macht es dir etwas aus? Natürlich nicht. Und mein Kopf? Das schadet auch nichts. Man trifft dort nie jemanden.«

»Woher weißt du das?«

»Ich bin schon öfter hier gegangen ... Natürlich. Hast du gedacht« – sie deutete auf das Haus – »ich sitze nur dort herum?«

»Nein, bei Gott nicht!« rief ich aus, »natürlich nicht.«

Sie nahm meinen Arm und zog mich an der Hecke entlang. »Ich liebe die Nacht«, erklärte sie. »Es fließt wahrscheinlich ein wenig Werwolfsblut in meinen Adern. Das kann man nie so genau wissen in alten Familien ... Ich habe mich schon oft gefragt ... Jetzt sind wir irgendwie allein auf der Welt. Nur Dunkelheit und Kälte, der wolkenbedeckte Himmel und der Regen. Und wir beide. Ich mag den Regen auf meiner Haut und meinem Haar, du nicht? Wann segelst du los?«

Ich sagte: »Morgen.«

»Aha, na gut, jetzt gibt es aber kein Morgen. Nur dich und mich!« Sie blieb stehen und sah mich an.

»Du sagst ja gar nichts, außer um zu antworten!«

»Nein«, erwiderte ich.

»Das letzte Mal hast nur du geredet.«

»Wie ein Narr. Jetzt –«

Wir schauten einander in die kaum erkennbaren Gesichter. »Bist du glücklich, hier zu sein?«

»Ich bin glücklich – ich fange an, mehr als glücklich zu sein.«

Sie legte die Hände auf meine Schultern und zog mich an sich, und ich küßte sie.

Sie seufzte leise, und wir hielten einander einen Augenblick lang umschlungen.

»Genug«, sagte sie und machte sich frei. »Heute abend sind wir nichts als Kleiderbündel. Ich fühlte, daß wir einander eines Tages wieder küssen mußten. Immer. Das letzte Mal geschah es vor Jahrzehnten.«

»Unter dem Farn.«

»Ja, unter dem Farn. Du hast es nicht vergessen. Und deine Lippen waren kalt. Meine auch? Die gleichen Lippen – nach so langer Zeit – nach so vielen Ereignissen! ... Komm, laß uns zusammen durch diese dunkle Welt wandern. Ja, gib mir deinen Arm. Nur wandern, ja? Halte dich fest an mich, ich kenne den Weg – und sprich nicht – sag nichts. Außer du willst reden ... Laß dir von mir etwas erzählen! Siehst du, Liebster, die ganze Welt ist wie ausgelöscht – sie ist tot und vergangen, und hier sind wir beide. An diesem dunklen, wilden Ort ... Wir sind tot, oder die ganze Welt ist tot. Nein! Wir sind es. Niemand kann uns sehen. Wir sind Schatten. Wir sind aus unserem Alltag, aus unseren Körpern herausgekrochen – und sind beisammen. Das ist das Gute daran – beisammen. Aber darum kann die Welt uns nicht sehen, und wir die Welt kaum. Ist das gut so?«

»Es ist gut«, sagte ich.

Schweigend stolperten wir weiter. Wir kamen an einem matt erleuchteten, regenverschleierten Fenster vorbei.

»Törichte Welt«, sagte sie, »was für eine törichte Welt! Sie ißt und schläft. Wenn der Regen nicht so laut im Laub rascheln würde, könnten wir sie schnarchen hören. Sie träumt alberne Dinge. Sie weiß nicht, daß wir an ihr vorbeigegangen sind, wir beide – von ihr befreit – frei von ihr. Du und ich!«

Wir umarmten einander leidenschaftlich.

»Ich bin glücklich, daß wir tot sind«, flüsterte sie. »Ich bin glücklich, daß wir tot sind. Ich hatte es satt, Liebster. Ich hatte es so satt und war so verwirrt.«

Ganz plötzlich verstummte sie.

Wir patschten durch Pfützen. Ich erinnerte mich einer Menge Dinge, die ich zu sagen beabsichtigt hatte.

»Hör zu!« rief ich aus. »Ich möchte dir so gerne helfen. Du bist verwirrt. Was für ein Problem ist es? Ich habe dich gefragt, ob du mich heiraten willst. Du hast ja gesagt. Aber es steht irgend etwas dazwischen.«

Laut ausgesprochen, klangen meine Gedanken sehr plump.

»Ist es wegen meiner Stellung? ... Oder ist es – vielleicht – wegen einem anderen Mann?«

Ein langes zustimmendes Schweigen folgte.

»Du hast mich irregemacht. Anfangs – ich meine: ganz zu Anfang habe ich geglaubt, du wolltest mich wirklich heiraten.«

»Ich wollte ja auch.«

»Und dann –?«

»Heute abend«, sagte sie nach einer langen Pause, »kann ich es dir nicht erklären. Nein! Ich kann es nicht erklären. Ich liebe dich! Aber – Erklärungen! Heute abend – mein Liebster, wir sind heute allein auf der Welt – und die Welt zählt nicht. Nichts zählt. Hier bin ich mit dir, in der Kälte – und mein Bett dort ist leer. Ich hätte es dir erzählt – ich werde es dir erzählen, wenn die Umstände mir erlauben, es dir zu erzählen – sobald wie möglich. Aber heute abend – will ich nicht. Ich will nicht.«

Sie löste sich von mir und trat vor mich hin.

Dann sah sie mich an. »Schau«, sagte sie, »ich bestehe darauf, daß du tot bist. Verstehst du? Das ist kein Scherz. Heute nacht bist du und bin ich nicht am Leben. Das ist die Zeit, die uns gehört. Es mag andere Zeiten geben, aber dieses Heute wollen wir nicht zerstören. Wir sind im Hades, wenn du willst. Wo es nichts zu verbergen und nichts zu erklären gibt. Nicht einmal Körper gibt es. Auch keine Quälereien. Wir haben einander geliebt – dort und damals – und wurden getrennt, aber jetzt zählt das nicht mehr. Es ist vorbei … Wenn du nicht darauf eingehen willst, gehe ich nach Hause.«

»Ich wollte –«, begann ich.

»Ich weiß. Oh! Mein Geliebter, wenn du nur begreifen würdest, was ich begreife. Wenn du dir nur nicht so viel Gedanken machen würdest – und mich heute nacht liebtest.«

»Ich liebe dich doch«, sagte ich.

»Dann liebe mich«, erwiderte sie, »und vergiß alles, was dich quält. Liebe mich! Hier bin ich!«

»Aber –!«

»Nein!« rief sie aus.

»Also gut, wie du willst.«

So hatte sie ihren Standpunkt durchgesetzt, wir wanderten weiter durch die Nacht, und Beatrice sprach zu mir über die Liebe …

Niemals zuvor in meinem Leben habe ich eine Frau kennengelernt, die so über Liebe reden konnte, die in ihrer Vorstellung all die zarten Gefühle, die jede Frau so weit wie möglich verbirgt, berühren, bloßlegen und enthüllen konnte. Sie hatte über die Liebe gelesen, hatte über sie nachgedacht, tausend zärtliche Gedichte hatten in ihr Widerhall gefunden und zarte Spuren in ihrem Gedächtnis hinterlassen; sie schüttete das alles aus, ohne Scham, leidenschaftlich und nur für mich. Ich kann die Faszination dieses Gespräches nicht wiedergeben, ja, ich kann nicht einmal sagen, wieviel Anteil an meiner Seligkeit der Zauberklang ihrer Stimme und die Glut ihrer betörenden Gegenwart hatten. Und die ganze Zeit hindurch schritten wir, warm eingehüllt, in der kalten Luft auf endlosen, schlammigen Wegen durch die Finsternis – und wie es uns schien, gab es keine andere Seele auf der Welt, nicht einmal Tiere auf den Wiesen.

»Warum lieben die Menschen einander?« fragte ich.

»Warum sollten sie nicht?«

»Aber warum liebe ich dich? Warum gefällt mir deine Stimme besser als die Stimmen der anderen, warum ist dein Gesicht schöner als alles?«

»Und warum liebe ich dich?« fragte sie. »Und nicht nur das Gute in dir, sondern auch das andere? Warum liebe ich deine Schwerfälligkeit, warum deine Arroganz? Weil es eben so ist. Heute nacht liebe ich jeden einzelnen Regentropfen auf dem Pelz deines Mantels!«

So redeten wir miteinander – und schließlich trennten wir uns am Gartentor, sehr naß, immer noch verzaubert, aber ein wenig müde. Wir waren zwei Stunden lang in dieser merkwürdigen, unvernünftigen Glückszweisamkeit dahingewandert, und die ganze Welt um uns herum, vor allem Lady Osprey und ihr Haushalt hatten geschlafen – und von allem eher geträumt, als von Beatrice im Regen und in der Nacht.

Da stand sie im Türeingang, eine verhüllte Gestalt mit glänzenden Augen.

»Komm zurück«, flüsterte sie. »Ich warte auf dich.«

Sie zögerte. Dann griff sie nach meinen Mantelaufschlägen. »Jetzt liebe ich dich«, sagte sie und näherte ihr Gesicht dem meinen.

Ich drückte sie an mich und bebte am ganzen Körper. »O Gott!« stöhnte ich. »Und ich muß gehen!«

Sie befreite sich aus meinen Armen, blieb stehen und sah mich an. Einen Augenblick lang schien die Welt voll phantastischer Möglichkeiten zu sein.

»Ja, geh!« sagte sie, verschwand und schlug die Tür zu; ich blieb zurück, wie ein Mensch, der eben aus einem Märchenland in die schwarze Finsternis der Nacht gestürzt ist.

3

Die Expedition zur Mordet Insel war nun ein wahrhaftig einmaliges Ereignis in meinem Leben, eine Geschichte für sich, mit unwiederholbarer Atmosphäre. Ich glaube, man könnte darüber allein schon einen Roman schreiben, und es gibt auch einen sehr umfangreichen offiziellen Bericht über die ganze Sache – aber in meinem Roman stellt sie nur eine Episode, eine zusätzliche Erfahrung dar, und ich möchte sie auch nur als solche behandeln.

Schlechtes Wetter, Ungeduld, Ärger über unerträgliche Verzögerungen, Seekrankheit, allgemeines Unbehagen und demütigende Selbsterkenntnis bestimmen in der Hauptsache meine Erinnerungen daran.

Ich war während der ganzen Reise seekrank. Und ich weiß nicht warum. Es war nämlich das einzige Mal, daß ich seekrank wurde, obwohl ich während meiner Laufbahn als Schiffsbauer sehr oft schlechtes Wetter erlebt habe. Aber der unentrinnbare Kartoffelgeruch damals war besonders widerlich. Als wir auf der Brigg zurückreisten, waren wir alle krank, jeder einzelne, und ich glaube ernsthaft, wir waren alle vom Quap vergiftet. Auf der Fahrt dorthin hatten sich die meisten nach wenigen Tagen erholt, aber die Schwüle unter Deck, das reizlose Essen, die beengte schmutzige Unterkunft verursachten mir weiterhin Übelkeit, und wenn ich auch nicht gerade seekrank war, so doch in einem Zustand tiefsten physischen Elends. Das Schiff wimmelte von Küchenschaben und anderem vertrauten Ungeziefer. Bis wir am Kap Verde vorbeikamen, schüttelte es mich vor Kälte, und danach wurde mir unerträglich heiß. Ich war von Beatrice und zugleich von dem heftigen Wunsch, mit der »Maud Mary« auszulaufen, so sehr in Anspruch genommen worden, daß ich mich um keine geeignete Garderobe gekümmert hatte und vor allem einen Mantel vermißte. Du lieber Himmel! Wie ich den Mantel vermißte! Und darüber hinaus war ich mit zwei der ärgsten Langweiler der Christenheit auf engem Raum zusammengepfercht, mit Pollack und dem Kapitän. Pollack, der sich während seiner Seekrankheit auf eine Weise aufführte, die eher in ein großes Opernhaus als in eine kleine Kajüte gepaßt hätte, zeigte sich danach unerträglich frisch und munter, förderte eine Pfeife zutage und rauchte darin einen Tabak, der ebenso blond war wie er selbst; von da an verbrachte er seine Zeit damit, die Pfeife entweder zu rauchen oder zu reinigen. »Es gibt nur drei Dinge, mit denen man eine Pfeife reinigen kann«, erklärte er mit einem Stück Papier in der Hand. »Das Beste ist eine Feder, das Zweitbeste Stroh und das Dritte die Haarnadel eines Mädchens. Ich habe noch nie ein Schiff gesehen wie dieses. Hier findet man keine. Das letzte Mal, als ich hier entlanggesegelt bin, habe ich überall Haarnadeln finden können, zum Beispiel auf dem Boden der Kapitänskajüte. Ein regelrechtes Depot. He? ... Fühlen Sie sich besser?«

Worauf ich zu fluchen begann.

»Oh, es wird Ihnen bald bessergehen. Macht es Ihnen was aus, wenn ich ein wenig paffe? He?«

Er wurde niemals müde, mich zu fragen, ob ich »nicht ein Spielchen machen wolle. Gute Sache. Dann vergessen Sie es, und damit ist die Schlacht schon halb gewonnen.«

Er saß da, paßte sich dem Rollen des Schiffes an, sog an seiner Pfeife mit dem blonden Tabak und starrte mit seinen unsäglich verständnisvollen, aber schläfrigen Augen stundenlang auf den Kapitän. »Der Kapitän ist ein As«, war dann das Resultat dieser Meditationen. »Er wüßte gerne, was wir vorhaben. Er wüßte es rasend gerne – die ganze Zeit schon!«

Es schien tatsächlich, als sei dies der einzige Gedanke, der den Kapitän beherrschte. Daneben wollte er mich dadurch beeindrucken, daß er immer wieder erklärte, er sei ein vornehmer Mann aus guter Familie, und sich damit großtat, eine Menge Abfälliges über die Engländer, die englische Literatur und das englische Regierungssystem von sich zu geben. Die See hatte er in der rumänischen Marine kennengelernt und England aus einem Buch; manchmal sprach er immer noch die »e« am Ende von »there« und »here« aus; er war naturalisierter Engländer und drängte mich durch seine ewige Bekrittelung alles Britischen zu einem widerwilligen und übertriebenen Patriotismus. Pollack machte sich den Spaß, ihn »zum Reden zu bringen«. Der Himmel allein weiß, wie nahe ich daran war, ihn zu ermorden.

Dreiundfünfzig Tage dauerte die Fahrt, zusammengepfercht mit diesen beiden und einem schüchternen, höchst mißmutigen Steuermann, der an den Sonntagen in der Bibel las und den Rest seiner Freizeit in völliger Teilnahmslosigkeit verbrachte; ganze dreiundfünfzig Tage ein Leben in dauerndem Gestank und mit einem ständigen Hungergefühl, das sofort verschwand, wenn ich das Essen zu Gesicht bekam, ein Leben in Finsternis, Kälte und Nässe und in einem ungenügend belasteten Schiff, das rollte, stampfte und schwankte. Und beständig rieselte der Sand im Stundenglas des Schicksals meines Onkels. Es war ein Jammer! Und dazwischen erinnere ich mich ganz deutlich an einen sonnenhellen Morgen im Golf von Biskaya und an den Anblick schäumender, saphirgrüner Wellen, eines Vogels, der unserem Kielwasser folgte, an das Aufragen unserer Masten gegen den sattblauen Himmel. Dann brachen Regen und Wind wieder über uns herein.

Glauben Sie nicht, daß es ganz gewöhnliche Tage waren, ich meine, Tage mit durchschnittlicher Dauer: jeder einzelne dehnte sich lang und lähmend bis zum Horizont, und am längsten waren die Nächte. Man marschierte in einem ausgeliehenen Südwester Stunde für Stunde in der kalten, winderfüllten Dunkelheit, von Schaumspritzern getroffen, an Deck auf und ab, oder man saß gelangweilt und elend in der Kajüte und starrte beim Schein einer mehr stinkenden als leuchtenden Lampe in die Gesichter der beiden unvermeidlichen Gesellschafter. Man konnte zusehen, wie sie höher und höher stiegen und dann wieder tiefer und tiefer hinabsanken, und Pollack, die erloschene Pfeife im Mund, entschied in lächerlicher Bedächtigkeit zum siebenundsiebzigsten Mal, daß der Kapitän ein As sei, während von den Lippen des letzteren in eiligem, unaufhaltsamem Strom die Worte flossen: »Dieses England ist kein vornehmes Land, nein! Nur herausgeputzte Bourgeoisie! Durch und durch plutokratisch. Seit den Rosenkriegen gibt es keinen Adel mehr in England. Auf dem europäischen Kontinent, weiter östlich, ja; in England – nein. Euer England ist Mittelklasse. Überall, wohin man schaut, nur Mittelklasse. Sehr achtbar! Alles in Ordnung, nicht wahr? Es ist abscheulich. Wie schon Mrs. Grundy sagt! Alles ist beschränkt, berechenbar und selbstsüchtig. Deshalb ist auch eure Kunst, eure Dichtung, eure Philosophie so beschränkt, deshalb seid ihr so unschöpferisch. Ihr wollt nichts als Profit! Was bringt es? So fragt ihr ständig.«

Beim Sprechen machte er alle jene Gesten, die wir Westeuropäer uns abgewöhnt haben, er zuckte die Achseln, gestikulierte wild, schnitt die seltsamsten Grimassen und fuchtelte mit den Händen unter meiner Nase herum, bis ich den Wunsch verspürte, sie wegzuschlagen. Das ging Tag für Tag so weiter, und ich mußte meinen Ärger unterdrücken, mußte mich beherrschen in Anbetracht der Notwendigkeit, Quap an Bord zu bringen und zu verstauen – zur größten Bestürzung dieses Mannes. Ich wußte, er würde tausend Einwände gegen das vorbringen, was vor uns lag. Er redete wie unter dem Einfluß von Drogen, mit ungeheurer Zungenfertigkeit. Und die ganze Zeit über konnte man sehen, daß ihn sein Seemannsberuf aufrieb, daß die Verantwortung an ihm nagte, daß er ständig um die Position des Schiffes besorgt war und es dauernd in Gefahr wähnte. Wenn uns eine Welle unerwartet schwer traf, stürzte er aus der Kajüte, verlangte brüllend Meldung, bangte um den Laderaum und den Ballast und ängstigte sich wegen heimtückischer gefährlicher Lecks. Als wir uns der afrikanischen Küste näherten, wurde seine Furcht vor Riffen und Sandbänken ansteckend.

»Ich kenne diese Küste nicht«, sagte er mehrmals. »Ich bin hergekommen, weil Gordon-Nasmyth mitfahren wollte. Jetzt ist er nicht dabei!«

»Kriegerschicksal«, sagte ich und versuchte vergeblich, ein anderes Motiv als den reinen Zufall dafür zu finden, daß Gordon-Nasmyth gerade diese beiden Männer ausgewählt hatte. Vielleicht, so überlegte ich, hatte Gordon-Nasmyth künstlerische Neigungen und liebte Kontraste, und vielleicht war es auch nur deshalb geschehen, weil der Kapitän seiner Englandfeindlichkeit beipflichtete. Der Kapitän war wirklich außergewöhnlich unfähig. Alles in allem war ich jedoch froh, daß ich mich noch zur rechten Zeit der Sache angenommen hatte.

(Übrigens setzte der Kapitän das Schiff aus reiner Nervosität am Strand der Mordet Insel auf Grund, aber wir konnten es innerhalb einer Stunde mit Hilfe des Beibootes, einer leichten Dünung und harter Arbeit wieder flottmachen.)

Ich hatte den Steuermann schon lange, bevor er es aussprach, im Verdacht, daß er den Kapitän durchschaute. Er war, wie schon gesagt, ein wortkarger Mensch, aber eines Tages rückte er mit der Sprache heraus. Er saß mit verschränkten Armen, die Pfeife im Mund, am Tisch und grübelte düster vor sich hin, von oben hörte man die Stimme des Kapitäns.

Der Steuermann hob langsam den Kopf und sah mich

einen Augenblick lang an. Dann begann er, sich auf eine Unterhaltung vorzubereiten. Er entledigte sich seiner Pfeife. Ich saß erwartungsvoll da. Schließlich kam es. Bevor er sprach, nickte er ein- oder zweimal nachdenklich.

»Er –«

Dabei schüttelte er geheimnisvoll den Kopf, doch hätte jedes Kind erkennen können, daß er vom Kapitän sprach.

»Er ist ein Ausländer.«

Er musterte mich unschlüssig und entschloß sich schließlich, um der Klarheit willen, deutlicher zu werden.

»Genau das ist er – ein Iwan!«

Er nickte wie ein Mann, der einem Nagel den letzten Schlag versetzt hat, und es war ganz deutlich erkennbar, daß er fand, seine Bemerkung sei gut und richtig gewesen. Sein Gesicht, obgleich immer noch entschlossen, wurde ruhig und ereignislos wie ein riesiger Saal, der sich nach einer öffentlichen Versammlung geleert hat, und endlich schloß und besiegelte er die Aussage noch mit seiner Pfeife.

»Ein rumänischer Jude, ja?« sagte ich.

Er nickte düster, fast bedrohlich.

Mehr wäre zuviel gewesen. Alles war gesagt. Aber von dieser Zeit an wußte ich, daß ich mich auf den Steuermann verlassen konnte, daß er und ich Freunde geworden waren. Es geschah allerdings nie, daß ich etwas von ihm brauchte, doch das beeinträchtigte unsere Beziehung nicht.

Die Mannschaft im Vorderschiff lebte so ähnlich wie wir, nur etwas gedrängter, eingeengter und schmutziger, nasser, dumpfer und verlauster. Das primitive Essen, das sie bekam, war nicht allzu primitiv, aber doch so, daß die Männer nicht auf den Gedanken kommen konnten, sie lebten »wie Kampfhähne«. Soweit ich das erkennen konnte, waren sie alle eher mittellos; kaum einer von ihnen hatte geeignete Hochseekleidung, und die wenigen

Habseligkeiten, die sie ihr eigen nannten, waren eine Quelle gegenseitigen Mißtrauens. Und während wir südwärts stampften, spielten und rauften sie, behandelten einander grob, schrieen und stritten laut, bis wir gegen den Radau protestierten …

Es ist überhaupt nicht romantisch, auf einem kleinen Segelschiff den Ozean zu überqueren, wie ich es tat. Diese Romantik existiert nur in den Köpfen verträumter Landratten. Die Briggs und Schoner und Brigantinen, die immer noch von jedem kleinen Hafen aus in See stechen, sind Relikte eines Zeitalters des Kleinhandels und so verfallen und veraltet wie ein georgianisches Haus, das zu einer Unterkunft im Elendsviertel herabgesunken ist. Sie sind geradezu schwimmende Bruchstücke von Elendsvierteln, wie die Eisberge schwimmende Bruchstücke von Gletschern sind. Der zivilisierte Mensch, der gelernt hat, sich zu waschen, der einen Sinn für Ordnung und für gutes mäßiges Essen zur gegebenen Zeit entwickelt hat, kann sie nicht mehr ertragen. Sie werden verschwinden, kohleverschwendende Dampfer werden ihnen folgen und ihrerseits wieder sauberen, schöneren Schiffen Platz machen …

Und doch reiste ich auf diese Weise nach Afrika, kam schließlich in eine Welt voll dampfender Feuchtigkeit und dem penetranten Geruch von Fäulnis, hörte und sah die Brandung und ab und zu in der Ferne die Küste. Während all dieser Zeit lebte ich ein beengtes Leben, wie ein Lebewesen, das in einen Brunnenschacht gefallen ist. Alle meine früheren Verhaltensweisen versagten, meine alten Ansichten wurden Vergangenheit.

Die Situation meines Onkels, die ich nun retten sollte, war nun sehr klein und fern; ihre Dringlichkeit fühlte ich nicht mehr. Beatrice und Lady Grove, das Hardingham, meine Flugversuche und meine ach so umfassende Einsicht in alltägliche Dinge wurden unwirklich, als wären sie in einer Welt zurückgeblieben, die ich für immer verlassen hatte …

4

All diese Erinnerungen an Afrika stehen ganz für sich allein. Für mich war es eine Expedition in das Reich unberührter Natur außerhalb jener Welt, die vom Menschen beherrscht wird, mein erster Kontakt mit der heißen Zone unserer Mutter Erde, dem Dschungel – und mit den kalten Stürmen, die ich gut zu überstehen lernte. Es sind Erinnerungen, gewebt aus Sonnenschein, Hitze und dem stetigen Geruch von Verwesung. Und dann der Regen – ein Regen, wie ich ihn nie zuvor erlebt hatte, ein heftiges, rasendes Niederprasseln von Wasser; aber bei unserer ersten vorsichtigen Durchfahrt durch die Kanäle hinter der Mordet Insel hatten wir glühenden Sonnenschein.

Ich habe es noch sehr klar vor Augen, das plumpe, schmutzige Schiff mit den geflickten Segeln und die abgeblätterte Farbe der Seejungfer, der Gallionsfigur der »Maud Mary«, während wir die Brigg vorsichtig zwischen hohen, üppigen Wäldern, deren Bäume knietief im Wasser standen, hindurch lotsten. So umrundeten wir bei leichtem Rückenwind die Mordet Insel, und das Quap war vielleicht noch eine Tagesreise entfernt.

Hier und dort unterbrach eine exotische Blüte mit schreiend bunten Farben die schwere Fülle gleichmäßigen Grüns. Ab und zu kroch etwas durch den Dschungel, lugte hervor, verschwand raschelnd, und die Stille kehrte zurück. Überall im träge dahinfließenden, schlammigen Wasser gab es Strudel und Wirbel; glucksend stiegen Luftbläschen auf, die von irgendeinem Kampf oder einer Tragödie unter Wasser erzählten; immer wieder sah man Krokodile wie gestrandete Baumstämme in der Sonne liegen. Darüber lag bei Tag drückende Stille, nur vom Summen der Insekten und dem Schwappen und Plätschern unseres Schiffes, den Rufen der Lotung und den verworrenen Befehlen des Kapitäns unterbrochen; aber in der Nacht, als wir an einer Baumgruppe vor Anker lagen, erwachten in der Dunkelheit tausend Sumpfgeschöpfe zum Leben, und aus dem Dschungel tönte Geschrei und Geheul, Gebrüll und Gezeter, daß wir froh waren, sicher auf dem Wasser zu sein. Einmal sahen wir zwischen den Baumstämmen einen großen Brand. Wir kamen an zwei oder drei Dörfern vorbei, und braunschwarze Frauen und Kinder liefen ans Ufer, starrten uns an und gestikulierten wild, und einmal ruderte ein Mann in einem Boot aus einer Bucht auf uns zu und rief uns in einer unverständlichen Sprache an; so gelangten wir schließlich zu einem großen freien Platz, einem See, an dessen Ufern sich eine Einöde aus Schlamm, gebleichten Knochen und abgestorbenen Bäumen erstreckte. Hier gab es weder Krokodile noch Wasservögel noch irgendeine andere Spur von Leben; und in der Ferne sahen wir die von Gordon-Nasmyth beschriebenen Ruinen der Station und hart daneben zwei kleine Haufen einer lederfarbenen Masse am Fuß eines großen Felsblocks – das Quap! Der Wald wich zurück. Das Ufer zu unserer Rechten fiel steil ab und war unfruchtbar, und weit entfernt sah man durch einen Einschnitt die Brandung und das Meer.

Wir steuerten das Schiff langsam und vorsichtig auf die Haufen und den verfallenen Anlegeplatz zu. Der Kapitän wandte sich an mich.

»Ist es das?« fragte er.

»Ja«, erwiderte ich.

»Haben wir einen Handel vor?«

Das war ironisch gemeint.

»Nein«, sagte ich …

»Gordon-Nasmyth hätte mir schon lange erklärt, wozu wir eigentlich hierherkamen.«

»Ich werde es Ihnen jetzt erklären«, antwortete ich. »Wir werden so nahe wie möglich bei diesen beiden Haufen anlegen – unter dem Felsen –, sehen Sie sie? Wir werden unseren Ballast über Bord werfen und die beiden Haufen aufladen. Dann segeln wir zurück, nach Hause.«

»Wenn ich wagen darf zu fragen – ist es Gold?«

»Nein«, erwiderte ich grob. »Das ist es nicht.«

»Was ist es dann?«

»Es ist ein Material – von einigem kommerziellen Wert.«

»Das können wir nicht tun«, sagte er.

»Wir können«, erwiderte ich beruhigend.

»Wir können nicht«, sagte er überzeugt. »Ich meine es nicht so, wie Sie es meinen. Sie konnten es nicht wissen – aber – das ist verbotenes Land.«

Ich wandte mich in plötzlichem Ärger um und schaute ihm in die schreckgeweiteten Augen. Sekundenlang musterten wir einander. Dann sagte ich: »Das ist eben unser Risiko. Handeln ist verboten. Aber das hier ist kein Handel ... Es muß einfach getan werden.«

Seine Augen funkelten, und er schüttelte den Kopf. Brigg fuhr langsam im Zwielicht auf das seltsam verödete Ufer zu, und der Mann am Ruder spitzte seine Ohren, um etwas von dem mit leiser Stimme geführten Streit zwischen mir, dem Kapitän und dem dazukommenden Pollack zu erlauschen. Wir ankerten schließlich hundert Meter von unserem Ziel entfernt und debattierten während des Abendessens und bis in die Nacht hinein abwechselnd und hitzig mit dem Kapitän über unser Recht, aufzuladen, was uns beliebte. »Damit will ich nichts zu tun haben«, beharrte er. »Ich wasche meine Hände in Unschuld.« Es schien, als diskutierten wir vergeblich. »Auch wenn es kein Handel ist«, sagte er, »so ist es eben Schürfen oder Bergbau. Das ist noch schlimmer. Jeder, der etwas weiß – außerhalb Englands –, weiß, daß es schlimmer ist.«

Wir stritten weiter, und ich verlor die Beherrschung und beschimpfte ihn. Pollack blieb gelassener und kaute an seiner Pfeife, während er mit seinen blauen Augen die Gesten des Kapitäns beobachtete. Schließlich ging ich an Deck, um mich abzukühlen. Der Himmel war bewölkt. Ich sah, daß alle Männer vorn im Schiff beisammenstanden und auf den schwach flimmernden Schein über dem Quaphaufen starrten, eine Phosphoreszenz, wie man sie manchmal bei faulendem Holz beobachten kann. Und über das östliche und das westliche Ufer zogen sich Schwaden und Schlieren wie von gedämpftem Mondlicht hin ...

In den frühen Morgenstunden lag ich noch immer wach und entwarf einen Plan nach dem anderen, wie ich den Widerstand des Kapitäns brechen könnte. Ich war bereit, das Quap an Bord zu bringen, selbst wenn ich vorher jemanden ermorden müßte. Nie zuvor in meinem Leben war ich solchem Widerstand begegnet. Und das nach dieser unerträglichen Fahrt! Plötzlich klopfte es an meine Tür, sie öffnete sich, und ich erkannte ein bärtiges Gesicht. »Kommen Sie herein«, sagte ich, eine dunkle Gestalt, die ich nur umrißhaft erkennen konnte, kam herein und füllte die Kajüte mit Flüstern und Gestikulieren. Es war der Kapitän. Er hatte ebenfalls wachgelegen und über die Angelegenheit nachgedacht. Er kam mit Forderungen – mit gewaltigen. Ich lag da, haßte ihn und fragte mich, ob Pollack und ich ihn nicht in seine Kajüte sperren und das Schiff allein steuern könnten. »Ich möchte diese Expedition nicht vereiteln«, beteuerte der Kapitän und kam endlich zum springenden Punkt, »aber ich möchte einen kleinen Anteil – nur einen kleinen Anteil – für erhöhtes Risiko!« – Das »erhöhte Risiko« wiederholte sich mehrmals in seinen Ergüssen. Ich wartete, bis er außer Atem war. Es schien, als verlange er auch noch eine Entschuldigung für alles, was ich gesagt hatte. Offenbar hatte ich ihn schwer beleidigt. Schließlich kamen deutlichere Angebote. Ich brach mein Schweigen und feilschte.

»Pollack!« brüllte ich und hämmerte an die Trennwand.

»Was ist los?« fragte Pollack.

Ich erklärte ihm kurz die Sachlage.

Nach einigem Zögern sagte Pollack: »Er ist ein As. Geben wir ihm doch seinen Anteil. Mir macht es nichts aus.«

»Wie?« rief ich.

»Ich habe gesagt, er ist ein As, das ist alles«, erwiderte Pollack. »Ich komme.«

Ziemlich blaß erschien er in der Türe, und unser hitziges Geflüster ging weiter …

Wir mußten den Kapitän abfinden; wir versprachen ihm zehn Prozent von unserem zweifelhaften Gewinn. Wir würden ihm zehn Prozent von dem Preis auszahlen, den wir für die Ladung erhielten, und das zusätzlich zu seinem rechtmäßigen Lohn, und ich fand in meinem ausgepumpten, verwirrten Zustand wenig Trost bei dem Gedanken, daß ich, als »die« Gordon-Nasmyth-Expedition, das Zeug an mich selbst als Geschäftsorganisation GmbH verkaufen würde. Und er ärgerte mich auch noch dadurch, daß er von mir verlangte, unseren Handel schriftlich festzuhalten. »In Form eines Briefes«, forderte er.

»Schon gut«, willigte ich ein, »in Form eines Briefes. Wird gemacht! Bringen Sie eine Lampe!«

»Und die Entschuldigung«, sagte er, als er den Brief zusammenfaltete.

»Schon gut«, sagte ich, »entschuldigen Sie bitte.«

Meine Hand hatte vor Wut gezittert, als ich schrieb, und danach konnte ich vor Haß nicht schlafen. Schließlich stand ich auf. Ich stellte fest, daß ich ungewöhnlich matt war. Ich stieß mit einer Zehe gegen die Kabinentür und schnitt mich beim Rasieren. Schließlich wanderte ich in der Dämmerung verbittert an Deck auf und ab. Die Sonne ging sehr plötzlich auf und blendete mich mit ihren grellen Strahlen, was mich zusätzlich in Wut versetzte. Dann ertappte ich mich dabei, wie ich in Erwartung eines weiteren Widerstandes von seiten der Mannschaft meine Gegenargumente probeweise laut vor mich hinsprach.

Das Quap hatte bereits mein Blut verseucht.

5

Früher oder später wird die lächerliche Handelssperre, die nun auf der ganzen Küste östlich der Mordet Insel liegt, aufgehoben, werden die Quaplagerstätten gefunden werden. Ich bin sicher, daß wir nur den offen zutage liegenden Teil einer ganzen Schicht jener knollenförmigen Ablagerungen mitgenommen haben, die sich bis zum Wasser hinziehen. Die beiden Haufen waren der herausgebrökkelte Inhalt zweier unregelmäßiger Höhlungen im Fels; sie waren so natürlich wie jeder Geröllhaufen dieser Art, und der Schlamm entlang des Ufers ist meilenweit mit Quap vermischt, einem radioaktiven toten Stoff, der in der Nacht schwach leuchtet. Aber der interessierte Leser findet alle Einzelheiten über meine Eindrücke im ›Geologischen Magazin‹ vom Oktober 1905, und darauf muß ich ihn verweisen. Dort wird er auch meine unbestätigte Theorie über die Zusammensetzung dieses Minerals finden. Wenn ich recht behalte, ist es vom wissenschaftlichen Standpunkt aus weit bedeutsamer als die gelegentlichen Beimischungen verschiedener seltener Metalle zu Uranpechblende, Ruthenium und Ähnlichem, auf denen die revolutionären Entdeckungen der jüngsten Zeit fußen. Dabei handelte es sich lediglich um kleine molekulare Zerfallszentren, um jene geheimnisvolle Zersetzung und Verwandlung von Elementen – jener Elemente, die man einst für die stabilsten Bausteine der Natur gehalten hatte. Aber beim Quap gibt es etwas – der einzige Ausdruck, der dem nahekommt, ist »krebsartig« –, aber auch das trifft es nicht ganz, etwas, das sich weiterfrißt und wie eine Krankheit durch Zerstörung lebt; ein elementarer ungeordneter Vorgang, unberechenbar, schädlich und fremdartig.

Dies ist kein phantasievoller Vergleich meinerseits. Meiner Ansicht nach ist Radioaktivität eine Krankheit der Materie. Ja noch mehr, es ist eine ansteckende Krankheit. Sie breitet sich aus. Man bringe die davon befallenen Atome in die Nähe anderer, und beide verlieren augenblicklich ihren stabilen Zustand. Das entspricht in der Materie in etwa dem Verfall unserer alten Kultur, dem Verlust von Tradition, Würde und gesicherten Normen. Wenn ich an diese unerklärbaren zersetzenden Zentren denke, die auf unserer Erde aufgetaucht sind – die Quaphaufen waren offenbar die weitaus größten, die bisher auf der ganzen Welt gefunden worden sind, sonst sind es nur Spuren in Ablagerungen und Kristallen –, verfolgt mich die groteske Vorstellung eines endgültigen Zerfalls, einer Trockenfäule und Auflösung unserer Welt. Während der Mensch noch träumt und kämpft, wird sich der Boden unter seinen Füßen verändern und von innen her verwesen. Ich setze das als einen seltsamen, aber mich beharrlich verfolgenden Alptraum hierher. Angenommen, das Ende unseres Planeten sähe wirklich so aus, kein prächtiger Höhepunkt und kein Finale, kein großartiges Jüngstes Gericht, sondern nur – atomarer Verfall! Ich bereichere damit die Theorien von dem uns mit Gasen erstickenden Kometenschwanz, vom schwarzen, alles verschlingenden Loch, vom Erlöschen der Sonne und von verzerrten Planetenbahnen um eine neue, viel wahrscheinlichere – und wissenschaftlich mögliche – Form der Vernichtung dieses seltsamen Nebenprodukts, das wir menschliches Leben nennen. Ich glaube nicht, daß das Ende so aussehen wird; kein Mensch könnte an ein solches Ende glauben und noch weiterleben, aber wissenschaftlich wäre es möglich und denkbar. Wenn ein menschliches Wesen – auch nur ein einziger rachitischer Säugling –, wie es ja geschieht, durch Zufall geboren werden und sterben kann, warum nicht die ganze Menschheit? Das sind Fragen, die ich niemals beantwortet habe, die zu beantworten ich jetzt auch nicht mehr versuchen werde, aber die Erinnerungen an das Quap und seine Rätsel brachten sie mir wieder ins Gedächtnis.

Ich kann bezeugen, daß das Ufer und der Schlamm drei Kilometer weit in beiden Richtungen ohne jedes Leben waren – so tot, wie ich mir nie einen tropischen Strand vorgestellt hätte, und all das abgestorbene Holz und Laub, die verwesenden, toten, an Land gespülten Fische wurden in Kürze runzelig und weiß. Von Zeit zu Zeit versuchten Krokodile aus dem Wasser zu kriechen, um sich zu sonnen, und hin und wieder erkundeten Wasservögel flüchtig den Schlamm und die Felsenriffe, die aus dem Wasser ragten. Darin aber erschöpfte sich jede Spur von Leben. Und die Luft war heiß und rauh, trocken und brennend, vollkommen verschieden von der warmen, feuchten Brise, die wir seit unserer Ankunft in Afrika erlebt und an die wir uns schon gewöhnt hatten.

Ich glaube, der erste Einfluß des Quap zeigte sich bei uns durch ein Nachlassen der Leitfähigkeit unserer Nerven, aber das ist lediglich eine unbeweisbare Vermutung meinerseits. Auf jeden Fall wirkte das Quap wie Föhn auf uns. Wir wurden alle reizbar, schwerfällig, matt und ungeduldig. Unter großen Schwierigkeiten vertäuten wir die Brigg an den Riffen, liefen im Schlamm auf, beschlossen, dort steckenzubleiben und das Schiff erst nach dem Verladen abzuschleppen, der Boden war ja so weich wie

Butter. Unsere Bemühungen, Bretter und Schwellen zu legen, um das Quap an Bord zu karren, waren so schwierig wie nur möglich – aber das können solche Arbeiten manchmal sein. Der Kapitän hatte eine abergläubische Furcht vor seiner Fracht. Schon bei dem bloßen Gedanken daran fing er an zu lamentieren und zu gestikulieren und war vollkommen unansprechbar. Sein Geschrei hallt mir noch immer in den Ohren, es wurde bei jeder neu auftauchenden Schwierigkeit immer weniger verständlich.

Aber ich kann hier leider nicht die ganze Geschichte dieser Tage voll Mißgeschick und Mühen niederschreiben: wie etwa Milton, einer der Burschen, mit seinem Schubkarren von einer Bohle neun Meter tief auf den Strand fiel, sich den Arm und, ich glaube, auch noch eine Rippe brach, wie Pollack und ich das Glied schienten und ihn während der folgenden Fieberperiode pflegten, wie ein Mann nach dem anderen an einer Art von fiebriger Malaria erkrankte, und wie ich – kraft meines wissenschaftlichen Rufes – gezwungen war, die Rolle des Arztes zu spielen und die Männer mit Chinin zu versorgen, und später, was mir immerhin besser erschien als nichts, mit Rum und kleinen Dosen Easton's Syrup, wovon zufällig eine ganze Kiste an Bord war – der Himmel und Gordon-Nasmyth mochten wissen warum. Drei ganze Tage lang war es das reinste Elend, und kein einziger Schubkarren wurde aufgeladen. Dann, als die Leute wieder arbeiten konnten, entzündeten sich ihre Hände. Handschuhe waren nicht vorhanden, und ich versuchte sie dazu zu bringen, ihre Hände beim Schaufeln und Verladen mit Socken und eingefetteten Lappen zu schützen. Wegen der Hitze und der Unbequemlichkeit taten sie dies aber nicht. Mein Versuch brachte sie jedoch auf den Gedanken, daß das Quap die Ursache ihrer Krankheiten sein müsse, und sie traten formlos in Streik, was schließlich das Ende des Verladens bedeutete. »Wir haben genug«, sagten sie, und sie meinten es auch so. Sie kamen nach achtern und sagten mir das. Sie schüchterten den Kapitän ein.

All diese Tage hindurch war das Wetter abscheulich, zuerst glühende Hitze und ein intensiv blauer Himmel, dann heißer Dunst, der einem wie Wolle in der Kehle steckte und die Männer auf dem Laufsteg als farblose, riesige Schemen erscheinen ließ, dann ein orkanartiges Gewitter, ein toller Ausbruch elementarer Gewalten. Während der ganzen Zeit hielt mich gegen Krankheit, Hitze und geistige Erschlaffung nur der Gedanke aufrecht, das Verladen weiterzutreiben, trotz aller auftauchenden und zu lösenden Probleme die Arbeit in Gang zu halten, das Schaben der Spaten, das Quietschen und Knarren der Schubkarren, das Tap, Tap, Tap, wenn die Männer die schwankenden Planken hinauftrotteten, und schließlich noch das Gepolter, wenn das Zeug in den Laderaum gekippt wurde. »Wieder ein Schubkarren voll, Gott sei Dank! Wieder fünfzehnhundert, vielleicht zweitausend Pfund zur Rettung von Ponderevo ...!«

In diesen mühevollen Wochen wurden mir sehr viele Dinge über mich und die Menschheit klar. Ich verstand plötzlich die Haltung der Leuteschinder, der gefühllosen Arbeitgeber und Sklaventreiber. Ich hatte meine Männer einer Gefahr ausgesetzt, die sie nicht begriffen, ich war entschlossen, ihren Widerstand zu brechen, sie für meine Zwecke einzuspannen und auszubeuten, und ich haßte sie alle. Aber ich haßte auch die ganze Menschheit während der Zeit, in der mir das Quap nahe war ...

Auch war mein Geist von einem Gefühl des Zeitdrucks und von der Furcht erfüllt, wir könnten entdeckt und an unserer Arbeit gehindert werden. Ich wollte so schnell wie möglich wieder auslaufen, um mit dem Zeug nordwärts zu segeln. Ich hatte Angst, daß unser Mastbaum vom offenen Meer aus sichtbar sein und uns irgendeinem neugierigen Vorbeifahrenden verraten könnte. Und eines

Abends, gegen das Ende zu, sah ich weit entfernt auf See ein Kanu mit drei Eingeborenen; ich nahm den Feldstecher des Kapitäns, beobachtete sie und sah, daß sie in unsere Richtung starrten. Einer der Männer war möglicherweise ein Mischling, ganz in Weiß gekleidet. Sie beobachteten uns eine Zeitlang ruhig und verschwanden dann auf einem Flußlauf im Wald.

Und drei Nächte hintereinander, so daß es sich qualvoll in meiner erhitzten Phantasie festsetzte, erschien mir im Traum das Gesicht meines Onkels. Es war gespensterhaft weiß, wie die Larve eines Clowns, und seine Kehle war von einem Ohr zum anderen durchgeschnitten – ein langer blutroter Schnitt. »Zu spät«, sagte er. »Zu spät!«

6

Etwa einen Tag nach Beginn des Verladens lag ich schlaflos und so elend in meiner Kajüte, daß mir das Schiff unerträglich wurde. Kurz vor Sonnenaufgang borgte ich mir Pollacks Gewehr aus, ging den Steg hinunter, kletterte über die Quaphaufen und streifte am Strand umher. An diesem Tag ging ich vielleicht zweieinhalb Kilometer und eine gute Strecke über die Ruine der alten Station hinaus. Die Verlassenheit ringsum begann mich zu interessieren, und als ich zurückkam, konnte ich beinahe eine ganze Stunde lang schlafen. Es war wunderbar gewesen, so lange allein zu sein – ohne den Kapitän, ohne Pollack und die anderen. Folglich wiederholte ich meine Streifzüge am nächsten Tage und auch an den darauffolgenden, bis sie mir zu einer lieben Gewohnheit wurden. Nachdem das Graben und Aufladen von mir organisiert worden waren, gab es nicht mehr viel für mich zu tun, und so wurden meine Spaziergänge länger und länger, und schließlich begann ich, Eßbares mitzunehmen.

Ich ging auf diesen Märschen weit über den vom Quap zerstörten Bereich hinaus. An seinen Rändern verlief eine Zone verkümmerter Vegetation, dann folgte sumpfiger Dschungel, den man nur sehr schwer durchqueren konnte, und schließlich begann der Wald, gewaltige Baumstämme, herabhängende Schlingpflanzen und Wurzeln im schlickigen Schlamm. Hier streifte ich umher, botanisierte ein wenig und hing meinen Träumen nach – immer sehr achtsam auf das, was ringsum vorging –, und hier erschoß ich einen Menschen.

Es war der sinn- und zweckloseste Mord, den man sich denken kann. Auch jetzt, da ich die Einzelheiten niederschreibe, an die ich mich sehr genau erinnern kann, befällt mich wieder dieses Gefühl der Zwecklosigkeit, der Unvereinbarkeit mit allen Regeln und Gesetzen, die von Menschen jemals aufgestellt worden sind. Ich habe es getan und möchte über diese Tat berichten, aber warum ich es tat und warum ich dafür verantwortlich bin, kann ich nicht erklären.

An jenem Morgen traf ich im Wald auf einen Pfad, und ich kam auf den bestürzenden Gedanken, es könnte ein menschlicher Fußsteig sein. Aber ich wollte keinem menschlichen Wesen begegnen. Je weniger unser Unternehmen von der afrikanischen Bevölkerung bemerkt wurde, desto besser für uns. Bis zu dieser Zeit waren wir von Belästigungen durch die Eingeborenen ganz ungeschoren geblieben. Ich wandte mich also um und nahm meinen Weg über Schlamm, Wurzeln, abgestorbenes Laub und Blütenblätter, die aus dem Grün über mir heruntergeflattert waren – und plötzlich erblickte ich mein Opfer.

Ich bemerkte ihn erst, als ich noch etwa zwölf Meter von ihm entfernt war. Er stand ganz still und beobachtete mich.

Er war keineswegs ein erbaulicher Anblick. Er war sehr

schwarz und nackt bis auf ein schmutziges Lendentuch. Seine Beine waren krumm, seine Zehen standen weit auseinander, und der obere Rand seines Schurzes und ein geflochtener Gürtel legten seinen plumpen Bauch in Falten. Er hatte eine niedrige Stirn, eine breite Nase und eine dicke, purpurrote Unterlippe. Sein Haar war kurz und struppig, und um seinen Hals hing an einer Schnur ein kleiner lederner Beutel. In der Hand trug er eine Flinte, und in seinem Gürtel steckte ein Pulversäckchen. Es war eine merkwürdige Begegnung. Da stand ich ihm nun gegenüber, ein wenig schmutzig vielleicht, aber doch ein durchaus zivilisiertes menschliches Wesen, in Traditionen geboren, erzogen und geschult. Und ich hatte ein Gewehr in der Hand. Jeder von uns beiden war ein lebendes Wesen, beide höchst erregt durch das überraschende Zusammentreffen, ungewiß hinsichtlich des geistigen Fassungsvermögens des anderen, und keiner wußte so recht, was er mit dem anderen anfangen sollte.

Er trat einen Schritt zurück, stolperte, wandte sich um und begann zu rennen.

»Halt«, brüllte ich; »halt, Sie Narr!«, lief hinter ihm her und rief noch mehr solcher Worte in englischer Sprache. Aber im Rennen über die Wurzeln und über den Schlamm war ich ihm unterlegen.

Mir kam ein absurder Gedanke. »Er darf nicht entkommen, sonst erzählt er es den anderen!«

Und im selben Augenblick noch stand ich still, hob das Gewehr, zielte gelassen, zog sorgfältig den Abzug durch und schoß ihm genau in den Rücken.

Ich sah, und das mit plötzlicher Begeisterung, das Einschußloch meiner Kugel zwischen seinen Schulterblättern. »Getroffen«, murmelte ich und ließ das Gewehr sinken, er brach zusammen und starb mit einem Ächzen. »Mein Gott!« rief ich überrascht, »ich habe ihn umgebracht.« Ich blickte mich um und ging mit einem Gefühl zwischen Neugierde und Verwunderung vorsichtig weiter, um mir den Mann anzuschauen, dessen Seele ich so formlos aus unserer sichtbaren Welt hinausbefördert hatte. Ich ging zu ihm hin, aber nicht wie jemand, der etwas getan oder verbrochen hat, sondern wie jemand, der sich einem Fund nähert.

Seine Brust war schrecklich zerrissen; er mußte sofort tot gewesen sein. Ich bückte mich und hob ihn an den Schultern hoch, um das festzustellen. Ich ließ ihn wieder sinken, richtete mich auf und starrte durch die Bäume rund um mich. »Hast du Worte!« sagte ich. Es war der zweite tote Mensch – außer natürlich Mumien und ähnlichen Schaustücken –, den ich je gesehen hatte. Ich stand neben ihm und wunderte mich, wunderte mich über alle Maßen.

Trotz meiner Verwirrung war ich noch eines klaren Gedankens fähig. Hatte irgend jemand den Schuß gehört?

Ich lud nach.

Kurz darauf fühlte ich mich sicher und wandte mich wieder dem Toten zu, den ich umgebracht hatte. Was war zu tun?

Mir fiel ein, daß ich ihn vergraben sollte. Auf jeden Fall mußte ich ihn verstecken. Ich überlegte ruhig, hängte mir dann das Gewehr über die Schulter, schleppte den Toten an den Armen zu einem Platz, wo der Schlamm sehr weich aussah, und warf ihn hinein. Sein Pulversäckchen war aus seinem Gürtel gerutscht, und ich ging zurück, um es zu holen. Dann drückte ich ihn mit dem Schaft meiner Büchse in den Sumpf.

Später erschien mir das alles entsetzlich, aber zu dieser Zeit noch handelte ich wie ein Automat. Ich suchte noch nach anderen sichtbaren Zeichen seines Schicksals, ich sah mich um, wie man es tut, wenn man in einem Hotelzimmer den Koffer packt.

Dann nahm ich meine Sachen wieder an mich und ging

bedächtig zum Schiff zurück. Ich hatte ein Gefühl gespannter Aufmerksamkeit, wie ein Junge beim Wildern. Und erst als ich in die Nähe des Schiffes kam, nahm die Angelegenheit ganz andere Formen an, schien plötzlich doch etwas ganz anderes zu sein, als das Töten eines Vogels oder eines Hasen.

In der Nacht steigerte sie sich dann zu gewaltigen und unheilvollen Proportionen. »Mein Gott!« schrie ich plötzlich auf, hellwach und entsetzt; »aber das war doch Mord!«

Dann konnte ich nicht wieder einschlafen, und die Bilder zogen an meinem geistigen Auge vorüber. Diese Bilder waren sonderbarerweise mit dem Traum vermischt, in dem ich meinen Onkel in seiner Verzweiflung gesehen hatte. Der schwarze Leib, den ich nun erschlagen und nur halb begraben vor mir sah, der aber trotzdem nicht tot, sondern sehr lebendig war, erschien zu gleicher Zeit mit der blutroten Schnittwunde am Halse meines Onkels. Ich versuchte, diese fixe Idee aus meinem Denken zu verbannen, aber meine Bemühungen waren umsonst.

Am nächsten Tag hatte ich dauernd diese häßliche Vision. Ich bin keineswegs abergläubisch, aber es ließ mich nicht los. Es zog mich zurück in den Wald und zu dem Ort, wo ich den Ermordeten versteckt hatte.

Irgendein böses Tier hatte ihn gefunden und herausgezerrt.

Methodisch vergrub ich den bereits aufgequollenen, zerfleischten Leichnam aufs neue, kehrte zum Schiff zurück und träumte in der folgenden Nacht wieder. Am nächsten Morgen unterdrückte ich den Wunsch, zu ihm zu gehen und spielte mit Pollack Karten, von meinem Geheimnis bedrückt. Erst am Abend ging ich fort und wäre fast von der Nacht überrascht worden. Niemandem habe ich je etwas von dem erzählt, was ich getan hatte.

Am nächsten Tag ging ich sehr früh hin. Er war nicht

mehr da. Rund um das Schlammloch sah ich menschliche Fußspuren und häßliche Flecken an der Stelle, von der er weggeschleppt worden war.

Ich kehrte beunruhigt und verwirrt zum Schiff zurück. Am Abend kamen dann die Männer mit blasigen Händen und Gesichtern und mit geschwollenen Augen nach achtern. Als sie durch Edwards, ihren Sprecher, verkündeten: »Wir haben genug und meinen es ernst«, antwortete ich sehr bereitwillig: »Ich auch. Segeln wir zurück.«

7

Und das war nicht zu früh. Die Eingeborenen hatten uns ausgekundschaftet, ein Buschtelegraph war in Aktion getreten, und wir waren noch keine vier Stunden auf See, als wir auf das Kanonenboot stießen, das ausgesandt worden war, um uns zu suchen, und das uns hinter der Insel gefangen hätte wie eine Maus in der Falle. In dieser Nacht zogen die Wolken am Himmel dahin, und ab und zu brach das Mondlicht durch; wir hatten Wind und schwere See und stampften durch Regen und Nebel. Plötzlich war die Welt hell vom Mondschein erleuchtet. Und östlich vor uns trieb das Kanonenboot als langer dunkler Schatten schaukelnd auf dem Wasser. Sie sichteten die »Maud Mary« sofort und feuerten irgendwelche Knallbüchsen ab, um uns zur Übergabe aufzufordern.

Der Steuermann wandte sich an mich.

»Soll ich es dem Kapitän melden?«

»Ach zum Teufel mit dem Kapitän!« sagte ich, und wir ließen ihn die ganzen zwei Stunden während der Verfolgungsjagd schlafen, bis uns ein Gewitterregen verbarg. Dann änderten wir den Kurs und segelten direkt an ihnen vorbei, am anderen Morgen war nur noch der Rauch des Kanonenbootes zu sehen.

Afrika lag hinter uns – und die Beute war an Bord. Ich sah kein Hindernis mehr zwischen uns und der Heimat.

Das erste Mal seit dem Auslaufen auf der Themse war ich wieder gehobener Stimmung. Natürlich, ich war seekrank und körperlich zerschlagen, aber trotz meiner Übelkeit fühlte ich mich wohl. Soweit ich es zu dieser Zeit absehen konnte, war die Situation gerettet. Ich stellte mir schon vor, wie ich triumphierend in die Themse einlief, und nichts auf der Welt würde verhindern können, daß der perfekte Glühfaden von Capern innerhalb von vierzehn Tagen auf den Markt kam. Ich sah das Monopol über Glühbirnen schon in meinen Händen.

Auch von dem Gedenken an den blutüberströmten, mit schwarzgrauem Schlamm beschmierten schwarzen Körper war ich befreit. Ich ging zurück in die Welt der Bäder, des zivilisierten Essens, der Luftschiffahrt und Beatrices. Ich fuhr zurück zu Beatrice und meinem wirklichen Leben, heraus aus diesem Brunnenschacht, in den ich gefallen war. Es hätte wohl ein wenig mehr gebraucht, als Seekrankheit und Quapfieber, um mir die Laune zu verderben.

Ich erklärte dem Kapitän, ich stimme mit ihm darin überein, daß die Briten der Abschaum Europas und alle westlichen Völker widerlicher Pöbel seien, und ich verlor im Kartenspiel gegen Pollack nach und nach drei Pfund.

Und dann, als wir bei Kap Verde auf den Atlantik hinauskamen, begann das Schiff langsam auseinanderzubrechen. Ich bilde mir nicht einen Augenblick lang ein, zu begreifen, was geschah. Aber ich glaube, Greiffenhagens kürzlich erschienene Abhandlung über die Wirkung von Radium auf Holz gibt am ehesten meine Vermutung wieder, daß die Ausstrahlung des Quap einen raschen Verfall der Fasern bewirkte.

Schon von allem Anfang an hatte sich das Schiff anders verhalten, und als Wind und Wellen die Brigg bestürmten, begann sie zu lecken. Sie leckte bald überall – nicht an bestimmten Punkten. Ich meine, es brach kein Leck auf, sondern das Wasser kam zuerst durch die verrotteten Plankenstöße und schließlich durch die Planken selbst.

Ich glaube fest, daß das Wasser durch das Holz drang. Anfangs sickerte es, dann begann es zu tropfen. Es war, als versuchte man, nassen Zucker in einem dünnen Papierbeutel zu befördern. Bald drang so viel Wasser ein, als hätten wir am Boden des Schiffes eine Türe geöffnet.

Einmal angefangen, ging die Sache trotz aller Bemühungen weiter. Einen Tag lang taten wir unser Bestes, und die Anstrengung beim Pumpen steckt mir noch heute in den Gliedern – die Erinnerung an die Müdigkeit in meinen Armen und an das dünne klare Rinnsal, das bei jedem Pumpenhieb gefördert wurde, an das Aussetzen und an das Gewecktwerden, um weiterzumachen, und daran, wie die Übermüdung immer ärger wurde. Zuletzt dachten wir an nichts anderes mehr, als ans Pumpen; man war wie besessen; für immer dazu verdammt, zu pumpen. Ich erinnere mich noch, daß es geradezu eine Erleichterung war, als Pollack schließlich mit der Pfeife im Mund zu mir kam.

»Der Kapitän sagt, daß der verdammte Kahn bald absäuft«, verkündete er und kaute auf seinem Mundstück. »Nun?«

»Guter Gedanke!« sagte ich. »Man kann nicht ewig so weiterpumpen.«

Ohne Hast und Eile, düster und erschöpft, stiegen wir in die Rettungsboote und ruderten weit genug von der »Maud Mary« fort, dann ließen wir die Ruder sinken, blieben bewegungslos auf der schimmernden Wasseroberfläche liegen und warteten darauf, daß sie sank. Wir schwiegen alle, sogar der Kapitän schwieg, bis sie untergegangen war. Und dann sagte er ganz weich und bewegt:

»Das ist das erste Schiff, das ich verloren habe … Und

es war kein faires Spiel! Es war eine Fracht, die kein Mensch hätte übernehmen sollen. Nein!«

Ich starrte auf die Wirbel, die sich langsam über der versunkenen »Maud Mary« und dem letzten Ausweg für die Geschäftsorganisation GmbH ausbreiteten. Ich fühlte mich zu müde für irgendeine Gemütsbewegung. Ich dachte an meine kühnen Behauptungen gegenüber Beatrice und meinem Onkel, an mein bereitwilliges »Ich gehe« und an all die erfolglosen Monate, die ich nach dieser unbesonnenen Entscheidung verlebt hatte. Und plötzlich mußte ich über mich und mein Schicksal lachen.

Aber der Kapitän und die Mannschaft lachten nicht. Die Männer starrten mich finster an, rieben sich die verschwollenen, blasigen Hände und begannen zu rudern ...

Wie alle Welt weiß, wurden wir vom Passagierdampfer »Portland Castle« an Bord genommen.

Der Schiffsfriseur war ein toller Bursche, er trieb sogar einen Anzug, ein sauberes Hemd und warme Unterwäsche für mich auf. Ich nahm ein heißes Bad, zog mich an, speiste und trank dazu eine Flasche Burgunder leer.

»Gibt es hier irgendwelche Zeitungen«, sagte ich, »ich wüßte gerne, was sich auf der Welt Neues getan hat.«

Mein Steward brachte mir, was er auftreiben konnte, aber als wir in Plymouth landeten, hatte ich noch immer keine Ahnung vom Gang der Ereignisse. Ich schüttelte Pollack ab, ließ den Kapitän und den Steuermann in einem Hotel, die Mannschaft in einem Seemannsheim, bis ich ihnen ihre Heuer schicken konnte, und ging zum Bahnhof.

Alle Zeitungen, die ich kaufte, und die Plakate, dir mir unter die Augen kamen, ja alle britischen Inseln hallten vom Bankrott meines Onkels wider.

VIERTES BUCH

Die Nachwirkungen von Tono-Bungay

Der Raketenstock

I

Noch am selben Abend sprach ich im Hardingham zum letzten Mal mit meinem Onkel. Die Atmosphäre dort hatte sich erschreckend verändert. An Stelle der Menge aufdringlicher Höflinge wartete lediglich ein halbes Dutzend nicht eingeladener Journalisten auf ein Interview. Ropper, der Türhüter, war immer noch da, aber nun schützte er meinen Onkel vor mehr als vor den ewigen Zudringlichkeiten. Ich fand den kleinen Mann in seinem Büro, er gab vor zu arbeiten, brütete aber in Wirklichkeit nur vor sich hin. Er sah blaß und erschöpft aus.

»Du lieber Himmel!« sagte er, als er meiner ansichtig wurde. »Bist du aber mager geworden, George. Dadurch fällt deine Narbe besonders auf.«

Eine Zeitlang schauten wir einander nur ernst an.

»Das Quap«, sagte ich, »liegt auf dem Grund des Atlantik. Hier sind ein paar Rechnungen – wir müssen die Männer auszahlen.«

»Hast du die Zeitungen gesehen?«

»Ich habe alles im Zug gelesen.«

»Arge Bedrängnis«, sagte er. »Eine Woche lang ... Dieses ganze Gekläff um mich herum ... Ich habe aber meinen Mann gestanden und bin jetzt nur ein wenig erschöpft.«

Er hauchte seinen Zwicker an und reinigte ihn.

»Mein Magen ist nicht mehr das, was er früher war«, erklärte er. »Der Arzt sagt das auch. Wie ist das passiert, George? Dein Telegramm – es hat mir einen schönen Schrecken eingejagt.«

Ich erzählte die Geschehnisse in Kürze. Während meiner Schilderung nickte er ab und zu, und am Ende goß er aus einem Medizinfläschchen etwas in ein schmutziges kleines Weinglas und trank es aus. Erst jetzt bemerkte ich die drei oder vier kleinen Flaschen, die vor ihm in einem Wirrwarr von Papieren standen, und den schwachen wohlvertrauten Geruch im Zimmer.

»Ja, ja«, sagte er, wischte sich über den Mund und verkorkte das Fläschchen wieder. »Du hast dein Bestes getan, George. Das Glück war gegen uns.«

Er hielt noch immer die Flasche in der Hand und überlegte. »Manchmal ist das Glück auf deiner Seite und manchmal eben nicht. Und wo bleibst du dann? Nichts mehr! Mit oder ohne Kampf.«

Er wollte einiges wissen und kam dann auf seine eigenen dringlichen Probleme zurück. Ich versuchte einen umfassenden Einblick in seine Lage zu bekommen, aber er gab mir keine Auskunft.

»Oh, ich wünschte, du wärest hier gewesen. Ich wünschte, ich hätte dich dabeigehabt, George. Ich hatte alle Hände voll zu tun. Du hättest einen klaren Kopf behalten.«

»Was ist geschehen?«

»Oh! Boom! – Höllische Sache.«

»Ja, aber – wie? Ich bin gerade erst angekommen, denk daran.«

»Es würde mich zu sehr aufregen, wenn ich dir jetzt etwas erklären müßte. Es ist so verwirrend.«

Er murmelte etwas, sann düster vor sich hin und raffte sich schließlich auf, zu sagen:

»Übrigens – du solltest dich da heraushalten. Es könnte heikel werden. Laß sie reden. Geh nach Crest Hill und mach deine Flugversuche. Das ist dein Geschäft.«

Einen Augenblick lang erregte sein Benehmen wieder jene seltsame Furcht in mir. Ich gebe zu, daß mich dieser Alptraum von der Mordet Insel verfolgte, und als ich zu ihm hinschaute, griff er schon wieder nach der Medizin. »Der Magen, George«, sagte er.

»Ich habe gekämpft. Jedermann kämpft um irgend etwas – und gibt dafür irgend etwas her – den Kopf, das Herz, die Leber – irgend etwas. Man gibt irgend etwas her. Napoleon zuletzt auch. Während der Schlacht bei Waterloo, auch sein Magen war kein Magen mehr – schlimmer noch als bei mir, schlimmer.«

Seine depressive Stimmung ging vorüber, als die Arznei in ihm ihre Wirkung zeigte. Seine Augen weiteten sich. Er begann zu erzählen. Er schilderte mir die Situation, zog mich ins Vertrauen. Er verglich es mit Napoleons Rückzug aus Rußland. Leipzig als einzige Chance.

»Es ist eine Schlacht, George – ein gewaltiger Kampf. Wir haben um Millionen gekämpft. Ich habe immer noch Chancen. Ich habe noch ein Trumpf-As im Ärmel. Ich kann nicht über meine Pläne reden – erst dann, wenn sie gelungen sind.«

»Du solltest aber ...«, begann ich.

»Ich kann nicht, George. Es ist, als versuchte man einen Embryo zu sehen. Du mußt abwarten. Ich weiß es. Irgendwie weiß ich es. Aber darüber reden – nein! Du bist so lange fort gewesen. Und alles hat sich verkompliziert.«

Je mehr sich seine Laune besserte, desto mehr vertiefte sich mein Eindruck, daß es hier verheerende Verwicklungen gab. Es war offensichtlich, daß ich ihn durch Erzwingen von Antworten und Erklärungen nur noch mehr in das Netz verstrickte, das sich um ihn gelegt hatte. Meine Gedanken wandten sich etwas anderem zu. »Wie geht es Tante Susan?« fragte ich.

Ich mußte meine Frage wiederholen. Seine Lippen, die sich unaufhörlich bewegten, hielten einen Augenblick lang inne, und er antwortete im Ton eines Mannes, der eine Formel herunterhaspelt.

»Sie wollte an meiner Seite kämpfen. Sie wäre gerne

hierher nach London gekommen. Aber es gibt Dinge, die ich allein bewältigen muß.« Seine Augen hingen an der Flasche. »Und es ist einiges geschehen.«

»Du solltest zu ihr fahren und mit ihr reden«, sagte er mit klarer Stimme. »Ich glaube, morgen abend komme ich dann nach.«

Er hob den Kopf, als hoffe er, dies könnte unser Gespräch beenden.

»Über das ganze Wochenende?« fragte ich.

»Über das ganze Wochenende. Gott sei Dank gibt es noch Wochenenden, George!«

2

Meine Rückkehr nach Lady Grove unterschied sich sehr von dem, was ich mir erhofft hatte, als ich mit der Quapladung in See gestochen war und mir eingebildet hatte, die Produktion des Glühfadens so gut wie in Händen zu haben. Als ich in der abendlichen Dämmerung durch die Hügel wanderte, erschien mir die sommerliche Ruhe wie die Stille des Todes. Keine Arbeiter, keine Radfahrer bevölkerten mehr die Straße.

Alles stand still. Meine Tante erzählte mir später, daß es eine rührende und vollkommen freiwillige Demonstration gegeben habe, als die Arbeit an Crest Hill abgebrochen und den Männern ihr letzter Lohn ausbezahlt worden war; sie hatten ein Hoch auf meinen Onkel ausgebracht und die Lieferanten ebenso wie Lord Boom ausgepfiffen.

Ich kann mich nicht mehr daran erinnern, wie meine Tante und ich einander begrüßten. Ich muß damals sehr müde gewesen sein, denn alles, was geschah, ist aus meinem Gedächtnis wie fortgeweht. Doch weiß ich noch sehr genau, daß wir an dem kleinen runden Tisch nahe dem großen Fenster saßen, das auf die Terrasse hinausging, daß wir etwas aßen und redeten. Ich erinnere mich, sie sprach von meinem Onkel.

Sie erkundigte sich nach ihm und seinem Befinden. »Ich wünschte, ich könnte helfen«, sagte sie. »Aber ich konnte ihm nie sehr viel helfen, niemals. Er macht alles anders als ich. Und seit – seit – seit er reich wurde, hat er alles von mir ferngehalten. Früher war das anders ... Da sitzt er nun in London, und ich weiß nicht, was er tut. Er wollte mich nicht bei sich haben ... Vieles wird vor mir geheimgehalten. Sogar die Dienstboten lassen mich im unklaren. Sie versuchen immer wieder, die schlimmsten Briefe – jene von Boom – vor mir zu verstecken ... Ich vermute, sie haben den Onkel in die Enge getrieben, George. Armer, alter Teddy! Uns geht es noch wie einst dem armen alten Adam und seiner Eva! Lästige Konkursverwalter mit flammenden Schwertern treiben uns aus unserem Paradies! Und ich hatte gehofft, wir müßten niemals wieder umziehen. Nun ja – wenigstens nicht nach Crest Hill ... Aber für Teddy ist es hart. Er muß in schrecklichen Schwierigkeiten sein. Armer alter Junge. Ich glaube, wir könnten ihm nicht helfen. Es würde ihn vermutlich nur beunruhigen. Nimm noch etwas Suppe, George – solange noch etwas da ist ...«

Der nächste Tag war einer jener hellwachen Tage, die auch dann noch klar im Gedächtnis bleiben, wenn man sich an andere schon lange nicht mehr erinnern kann. Ich schlug in dem großen vertrauten Raum die Augen auf, der immer für mich bereitgehalten wurde, betrachtete die chintzbezogenen Stühle, das schöne Mobiliar, die Zeder vor dem Fenster und dachte daran, daß ich all dies bald zum letzten Mal sehen würde.

Ich war nie geldgierig gewesen, nie hatte ich den Wunsch gehabt, reich zu sein, aber nun fühlte ich eine bedrückende Vorahnung bevorstehender großer Verluste.

Nach dem Frühstück durchblätterten meine Tante und ich die Zeitungen und dann ging ich zu Cothope, um nachzusehen, wie er mit der Lord Roberts β weitergekommen sei. Nie zuvor habe ich so klar die ruhige Pracht der Gärten von Lady Grove, die Würde und den großen Frieden ringsum wahrgenommen. Es war einer jener warmen Morgen im späten Mai, die schon alle Freuden des Sommers erahnen ließen, ohne die heitere Köstlichkeit des Frühlings verloren zu haben. Hell leuchteten Goldregen und Flieder, auf den Beeten drängten sich Märzenbecher, Narzissen und Maiglöckchen.

Ich ging die gepflegten Pfade am Rhododendron entlang und durch die Seitentür in den Wald, wo in Hülle und Fülle blaue Hyazinthen und gemeine Orchideen wuchsen. Nie zuvor hatte ich das großartige Gefühl des Privilegs und des Besitzes so bewußt ausgekostet. Und all das würde bald vorbei sein, mußte ich mir immer wieder vorsagen, all das mußte ein Ende nehmen.

Weder mein Onkel noch ich hatten für den Fall eines Unglücks Vorsorge getroffen; alles, was wir hatten, war investiert, und ich zweifelte nicht mehr an der Endgültigkeit unseres Ruins. Das erste Mal in meinem Leben, seit er mir jenes erstaunliche Telegramm geschickt hatte, mußte ich mir Gedanken über die alltäglichste Sorge der Menschen machen – über den Beruf. Ich mußte von meinem fliegenden Teppich heruntersteigen und noch einmal von vorne anfangen.

Und plötzlich befand ich mich an der Wegkreuzung, wo ich Beatrice das erste Mal, vor Jahren, wiedergefunden hatte. Es ist seltsam, aber soweit ich mich besinnen kann, hatte ich nicht mehr an sie gedacht, seit ich in Plymouth an Land gegangen war. Sie war mir zweifellos stets unbewußt gegenwärtig gewesen, aber ich kann mich an keinen klaren Gedanken an sie erinnern. Ich war mit meinem Onkel und dessen finanziellem Zusammenbruch zu sehr beschäftigt gewesen.

Es traf mich wie ein Schlag ins Gesicht; auch das also war nun zu Ende!

Plötzlich war ich erfüllt von dem Gedanken an sie, und eine große Sehnsucht nach ihr überfiel mich. Was würde sie tun, wenn sie von unserem gewaltigen Unglück erfuhr? Was würde sie tun? Wie mochte sie es aufnehmen? Zu meiner Bestürzung erkannte ich, wie wenig ich ihr zu bieten hatte …

Sollte ich ihr vielleicht noch einmal gegenübertreten?

Ich ging durch die Pflanzungen und Hügel weiter, und dann sah ich Cothope mit einem von ihm entworfenen Flugapparat zu meinem alten, vertrauten Landeplatz hinabsegeln. Nach der regelmäßigen Flugbahn zu urteilen, war es ein sehr guter Apparat. »Das sieht Cothope ähnlich«, dachte ich, »er hat die Versuche weiter betrieben. Ich frage mich, ob er Notizen gemacht hat … Aber auch das wird bald vorbei sein.«

Er war aufrichtig erfreut, mich zu sehen. »Das war eine dumme Geschichte«, sagte er.

Er hatte einen Monat lang keinen Lohn erhalten, ein im Trubel der Ereignisse vergessener Mann.

»Ich habe weitergebastelt und mit dem Material getan, was ich konnte. Ich hatte noch ein wenig eigenes Geld übrig und habe mir gesagt, also hier sitzt du nun mit dem Zeug und keiner kümmert sich um dich. Mein Junge, so eine Chance bekommst du in deinem ganzen Leben nicht wieder. Warum solltest du nicht das Beste daraus machen?«

»Was ist mit der Lord Roberts β?«

Cothope runzelte die Stirn.

»Ich mußte mich zurückhalten«, sagte er. »Aber sie sieht sehr stattlich aus.«

»Beim Zeus!« sagte ich. »Ich möchte nur ein einziges

Mal mit ihr starten, bevor wir bankrott gehen. Haben Sie die Zeitungen gelesen? Wissen Sie, daß wir bankrott gehen werden?«

»O ja, ich habe die Zeitungen gelesen. Es ist ein Skandal, daß so eine Arbeit wie die unsere von solchen Dingen abhängt. Sie und ich sollten vom Staat bezahlt werden, Mr. Ponderevo, wenn Sie gestatten –«

»Da gibts nichts zu gestatten«, sagte ich. »Ich bin immer – theoretisch – ein Sozialist gewesen. Kommen Sie, schauen wir uns die Lord Roberts β an. Wie ist sie? Ohne Gas?«

»Nur ein Viertel voll. Ihre letzte Imprägnierung hält wunderbar dicht. Sie hat in einer Woche nicht einen Kubikmeter Gas verloren.«

Cothope kam auf den Sozialismus zurück, als wir zu dem Schuppen gingen.

»Ich bin froh, daß Sie ein Sozialist sind, Mr. Ponderevo«, sagte er, »das ist der einzig zivilisierte Standpunkt. Ich bin schon jahrelang Sozialist – bei der ›Trompete‹. Diese Welt ist ein niederträchtiger Kampf. Sie nimmt alles, was wir fertigbringen und erfinden, und treibt alberne Possen damit. Wir Wissenschaftler, wir sollten die Sache in die Hand nehmen und diese Finanzgeschäfte und Reklamen und all das übrige abschaffen. Es ist zu albern. Totaler Unsinn. Da ist unsereiner doch anders!«

Die Lord Roberts β war auch in ihrem nur teilweise aufgeblasenen Zustand schön anzusehen. Ich stand Seite an Seite mit Cothope und betrachtete sie, und schmerzlicher denn je kam mir zu Bewußtsein, daß all dies nun zu Ende sein sollte. Ich fühlte mich wie ein kleiner Junge, der etwas Unrechtes tun will, als ich daran dachte, noch so viel wie möglich von den Konten abzuheben, bevor die Kredite gekündigt würden. Ich erinnere mich, daß ich mir seltsamerweise auch einbildete, ein Flugversuch werde Beatrice meine Rückkehr anzeigen.

»Wir werden den Apparat aufblasen«, sagte ich.

»Es ist alles bereit«, erwiderte Cothope und fügte noch hinzu, »falls sie uns nicht das Gas gesperrt haben ...«

Ich arbeitete den ganzen Vormittag mit Cothope und vergaß darüber meine anderen Probleme. Aber der Gedanke an Beatrice erfüllte mich ständig. Daraus wurde eine krankhafte Sehnsucht, sie zu sehen. Ich fühlte, daß ich nicht warten konnte, bis die Lord Roberts β gefüllt war, ich mußte Beatrice suchen, jetzt, sofort. Ich machte alles fertig und aß mit Cothope zu Mittag, dann brachte ich eine schwache Ausrede vor und verließ ihn, um durch die Wälder nach Bedley Corner zu wandern. Erbärmliche Bedenken und Schüchternheit überkamen mich. »Darf ich mich ihr jetzt überhaupt noch nähern?« fragte ich mich im Hinblick auf all die gesellschaftlichen Demütigungen in früheren Jahren. Schließlich sprach ich nach fünf Uhr im Witwensitz vor. Ich wurde von der Zofe Charlotte empfangen – mit abweisendem Blick und kühler Verwunderung.

Beatrice und Lady Osprey waren ausgefahren.

Ich setzte es mir in den Kopf, Beatrice irgendwo unterwegs zu finden, und folgte der Hecke in Richtung Woking, derselben Hecke, die wir vor fünf Monaten in Wind und Regen eng umschlungen entlanggegangen waren.

Wie ein Schlafwandler schlich ich eine Weile den gleichen Weg, dann schalt ich mich einen Narren und kehrte über die Felder zurück. Doch wollte ich Cothope nicht begegnen und wandte mich hügelabwärts. Schließlich fand ich mich oberhalb von Crest Hill wieder und betrachtete die verlassenen, gewaltigen Mauern.

Das lenkte meine Gedanken in andere Bahnen. Mein Onkel kam mir wieder in den Sinn. Welch seltsam melancholische Sinnlosigkeit schien der eingestellte Bau im ruhigen abendlichen Sonnenschein auszustrahlen, welche vulgäre Pracht, welche Unreife und Abgeschmacktheit!

Er war so schwer verständlich wie die Pyramiden. Ich setzte mich auf den Zaun und starrte hinab, als hätte ich diesen Wald von Gerüststangen, dieses Gewirr von Wänden, Ziegeln, Mörtel und Natursteinen, diese Wildnis von aufgegrabener Erde, Radspuren und Schutthalden nie zuvor gesehen. Es erschien mir plötzlich als das beste Bild und Beispiel all dessen, was als Fortschritt galt, aller jener durch Reklame aufgeblähten Ausgaben, jedes ziellosen Aufbauens und Niederreißens, des Unternehmungsgeists und der Verheißungen meines Zeitalters. Das war das Ergebnis dessen, was wir getan hatten, ich und mein Onkel, wie es eben unserer Zeit entsprach. Wir waren die Repräsentanten dessen, was diese Zeit in reichem Maß hervorbrachte. Zu diesem sinnlosen Ende, zu einer ganzen Epoche solcher Sinnlosigkeiten war der feierliche Gang der Geschichte demnach gekommen …

»Großer Gott!« rief ich aus, »aber ist das denn das Leben?«

Dafür wurden Armeen gedrillt, dafür wurde Recht gesprochen, wurden Gefängnisse gefüllt, dafür plagten sich Millionen und gingen elend zugrunde, damit der eine und der andere von uns nie fertiggestellte Paläste bauen, Billardzimmer unter Teichen einrichten, Mauern um vernunftwidrige Besitztümer ziehen, in Automobilen durch die Welt brausen, Flugapparate erfinden, Golf und ein Dutzend anderer verrückter Ballspiele betreiben, sich auf geschwätzigen Partys drängen, wetten und aus unserem Leben ein einziges ungeheures, bedrückendes Schauspiel törichter Verschwendung machen konnte! So war das Leben! Es kam wie eine Offenbarung über mich, eine ebenso unglaubhafte wie unbestreitbare Offenbarung der abgrundtiefen Torheit unseres Daseins.

3

Schritte hinter mir schreckten mich aus meinen Gedanken.

Ich wandte mich mit halber Hoffnung um – närrische Einbildung eines Liebenden – und stockte überrascht. Es war mein Onkel. Sein Gesicht war schneeweiß – so weiß wie in meinem Traum.

»Hallo!« sagte ich und starrte ihn an. »Warum bist du nicht in London?«

»Es ist alles aus«, sagte er.

»Gerichtlich entschieden?«

»Nein!«

Ich starrte ihn an und stieg dann von meinem Zaun herunter. Sekundenlang schwiegen wir beide. Er machte eine schwerfällige Geste zur großen architektonischen Sinnlosigkeit hinunter und schluckte. Ich bemerkte, daß sein Gesicht tränenüberströmt war und daß ihm sein nasser Zwicker die Sicht verschleierte. Er hob die kleine fette Hand und nahm das Glas unbeholfen ab, suchte vergeblich nach seinem Taschentuch, klammerte sich dann zu meinem Entsetzen an mich und weinte laut, er, der kleine alte, weltmüde Gauner. Es war kein Schluchzen oder Tränenvergießen, sondern das laute Weinen eines Kindes. Es war schrecklich!

»Es ist grausam«, stammelte er schließlich. »Sie haben mir Fragen gestellt. Sie wollten mich ausquetschen, George.«

Er suchte nach dem richtigen Ausdruck und sprudelte es heraus.

»Diese verdammten Schweine!« brüllte er. »Diese verdammten elenden Schweine!«

Er hörte auf zu weinen und begann plötzlich hastig zu erklären.

»Es ist kein faires Spiel, George. Sie machen dich

mürbe. Und ich fühle mich nicht wohl. Mein Magen ist nicht in Ordnung. Und ich habe einen Schnupfen. Ich war immer schnupfenanfällig, aber diesmal habe ich's auf der Brust. Und dann wollen sie dich zum Reden bringen. Sie quälen dich – und quälen dich und quälen dich. Es ist eine wahre Folter. Nervenaufreibend. Du weißt nicht mehr, was du gesagt hast. Du widersprichst dir. Es ist wie in Rußland, George ... kein faires Spiel ... ein prominenter Mann. Ich bin erst vor kurzem mit diesem Kerl essen gegangen, diesem Neal, ich habe ihm etwas vorgemacht – der ist bitterböse! Hat es darauf abgesehen, mich zu ruinieren. Kann nicht höflich fragen – muß brüllen.«

Er verlor neuerlich die Beherrschung. »Man hat mich angebrüllt, gequält, man hat mich behandelt wie einen Hund. Diese dreckigen gemeinen Schufte. Ich würde eher zu einem Falschspieler taugen als zu einem Geschäftsmann, ich sollte Katzenfleisch als falschen Hasen auf der Straße verkaufen. Sie warfen mir Dinge vor heute morgen, Dinge, die ich nicht erwartet hatte. Sie haben mich überrumpelt! Ich hatte alles in der Hand, dann haben Sie sich auf mich gestürzt. Besonders Neal! Dem ich schon Börsentips habe zukommen lassen! Neal! Und ich habe diesem Neal noch geholfen! ... Ich konnte keinen Bissen hinunterbringen beim Mittagessen – ich konnte es nicht durchhalten. Wirklich, George, ich konnte nicht. Ich habe gesagt, ich müsse frische Luft schnappen, ich bin hinausgegangen und zum Kai hinunter und von dort mit einem Dampfer nach Richmond gefahren. Eine gute Idee. Von dort bin ich mit einem Ruderboot flußaufwärts gerudert. Burschen und Mädchen am Ufer haben über meine Hemdsärmel und meinen Zylinder gelacht. Sicherlich glaubten sie, das sei eine Vergnügungsfahrt. Ein schönes Vergnügen! Ich bin eine Zeitlang herumgerudert, dann wieder ausgestiegen und hierhergefahren. Über Windsor. Und die in London sollen mit mir tun, was sie wollen … Es ist mir egal!«

»Aber –« sagte ich und sah ihn bestürzt an.

»Das ist Flucht. Sie werden einen Haftbefehl erwirken.«

»Ich verstehe nicht«, sagte ich.

»Es ist aus, George – aus und vorbei. Und ich habe geglaubt, ich würde hier einmal leben, George – und als Oberhausmitglied sterben! Es ist ein großartiger Platz, wirklich, ein herrlicher Ort – wenn ihn irgend jemand kaufen und fertigbauen würde. Diese Terrasse –«

Ich stand da und überlegte.

»Also«, sagte ich dann. »Wie war das mit dem Haftbefehl? Bist du sicher, sie könnten einen Haftbefehl erwirken? Entschuldige die Frage, Onkel, aber was hast du denn angestellt?«

»Habe ich dir das nicht erzählt?«

»Doch, aber deshalb können sie dir nicht viel anhaben. Sie werden dich nur für die restliche Untersuchung zurückholen.«

Er schwieg. Schließlich begann er zu reden – sehr zögernd.

»Es ist viel schlimmer. Ich habe etwas getan … Sie werden es auf jeden Fall aufdecken. Eigentlich haben sie es schon aufgedeckt.«

»Was?«

»Ich habe so Sachen niedergeschrieben – ich habe da was gemacht.«

Ich glaube, daß sich mein Onkel zum ersten Mal in seinem Leben schämte. Ich hatte Gewissensbisse, als ich ihn so leiden sah.

»Wir haben alle einmal etwas gemacht«, sagte ich. »Es ist ein Teil des Spieles, zu dem uns die Welt zwingt. Wenn sie dich einsperren wollen – und du hast nichts in Händen –! Sie dürfen dich gar nicht einsperren.«

»Nein. Und auch deshalb bin ich nach Richmond gefahren. Aber ich habe nie gedacht –«

Er starrte mit kleinen, blutunterlaufenen Augen auf Crest Hill.

»Wittaker Wright, der Schuft«, sagte er, »er hatte seinen Kram fertig. Ich nicht. Und jetzt bist du dran, George. Da sitz ich nun in der Patsche.«

4

Diese Erinnerung an meinen Onkel ist sehr klar und deutlich. Ich kann mich sogar der Gedanken entsinnen, die mich bewegten, während er sprach, an das Mitleid und die Rührung, die mich befielen, als mir seine Not bewußt wurde, und an meinen Entschluß, ihm um jeden Preis zu helfen. Aber dann wird meine Erinnerung wieder verschwommen. Ich begann zu überlegen. Ich wußte, ich konnte ihn dazu überreden, sich ganz in meine Hände zu geben, und machte sofort Pläne. Ich glaube, an Zeiten, in denen wir sehr aktiv waren, können wir uns am wenigsten erinnern, und zwar deshalb, weil sich damals unsere Überlegungen sofort in Pläne und Handlungen umsetzten und nicht mehr in Erinnerungen verwandeln konnten. Ich weiß nur noch, daß ich beschloß, den Onkel sofort wegzubringen, und zwar mit der Lord Roberts β. Es war mir klar, daß er bald ein gejagter Mann sein würde, und es erschien mir bereits zu unsicher, ihn auf seiner Flucht die gewöhnlichen Reiserouten zum Festland benutzen zu lassen. Ich mußte einen Plan entwickeln, und zwar rasch, wie wir am unauffälligsten in die Welt jenseits des Kanals kommen konnten. Mein Entschluß, wenigstens noch einen Flug mit meinem Luftschiff zu unternehmen, paßte dazu wie der Deckel auf den Topf. Ich hielt es für möglich, in der Nacht über den Kanal zu fliegen, in der Bretagne oder in der Normandie zu landen und dort wandernd weiterzukommen. Das war im großen und ganzen meine Idee. Ich schickte Cothope mit einem fingierten Brief nach Woking, weil ich niemanden in die Sache hineinziehen wollte, und brachte meinen Onkel zum Pavillon. Dann ging ich zu meiner Tante und erklärte ihr die Situation. Sie wurde bewundernswert aktiv. Wir gingen in das Ankleidezimmer des Onkels und brachen rücksichtslos die Schlösser auf. Ich nahm braune Stiefel, einen Tweedanzug und eine Mütze von ihm mit, eine passende Wanderbekleidung also, sowie eine Umhängetasche; einen weiten Automantel und zusätzliche Reisedecken hatte ich selber im Pavillon. Ich erhielt noch eine Flasche Brandy und Sandwiches. Ich kann mich nicht daran erinnern, irgendwelche Dienstboten bemerkt zu haben, und ich habe auch vergessen, woher die Tante eigentlich die Sandwiches nahm. Die ganze Zeit über sprachen wir, wie mir erst nachher auffiel, mit großer Zuversicht.

»Was hat er angestellt?« fragte sie.

»Willst du es wirklich wissen?«

»Mich plagt das Gewissen nicht mehr, Gott sei Dank!«

»Ich glaube – Fälschungen!«

Eine kleine Pause folgte. »Kannst du dieses Bündel tragen?« fragte sie dann.

Ich hob es hoch.

»Keine Frau hat jemals das Gesetz respektiert – seit jeher«, sagte sie. »Es ist zu verrückt ... Was das Gesetz alles zuläßt! Und dann wird man zur Rede gestellt – wie von einem wütenden Kindermädchen, das ein Kind ausschimpft.«

Sie trug ein paar Decken für mich durch den dämmrigen Garten.

»Sie werden denken, wir beide unternehmen einen

Mondscheinspaziergang«, sagte sie und deutete mit dem Kopf zum Haus. »Ich frage mich, was sie zu tun gedenken mit uns – Verbrechern.«

Wie als Antwort darauf ertönte ein gewaltiger dröhnender Klang. Wir erschraken beide. »Du liebe Zeit!« sagte sie. »Es ist der Essensgong! … Aber ich wünschte, ich könnte meinem Teddy helfen, George. Es ist schrecklich, hier nur an ihn denken zu können, mit heißen, roten, trokkenen Augen. Aber ich weiß – mein Anblick berührt ihn schmerzlich. Ich habe zuviel geredet, George. Wenn ich das gewußt hätte, würde ich ihm einen ganzen Omnibus voller Scrymgeours gegönnt haben. Ich habe ihn total heruntergemacht. Er hat vorher nie glauben können, daß ich es ernst meine … Doch möchte ich helfen, soviel ich kann.«

Irgend etwas in ihrer Stimme brachte mich dazu, mich umzudrehen, und ich sah, daß im Mondlicht auf ihren Wangen Tränen schimmerten.

»Hätte sie helfen können?« fragte die Tante plötzlich.

»Sie?«

»Diese Frau.«

»Mein Gott!« rief ich aus. »Helfen! Solche – Sachen können nie und nimmer helfen!«

»Erklär mir noch einmal, was ich zu tun habe«, sagte sie nach kurzem Schweigen.

Ich überlegte mit ihr, wie wir uns in Verbindung setzen wollten und wie sie sich verhalten sollte. Ich gab ihr die Adresse eines Anwalts, dem sie vertrauen konnte.

»Aber du mußt selbständig handeln«, betonte ich. »Skrupellos«, sagte ich, »es ist ein Tauziehen. Du mußt für uns herausholen, so viel du kannst, und du mußt so schnell wie möglich nachkommen.«

Sie nickte. Bis zum Pavillon ging sie mit, zögerte eine Zeitlang und kehrte dann um.

Ich fand meinen Onkel in einem Armsessel im Wohnzimmer sitzen, die Füße auf dem Schutzblech des Gasofens, in dem er ein Feuer gemacht hatte, ziemlich betrunken von meinem Whisky, körperlich und geistig abgespannt und zu Feigheit neigend.

»Ich habe meine Tropfen vergessen«, sagte er.

Langsam und unwillig zog er sich um. Ich mußte ihn antreiben, fast zum Luftschiff schleppen und in den geflochtenen Sitz hineinlegen. Mit einer Hand warf ich den Propeller an; wir schrammten am Dach entlang zum Schuppen, ein Propellerflügel verbog sich, und eine Zeitlang hing ich unten drunter, ohne daß er mir mit einer Hand geholfen hätte, wieder hinaufzuklettern. Wäre da nicht Cothopes Erfindung gewesen, ein Anker, der auf einer Schiene dahinglitt – wir hätten niemals starten können.

5

Die Ereignisse während unseres Fluges in der Lord Roberts β ordnen sich nicht von allein zu einem zusammenhängenden Bild. Die Erinnerungen an dieses Abenteuer sind wie ein zufälliger Blick in ein Bilderalbum. Man erinnert sich an dieses oder jenes. Wir lagen beide auf einer waagrechten Plattform aus Flechtwerk – denn die Lord Roberts β hatte nicht die eleganten Bequemlichkeiten eines Ballons –, ich vorne und mein Onkel hinter mir in einer Stellung, bei der er kaum etwas von unserem Flug sehen konnte. Nichts als ein Netz zwischen den Stahlstreben bewahrte uns davor, von der Plattform herunterzurollen. Es war vollkommen unmöglich aufzustehen; wir mußten liegen oder auf allen vieren über das Flechtwerk kriechen. Mittschiffs standen Kästen aus Watsons Aulitmaterial, und dazwischen lag mein Onkel in Decken gewickelt. Ich trug Autostiefel und Handschuhe aus Seehundfell, über meinem Tweedanzug einen Autopelz und steuerte den Apparat mit Hilfe von Hebeln und Bowdenzügen.

In der ersten Hälfte dieser Nacht war die Luft warm. Surrey und Sussex lagen im Mondlicht unter uns. Wir stiegen auf, sanken ein wenig ab und stiegen dann südwärts wieder in schnellem, gleichmäßigem Flug auf. Ich konnte die Wolken nicht beobachten, weil mir das Luftschiff die Sicht nach oben versperrte – ich sah weder die Sterne noch konnte ich das meteorologische Geschehen abschätzen, aber ich erkannte klar, daß der Wind aus Nord-Nordost an Stärke zunahm, und nachdem ich mich durch Ausdehnungs- und Zusammenziehversuche von der wirklichen Tragfähigkeit der Lord Roberts β überzeugt hatte, stoppte ich die Maschine, um Sprit zu sparen, ließ den Riesen treiben und prüfte die Richtung durch Beobachtung der dunklen Landschaft unter mir. Mein Onkel lag sehr still hinter mir, sagte sehr wenig und starrte nur vor sich hin, so daß ich mich meinen eigenen Gedanken und Empfindungen hingeben konnte.

Was ich damals dachte, ist schon lange aus meinem Gedächtnis verschwunden, und meine Empfindungen sind zu einer Erinnerung an die wechselnde Landschaft zusammengeschrumpft, die wie verschneit aussah, mit quadratischen dunkleren Flecken, weißen Trugbildern von Straßen und Bächen und Teichen in samtweichem Schwarz, dazwischen erhellte Fenster von Häusern. Ich erinnere mich an einen Zug, der wie eine eilige Raupe funkensprühend seinen Weg durch die Landschaft zog, und dessen Rattern ich ganz deutlich hörte. Die Städte und Straßen waren von Laternen hell erleuchtet. Ich segelte sehr tief über das südliche Hügelland bei Lewes. Alle Lichter in den Häusern waren erloschen und die Leute offenbar zu Bett gegangen. Wir verließen das Land etwas östlich von Brighton, das zu dieser Zeit schon schlief und dessen hell erleuchtete Seepromenade verlassen unter uns lag. Hier ließ ich die Gaskammer sich voll ausdehnen und stieg höher. Ich wollte hoch über dem Wasser segeln.

Ich weiß nicht genau, was in dieser Nacht geschah. Ich glaube aber, ich war eingedöst, und mein Onkel schlief vermutlich. Ich erinnere mich nur, daß ich ihn plötzlich mit eifriger, gedämpfter Stimme zu sich oder einem imaginären Gerichtshof sprechen hörte. Und ohne Zweifel hatte der Wind nach Osten gedreht, und wir wurden den Kanal entlanggetrieben, ohne die geringste Ahnung von der gewaltigen Abtrift. Und dann, als ich die graue öde Wasserwüste unter mir betrachtete, erkannte ich bestürzt, daß irgend etwas nicht stimmte. Ich war so benommen, daß ich erst nach Sonnenaufgang die Richtung der Schaumkronen unter mir bemerkte und begriff, daß wir in einer steifen östlichen Brise dahintrieben. Dann ließ ich den Motor an und drehte nach Süden statt nach Südosten, auf einen Kurs also, auf dem wir entweder zur Kanalinsel Ushant gelangen mußten oder bis in den Golf von Biskaya getragen würden. Ich glaubte, ich sei östlich von Cherbourg, während ich tatsächlich viel weiter westlich war, stoppte in diesem Glauben die Maschine und ließ sie dann wieder anspringen. Am späten Nachmittag sichtete ich die Küste der Bretagne im Südosten, und das brachte mir den Ernst unserer Lage zu Bewußtsein. Ich hatte das Land nur durch Zufall südöstlich entdeckt, während ich es im Südwesten gesucht hatte. Ich drehte nach Osten ab und kämpfte eine Zeitlang gegen den Wind, fand aber bald, daß ich keine Chance gegen ihn hatte, stieg höher, wo er weniger stark zu sein schien, und bemühte mich, einen südöstlichen Kurs zu halten. Erst jetzt begriff ich die Stärke des Sturms, in den wir geraten waren. Wir waren durch Böen in westlicher Richtung, möglicherweise sogar nordwestlich mit einer Geschwindigkeit von fünfzig oder sechzig Meilen in der Stunde abgetrieben worden.

Jetzt begann das, was ich den Kampf gegen den Ostwind nennen möchte. Der Wind versuchte uns nach Westen zu treiben, und ich bemühte mich, so weit wie möglich ostwärts zu bleiben, der Wind schlug und schüttelte uns immer wieder, aber keineswegs unerträglich, ungefähr zwölf Stunden lang. Ich setzte meine Hoffnung darauf, daß der Wind nachlassen würde und daß wir uns bis dahin östlich von Finisterre halten könnten, denn die Hauptgefahr lag im Verbrauch unseres Sprits. Es war eine lange, beunruhigende und zugleich fast besinnliche Zeit; wir lagen warm eingehüllt und spürten erst ganz allmählich ein Hungergefühl, und außer daß mein Onkel vor sich hinmurmelte, philosophische Bemerkungen von sich gab oder sich darüber aufregte, daß er Fieber habe, sprachen wir sehr wenig. Ich war müde und verdrossen und vor allem besorgt um den Motor. Ich mußte den Wunsch unterdrücken, nach hinten zu kriechen, um ihn mir anzusehen. Und ich konnte es nicht riskieren, die Gaskammer zusammenzudrücken, aus Furcht, wir könnten Gas verlieren. Das alles hatte durchaus nichts mit einem Kampf zu tun. Ich weiß, daß solche Abenteuer von Illustrierten in übertriebenen Ausdrücken geschildert werden: Kapitäne retten Schiffe, Ingenieure vollenden Brücken, Generäle führen Schlachten, und sie tun es in einem Zustand höchster Erregung und mit tiefgründigen fachlichen Ausdrücken auf den Lippen. Ich nehme an, daß diese Art von Schilderung den Lesern gefällt, aber meiner Überzeugung nach ist ihr Anspruch, die Wirklichkeit wiederzugeben, kindischer Unsinn. Fünfzehnjährigen Schülern, achtzehnjährigen Mädchen und Schriftstellern ihr ganzes Leben hindurch mögen derlei aufgebauschte Berichte angemessen sein, aber nach meiner eigenen Erfahrung sind die meisten dieser Szenen nicht aufregend, und die meisten ernsten Situationen im Leben werden von kühl denkenden Männern gemeistert.

Weder ich noch mein Onkel verbrachten die Nacht unter Stoßgebeten, mit humorvollen Anspielungen oder harten Flüchen. Wir blieben träge. Mein Onkel lag hinten, schimpfte über seinen Magen und murmelte gelegentlich etwas über seine finanzielle Lage und den Verrat Neals – wahrscheinlich brachte er dabei ein- oder zweimal Treffendes über Neal heraus –, und ich kroch in großen Abständen unsicher und keuchend zu ihm hin, unser geflochtener Boden knarrte ständig, und der Wind strich an der Gaskammerwand vorbei und brachte sie geräuschvoll zum Flattern. Trotz aller Decken wurde uns im Laufe der Nacht schrecklich kalt.

Ich mußte wieder eingedöst sein, und es war immer noch dunkel, als ich jäh erkannte, daß wir fast genau südlich von einem weit entfernten, gleichmäßig blinkenden Leuchtturm nahe dem Lichtschein einer großen Stadt waren, begriff, daß mich der Stillstand unseres Motors aufgeweckt hatte und daß wir nach Westen zurückgetrieben wurden.

Dann durchrieselte mich doch tatsächlich einen Augenblick lang tiefe Freude darüber, daß wir noch am Leben waren. Ich kroch zu den Tauen der Entlüftungsventile vor, brachte meinen Onkel dazu, auch nach vorne zu kriechen, und ließ so lange Gas aus, bis wir durch die Luft nach unten segelten wie einer meiner schwerfälligeren Flugapparate.

Hier muß dann irgend etwas dazwischengekommen sein, das ich vergessen habe. Es war noch vollkommen dunkel, als ich die Lichter von Bordeaux sah, ein matter Schein in der Finsternis; dessen bin ich mir ziemlich sicher. Niedergegangen sind wir jedoch im kalten unsicheren Zwielicht der Morgendämmerung. Dessen bin ich mir fast ebenso sicher. Und Mimizan, in dessen Nähe wir landeten, ist fast achtzig Kilometer von Bordeaux entfernt, dessen Hafenbeleuchtung ich gesehen haben mußte.

Ich erinnere mich, daß ich schließlich mit merkwürdiger Teilnahmslosigkeit landete und mich richtiggehend zwingen mußte zu steuern. Aber die Landung selbst war aufregend genug. Ich erinnere mich noch, wie wir den Erdboden entlanggetrieben wurden, und an die Schwierigkeiten, aus dem Apparat herauszukommen. Als dann mein Onkel von den Leinen und Tauen fortstolperte und mich dabei so heftig anstieß, daß ich auf die Knie fiel, erfaßte eine Bö die Lord Roberts β, und ich erkannte, daß sich das Riesending freizumachen und zu entwischen versuchte. Ich fühlte den leichten Ruck, als es hochsprang. Dabei glitt mir das Haltetau aus den Händen. Ich erinnere mich, daß ich knietief in einen Teich mit Brackwasser hineinlief, um das Luftschiff einzuholen, das schlingernd seewärts trieb, und erst als ich es trotz aller Bemühungen nicht mehr einzuholen vermochte, wurde mir klar, daß dies das Beste war, was uns passieren konnte. Es trieb rasch über die sandigen Dünen, auf- und abschlingernd, und verschwand hinter einer Gruppe windzerzauster Bäume. Dann kam es in einiger Entfernung nochmals zum Vorschein, segelte eine Weile weiter, sank langsam herab, und ich sah es nicht mehr. Vermutlich ist es ins Meer gefallen, voll Salzwasser gelaufen und gesunken.

Es wurde nie gefunden, und ich habe auch nie eine Meldung darüber gehört, daß es irgend jemand entdeckt hätte, nachdem ich es das letzte Mal gesehen hatte.

6

Ich fand es, wie erwähnt, schwierig, hier unseren langen Flug über den Kanal zu beschreiben, doch meine Erinnerungen an Frankreich sind sehr klar. Ich sehe es wieder vor mir, wie einst mit meinen leiblichen Augen, Sanddünen hinter Sanddünen, grau, kalt, mit schwarzen Kanten und einige wenige Grasbüschel. Ich fühle wieder die klare, kalte Luft des frühen Morgens und höre das entfernte Bellen eines Hundes. Erneut taucht die Frage auf: »Was tun wir jetzt?«, die ich damals in meiner abgrundtiefen Müdigkeit zu lösen versuchte.

Zunächst widmete ich meine ganze Aufmerksamkeit meinem Onkel. Er zitterte am ganzen Körper, und ich mußte den Wunsch unterdrücken, ihn sofort in ein bequemes Bett zu bringen. Denn ich wollte in diesem Teil der Welt eindrucksvoll auftreten. Ich fand, daß es nicht gut war, im Morgengrauen irgendwo aufzutauchen und nach einem Zimmer zu fragen, das wäre doch eher verdächtig gewesen; wir mußten bis zum Nachmittag warten und dann als staubige Fußwanderer erscheinen, die etwas essen wollten. Ich gab meinem Onkel den Rest der Brötchen, leerte die Flaschen und riet ihm zu schlafen, doch noch war ihm zu kalt, obwohl ich ihn in eine große Pelzdecke gewickelt hatte.

Ich war bestürzt darüber, wie furchtbar müde und alt er mit den grauen Bartstoppeln auf dem Kinn aussah. Er saß zusammengekauert, zitternd und hustend da, aß widerwillig, trank jedoch gierig und wimmerte leise vor sich hin, eine mitleiderregende Gestalt. Aber das mußten wir überstehen; es gab keinen anderen Weg.

Schließlich ging die Sonne über den Bäumen auf, und der Sand erwärmte sich rasch. Mein Onkel hatte gegessen, saß zusammengekauert mit den Händen auf den Knien da und bot den Anblick einer hoffnungslos verlorenen Seele.

»Ich bin krank«, sagte er. »Verdammt schwer krank! Ich fühle es in allen Knochen!«

Dann – es war entsetzlich – schrie er: »Ich sollte im Bett liegen; ich sollte im Bett liegen … statt herumzufliegen«, und brach plötzlich in Tränen aus.

Ich stand auf. »Du sollst schlafen, hörst du!« sagte ich, nahm die Decke, breitete sie aus und wickelte ihn darein.

»Schön und gut«, protestierte er; »ich bin nicht mehr jung genug –«

»Heb den Kopf hoch«, unterbrach ich ihn und schob seinen Rucksack darunter.

»Sie werden uns hier genauso erwischen wie in einem Gasthaus«, murmelte er und lag ganz still.

Nach langer Zeit schließlich merkte ich, daß er eingeschlafen war. Sein Atem ging eigenartig pfeifend, und immer wieder hustete er. Ich selbst war sehr steif und müde und döste vor mich hin. Ich kann mich an nichts erinnern, nur noch daran, daß ich fast eine Ewigkeit neben ihm saß, zu schwach zum Denken, inmitten dieser sandigen Einöde.

Niemand kam in unsere Nähe, kein Mensch, nicht einmal ein Hund. Schließlich erhob ich mich mit dem Gefühl, daß es vergeblich sei, nicht auffallen zu wollen, und mit bleischweren Gliedern versuchten wir, durch den tiefen Sand zu einem Bauernhaus zu gelangen. Dort gab ich vor, noch weniger Französisch zu sprechen, als ich tatsächlich konnte, und brachte es so heraus, als hätten wir, von Biarritz kommend, den Weg entlang der Küste verfehlt und seien von der Nacht überrascht worden. Das erklärte alles, wie ich glaubte, ganz gut, man brachte uns erfrischenden Kaffee und fuhr uns mit einem Wagen zu einem kleinen Nebenbahnhof. Mein Onkel wurde mit jeder Stunde unserer Reise ernstlicher krank. Ich fuhr mit ihm nach Bayonne, wo er sich anfangs weigerte, etwas zu essen, und sich hinterher sehr schlecht fühlte. Ich brachte ihn dann mit Schüttelfrost und halb bewußtlos auf einer Lokalbahn zu einem Grenzort namens Luzon Gare.

Wir fanden in einem gemütlichen Gasthof bei einer freundlichen baskischen Wirtin zwei kleine Zimmer. Ich brachte den Onkel zu Bett und blieb diese Nacht bei ihm; nachdem er eine Stunde geschlafen hatte, wachte er mit hohem Fieber wieder auf und phantasierte, verfluchte

Neal und wiederholte lange Reihen ungenauer Zahlen. Er brauchte ganz offensichtlich einen Arzt, und gegen Morgen ließ ich einen kommen. Es war ein junger Mann aus Montpellier, der gerade erst zu praktizieren begonnen hatte, sehr geheimnisvoll und modern in seinen Ausdrükken und ansonsten von keinem großen Nutzen war. Er sprach von Erkältung und Unterkühlung, von Grippe und Lungenentzündung. Er gab viele genaue und schwierige Anweisungen ... Ich sah mich gezwungen, die Pflege und ein Krankenzimmer zu organisieren. Ich brachte eine Nonne in dem zweiten Zimmer des Gasthofes unter und nahm selbst ein anderes Zimmer im Gasthaus »Port de Luzon«, vierhundert Meter entfernt.

7

Nun komme ich in meiner Geschichte zu dem Zeitpunkt, da dieser seltsame Zufluchtsort am Ende der Welt zum Sterbelager meines Onkels wurde. Stellen Sie sich als Hintergrund die Pyrenäen vor, blaue Hügel und sonnenbeschienene Häuser, das alte Schloß von Luzon und einen rauschenden Wildbach, und im Vordergrund das dämmrige, dumpfe Zimmer, dessen Fenster die Nonne und die Wirtin in vollkommener Übereinstimmung immer geschlossen hielten, mit gewachstem Boden, Himmelbett, charakteristischen französischen Stühlen und dem unvermeidlichen Kamin, mit Champagnerflaschen und schmutzigen Waschbecken, gebrauchten Handtüchern und Paketen von »Somatose« auf dem Tisch. Und in der ungesunden Luft dieses beengten Raumes hinter den Bettvorhängen lag mein kleiner Onkel, abgesondert und wie auf einem Thron, setzte sich auf, krümmte sich oder warf sich hin und her – es waren die letzten Reflexe seines schwindenden Lebens. Man ging hin und schlug die Vorhänge zur Seite, wenn man zu ihm hineinsehen oder mit ihm sprechen wollte.

Gewöhnlich saß er aufrecht in den Kissen, weil er in dieser Stellung leichter atmen konnte. Er schlief kaum.

Ich kann mich undeutlich daran erinnern, daß ich ganze Nächte, Vormittage und Nachmittage an diesem Bett verbrachte, und wie die Nonne um mich herumschwebte, wie bescheiden, gut und unnütz sie war und welch entsetzlich schwarze Fingernägel sie hatte. Andere Leute kamen und gingen, vor allem der Arzt, ein junger, übermäßig rundlicher Mann in einem Motorradanzug, mit gleichmäßigen blassen Gesichtszügen, einem kleinen Spitzbart und dem langen schwarzen, gekräuselten Haar und der großen Schleife eines angehenden Dichters. Klar und deutlich, jedoch belanglos sind die Erinnerungen an die baskische Wirtin und ihre Familie, die für mich sorgten und mir erstaunlich abwechslungsreiche Mahlzeiten zubereiteten, mit Suppe, Salat, Huhn und bemerkenswerten Nachspeisen. Sie waren alle sehr freundlich, sympathisch und zielbewußt. Und ich versuchte fortwährend, ohne Aufsehen zu erregen, Zeitungen aus London zu bekommen.

Doch der Mittelpunkt all dieser Eindrücke ist mein Onkel.

Ich habe wieder versucht, ein Bild von ihm zu entwerfen, ein Bild des jungen Mannes in der Apotheke von Wimblehurst, dann des schäbigen Assistenten in der Tottenham Court Road, des Abenteurers in der Frühphase von Tono-Bungay und schließlich des selbstsicheren, albernen Plutokraten. Und nun veränderte ihn der Schatten des nahenden Todes so seltsam, machte seine schweißglänzende Haut schlaff und gelb, die Augen groß und glasig, das Gesicht durch die Bartstoppeln fremd und die Nase spitz und dünn. Er hatte noch nie so unbedeutend ausgesehen wie jetzt. Er sprach mit flüsternder, heiserer

Stimme von großartigen Projekten, vom Sinn seines Lebens und davon, wohin er gehen werde. Armer kleiner Mann! Diese letzte Zeit unterschied sich von allen vorangegangenen. Es war, als klettere er aus den Trümmern seiner Karriere und blicke noch einmal um sich. Denn er hatte im Delirium einige lichte Augenblicke.

Auch wußte er ziemlich sicher, daß er sterben werde. Irgendwie befreite ihn das von der Last seiner Sorgen. Er sprach nicht mehr von Neal, von Flügen, Flucht oder Bestrafung.

»Es war eine großartige Karriere, George«, sagte er, »aber ich werde froh sein, endlich ausruhen zu können. Froh, auszuruhen! … Froh, auszuruhen.«

Seine Gedanken beschäftigten sich nur mit seiner Laufbahn, und für gewöhnlich – ich freue mich, das sagen zu können – mit Befriedigung und Genugtuung. In den Fieberphantasien übertrieb er seine Selbstzufriedenheit und redete oft von seiner Glorie. Er zupfte dann an der Bettdecke, starrte vor sich hin und flüsterte fast unhörbare Satzstücke.

»Was ist das für ein großartiger Ort, dieser umwölkte Turm, diese luftigen Zinnen? … Ilion. Himmelstürmend …die Feste Ilion, die Residenz eines der großen Handelsfürsten … Terrasse über Terrasse. Zum Himmel ragend … Königreiche, die Cäsar nicht kannte … Ein großer Dichter, George. Königreiche, die Cäsar nicht kannte … Mit ganz neuen Methoden … Größe … Millionen … Universitäten … Er steht auf der Terrasse – auf der obersten Terrasse und – leitet – leitet – leitet den Erdball – leitet – den Handel.« …

Manchmal war es schwer zu unterscheiden, ob er bei Bewußtsein war oder im Fieberwahn sprach. Die geheimen Antriebe seines Lebens, die eitlen Träume offenbarten sich. Ich glaube manchmal, daß sich der Mensch sein Leben stets im Bett ausmalt, sorgenfrei und kritiklos, bis er sich waschen und ankleiden und geziemend in Wort und Tat seinen Mitmenschen gegenübertreten muß. Ich habe den Verdacht, daß alle unausgesprochenen Gedanken in unserer Seele irgendwie an der Verworrenheit eines Deliriums oder einer Geisteskrankheit teilhaben ... Sicherlich kamen über diese schmalen, gequälten Lippen zwischen den grauen Bartstoppeln nur Träume und unzusammenhängende Wahngebilde ...

Manchmal phantasierte er über Neal, bedrohte Neal: »Was hat er investiert?« sagte er. »Denkt er, er kann mir entkommen? ... Wenn ich ihn verfolge ... Trümmer überall ... Man könnte meinen, ich hätte ihm sein Geld gestohlen.«

Und manchmal kam er auf unseren Flug im Luftschiff zu sprechen. »Es ist zu lang, George, zu lang und zu kalt. Ich bin zu alt – viel zu alt – für solche Unternehmungen ... Damit rettest du mich nicht – du bringst mich nur um.«

Allmählich war unsere Identität offensichtlich entdeckt worden. Ich sah, daß die Presse (und vor allem Booms Anteil daran) Zetermordio schrie, eigene Reporter aussandte, um uns aufzuspüren, und obwohl uns keiner von diesen vor dem Tod meines Onkels erreichte, fühlte man schon die Vorboten des gewaltigen Sturms. Die Angelegenheit kam in die großen französischen Zeitungen. Die Leute wurden uns gegenüber neugieriger, eine Anzahl unbekannter Gesichter tauchte am Schauplatz des Todeskampfes auf, der hinter den geschlossenen Bettvorhängen ausgefochten wurde. Der junge Arzt bestand auf einer Konsultation, ein Auto kam von Biarritz herauf, und plötzlich begannen sich seltsame Leute flackernden Auges mit Nachfragen und Hilfsangeboten wichtig zu machen. Obgleich es nicht ausgesprochen wurde, konnte ich fühlen, daß wir nicht mehr als einfache Mittelklassetouristen angesehen wurden – wenn ich ging, spürte ich um mich herum fast greifbar den Nimbus des Reichtums und einer kriminellen Verruchtheit. Einheimische von ansehnlicher Wohlhabenheit tauchten im Gasthof auf und zogen Erkundigungen ein, der Pfarrer von Luzon zeigte sich hilfsbereit, die Menschen beobachteten unsere Fenster und starrten mir nach, wenn ich kam oder ging; und dann wurden wir von einem kleinen englischen Geistlichen und seiner liebenswürdigen, tatkräftigen Gattin in strengem anglikanischem Schwarz überfallen, die wie tugendhafte, aber unbeirrbare Geier aus der Nachbargemeinde Saint Jean de Pollack auf uns herniederstießen.

Der Geistliche war einer jener merkwürdigen Typen, die zwischen entlegenen Landstädten in England und dem Lesen bestellter anglikanischer Messen in fortschrittlichen Hotels hin und her pendeln, ein nervöser, hartnäckiger kleiner Kerl mit schütterem Haar, einer Brille, einer roten Knopfnase und abgetragener schwarzer Kleidung. Er war ganz offensichtlich beeindruckt von der Finanzgröße meines Onkels und von einer dunklen Ahnung unserer wahren Identität, und er strahlte und quoll über von Takt und geschäftiger Hilfsbereitschaft. Er bestand darauf, die Nachtwache mit mir zu teilen, bot mit beiden Händen seine Dienste an, und da ich mich gerade wieder mit den Londoner Angelegenheiten beschäftigte und versuchte, die ungeheuren Folgen des Zusammenbruchs aus den Zeitungen, die ich mir aus Biarritz verschafft hatte, zu entwirren, nahm ich sein Angebot gerne an und begann die neue Entwicklung der Finanzen zu studieren, die nun vor mir lag. Ich hatte die Beziehung zur Religion so sehr verloren, daß ich die offensichtliche Möglichkeit übersah, der Anglikaner könnte meinen armen, geschwächten Onkel mit theologischem Trost überfallen. Meine Aufmerksamkeit wurde jedoch sehr rasch darauf gelenkt, als er höflich, aber energisch von der baskischen Wirtin verlangte, ein billiges Kruzifix über das Fußende des Bettes zu hängen, wo es den Blick meines Onkels auf sich ziehen würde, und wo es dann, wie ich feststellte, tatsächlich seinen Blick festhielt.

»Guter Gott!« rief ich. »Geht das immer noch weiter?«

In einer Nacht hatte der kleine Geistliche die Wache übernommen, und in den frühen Morgenstunden schlug er unter großer Aufregung falschen Alarm: mein Onkel liege im Sterben. Ich glaube, ich werde diese Szene niemals vergessen, die damit begann, daß ich Schritte vor meiner Zimmertür und die Stimme des Geistlichen hörte, nachdem ich gerade eingeschlafen war.

»Wenn Sie Ihren Onkel noch einmal sehen möchten, bevor er stirbt, müssen Sie jetzt kommen.«

Der dumpfe kleine Raum war, als ich eintrat, voll von Menschen. Drei flackernde Kerzen brannten. Ich glaubte mich ins achtzehnte Jahrhundert zurückversetzt. Und da lag mein Onkel zwischen unbeschreiblich zerwühlten Bettdecken, über alle Maßen lebensmüde, schwach und phantasierend, und der kleine Geistliche hielt seine Hand, versuchte ihn anzusprechen und wiederholte immer wieder:

»Mr. Ponderevo, Mr. Ponderevo, es ist alles in Ordnung; es ist alles in Ordnung! Nur glauben! ›Glaube an mich und du wirst gerettet werden!‹«

Gleich daneben stand der Arzt mit einer jener grausamen, albernen Injektionsnadeln, die diesen halbgebildeten jungen Männern die moderne Wissenschaft in die Hand gedrückt hat, und er versuchte, das flackernde Lebenslicht meines Onkels in vollkommen sinnloser Weise noch einmal anzufachen. Die Nonne drückte sich schläfrig mit einer längst fälligen vergessenen Arznei im Hintergrund herum. Und nicht nur die Wirtin war aufgestanden, sie hatte auch ihre alte Mutter und ihren leicht schwachsinnigen Gatten aufgeweckt, außerdem drängte sich noch ein dicklicher, schwerfälliger Mann in einem grauen Flanellanzug herein, der sich wichtig vorkam – wer er war und wie er dort hingekommen ist, weiß ich bis heute nicht. Mir scheint, der Doktor stellte ihn mir auf Französisch vor, doch verstand ich nicht, was er sagte. Alle waren übernächtigt, hatten sich eilig und nachlässig angezogen, starrten gespannt auf den im Todeskampf liegenden Menschen und machten aus seinem Hinscheiden ein anstößiges öffentliches Schauspiel, diese sonderbaren menschlichen Wesen im Licht dreier flackernder Kerzen, alle höchst erpicht darauf, bei diesem Sterben dabeizusein. Der Arzt stand, die anderen saßen auf Stühlen, die von der Wirtin hereingebracht und aufgestellt worden waren.

Und mein Onkel brachte sie um den Höhepunkt des Dramas und starb nicht.

Ich verdrängte den kleinen Geistlichen von seinem Stuhl neben dem Bett. Er lief nun unruhig im Zimmer herum.

»Ich glaube«, flüsterte er mir zu, als er mir Platz machte, »ich glaube – es ist alles in Ordnung mit ihm.«

Ich hörte, wie er versuchte, dem schwerfälligen Mann im grauen Flanellanzug die üblichen Phrasen anglikanischer Frömmigkeit ins Französische zu übersetzen. Dann warf er ein Glas vom Tisch und bückte sich, um die Scherben aufzuheben. Ich bezweifelte von Anfang an diese Erwartung eines raschen Sterbens. Flüsternd befragte ich den Arzt. Als ich mich umwandte und nach dem Champagner griff, wäre ich fast über die Beine des Geistlichen gestolpert. Er kniete vor dem Stuhl, den die baskische Wirtin bei meiner Ankunft gebracht hatte, und betete laut: »Himmlischer Vater, gedenke dieses deines Kindes ...« Ich zog ihn hoch, und im nächsten Augenblick lag er vor einem anderen Stuhl, um zu beten, und versperrte der Nonne den Weg, die mir einen Korkenzieher bringen wollte. Irgendwie kam mir dabei die fürchterliche Blasphemie Carlyles in den Sinn, über »Das letzte Miauen eines ersaufenden Kätzchens«. Sogleich fand der Anglikaner einen dritten freien Stuhl; es war, als spiele er ein Gesellschaftsspiel.

»Gütiger Himmel!« sagte ich mir. »Diese Leute gehören nicht hierher«, und ich wurde energisch.

Vorübergehend ließ mich mein Gedächtnis im Stich, ich vergaß alle meine Französischkenntnisse. Ich drängte die Leute hauptsächlich mit Hilfe von Gesten hinaus und öffnete zum allgemeinen Entsetzen das Fenster. Ich gab zu verstehen, daß die Sterbeszene verschoben sei, und tatsächlich starb mein Onkel erst in der folgenden Nacht.

Ich ließ den kleinen Geistlichen nicht wieder in seine Nähe und achtete auf irgendwelche Anzeichen einer geistigen Verwirrung. Aber es gab keine. Einmal sprach der Onkel von »diesem geistlichen Kerl«.

»Ist er dir lästig?« fragte ich.

»Der wollte irgendwas«, erwiderte er.

Ich schwieg und horchte angestrengt auf sein Gemurmel. Ich verstand, daß er sagte: »Sie wollten zuviel.« Sein Gesicht zuckte wie das Gesicht eines Kindes, das dem Weinen nahe ist. »Sie können keine sicheren sechs Prozent bekommen«, murmelte er. Ich hatte einen Augenblick den wilden Verdacht, daß diese letzten Worte durchaus nicht nur geistlichen Inhalts seien, aber das war, glaube ich, eine ungerechte Verdächtigung. Der kleine Geistliche war so rechtschaffen wie der lichte Tag. Mein Onkel hatte ihn lediglich seinem Stande zugeordnet.

Aber es mochten diese Selbstgespräche gewesen sein, die einige seit langem stumme Saiten im Gehirn meines Onkels angeschlagen hatten, Gedanken, die durch die Erfordernisse dieser Welt unterdrückt und verschüttet worden waren. Kurz vor seinem Tod wurde er plötzlich vollkommen klar, und ungeachtet seiner Schwäche begann er leise, aber deutlich zu sprechen.

»George«, flüsterte er.

»Ich bin hier«, erwiderte ich, »nahe bei dir.«

»George. Du warst immer für die Wissenschaft zuständig. Du weißt es besser als ich. Ist – ist es bewiesen?«

»Was bewiesen?«

»Einer der Wege?«

»Ich verstehe nicht.«

»Daß nach dem Tod alles vorbei ist. Nach all dem – nach so großartigen Anfängen. Irgendwo. Irgend etwas.«

Ich starrte ihn erstaunt an. Seine eingesunkenen Augen blickten sehr ernst.

»Was erwartest du?« fragte ich verwundert.

Er antwortete zuerst nicht. »Sehnsüchte«, flüsterte er dann.

Er begann einen unzusammenhängenden Monolog und beachtete mich nicht mehr. »Flüchtige Wolken des Ruhmes«, sagte er, und »erstklassiger Dichter, erstklassiger ... George war immer tüchtig. Immer.«

Lange Zeit blieb es still.

Dann deutete er mir an, daß er mit mir sprechen wolle.

»Es scheint mir, George –«

Ich beugte mich zu ihm, und er versuchte, seine Hand auf meine Schulter zu legen. Ich richtete ihn ein wenig in seinen Kissen auf und lauschte.

»Es scheint mir, George, immer – als müßte irgend etwas in mir sein – das nicht sterben wird.«

Er schaute mich an, als läge die Entscheidung bei mir.

»Ich glaube«, sagte er, »– irgend etwas.«

Dann wanderten seine Gedanken einen Augenblick lang im Kreise. »Nur ein winziges Etwas«, flüsterte er fast flehend, und lag ganz still, doch bald war er wieder unruhig.

»Eine andere Welt –«

»Vielleicht«, sagte ich. »Wer weiß?«

»Eine andere Welt.«

»Da gibt es wenig Freiheit für Spekulationen«, sagte ich. »Nein.«

Er verstummte. Ich saß über ihn gebeugt und folgte meinen eigenen Gedankengängen, dann nahm die Nonne ihren regelmäßigen Kampf um das Schließen des Fensters wieder auf. Eine Zeitlang rang mein Onkel nach Luft … Es kam mir so unsinnig vor, daß er dermaßen leiden mußte – der arme, bedauernswerte kleine Mann.

»George«, flüsterte er und streckte seine schwache kleine Hand aus. »Vielleicht –«

Mehr sagte er nicht, aber ich erkannte am Ausdruck seiner Augen, daß er dachte, er habe die Frage zu Ende gesprochen.

»Ja, ich glaube schon«, behauptete ich tapfer.

»Bist du sicher?«

»Oh – ziemlich sicher«, sagte ich, und er wollte mir die Hand drücken. Da saß ich nun, hielt seine Hand und versuchte mich zu besinnen, welcher Keim der Unsterblichkeit sich in seinem Leben finden ließ, welche Art von Geist aus ihm in rauhe Unendlichkeiten eingehen könnte. Ich kam auf merkwürdige Gedanken … Lange Zeit lag er still, zuckte gelegentlich oder rang um Atem, und ich trocknete ihm immer wieder Lippen und Mund.

Ich versank in tiefes Nachdenken. Die Veränderung, die mit seinem Gesicht vorging, bemerkte ich nicht sofort. Er lag in seinen Kissen, stieß ein schwaches »Zss« aus, und dann starb er sehr ruhig – sehr erleichtert durch meine Beteuerung. Ich weiß nicht, wann er gestorben ist. Seine Hand wurde schlaff. Und plötzlich erkannte ich erschrocken, daß sein Mund offenstand und daß er tot war …

8

Es war finstere Nacht, als ich von seinem Totenbett aufstand und die gewundene Hauptstraße von Luzon entlang zu meinem Gasthof wanderte.

Diese Rückkehr zu meiner Unterkunft blieb mir im Gedächtnis als unabhängiges, seltsames Erlebnis haften. Drinnen waren ein paar Frauen sehr beschäftigt, zündeten Kerzen an und erwiesen diesem eigenartigen, leblosen Ding, das einmal mein geschäftiger, strebsamer kleiner Onkel gewesen war, die letzten Dienste. Ich fand diese Arbeiten lästig und ungehörig. Ich schlug die Tür zu und ging in den warmen, feinen Sprühregen auf die Hauptstraße hinaus. Der trübe Schein der Lampen ließ große Strecken in Dunkelheit, und keine Seele war zu sehen. Der warme Nebelschleier bewirkte in mir ein Gefühl ungeheurer Einsamkeit. Die Häuser am Straßenrand schienen wie zu einer anderen Welt zu gehören. Schwaches Hundegebell unterstrich noch die Stille der Nacht; alle Leute hier hielten wegen der nahen Grenze Hunde.

Der Tod!

Es war für mich eine jener seltenen Zeiten der Befreiung, in denen man sich ein wenig außerhalb und neben dem Leben fühlt. Ich empfand dasselbe wie manchmal nach dem Ende eines Theaterstückes. Ich sah die Ereignisse im Leben meines Onkels wie etwas Vertrautes und Abgeschlossenes. Es war vorbei, wie ein Schauspiel, das man gesehen hat, wie ein Buch, das man schließt. Ich dachte an den Ehrgeiz und die Gründungen, an das lärmende London, an die vielerlei verschiedenen Menschen, mit denen wir in unserem Leben zu tun gehabt hatten, an die öffentlichen Versammlungen, die Aufregungen, die Festessen und Diskussionen, und plötzlich schien es mir, als hätte es das alles nie gegeben. Ich empfand es wie eine Entdeckung, daß das alles nie Wirklichkeit gewesen war.

Ich habe das Leben schon früher und auch später ein Trugbild genannt, aber niemals habe ich das so deutlich als wahr empfunden wie in dieser Nacht ... Wir waren getrennt. Wir beide, die wir einander so lange begleitet hatten, waren getrennt. Doch ich wußte, das war kein Ende für ihn oder für mich. Er war einen Traumtod gestorben, der einen Traum abschloß; sein Alptraum war vorüber. Es schien mir fast so, als wäre auch ich gestorben. Was machte das schon aus, da doch alles unwirklich war, der Schmerz und die Sehnsucht, der Anfang und das Ende? Es gab nichts Wirkliches außer dieser einsamen Straße, die ich verwirrt und müde entlangging ...

Ein Teil des Nebels wurde zu einer großen Bulldogge, die auf mich zukam, stehenblieb, um mich herumschlich, knurrte, heiser bellte und sich gleich darauf wieder in Nebel auflöste.

Meine Gedanken wanderten zurück zu den uralten Ansichten und Ängsten unserer Rasse. Meine Zweifel und mein Unglaube fielen von mir wie ein loses Gewand. Ich fragte mich allen Ernstes, welche Hunde den anderen Wanderer auf seinem Weg in die Dunkelheit jetzt wohl anbellten, welche Gebilde oder welche Lichter vor ihm auftauchten, wenn er seine Schritte von unserer letzten Begegnung auf Erden fortlenkte – auf Pfaden etwa, auf einem Weg, der ewigen Bestand hatte?

9

Die letzte, die sich am Totenbett meines Onkels einfand, war meine Tante. Als alle Hoffnung schwand, daß mein Onkel am Leben bleiben könne, ließ ich jede Geheimhaltung beiseite und telegraphierte direkt an sie. Aber sie kam zu spät, sie traf ihn nicht mehr lebend an.

Sie sah ihn liegen, ruhig und still, seltsam entrückt seiner redseligen Lebhaftigkeit, starr und fremd.

»Das ist er nicht mehr«, flüsterte sie, und sie flüsterte aus Ehrfurcht vor seiner ungewöhnlichen Würde.

Ich erinnere mich hauptsächlich daran, wie sie auf der Brücke unterhalb der alten Burg redete und weinte. Wir hatten uns einige dilettantische Reporter aus Biarritz vom Halse geschafft und waren in der heißen Morgensonne nach Port Luzon spaziert. Dort standen wir eine Weile am Brückengeländer und betrachteten die fernen Gipfel, die gewaltige blaue Gebirgskette der Pyrenäen. Wir schwiegen lange, dann begann sie zu reden.

»Das Leben ist wunderlich, George!« begann sie. »Wer hätte damals gedacht, als ich noch in Wimblehurst deine Strümpfe stopfte, daß die Geschichte so enden würde? Alles ist jetzt so weit entfernt – das kleine Geschäft, sein und mein erstes Zuhause. Der Glanz der Flaschen, dieser großen bunten Flaschen! Kannst du dich erinnern, wie das Licht auf der Mahagonikommode schimmerte? Die kleinen goldenen Buchstaben! Ol Amyg, und S'nap! Ich sehe das noch vor mir – hell und strahlend – wie ein holländisches Gemälde. Wirklich! Als wäre es erst gestern gewesen. Und das hier ist ein Traum. Du ein Mann – und ich eine alte Frau, George. Und der arme kleine Teddy, der immer vorwärtsdrängte und redete – der Lärm, den er immer machte – oh!«

Sie schluchzte und ließ den Tränen freien Lauf. Sie weinte, und ich war froh, sie weinen zu sehen …

Sie stand über das Brückengeländer gebeugt, das tränennasse Taschentuch in der verkrampften Hand.

»Nur noch einmal eine Stunde in dem alten Geschäft – und seine Stimme hören. Bevor alles andere geschah. Bevor sie ihn alle umdrängten. Und ihn verrückt machten … Die Menschen sollten sich nicht so von Geschäften und derartigen Dingen verlocken lassen … Hat man ihm weh getan, George?« fragte sie plötzlich.

Einen Augenblick lang begriff ich nicht.

»Hier, meine ich«, sagte sie.

»Nein«, log ich mannhaft und verdrängte die Erinnerung an die dumme Injektionsnadel, mit der ich den jungen Arzt ertappt hatte.

»Ich frage mich, George, werden sie ihn im Himmel zu Wort kommen lassen …?«

Sie sah mich an. »O George, Lieber, das Herz tut weh, und ich weiß nicht mehr, was ich sage und tue. Gib mir deinen Arm, damit ich mich darauf stützen kann – es ist gut, daß ich dich habe, Lieber, und mich auf dich stützen kann … Ja, ich weiß, du hast mich gern. Darum rede ich jetzt. Wir haben einander immer geliebt und niemals darüber gesprochen, doch du hast es gewußt, und ich habe es gewußt. Aber mein Herz ist in Stücke gebrochen, in Fetzen gerissen, und die Dinge, die ich darin verborgen hatte, tropfen jetzt heraus. Es stimmt, daß ich zuletzt nicht mehr sehr viel von meinem Gatten hatte. Aber er war mein Kind, George, er war mein Kind, mein einziges, wenn auch törichtes Kind, und das Leben hat ihn herumgetrieben, und ich hatte niemals etwas zu sagen, niemals; sie haben ihn hinaufgestoßen und hinabgeworfen – wie einen alten Sack – vor meinen Augen. Ich war gescheit genug, das zu erkennen, und doch nicht gescheit genug, es zu verhindern, und alles, was ich tun konnte, war zu spotten. Ich mußte mich damit abfinden. Wie die meisten Leute. Wie die meisten von uns … Aber es war nicht fair, George. Es war nicht fair. Leben und Tod sind große, ernste Dinge – warum konnten sie ihn nicht in Ruhe lassen mit seinen Lügenmärchen und Plänen? Wenn wir die gute Seite davon entdecken könnten –«

»Warum konnten sie ihn nicht in Ruhe lassen?« wiederholte sie flüsternd, als wir zum Gasthof zurückgingen.

Liebe unter Trümmern

I

Als ich nach England zurückkehrte, mußte ich erkennen, daß mich mein Anteil am Verschwinden und am Tod meines Onkels eine Zeitlang zu einer berühmt-berüchtigten Persönlichkeit gemacht hatte. Zwei Wochen lang blieb ich in London und »stand meinen Mann«, wie der Verblichene gesagt haben würde, erledigte die Angelegenheiten für meine Tante, und ich wundere mich jetzt noch über die Rücksichtnahme, die mir von allen Seiten entgegengebracht wurde. Denn nun war es klar erkennbar und offenkundig, daß ich und mein Onkel nicht besser gewesen waren als jene neuzeitliche Gattung von Straßenräubern, die nach wie vor die Ersparnisse des Volkes aus reinem Übermut durch Spekulationen vergeudeten. Ich glaube, daß der Tod des Onkels eine Reaktion zu meinen Gunsten auslöste, und mein Flug, über den nun einige Einzelheiten bekannt wurden, verschaffte mir Popularität. Er schien ein gewagteres und schwierigeres Bravourstück zu sein, als er es tatsächlich gewesen war, doch ich konnte nicht gut an die Zeitungen schreiben, um meine eigene Beurteilung des Unternehmens bekanntzugeben. Es unterliegt keinem Zweifel, daß die Menschen Kühnheit und Wagemut unendlich höher einschätzen als Ehrlichkeit. Niemand glaubte, daß ich bei der Finanzgebarung meines Onkels nicht wesentlich beteiligt gewesen wäre. Dennoch kam man mir entgegen. Ich erhielt vom Konkurskommissar sogar die Erlaubnis, noch vierzehn Tage lang in meinem Pavillon zu bleiben, um die Menge der Papiere, Rechnungen, Arbeitsnotizen, Zeichnungen und so weiter zu bearbeiten, die ich in Unordnung zurückgelassen hatte, als ich zu der unvorhergesehenen Fahrt zum

Quaphaufen startete. Ich blieb allein. Für Cothope hatte ich Arbeit bei Ilchesters bekommen, für die nun auch ich Zerstörer baue. Sie brauchten ihn dort sofort, und da er knapp bei Kasse war, ließ ich ihn gehen und fand mich damit ab, allein zu arbeiten.

Aber ich fand es schwer, meine Aufmerksamkeit auf die Luftschiffahrt zu konzentrieren. Ich war ein volles halbes Jahr nicht mehr an der Arbeit gewesen, ein halbes Jahr voll äußerst verwirrender Ereignisse. Eine Zeitlang verweigerte sich mein Gehirn den schwierigen Problemen des Gleichgewichts und der Steuerung; es wollte an das herabgesunkene Kinn meines Onkels denken, an die unterdrückten Tränen meiner Tante, an tote Neger und übelriechende Sümpfe, an Grausamkeit und Qual, an Leben und Tod. Darüber hinaus war es erschöpft durch das Schlichten erschreckender Stöße von Rechnungen und anderer Papiere im Hardingham – eine Aufgabe, für die der Abstecher nach Lady Grove nur ein Zwischenspiel bedeutete. Und dann noch Beatrice.

Am zweiten Morgen, als ich gerade auf der Veranda saß, Erinnerungen nachhing und mich vergeblich bemühte, meine Aufmerksamkeit auf einige zu knappe handschriftliche Notizen Cothopes zu lenken, kam Beatrice plötzlich hinter dem Pavillon heraufgeritten, zügelte das Tier und hielt an – sie war ein wenig erhitzt vom Reiten und saß auf einem großen, schwarzen Pferd.

Ich erhob mich nicht sofort. Ich starrte sie nur an. »Du!« sagte ich.

Sie blickte mich fest an. »Ich«, sagte sie.

Ich hielt mich nicht mit Höflichkeiten auf. Ich erhob mich und stellte ihr unvermittelt die Frage, die mir in den Sinn kam.

»Wessen Pferd ist das?« fragte ich.

Sie sah mir in die Augen. »Carnabys«, antwortete sie.

»Wie kommst du hierher – von dort?«

»Die Mauer ist zusammengebrochen.«

»Zusammengebrochen? Jetzt schon?«

»Ein großer Teil davon, zwischen den Pflanzungen.«

»Und du bist hindurchgeritten und zufällig hierhergekommen?«

»Ich weiß seit gestern, daß du hier bist. Und ich bin hergeritten, um dich zu sehen.«

Ich stand nun nahe bei ihr und schaute zu ihr auf.

»Von mir ist nicht mehr viel da«, sagte ich dann.

Sie antwortete nicht, musterte mich jedoch unverwandt und mit einem seltsamen Ausdruck, als sei ich ihr Eigentum.

»Du weißt doch, daß ich der einzige überlebende Hinterbliebene des großen Zusammenbruchs bin. Ich rolle und falle durch das ganze Gerüst der Gesellschaftsordnung hinunter. Es bleibt dem Schicksal überlassen, ob ich am Boden wieder freikomme oder ob ich durch einen Spalt in die Finsternis und für ein oder zwei Jahre aus dem Blickfeld gerate.«

»Die Sonne«, bemerkte sie unvermittelt, »hat dich gebräunt ... Ich steige ab.«

Sie sprang in meine Arme und stand mir von Angesicht zu Angesicht gegenüber.

»Wo ist Cothope?« fragte sie.

»Fort.«

Ihr Blick ging zum Pavillon hinüber und kehrte zu mir zurück. Wir waren einander ganz nahe, seltsam vertraut und doch seltsam getrennt.

»Ich habe noch nie deinen Pavillon von innen gesehen«, sagte sie, »und das möchte ich gerne.«

Sie schlang die Zügel ihres Pferdes um den Verandapfosten, und ich half ihr, sie festzubinden.

»Hast du in Afrika Erfolg gehabt?« fragte sie.

»Nein«, sagte ich, »ich habe mein Schiff verloren.«

»Und damit alles verloren?«

»Alles.«

Sie trat vor mir ins Wohnzimmer des Pavillons, und ich sah, daß sie ihre Reitpeitsche fest umklammerte. Sie schaute sich um und wandte sich dann wieder mir zu.

»Sehr gemütlich«, bemerkte sie.

Unsere Blicke trafen einander und hielten eine ganz andere Zwiesprache als unsere Lippen. Eine schwermütige Stimmung umgab uns, trieb uns zueinander, ungewollte Scheu hielt uns jedoch einander fern. Nach einer kleinen Pause raffte sie sich dazu auf, meine Möbel zu begutachten.

»Du hast ja Chintzvorhänge. Ich dachte immer, Männer ohne eine Frau seien zu phantasielos, sich Vorhänge zu besorgen. – Aber das war natürlich deine Tante! Und eine Couch und einen Kaminschirm aus Messing und – ist das ein Pianola? Und das ist dein Schreibtisch. Ich habe geglaubt, der Schreibtisch eines Mannes müsse immer unordentlich sein, voller Staub und Tabakasche.«

Sie trat zu meinen Farbdrucken und zu meinem Bücherregal. Dann ging sie zum elektrischen Klavier. Ich beobachtete sie gespannt.

»Spielt das Ding hier?« fragte sie.

»Wie bitte?« fragte ich.

»Ob das Ding hier spielt?«

Ich schüttelte meine Befangenheit ab.

»Wie ein musikalischer Gorilla, mit Fingern, die alle gleich lang sind. Und mit wenig Gefühl ... Es bringt mir die ganze Musik ins Haus.«

»Und was spielt es?«

»Beethoven, wenn ich mich von meiner Arbeit erholen will. Er ist – wie man immer arbeiten möchte. Manchmal auch Chopin und die anderen, aber Beethoven, hauptsächlich Beethoven. Ja.«

Wieder schwiegen wir beide. Schließlich raffte sie sich auf.

»Spiel mir etwas vor.« Sie wandte sich um und durchsuchte interessiert den Ständer mit den Musikrollen, nahm eine Rolle heraus, den ersten Teil der Kreutzersonate, und zögerte dann. »Nein«, sagte sie. »Das hier!«

Sie reichte mir das zweite Klavierkonzert von Brahms, Opus 58, ließ sich auf dem Sofa nieder und beobachtete mich, wie ich bedächtig die Rolle einlegte ...

»Ich muß sagen«, bemerkte sie, als diese abgelaufen war, »das war schön. Ich habe nicht gewußt, daß diese Dinger so spielen können. Ich bin richtiggehend erstaunt ...«

Sie kam herüber, stand neben mir und sah mich an. »Ich möchte ein Konzert hören«, sagte sie plötzlich, lachte verlegen und huschte zu den Fächern. »Nun – nun was will ich hören?« Sie suchte noch etwas von Brahms heraus. Dann spielten wir die Kreutzersonate. Es ist eigenartig, wie Tolstoj dieses Meisterwerk mit Andeutungen überladen, es herabgewürdigt und zu einem anstößigen, überdeutlichen Symbol gemacht hat. Als ich den ersten Teil gespielt hatte, kam sie ans Pianola und blieb zögernd stehen. Ich saß steif da – und wartete.

Plötzlich umfaßte sie meinen gesenkten Kopf und küßte mein Haar. Sie nahm mein Gesicht zwischen ihre Hände und küßte mich auf die Lippen. Ich schlang meine Arme um sie und erwiderte ihre Küsse. Dann sprang ich auf und umarmte sie.

»Beatrice!« sagte ich. »Beatrice!«

»Mein Liebster«, flüsterte sie mit stockendem Atem und schlang die Arme um meinen Nacken. »Mein Liebster!«

2

Liebe ist, wie so vieles andere in diesem gewaltigen Prozeß der gesellschaftlichen Auflösung, in dem wir leben, ein Treibgut, eine davon unabhängige, folgenlose Sache. Ich erzähle diese Liebesgeschichte hier nur wegen ihrer Irrelevanz und weil sie von so auffallend geringem Einfluß ist, eben nichts anderes als eine Liebesgeschichte. Sie blüht in meiner Erinnerung wie eine Blume inmitten der Trümmer eines Zusammenbruchs. Nahezu zwei Wochen lang waren wir zusammen und liebten einander. Noch einmal ergriff mich dieses heftige Gefühl, das unsere sinnlose Zivilisation unterdrückt, verstümmelt, sterilisiert und entwürdigt hat, und es erfüllte mich mit leidenschaftlichem Entzücken und erhabener Glückseligkeit – und all das war, müssen Sie wissen, ungeplant und absichtslos. Wieder einmal war ich der Überzeugung: »das zählt, nichts sonst zählt«. Wir empfanden beide das Glück dieser Zeit unendlich tief und ernst. Ich kann mich an kein einziges Lachen erinnern.

Zwölf Tage dauerte es, vom Zusammentreffen in meinem Pavillon bis zu unserer Trennung.

Vom Ende abgesehen, hatten wir nur spätsommerlich schönes Wetter mit hellem Mondlicht in der Nacht. Wir trafen einander unbekümmert jeden Tag. Anfangs waren wir so versessen aufeinander, so erpicht darauf, uns dem anderen zu öffnen und hinzugeben, daß wir uns überhaupt nicht darum kümmerten, ob unsere Beziehung entdeckt wurde. Wir trafen einander fast öffentlich ... Wir redeten über tausenderlei verschiedene Dinge und über uns selbst. Wir liebten einander. Wir genossen unsere Liebe. Ich kann diese zauberhaften Stunden nicht mit Worten schildern. Die Tatsachen sagen nichts aus. Alles, was wir berührten, die alltäglichsten Dinge, bekamen einen eigenartigen Glanz. Wie könnte ich ungehemmte Zärtlichkeit, Seligkeit und gegenseitige Hingabe wiedergeben?

Ich sitze hier an meinem Schreibtisch und denke an dieses unbeschreibbare Erlebnis.

Ich habe soviel über die Liebe erfahren, daß ich nun weiß, was Liebe sein könnte. Wir liebten einander tief und inbrünstig; wir trennten uns – notgedrungen und unvermeidlich, aber ich habe wenigstens einmal, ein einziges Mal die Liebe kennengelernt.

Ich erinnere mich daran, wie wir in einem kanadischen Kanu saßen, in einem durch dichtes Schilf und Sträucher geschützten Versteck, das wir an dem von Bäumen beschatteten Wokingkanal entdeckt hatten, und daß sie mir erzählte, wie es ihr ergangen war, bevor sie mich wiedergefunden hatte ...

Sie erzählte mir Dinge, die sich so sehr mit anderen in meinem Gedächtnis verbanden und zusammenfügten, daß es mir schließlich schien, als sei mir das alles immer schon klar gewesen. Und doch hatte ich es weder gewußt noch erwartet, abgesehen vielleicht von einem ahnungsvollen flüchtigen Verdacht dann und wann.

Sie ließ mich erkennen, wie das Leben sie geformt hatte. Sie erzählte mir von ihrer Jugendzeit, von der Zeit, nachdem ich sie kennengelernt hatte. »Wir waren arm und spielten uns groß auf. Wir haben uns mit Besuchen und ähnlichem durchgebracht. Ich sollte verheiratet werden. Die sich bietenden Chancen waren nicht besonders gut. Sie sagten mir nicht zu.«

Nach einer Weile sagte sie: »Dann kam Carnaby.«

Ich blieb ganz still. Sie hielt die Augen niedergeschlagen und fuhr mit einem Finger durch das Wasser, während sie sprach.

»Man bekommt es satt, restlos satt. Man besucht die großen vornehmen Häuser – die Ansprüche sind gewaltig. Man macht sich den Damen nützlich und den Herren angenehm. Man muß sich exquisit kleiden … Man hat Essen, Sport und Muße. Und mit der Muße und den gegebenen Möglichkeiten nichts anzufangen, erscheint einem als Sünde. Carnaby ist nicht wie andere Männer. Er überragt sie … Die anderen beschäftigen sich mit Liebeleien. Alle tun das. Ich auch … Und ich tue nichts halb.«

Sie hielt inne.

»Hast du es gewußt?« fragte sie und sah mir ernst ins Gesicht.

Ich nickte.

»Seit wann?«

»Seit wenigen Tagen … Es schien nicht wirklich etwas auszumachen. Ich war nur ein wenig erstaunt –«

Sie sah mich ruhig an. »Cothope wußte es«, sagte sie. »Instinktiv. Ich habe das gefühlt.«

»Ich glaube«, begann ich, »einst hätte es sehr viel ausgemacht. Jetzt –«

»Zählt es nichts mehr«, vollendete sie meinen Satz. »Ich fühlte, daß ich dir das erzählen mußte. Ich will, daß du verstehst, warum ich dich nicht geheiratet habe – sogleich und mit Begeisterung. Ich habe dich geliebt –« sie zögerte, »habe dich geliebt seit dem Tag, als ich dich unter den Farnkräutern küßte. Nur – ich vergaß es dann.«

Und plötzlich bedeckte sie ihr Gesicht mit den Händen und schluchzte heftig.

»Ich vergaß es – ich vergaß«, rief sie und wurde wieder ruhiger …

Ich tauchte das Ruder ins Wasser. »Hör mich an!« sagte ich. »Kannst du nicht noch einmal vergessen? Hier bin ich nun – ein ruinierter Mann. Heirate mich.«

Ohne aufzusehen, schüttelte sie den Kopf.

Eine Zeitlang schwiegen wir beide. »Heirate mich«, flüsterte ich.

Sie hob den Kopf, strich eine Haarsträhne zurück und erwiderte gelassen: »Ich wünschte, ich könnte es. Jedenfalls haben wir diese gemeinsame Zeit gehabt. Es war schön – für dich auch? Ich habe dir alles gegeben, was ich geben konnte. Es ist ein armseliges Geschenk – bis auf das, wie es gemeint war und wie es hätte sein können. Aber es ist nun bald zu Ende.«

»Warum?« fragte ich. »Heirate mich! Warum sollten wir beide –«

»Du glaubst«, sagte sie, »ich könnte den Mut haben und zu dir kommen und deine Alltagsfrau werden – während du arbeitest und arm bist?«

»Warum nicht?« fragte ich.

Sie schaute mich ernst an, den Finger im Wasser. »Hältst du das wirklich für möglich? – Von mir? Kennst du mich immer noch nicht – ganz?«

Ich zögerte.

»Niemals habe ich wirklich im Sinn gehabt, dich zu heiraten«, betonte sie. »Niemals. Ich habe dich von Anfang an geliebt. Aber als du erfolgreich warst, sagte ich mir, von Heirat könne keine Rede sein. Ich sehnte mich schmerzlich nach dir, und du warst so töricht, als wir dann darüber sprachen. Aber ich wußte, daß ich für dich nicht gut genug war. Was hätte ich dir schon sein können? Eine Frau mit schlechten Gewohnheiten und Bekanntschaften, eine Frau mit einem besudelten Ruf. Und was hätte ich für dich tun oder dir sein können? Und wenn ich schon nicht gut genug war, eines reichen Mannes Frau zu werden, so bin ich ganz gewiß nicht gut genug für einen armen Mann. Verzeih mir, daß ich so vernünftig rede, aber ich mußte es dir irgendwie beibringen.«

Ich unterbrach sie mit einer Handbewegung und setzte mich auf. Das Kanu geriet dabei ins Schwanken.

»Es macht mir nichts aus«, sagte ich. »Ich will dich heiraten und zu meiner Frau machen!«

»Nein«, sagte sie, »zerstöre nicht alles. Es ist unmöglich!«

»Unmöglich?«

»Begreif es doch! Ich kann mir nicht einmal allein die Haare zurechtmachen! Willst du vielleicht eine Zofe für mich anstellen?«

»Großer Gott!« rief ich, vollkommen fassungslos. »Würdest du für mich nicht lernen, dir das Haar selbst zu machen? Meinst du damit, du kannst einen Mann lieben –«

Sie streckte mir die Hände entgegen. »Zerstöre es nicht«, flehte sie. »Ich habe dir alles gegeben, was ich habe, was ich geben konnte. Wenn es mir möglich wäre, wenn ich gut genug wäre, würde ich es tun. Aber ich bin eine ruinierte, verhätschelte Frau, Liebster, und du ein ruinierter Mann. Wenn wir einander liebkosen, sind wir Liebende – aber denke an die breite Kluft zwischen uns im Denken und in den Gewohnheiten, in unsern Wünschen und in unserer Erziehung, wenn wir im Alltag stehen. Denk daran – aber jetzt noch nicht. Wir haben uns ein paar schöne Stunden gestohlen, vielleicht werden wir noch ein paar mehr haben!«

Plötzlich kniete sie vor mir mit dunkel glühenden Augen. »Wem macht es etwas aus, wenn das Kanu umstürzt?« rief sie. »Wenn du noch ein Wort sagst, küsse ich dich. Und springe mit dir zusammen ins Wasser. Ich fürchte mich nicht davor, nicht ein bißchen. Ich will mit dir sterben. Wähle dir einen Tod, und ich werde mit dir sterben – bereitwillig. Hör auf mich! Ich liebe dich. Ich werde dich immer lieben. Und weil ich dich liebe, möchte ich für dich nicht so eine gemeine Alltäglichkeit im Schmutz der Welt werden. Ich habe alles gegeben, und ich habe auch alles gehabt ... Sag mir«, und sie rückte näher heran, »war ich für dich wie ein spätes Licht? Wirkt der Zauber noch? Hör auf das Plätschern deines Ruders. Sieh doch das warme Abendrot am Himmel! Wem macht es etwas aus, wenn das Kanu umstürzt? Komm her zu mir. Geliebter! Komm her! So.«

Sie zog mich an sich, und unsere Lippen fanden einander.

3

Ich fragte sie noch einmal, ob sie mich heiraten wolle.

Es war an unserm letzten gemeinsamen Morgen, wir hatten einander sehr früh bei Sonnenaufgang getroffen, denn wir wußten, daß wir uns trennen mußten. Der Himmel war bedeckt, die Luft frostig, das Licht des Tages klar, kalt und unfreundlich. Die feuchte Luft ließ Regen erwarten. Wenn ich an diesen Morgen denke, kommt mir immer regenfeuchte Asche in den Sinn.

Auch Beatrice hatte sich verändert. Ihre Bewegungen hatten alle Lebhaftigkeit eingebüßt. Ich dachte zum ersten Mal daran, daß auch sie einmal alt werden würde. Sie war wieder ein Mensch wie alle andern; Stimme und Gehaben hatten ihre Sanftheit eingebüßt, der geheimnisvolle Zauber ihrer Nähe war geschwunden. Ich sah all dies vollkommen bewußt, und es tat mir leid darum, und um sie. Aber es änderte meine Liebe nicht im geringsten, schmälerte sie keineswegs. Und nachdem wir verlegene Worte gewechselt hatten, kam ich hartnäckig auf meinen Wunsch zurück.

»Also«, rief ich, »willst du mich heiraten?«

»Nein«, sagte sie, »ich werde mein Leben hier fortsetzen.«

Ich bat sie, mich vielleicht nach einem Jahr zu heiraten. Sie schüttelte den Kopf.

»Es läßt sich in dieser Welt angenehm leben«, sagte ich, »trotz meines gegenwärtigen Mißgeschicks. Ich weiß jetzt, wie man damit fertig wird. Wenn ich für dich arbeiten könnte – in einem Jahr wäre ich ein vermögender Mann –«

»Nein«, erwiderte sie, »ich sage es dir ohne Beschönigung, ich werde zu Carnaby zurückkehren.«

»Aber –!« Ich war nicht ärgerlich, fühlte mich weder eifersüchtig noch in meinem Stolz gekränkt oder ungerecht behandelt. Ich empfand nur eine tiefe Trauer ob der Hoffnungslosigkeit meiner Wünsche.

»Schau«, sagte sie. »Ich bin die ganze Nacht über wach gelegen, jede der letzten Nächte. Ich habe darüber nachgedacht – jeden Augenblick, den wir nicht mitsammen verbrachten. Ich sage dir das nicht unüberlegt. Ich liebe dich! Ich liebe dich. Ich könnte das tausende Male wiederholen. Aber hier sind wir –«

»Das ganze Leben lang beisammen«, sagte ich.

»Wir wären nicht beisammen. Jetzt sind wir es. Jetzt waren wir es. Wir sind voller Erinnerungen. Ich fühle, daß ich nie etwas von uns beiden vergessen werde.«

»Ich auch nicht.«

»Und ich möchte es abschließen und dabei belassen. Versteh, Liebster, was könnten wir denn anderes tun?«

Sie wandte mir ihr blasses Gesicht zu. »Alles, was ich über Liebe wußte, alles, was ich von ihr erträumt und erlernt habe – damit habe ich diese Tage für dich erfüllt. Du glaubst, wir könnten zusammenleben und einander weiterhin lieben. Nein! Für dich will ich keine leere Wiederholung, keine Formel werden. Du hast das Beste von mir gehabt, alles. Würdest du danach noch wünschen, daß wir einander in London oder Paris oder sonstwo wiederfinden, im Gedränge oder bei irgendeinem erbärmlichen Schneider, in irgendeinem Chambre séparée?«

»Nein«, sagte ich. »Ich möchte, daß du mich heiratest. Ich möchte, daß du mit mir das Spiel des Lebens spielst, wie es einer rechtschaffenen Frau zukommt. Komm und lebe mit mir. Werde meine angetraute Frau, schenk mir Kinder.«

Ich schaute in ihr bleiches verstörtes Gesicht, und es schien mir, als könnte ich sie noch umstimmen. Ich sprudelte heraus:

»Mein Gott! Beatrice!« rief ich. »Aber das ist doch Feigheit und Unsinn. Du hättest Angst vor dem Leben? Du doch nicht! Was macht es schon aus, was gewesen ist oder was wir waren? Hier stehen wir, und das Leben liegt vor uns! Fang doch mit mir noch einmal ganz von vorne an. Wir kämpfen uns durch! Ich bin nicht einer von diesen verliebten Kerlen, die es dir nicht sagen, wenn du etwas falsch machst, und auch unsere Meinungsverschiedenheiten überwinden wir. Es gibt nur eines, das ich möchte, eines, das ich brauche – dich und noch einmal dich und immer wieder dich! Der Liebesakt – das ist ja nur ein Teil, eine Episode –«

Sie schüttelte den Kopf und unterbrach mich schroff. »Es ist vorbei«, sagte sie.

»Vorbei?« protestierte ich.

»Ich weiß es besser als du. Viel besser.« Sie hob den Blick, und ich sah Tränen in ihren Augen schimmern.

»Ich wollte nicht, daß du etwas sagst – aber was du gesagt hast, ist Unsinn, Liebster. Du wußtest, daß es Unsinn ist, schon während du sprachst.«

Ich versuchte mich heroisch zu geben, aber sie wollte nicht hören.

»Es hat keinen Sinn«, rief sie ungeduldig. »Diese kleine Welt hat uns zu dem gemacht, was wir sind. Siehst du das nicht ein – siehst du denn nicht, was ich bin? Ich kann lieben. Ich kann ziemlich gut lieben und geliebt werden. Tadle mich nicht, Liebster! Ich habe dir alles gegeben, was ich geben konnte. Hätte ich doch noch etwas mehr gehabt! Ich habe immer wieder darüber nachgedacht – habe überlegt. Heute schwirrt mir der Kopf, die Augen brennen. Das Licht ist in mir erloschen, ich bin eine kranke, müde Frau. Aber was ich sage, ist Weisheit – bittere Weisheit. Ich könnte keine Hilfe sein, keine Frau und keine Mutter. Ich bin verdorben. Ich bin verdorben durch ein sattes, müßiges Leben, alle meine Gewohnheiten und Neigungen sind verkehrt. Die ganze Welt ist verkehrt. Man kann durch Reichtum ebenso zugrunde gerichtet werden wie durch Armut. Glaubst du, ich würde mich einem Leben mit dir nicht stellen, wenn ich es könnte, wenn ich nicht absolut sicher wäre, daß ich schon nach den ersten Metern des Weges zusammenbrechen und nachhinken würde? Ich bin – verdammt! Verdammt! Aber ich möchte dich nicht mit hineinziehen. Du weißt, was ich bin! Du weißt es. Du denkst zu klar und richtig, um die Wahrheit nicht zu erkennen. Du versuchst zu schwärmen und edelmütig zu sein, aber du weißt Bescheid. Ich bin ein kleines Biest – verkauft und verbraucht. Ich bin –. Mein Liebster, du glaubst, ich hätte gegen die guten Sitten verstoßen, aber ich war all diese Tage so, wie ich immer bin … Du verstehst das nicht, denn du bist ein Mann. Eine Frau, die einmal verdorben wurde, bleibt verdorben. Sie bleibt erbärmlich bis ins Innerste. Sie ist erledigt.«

Sie weinte im Gehen.

»Du bist verrückt, daß du mich willst«, sagte sie. »Ein Narr – sowohl was mich betrifft wie auch dich. Wir haben getan, was möglich war, wir haben einander etwas vorgemacht –«

Sie wischte die Tränen fort und schaute mich fragend an. »Begreifst du das nicht?«

Wir schwiegen einen Augenblick lang.

»Doch«, sagte ich, »ich begreife es.«

Lange sprach keiner von uns ein Wort. Wir wanderten weiter, langsam und bekümmert, zögerten umzukehren, da dieses Umkehren Trennung bedeutete. Als wir es schließlich doch taten, brach sie das Schweigen.

»Ich habe dich gehabt«, sagte sie.

»Himmel und Hölle«, erwiderte ich, »können das nicht ändern.«

»Ich wollte –«, fuhr sie fort. »Ich habe nächtelang geredet und mir ausgedacht, was ich sagen würde. Jetzt, da ich es könnte, versagt mir die Sprache. Aber für mich ist es, als würden die Augenblicke, die wir miteinander erlebt haben, ewig dauern. Stimmungen und Verhältnisse kommen und gehen. Heute ist mein Licht erloschen ...«

Bis heute kann ich nicht mit Bestimmtheit sagen, ob sie tatsächlich »Chloral« sagte oder ich mir das nur einbildete. Vielleicht ist es mir halb unbewußt in den Sinn gekommen. Vielleicht bin ich auch das Opfer einer eingebildeten Gedankenverbindung, einer Andeutung von etwas, das kratzt und ätzt. Aber dieses Wort blieb mir in Erinnerung, wie mit feurigen Buchstaben geschrieben.

Wir kamen schließlich zum Tor in Lady Ospreys Gartenmauer, und es begann zu nieseln.

Sie reichte mir ihre Hände, und ich ergriff sie.

»Dein ist alles«, sagte sie mit matter, leidenschaftsloser Stimme, »alles, was ich hatte – was ich war. Wirst du vergessen?«

»Nie«, antwortete ich.

»Keine Berührung? Kein Wort?«

»Nein.«

»Ich glaube, du wirst«, erwiderte sie.

Wir schauten einander schweigend an, und ihr Gesicht war voller Müdigkeit und Schmerz.

Was konnte, was sollte ich tun?

»Ich wünschte –« sagte ich und verstummte.

»Leb wohl.«

4

Das sollte eigentlich unser letztes Zusammentreffen sein, aber in Wirklichkeit sah ich sie noch einmal. Zwei Tage später war ich nämlich in Lady Grove, ich habe vergessen, aus welchem Anlaß, und als ich, in der Meinung, sie sei schon längst fort, zum Bahnhof zurückging, kam sie mit Carnaby auf mich zugeritten, wie damals bei unserer ersten Begegnung, und genauso unerwartet. Sie trabte mit tiefliegenden, dunklen Augen in ihrem bleichen Gesicht dahin und schien auf nichts zu achten. Als sie mich erblickte, zuckte sie zusammen, wurde förmlich und neigte den Kopf. Aber Carnaby grüßte mich mit lässiger Freundlichkeit, da er glaubte, ich sei nun ein gebrochener, geschlagener Mann, und rief mir abgedroschene Freundlichkeiten zu.

Sie verschwanden und ließen mich am Wegrand zurück …

Und dann kostete ich tatsächlich die ganze Bitterkeit des Lebens aus. Zum ersten Mal empfand ich die Sinnlosigkeit des Daseins und wurde von Gefühlen überwältigt, die mich lähmten – von namenloser Scham und von Elend. Ich hatte mich seinerzeit ohne leidenschaftliche Erregung von Beatrice verabschiedet, hatte meinen Onkel mit trockenen Augen und ruhigen Gemüts verfallen und sterben sehen, aber dieser zufällige Anblick der verlorenen Beatrice machte mich weinen. Mein Gesicht verzerrte sich, und Tränen liefen mir über die Wangen. Der Zauber, den sie auf mich ausgeübt hatte, wurde zu wildem Schmerz. »O Gott!« rief ich. »Das ist zuviel«, sah ihr sehnsüchtig nach, machte den Bäumen beschwörende Gesten und verfluchte das Schicksal. Ich wollte unsinnige Dinge tun, ihr nachlaufen, sie retten, die Zeit zurückdrehen, damit sie noch einmal beginne. Ich frage mich, was geschehen wäre, wenn ich Beatrice tatsächlich verfolgt und eingeholt hätte, keuchend vom raschen Lauf, unzusammenhängende Worte stammelnd, schluchzend und mahnend. Ich war nahe daran, es zu tun.

Es gab nichts auf Erden oder im Himmel, das mein Fluchen und Weinen erhört hätte. Nur ein Mann, der nahebei eine Hecke schnitt, hob den Kopf und starrte mich an.

Ich nahm mich vor ihm sofort zusammen, ging weiter und erreichte meinen Zug …

Aber den Schmerz, den ich damals gefühlt habe, fühlte ich später noch hunderte Male; auch jetzt, da ich das schreibe. Er geistert durch dieses Buch, wie ich jetzt erst merke, er geistert durch dieses Buch, vom Anfang bis zum Ende …

Nacht und offene See

I

Ich habe dieses ganze Buch hindurch versucht, die Ereignisse so wiederzugeben, wie ich sie erlebte. Auf den ersten Seiten – sie liegen noch hier auf meinem Tisch, verschmiert, abgegriffen und mit Eselsohren – erklärte ich, daß ich über mich und die Welt, in der ich gelebt habe, schreiben wolle, und ich habe denn auch mein Bestes getan. Aber ob es mir gelungen ist, weiß ich nicht. All das Geschriebene ist nun grau, tot, abgedroschen und bedeutungslos für mich; einiges davon kenne ich auswendig. Ich bin der Letzte, der es beurteilen könnte.

Wenn ich den großen Stoß Papier vor mir wieder durchsehe, werden mir einige Dinge klarer, vor allem die ungeheure Belanglosigkeit meiner Erfahrungen. Es ist, da ich sie nun im ganzen vor mir sehe, eine Geschichte über Mühen, Vorwärtsdrängen und Unfruchtbarkeit. Ich nannte sie »Tono-Bungay« aber ich hätte sie besser »Umsonst« nennen sollen. Ich schrieb über die kinderlose Marion, über meine kinderlose Tante, über die verdorbene, verschwenderische, oberflächliche Beatrice. Welche Hoffnung gibt es für ein Volk, dessen Frauen unfruchtbar und unnütz werden? Ich denke an all die Energie, die ich an vergebliche Mühen vergeudet habe. Ich denke an das Pläneschmieden mit meinem Onkel, an den weitreichenden Einfluß seiner Bemühungen, an die verödeten Mauern von Crest Hill. Tausende Männer hatten ihn beneidet und gewünscht, so leben zu können wie er. All das ist nur ein Spiel von Kräften, die dem Verfall zutreiben, von Leuten, die Energien verbrauchen und nicht ersetzen, die Geschichte eines hektischen Landes, das von einem ebenso verheerenden wie planlosen Fieber des Feilschens, des

Geldmachens und des Vergnügens befallen ist. Und nun baue ich Zerstörer!

Andere Leute mögen dieses Land anders sehen; ich sehe es jedenfalls so. Und in einem früheren Kapitel verglich ich all unsere gegenwärtige Farbigkeit und Fülle mit Laub im Oktober, das beim ersten Frost abfallen muß. Das empfinde ich auch jetzt als gutes Gleichnis. Vielleicht sehe ich alles falsch. Mag sein, daß ich überall Fäulnis sehe, weil ich in gewissem Sinne selbst verfault bin. Anderen dürfte es wie ein Schauspiel von Erfolg und Aufbau, strahlend und hoffnungsvoll erscheinen. Ich habe auch etwas wie Hoffnung, aber sie ist sehr schwach und setzt in dieses Britische Empire oder in irgendeine andere große Entwicklung unserer Zeit keine Erwartungen. Wie man es später, in der Zukunft, beschreiben wird, weiß ich nicht, ob diese Zeit und ihre Chancen zu etwas führen werden, entzieht sich meiner Kenntnis; so jedenfalls spiegeln sie sich in den Vorstellungen eines Zeitgenossen wider.

2

Zur gleichen Zeit, da ich das letzte Kapitel dieses Buches schrieb, war ich sehr von der Fertigstellung eines neuen Zerstörers in Anspruch genommen. Es war ein merkwürdiger, sich ergänzender Wechsel in der Beschäftigung. Vor etwa drei Wochen mußte ich diesen Roman beiseite legen, um meine ganze Zeit, Tag und Nacht, der Montage und dem Einbau der Motoren zu widmen. Am vergangenen Donnerstag war die X 2, wie wir sie nennen, betriebsbereit, und ich fuhr mit ihr die Themse hinunter bis in die Nähe von Texel, um ihre Geschwindigkeit zu erproben.

Es ist seltsam, wie die Eindrücke eines Menschen manchmal verschwimmen und zu einer Einheit mit Dingen zusammenfließen, die bis dahin nicht das geringste damit zu tun hatten. Die Fahrt den Fluß hinunter verband sich geheimnisvoll mit diesem Buch. Als ich die Themse hinabfuhr, schien ganz England erneut und in gleicher Weise, wie ich es im Rückblick gesehen habe, an mir vorbeizuziehen, gerade so wie ich wollte, daß es der Leser sehen möge. Dieser Gedanke kam mir ganz allmählich, als ich der Mündung zusteuerte; er war mir ganz klar, als ich träumend des Nachts in die weite Nordsee hinausfuhr …

Es war nicht so sehr ein Gedanke als eine bildhafte Vorstellung, die immer deutlicher wurde. Die X 2 glitt durch das schmutzige, ölige Wasser wie eine Schere durch einen Stoff, und mein Bewußtsein war vollauf damit beschäftigt, sie unter Brücken hindurch und um Kähne, Fähren, Ruderboote und Anlegestellen herumzusteuern. Hände und Augen waren auf die Steuerung konzentriert. Ich dachte an nichts als an das Auftauchen von Hindernissen, aber trotzdem blieb diese bildhafte Vorstellung in meinem Unterbewußtsein lebendig …

»Das«, ging mir auf, »ist England. Das wollte ich in meinem Buch wiedergeben. Das!«

Wir liefen am Spätnachmittag aus. Wir brummelten aus der Werft oberhalb der Hammersmith-Brücke, verhielten einen Augenblick und trieben den Fluß hinunter. Sehr rasch waren wir in Carven Reach, an Fulham und Hurlingham vorbei, ließen die langen Strecken lehmiger Wiesen und Vororte bis Battersea und Chelsea hinter uns, umrundeten die Biegung mit den Prachtfassaden von Grosvenor Road und liefen unter der Vauxhall Bridge hindurch auf Westminster zu. Wir kamen an einer Kette von Kohlenleichtern vorbei, und links lag das Parlament in der Oktobersonne, die Fahnen flatterten, das Parlament tagte …

Zu dieser Zeit war mir dies alles noch nicht bewußt; erst später erkannte ich es als den Mittelpunkt des ganzen weitgespannten Eindrucks dieses Nachmittags. Die steife, eckige Spitze des viktorianisch-gotischen Turmes mit seiner holländischen Uhr war plötzlich da, starrte mich an, zog in einer langsamen halben Pirouette vorbei und sah mir still nach, als beobachtete sie mein Entschwinden. »Hast du noch immer keine Achtung vor mir?« schien sie zu fragen.

Nein, ich nicht! Dort in dem großen Komplex viktorianischer Architektur gehen Adelige und Anwälte, Bischöfe, Eisenbahnbauer und große Handelsmagnaten aus und ein – in ihrer unverbesserlichen Achtung vor einer marktfähig gemachten Bladesoverie, einem verderbten Landadel und für Geld verkaufter Vornehmheit. Ich habe das von nahe genug gesehen, um es zu durchschauen. Die Iren und die Anhänger der Labourpartei laufen dazwischen herum, machen großes Getue und erreichen wenig; sie haben, wie ich sehe, keine besseren Ideen. Das soll man achten? Es gibt gewisse äußere Anzeichen von Würde, aber wen täuscht das noch? Der König kommt in einer vergoldeten Kutsche, um dieses große Theater zu eröffnen, trägt eine lange Robe und eine Krone, und es gibt eine Schaustellung von kräftigen, schlanken Waden in weißen Strümpfen, von kräftigen, schlanken Waden in schwarzen Strümpfen und von verschlagenen alten Herren in Hermelin. Ich wurde lebhaft an einen Nachmittag erinnert, den ich mit meiner Tante zwischen schwankenden Damenhüten auf der Galerie des Oberhauses verbracht hatte, an den König, wie er die Sitzung eröffnete, an den Herzog von Devonshire, der aussah wie ein prunkvoller Hausierer und schrecklich verdrossen auf das Kissen mit der Krone blickte, das an Bändern um seine Schultern hing. Ein wunderbares Schauspiel!

Es ist zweifellos malerisch, dieses England – es ist sogar da und dort würdevoll – und voll milder Anspielungen. Das ändert nichts an der Realität, die von den Roben verdeckt wird. Die Realität ist gieriger Handel, unedles Profitdenken, unverschämte Reklame; Königtum und adelige Gesinnung sind trotz dieser Zurschaustellung kostbarer Roben ebenso tot wie der Kreuzfahrer, den mein Onkel gegen die Nesseln vor der Kirche von Duffield verteidigt hatte ...

All das kam mir an diesem Nachmittag in den Sinn.

So die Themse entlangzufahren ist, als blättere man die Seiten eines Buches über England von vorn bis hinten durch. Man beginnt in Craven Reach, und es ist, als wäre man im Herzen Alt-Englands. Hinter uns liegen Kew und Hampton Court mit ihrer Erinnerung an Könige und Kardinäle, dann fährt man zwischen Fulhams bischöflichen Gärten und Hurlinghams Spielplätzen für die Sportbegeisterten der Nation hindurch. All das ist englisch. Am Oberlauf der Themse gibt es freien Raum, gibt es alte Bäume, und da zeigt sich unser Heimatland von seiner besten Seite. Auch Putney sieht in seinem verfallenen Zustand noch anglikanisch aus. Und dann nimmt eine Strecke lang die neuere Entwicklung überhand, man vermißt Bladesover, erste verwahrloste Reihen ärmlicher Häuser tauchen rechts und links auf. Im Süden folgt dann die schmutzige Industrie, und am Nordufer sieht man die vornehmeren Fassaden eleganter Häuser, die Wohnungen von Künstlern, Schriftstellern und Beamten, die sich von Cheyne Walk fast bis nach Westminster erstrecken und das Wirrwarr der Elendsviertel verbergen. In einem langen, allmählichen Crescendo, Kilometer um Kilometer, drängen sich die Häuser dichter, tauchen Kirchtürme und architektonische Meisterwerke auf, folgt eine Brücke der anderen, bis man zur zweiten Szene des Stükkes kommt, den alten Lambeth-Palast im Rücken und das Parlament vor dem Bug! Die Westminster Bridge taucht auf, man gleitet darunter hindurch, sieht einen Augenblick lang Big Ben darüber hinausragen und fährt dann auf New Scotland Yard zu, diesen fetten königlichen Leibgardisten, der sich geheimnisvoll als Bastille verkleidet hat.

Eine Weile hat man nun das eigentliche London vor sich; man sieht die Charing Cross Station, das Herz der Welt, und nördlich davon die Uferpromenade mit ihren neuen Prunkbauten in übertrieben nachgeahmter georgianischer und viktorianischer Architektur, und südlich große graue Lagerhäuser, Fabriken, Schlote, Zechen und Reklametafeln. Die nördliche Silhouette wird vielfältiger und gefälliger, und immer mehr dankt man Gott für das Wirken des Baumeisters Wren. Somerset House ist so malerisch wie der Bürgerkrieg, man wird wieder an das ursprüngliche alte England erinnert, man ahnt hinter dem verbauten Horizont den Aufschwung der Restaurationszeit nach 1660 ...

Und dann kommen Astors Finanzzentrale und das Viertel der Anwälte ...

(Ich erinnerte mich flüchtig daran, wie ich einst entlang dem Ufer nach Westen wanderte und über das Angebot meines Onkels von dreihundert Pfund im Jahr nachdachte ...)

Durch dieses eigentliche zentrale London fuhr ich, und der Bug der X 2 teilte ungeachtet all dessen schäumend das Wasser, so wie sich ein schwarzer Jagdhund seinen Weg durch das Schilf bahnt – auf wessen Fährte, konnte nicht einmal ich, der ich sie gebaut hatte, sagen.

Und dann fliegen die Möwen, und man ahnt das Meer. Man kommt an Blackfrairs vorbei – zwischen und unter den beiden Brücken gibt es den schönsten Blick –, und man sieht, hoch aufragend, wie im Himmel hängend, über dem unverschämten Lärm der Lagerhäuser, über dem Gedränge der Frachtschiffe, unvergleichlich edel und gänzlich darüber erhaben, die Saint Paul's Kathedrale! »Natürlich«, sagt man, »Saint Paul's!« Sie ist das Musterbeispiel dessen, was die alte anglikanische Kultur an

Schönheit hervorzubringen vermochte, für sich allein stehend, würdiger und geläuterter als die Peterskirche in Rom, kühler, grauer, aber doch reich geschmückt; nie hat man sie niedergerissen, nie hat man sie verleugnet, nur hat man sie über den hohen Lagerhäusern und dem Verkehrslärm vergessen, alle haben sie vergessen; Dampfer und Schleppkähne ziehen vorbei, ohne sie zu beachten, ein Gewirr von Telefonleitungen und Stangen steht schwarz vor ihrem zarten Mysterium, und wenn es der Verkehr erlaubt und man sieht sich nach ihr um, hat sie sich aufgelöst wie eine Wolke im Graublau des Londoner Himmels.

Und dann versinkt das traditionelle und prunkvolle England vollkommen. Das dritte Thema klingt auf, in der Symphonie Londons das letzte große Thema, in dem die alte Ordnung gänzlich verkümmert und untergeht. Die London Bridge taucht auf, die Lagerhäuser ragen mit verblüffend beweglichen Kränen immer höher auf, Möwen kreisen mit grellen Schreien, große Schiffe liegen an ihren Entladestellen, und man befindet sich im Hafen der Welt. In diesem Buch habe ich immer wieder England als ein Land feudaler Ordnung beschrieben, das nun unversehens an degenerierender Fettsucht und erstaunlichen Anfällen von Hypertrophie leidet. Ein letztes Mal mußte ich daran denken angesichts des lieben, graziösen, kleinen, sonnenbeschienenen Towers of London, der verloren in einem freien Raum zwischen den Lagerhäusern aufragt, eine bescheidene Ansammlung provinziell gefälliger und doch würdevoller Gebäude, überschattet von der vulgärsten, typischsten Großtat des modernen England, von der unechten gotischen Verkleidung der Tower Bridge. Sie ist das genaue Gegenstück und die Spiegelung von Westminsters schwerfälligen Zinnen und Türmen. Eine nachempfunden gotische Brücke am Tor der Mutter unseres Wandels, der See!

Aber dann kommt man in eine Welt der Zufälle und der

Natur. Denn der dritte Teil des Panoramas von London kennt kein Gesetz, keine Ordnung und kein Vorbild: es ist der Seehafen und das Meer. Man fährt eine weite Strecke durch eine gewaltige Ansammlung von Schiffen, mächtigen Dampfern und großen Seglern unter allen Flaggen der Welt, durch ein unendliches Gewirr von Leichtern, einen Hexensabbat von Kähnen mit braunen Segeln und schwankenden Schleppern, ein lärmendes Gedränge von Kränen und Masten, von Werften und Lagerhäusern und anmaßenden Aufschriften. Riesige Docks erheben sich rechts und links, hier und dort sieht man dazwischen Kirchtürme, kleine Ansammlungen unbeschreiblich altmodischer und verfallener Häuser, Hafenkneipen und ähnliches, Reste von Städtchen, die längst ihre Bedeutung verloren haben und im neuen Wachstum untergegangen sind. Und in all diesem Gewühl ist kein Plan erkennbar, keine Absicht, keine ordnende Sehnsucht. Das ist der wahre Schlüssel zu alledem. Jeden Tag wächst der Druck des Handels und des gewaltig anwachsenden Verkehrs, und wo einst ein einzelner Mann eine Anlegestelle gebaut und einen Kran aufgestellt hat, beginnt dort eine Gesellschaft zu arbeiten, dann eine andere, und sie überbieten einander in diesem nicht mehr überschaubaren, ungeheuren Verkehr. Dort hindurch suchten wir unseren Weg zur offenen See.

Ich erinnere mich, daß ich beim Anblick der Namen von Dampfern des Londoner Grafschaftsrates laut lachen mußte. »Caxton« hieß der eine, ein anderer »Pepys«, ein dritter »Shakespeare«. Sie waren vollkommen fehl am Platz in diesem Gedränge. Man hätte sie am liebsten herausgenommen, abgetrocknet und in die Bibliothek irgendeines englischen Adeligen zurückgestellt. Alles um sie herum lebte, blitzte, spritzte und flitzte herum, Schiffe fuhren, Schlepper keuchten, Trossen strafften sich, Barken wurden von schwitzenden Männern gerudert, der

Fluß wogte von den Kielwässern, Millionen kleiner Wellen kräuselten sich und schäumten im unablässigen Wind. Wir fuhren durch all dies hindurch. Und südlich in Greenwich steht, wie Sie wissen, der schöne steinerne Bau mit den Gemälden aller Siege, und daneben steht das »Schiff«, der berühmte Dreimastschoner Cutty Sark, auf dem einst die Herren von Westminster ein jährliches Festessen veranstalteten – bevor ihnen der Hafen von London zu groß wurde. Die alte Fassade des Hospitals lag noch im warmen Licht der untergehenden Sonne, als wir daran vorbeifuhren. Dann verbreiterten sich die Flußufer rechts und links, man ahnte immer mehr die Nähe des Meeres, Hügel erstreckten sich von Northfleet bis Nore.

Und schließlich gelangt man mit der Sonne im Rücken in den breiten Mündungstrichter. Man erhöht die Geschwindigkeit und gleitet schneller und geräuschvoller durch das ölige, aufschäumende Wasser. Die Hügel von Kent – über die ich einst vor den christlichen Lehren von Nikodemus Frapp geflüchtet war – zur Rechten und Essex zur Linken treten zurück. Sie verschwinden und lösen sich im blauen Dunst auf, und die großen langsamen Kähne hinter den Schleppern, träge dahingleitende Dampfer und schwankende, kräftige Kriegsschiffe sehen aus wie mit Gold übergossen, wenn man an ihnen vorbeizieht. Sie laufen aus, mit geheimen Aufträgen auf Gedeih und Verderb, zum Töten von Menschen in fremden Ländern. Und zurück bleibt ein blaues geheimnisvolles Dunkel und der geisterhafte Schein entschwindender Lichter; und dann verblaßt auch er, und ich und mein Zerstörer stürmen hinaus in die große dunkle Weite, ins Ungewisse. Wir stürmen in die großen Räume der Zukunft, und die Turbinen beginnen ihren Gesang. Ins offene Meer stürmen wir hinaus, pfadlos und frei wie der Wind. Ein Licht nach dem anderen verschwindet. England, das Königreich Britannien, das Empire, der alte Stolz und die alten

Träume bleiben hinter uns zurück, versinken am Horizont, vergehen – verwehen. Der Fluß verschwindet – London verschwindet – England verschwindet …

3

Das ist die Melodie, die ich wiederzugeben versucht habe, jene Melodie, die in mir so deutlich mitschwingt, wenn ich an mehr als die rein persönlichen Aspekte meiner Geschichte denke.

Es ist eine Melodie von Niedergang und Verwirrung, von Wandel und scheinbar planlosem Aufstieg, von aufkeimender und unerwiderter Liebe und von Leid. Aber durch diese Mißtöne klingt eine andere Melodie, setzt sich etwas durch, etwas, das ebenso eine menschliche Ruhmestat wie das Unmenschlichste aller Dinge sein kann. Etwas setzt sich durch … Wie kann ich den Wert einer Sache ausdrücken, die so wesentlich und so schwer faßbar zugleich ist? Es ist etwas, das Männer wie mich unwiderstehlich anzieht.

Ich habe es in diesen letzten Zeilen unter dem Symbol meines Zerstörers darzustellen versucht, der stark und schnell, aber für die wesentlichen menschlichen Interessen belanglos ist. Manchmal nenne ich diese Realität Wissenschaft, manchmal nenne ich sie Wahrheit. Aber sie ist etwas, das wir mit Schmerzen und Mühen mitten aus dem Leben schöpfen, es herauslösen und klären. Andere Männer dienen ihr, wie ich weiß, in der Kunst, in der Literatur, in gesellschaftlichen Bereichen, sehen sie in tausend verschiedenen Gestalten, kennen sie unter Hunderten von Namen. Ich sehe sie immer als Einfachheit, als Schönheit. Das, was wir auszudrücken versuchen, ist das Wesentliche im Leben, das einzig Bleibende. Männer und Völker, Epochen und Zivilisationen sinken dahin, alle tragen dazu bei. Ich weiß nicht genau, was es ist, nur, daß es das höchste Gut ist. Es ist ein Etwas, eine Eigenschaft, ein Element, das man hier in Farben, dort in Formen, da in Tönen und anderswo in Gedanken finden kann. Es tritt mit jedem Jahr, das man bewußt erlebt, mehr in Erscheinung, mit jeder neuen Generation, jedem neuen Jahrhundert, aber das Wie und Warum geht über mein Begriffsvermögen …

Doch das Wissen davon war in dieser Nacht in mir, als ich, allein über dem Brummen und Surren meiner Maschinen, hinaus in die wogende See steuerte …

Weit draußen im Nordosten kam ein Geschwader Kriegsschiffe in Sicht und richtete helle Lichtkegel gegen den Himmel. Ich hielt mich fern, und bald waren sie nur noch ein Wetterleuchten hinter dem Horizont … Ich versank in fast gestaltlose Gedanken, in Zweifel und Träume, bar der Worte, und es schien mir gut weiterzufahren, weiter und weiter unter einem klaren Sternenhimmel auf sanften schwarzen Wogen.

4

Erst früh am Morgen, als es schon hell wurde, kehrte ich mit den vier kranken, erschöpften Journalisten, die Erlaubnis erhalten hatten, mit mir zu fahren, zurück, den schimmernden Fluß hinauf, vorbei am alten grauen Tower …

Mir sind noch die Rücken dieser Journalisten in Erinnerung, als sie mit steifen Bewegungen eine Straße entlanggingen, die vom Fluß fortführte. Es waren gute Männer, sie hegten keinen Groll gegen mich, sie präsentierten mich im schwülstigen, entarteten Kiplingstil der Öffentlichkeit als einen brauchbaren Knopf am selbstgefälligen Bauch des Empire. Doch in Wirklichkeit ist die X 2 weder für das Empire bestimmt noch für die Hände einer anderen europäischen Macht. Wir boten sie erst unseren eigenen Leuten an, aber die wollten nichts mit mir zu tun haben, und ich zerbreche mir schon lange über solche Fragen nicht mehr den Kopf. Ich habe gelernt, mich selbst von außen zu sehen, auch mein Land von außen – ohne Illusionen. Wir schaffen etwas und vergehen wieder.

Wir alle sind Geschöpfe, die schaffen und wieder vergehen und für eine geheime Mission kämpfen, draußen, auf offener See.

H. G. Wells
im
Deutschen Taschenbuch Verlag

»Herbert George Wells,
der Mann, der schon gestern
alles von übermorgen wußte.«

Christian Ferber
im ›Norddeutschen Rundfunk‹

Die Zeitmaschine
Roman · dtv 12234

Wenn der Schläfer erwacht
Roman · dtv 12235

Der Unsichtbare
Roman · dtv 12236

Die ersten Menschen auf dem Mond
Roman · dtv 12237

Tono-Bungay
Roman · dtv 12238

Mr. Blettsworthy
auf der Insel Rampole
Roman · dtv 12239

Gabriel García Márquez
im
Deutschen Taschenbuch Verlag

»Gabriel García Márquez zu lesen, bedeutet Liebe auf den ersten Satz.«

Carlos Widmann in der ›Süddeutschen Zeitung‹

Laubsturm
Roman · dtv 1432

Der Herbst des Patriarchen
Roman · dtv 1537

Der Oberst hat niemand, der ihm schreibt
Roman · dtv 1601

Die böse Stunde
Roman · dtv 1717

Augen eines blauen Hundes
Erzählungen · dtv 10154

Hundert Jahre Einsamkeit
Roman · dtv 10249

Die Geiselnahme · dtv 10295

Chronik eines angekündigten Todes
Roman · dtv 10564

Das Leichenbegängnis der Großen Mama
Erzählungen · dtv 10880

Die unglaubliche und traurige Geschichte von der einfältigen Eréndira und ihrer herzlosen Großmutter
Erzählungen · dtv 10881

Die Liebe in den Zeiten der Cholera
Roman · dtv 11360

Das Abenteuer des Miguel Littín
Illegal in Chile
dtv 12110

Die Erzählungen
dtv 12166

Von der Liebe und anderen Dämonen
Roman · dtv 12272

Oscar Collazos:
Gabriel García Márquez
Sein Leben und sein Werk
dtv 11108

Umberto Eco im dtv

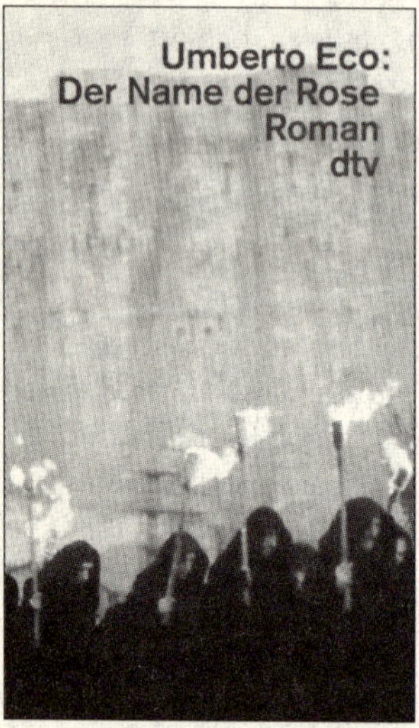

Daß er in den Mauern der prächtigen Benediktinerabtei das Echo eines verschollenen Lachens hören würde, das hell und klassisch herüberklingt aus der Antike, damit hat der Franziskanermönch William von Baskerville nicht gerechnet. Zusammen mit Adson von Melk, seinem jugendlichen Adlatus, ist er in einer höchst delikaten politischen Mission unterwegs. Doch in den sieben Tagen ihres Aufenthalts werden die beiden mit kriminellen Ereignissen und drastischen Versuchungen konfrontiert... Diese furiose Kriminalgeschichte, in der die Ästhetik des Mittelalters mit der Philosophie der Antike und dem Realismus der Neuzeit eine geniale Verbindung eingeht, ist zum Welt-Bestseller geworden.

dtv 10551

Nachschrift zum ›Namen der Rose‹

»Ich habe einen Roman geschrieben, weil ich Lust dazu hatte«, behauptet Umberto Eco. Aber als Kenner des Mittelalters wie der modernen Erzähltheorie, der Massenmedien wie der Eliten wollte Eco nicht bloß »einen« Roman schlechthin schreiben, der bei den Kritikerkollegen wie auch beim Publikum gleichermaßen »ankam«. Der Erfolg, aber nicht nur der, gab ihm recht. Seine »Nachschrift zum Namen der Rose« beweist darüber hinaus, daß die Entstehungsgeschichte und die Prämissen eines großen Romans mindestens genauso amüsant sein können wie das Werk selbst.
dtv 10552

Über Gott und die Welt
Essays und Glossen

Eco, der Zeichenleser und Spurensucher, flaniert durch die Musentempel und Kultstätten der Massenkultur und nimmt in den Fußballstadien und Spielhallen, in TV-Studios und im Supermarkt, im Kino und auf der Straße Dinge wahr, die uns bisher meist entgangen sind. Der Detektiv Eco zerlegt komplexe Zusammenhänge mit verblüffender Leichtigkeit, und weil er spielerisch umgehen kann mit Indiz, Alibi und corpus delicti, folgt ihm der Leser mit dem Vergnügen desjenigen, der beim Zwiegespräch über Gott und die Welt zugleich aufs Angenehmste unterhalten wird.
dtv 10825

LESEKLASSIKER DER WELTLITERATUR
IN UNGEKÜRZTEN AUSGABEN

Wilkie Collins
Die Frau in Weiß

Aus dem Englischen von Ingeborg Bayr
Revision und Nachbemerkung von Hanna Neves

In einer schwülen Sommernacht des Jahres 1849 hat der junge Zeichenlehrer Walter Hartright eine unheimliche Begegnung: Eine Frau in weißem Gewand bittet ihn um Hilfe – sie will nach London fliehen, um nicht ins Irrenhaus zurückgebracht zu werden. Bald danach lernt Walter im Hause seines neuen Arbeitgebers Laura Fairlie kennen, die der Frau in Weiß ähnelt wie eine Doppelgängerin. Geheimnisvolle Verbindungen zwischen den Frauen, Lauras seltsame Verlobung mit einem düsteren Adligen, ein warnender anonymer Brief und nicht zuletzt Walters Liebe zu Laura geben den Anstoß: Walter setzt alles daran zu erfahren, weshalb man so sehr am Verschwinden der Frau in Weiß interessiert ist. Denn auch Laura schwebt in höchster Gefahr …
Walter handelt mit dem Spürsinn und der Kombinationsgabe eines modernen Privatdetektivs, als er die unheimlichen Verwicklungen nach und nach aufklärt. Wilkie Collins hat mit dieser spannenden und raffiniert von verschiedenen Augenzeugen erzählten Verbrechensgeschichte den ersten Detektivroman der Weltliteratur geschrieben.

»Der viktorianische Riesenkrimi
voll von pittoresken Schurken, Nacht und Nebel,
Friedhofsgeheimnissen und Seelenfoltern weckt schönere Schauer
als die meisten Mordfabeln der Gegenwart.«
(Der Spiegel)

dtv

LESEKLASSIKER DER WELTLITERATUR
IN UNGEKÜRZTEN AUSGABEN

Robert Louis Stevenson
Der Ausschlachter

Ein Criminalroman

Aus dem Englischen von Hanna Neves

Wie kommt man schnell zu Geld? Mit Schmuggel? Mit dem Ausschlachten von Wracks? Mit Erpressung? Um dem auf den Grund zu gehen, tut sich Loudon Dodd, dem das Pariser Künstlerleben zu brotlos wird, mit einem draufgängerischen Geschäftsmann zusammen und geht nach Kalifornien. Als dort die Versteigerung eines mysteriösen Wracks in der Südsee stattfindet, sind die beiden mit von der Partie, denn es wird Opium auf dem Schiff vermutet! Unter abenteuerlichen Bedingungen und im Wettlauf gegen die Uhr gelingt es ihnen, einen Schoner zu chartern, zu segeln und die ersten »Ausschlachter« des Wracks zu sein. Opium findet sich zwar kaum, dafür gibt es jede Menge Hinweise auf unheimliche Ereignisse …
Stevenson vollendete ›The Wrecker‹ zusammen mit seinem Stiefsohn Lloyd Osbourne 1891 auf Samoa. Nun ist der exotische Kriminalroman zum erstenmal vollständig ins Deutsche übersetzt.

»Stevensons unbekanntestes,
aber vielleicht bestes Werk.«
(Jorge Luis Borges)

dtv